Gouden jaren

Maria Nikolai bij Boekerij:

De chocoladevilla
Gouden jaren

Maria Nikolai

GOUDEN JAREN

De jonge, avontuurlijke Serafina moet alles op alles zetten
om de chocoladevilla te behoeden voor een ramp

Deel 2 van de *Chocoladevilla*-serie

Vertaald uit het Duits door Sander Hoving

BOEKERIJ

ISBN 978-90-225-9417-9
ISBN 978-94-023-1758-9 (e-book)
NUR 302

Oorspronkelijke titel: *Die Schokoladenvilla – Goldene Jahre*, door Maria Nikolai
Omslagontwerp: Bürosüd
Omslagbeeld: © Drunaa / Trevillion Images
Zetwerk: ZetSpiegel, Best

Deze uitgave kwam tot stand door bemiddeling van Marianne Schönbach Literary Agency bv.

DE AVONTUREN VAN HET LEVEN

1

Stuttgart
Eind april 1926

'Juffrouw, wakker worden!'

De vriendelijke stem van de conducteur drong ongevraagd binnen in Serafina's dromen. Ze knipperde slaperig met haar ogen en keek hem aan. 'Zijn we er al?' Het leek haar onwaarschijnlijk dat ze de piepende remmen niet had gehoord en de schokken niet had gevoeld, die onmiskenbaar aankondigden dat de trein tot stilstand zou komen.

De conducteur glimlachte. 'We zijn in Stuttgart, dat was de bestemming op uw kaartje. En als u niet uitstapt, rijdt u met ons mee naar het Bodenmeer.'

'O!' Serafina was op slag klaarwakker, stond op, streek provisorisch haar jurk glad en schudde haar ravenzwarte haar, dat zorgvuldig in een bob was geknipt.

'Ik help u wel met de bagage,' bood de conducteur aan en hij tilde Serafina's koffer uit het bagagerek. Intussen trok ze snel haar handschoenen aan, pakte haar handtas en jas en liep de coupé uit. De conducteur volgde haar met de twee koffers, stapte achter haar uit het rijtuig en overhandigde haar de bagage.

'Hartelijk dank,' zei Serafina en ze pakte de koffers aan.

'Graag gedaan,' zei de conducteur. 'Ik wens u een aangenaam verblijf, juffrouw.' Hij tikte tegen zijn pet.

Serafina knikte nog een keer en volgde de stroom medereizigers die haastig over het perron naar het eind van het kopspoor liepen. De rook en de stoom van de locomotief hingen nog in de lucht, al trokken die door de openingen tussen de overkappingen van de perrons snel weg. Door een van de grote ronde portalen kwam ze in een ruime stationshal.

Terwijl links en rechts mensen naar de uitgang liepen of familieleden groetten, bleef Serafina staan. Ze zou worden afgehaald, maar zag op dat moment nog niemand die naar haar op zoek was. Dus zou ze nog even moeten wachten.

Ze zette haar koffers neer, die volgepakt en daarom behoorlijk zwaar waren. Het leek alsof ze daarin niet alleen haar kleren, maar ook alle ballast van de afgelopen weken met zich meezeulde: het droevige afscheid van haar vader, de vreselijke nacht in het Metropol, de onzekerheid over wat haar in Stuttgart te wachten stond.

Een lichte hoofdpijn kondigde zich aan. Waarschijnlijk had ze te lang niets gegeten en te weinig gedronken. Ze wreef over haar nek en probeerde haar zorgen te verdringen. Op een of andere manier zouden ze voorbijgaan. Het moest.

Ze keek om zich heen.

Het station van Stuttgart was gloednieuw en zag er met zijn rechte, maar imposante vormen licht en massief tegelijk uit. Het lawaai van een in het oog springende, drukke bouwplaats getuigde ervan dat alles hier nog lang niet af was.

Haar blik viel op een knalrode automaat, manshoog, die een paar meter van haar vandaan tegen een muur stond en de met markante letters geschreven naam Rothmann droeg. Een eerste welkomstgroet in den vreemde, want dit was overduidelijk een chocoladeautomaat van het bedrijf van haar halfbroer Victor.

Een stukje chocola zou beslist tegen de hoofdpijn helpen. Serafina droeg haar bagage een eindje verder, zette die naast de automaat neer en zocht in haar handtas naar haar portemonnee.

Ze had er juist een muntje van 10 pfennig uit gehaald en stond op het punt om het in de gleuf te steken, toen iemand schuin achter haar kwam staan. Geïrriteerd draaide ze zich om.

'Ik denk dat we allebei op hetzelfde idee zijn gekomen!' zei een jonge vrouw. Ze wierp uitdagend een munt in de lucht en ving die weer op. '*Mais après vous* – gaat u voor, alstublieft.'

Intuïtief sloot Serafina haar hand om haar muntje en nam haar gesprekspartner op. De diepe rokersstem met het licht Franse accent paste niet echt bij het jonge gezicht, maar wel bij het zwarte kostuum met vest en das dat de vrouw droeg. Op haar kortgeknipte, gladde bruine haar zat een donkere herenhoed. Alleen een witte bloes contrasteerde met de gedekte kleuren van de rest.

Serafina aarzelde nog even, haalde toen haar schouders op, draaide zich weer om naar de automaat en stopte het geld erin. Meteen was er een kinderliedje te horen: 'De molen klappert bij de ruisende beek'. Tegelijk kwam het rad van een watermolen in beweging die in een glazen vitrine te zien was. Het molenrad draaide een paar keer rond, terwijl het geëmailleerde figuurtje van een molenaar kwam aanlopen en een beschilderd blikken doosje naar buiten schoof. Serafina pakte het en opende de deksel.

'Hm, die zien er heerlijk uit!' De jonge vrouw boog zich ook over het doosje. '*Un bonbon au chocolat?* Gevuld?'

'Hoe moet ik dat weten?' antwoordde Serafina ietwat onbehouwen. Ze had de indruk dat ze werd lastiggevallen, maar toen ze de enthousiaste uitdrukking in de donkerbruine ogen van de jonge vrouw zag, verdween het onaangename gevoel. 'Zullen we er een proberen?' vroeg ze vriendelijker.

'Graag!'

Ze pakten allebei een van de ronde, glanzend bruine bonbons.

'Ja, die zijn gevuld,' constateerde de jonge vrouw tevreden. 'Met vanille.'

'Die van mij smaakt naar vruchten, een beetje zuur,' zei Serafina. 'Aalbessen, denk ik.'

'In elk geval zijn ze kostelijk,' zei de jonge vrouw. 'Trouwens, ik ben Lilou!' Ze knipoogde naar haar.

'Ik ben Serafina.'

'Mooie naam,' zei Lilou spontaan. 'De vurige!'

'De vurige?'

'Ja, dat is de betekenis van Serafina. Dat past bij jou!' Lilou was zonder omhaal begonnen haar te tutoyeren.

Serafina lachte verlegen. 'U... u kent me toch helemaal niet!'

'Misschien niet, maar ik heb een goede mensenkennis.'

'Aha... Goed dan. En wat betekent Lilou?'

'Ik heet eigenlijk Louise, dat betekent strijdster. Maar ik word door niemand Louise genoemd,' zei Lilou. 'Zo, nu koop ik ook een paar chocoladebonbons. Ze zijn uitstekend!'

Serafina deed een stap opzij en Lilou trok ook een blikje uit de automaat.

'Waar kom je vandaan, Serafina?' vroeg ze, toen de muziek weer was verstomd en het molenrad tot stilstand was gekomen.

'Uit Berlijn. En jij?'

'Ik kom uit Parijs.'

'Uit Parijs?' Serafina spitste haar oren. Inmiddels had ze een heel licht Frans accent ontdekt, maar dat Lilou uit Parijs kwam, maakte de ontmoeting nog interessanter. 'Waarom ben je hier in Stuttgart?'

'Ken je Josephine Baker?'

Serafina schudde haar hoofd.

'*Non?*' Lilou knipperde ongelovig met haar ogen. 'Ze is een danseres, de beste! Je moet haar beslist leren kennen. Weet je waar de Friedrichsbau is?'

'Nee. Ik ben net in Stuttgart aangekomen.'

Lilou keek naar Serafina's koffer en lachte. 'Ja, natuurlijk. Dat was dom van me, sorry. De Friedrichsbau is een theater hier in Stuttgart. Ze treedt er volgende week op. Daar moet je absoluut naartoe!'

'Ik moet eerst even afwachten...' zei Serafina gereserveerd.

'Je mist wat als je niet komt!' Lilou greep in de binnenzak van haar jasje, haalde een potlood en een kaartje tevoorschijn en noteerde een paar dingen. 'Hier,' zei ze toen en ze stak het kaartje naar Serafina uit. 'Zo heet ik, Lilou Roche. Ik heb ook de naam van ons hotel opgeschreven. We reizen trouwens volgende week verder naar Berlijn.'

'Echt? Naar Berlijn?'

'Ja. Josephine treedt sinds begin dit jaar regelmatig op in het Nelson Theater.'

Nu herinnerde Serafina zich de aankondiging en de krantenberichten weer. 'Josephine Baker? Die heeft een andere huidskleur, hè?'

'O, je kent haar dus toch!' zei Lilou met een brede glimlach.

'Ze is het gesprek van de dag in Berlijn,' zei Serafina. Ze merkte dat ze zinderde van opwinding. De wereld van de revue en het theater oefende een bepaalde aantrekkingskracht op haar uit, maar had tegelijk iets afstotends. Hij was gevaarlijk, de demi-monde, en haar vader was vastbesloten geweest om haar ertegen te beschermen.

Serafina keek op het kaartje. 'Hm, Hotel Marquardt in de Schlossstrasse. Ik weet de weg niet in Stuttgart.' Ze dacht even na. 'En ik weet ook niet of het wel passend is om hier naar een revue te gaan.'

'Waarom niet? Iedereen wil Josephine Baker zien!' Lilou klapte in haar handen. 'Denk erover na, *ma chère* Serafina. Nu moet ik ervandoor. Tot gauw.' Ze wierp Serafina een kushandje toe en verdween snel in het gewoel van het station.

Serafina borg het kaartje op en schudde ongelovig haar hoofd. Uitgerekend hier in Stuttgart, ver van het onstuimige Berlijn, ontmoette ze bij een chocoladeautomaat op het station iemand uit Josephine Bakers gezelschap. Soms had het leven onverwachte verrassingen in petto. Ze pakte nog een bonbon. Haar hoofdpijn was verdwenen.

Terwijl ze de bitterzoete smaak op haar tong proefde en eraan dacht dat Lilous directheid en spontaniteit niet bij haar formele kostuum of haar stem pasten, zag ze een oudere heer op zich afkomen.

'Juffrouw Rheinberger?' Hij droeg een donker chauffeursuniform met een bijpassende pet, die op een sneeuwwitte haarkrans rustte.

'Ja?' Serafina slikte haar chocolade door.

'Mijn naam is Theo, excuus voor de vertraging. Ik ben de chauffeur van de Rheinbergers.'

'Goedemiddag, Theo,' antwoordde Serafina, die blij was dat ze niet langer hoefde te wachten.

'Meneer Rheinberger laat weten dat hij graag zelf zou zijn gekomen, maar niet gemist kon worden op de fabriek,' zei Theo en hij draaide zich om naar haar koffers. 'Mag ik?'

'Ja, graag.'

Serafina volgde hem door een volgend portaal dat op een met zandsteen beklede ontvangsthal uitkwam. Door de royale ramen viel zonlicht, dat een vrolijke sfeer in de bijna sacraal aandoende hoge ruimte schiep. Ze liepen over een brede trap met een gebogen leuning naar beneden en langs de loketten, het postkantoor en de kiosk naar de uitgang.

Toen ze de dubbele deuren door waren en het levendige stationsplein opliepen, klonk er rumoer en getoeter.

'Komt u maar mee!' Theo wees naar rechts, waar voor een imposante hal met zuilen, die de verbinding vormde tussen de twee massieve hoofdgebouwen van het station, een paar taxi's stonden te wachten.

Serafina volgde hem en was bijna over de handkar van een oude vrouw gestruikeld, die ze in het gewoel over het hoofd had gezien.

'Kijk toch uit!' klonk het bij haar oor.

Een fietser, die van de andere kant kwam aanrijden, belde geïrriteerd.

Intussen was Theo bij een donkere wijnrode Mercedes aangekomen en begon haar koffers in te laden. Toen Serafina kwam, hield hij met een lichte buiging het portier voor haar open. Ze stapte in.

Het interieur van de automobiel rook naar leer en politoer, en vooral nieuw. Het voertuig was zorgvuldig onderhouden, geen stofje ontsierde het houtwerk en de lampen glommen. Het had allemaal iets edels en getuigde van pure rijkdom, precies wat ze had verwacht.

Victor was welgesteld, dat wist Serafina. Hoe vaak had haar vader niet trots verteld over zijn enige zoon, die in Stuttgart een bloeiende onderneming leidde. Dat had een absurde jaloezie bij haar gewekt, die ze zelf niet goed kon verklaren, temeer omdat ze zichzelf niet als afgunstig of bekrompen beschouwde. Toch had ze er moeite mee gehad om te accepteren dat er behalve haar ergens op de wereld iemand anders bestond die een nauwe band had met haar vader, iemand die hij respecteerde en van wie hij blijkbaar ook veel hield. Friedrich Rheinberger was zelfs nog een stap verdergegaan: in zijn testament werd bepaald dat Serafina na zijn dood onder Victors hoede zou worden gesteld, een voogdij die pas op haar eenentwintigste verjaardag in januari zou eindigen. Op die dag zou ook haar erfdeel aan haar worden uitbetaald.

Vader. De gedachte aan hem deed pijn.

Met een lichte zucht onderdrukte Serafina de brok in haar keel, trok de rok van haar lichtbruine reiskostuum recht, legde haar jas over haar schoot en haar handtas naast zich. Het oranjebruine kunstleer daarvan vormde een aardig contrast met het zwarte leer van de bank, dat door de zon warm was geworden. Het was benauwd, en niet alleen daarom hoopte Serafina dat de laatste etappe van de reis niet al te lang zou duren. Ze was geradbraakt, hoewel ze de afgelopen uren in de trein voornamelijk slapend en dommelend had doorgebracht.

'Zo, juffrouw Rheinberger.' Theo stapte nu ook in en ging op de bestuurdersstoel zitten. 'Dan gaan we maar. U zult zien, als we eenmaal bij Degerloch zijn, is het al rustig. En de lucht daar is heel fris. Daar kunt u bijkomen van de reis.'

Hij startte de auto, draaide en voegde handig in het chaotische Stuttgartse verkeer in.

Serafina leunde achterover en keek door het zijraam naar buiten, maar de fraaie gebouwen gleden langs haar heen zonder dat ze die werkelijk waarnam. Keer op keer moest ze haar opkomende vermoeidheid met knipperende ogen onderdrukken om niet in slaap te vallen.

Ze had zich in de laatste wil van haar vader geschikt. Aanvankelijk was de gedachte om uit Berlijn te moeten vertrekken verschrikkelijk geweest. Inmiddels was ze blij om zo afstand te kunnen nemen van de recente gebeurtenissen daar. In Stuttgart zou ze de rust vinden om erover na te denken hoe het met haar leven verder moest.

Theo sloeg af naar een brede weg met fraaie vergezichten, die algauw met sierlijke bochten een berg op voerde, langs goed onderhouden huizen, sappig groene wijngaarden en prachtige villa's, sommige met torentjes. Hier woonden ongetwijfeld welgestelde burgers.

'We rijden nu de Neue Weinsteige op,' zei Theo, die er voor haar blijkbaar een aangename rit van wilde maken. 'Moet u van hierboven Stuttgart eens zien! Een schitterend uitzicht.'

'Inderdaad,' zei Serafina mat. Om Theo een plezier te doen ging ze toch rechtop zitten en keek ze achterom naar de stad, die er in het licht van de ondergaande zon lieflijk en vredig bij lag. Heel anders dan het levendige Berlijn, dat nooit tot rust leek te komen.

Ze haalden een gele tram in die ook de berg op reed en toen ze uiteindelijk de Filderhöhe hadden bereikt, sloeg Theo links af naar een plaats die er zo dorps uitzag dat Serafina er even aan twijfelde of ze nog wel de juiste route volgden. Ze reden langs boerderijen, arbeidershuisjes en dorpswinkels, toen door een gordel van weilanden en bomen en bevonden zich opeens midden in een kolonie van voorname woningen.

Theo reed nog twee straten verder, toen minderde de auto vaart. Ze reden een korte inrit op en vervolgens door een hoog ijzeren hek, dat in afwachting van hun komst wijd openstond. Het waren nog maar een paar meter naar het huis.

'Daar zijn we dan,' zei Theo niet zonder trots, toen hij de auto tot stilstand had gebracht. 'Welkom in uw nieuwe thuis, juffrouw Rheinberger!'

Serafina liet zich door hem uit de auto helpen. Terwijl Theo zich over haar bagage ontfermde, bleef ze even staan om haar nieuwe onderkomen te bekijken. Algauw kwam ze tot de conclusie dat het markante, grote gebouw er weliswaar voornaam en royaal uitzag, maar tegelijk op een pompeuze manier kil. Het avondlicht benadrukte de contouren van de erkers en de vooruitstekende gedeeltes en verzachtte de strengheid van de gevel enigszins. Wat haar goed beviel was het zachte geel van de gevel, die fraai met de witgeschilderde ramen en timpanen contrasteerde.

'Zo, dan gaan we maar eens naar binnen,' zei Theo opgewekt toen hij met haar twee koffers naast haar kwam staan.

Op dat moment zwaaide de voordeur open.

'Je bent er!' Een meisje in de schoolleeftijd rende op hen af. Haar lichte krullen waren met veel moeite in een staart gebonden.

'Ach, Victoria, rustig aan, alsjeblieft!' zei een vrouw die op hetzelfde moment in de deuropening verscheen. Naar de kleding te oordelen hoorde ze bij het personeel van het huis.

Het meisje negeerde haar en liep verder. 'Jij bent dus mijn tante,' constateerde ze zakelijk, toen ze voor Serafina stond en haar uitgebreid opnam. 'Ik ben Victoria.'

'Ik ben Serafina.'

'Ja, dat weet ik. Papa en mama hebben het al de hele tijd over je.'

'Ach...'

'Laat juffrouw Serafina eerst eens aankomen, Victoria,' zei Theo. 'Ze heeft een lange reis achter de rug.' Hij knikte Serafina toe en maakte aanstalten om naar het huis te lopen.

'Ja, kom maar binnen,' zei Victoria meteen. 'Ik laat je je kamer zien!' Ze lachte vrolijk naar Theo.

Serafina merkte de liefdevolle glimlach van de chauffeur op. Het was duidelijk dat Victoria hem moeiteloos om haar vinger wond.

De doortastende stijl van het meisje beviel haar wel.

'Vicky, toch, jij bent me er eentje!' berispte de keurige vrouw van in de veertig, die het meisje geen moment uit het oog had verloren. 'Je moeder zei toch dat je onze gast nétjes moest begroeten.'

'O, het is toch fantastisch dat Victoria me zo hartelijk verwelkomt,' zei Serafina sussend. 'Ik zou net zo nieuwsgierig zijn geweest als zij.'

'Zie je wel? Je hoeft helemaal niet zo te mopperen, Dora,' zei Victoria zelfbewust. 'Ze is namelijk mijn tánte!'

'Meneer en mevrouw zijn nog in de firma, ze ontvangen daar vandaag een cacaoleverancier van overzee, maar we verwachten ze binnenkort,' zei de vrouw nu tegen Serafina. 'Ik ben Dora, de huishoudster.'

Ze nam Serafina's jas aan. 'Wilt u zich voor het avondeten nog even opfrissen, juffrouw Rheinberger?'

'Graag.'

'Ik breng u naar uw kamer.'

'Nee, Dora, dat doe ik!' kwam Victoria tussenbeide. 'Dat heb ik haar net beloofd!'

'Goed dan,' zei Dora. 'We gebruiken het avondeten om half acht in de eetkamer. Ik wacht dan in de hal...'

'Ja, ja, we komen op tijd,' onderbrak Victoria haar, pakte Serafina bij haar arm en trok haar met zich mee door de grote hal naar een brede gebogen trap.

Ruim een uur later liep Dora met Serafina en Victoria door een brede gang naar de eetzaal van het grote huis. Het fraaie mozaïek van de vloertegels glansde in het schijnsel van de elektrische lampen van messing, die op regelmatige afstanden op de licht geverfde en met halfhoge panelen beklede muren waren aangebracht.

'Ik hoop dat er iets lekkers te eten valt,' zei Victoria.

'Onze kokkin kookt toch alleen maar lekkere dingen,' zei Dora.

'Meestal wel. Maar ik hou niet zo van vis.'

'Dat ligt aan je smaak, Vicky, en niet aan de manier waarop Gerti hem klaarmaakt.'

Serafina kon Victoria goed begrijpen. Zij hield ook niet van vis.

'Zo, daar zijn we dan, juffrouw Rheinberger,' zei Dora en ze bleef voor een dubbele deur staan. 'Meneer en mevrouw zijn al aanwezig.' Ze klopte aan en duwde de messing deurkruk omlaag.

Toen ze de kamer binnenkwam, werd Serafina door warm licht verwelkomd.

'Serafina! Wat fijn dat je er bent!' Judith, de vrouw van haar halfbroer, kwam met uitgespreide armen op haar af. Hoewel ze niet meer heel jong was, was ze met haar losjes opgestoken donkerblonde haar en haar fijne gelaatstrekken heel aantrekkelijk. De tot op haar kuiten vallende lichtblauwe jurk met de plooirok paste perfect bij haar ogen.

Helderblauw, net als die van Victoria, merkte Serafina op. Alleen het overmoedige en ondeugende ontbrak.

'Ja, Serafina, daar sluit ik me bij aan,' zei Victor, die op hetzelfde moment achter zijn vrouw kwam staan. Een goed uitziende man, lang en krachtig gebouwd, met grijzende slapen. Hij moest inmiddels in de vijftig zijn. 'Hartelijk welkom in de chocoladevilla!' Ondertussen knipoogde hij naar Victoria.

'Papa noemt ons huis altijd de chocoladevilla,' zei Victoria, die naast Serafina stond en geërgerd haar ogen ten hemel sloeg. 'Hoewel het een doodgewoon huis is.'

Serafina merkte dat er als vanzelf een glimlach op haar gezicht verscheen die het vage gevoel van onbehagen verdreef dat ze op het eerste moment van de ontmoeting had gehad.

'Dank jullie wel dat ik hier mag zijn,' zei Serafina en ze liet zich door Judith omhelzen.

'Hoe was de reis?' vroeg Victor.

'Lang en saai,' antwoordde Serafina en Victor lachte.

'Dat kan ik me voorstellen. Lang stilzitten is niets voor ons Rheinbergers.'

'Nee, absoluut niet.' Serafina voelde meteen een band met Victor, en dat verbaasde haar. Het misprijzen dat ze zo vaak had gevoeld als ze aan hem dacht, was vervlogen.

'Je hebt vast honger,' zei Judith zorgzaam en ze bood haar een stoel aan de stijlvol gedekte tafel aan.

'Serafina, jij zit naast me!' riep Victoria en ze wees naar de andere kant van de tafel.

'Victoria!' berispte Judith haar dochter.

'Ja, ja, mama. Ik weet het. Neem me niet kwalijk.' Ondanks haar berouwvolle woorden leek Victoria allerminst spijt te hebben en Serafina had de indruk dat het meisje niet alleen het huishoudelijk personeel, maar ook haar ouders naar haar pijpen liet dansen. Zelfs Victor zag de gebeurtenissen alleen maar vriendelijk aan, terwijl hij een fles sekt opende en de mousserende drank in de karaf goot.

Serafina betrapte zichzelf op de gedachte dat een beetje meer opvoeding Victoria beslist goed zou doen. Tegelijk besefte ze dat zij en Victoria in hun ongebonden aard zonder meer op elkaar leken.

'Hoe oud ben je eigenlijk, Victoria?' vroeg ze, nadat ze was gaan zitten.

'Ik ben in januari tien geworden,' antwoordde Victoria, die nu rechtop en verrassend fatsoenlijk naast haar zat. 'En hoe oud ben jij?'

'Ik ben in januari twintig geworden,' antwoordde Serafina. 'Op de achtste, als je het precies wilt weten.'

'Ha, ik ben jarig op de zeventiende. Dan kunnen we nu altijd samen onze verjaardag vieren. Voor de volgende heb ik ook al iets bedacht: ik wil naar Parijs,' verklaarde Victoria en op haar gezicht verscheen opeens een ernstige, bijna verdrietige uitdrukking.

'Waarom Parijs?' vroeg Serafina, die geen idee had waarom Victoria's stemming omsloeg.

'Daar woont mijn broer.'

'Onze Martin studeert daar op het conservatorium,' legde Judith uit. Serafina ving haar blik op en begreep dat niet alleen Victoria hem deerlijk miste.

'Weet je,' zei ze nu weer tegen Victoria, 'je broer is weliswaar niet hier bij jou, maar je weet dat hij terugkomt. En dat je naar hem toe kunt. En dat is toch goed. Dat je weet dat je hem in elk geval weer terug zult zien.' Want hij leeft en is niet dood zoals vader, maakte ze in gedachten haar zin af.

'Ja, dat zal wel,' zei Victoria, voor wie Serafina's reactie maar een schrale troost was. 'Maar het duurt gewoon altijd zo verschrikkelijk lang.'

Victor schraapte zijn keel. 'Ik mis hem ook,' zei hij en Serafina wist even niet of hij daarmee zijn zoon of zijn vader bedoelde.

'Maar vandaag,' vervolgde hij en hij pakte zijn glas sekt, 'drinken we op iedereen die hier is. En op ons weerzien.'

Allemaal hieven ze het glas. Victoria, voor wie Victor ook een beetje had ingeschonken, nam nieuwsgierig een slokje en zei voor de verandering niets meer.

'Lieve Serafina,' begon Victor uiteindelijk. 'Al is de reden dat je naar ons bent gekomen heel droevig, we verheugen ons vandaag over je komst. En we kijken er ook naar uit om elkaar de komende weken beter te leren kennen. Onze vader heeft een paar dingen beschikt, waar voor mij vooral uit blijkt dat het zijn liefste wens was dat wij tweeën, als zijn enige kinderen, ons door onze familieband verbonden voelen. En ook al zijn we niet samen opgegroeid en al kennen we elkaar nauwelijks, kost het me geen enkele moeite om aan zijn wens gehoor te geven. Op jou, Serafina. En op onze goede vader.' Bij de laatste woorden klonk Victors stem schor. Hij proostte haar toe.

'Dank je.' Meer kon Serafina niet uitbrengen. Het was nog maar zes weken geleden dat haar vader opeens in elkaar was gezakt en in haar armen was gestorven.

Op dat moment ging de deur open.

Judith knikte de kokkin vriendelijk toe, die samen met een dienstmeisje een grote terrine naar binnen bracht en op tafel zette. Naast de subtiel gekruide, romige pastinaaksoep, die een heerlijke geur verspreidde, werd versgebakken wittebrood geserveerd.

Tijdens het eten werd Serafina weer opgewekter. Ze voelde zich prettig in de fraaie eetkamer, die door een speelse hanglamp met meerdere armen werd verlicht. De degelijke meubels van notenhout waren versierd met houtsnijwerk, waarvan het patroon terugkwam in de opengewerkte rugleuningen van de stoelen rond de massieve eettafel. De subtiele, lichte versieringen van het behang harmonieerden met de stoelbekleding. Hoewel Serafina de voorkeur gaf aan nieuwe eenvoudige vormgeving, vond ze de inrichting aantrekkelijk en smaakvol.

De soep werd gevolgd door gevulde kalfsborst met merkwaardig gevormde pasta, waar vooral Victoria geen genoeg van kon krijgen, want ze liet zich twee keer opscheppen.

'Hou je niet van *Spätzle*?' vroeg ze toen ze Serafina's verraste blik zag.

Serafina knikte. 'Ja, hoor, het is heel lekker. Ik kan er alleen niet zo veel van eten als jij.' Die opmerking zorgde voor algemene hilariteit.

'Ik heb geen idee waar de kleine al die Spätzle laat,' zei Victor plagerig tegen zijn dochter en hij moest een intimiderende grimas van Victoria incasseren.

'De Zwabische keuken heeft me altijd al bevallen,' bekende hij toen en hij keek van Victoria naar Judith. 'Maar andere natuurlijk ook,' liet hij erop volgen en hij kneep in de hand van zijn vrouw. Judith lachte, en de stemming was na het korte in memoriam voor Friedrich Rheinberger weer vrolijk en ontspannen.

Toen Victor uiteindelijk de maaltijd voor beëindigd had verklaard en een digestief aanbood, schudde Serafina haar hoofd.

'Je bent vast doodmoe,' zei Judith meelevend.

'Ja, dat ben ik ook,' antwoordde Serafina. 'Het was een lange dag.'

'Dan ga je nu naar je kamer en vraag ik Dora of ze het bad voor je laat vollopen voordat je gaat slapen. Morgen ziet de wereld er weer heel anders uit.'

'Bedankt, Judith. Dat klinkt fantastisch.'

Victoria, die naast haar moeder stond, bood aan weer met haar mee te gaan, maar Judith schudde haar hoofd. 'Serafina heeft nu rust nodig. En ook voor jou is de dag zo afgelopen. Je kunt je het beste alvast klaarmaken om te gaan slapen. Ik kom later om goedenacht te zeggen.'

Tot Serafina's verbazing sprak Victoria haar niet tegen.

Judith liet Dora halen en even later genoot Serafina van haar bad in de grote witte geëmailleerde badkuip, waar welriekend badzout aan was toegevoegd.

Terwijl ze de inspanningen van de reis met het warme water van zich afspoelde, schoot haar te binnen dat ze de post van de afgelopen dagen in haar koffer had gestopt zonder nog eens naar te kijken. Dat moest ze ondanks haar vermoeidheid toch maar doen. Misschien zat er iets belangrijks bij.

Nadat ze zich had afgedroogd en de klaarliggende zijden kimono had aangetrokken, zocht ze in haar koffer naar de brieven. Toen pakte ze nog een chocoladebonbon uit het doosje van het station en ging op bed zitten om de brieven door te kijken.

De meeste waren aan haar vader gericht, en Serafina besloot om die ongeopend aan Victor te geven.

Maar één envelop viel haar op. Hij was dik, had geen adres of afzender en rook naar koude sigarettenrook. Ze hield hem een paar minuten besluiteloos in haar handen, toen scheurde ze hem met haar pink voorzichtig aan één kant open.

Er vielen een paar foto's uit. Toen ze zag wat erop te zien was, liep er een rilling over haar rug.

Ze had al een vermoeden gehad en toch gehoopt dat het niet bewaarheid zou worden. De herinneringen aan de uren, aan die verschrikkelijke nacht dat ze de controle volledig had verloren, waren verward en vaag. Het was een surrealistisch idee dat zij de persoon op die foto's was. Met trillende handen pakte ze het kaartje dat met de foto's in de envelop was gestopt, maar aarzelde het te lezen.

Niemand mocht deze foto's ooit te zien krijgen. En Victor al helemaal niet, die terecht van haar verwachtte dat ze zich fatsoenlijk gedroeg. En fatsoenlijk wás ze, hoewel deze foto's een compleet ander beeld van haar lieten zien. Hoe had ze kunnen weten...

Ten slotte las ze met brandende ogen de weinige regels door en kreunde zacht.

Wie deed haar zoiets aan?

De meeste mensen in haar omgeving waren haar welgezind, met haar beste vriendinnen had ze kort geleden nog haar afscheid gevierd. Allebei waren ze oprecht ontdaan geweest toen ze hoorden dat Serafina naar Stuttgart zou verhuizen. En ook juffrouw Schmidtke, hun huishoudster, zou nooit tot zoiets laags in staat zijn geweest. Ze had sowieso niemand iets verteld over die nacht in het Metropol.

Maar wie was het dan?

Het kaartje gleed uit Serafina's hand. Tranen rolden over haar wangen. Ze veegde ze met een wanhopige beweging weg.

Ze had een fout gemaakt, die te wijten was aan de dood en het verdriet om de belangrijkste persoon in haar leven, te wijten aan haar goedgelovigheid en valse hoop, en de zoektocht naar haar wortels.

Haar ogen brandden.

Ze was misleid. Dat kon niet anders. Iemand misbruikte haar voor zijn eigen kwalijke praktijken.

Die nacht wilde de slaap niet komen. Ondanks de zachte donzen dekbedden lag ze te woelen, stond op, ging weer in bed liggen, dronk uit de kruik met water die voor haar was neergezet en lag urenlang te piekeren.

Pas toen de eerste stralen van de ochtendzon door een spleet tussen de lange gordijnen de kamer in vielen, had ze een besluit genomen.

2

De piano- en vleugelfabriek A. Rothmann in Stuttgart 3 mei 1926

Anton Rothmann was al sinds het ochtendgloren in touw. Hij moest de opdracht voor een concertvleugel plannen, zodat hij materiaal kon bestellen en het aantal werkuren kon berekenen. Bovendien stonden er een paar piano's klaar om te worden voltooid. Anton was gespecialiseerd in maatwerk. Meestal ging het om een ongewone ombouw van de piano, die zich soms wat betreft de vorm, maar meestal qua kleur of model onderscheidde van een klassieke piano. Hij stond bekend om zijn inlegwerk, wat hem zelfs opdrachten uit Amerika opleverde.

In zijn ruime werkplaats in de Stuttgartse Augustenstrasse rook het sterk naar hout en een beetje naar lijm en lak. Die ochtend was hij nog alleen en na zijn vaste ronde, waarbij hij de opslagplaats, het gereedschap en de temperatuur in de ruimtes had gecontroleerd, bleef hij voor een bureaupiano staan, die vanmiddag moest worden afgeleverd. Tevreden bekeek hij het werkstuk en streek zacht over het glad gelakte notenhout. Zo, in gesloten toestand, zou je niet denken dat er zich onder het bureaublad een volwaardig toetsinstrument verborg.

Hij bediende het eenvoudige klapmechanisme en opende de gedeelde klep. Toen streelde hij de voor hem liggende ivoren toetsen, vijfentachtig in getal. Hij sloeg een c aan, speelde de toonladder, toen een paar akkoorden. Daarna pakte hij een kruk en ontlokte het instrument *Who's Sorry Now*, een stuk dat een klant uit New York kortgeleden voor hem had gespeeld en wat hem meteen had bevallen. Die muziekvorm uit de Nieuwe Wereld, die steeds vaker naar Europa kwam en zowel exotisch als geniaal klonk, fascineerde Anton. Met een paar andere muzikanten had hij een jazzbandje opgericht om de indrukwekkende kracht van de stukken door het samenspel van de instrumenten tot uitdrukking te brengen. Sinds kort traden ze op, onder andere in Café Merkur, en tijdens de zomermaanden in de Stadtgarten.

Sinds zijn zus Judith ruim vijftien jaar geleden een muziekkamer in de villa van hun ouders had ingericht en er een tweedehands vleugel van C. Bechstein had neergezet, was muziek zijn lust en zijn leven. Hoewel het instrument eigenlijk was bedoeld voor hun zoon Martin, die als kleine jongen al van een buitengewoon muzikaal talent blijk gaf, was Anton er van meet af aan door gefascineerd geweest. Toen Judith had gemerkt dat hij steeds Martins stukken probeerde na te spelen, mocht ook hij pianoles nemen en had hij zich de wereld van de tonen eigen gemaakt. Terwijl Martin zich ontwikkelde tot een uitmuntende pianist, had Anton zich meer en meer voor het mechaniek van de toetsinstrumenten geïnteresseerd. Op een gegeven moment was de stap naar de pianobouw nog maar klein geweest.

Anton sloot zijn ogen en speelde het begin van *The Charleston*, een gloednieuw stuk van James P. Johnson. Terwijl zijn vingers over de toetsen vlogen, kwam er opeens een beeld bij hem op: een zacht gezicht met hazelnootbruine ogen en volle lippen. Elise.

Abrupt begon hij over Beethovens gelijknamige pianostukje te improviseren, terwijl hij de swing van *The Charleston* met de markante accenten behield, en verleende daarmee de compositie die in het origineel Elises tere gemoed met zijn kwetsbare grondtoon zo treffend weerspiegelde, een levenslustig, meeslepend karakter.

Hij was zo verdiept in de muziek dat hij niet hoorde dat er iemand de werkplaats binnenkwam.

'Goedemorgen, Anton!'

Anton draaide zich met een ruk om. 'Alois! Je laat me schrikken!'

Alois Eberle lachte luid. 'Ja, ja, je moet ook werken en niet alleen maar pingelen!'

'Dat ís werk!' kaatste Anton terug, maar hij deed tegelijk zorgvuldig de bureaupiano dicht, stond op en zette de kruk naast het instrument tegen de muur. 'Goed om je te zien! Ik heb zo veel omhanden dat ik er helemaal niet meer toe ben gekomen om je op te zoeken. Wat voert je hierheen, Alois?'

Eberle, die wit haar had, krom liep en al een eeuwigheid in Stuttgart woonde, ging op de kruk zitten die Anton juist opzij had gezet. 'Je weet wel, mijn rug speelt me weer parten,' zei hij verontschuldigend.

'Je kunt rustig gaan zitten,' zei Anton begrijpend. 'Ik breng je koffie.'

'Laat maar. Ik heb vanochtend al gehad,' zei Alois. 'Zeg, Anton, waarom ik hier ben,' vervolgde hij zonder overgang. 'Je broer was bij mij.'

'Karl? Vanwege de nieuwe chocoladeautomaten?'

'Nee, niet vanwege de automaten. Dat doet de nieuwe afdeling in de fabriek, toch.'

'Maar jij construeert toch nog steeds modellen voor Victor.'

'Natuurlijk! De heel speciale! Zonder de chocoladeautomaten zou ik me vervelen.'

'Dat dacht ik al,' zei Anton. 'Hoe is het met Karl? Zoals je weet hou ik me eigenlijk niet meer bezig met de belangen van de chocoladefabriek.'

Alois knikte. 'Dat heb ik gemerkt. En ook dat jij en Karl problemen met elkaar hebben.'

'Dat heb je ook gemerkt?' vroeg Anton verrast.

'De laatste tijd krijgen jullie het steeds vaker met elkaar aan de stok.'

'Zolang we niet met elkaar hoeven te werken, zijn er ook geen problemen,' zei Anton ontwijkend. De verhouding tussen Karl en hem was inderdaad al een tijdje gespannen.

'Ik heb het idee dat Karl zich niets meer aantrekt van jouw mening en soms opzettelijk dingen anders doet dan je hem hebt gezegd,' vervolgde Alois. 'Dan is het toch logisch dat je in hem teleurgesteld bent.'

Anton ging bij het raam staan, dat bedekt was met een dunne laag houtstof, en keek naar buiten. 'Nee. Ik zou het niet teleurgesteld willen noemen,' zei hij. 'Maar wat essentiële zaken betreft ben ik liever onafhankelijk, en zeker van Karl. We verschillen gewoon te veel van elkaar.'

'Ach wat, zo verschillend zijn jullie helemaal niet. Maar jullie hebben een soort conflict dat een beetje uit de hand is gelopen.'

'Denk je dat?' vroeg Anton twijfelend en hij keek Alois aan. 'Ik heb eigenlijk niet het gevoel dat ik het met hem aan de stok heb.'

‘Jij niet. Maar Karl wel. Jij hebt iets bereikt. Dat zit Karl dwars. Hij is afhankelijk van jullie zus en haar man. Karl moet zelf een keer succes hebben, maar dat gebeurt niet.’

‘Maar Judith en Victor steunen hem toch, zo goed ze kunnen!’

‘Ze steunen hem veel te veel, zo zie ik dat in elk geval. Hij kan zichzelf niet bewijzen, en dat moeten jonge mensen doen.’

Anton dacht na over Alois’ woorden.

‘Zo heb ik het nog nooit bekeken,’ gaf hij vervolgens toe.

‘Dat is alleen mijn mening,’ zei Alois. ‘Uiteindelijk is het aan Karl. Hij moet zelf weten welke kant het met hem op moet.’

‘Dat klopt, Alois. Maar natuurlijk zou ik hem graag helpen. Zodat hij op een dag ook weet hoe het voelt om zelf iets voor elkaar te krijgen.’ Anton liet zijn blik door zijn werkplaats dwalen en voelde zich opeens immens tevreden. Hij keek naar Alois. ‘In de chocoladefabriek zou ik ook nooit iets hebben bereikt.’

‘Ik begrijp je, Anton,’ zei Alois. ‘Voor mij zou het ook niets zijn om de hele dag op kantoor te zitten, want dat zou jou te wachten hebben gestaan. Daar voel je je opgesloten. Jij en ik moeten iets met onze handen doen!’

‘Dat ook. Maar in de eerste plaats wil ik mijn onderneming op mijn manier leiden. En hoeveel respect ik ook voor mijn zus en zwager heb, ik weet heel goed dat ze slecht kunnen delegeren.’

‘Ze hebben nu eenmaal hard voor de fabriek gevochten. En dat laat zijn sporen na.’

‘Dat begrijp ik,’ zei Anton. ‘Daar heb ik mijn consequenties uit getrokken. Misschien dat Karl het gevoel heeft dat ik hem in de steek had gelaten?’

‘Dat kan best.’

‘Toch denk ik dat iedereen zelf voor zijn geluk verantwoordelijk is, Alois. Ook mijn broer.’

‘Ik word gelukkig van most,’ zei Alois droog.

Anton lachte. ‘Gezegend degene die bescheiden blijft.’ Hij liep naar Alois en legde even zijn hand op zijn schouder. ‘Waarom was Karl bij je?’ vroeg hij toen.

‘Hij heeft me een grammofoonplaat van chocolade laten maken.’

‘Dat is helemaal geen slecht idee, vind ik.’

‘Inderdaad, al is het helemaal niet zo gemakkelijk.’

'Je hebt tot nog toe toch overal een succes van gemaakt,' zei Anton stellig.

'Nee, niet van alles,' zei Alois. 'Wat die grammofoonplaat betreft sta ik voor een dilemma.'

'Dat is niet goed. Waarom?'

'Het gaat allemaal veel geld kosten, Anton.' Alois probeerde van positie te veranderen op de kruk. 'Ik heb nieuwe machines nodig. En ik zou graag zelf muziekopnames maken. Maar zo veel geld kan ik niet voorschieten. Toch vind ik het idee van die grammofoonplaat goed. Ik denk dat Karl de uitdaging moet aannemen. En ik heb natuurlijk ook al wat geëxperimenteerd.'

'Met een chocoladeplaat? En?'

'Ik heb er al een af.' Er verscheen een ondeugende uitdrukking op Alois' gezicht.

'En? Kan hij ook echt worden afgespeeld?' vroeg Anton.

'Nou ja, natuurlijk!' Nu leek Alois als uitvinder toch in zijn beroepseer gekrenkt te zijn. 'Maar ik ben nog niet tevreden,' gaf hij toe. 'Hij ruist enorm. En hij kraakt voortdurend. Om hem ook werkelijk te kunnen verkopen, moet ik er nog wat aan werken.'

Anton dacht na. 'Dat is fantastisch, al is het niet nieuw. Stollwerck heeft al iets dergelijks gedaan, maar dan als kinderspeelgoed. Ik herinner me die fonograaf nog, die kleine chocoladeplaatjes met kinderliedjes kon spelen. Pas na de derde keer werden de platen natuurlijk opgegeten.'

Eberle grijnsde. 'Het is een wonder dat ik ernaar heb geluisterd en ze niet meteen heb opgepeuzeld.'

Anton moest lachen. 'Ja, een wonder, je hebt gelijk.' Hij werd serieus. 'Maar het is de vraag waarom het idee destijds niet verder is ontwikkeld. Door geen enkele concurrent. En of Karl er ook werkelijk zakelijk succes mee zal hebben.'

'Hij wil er die nieuwerwetse dingen op zetten, die jij altijd op de piano pingelt.'

'Dus hij wil van die chocoladeplaten een combinatie van chocolade en swing maken? Dat is een aantrekkelijk idee.' Anton dacht na. 'Weet je wat, Alois? Ik praat eens met mijn muzikanten, die vinden het beslist leuk om te doen.'

'Vast wel. Maar je moet de muziek wel opnemen. Daar heb je apparatuur voor nodig.'

'Dat klopt. Daarom moet Karl dit in ieder geval met Victor en Judith bespreken. Anders maakt hij plannen en geeft geld uit zonder dat die twee daarvan weten, laat staan dat ze een behoorlijke begroting kunnen maken.'

'Dat zou heel mooi zijn, Anton,' zei Alois. 'Aan de andere kant ben ik bezorgd dat het hem allemaal weer uit handen genomen wordt. Denk er eens over na hoe we dat kunnen oplossen. Jij praat bijvoorbeeld met je zus, of je schiet hem iets voor?' Hij stond moeizaam op. 'Ik moet verder. Je zult er wel iets op vinden, Anton, daarvan ben ik overtuigd.'

'En jij wilt in elk geval verder knutselen aan Karls chocoladeplaten, nietwaar?'

'Ha, natuurlijk! En niet alleen aan de chocoladeplaten. Als je met zoiets begint, dan gaat het niet alleen om chocolade, maar in de eerste plaats om goede schellakplaten. Iets anders zou onzinnig zijn. Je kent me toch. Het is nu al zo dat ik er voortdurend aan moet denken.' Alois keek Anton veelbetekenend aan. 'En zo'n opnametoestel namaken, dat is iets bijzonders, dat wil ik beslist proberen... Daarom zou het goed zijn als ik binnenkort uitsluitsel krijg.'

'Ik begrijp het.' Anton knikte. 'Dan kom ik graag een glaasje most bij je drinken en kijken we wat ik kan doen.'

'Wanneer je maar wilt. Het vat zit vol!'

'Dat is goed om te weten! Bedankt dat je hiernaartoe bent gekomen, Alois.'

Alois Eberle stond op, tilde bij wijze van groet zijn hand op en sloftte door de werkplaats naar de deur. 'Graag gedaan!'

3

De Hamburgse haven
Dezelfde dag

Een harde schok deed hem wankelen. Hij hervond zijn evenwicht en pakte zijn twee koffers, om als een van de eersten van boord te kunnen gaan zodra het vrachtschip was aangemeerd.

Met samengeknepen ogen observeerde hij de mannen op de kade die de trossen om de bolders sloegen. Aan dek werden voorbereidingen getroffen om de loopplank uit te brengen. Nog één keer stootte het schip onzacht tegen de kademuur, toen was de reis definitief ten einde.

Ondanks het jaargetijde ontving Hamburg hem met kille motregen, en hij huiverde. Het klimaat van Midden-Amerika was vriendelijker voor een mens. Terwijl er werd begonnen met het lossen van de lading, verliet hij het schip en probeerde zich ondanks de laaghangende bewolking te oriënteren. Er was veel veranderd sinds hij ruim twintig jaar geleden hier in Hamburg met de noorderzon naar Mexico was vertrokken, met de bloedhonden van zijn schuldeisers op de hielen. Nu hij weer op Duitse bodem stond, herinnerde hij zich de clandestiene pokerspelletjes in de achterkamer van de Elsässer Taverne in Stuttgart als de dag van gisteren.

Talloze nachten had hij daar doorgebracht, aanvankelijk hopend op het grote geld en later om terug te winnen wat hij had verloren. Op een gegeven moment was de situatie uitzichtloos geweest.

Toen ook zijn vader niet meer bereid was om de schulden van zijn zoon voor zijn rekening te nemen, werd de grond hem te heet onder de voeten. Onverholen dreigementen van een achterbakse vriend en het opduiken van louche figuren hadden hem geen keus gelaten. Vluchten was de enige uitweg geweest.

Hij zette zijn bagage nog eens neer en keek rond.

Er lagen allerlei schepen aan de kades afgemeerd, het was een drukte van jewelste om hem heen, een schril contrast met de Midden-Amerikaanse nonchalance waaraan hij gewend was. Er drongen kreten en gespreksflarden tot hem door. De Duitse taal deed vreemd aan en klonk toch merkwaardig vertrouwd. De afgelopen jaren had hij zijn moedertaal alleen met de Duitse handelaars gesproken, want het Spaans was allang de taal van zijn hart geworden en ook Engels en Frans beheerste hij behoorlijk goed vanwege de talrijke zaken met cacao-inkopers uit de hele wereld.

Het getoeter van een scheepshoorn deed hem beseffen dat de tijd niet stilstond. Hij was nog niet op zijn bestemming. Hij pakte zijn koffer weer op, keek nog een laatste keer naar het grijze water van de Elbe en ging op weg naar het centraal station.

Tijdens de dagen op zee was hij zo gewend geraakt aan de bewegingen van het schip, dat hij even nodig had tot het wankele gevoel, dat hij ondanks de vaste grond onder zijn voeten had, verdween en hij sneller kon lopen. Af en toe moest hij uitwijken voor havenarbeiders, die met hun elektrische karretjes over de kade reden.

Uiteindelijk arriveerde hij bij het karakteristieke ingangsgebouw van de tunnel die onder de Elbe naar de St. Pauli-aanlegsteiger liep.

Toen hij door de poort liep, stootte een oudere heer hem aan.

'Duizendmaal excuus.' De goedgeklede man had zichtbaar spijt van zijn onachtzaamheid. 'Maar ik moet er even aan wennen om weer aan land te zijn.'

'Zo is dat.'

'Hebt u een verre reis gehad?' praatte de man verder terwijl ze samen de trap afliepen.

'Ik kom van overzee.' Eigenlijk stond zijn hoofd niet naar een gesprek. 'En ik ben behoorlijk moe van de reis.'

'Ik kom ook van ver. Uit New York,' zei de man.

'Uit New York?' Hij vroeg het alleen uit beleefdheid. 'Bent u voor zaken op reis?'

'Is het me aan te zien?' De heer lachte. 'Maar dat klopt inderdaad. Ik kom uit Essen en ben voor de firma Krupp op pad.'

'Dan hebt u vaak bezigheden in New York?'

'In Amerika, ja. Niet alleen in New York, maar ook in andere steden. En u?'

'Ik kom uit Veracruz.'

'Aha, Mexico! Vanwege uw beroep?'

'Daar woon ik.'

'In Veracruz? Dat is interessant.'

Ze hadden het trapportaal bereikt en liepen door de betegelde tunnel.

'Ik heb een cacaoplantage.' Eigenlijk had hij niets over zichzelf willen vertellen, maar de heer verleidde hem ertoe met zijn vriendelijke manier van doen.

'O, het verbouwen van cacao is een lucratieve zaak,' zei hij.

'Inderdaad.'

De man leek te merken dat hij er niets over kwijt wilde en veranderde van onderwerp. 'We bevinden ons bijna een halve kilometer onder de Elbe,' zei hij. 'Ongelofelijk dat er boven ons daadwerkelijk een rivier stroomt.'

'Ja, een grote prestatie van de ingenieurs.' Het kostte hem grote moeite om vriendelijk te reageren. In werkelijkheid voelde hij zich uiterst onbehaaglijk vanwege het idee dat hij diep onder het water van de rivier door een nauwe buis moest lopen.

'In het begin werd de tunnel door sommigen met een mausoleum vergeleken,' ginnegapte de heer alsof hij zijn gedachten had gelezen. 'Maar de meesten waren er blij mee. Daardoor is het veel gemakkelijker om naar de stad te komen.'

'Maar in Amerika ziet u beslist nog veel grotere bouwwerken.' Het geluid van hun voetstappen, dat van de tunnelwand weerkaatste, leek hem abnormaal luid.

'Jazeker,' zei de man. 'Denk alleen al aan het Woolworth Building of de Metropolitan Life Tower. En toch doet dat allemaal geen afbreuk aan de prestatie van de bouwers van deze tunnel.'

Er schoot hem geen antwoord te binnen, dus knikte hij vluchtig.

'De ingenieurskunst zal nog imposantere bouwwerken voortbrengen,' vervolgde zijn gesprekspartner. 'Kijk eens wat er de laatste decennia alleen al is gebeurd! De hele elektrificatie, of de telefoon. Vliegtuigen! Op een dag landen we op de maan!'

'Dat lijkt me zeer onwaarschijnlijk. Hoe zou dat technisch in zijn werk moeten gaan?'

'O, onderschat de wetenschap niet! Die ontwikkeling staat weliswaar nog in de kinderschoenen, maar in maart nog is er in Massachusetts een raket opgestegen. Hij was klein en vloog maar vijftig meter ver, maar ik vind het een veelbelovend begin.'

'Dat kan wel zijn.' Hij had nooit veel opgehad met techniek. 'Maar wij tweeën zullen beslist niet meer meemaken dat er een mens op de maan landt.'

'Toch ga ik ervan uit dat we deze eeuw de ruimte in gaan,' zei de man. 'Of het meteen al de maan zal worden of niet.' De woordenvloed van de man stokte, want ze hadden de trappen bij St. Pauli bereikt, zeulden hun bagage de treden op en stapten weer het grijze daglicht in.

'Goed dan.' De heer tilde zijn hoed op. 'Hoe het ook zij, wanneer de eerste mens dan ook zijn voet op de maan mag zetten, we gaan eerst onze eigen weg. Ik wens u nog een aangename dag!'

'Dank u, dat wens ik u ook.'

Onwillekeurig keek hij de man na, die zijn paraplu opstak en er snel vandoor ging. Zelf was hij nog wat buiten adem van het trappen lopen en hij gunde zichzelf een korte adempauze voordat hij zich weer in het slechte weer begaf.

Het gesprek had een gevoelige snaar geraakt. Zijn cacaoplantage.

Hij had goede jaren gehad. Uitstekende jaren, met rijke oogsten, die veel geld hadden opgeleverd. Dankzij zijn strenge bewind had de plantage, die hij in de loop der jaren consequent had uitgebreid, grote hoeveelheden cacaobonen voortgebracht en een respectabele winst opgeleverd.

Bovendien was hij een handige verkoper. In Europa zou hij waarschijnlijk voor bedrieger zijn uitgemaakt. Maar hoe twijfelachtig die titel ook was, het enige wat er voor hem toe deed was zijn succes. En dat was wederom iets waartoe niemand hem in staat had geacht, vooral niet zijn vader, de machtige bankier. Voor hem was hij alleen een dikke nietsnut geweest, zwak in schrijven, zwak in rekenen, met een zwak karakter. Een schandvlek op het blazoen van een van de gerespecteerdste Stuttgartse families.

Nou, zijn buik was er niet minder om geworden, integendeel. Maar in Mexico onderstreepte dat attribuut, samen met zijn blanke huid en blauwe ogen, zijn aanzien. Hij kon het zich permitteren goed en veel te eten, werd met egards behandeld, bezat een enorm landgoed. En hij had de mooiste vrouwen.

Hij was echter maar met een getrouwd geweest, Fernanda. Hij had haar uitgekozen toen ze pas veertien was en haar al snel bij zich in zijn herenhuis gehaald. Sindsdien deelde ze zijn leven en veraangenaamde zijn bestaan aanzienlijk. Ten eerste kakelde ze niet zoveel als de andere vrouwen, ten tweede was ze een perfecte huishoudster. En ze accepteerde zijn affaires zonder klagen.

Het ging hem voor de wind.

Als Fernanda's onvruchtbaarheid er niet was geweest, die als een doorn in zijn vlees stak. En als de heksenbezem er niet was geweest. De verschrikkelijke schimmelziekte had zijn plantages de afgelopen jaren zo ernstig aangetast dat hij voor zijn bestaan had gevreesd. Alleen door het radicale afzagen en verbranden van de aangetaste takken en vruchten had hij de catastrofe onder controle kunnen krijgen. En veel te veel bomen hadden compleet vernietigd en opnieuw geplant moeten worden.

Geleidelijk aan herstelde zijn plantage zich. Maar het zou wel even duren voor hij weer net zo veel winst kon maken als in de voorgaande jaren.

Toch was hij op reis gegaan naar Duitsland. Tijdens zijn afwezigheid zorgde zijn beheerder Marcos voor orde en regelde hij de verkoop. De man was weliswaar gewelddadig, maar ook bijzonder loyaal, zodat hij ervan op aan kon dat hij niet alles kwijt was als hij terugkwam.

Want er was een kwestie in Stuttgart die hij keer op keer voor zich uit had geschoven en waar hij zich nu eindelijk mee moest bezighouden. Die had hem nog meer vernederd dan de minachting van zijn vader.

Judith Rothmann.

De gedachte aan haar veroorzaakte nog steeds een doffe pijn bij hem, hoewel er vele jaren waren verstreken. Nooit zou hij het moment vergeten dat ze hem op de avond van haar verloving ten overstaan van de voltallige Stuttgartse society met haar ijskoude weigering voor schut had gezet. Eigenlijk had die dansavond het mooiste moment van zijn leven moeten worden, want de relatie tussen hem en Judith was door hun vaders allang bekokstoofd. Maar zodra het hem ondanks zijn opwinding was gelukt om de ring om haar vinger te doen, had ze hem aangekeken alsof hij melaats was en was ze de ruimte uit gerend.

Een gruwelijke blamage. De vaders hadden eerst elkaar en vervolgens hem aangekeken, en op het gezicht van de gasten stonden medelijden, leedvermaak en spot te lezen. De gastheer was naar de muzikanten gelopen om te vragen snel een vrolijke dansmelodie in te zetten om zo de pijnlijke stilte in het vertrek te verdrijven.

Hij had het feest meteen verlaten, hoewel Judiths vader hem had verzekerd dat zijn dochter alleen verrast was geweest en hun huwelijk uiteindelijk zou accepteren. Hoe hij uiteindelijk de zaal uit was gekomen, kon hij zich niet meer herinneren. Maar hij had de verzekering van Judiths vader dat zijn dochter wel zou bijdraaien, heel goed onthouden.

Dus had hij gewacht. Op een bezoek van haar, op een brief. Uiteindelijk had ze hem haar verontschuldigingen laten overbrengen, maar wel via haar vader als boodschapper. Ze had zich niet verwaardigd hem persoonlijk te woord te staan. Inmiddels was hij ervan overtuigd dat de bewuste brief helemaal niet door haar was geschreven.

En dan was er nog die Victor Rheinberger geweest, een voormalige bajesklant van de vesting, een *Reigschmeckter*, niet van hier. Hij had domweg een kind bij Judith verwekt en zich toen als haar echtgenoot opgeworpen. Maar daar was hij pas jaren later achter gekomen, in een brief die zijn zus Dorothea hem naar aanleiding van zijn bruiloft met Fernanda had gestuurd. Vermoedelijk was zij ervan uitgegaan dat dat bericht hem niet meer zou kwetsen, omdat hij toen zelf al getrouwd was.

Maar het tegendeel was het geval. Dorothea's brief had de oude wonden opengereten en zijn wens sterker gemaakt om op een dag genoegdoening te eisen voor alle dingen die hem waren aangedaan.

En daarom was hij hier.

Een windstoot en het aanhoudende getoeter van de scheepshoorn van een stoomschip brachten hem terug naar de werkelijkheid. Nog steeds stond hij bij de zuidelijke ingang van de tunnel onder de Elbe bij de drijvende aanlegsteiger. Hij vermande zich, liep de weinige meters door de inmiddels sterker geworden regen naar de Hafenstrasse en keek rond naar een taxi.

'Waarheen gaat de reis?' vroeg de chauffeur, toen hij de bagage had ingeladen.

Hij veegde de druppels van zijn hoed. Ze bevochtigden het interieur van de auto.

'Naar het centraal station.'

4

Stuttgart
4 mei 1926

Op de Schlossplatz stapte Serafina uit tram 16. Inmiddels kende ze de weg goed genoeg om van Degerloch naar de stad te komen en was dus onafhankelijk van anderen, dankzij haar goede richtinggevoel en Judith en Dora, die haar de belangrijkste straten en plekken van Stuttgart hadden laten zien. Serafina's bestemming, Hotel Marquardt, lag niet ver van de halte. Toch aarzelde ze om naar het gebouw te lopen.

In haar rechterhand hield Serafina het kaartje dat Lilou haar op het station had toegestopt. Haar vingers speelden nerveus met het papier, dat door haar aanrakingen compleet beduimeld was. Deed ze hier wel goed aan? Zou Lilou nog wel weten wie ze was?

Om haar heen was het een drukte van belang, onmiskenbaar de flair van een grote stad. De gebouwen in de Königstrasse en op de Schlossplatz getuigden van roemrijke tijden: de imposante Königsbau, het grote Neue Schloss met de jubileumszuil, het Kunstgebäude. Op de reclamezuil voor het Kronprinzenpalais prezen affiches allerlei vormen van amusement in de stad aan, één daarvan met de aankondiging van het optreden van Josephine Baker.

De vele winkels waren geopend, hun ingangen lagen in de schaduw van de markiezen erboven. Een paar honderd meter verder in de straat zag Serafina de markante toren van het station.

Voorbijgangers liepen langs, sommige haastig, andere flaneerden over het trottoir en genoten van de warme lentedag. Fietsers en auto's, trams en motorfietsen deelden de straat. Er klonk geknetter en getoeter, en ertussendoor het schelle gerinkel van de tram.

Maar over het algemeen ging het er in Stuttgart toch duidelijk rustiger aan toe dan in Berlijn. Vooral de mensen waren anders, meer gesloten, in zichzelf gekeerd. Victor had gezegd dat die eerste indruk bedrieglijk was. Als je de Württembergers beter leerde kennen, bleken ze hulpvaardige, vlijtige en op hun eigen manier hartelijke mensen te zijn.

En alsof de stad wilde bewijzen dat haar inwoners allerminst zwijgzame zonderlingen waren, kruisten op dat moment drie jonge vrouwen Serafina's pad. Ze waren ongeveer van haar leeftijd en liepen arm in arm, en hun vrolijke conversatie en gelach waren van verre te horen. Ze droegen jurken zonder taille die tot hun knieën reikten en nauwsluitende hoeden op hun scherp geknipte kapsels. Hun gezichten waren perfect opgemaakt.

Serafina observeerde hoe de drie langs de zuilengalerij van de Königsbau en vervolgens in de richting van het oude slot liepen. Ze was het liefst met hen meegelopen, want hoewel ze zich wat haar kleding en make-up betrof enigszins inhield sinds ze in Stuttgart was, hield Serafina van de zelfbewuste, onconventionele flappermode.

Ze streek haar hooggesloten jurk van crèmekleurige batist glad, die onder haar kuit eindigde en waar op de zoom geraffineerde bloemetjes waren gestikt. Een smalle sjerp accentueerde haar heupen en ook zij droeg een klokvormige hoed, waarvan de lichte kleur mooi met haar donkere haar contrasteerde. Serafina had bewust een eenvoudige, moderne stijl gekozen, die in bijna elke omgeving gepast was.

'Kan ik u helpen, juffrouw?' vroeg een gedistingeerde oudere heer in pak. Hij had opvallende witte bakkebaarden.

Serafina keek hem verward aan. 'Eh, nee, dank u. Ik red me wel.'

'Goed. Ik dacht alleen... U maakt de indruk dat u niet van hier bent,' zei de man en hij glimlachte verontschuldigend. 'En misschien niet weet waar u naartoe moet. Maar als dat niet het geval is... een prettige dag nog!' Hij tilde zijn strohoed op en vervolgde zijn weg.

Serafina vermande zich.

Blijkbaar viel het op dat ze zo besluiteloos op de stoep stond. De hoogste tijd om verder te lopen.

Het was nog maar een klein stukje naar Hotel Marquardt. Judith had Serafina verteld dat het een van de beste hotels van Stuttgart was, dat niet alleen bezoekers uit alle windstreken, maar ook veel prominente gasten herbergde.

Ze liet haar blik over het imposante gebouw op de hoek dwalen, waarvan de vooruitspringende gevel een aantal balkons droeg die tussen smalle, met figuren versierde halve zuilen waren ingebed. De stenen en smeedijzeren balustrades waren overvloedig met bloemen gedecoreerd. Serafina zette koers naar de ingang, die links in de Schlossstrasse lag.

De hal van het hotel, waar ze even later binnenkwam, ademde de sfeer van vervlogen jaren. De fraaie lambriseringen, het lichte behang en de gecapitonneerde meubels verleenden de lobby een degelijke, internationale uitstraling.

'U wenst?' Een bediende in livrei sprak haar aan.

'Ik wil graag naar Lilou Roche,' antwoordde Serafina en ze haalde het kaartje tevoorschijn waarop Lilou haar naam in grote ronde letters had geschreven. 'Als ze aanwezig is.'

De hotelbediende wierp een snelle blik op het kaartje en vroeg haar toen een moment te wachten.

Terwijl hij naar Lilou liet informeren, sloeg Serafina het komen en gaan in de hal van het Marquardt gade.

Een bejaard echtpaar, blijkbaar Amerikaans, beklaagde zich opgewonden over een veel te gehorige kamer. Tegelijk zeilde een dame langs Serafina heen met een mopshond en een wolk zoetig parfum in haar kielzog. Een jonge vrouw, misschien haar gezelschapsdame, moest moeite doen om haar bij te houden, terwijl ze werd bedolven onder een lawine van instructies.

In een hoek stonden drie mannen sigaren te roken. Ze hadden hun hoed nog op en hun jas nog aan en het leek bijna of ze samenzweerderige gesprekken voerden. Serafina spitste haar oren, maar ze was te ver weg om iets op te vangen.

Net toen een jong echtpaar binnenkwam dat misschien op huwelijksreis was, want ze zagen er smoorverliefd uit, kwam de hotelbediende terug.

'Juffrouw Roche is op haar kamer en vraagt of u naar haar toe kunt komen. Als u mij wilt volgen?'

Serafina knikte en liep achter de jongeman aan, die haar over een dik Perzisch tapijt naar een lift met messing versieringen bracht.

Op de derde verdieping stapten ze uit.

'Nummer 301,' zei de bediende en hij wees een gang in. 'Zal ik met u meelopen?'

'Nee, dank u, dat is niet nodig,' antwoordde Serafina en ze gaf hem een kleine fooi.

'Als u nog iets wenst, juffrouw, vindt u mij bij de receptie.' Hij stopte de munt weg, maakte een lichte buiging en stapte de lift weer in.

Terwijl de liftdeuren rammelend dichtgingen, liep Serafina door de lange gang. De kamer met nummer 301 lag aan het eind. Toen ze voor de deur stond, aarzelde ze niet en klopte meteen aan.

Vanbinnen klonken zachte stemmen. Er blafte een hond.

Toen ging de deur open. Een kleine witte keeshond schoot naar buiten en sprong tegen Serafina op.

'*Coco! Arrête!*' Lilou kwam tevoorschijn uit de stijlvol verduisterde kamer en pakte de kleine hond bij zijn met stras overdekte halsband. Toen herkende ze Serafina. 'Ah, ma chère Serafina! Wat leuk! Kom binnen.'

Ze droeg een smokingbroek en een witte blouse, zonder jasje, ze had een kaarsrechte scheiding in haar kortgeknipte haar dat met pommade tegen haar hoofd geplakt zat. Tussen haar vingers glom een sigaret.

Serafina kwam de rokerige kamer binnen.

'Dan ga ik er maar vandoor, *chérie*.' Er stond opeens een jonge vrouw naast Lilou, die haar handen op haar wangen legde en haar hartstochtelijk op de mond kuste. 'Nu je bezoek hebt.' Ze nam Serafina op, in haar blik lag een spoor van jaloezie.

'Dat is goed, Milly. We zien elkaar later,' zei Lilou en ze streelde de vrouw, die blijkbaar haar vriendin was, over haar rode haar.

'Ik hoop dat het niet al te lang duurt,' zei Milly met een grimas.

'Het duurt zolang het duurt,' zei Lilou.

Met een laatste blik op Serafina liep Milly de kamer uit.

Toen ze de gang in was verdwenen, sloeg Lilou haar arm om Serafina heen en sloot zacht de deur. 'Ik ben blij dat je bent gekomen!'

De hond rende nog steeds om de twee vrouwen heen en bleef tegen Serafina en Lilou opspringen.

'Coco!' riep Lilou, dit keer energieker. '*Non! Couche!*'

Terwijl de hond zich zacht keffend terugtrok naar een deken aan het eind van het tweepersoonsbed dat tegen de muur stond, bood Lilou Serafina een sigaret aan. Serafina schudde haar hoofd.

'Non?'

'Nee, bedankt.'

'Goed dan. Ga toch zitten, Serafina.'

Serafina nam plaats op een van de twee dik gecapitonneerde stoelen die voor het raam stonden.

'Wil je iets drinken?' Op een bijzettafeltje stond een fles champagne.

'Ook niet, dank je.'

'Echt niet?' Zonder haar sigaret neer te leggen, schonk Lilou een glas champagne in en ging in de leunstoel naast Serafina zitten. 'Vanavond is er weer een voorstelling. Wil je ernaartoe? Josephines programma is erg in trek bij het publiek hier in Stuttgart.'

'Ik zou graag willen, maar ik kan niet.'

'Je kunt niet?'

'Ik woon hier bij het gezin van mijn halfbroer. Ik wil niet...'

'Ah, je wilt geen slechte indruk maken. Ik begrijp het.' Lilou boog zich naar Serafina toe. Onwillekeurig deinsde Serafina terug. Lilou grijnsde en leunde weer achterover.

Affaires tussen vrouwen kwamen in Berlijn vaak voor. Toch vond Serafina die nabijheid merkwaardig.

'Maak je geen zorgen, ma chère,' zei Lilou ontspannen en ze nam een flinke slok champagne. 'Laten we gewoon vriendinnen zijn.'

Serafina knikte, opgelucht dat Lilou haar haar reactie niet kwalijk nam.

'Dus je komt niet vanwege de voorstelling,' vervolgde de Française. 'En ook niet vanwege mij. Wil je Josephine leren kennen? We kunnen vanavond met haar gaan eten.'

'Nee,' antwoordde Serafina en ze voelde een onbeholpenheid die ze niet kende van zichzelf.

Lilou nam haar kritisch op. 'Nee? Waarom ben je dan hiernaartoe gekomen?'

Serafina haalde diep adem en vouwde haar handen over haar handtas, die op haar schoot lag. 'Ik... ik heb een probleem.'

'Ah!' Lilou leunde achterover. 'En jij wilt dat ik je help?'

'Ja.' Serafina keek Lilou van opzij aan.

Ze dronk haar champagne op en bekeek het lege glas. 'Wil je echt niet? Dan is het gemakkelijker praten.'

Serafina antwoordde niet, maar deed abrupt haar handtas open, haalde de compromitterende foto's eruit en overhandigde ze aan Lilou.

De Française drukte haar sigaret uit, bladerde door de foto's en floot toen bewonderend door haar tanden. '*Oh, là, là!* Daar had ik je helemaal niet toe in staat geacht.' Ze keek Serafina aan. '*En fait...* eigenlijk wel. Je bent vurig genoeg.'

'Maar dit hier is iets anders.'

'Je ziet er heel dromerig uit. Behalve deze hier zijn ze heel mooi...' Lilou tikte op de bovenste foto.

'Ik was mezelf niet. Ik had alcohol gedronken. En toen was er een of ander wit poeder...' Met een wanhopig gebaar wrong Serafina haar handen. 'Vanaf dat moment kan ik me niets meer herinneren, begrijp je?'

'Cocaïne.'

'Wat zeg je?'

'Ze hebben je cocaïne gegeven. Heb je het gesnoven?'

'Ja.'

'Samen met de alcohol heeft je dat mooie dromen bezorgd.'

'Nachtmerries.'

Serafina haalde het briefje uit haar tas. 'Maar het ergste is dit hier...'

Lilou pakte het korte briefje aan en las het door.

'Dat is... kwaadaardig.'

Serafina knikte. Ze had het gevoel dat haar keel dichtzat.

'Natuurlijk help ik je,' zei Lilou spontaan en toen ze troostend haar hand op Serafina's arm legde, voelde het echt loyaal en vriendschappelijk aan. '*Courage!* Je bent geen vrouw die zich laat intimideren, hè?'

'Eigenlijk niet.'

'*D'accord.* Dan moet je me alles vertellen wat je je nog van deze kwestie herinnert.'

Hortend en stotend deed Serafina haar verhaal.

Lilou stak een nieuwe sigaret op, blies de rook de lucht in en luisterde geconcentreerd. Af en toe knikte ze of vroeg naar details.

De ontspannen houding van de Française kalmeerde haar.

'Anita Berber was er ook bij, zei je?' vroeg Lilou toen Serafina klaar was.

'Ja.'

'Ik ken Anita goed, een paar jaar geleden hebben we met elkaar gewerkt.'

'Ze is heel... openhartig.'

Lilou lachte fijntjes. 'Ze heeft schandalige zaken tot kunst verheven. Ze is nu al iemand, hoe zeg je dat... *une légende*. Maar ze is niet sterk genoeg voor haar leven.' Lilous sigaret knisperde zacht toen ze eraan trok. 'Ken je de *Dansen van de laster, het gruwelijke en de extase?*'

'Nou ja... ik heb ervan gehoord.'

'Klopt, je bent nog heel jong. Een paar jaar geleden heeft ze die productie gedanst. Met Sebastian Droste. Het was *scandaleux. Mais génial.*' In Lilous ogen verscheen een romantische uitdrukking. 'Ze houdt van allebei. Mannen en vrouwen.'

Serafina kreeg een onbehaaglijk gevoel.

Ze staarde naar haar foto's in Lilous handen. Die nacht had ze zich kinderlijk naïef aan vreemde personen toevertrouwd, mensen die het nachtleven van de grote steden uit en te na kenden. Beging ze nu misschien dezelfde fout? Zou Lilou haar echt kunnen helpen?

'En wat deed Anita die avond in het Metropol?' hoorde ze Lilou vragen. 'Had ze daar een voorstelling gedaan?'

Serafina dwong zichzelf rustig te blijven. Ze moest Lilou wel vertrouwen als ze dit probleem wilde oplossen zonder Victor of zijn vrouw erbij te betrekken.

'Ja. Maar eigenlijk ben ik ernaartoe gegaan om iets over mijn moeder aan de weet te komen.'

'Je moeder?'

'Ze... ze was ook danseres.'

'Ah! *Très intéressant!* Wás?'

'Ik weet niet waar ze is en wat ze tegenwoordig doet.' Serafina slaakte een zucht. 'Ze heeft me al vroeg verlaten.'

'Je wilt haar vinden.'

'Natuurlijk! Als ze nog leeft, tenminste.'

'Weet je dan hoe ze heet?'

'Nee. Ik ken haar alleen van een paar verhalen. En een paar foto's.'

'Wie heeft je over haar verteld?'

'Mijn vader. Hij heeft me opgevoed. Maar hij vertelde me maar weinig als ik naar haar vroeg. Hij heeft haar naam nooit genoemd. Als het om mijn moeder ging, stuitte ik op een muur van stilzwijgen.'

Lilou drukte haar sigaret uit en keek Serafina peinzend aan. 'Heeft Anita Berber je moeder gekend?'

'Als kind heb ik ooit een foto gevonden waarop ze blijkbaar samen te zien waren. Ik heb hem al die jaren bewaard, verstopt in een boek.' Serafina slikte.

'Dan moeten ze elkaar hebben gekend. Of nog steeds kennen.'

Serafina knikte. 'Maar de foto is niet alles. Er is ook een... briefje.'

'Een briefje?' Lilou ging rechtop zitten.

'Ja. Ik weet dat het... naïef klinkt en ik weet zelf ook niet meer waarom ik het geloofde. In elk geval kreeg ik vlak na de dood van mijn vader een brief waarin stond dat ik een heleboel over mijn moeder te weten zou komen als ik die avond naar het Metropol zou komen. Ik ben ervan uitgegaan dat Anita die had geschreven, ook al kon ik de handtekening niet ontcijferen. Ik was veel te opgewonden en heb hem helemaal niet kritisch bekeken.'

'*Et*, je bent erheen gegaan. Met de bekende consequenties.'

'Ja.'

'Maar Anita had je helemaal geen brief gestuurd.'

'Nee. Ik heb haar de oude foto met mijn moeder laten zien, maar ze zei dat ze niets over haar wist. Ik stond op het punt om weer naar huis te gaan toen me een glas champagne werd aangeboden...'

'*Donc*. Laten we toch maar bij Anita beginnen. Ze was die avond in elk geval aanwezig.'

'En ze heeft toegelaten dat er zulke...' Serafina wees naar de foto's, '... opnames werden gemaakt.'

'Anita zag beslist geen kwaad in die foto's. Voor haar is het normaal om zo te poseren.' Ze fronste haar voorhoofd. 'In elk geval zou ze moeten weten welke personen hierop te zien zijn.'

Serafina keek Lilou twijfelend aan. 'Geen kwaad..?'

'Geloof me maar.' Lilou spreidde de foto's in haar hand uit. 'Kwaadaardig is alleen de vent die deze foto's gebruikt om je te chanteren.'

Serafina wrong haar handen. 'Maar waarom? Ik ken hem toch helemaal niet!'

'Maar hij kent jou! Voor sommige mannen is dat voldoende. Als ik volgende week in Berlijn ben, probeer ik Anita te ontmoeten,' zei Lilou. 'Zij kan me misschien vertellen wat er precies is gebeurd en dan weten we snel wie erachter zit.'

Lilous optimisme luchtte Serafina een beetje op. De Française leek haar oprecht te willen helpen. Voor het eerst sinds die avond in Degerloch, toen de foto's haar letterlijk in handen waren gevallen, had ze weer hoop. 'Hoe gaat het nu verder?'

'Ik bedenk wel iets.' Lilou keek haar aan en fatsoeneerde peinzend haar haar. 'Kom overmorgen in de middag weer hiernaartoe.'

Serafina, die merkte dat Lilou het gesprek wilde beëindigen, stopte de foto's en het briefje weer in haar handtas. 'Tot overmorgen,' zei ze en ze stond op. 'Bedankt, Lilou.'

'Ach, dat is toch vanzelfsprekend. Wij moeten elkaar steunen, *nous femmes*.' Lilou knipoogde en ging ook staan. Meteen sprong Coco op en liep blaffend naast de twee vrouwen naar de deur.

'Het is al goed,' kalmeerde Lilou het dier. Toen duwde ze de deurknop omlaag om Serafina uit te laten. 'En weet je wat, Serafina? Ik heb zelfs veel zin om de praktijken van die vent te dwarsbomen!'

5

Warenhuis Schocken in Stuttgart
5 mei 1926

‘U kunt deze geur elk moment van de dag dragen, mevrouw,’ zei Elise vriendelijk en ze liet haar oudere, duidelijk welgestelde klant een luxueus vormgegeven glazen flacon met talloze gestileerde bijen zien. ‘Maar voor de avond zou ik iets zwaarders kiezen.’

De dame liet een beetje van het kostbare extract op de rug van haar hand druppelen, wreef het uit en snuffelde eraan. ‘Dat ruikt werkelijk geweldig! Fruitig, maar beschaafd. Het bevalt me heel goed.’

‘Après L’Ondée. Een zeer geraffineerde compositie met nuances van viooltjes, irissen en vanille,’ beaamde Elise. ‘“Après L’Ondée” betekent zoveel als: het weer dat op de regen volgt. Gevangen in een bijzondere fles, mevrouw.’

‘Die is erg mooi, juffrouw; u hebt gelijk. Maakt u alstublieft het pakje voor me klaar, dan kijk ik hier in dit prachtige gebouw nog even rond.’

‘Met alle plezier, neemt u de tijd,’ zei Elise vriendelijk en ze nam afscheid van de klant.

Ze was blij met het geslaagde begin van de dag. Nog geen kwartier eerder waren de deuren van het onlangs voltooide warenhuis van de gebroeders Schocken opengegaan en druppelde de geïnteresseerde clientèle binnen op de verschillende etages. Juist omdat alles nog gloednieuw was, trok de moderne architectuur met het ’s nachts verlichte opschrift en de glimmende houten meubels binnenin vele kopers aan. De overzichtelijk en verleidelijk geëtaleerde producten nodigden uit tot flaneren. Het assortiment liep uiteen van de gebruikelijke artikelen voor dagelijks gebruik tot exclusieve specialiteiten en bood met zijn redelijke prijzen voor elk wat wils, niet alleen voor de gegoede elite van Stuttgart.

Elise was blij dat ze hier een betrekking als verkoopster had gevonden en had zich dan ook met veel inzet voor haar nieuwe taak ingewerkt, al was ze ietwat teleurgesteld dat ze niet op de textielafdeling was ingezet. Desondanks had ze zich meteen verdiept in zeep en crèmes, tandpasta en haarproducten, maar vooral in de grote parfumhuizen, de samenstelling van de aangeboden geuren en hun fabricage.

Ze hield van haar werk. Niet alleen omdat ze hier werd gerespecteerd. De hele dag werd ze omgeven door een wolk van aangename geuren, een schril contrast met de penetrant naar boenwas en toiletten ruikende vertrekken van het huurhuis waar ze met haar bejaarde ouders woonde.

Omdat er even geen klanten in zicht waren, wierp Elise een onopvallende blik in haar zakspiegeltje en schikte haar lichtblonde haar, dat ze nog maar kortgeleden in een mooi, gewatergolfd pagemodel had laten knippen. Zeer tot misnoegen van haar vader, met wiens klaagzang haar moeder zoals gewoonlijk had ingestemd, al was Elise er zelf van overtuigd dat het nieuwe kapsel haar eigenlijk best beviel.

Maar ja. Die twee konden gewoon niet anders. Ze waren de zestig allang gepasseerd en leefden in een gedateerd wereldbeeld uit lang vervlogen tijden, toen het rijk nog een keizer had en Württemberg een koning. Jong en oud, dat ging op een gegeven moment niet meer samen. Elise wist dat het tijd was om te verhuizen en een eigen leven te beginnen. En dat zou ze doen ook, zodra ze daar financieel toe in staat was.

Uit haar ooghoeken observeerde ze het komen en gaan vanaf haar plek achter een lange toonbank van gepolijst notenhout, die voor een grote nis van houten vitrines met spiegels stond. Twee jonge vrouwen slenterden langs, maar hadden meer oog voor de lederwaren ertegenover dan voor de cosmetica.

Elise wilde juist beginnen de rangschikking van de parfumflacons en andere drogisterijartikelen op de glazen planken achter haar te inspecteren, toen er opeens een vertrouwde mannelijke gedaante om de hoek kwam en op haar afliep. Een lichte schok ging door haar ledematen.

Dat was toch onmogelijk. Hij? Hier?

Even sloot ze haar ogen, maar toen ze die weer opendeed, was hij niet in rook opgegaan. In plaats daarvan was hij duidelijk dichterbij gekomen. Haar knieën knikten.

Wat deed Anton Rothmann hier 's ochtends in het warenhuis? Volgens haar informatie had hij meer dan genoeg in zijn werkplaats te doen en nauwelijks tijd om zijn werk te onderbreken. Maakte hij vandaag misschien een uitzondering? Voor haar?

De knappe pianobouwer had zich van meet af aan in Elises hart genesteld. Tot dan toe waren ze samen twee keer uitgegaan en ze had gemerkt dat hij niet alleen aantrekkelijk, maar ook zelfverzekerd en attent was. Ze kon zich zonder meer voorstellen dat ze meer voor elkaar zouden kunnen betekenen, nee, ze verlangde ernaar. Meer dan naar wat dan ook. Misschien niet meteen, maar gaandeweg, als ze elkaar wat beter leerden kennen.

Nu was hij even blijven staan om een display met rozenzeep te bestuderen. Elise werd onrustig en deed onwillekeurig een paar stapjes achter haar toonbank. Intussen ging ze ietwat verlegen met haar wijsvinger over het gladde oppervlak, alsof ze een denkbeeldig stofje wegwiste. Tegelijk verheugde ze zich. Waarschijnlijk wilde hij haar gewoon verrassen, hier waar ze werkte. Een heel mooi gebaar van hem. Tenslotte kende ze zijn pianofabriek al. Daar waren ze elkaar voor het eerst tegengekomen, toen ze er kortgeleden in opdracht van de schouwburg naartoe was gegaan om hem te vragen een concertvleugel te repareren. Nadat ze hem het probleem met het instrument had uitgelegd, waren ze met elkaar in gesprek geraakt. Ze hadden ruim een uur gepraat, over haar baan bij Schocken en zijn werk met de piano's. Maar toen ze naar zijn familie vroeg, zei hij niet veel. Hij had alleen laten doorschemeren dat hij op een of andere manier bij Chocoladefabriek Rothmann in Stuttgart hoorde.

Elise keek weer in zijn richting. Inmiddels was Anton Rothmann nog maar een paar passen van haar vandaan en kwam met een vriendelijke glimlach op haar af. Haar hart sloeg op hol. Ze herkende de markante neus, het bijna zwarte haar, de lange gestalte, alleen zijn manier van doen paste niet goed bij het beeld dat ze in de weinige gezamenlijke uren van hem had gevormd. Hij had iets hooghartigs, ook zijn opvallend modieuze kleren kon ze niet plaatsen, maar misschien kende ze hem ook nog niet goed genoeg. Tegelijk straalde hij vandaag iets vrijblijvends uit, waardoor zij terughoudend bleef. Ze glimlachte voorzichtig.

'Goedendag, juffrouw,' groette hij en hij tikte nonchalant tegen zijn strohoed. 'Er is hier een prachtig assortiment zeep en parfum, moet ik zeggen.'

'Het beste van de stad,' zei Elise, enigszins confuus vanwege de formele toon. Maakte hij een grapje?

'Ja! Ik zoek een heel bijzondere geur. Voor een... eh... dame.' Hij grijnsde en liet zijn blik niet alleen over de keur van flacons in de kasten dwalen, maar ook over haar lichaam. Zo onverbloemd had hij zijn belangstelling tot nog toe nog niet getoond. Ze had het onbeschaamd moeten vinden, maar Elise had het gevoel dat er opeens duizenden vlinders in haar buik dansten.

Kocht hij nu werkelijk een parfum om het haar daarna cadeau te doen? Een ongebruikelijke manier om blijk te geven van zijn gevoelens. Maar ook ongewoon charmant. Opwindend.

Het tintelende gevoel verspreidde zich vanuit haar maag door haar hele lichaam.

'Wel?' vroeg hij.

Elise realiseerde zich dat ze hem aanstaarde. 'Eh, nu, ik...' begon ze, maar ze kwam niet uit haar woorden.

'Is er iets?' vroeg hij, terwijl hij een wenkbrauw optrok. Hij leek oprecht verbaasd te zijn.

Elise schudde licht haar hoofd. 'N... nee, alles is in orde, meneer...'

'Rothmann.'

'Jazeker... meneer Rothmann,' stotterde Elise verbijsterd.

Hij was het, zoveel was zeker.

Voor haar stond Anton Rothmann.

Maar waarom keek hij in godsnaam op die begerige manier naar haar en deed tegelijk alsof hij haar helemaal niet kende? Verward probeerde ze de situatie te begrijpen.

Hij zocht een geurtje voor een vrouw. Dat had hij gezegd. Maar het ging overduidelijk niet om haarzelf.

Haar uitgelaten stemming maakte plaats voor diepe teleurstelling.

Hij had de euvele moed om haar op haar werkplek op te zoeken en te doen alsof hij haar nooit eerder had gezien, en zich door haar over een parfum voor een andere vrouw te laten adviseren. Geen van haar aanbidders had haar ooit zo voor het hoofd durven stoten.

'Dus, hebt u een voorstel voor mij, juffrouw, of niet?' herhaalde hij zijn vraag met nauwelijks bedwongen ongeduld. 'In elk geval iets moderns.'

Elise onderdrukte haar impuls om hem rechtstreeks op zijn gedrag aan te spreken. In plaats daarvan selecteerde ze drie flacons uit haar aanbod. Haar handen zwierven nerveus langs de kastplank en bijna liet ze een van de kostbare glazen flessen vallen. Uiteindelijk zette ze ze alle drie voor hem neer.

Ze wees naar de eerste. 'Wat dacht u van Shalimar uit het huis Guerlain?' stelde ze voor, haalde de stop weg en liet een paar druppels op een zakdoek vallen. 'Deze geur is zeer en vogue.' Ze gooide al haar trots in de strijd om professioneel over te komen. Hij mocht in geen geval merken hoe zijn gedrag haar raakte. Als hij zich haar inderdaad niet herinnerde, moest ze aan zijn geestelijke vermogens twijfelen. Maar als hij zich haar wél herinnerde, waarvan ze uitging, want ze hadden nog maar kortgeleden een geweldige middag in het Wilhelmina doorgebracht, dan speelde hij een misselijk spelletje met haar. In beide gevallen had hij niet verdiend dat ze nog maar één gedachte aan hem verspilde.

'Dat ruikt heel bijzonder,' zei hij nu en hij hield de zakdoek onder zijn neus. 'Helemaal niet slecht.'

Ze schraapte haar keel. 'Guerlain liet zich voor deze creatie door de tuinen van Shalimar inspireren. Die bevinden zich in Lahore, in Pakistan.'

'Zeer interessant.' Hij legde de zakdoek naast de bijbehorende flacon. 'Zou ik de twee andere geuren ook mogen leren kennen?' Op zijn gezicht verscheen een kruiperige uitdrukking.

Nu sloeg Elises verbijstering om in woede. Zijn gedrag was ronduit onbeschoft. Hij maakte zich overduidelijk vrolijk over haar, een in zijn ogen onbeduidende verkoopster, die zich van alles in het hoofd had gehaald nadat hij haar oppervlakkig het hof had gemaakt. Hij, de zoon van een industrieel met een eigen pianofabriek. Voor hem gold duidelijk nog de oude wereldorde, die hem duidelijk van haar onderscheidde.

Zwijgend bevochtigde ze twee andere zakdoeken en legde ze voor hem neer.

'Zo? Dit keer geen commentaar? U lijkt zeer ter zake kundig, juffrouw, ik zou uw toelichting niet graag willen missen.' Opnieuw trok hij een wenkbrauw op. Daarmee zou hij wel vertrouwen willen wekken, maar Elise had alleen oog voor haar flacons.

'Tulipe Noir,' zei ze en ze wees naar een van de zakdoeken. 'Van Coudray. Citroen, bergamot, rozen en bessen in de topnoot. De hartnoot herhaalt de roos en combineert die met jasmijn en kruidnagel. Daaronder ligt de basis uit cederhout, witte muskus en patchoeli.' Ze sprak bewust onverschillig, ze had net zo goed de dienstregeling van de rondvaartboten op de Neckar kunnen opdreunen.

'Aha,' zei hij dan ook weinig enthousiast. 'Goed. Maar wat het glas betreft bevalt me dit het beste.' Hij wees naar de derde flacon, die zich met zijn bewust eenvoudige vierhoekige vorm duidelijk van de andere onderscheidde.

'Chanel No 5,' zei Elise. 'Het is gloednieuw en uiterst exclusief. Eigenlijk toeval dat wij het nu al kunnen verkopen, want het is verder nergens in Stuttgart verkrijgbaar.'

'Interessant.'

'Het is toevallig ontstaan. Door een fout van de parfumeur.'

'Werkelijk? Een dubbel toeval voor een enkel parfum?' Haar uitleg leek hem te amuseren, want hij lachte zacht.

'Het aldehyde-akkoord is abusievelijk te hoog gedoseerd,' doceerde Elise, die het gevoel kreeg dat hij haar niet serieus nam. Eigenlijk was deze informatie niet voor de klanten bestemd, maar ze kon niet anders.

Terwijl ze schrok van haar eigen stoutmoedigheid, snoof hij genietend de geur op. 'Nou, niettegenstaande het feit dat het aldehyde-akkoord,' hij imiteerde haar manier van spreken, 'te hoog gedoseerd is, kun je van een verbazend goede geur spreken.'

'Coco Chanel is een buitengewone couturière.' Elises antwoord klonk bits.

'Dat is ze,' beaamde de man die Anton Rothmann moest zijn, ook al kon hij het eigenlijk niet zijn. 'En daarom is dit parfum precies het cadeau dat ik zoek. Pakt u het alstublieft voor mij in, juffrouw?'

'Graag.' Elise slikte, maar bleef beleefd en afstandelijk. 'Een momentje, alstublieft.'

Later kon ze zich niet meer herinneren hoe ze het glazen flesje met haar trillende vingers had ingepakt, maar op een gegeven moment overhandigde ze hem het pakje.

'Hartelijk dank!' Alsof hij een triomf had behaald, hield hij het bij wijze van groet nog eens omhoog, waarna hij doodgemoedereerd naar de kassa slenterde.

Toen hij eindelijk uit het zicht was verdwenen, slaakte Elise een diepe zucht.

'Wat is er met je, Elise?' vroeg Gertrud, een van haar collega's, die op hetzelfde moment met een paar pakjes de hoek omkwam. 'Dat was toch een bijzonder galante klant, of niet soms?'

'Jij had Anton ook kunnen bedienen, Gertrud. Dan had je mij de ellende bespaard.'

'Meen je dat echt?' Gertrud keek Elise verbaasd aan. Toen glimlachte ze. 'Nou, als ik had geweten dat iemand zoals hij bij ons komt winkelen, was ik pas later naar het magazijn gegaan.'

'En als ík had geweten dat hij kwam, zou ik beslist de zeepdoosjes voor je zijn gaan halen,' zei Elise.

'Wat heeft hij uitgekozen?'

'Chanel No 5.'

'In elk geval heeft hij een goede smaak.'

Elise haalde haar schouders op. De dag was niet meer zo stralend. Met woede in haar buik en verdriet in haar hart begon ze de geurkussentjes en flacons op te ruimen en probeerde intussen ook haar gevoelens te ordenen.

Inmiddels liep Karl over de Charlottenplatz. Het was leuk geweest om het parfum te kopen, en de verkoopster was echt knap. Het liefst zou hij haar het parfum cadeau hebben gedaan, vlak nadat hij het had gekocht, vooral omdat ze iets tegen hem leek te hebben. Het kwam maar zelden voor dat meisjes zich zo afwijzend jegens hem gedroegen.

Hoe dan ook. Misschien was ze pas verloofd. Karl besloot er niet meer aan te denken. Bovendien had hij het parfum gekocht voor Vera, met wie hij momenteel uitging.

Hij besloot nog eens in alle rust koffie te drinken. Hij zou vandaag nog lang genoeg op kantoor zitten, het maakte niet uit dat hij iets later kwam.

Hij nam ontspannen plaats in café Marquardt, bestelde koffie en liet zich het *Stuttgarter Neues Tagblatt* brengen. Maar nadat hij de eerste pagina's had bekeken, legde hij de krant weer weg.

Want er waren twee dingen die hem bezighielden.

Ten eerste moest hij vandaag nog naar Alois Eberle om het prototype van zijn chocoladeplaat te bekijken. Hij was de hele week in Keulen geweest en er niet toe gekomen. Hij hoopte dat Alois de bijgeluiden had weggewerkt die het luistergenot nog beperkten. En dan wilde hij het geheel aan Victor en Judith laten zien, in de hoop dat ze het nieuwe project zouden goedkeuren.

Maar hij had ook nog andere plannen. Die waren heel wat ambitieuzer en hij betwijfelde of hij ze zo snel zou kunnen realiseren als de chocoladegrammofoonplaten. Toch wilde hij het proberen.

Het ging om de verbouwing van de chocoladefabriek. Het huidige gebouw dateerde van de vorige eeuw, en Karl vond dat het geen passend hoofdkantoor meer was voor de gerespecteerde onderneming die Rothmann-chocolade was.

Hij wilde de zaak moderniseren.

De ruimtes waren te klein, de looproutes te lang, de processen daardoor te gecompliceerd. En sinds Warenhuis Schocken in Stuttgart was gebouwd, zweefde hem een soortgelijk modern gebouw van baksteen en beton voor de geest. In zijn ogen was het Schocken meer dan geslaagd, met de vele ramen en de gedurfde welving van het compleet glazen trappenhuis. Niet voor niets ging het door voor een van de fraaiste warenhuizen van Duitsland. Maar om een vergelijkbaar resultaat te bereiken, moesten er grote delen van de bestaande fabriek worden afgebroken en opnieuw worden gebouwd.

Hij had al een architect aan het werk gezet en de eerste ontwerpen zagen er veelbelovend uit. Maar zonder toestemming van zijn zus en haar man kon hij geen opdracht geven tot de verbouwing. Besluiten over investeringen die boven een bepaald bedrag uitgingen, moesten door hen met twee derde meerderheid worden genomen. Een ergerlijke bepaling, die hun vader al snel nadat Victor in de familie was getrouwd had opgesteld en tot aan zijn dood meermaals had bekrachtigd. Victor en Judith konden dus op elk gewenst moment over zijn hoofd beslissingen nemen, terwijl hij steeds op een van hen was aangewezen om iets voor elkaar te krijgen.

Nog steeds begreep Karl niet hoe zijn vader de belangen van zijn eigen zoons zo kon negeren. Toen hij en Anton meerderjarig waren geworden, had Victors invloed definitief ingeperkt moeten zijn. Wat het nog lastiger maakte, was dat Anton zich liever met zijn rammelkasten bezighield dan met chocolade en al jaren was uitgekocht.

Maar zo snel zou hij niet opgeven. Het bedrijf liep goed en als dat zo moest blijven, moesten ze met hun tijd meegaan. De modernisering van Chocoladefabriek Rothmann zou zijn werk zijn. Ook als er zaken in het verborgene zouden blijven en hij uiteindelijk een fikse familieruzie riskeerde.

Hij dronk zijn koffie op en legde het geld op tafel. Het was hoog tijd om aan de slag te gaan.

6

Villa Rothmann
Dezelfde avond

Geleidelijk herstelde Serafina zich weer. Sinds haar gesprek met Lilou een dag eerder voelde ze zich beter, ook al kon ze een lichte twijfel of Lilou het wel serieus meende met haar aanbod niet helemaal afschudden. Theatermensen waren hartelijk, maar ook oppervlakkig. Wat met de beste bedoelingen werd gezegd of beloofd, was weer snel vergeten. En dat hoewel het niet aan goede wil ontbrak. Alleen, de voortdurende afwisseling van realiteit en fantasie bracht wel eens een bepaalde wispelturigheid met zich mee. Die ervaring had Serafina als kind al opgedaan.

Algauw was het tijd voor het avondeten. Ze zat aan de kaptafel in haar kamer. Vroeger was deze plek Judiths toevluchtsoord geweest, had Victoria verteld, en de sfeer paste ook bij Judith, licht en helder, de meubels stamden weliswaar uit een andere tijd, maar het was er levendig en warm.

Serafina leunde met haar kin op haar hand en bekeek haar gezicht. De opwinding van de afgelopen dagen was haar aan te zien en ze besloot vandaag wat meer make-up aan te brengen. Toch was ze heel voorzichtig met het lichte poeder, ook haar wangen kleurde ze maar licht met het beschaafde rood. Aan de andere kant liet ze haar ogen beter uitkomen met bruine oogmake-up en de zwarte kohl.

Ze pakte haar lippenstift en haalde de dop eraf, bracht zorgvuldig de rode kleur aan en controleerde vervolgens precies of de contouren waren gevolgd. Tijdens het eten zou het weliswaar meteen weer vervagen, maar ze vond dat de dieprode lippen mooi contrasteerden met haar zwarte haar en de donkerblauwe jurk.

‘Tante Serafina!’ Victoria had er een gewoonte van gemaakt om haar voor het avondeten af te halen en rende stipt op tijd de kamer in.

Toen ze Serafina zag, zette ze grote ogen op. ‘Je ziet er prachtig uit!’

‘Ja? Bevalt de jurk je?’

‘Niet de jurk. Je gezicht!’ Victoria kwam dichterbij. ‘Kun je mij ook zo mooi maken?’

Serafina moest lachen. ‘Ik denk dat je ouders dat niet leuk zouden vinden, Vicky. We kunnen dat het beste een keer in alle rust doen als er niemand thuis is en we alles weer bij je kunnen afwassen voordat iemand je ziet.’

‘Maar ik wil toch juist dat iemand me ziet.’ Victoria trok een pruilmondje, maar accepteerde Serafina’s beslissing snel.

Even later huppelde ze vrolijk voor Serafina uit de brede trap af en rende door de gang naar de eetkamer.

Niet veel later zaten ze allemaal rond de tafel: Judith, Victor, Serafina en Victoria.

‘Ik heb honger,’ verkondigde Victoria.

‘Je kunt best een paar minuten wachten,’ zei Victor.

‘Waarom? Komt er nog iemand?’ informeerde Victoria.

‘Wacht maar af,’ zei haar vader geheimzinnig.

Victoria keek hem vragend aan, maar drong verder niet aan.

‘Ik hoop dat je een leuke middag hebt gehad,’ zei Judith tegen Serafina. ‘Ik heb een beetje last van mijn geweten omdat ik de afgelopen dagen zo weinig tijd voor je heb gehad.’

‘Maak je geen zorgen, Judith,’ zei Serafina. ‘Vandaag heeft Victoria me de uitkijktoren van Degerloch laten zien. En gisteren heb ik een leuke middag in Stuttgart doorgebracht.’

‘En je bent niet langsgegaan bij de fabriek?’ wilde Victor weten, toen de deur plotseling werd opengegooid en een jongeman met een koffergrammofoon onder zijn arm in de kamer stond.

‘Oom Karl!’ riep Victoria opgetogen. Ze sprong op en omhelsde hem onstuimig.

‘Rustig aan, Vicky,’ zei deze, ‘anders laat ik de grammofoon vallen!’

Ook Judith was opgestaan. ‘Karl! Fijn dat het je is gelukt.’

‘Goedenavond allemaal,’ zei Karl. Hij duwde Victoria voorzichtig opzij en gaf Judith een kus op haar wang. ‘Natuurlijk is het me gelukt.

Neem me niet kwalijk dat ik te laat ben. Maar ik heb iets geweldigs voor ons!'

'Nou ja, dat je te laat komt is geen verrassing,' bromde Victor, die juist eigenhandig de wijn inschonk, terwijl Karl de grammofoon midden op de gedekte tafel zette en de deksel openklapte.

'Ach, kun je hem niet naar het dressoir brengen?' vroeg Judith, die snel een paar kaarsen opzij had geschoven om plaats te maken. 'Het dienstmeisje dient zo het avondeten op.'

'Momentje, ik moet jullie iets laten zien,' zei Karl onverstoorbaar.

Serafina keek hem verbluft aan. De lange, goedgebouwde man beviel haar meteen.

Hij had een regelmatig gezicht, smalle lippen en een markante neus, zijn haar was donker, bijna zwart. Hij had opvallend lichtblauwe ogen, met een onverholen spottende uitdrukking. Ze glinsterden toen hij aan tafel om de aandacht vroeg: 'Moet je eens luisteren!'

Hij straalde een aanstekelijk enthousiasme uit. Onwillekeurig boog Serafina zich voorover om alles beter te kunnen zien. Karl legde een plaat op de draaitafel en wond de veer van de motor op.

'Ik weet dat het een chocoladeplaat is,' zei Victor terwijl hij de glazen met de gouden randjes vulde. 'En die bestaan al minstens twintig jaar.' Serafina hoorde een ondertoon van ergernis in zijn stem.

'Dat klopt, zwager,' gaf Karl toe. 'Maar tot dusver waren die platen bedekt met bladtin en stonden er kinderliedjes op. Je kon ze alleen met een soort fonograaf afspelen en niet met een grammofoon. En al helemaal niet met dit repertoire.'

De muziek die vervolgens klonk was zo aanstekelijk dat het Serafina moeite kostte om te blijven zitten. Blijkbaar verging het Victoria eender, want ze sprong van haar stoel en danste uitgelaten door de eetkamer.

'Nou? Wat vinden jullie ervan?' vroeg Karl gespannen, toen de laatste toon was weggestorven.

'Dat is geweldige muziek! Speel die alsjeblieft nog eens, oom Karl!' riep Victoria enthousiast.

'De geluidskwaliteit is niet slecht,' gaf Victor toe. 'Maar zou je toch zo vriendelijk willen zijn om de grammofoon weg te zetten, zodat we kunnen gaan eten?'

Judith legde haar hand op de arm van haar man. 'Laten we er nog een keer naar luisteren, Victor. Ik vind dat het verbazend goed klinkt!'

'Weet je wie die plaat van chocolade heeft gefabriceerd? Jouw oude vriend Alois!' zei Karl.

'Dat had ik kunnen weten,' merkte Victor op. 'Alois is nog altijd geen idee te dol. Hoeveel bekers most heb je met hem gedronken toen jullie dit hebben uitgedacht?'

'Meer dan één,' zei Karl grijnzend. 'Hij is gewoon een geniale knutselaar.'

Victor boog zijn hoofd. 'Ongetwijfeld. Maar voor het geval dat het iets wordt met dat idee... bezit je de rechten op de muziek?'

'Het is nog maar een prototype, dan spelen de rechten geen rol. Met de klank ben ik inmiddels heel tevreden. Alois heeft de afgelopen dagen echt een meesterstuk volbracht. Als we dat soort chocoladeplaten daadwerkelijk op de markt brengen, dan regel ik natuurlijk ook de muziekrechten.'

'Ik vind het een heel goed idee,' zei Judith. 'Die muziek is echt ongelooflijk. Het is niet te vergelijken met een fonograaf. Welk stuk is het eigenlijk?'

'De titel is "Whispering",' antwoordde Karl. 'Van Paul Whiteman.'

'Nou, mij beviel het ook uitstekend!' hoorde Serafina zichzelf zeggen en ze merkte meteen dat ze de aandacht van de anderen trok. Ze boog kort haar hoofd, maar hief het meteen weer op en keek recht in een paar innemende blauwe ogen.

'Dat doet me plezier,' zei Karl. 'Dan hebben we dezelfde smaak.' Hij bleef haar even aankijken, toen plooide hij zijn gezicht in een veelbetekenende glimlach.

Serafina's hart ging sneller kloppen. Tegelijk probeerde ze zich instinctief aan zijn charme te onttrekken. Wat mannen betrof was ze momenteel op haar hoede.

Karl nam haar nog even op, toen keek hij naar Victor en Judith. 'Willen jullie me niet aan je gast voorstellen?'

'We hebben je toch al verteld dat mijn zus...' antwoordde Victor, maar hij werd direct onderbroken door zijn dochter.

'Dat is Serafina, de zus van papa. Mijn tante dus. Net zoals jij mijn oom bent,' legde ze hem uit.

'Dank je wel, Victoria,' zei Karl en hij tilde de grammofoon van de tafel.

'O, jammer, je draait hem niet nog een keer,' zei Victoria teleurgesteld. 'Mama zei toch ook dat ze het leuk vond.'

'We luisteren er later nog een keer naar, Vicky,' zei Karl goedmoedig. 'En dan dansen we erop.'

De glimlach die Victoria haar oom schonk, was het waard om ingelijst te worden. Ze leken een goed op elkaar ingespeeld duo te zijn.

Het avondeten werd geserveerd. Na de soep, de konijnenrug met mostsaus en de smakelijke aardappeltjes, vertelde Karl over zijn reis naar Keulen van de afgelopen week. Die had hij in opdracht van Victor gemaakt om informatie over een van de geduchtste concurrenten van Chocoladefabriek Rothmann te verzamelen, de firma Stollwerck.

'Ze willen naast de gebruikelijke campagnes nu ook sport voor hun reclame gebruiken,' zei Karl.

'Zodoende verbinden ze kracht met chocolade,' dacht Judith hardop.

'Ja,' beaamde Karl. 'Concentratie, de juiste verzorging van het lichaam bij wedstrijden... die boodschap zullen ze uitdragen.'

'Ze zijn verdomd goed, die lui uit Keulen,' zei Victor bewonderend.

'En in het begin hebben ze alleen hoestbonbons gemaakt,' constateerde Karl hoofdschuddend. 'Ongelofelijk wat daaruit is voortgekomen.'

'Hoe zit het met hun internationale zaken? Ben je daar wijzer over geworden?' vroeg Judith.

'Die zijn weer stabiel, nadat ze vanwege de oorlog waren ingezakt,' antwoordde Karl.

'Dat wisten we al,' wuifde Victor zijn woorden weg. 'Mij interesseren vooral hun plannen in de Verenigde Staten.'

'Daar ben ik verder niets over te weten gekomen. Waarschijnlijk zijn ze van plan om uit te breiden, Stollwerck is al lang in Amerika actief,' zei Karl. 'Rond de eeuwwisseling stonden er alleen al op de stations in New York vierduizend chocoladeautomaten. Inmiddels zijn het er heel wat meer.'

'Eigenlijk zou het goed zijn om erheen te gaan en de productie daar te bekijken,' constateerde Judith. 'Misschien zou het voor ons ook interessant zijn daar een vestiging op te zetten.'

'Amerika... dat zou wat zijn...' zei Karl, en Serafina zag dat er een verlangende uitdrukking op zijn gezicht verscheen.

'Ik wil nog geen vestiging overzee beginnen,' zei Victor. 'We zijn nog maar net van de monetaire crisis hersteld.'

'Men kan geen nieuwe landen ontdekken zonder bereid te zijn de kust lange tijd uit het oog te verliezen,' citeerde Karl.

'Dat citaat ken ik,' zei Serafina. 'Is dat niet van André Gide?'

Karl keek haar bewonderend aan. 'Dat klopt.'

Serafina glimlachte.

'Als jij naar Amerika gaat, oom Karl, dan kom ik mee!' Dat was Victoria. 'Maar eerst eten we het toetje.'

'Toetjes vind ik ook het lekkerst!' bekende Karl en Serafina merkte dat zijn blik begerig op haar rustte. 'En dat van Gerti is altijd het best. Je zult het wel merken, Serafina!'

Judiths broer had precies de ondeugende charme waar vrouwen voor vielen. Hij moest eind twintig zijn, maar zag er heel wat jonger uit.

Het dessert was inderdaad een geraffineerde combinatie van kleine chocoladegebakjes, die nog warm waren van de oven, met een flinke portie slagroom en romig vanille-ijs.

'O ja, Victoria,' zei Serafina nadat ze had geproefd. 'Dit is erg lekker.'

Victoria grijnsde tevreden.

Toen de maaltijd was afgelopen en alles was afgeruimd, zette Karl inderdaad nog een keer de grammofoon aan en danste met Victoria door de ruimte. En elke keer als zijn blik naar haar zwierf, kreeg Serafina een opwindend gevoel in haar maag.

Vervolgens vroeg Victor zijn zwager of hij hem onder vier ogen in zijn werkkamer kon spreken. Serafina zag de sceptische blik waarmee Judith de twee mannen nakeek. Iets leek tussen Karl en Victor niet in orde te zijn.

Toen de heren de deur uit waren, kwam Dora binnen. 'Zo, dametje,' zei ze tegen Victoria. 'Het is tijd om naar bed te gaan.'

Serafina mocht de huishoudster graag. Ze bleef op de achtergrond, maar stond altijd klaar als ze nodig was. Haar relatie met Judith leek bijna vriendschappelijk. Serafina zag hoe vertrouwd de twee met elkaar omgingen. Voor Victoria was ze een tweede moeder.

'Maar, Dora, het is nog zo vroeg!'

'Het is laat genoeg, Victoria,' zei Judith. 'Niet tegenspreken!'

'Ik heb nog een verrassing voor je,' zei Dora verleidelijk.

'Wat dan?'

'Dat zul je wel zien.'

Victoria besloot om toe te geven en gaf haar moeder een kus. 'Goedenacht, mama.' Ze omhelsde Serafina. 'Goedenacht, tante Serafina.'

'Goedenacht!' Serafina streelde haar blonde vlechten.

'Het is een echte wildebras,' verzuchtte Judith, toen Dora en Victoria waren vertrokken. 'Haar broer was veel gemakkelijker.'

'Martin?'

'Ja, hij had ook zijn eigen wil, maar viel met argumenten meestal wel te overtuigen.'

'Ik vind het goed dat Victoria precies weet wat ze wil en dat ook kenbaar maakt.' Serafina wist niet zeker of ze zich die mening kon permitteren, maar ze kon zich niet inhouden. 'En weet je waarom, Judith? Omdat ze een meisje is. Wij moeten altijd luider zijn en meer van ons afslaan dan de jongens.'

Judith fronste haar voorhoofd. 'Hm.'

'In elk geval als we iets voor elkaar willen krijgen,' voegde Serafina eraan toe.

'Weet je, Serafina,' begon Judith te vertellen. 'Als ik eraan terugdenk wat ik zelf allemaal heb moeten doormaken alleen omdat ik een vrouw ben, dan heb je beslist gelijk. Victoria is sterk omdat ik haar zo heb opgevoed. En dan wil ze natuurlijk ook haar zin doordrijven als ik liever wil dat ze gehoorzaamt. Maar het een gaat waarschijnlijk niet zonder het ander.'

Serafina glimlachte. 'Vroeger was het allemaal vast nog veel erger. Goed, dat de tijden zijn veranderd. Wij kunnen in elk geval zelf beslissen.' Op dat moment kwam het dienstmeisje de kamer binnen, Walli, heel jong en een beetje schuw, en begon de tafel af te ruimen. Onwillekeurig vroeg Serafina zich af of alle vrouwen werkelijk een keus hadden.

Later, toen Serafina in bed lag, dwaalden haar gedachten nog een keer af naar Lilou en het gesprek dat ze de vorige dag hadden gehad. Ze constateerde dat ze zich vanavond voor het eerst sinds ze die akelige brief had geopend niet had hoeven forceren om haar zorgen voor Judith en Victor te verbergen.

Wat zou haar vader over dat alles hebben gezegd? Zou hij boos op haar zijn geweest? Zou hij haar hebben geholpen? Of zou de teleurstelling te groot voor hem zijn geweest? Zou hij zich van haar hebben afgekeerd? Daar wilde Serafina niet aan denken. Misschien zou hij zijn connecties als voormalig officier hebben gebruikt om de kwestie op te lossen.

Ze doofde de lamp naast haar bed. Toen ze nog klein was, had hij haar 's avonds altijd een verhaaltje verteld. Een ritueel dat hij zich niet wilde laten ontnemen. Serafina werd vervuld van een grote weemoed. En van een even groot gevoel van eenzaamheid.

7

Chocoladefabriek Rothmann
De volgende dag

'Ik vind dat we Karl een kans moeten geven.' Judith ging achter haar man staan en legde een hand op zijn schouder.

'Hij krijgt voortdurend kansen,' zei Victor. 'Helaas maakt hij er te weinig gebruik van.'

'Hij is in veel opzichten gewoon nog erg jong.' Judith streelde zijn rug en voelde zijn spieren onder zijn overhemd bewegen. Zelfs na ruim twintig jaar huwelijk genoot ze van zijn nabijheid.

'Hij is bijna dertig, Judith. Je bent veel te toegeeflijk jegens hem.'

Victor Rheinberger stond bij het raam van het kantoor dat ze al vele jaren deelden en keek naar buiten, zoals ooit Wilhelm Rothmann, Judiths vader. Peinzend fronste hij zijn voorhoofd en keek voortdurend op zijn horloge, want hij verwachtte nog een belangrijke leverancier. Judith bekeek hem oplettend van opzij.

'Ik zou het niet toegeeflijk willen noemen,' zei ze rustig.

'Dan noemen we het gewoon voorkomend,' zei Victor.

Judith wist dat Victor gelijk had. Maar toch kon ze het beschermingsinstinct dat haar kinderen opriepen, of zoals in dit geval een van haar broers, niet onderdrukken.

'Victor, Karl en Anton hebben het gewoon niet gemakkelijk gehad, dat weet je. Eigenlijk zijn ze zonder moeder opgegroeid. Kijk, Anton gaat inmiddels zijn eigen weg en Karl kan dat ook,' zei Judith, al wist ze dat ze deze discussie al honderd keer hadden gevoerd. Met steeds dezelfde uitkomst.

'Anton is altijd al zijn eigen weg gegaan,' zei Victor dan ook volgens verwachting. 'Ik heb er ook nooit aan getwijfeld dat hij zich goed door het leven zou slaan. Met Karl is het gewoon iets anders. Eerlijk gezegd, Judith, zou ik hem graag meer verantwoordelijkheid geven. Maar ik ben bang dat het slecht voor de fabriek zou uitpakken. Dat kunnen we ons gewoon niet permitteren.'

'Ik begrijp je bezwaren, Victor. Maar als we niets aan hem overlaten, kan hij zichzelf ook nooit bewijzen. Het is belangrijk dat hij op eigen successen kan bogen.'

Victor draaide zich naar haar om en nam haar in zijn armen.

'Liefste. Ook al hebben we de oorlogsjaren overleefd en gaat het goed met Rothmann-chocolade, toch moeten we de begroting in de gaten houden. Nog een paar goede jaren, en dan ziet alles er heel anders uit.'

Judith slaakte een zucht. 'Niemand weet dat beter dan ik, Victor. In de drie jaar die jij aan het front was, hebben we het zonder jouw hulp moeten redden.'

'Zo is het. En je hebt het geweldig gedaan.'

'Karl heeft me veel geholpen.'

'En intussen zowat ons hele bedrijfsvermogen uitgegeven. Als hij zo was doorgegaan, zou de onderneming nu failliet zijn. Dat weet jij net zo goed als ik.'

Judith knikte.

Victor streelde zacht haar haar. 'We hebben een grote verantwoordelijkheid, Judith. De bloei van het bedrijf is te danken aan een behoedzame omgang met geld en jouw goede werk in de productontwikkeling. Al voel ik net zo veel voor jouw broers als voor mijn eigen kinderen, we mogen de realiteit niet uit het oog verliezen. Karl, en dat zeg ik niet graag zo duidelijk, is nog niet zo rijp als je gezien zijn leeftijd zou verwachten. Daarom krijgt hij niet de vrije hand voor beslissingen die met het voortbestaan van de firma te maken hebben.'

'Maar de chocoladeplaat vormt toch maar een beperkt risico.' Karl had hen allemaal met zijn presentatie verrast.

'Voor de chocoladeplaat heb ik hem al toestemming gegeven, ook omdat de reis naar Keulen een succes was.'

'Zie je wel.' Judith glimlachte.

'Maar wat de grote kwesties betreft kunnen wij hem niet zijn gang laten gaan.'

‘Daarover zijn we het eens. Ach, het is gewoon lastig.’ Judith keek haar man in de ogen. ‘Maar denk er toch eens over na of hij misschien toch gelijk heeft met zijn verbouwingsplannen.’

‘Hij heeft gelijk, dat staat buiten kijf. Maar als ik zijn ideeën goed bekijk, heb ik de indruk dat hij in principe nieuwbouw wil, in plaats van de aanwezige gebouwen functioneel te renoveren.’ Victor trok haar steviger tegen zich aan.

‘Dat klopt niet,’ protesteerde Judith. ‘Hij denkt alleen in andere dimens–’ Verder kwam ze niet. Victor had zijn hoofd gebogen en legde haar het zwijgen op met een lange kus. Ze drukte zich tegen hem aan, voelde zijn handen in een vertrouwde beweging over haar lichaam glijden. Het doordringende gerinkel van de telefoon op Victors bureau verstoorde het intieme moment, voor ze ertoe kon komen zijn avances, zij het met tegenin, af te weren.

‘Ik pak hem wel,’ fluisterde Judith bij zijn lippen, maakte zich los uit zijn omhelzing en nam op.

‘Een internationaal gesprek voor u,’ zei de telefoniste en ze verbond haar met de gebruikelijke krakende geluiden door.

Toen Judith de vertrouwde stem van haar zoon aan de andere kant van de lijn herkende, begon haar hart sneller te kloppen: ‘Martin! Wat geweldig om je te horen! Hoe is het met je? Is je verkoudheid over?’

‘Ja, alles is goed, moeder. Maak je geen zorgen.’

‘Is er nieuws?’

‘Ja! Moet je horen, ik kom in de herfst naar Stuttgart. Ik geef een concert in de Liederhalle!’

‘Echt? Dat is fantastisch!’ Judith hield haar hand tegen de hoorn en draaide zich even om naar Victor. ‘Het is Martin! Hij komt in de herfst naar Stuttgart, hij geeft een concert!’ Ze haalde haar hand weer weg. ‘We verheugen ons erop!’ zei ze tegen haar zoon. ‘Kunnen we al iets doen? Er zijn beslist veel dingen die moeten worden voorbereid?’

Ze hoorde Martin zachtjes lachen. ‘Bedankt voor je zorgen, moeder, nee, dat wordt allemaal georganiseerd. Maar jullie kunnen ervoor zorgen dat er zo veel mogelijk publiek komt!’

‘Dat gaan we beslist doen. Is er al een exacte datum?’

‘Ja, noteer 2 oktober maar. Ik kom al eerder, maar ik schrijf jullie alles nog een keer precies. En het tweede goede bericht is dat ik voor mijn examens ben geslaagd.’

'Geweldig. Vanavond proosten we op je met een glas champagne!'

'Doe dat. Doe vader de groeten en geef Victoria een kus van me. Ik mis haar!'

'Ze mist jou ook, Martin, en ze zal dolblij zijn als ik haar vertel dat je in oktober komt.'

'Goed zo! Het was fijn om je te horen, moeder.'

'Een mooie dag nog, Martin!'

Een klik en geruis, toen was de verbinding verbroken.

Judith legde de hoorn op de haak.

'Dat is groot nieuws!' Ook op Victors gezicht was blijdschap over het goede nieuws te zien.

'Ik zal *maman* en Georg in München schrijven,' zei Judith.

'Goed idee!' zei Victor. 'Je moeder moet het concert van haar kleinzoon ook meemaken.'

Judith glimlachte dromerig.

Ze had een speciale band met Martin. Van zijn vader had hij het muzikale talent geërfd. En op een wonderbaarlijke manier kon Judith door zijn talent de moeilijke omstandigheden waaronder ze hem had gekregen, accepteren.

Het zou allemaal wel voorbeschikt zijn geweest.

Wat goed dat Victor hem van meet af aan als zijn eigen kind had behandeld. Zelfs toen Victoria ter wereld was gekomen, midden in het oorlogsgewoel, nadat Victor en zij de hoop op een kind van hun tweeën eigenlijk al hadden opgegeven, was de relatie tussen de twee hartelijk gebleven. En ook het feit dat Martin door zijn studie in Parijs al een paar jaar niet meer bij hen in Degerloch woonde, had daar niets aan veranderd.

Victor kwam op het uitgangspunt van hun gesprek terug, 'En wat Karl betreft, vraag ik je echt om me te vertrouwen. Wij hebben, toen je vader jou en mij ruim twintig jaar geleden vroeg om deel uit te maken van de directie, grote bedragen geïnvesteerd en bijna alle machines opgeknapt of omgebouwd. Ik ben de laatste om noodzakelijke moderniseringen af te wijzen. Maar we moeten ons niet in de schulden steken. Als die oorlog er niet was geweest en de moeilijke tijd daarna, met de enorme inflatie, dan had het er allemaal heel anders uitgezien.' Hij ging met zijn hand door zijn haar, een gebaar dat Judith goed van hem kende en waarvan ze hield.

Ze besloot niet langer aan te dringen. De laatste jaren hadden hun sporen nagelaten. Hij had voortdurend pijn vanwege zijn oorlogsverwonding, in de loopgraven had zijn ooit onwankelbare moed plaatsgemaakt voor voorzichtigheid en waakzaamheid. Maar zelf had ze de duisternis van die jaren afgeschud, voelde in haar binnenste de polsslag van de nieuwe tijd, was op de toekomst gericht en optimistisch, zodat ze Victors bezwaren niet helemaal kon delen. Maar haar loyaliteit gold haar man en zolang Victor zijn toestemming voor de verbouwing niet gaf of Karls bevoegdheden niet uitbreidde, moest ook zij achter dat besluit staan.

Afgezien daarvan vroeg ze zich af wie het bedrijf later ooit moest gaan leiden. Tot nog toe was Karl de enige optie. Martin leefde voor de muziek, en ze konden nog niet beoordelen welke kant Victoria op zou gaan, daarvoor was ze nog te jong. Judith wilde alle opties voor haar dochter openhouden en haar niet te vroeg vastleggen als hun opvolgster in de onderneming, iets wat ze misschien helemaal niet wilde of waar ze geen belangstelling voor had.

'O, er schiet me nog iets te binnen,' zei ze.

'Ja?' vroeg Victor, die inmiddels achter zijn bureau was gaan zitten.

'Heeft Karl niet een hoger budget nodig voor het project met de chocoladeplaat?'

'Nee. Als we besluiten de platen op grote schaal te produceren, moeten we sowieso een bedrijfsplan opstellen.'

'Ik vind dat Karl dat zelf moet doen.'

Er verscheen een diepe rimpel tussen Victors wenkbrauwen. 'Denk je dat?' Hij wreef peinzend over zijn voorhoofd. 'Goed dan, wat mij betreft,' zei hij toen. 'Je geeft toch niet op. Laat hem zijn eerste sporen maar verdienen.'

'Dat is een goed begin.' Er viel een pak van Judiths hart. 'Maar ik weet zeker dat hij meer geld nodig zal hebben,' liet ze erop volgen.

'Dan moet hij maar een verzoek indienen.'

Ze hield haar hoofd een beetje schuin en keek hem lief aan.

'Ach, voor mijn part,' zei Victor. 'Dan verhoog ik zijn budget. Maar niet te veel. Akelig mens, ik kan jou gewoon niets weigeren.'

'Ik heb gewoon goede voorstellen,' zei ze vrijpostig. 'Ik ga naar huis, Victor. Onze dochter wacht beneden en ze was toch al ongeduldig.'

'Ja, doe dat. Waar is Serafina?'

‘Ze is met mij meegegaan. Bij de Königsbau is ze uitgestapt.’

‘Is ze nu alleen in Stuttgart?’ Victor keek Judith confuus aan.

‘Ja, natuurlijk. Ze is al twintig. Bovendien was ze gisteren ook al alleen in de stad.’

‘Nou, als je het zo ziet…’ Hij leek niet overtuigd.

‘Het doet haar goed. Als ze zich hier thuis wil voelen, moet ze de omgeving zelf veroveren,’ zei Judith rustig. ‘Vooral omdat ik vaak het idee heb dat ze heel neerslachtig is.’

‘Dat viel mij ook op. Ze wil graag onbezorgd overkomen, maar als ze denkt dat er niemand kijkt, kun je zien dat ze een moeilijke tijd achter de rug heeft. Waarschijnlijk had ze een hechte band met haar vader.’

‘Geen wonder, haar moeder ontbrak immers.’

Victor knikte. ‘En wij zijn momenteel nog vreemden voor haar.’

‘Daar komt bij dat ze hier na Berlijn moet wennen…’

‘Het zijn twee verschillende werelden. Ik spreek uit ervaring,’ zei Victor en hij glimlachte veelbetekenend.

Judith beantwoordde zijn glimlach. ‘Ik denk ook dat ze gewoon tijd nodig heeft om haar draai te vinden. Ik heb goede hoop dat het gauw beter met haar gaat. Eigenlijk heeft ze een opgewekt karakter.’

‘Waarschijnlijk heb je gelijk. Temeer omdat Karl er zeker niets op tegen heeft om haar Stuttgart te laten zien,’ zei Victor en hoewel hij grijnsde, klonk hij duidelijk ontevreden.

‘Ja, hij heeft behoorlijk met haar geflirt gisteravond,’ beaamde Judith.

‘Denk je niet dat het goed is om haar te waarschuwen voor Karls onstuimige aard?’ vroeg Victor. ‘Ik wil niet dat ze als een van zijn avontuurtjes eindigt.’

‘Dat wil ik ook niet, Victor. Ik zal een oogje in het zeil houden. Maar laten we Karl niet meteen van kwade bedoelingen verdenken. Ik zou het leuk vinden als hij een beetje voor haar zorgt. En wat dat betreft kan Serafina heel goed op zichzelf passen.’ Judith legde haar hand op zijn schouder. ‘Eet je vanavond thuis?’

‘O, goed dat je het vraagt. Nee, eet maar zonder mij. Ik ga met Müller naar het Marquardt, dat had ik nog willen zeggen. Bij een goede maaltijd geeft hij ons betere prijzen dan wanneer ik hier op kantoor onderhandel.’

‘Aan zijn buik te oordelen, hebben al meer klanten van hem dat in de gaten,’ zei Judith spottend.

‘Inderdaad.’ Victor lachte. ‘Het wordt vast niet zo laat, Judith. Misschien kunnen we samen nog een glaasje port drinken als ik thuiskom.’

‘Of warme chocolademelk,’ antwoordde Judith en ze kuste hem teder, waarna ze de ruimte uit liep.

Toen ze daarna door de grote typekamer liep, die vlak voor haar en Victors privékantoor lag, knikte ze de administratieve medewerkers toe, die in tegenstelling tot vroeger niet achter lessenaars, maar op stoelen achter afzonderlijke tafels werkten. Ook de geluiden in de ruimte waren duidelijk veranderd: in plaats van de gedempte conversaties, het incidentele geritsel van papier en het zachte gekras van de vulpen, was de lucht tegenwoordig vervuld van het markante ritmische geratel van schrijf- en rekenmachines. En waar, toen haar vader nog leefde, voornamelijk mannen verantwoordelijk waren voor de commerciële boekhouding, waren tegenwoordig voornamelijk vrouwen in dienst. Een ontwikkeling die Judith vanuit haar eigen overtuiging propageerde. Zelf had ze aan den lijve ondervonden wat het voor een vrouw betekende om financieel van haar man of haar familie afhankelijk te zijn. Daarom droeg ze er haar steentje aan bij om ervoor te zorgen dat vrouwen hun eigen geld konden verdienen en als gelijken behandeld werden. In de firma Rothmann, tenminste.

8

Stuttgart, Calwer Strasse
7 mei 1926

'Mag ik meedoen?' vroeg het spichtige meisje met de glanzende rode lokken, dat net op een veel te grote fiets de hoek om was gekomen en vlak naast Victoria van haar voertuig gesprongen was. Normaal afstappen was vanwege het hoge zadel onmogelijk.

'Misschien,' zei Victoria gereserveerd, om een beetje gewichtig te doen en ze hinkelde nog een beetje energieker over de getallen van het hemel en hel-spel dat ze met krijt op de stoep voor de chocoladefabriek van haar ouders had getekend. Een half uur eerder was ze uit school gekomen en na al dat stilzitten daar had ze dringend beweging nodig.

Het meisje bleef even staan, hield haar fiets vast en keek toe.

'Mag ik nu?' herhaalde ze.

Victoria schopte haar kiezelsteentje in het hemelveld en sprong erachteraan. 'Als ik weer op aarde ben,' zei ze en ze begon terug te hinkelen.

Vol goede hoop zette het meisje haar fiets tegen de muur van de chocoladefabriek en wachtte tot Victoria haar rondje had afgewerkt.

'Weet je wat,' zei ze toen, terwijl ze naast Victoria ging staan en aandachtig het speelveld bekeek. 'We kunnen het nog veel spannender maken!'

Victoria overwoog even of ze beledigd moest zijn, omdat het wildvreemde kind zomaar haar werk bekritiseerde, maar haar nieuwsgierigheid won het. 'Hoe dan?' vroeg ze snibbig.

Het meisje pakte een van de krijtjes op, die overal op de stoep lagen.

'Nee!' riep Victoria meteen. 'Je kunt niet zomaar in mijn spel gaan krassen!'

'Ik kras niet in jouw spel. Ik teken een ander!'

Victoria, die zich er toch al aan ergerde dat het meisje ruim een halve kop groter was dan zij, zag kritisch aan hoe vlak naast haar – toegegeven, een beetje uit de losse pols getekende – hemel en helschets een verbazingwekkend gelijkmatig tweede speelveld ontstond. Het was niet alleen veel mooier getekend, maar had ook veel meer vakken.

'Maar dat is hemel en hel helemaal niet,' zei ze verwaand.

'Ja, hoor, dat is hemel en hel,' sprak het meisje haar tegen. 'Kijk maar: hier beneden is de aarde en daarboven zijn de hemel en de hel!'

'Maar wat moeten die drie vakken in de hemel? Waarom heb je daar overal "Post" in geschreven?'

'Omdat het weer eens wat anders is. Ik verzin altijd nieuwe hemel en hel-dingen.' Nu klonk het meisje geïrriteerd, wat Victoria op een of andere manier beviel, dan moest ze zich maar niet ongevraagd met haar spel bemoeien. Maar wegsturen wilde ze haar nu ook niet meer. Ze wilde weten wat die raadselachtige postvakken te betekenen hadden.

'Laat maar eens zien hoe het gaat,' zei ze.

Het meisje pakte een kiezelsteen, ging op het aardeveld staan en gooide het steentje op het volgende veld, waar ze een goed leesbare '1' in had geschreven. Toen sprong ze erachteraan, pakte het steentje weer op, gooide het op de '2' en sprong er weer achteraan. Bij de getallen 4 en 5 maakte ze een spreidsprong, waar Victoria ondanks zichzelf van onder de indruk was. Met een grote sprong bedwong ze het helveld en bevond zich nu in de hemel met de drie postvakken.

Victoria beet nadenkend op haar onderlip. Het meisje had de kiezelsteen geen enkele keer in een verkeerd vak gegooid en was ook geen enkele keer verkeerd gesprongen. Dat beloofde niet veel goeds voor de volgende hemel en hel-wedstrijd. Victoria had het gevoel dat ze zou kunnen verliezen, en ze verloor niet graag.

'Zo, nu gooi ik de steen in een van de postvakken,' verklaarde het meisje en ze liet meteen de daad op het woord volgen. De kiezel belandde trefzeker op een van de drie P's.

'Je hield je hand zowat boven het veld, zo kan ik het ook,' constateerde Victoria.

'Natuurlijk deed ik dat, ik wilde het je toch laten zien!'
Victoria negeerde haar smoesje. 'En nu?' wilde ze weten.
'Nu mogen we niet meer praten en niet meer lachen.'
'Wat een stomme regel. Waar is dat goed voor?'
'Zodat het niet te gemakkelijk wordt in het hemelveld. Je probeert niet de postvakken te raken, omdat je anders niet meer mag praten en lachen.'
'Aha.'
'Zullen we het een keertje doorspelen?'
'Mij best.' Victoria deed alsof ze er niet veel zin in had, maar ging toch naast het meisje staan. 'Het is vast nog veel moeilijker als je de steen schopt en niet met de hand gooit,' voegde ze er nog snel aan toe.
'Klopt,' zei het meisje. 'Dat kunnen we in de tweede ronde doen.'
'Akkoord. Maar ik begin.'
Victoria pakte een kiezelsteen en ging op het aardeveld staan. Maar al bij de '1' sprong de steen met een vreemde zigzagbeweging het speelvlak uit.
'Mijn beurt,' zei het meisje triomfantelijk.
'Wat een stom spel,' zei Victoria en ze ging met tegenzin opzij.
'Dat zeg je alleen maar omdat je niet raak hebt gegooid.' Het meisje kwam moeiteloos tot de 6, terwijl ze bij de 4 en de 5 weer een spreidsprong maakte, maar toen vloog ook haar kiezelsteen te ver en belandde op de 8 in plaats van de 7.
'Ha!' riep Victoria vol leedvermaak. 'Mis!'
Terwijl ze haar positie weer innam, haalde het meisje een koekje uit de zak van haar jurk. Omdat ze naar de lekkernij gluurde, raakte Victoria ook dit keer de '1' niet en liet het steentje gefrustreerd vallen.
'Wil je ook een koekje?' vroeg het meisje verzoenend. 'Mijn moeder heeft ze zelf gebakken!'
Victoria knikte, pakte het aangeboden koekje en beet erin. 'Hoe heet je eigenlijk?'
'Mathilda. En jij?'
'Victoria. Maar je kunt Vicky tegen me zeggen.'
'Goed. Dan zeg ik Vicky, dat is niet zo lang.'
'En dan zeg ik Tilda tegen jou.'
'Als je wilt...' Mathilda leek het niet erg te bevallen, voor Victoria reden temeer om haar zo te noemen.

'Hoe oud ben je, Vicky?'

'Tien. En jij?'

'Twaalf. Woon je hier in de buurt?'

'Nee. Ik woon in Degerloch.'

'Waarom ben je dan hier in de stad?'

'Omdat ik op school was en omdat die fabriek daar van mijn ouders is.' Victoria wees met haar duim achter haar in de richting van de chocoladefabriek.

'Eerlijk waar?' vroeg Mathilda nieuwsgierig. 'Is de Rothmann-chocolade van jullie? Kan ik een keer langskomen om te proeven?'

'Eigenlijk is dat niet zo eenvoudig,' antwoordde Victoria met een bepaalde nadruk in haar stem. 'Maar ik kan het eens vragen.'

'O ja, dat zou fantastisch zijn!'

'Ik kan het ook metéén vragen.' Victoria trok een minzaam gezicht. 'Maar je moet hier wachten.'

'Ja, natuurlijk! Ik wacht hier!' Mathilda's enthousiasme stemde Victoria milder en haar ergernis verdween.

Ze liep snel de chocoladewinkel in.

Om deze tijd controleerde haar moeder meestal de voorraad en ging bij die gelegenheid af en toe ook zelf achter de toonbank staan. Soms hielp Victoria mee, tenminste op de middagen waarop Theo haar na schooltijd niet meteen naar huis kon brengen en het te koud of te regenachtig was om buiten te spelen.

'Mama!' riep ze, zodra ze de deur had opengegooid en onder het hectische geklingel van de winkelbel de naar allerlei lekkernijen geurende ruimte was binnengestormd.

'Rustig aan, Victoria!' zei Judith meteen. 'Excuus voor de onderbreking,' zei ze tegen de klant die ze juist bediende.

'Ach, dat geeft niets,' antwoordde de oude dame met het sneeuwwitte haar. 'Weet u, mijn zus heeft polio gehad en kon daarna alleen nog met krukken lopen. Dan ben ik blij met elk kind dat zo vrolijk rondspringt.'

'Dank u wel, mevrouw Veit.' Judith leek opgelucht en Victoria glimlachte zo vriendelijk naar de klant als ze kon.

'Ik neem dan nog twee dozen gemengde pralines, mevrouw Rheinberger,' zei mevrouw Veit en terwijl Judith de bestelling afhandelde, liep Victoria om de toonbank heen en ging naast haar moeder staan.

'Mag ik die inpakken, mama?'

'Ach, kind...'

'Ik zou heel blij zijn als jij mijn pralines mooi voor mij inpakt.' De oude vrouw knipoogde begrijpend naar Victoria.

'Nou... goed, pak ze dan maar in, Victoria.' Judith gooide de handdoek in de ring en Victoria ging aan de slag. Afgezien van de schuine hoeken en het gescheurde papier zag het er heel behoorlijk uit.

De oude dame bedankte haar, betaalde en liep de winkel uit.

Het schoot Victoria te binnen dat Mathilda buiten op haar wachtte. 'Mama, ik heb een nieuwe vriendin. Mag ik haar halen en haar onze winkel laten zien?'

Judith keek om zich heen. 'Je weet dat ik veel te doen heb, schat. Maar omdat er nu niemand is...'

Bij die woorden schoot Victoria de deur uit en kwam bijna onmiddellijk weer met Mathilda op sleeptouw naar binnen, wat natuurlijk weer vergezeld ging van het energieke geklingel van het belletje.

'Mama, dat is Tilda,' stelde ze haar vriendin voor.

'Mathilda,' zei Mathilda en ze gaf Judith vriendelijk een hand.

'Welkom bij ons, Mathilda,' zei Judith tegen het meisje. 'Kijk rustig rond, en intussen maak ik een bordje met lekkers voor jullie.'

En zo bekeek Mathilda vol verbazing de glimmend gepoetste meubels van de verkoopruimte, terwijl Victoria trots naast haar stond en haar gadesloeg. 'Vind je het leuk?'

'Ja, natuurlijk!' Mathilda straalde. 'Het is prachtig! En het ruikt hier zo heerlijk. Zo ruikt het altijd als mijn moeder een taart bakt.'

Judith zette een klein porseleinen schaaltje op de toonbank. 'Geniet er maar van.'

Op dat moment klingelde het belletje opnieuw. Judith maakte aanstalten om het paar te bedienen dat de chocoladewinkel binnenkwam.

Victoria kon zich niet beheersen. Hoewel ze wist dat ze Mathilda de eerste keus moest laten, snaaide ze een karamelpraline. Die maakte haar moeder altijd met de hand.

'Neem er ook een,' zei ze tegen Mathilda met volle mond. 'Die zijn zo lekker!'

Mathilda nam echter niet de tweede karamelpraline op het schaaltje, maar een met melkchocolade omhulde amandel. 'Die zijn ook heel goed,' zei Mathilda, nadat ze de geroosterde amandel had doorgebeten.

'Je moet beslist de karamelpraline proberen, Tilda,' drong Victoria aan. 'Die zijn de beste!'

Maar Mathilda pakte een pepermuntje.

'Jakkes, die pepermuntdingen vind ik vreselijk,' zei Victoria. 'Maar als je niet van karamel houdt, dan eet ik die zelf wel.' Met die woorden stopte ze de tweede karamelpraline in haar mond.

'Ik heb niet gezegd dat ik niet van karamel hou. Ik wil alleen niet eten wat jij commandeert.' Mathilda pakte de tweede chocoladeamandel.

'Kan jouw moeder goed bakken?' vroeg Victoria, om van onderwerp te veranderen.

'Ja, ze bakt goddelijke taarten. Het meest hou ik van haar chocoladetaart met vanillesaus.'

'Bij ons bakt de kokkin, Gerti. Die maakt altijd heel hoge taarten. Die kun je nauwelijks opeten.'

'Jullie hebben een kokkin?'

'Ja, natuurlijk. Jullie niet?'

'Nee.'

'Waar woon je eigenlijk, Tilda?'

'In de Stuifenstrasse.'

'Daar ben ik nog nooit geweest. Hebben jullie een groot huis?'

'Ja. Maar we wonen niet alleen, maar met andere families. Mijn vader werkt in de sigarettenfabriek.'

'O.' Victoria verorberde de laatste chocoladeamandel, toen was het bordje leeg.

'Gaan we weer naar buiten?' vroeg Mathilda.

'Ja,' knikte Victoria en ze liet het haar moeder weten, die zich nog steeds met de wensen van het paar bezighield.

'Je hebt nog een derde hemel en hel-speelveld getekend,' constateerde Victoria, toen ze weer op de stoep stonden. 'En daarin staan de getallen allemaal door elkaar!'

Mathilda grijnsde. 'Precies! Zo is het veel moeilijker om het volgende veld te halen!'

'Ik begin,' zei Victoria. 'En dit keer schoppen we de stenen met onze voeten naar voren, in plaats van ze te gooien.'

'Akkoord.'

Ze kwamen in het spel, en geleidelijk aan maakte hun wedijver plaats voor een vriendschappelijke omgang. Ook al won Mathilda vaker dan Victoria.

'Zo, ik moet nu snel naar huis,' zei Mathilda toen de zon langzaam onderging. 'Straks komt het avondeten.'

'O, jammer. Kom je morgen hier weer naartoe?'

'Als je wilt?'

'Dat is toch leuk. Dan kunnen we verder spelen.'

'Ja, maar iets anders. Bijvoorbeeld belletje trekken.'

'Wat is dat voor iets?'

'Ach, Vicky,' zei Mathilda. 'Ken je dat niet? Dan moet je bij vreemde mensen aanbellen en wegrennen als ze opendoen. Ze mogen je natuurlijk niet zien.'

'Nee, dat ken ik niet. Maar krijg je dan geen straf?'

'Je moet je gewoon niet laten betrappen. Je bent toch geen schijterd, hè?'

'Ik? Nee! Ik durf me zelfs in onze chocoladefabriek op te laten sluiten. Zelfs 's nachts.' Victoria dacht niet echt na over wat ze eruit flapte. Het idee was zomaar bij haar opgekomen, omdat ze snel een bijzonder gewaagde inval nodig had.

'Eerlijk? Jij zou je hier,' ze wees naar de fabriekspoort, 'laten opsluiten? 's Nachts?'

'Ja, hoor.' Victoria klonk nu toch een beetje aarzelend. 'Maar...'

'Weet je wat, dat doen we!' Mathilda's stem trilde van enthousiasme en haar rode krullen sprongen op en neer. 'We laten ons in jullie chocoladefabriek opsluiten. De hele nacht!'

9

Stuttgart
Op hetzelfde moment

'Je moet echt naar Josephines voorstelling gaan, ma chère Serafina,' zei Lilou en ze schudde lachend haar hoofd toen Serafina inademde om antwoord te geven. 'Ik weet het. Je kunt niet komen. Maar we zijn nog maar een paar dagen hier,' zei ze, terwijl ze Serafina een arm gaf. 'Misschien kun je snel een goede smoes verzinnen. Maar laten we nu eerst van onze middag genieten.'

De twee vrouwen liepen door de Stadtgarten. Serafina was verbaasd dat er zo veel mensen door het grote park met fonteinen en fleurige perken met bloeiende bloemen flaneerden. Tot dan toe had ze Stuttgart nogal bedrijvig gevonden. Maar hier liet de stad zich van een vrolijke kant zien.

'Ik ben graag in Stuttgart,' zei Lilou alsof ze Serafina's gedachten had geraden. 'Stuttgart is zo... *vivant*, zo levendig!' Ze moest lachen toen ze Serafina's verraste gezicht zag. 'Geloof je me niet? O, je kent de stad vast nog niet zo goed.'

Serafina dacht aan de villa van haar halfbroer in het vredige Degerloch en de kleine uitstapjes rond de Königstrasse, die ze tot dusver had ondernomen en gaf Lilou in stilte gelijk. Blijkbaar kende ze nog niet zoveel facetten van de stad.

Serafina was blij dat Lilou op hun afspraak was komen opdagen. Toen ze van Degerloch na de lunch met Judith en Theo hiernaartoe was gereden en ze haar bij het centraal station hadden afgezet, had ze er nog een hard hoofd in gehad.

Maar ondanks haar twijfels had ze Lilou met een glas champagne in de hal van Hotel Marquardt aangetroffen. Dit keer droeg de jongensachtige Française een blouse, een das met een patroontje, een jasje en een eenvoudige rok. 'Ik heb geen zin om bij dit mooie weer binnen te zitten,' had Lilou gezegd en Serafina meteen weer mee naar buiten getroond. 'Laten we wat gaan wandelen.'

Ze waren eerst door de elegante winkels achter de zuilengaanderij van de Königsbau geslenterd, waar Lilou een paar boodschappen had gedaan. Bij die gelegenheid had Serafina gezien dat er zich een telegraafkantoor en niet veel verder een postkantoor bevonden. Dat was belangrijk om te weten, als ze met Lilou in contact wilde blijven als die weer in Berlijn zou zijn.

Daarna waren ze verder gelopen naar de Stadtgarten, omdat Lilou zei dat je het park beslist moest leren kennen als je in Stuttgart woonde.

Een goed idee, naar later bleek.

'Kijk! Daar is het Weinhaus am See! Vlak naast het Stadtgarten-restaurant.' Lilou wees naar een mooi, speels gebouw van lichte stenen, waarvan het rode dak met het torentje oplichtte in de middagzon. 'Daar gaan we heen. Je kunt er fantastisch buiten zitten!'

'Ben je hier al vaker geweest?' vroeg Serafina, verbaasd dat Lilou zo goed de weg wist in Stuttgart.

'Een paar keer maar. Altijd als ik in een vreemde stad kom ga ik eerst op zoek naar de mooiste plekjes.' Lilou liet Serafina's arm los en liep voor haar uit het restaurantje in. Ze vroeg naar een plaats op het terras en ze werden naar een halfronde bank gebracht, die zich tussen de buitentrap naar het Weinhaus en een kunstmatig aangelegde vijver bevond. Boven de talrijke bezoekers van de uitspanning strekte een jonge linde haar lichtgroene takken uit naar de hemel.

Achter vijf ronde zuilen, die een korte, brede gang naar drie witte dubbele glazen deuren van het gebouw afgrensden, speelden een paar muzikanten bekende wijsjes. Onder de muur die het buitenterras van het meer scheidde, klaterde water door een smalle toevoer in het ommuurde bekken.

Ze gingen aan een tafel zitten vanwaar ze goed uitzicht hadden op de gecultiveerde tuin. Lilou leunde ontspannen achterover, maar haar voeten wipten meteen mee op de maat van de muziek. Ze bestelde witte wijn, Serafina gaf de voorkeur aan koffie.

Toen alles was geserveerd, legde Lilou haar hand op Serafina's arm. 'Hoe gaat het met je? Je maakt je vast nog zorgen.'

'Nou... ja. Ik probeer er niet steeds aan te denken, maar dat is helemaal niet zo gemakkelijk.'

Lilou knikte begrijpend. '*J'ai réfléchi, ma chère.* Ik heb nagedacht.'

Serafina merkte dat ze gespannen werd.

'*Eh bien*,' vervolgde Lilou. 'Je hebt me de laatste keer verteld dat je in het Metropol naar Anita bent gegaan omdat jou was beloofd dat je iets over je moeder te weten zou komen.'

'Precies.' Serafina keek naar de niet al te diepe vijver, waar middenin een marmeren zeemeermin troonde.

'Wie je daarheen heeft gelokt, dat weet je niet?'

'Nee.'

'Anita was het in elk geval niet. Ook al drinkt ze te veel, snuift ze te veel cocaïne en neemt ze te veel morfine. Ze heeft je niet opzettelijk in moeilijkheden gebracht.' Lilou nam een slok wijn en bekeek het halflege glas. 'Het is echt jammer van Anita, want ze is werkelijk getalenteerd,' zei ze toen. 'En ze was een goede *croqueuse*, een fantastische minnares. Maar zand erover. *Passé*. Ze is moeilijk geworden, verward zelfs.'

'Ze maakte een... ongeconcentreerde en hectische indruk op me.'

'Ze heeft de verkeerde mannen gehad. Ze trouwde, scheidde, trouwde weer. Als ze bij ons *femmes* was gebleven...'

Serafina vond het niet prettig dat Lilou voortdurend haar voorliefde voor vrouwen benadrukte en concentreerde zich op de koffie. Ze hoopte dat de Française niet heimelijk hoopte dat ze haar neiging zou delen.

Lilou glimlachte, alsof ze wist wat Serafina dacht. 'Goed. Jullie hebben champagne gedronken,' zei ze daarna op luchtige toon. 'Veel champagne.'

'Ja. Veel te veel. Eerst merkte ik dat mijn hart lichter werd, de somberheid was weg. Ik werd zelfs echt vrolijk. Maar op een gegeven moment voelde ik me ineens beroerd en vroeg aan Anita of ze iemand kende die me naar huis kon brengen.'

'Maar ze hebben je niet naar huis gebracht. In plaats daarvan hebben ze je cocaïne gegeven.'

'Het witte poeder. Ze zeiden dat het daarvan wel beter met me zou gaan. Van wat er daarna gebeurde, herinner ik me niet veel meer.'

‘Je vertelde me dat je niet meer wist wie er verder nog waren.’

‘Daar heb ik nog eens over nagedacht. Er waren twee danseressen, die op die avond ook hebben opgetreden. Maar op dat moment was de voorstelling al lang achter de rug. En dan waren er nog een aantal heren. Maar omdat het er zo veel waren, heb ik de gezichten en de namen niet onthouden.’

‘Een moet een fototoestel bij zich hebben gehad.’

Serafina dacht na. ‘Ja. Dat was iemand die zei dat hij fotograaf was. Maar hij heeft alleen Anita gefotografeerd en toen zijn camera weer opgeborgen.’

‘Misschien heeft hij hem later weer tevoorschijn gehaald?’

‘Dat is natuurlijk mogelijk.’ Serafina vouwde haar handen.

‘Dus op twee van de foto’s ben je… met ontbloot bovenlichaam te zien,’ zei Lilou. ‘Ze hebben je zover gekregen om een verleidelijke pose aan te nemen. Ik vind zelfs dat je er heel mooi uitziet. Heb je de foto’s weer meegenomen?’

‘Nee. Ik heb ze opgeborgen.’

‘Dat begrijp ik. De derde foto…’ begon Lilou.

Serafina perste haar lippen op elkaar en boog haar hoofd.

‘Mais non!’ Lilou pakte haar onder haar kin en tilde haar hoofd op. ‘Je moet je niet schamen.’

‘Hoe kan ik me nou niet schamen?’

‘Jij hebt niets verkeerds gedaan, Serafina. Het waren de anderen die je onrecht hebben aangedaan. Dat moet je steeds bedenken.’

Serafina haalde haar schouders op. ‘Uiteindelijk speelt dat toch geen rol?’

‘Een grote rol. Als je ervan overtuigd bent dat zij de schuldigen zijn niet jij, dan zul je ook alle anderen daarvan kunnen overtuigen.’

Serafina keek haar onzeker aan.

‘Waarom help je me?’ vroeg ze opeens.

Lilou glimlachte veelbetekenend. ‘Omdat wij vrouwen de mannen niet mogen toestaan om zo met ons om te springen. Omdat we elkaar moeten steunen. En omdat ik een hekel heb aan onrechtvaardigheid.’

Serafina knipperde tegen het zonlicht. ‘Dat zijn goede redenen, neem ik aan.’

Lilou glimlachte breder. ‘Ja, ik heb je op het station aangesproken omdat je me beviel. Maar ook nu ik inmiddels weet dat je niet een van óns bent, wil ik je graag helpen. Mannen kunnen wreed zijn.'

Serafina plukte aan haar zwarte haar. 'Ik mag toch hopen dat ze niet allemaal zo zijn. Mijn vader was anders, mijn halfbroer...'

Lilou trok haar wenkbrauwen op. 'Daar kan ik natuurlijk weinig over zeggen, omdat ik ze niet ken. Enfin. De derde foto is...' ze pakte de draad weer op, '... uitermate smakeloos, als je weet dat je geen deel van het theater uitmaakt. Daarom moet degene die hem gemaakt heeft worden bestraft. Kun je je halfbroer daar echt niets over vertellen? Zou hij je niet helpen?'

'Misschien wel. Maar weet je, Victors wereld hier is zo geordend. En ik wil hem of zijn vrouw er niet mee lastigvallen. Ze zijn zo... rechtschapen.'

'En jij bent bang dat ze slecht over je kunnen denken, *n'est-ce pas*?'

Serafina knikte. 'Ik zou niet weten hoe ik het ze moest uitleggen.'

'Dat begrijp ik,' antwoordde Lilou. 'Op die foto leunde je tegen een zuil, als ik het me goed herinner. Ze hebben een witte doek over je heen geslagen, maar die bedekt praktisch niets. Rechts van je staat een van de danseressen met een masker, links een heer. Het lijkt erop dat die twee je ondersteunen.'

Serafina speelde nerveus met haar kopje.

'De danseres is als Cleopatra verkleed,' vervolgde de Française. 'En de heer draagt een Egyptisch lendenschort. Zijn handbeweging naar jouw borst... is onbehoorlijk.'

Serafina perste haar lippen op elkaar en knikte.

'Ik zal Anita vragen naar die danseres naast jou,' zei Lilou. 'De man lijkt me iets ouder te zijn, in de veertig. Dat is me opgevallen, ook al heeft hij zijn gezicht opzijgedraaid en is de opname een beetje onscherp. Er moet achter te komen zijn wie hij is.'

'Maar daarvoor moet je de foto laten zien.'

'*Oui*. Precies.'

'Nooit van mijn leven.'

'We zullen je gezicht onherkenbaar maken.'

Serafina greep in haar handtas. 'Is het briefje niet voldoende om de zaak te onderzoeken? Dat heb ik bij me.'

'De persoon die dat heeft geschreven was die avond niet noodzakelijk aanwezig,' zei Lilou, nadat ze het nog eens had gelezen. 'Misschien heeft hij de foto's toevallig in handen gekregen.'

'Denk je?'

'We kunnen het in ieder geval niet uitsluiten.' Lilou boog nadenkend haar hoofd. Ze gaf haar het briefje over de tafel aan en Serafina dwong zichzelf om het nog een keer te lezen: *Moet je jezelf nou eens zien, wellustige dochter van Babylon. Moet het misschien openbaar worden wat jij uitspookt als het nacht wordt in Berlijn? Telegrafeer. Het adres vind je hieronder. Noem een tijd. Noem een plaats. Dan zul je horen hoe je je geheim kunt bewaren.*

Ondertussen nam Lilou een sigaret uit haar etui en stak hem aan. 'Goed,' zei ze toen en ze blies de rook de lucht in. 'Hij schrijft niet wat hij precies van je wil.'

'Dat is mij ook opgevallen.'

'Heb je veel geld geërfd van je vader?' vroeg Lilou. Ze zat nonchalant in haar stoel en leunde met een elleboog op de leuning. 'En wist iemand daarvan?'

'Ik denk dat het een flink bedrag is, maar ik weet het niet precies. In januari, als ik eenentwintig word, krijg ik het uitbetaald. Tot het zover is, beheert Victor het geld.'

'Victor... zou hij er iets mee te maken kunnen hebben?'

'Onmogelijk! Voor hem steek ik mijn hand in het vuur!' zei Serafina opvliegend.

'*Allez, allez*,' zei Lilou sussend. 'Ik geloof je toch.' Ze wees naar het kaartje dat Serafina nog steeds in haar hand hield. 'Maar om erachter te komen wie er achter dit alles zit, moeten we de personen op de foto identificeren. En dat gaat alleen als wij...'

'De foto laten zien?'

'Niet alleen dat.'

'Hoe bedoel je?'

'Je moet naar Berlijn.'

10

Stuttgart-Ostheim
De avond van dezelfde dag

Zodra hij de voordeur achter zich had dichtgetrokken, voelde Robert de aanval aankomen.

'Ben jij dat, Mathilda?' Zijn oren deden pijn van de stem van zijn vrouw.

'Nee.' Dat vervloekte trillen begon nu ook al. Hij zocht steun bij de deurpost van de keukendeur en haalde diep adem. Zijn sleutels vielen op de grond.

'Robert!' Louise zag in een oogwenk hoe hij eraan toe was en legde het mes opzij waarmee ze uien had gesneden.

Op wankele benen strompelde hij de keuken in en liet zich op een stoel vallen. Louise haalde zwijgend een fles met zwartbruine siroop uit de kast, goot er iets van in een glas en stak het naar hem uit.

Robert dronk het in één teug leeg en zette het glas half op de tafelrand, zodat het viel en aan stukken brak. Hij liet het gebeuren en sloot zijn ogen. Terwijl hij wachtte tot hij zich wat beter voelde, hoorde hij dat Louise de scherven bij elkaar raapte.

Die verdomde oorlog.

Sindsdien waren er zeven jaar verstreken en nog steeds werd hij ingehaald door zijn herinneringen. 's Nachts, overdag. De oorlogsmachine was verstomd, maar in zijn oren bulderde die nog steeds en gunde zijn hoofd geen rust, dreef hem tot de rand van de waanzin.

Inmiddels vocht hij niet meer met een externe vijand. Hij vocht met zichzelf. En dat terwijl zijn lichaam de uitputtingsslag in de loopgraven schijnbaar goed had doorstaan. In tegenstelling tot veel andere oudgedienden liep hij niet met krukken, miste hij geen ledematen. Hij leed ook niet onder slecht geheelde verwondingen. Zijn kwelling kwam ergens anders vandaan.

Als door een laag watten hoorde hij dat er werd aangebeld.

'Dat zal mevrouw Müller wel zijn,' mompelde Louise en ze liep weg om open te doen. Robert ving flarden van het gesprek op. Käthe Müller uit de woning boven hen haalde vast weer het pakket af met de kleren die Louise gisteravond voor de welgestelde burgers van de stad had gestreken, en leverde tegelijk nieuw werk. Het extra geld dat ze daarmee verdiende konden ze goed gebruiken.

De twee vrouwen leken zich over iets te amuseren. Robert hoorde ingehouden gelach. Ze werkten al jaren samen. Käthe Müller haalde de gedragen kleding bij de klanten af en waste die, en Louise was uitsluitend verantwoordelijk voor het strijken. Overdag werkten de twee vrouwen bij Bleyle, een van de grootste textielfabrieken in Stuttgart.

Ze was een goede vrouw, Louise. Ze verdroeg zijn lijden zonder klagen, deed voorbeeldig het huishouden en werkte, als het moest, tot diep in de nacht door. Zonder haar zou zijn leven veel moeilijker zijn.

Daarom vermande hij zich steeds weer, ging naar zijn werk in de Waldorf-Astoria-sigarettenfabriek in de Hackstrasse en sleepte zich door de diensten. Hij dacht vaak aan zijn tijd bij Robert Bosch. Daar had hij jaren gewerkt, had minder uren moeten draaien dan nu en goed verdiend. Maar toch had Robert er geen spijt van dat hij aan de grote staking van 1913 had meegedaan. Destijds had Bosch een collega ontslagen, zomaar, en tegelijk de eisen van het personeel voor hoger loon afgewezen. Als vakbondsman was het een erezaak voor Robert geweest om deel te nemen aan de organisatie van de onvermijdelijke staking. Ook al was hij daarvoor uiteindelijk ontslagen.

Met het werk in de sigarettenfabriek verdiende hij lang niet zo goed als bij Bosch, maar het ging hun goed. Ze konden zich deze lichte woning permitteren, in de kolonie Ostheim, die zo heette omdat hij in Stuttgart-Oost lag, en waar ook arbeidersgezinnen en handwerkslieden, kleine ambtenaren en bedienden betaalbare woonruimte vonden. De buurt had een eigen wijkagent en een kerk, een apotheek, een postkantoor en een winkel van de verbruikscoöperatie. Er bevonden zich een kleuterschool en een wijkzuster, een volksbibliotheek en een zwembad.

Maar ondanks de ondersteuning van de stad van de minderbedeelde inwoners mocht niet worden verdoezeld dat er nog veel moest gebeuren en dat er geen sprake was van een gelijke behandeling van de klassen.

Want als hij door een ziekte zou worden geveld die hem zou beletten verder te werken om de bescheiden welstand van zijn gezin te behouden, dreigden ze af te glijden naar bittere armoede. Ze zouden naar een van die uitgewoonde huurkazernes moeten verhuizen waar de mensen nog steeds, en dat al tientallen jaren lang, opeengepakt moesten wonen.

Robert merkte dat het trillen wegebde en prees in stilte de dag dat een collega hem onderhands een fles One Night Cough Sirup had verkocht, een cocktail van alcohol, cannabis, chloroform en morfine. Destijds had hij aan een zware bronchitis geleden. Nadat hij was begonnen om de drank in te nemen, merkte hij dat niet alleen het hoesten verminderde, maar dat hij ook zijn tremor onder controle kon houden. De enorme kosten van het medicijn nam hij op de koop toe, het kwam langs onbekende weg van Amerika naar Stuttgart. Maar wat hem wel zorgen baarde, was dat de dosis keer op keer moest worden verhoogd om effect te hebben.

Hij opende voorzichtig zijn ogen, hoewel hij bekaf was. Maar vanavond was de vergadering van de vereniging, daar mocht hij in geen geval ontbreken.

De huisdeur sloeg dicht. Praatte Louise nog steeds met mevrouw Müller? Wat die vrouwen allemaal te bespreken hadden! Hij deed zijn ogen open.

'Vader!' Zijn dochter stormde de kamer in. Aha, Mathilda was thuisgekomen.

'Sst! Het gaat niet zo goed met vader!' zei Louise vermanend, die weer achter het fornuis bezig was. Het rook naar linzen en spek.

'Het gaat wel weer,' bracht Robert uit en hij was blij dat zijn stem hem weer gehoorzaamde.

'Moet je horen, ik heb een nieuwe vriendin!' Mathilda zette haar handen in haar zij en grijnsde tegen hem. Haar rode krullen omgaven haar gezicht als een vuurbal. 'Ze heet Vicky, en ze heeft een chocoladefabriek.'

'Een chocoladefabriek? Je hebt het toch niet over Victoria Rothmann?'

'Jawel! Is dat erg?'

'Dat is geen omgang voor jou!' Robert ging met zijn hand door zijn dunne haar.

'Waarom niet?'

'Mathilda!' riep haar moeder. 'Laat je vader met rust. Als hij niet wil dat je met dat kind speelt, dan is dat gewoon zo.'

Robert ging rechtop zitten op zijn stoel. Hoe moest hij zijn dochter uitleggen dat de Rothmanns voor hem het schoolvoorbeeld waren van de arrogante heersende klasse, meer dan welke familie in Stuttgart ook?

Mathilda trok geërgerd haar mondhoeken omlaag. Haar humeur was altijd al op haar gezicht te lezen geweest. Ze ging aan tafel zitten en zweeg. Robert wist dat het laatste woord in deze kwestie nog lang niet was gesproken.

Louise zette de pan met linzen op tafel. Ze spraken het tafelgebed uit en begonnen te eten.

'Ga jij naar de vergadering?' wilde Louise weten en Robert knikte. Hij was al lang lid van de Stuttgartse KPD en zette zich met verve in voor de klassenstrijd. De partij maakte juist een grote bloeitijd door. Bij de laatste deelstaatverkiezingen twee jaar geleden hadden ze zelfs de SPD verslagen.

Nu ging het erom dat resultaat vast te houden of nog te verbeteren. Met dat doel werkte Robert nauw samen met een paar cellen in de fabrieken die zich in de grote firma's van Stuttgart hadden genesteld en de doelstellingen van de KPD propageerden.

Robert keek naar Mathilda, die haar hoofd nog steeds koppig had gebogen. Ze kon pruilen zoveel ze wilde, uiteindelijk had haar vader het laatste woord.

Hij veegde zijn bord met een stuk brood schoon en stond op. Even werd hij bevangen door duizeligheid en legde zijn hand over zijn ogen.

'Wil je er echt heen?' vroeg Louise bezorgd. 'Kun je het niet beter rustig aan doen?'

'Wat beter voor mij is, doet er niet toe,' antwoordde Robert. 'Het gaat om de zaak.'

Hij vermande zich, gaf Louise een vluchtige kus op haar hoofd, pakte zijn jas en wilde juist het huis uit gaan toen er werd aangebeld.

Louise en Mathilda keken op.
'Komt iemand je afhalen?' vroeg Louise.
Robert schudde zijn hoofd en deed de deur open.
Twee agenten kwamen binnen.
'Bent u Robert Fetzer?' vroeg een van beiden.
'Ja. Waar gaat het om?'
'U bent gearresteerd op verdenking van de gezamenlijke moord op wachtmeester eerste klasse Tschirsch op 25 november 1923. Wij hebben opdracht u naar het bureau te brengen.'

11

Villa Rothmann in Degerloch
8 mei 1926

Serafina wierp een blik op de rijkversierde klok op de schoorsteenmantel. Het was al bijna vijf uur 's middags en nog steeds had ze de knoop niet doorgehakt. Als ze vandaag nog naar Stuttgart zou rijden om Lilou de foto's te brengen, zodat die ze mee naar Berlijn kon nemen, moest ze voortmaken.

Ze liep naar het raam, schoof het kanten gordijn opzij en keek naar de groene boom voor haar kamer, waar een vogelgezin zijn nest in had gebouwd. Er speelde een licht briesje door de bladeren. Voor de natuur leek alles zo eenvoudig. Ze zou maar al te graag met de gevederde vriendjes ruilen, hun zorgeloosheid voelen, zich door de wind laten dragen, weg van alle ellende.

Toen ze de stof weer terug liet glijden, had ze besloten om thuis te blijven. Lilou vertrok morgen pas. Ze had nog tijd om na te denken.

Het gerinkel van de deurbel deed Serafina opschrikken. Vlak daarna klonk Victoria's heldere lach door het huis.

Serafina was blij dat het meisje was thuisgekomen en liep meteen haar kamer uit om de twee verdiepingen naar de hal beneden af te dalen.

Op dit moment kon ze het goed gebruiken om door Victoria opgevrolijkt te worden.

Terwijl ze de trap snel afliep, hoorde ze Dora's stem. 'Hoe was het op school?'

'O, heel goed,' antwoordde Victoria. 'Elisabeth Mayer had weer opgeschept over haar goede cijfers in Grieks en Latijn, maar dat kon me niet schelen.'

'En hoe waren jouw cijfers? Zijn jullie overhoord?'

'Eh, ja, heel goed.' Serafina hoorde duidelijk dat Victoria de vraag ontweek.

'Serafina!' Victoria zag haar meteen toen ze de hal binnenkwam.

'Juffrouw Rheinberger! Alles in orde? Mag ik u straks nog een laat kopje thee of koffie laten brengen?' vroeg Dora, terwijl ze haar arm om Victoria's schouders sloeg.

'Ik drink nu een warme chocolademelk in de keuken,' kwam Victoria tussenbeide. 'Kom toch mee, Serafina!'

Serafina keek Dora aan. 'Als het geen probleem is, zou ik graag met Victoria een kop chocolademelk drinken.'

'Natuurlijk, juffrouw Rheinberger, komt u maar!' zei Dora, terwijl Victoria Serafina's hand pakte en haar naar de keuken trok.

'O, daar hebben we juffrouw Victoria!' zei de kokkin liefdevol, toen ze haar welvoorziene rijk betraden. 'Jij wilt vast je warme chocolademelk, hè?'

'Ja, Gerti, en Serafina wil er ook graag een. Kan dat?'

'Maar natuurlijk. Ga snel aan tafel zitten, het duurt niet lang.'

'Ik wil je helpen, Gerti!' zei Victoria. 'We laten Serafina zien hoe onze kruidenchocolade gaat.'

'Kruidenchocolade?' vroeg Serafina nieuwsgierig. 'Dat klinkt heel verleidelijk.'

Victoria grijnsde tevreden, de kokkin zuchtte en Serafina kwam ook bij het grote gietijzeren fornuis staan, waarop het avondeten stond te pruttelen. Rundersoep waarschijnlijk, vermoedde ze. In elk geval rook het heerlijk.

Walli zat in een hoek van de keuken, bijna als een schim. Het viel Serafina op dat ze het dienstmeisje nooit had horen praten. In haar arm had ze een kom met goudgeel deeg, dat ze met een houten pollepel bewerkte. Toen Walli opkeek en zag dat ze werd geobserveerd, werd ze vuurrood. Serafina vond al die nervositeit merkwaardig en keek de andere kant op om het meisje niet nog onzekerder te maken.

Intussen snuffelde Victoria in de ruime voorraadkamer naar allerlei ingrediënten en de kokkin – Serafina schatte de mollige Gerti op begin zestig – zette een pan met melk op de hete donkere plaat. 'Zo, juffrouw Rheinberger, nu leert u meteen het lievelingsrecept van onze prinses kennen.'

‘Een soort familiegeheim?’ vroeg Serafina.

‘Eerder een specialiteit,’ antwoordde de kokkin, ze nam twee grote bussen van Victoria over, die ze uit de voorraadkamer had meegenomen en duwde Serafina een garde in de hand, die uit een houten steel met een metalen spiraal bestond.

Victoria maakte de bussen open, pakte een lepel en deed suiker en donker cacaopoeder bij de melk. ‘Je moet heel goed roeren,’ zei ze en ze controleerde vervolgens nauwgezet of Serafina alles correct deed. Blijkbaar was ze tevreden, want na een laatste kritische blik op de chocoladekleurige schuimende melk liep ze naar de kast tegen de muur ernaast en pakte twee kleine porseleinen kruidenpotjes. Die zette ze op de eenvoudige houten tafel naast het fornuis, waar de kokkin inmiddels aardappels schilde. Gerti onderbrak haar werk om er een vanillestokje bij te leggen.

Geconcentreerd sneed Victoria het stokje open en schraapte het uit, toen deed ze het vanillemerg in de melk. Serafina klopte vlijtig verder en genoot van de delicate geur die uit de pan opsteeg.

Net toen Victoria de deksel van de twee porseleinen potjes haalde, ging de keukendeur open.

‘Ik dacht al dat er kruidenchocola was,’ riep een mannenstem verheugd. ‘Die geur herinnert me aan mijn kindertijd!’

‘Oom Karl!’ Victoria liet het dekseltje vallen. In een oogwenk had ze haar armen om Karl heen geslagen, die haar lachend optilde.

‘Hé! Ik ben toch niet klein meer!’ protesteerde Victoria zwakjes, maar Serafina merkte dat ze eigenlijk van de aandacht van haar oom genoot. Het zou nog wel even duren voor de opgewekte dochter des huizes volwassen zou zijn.

Karl zette zijn nichtje weer op de grond. Victoria porde hem tegen zijn buikspieren, die keihard weerstand boden aan haar schijnaanval en wat hem alleen een lachje ontlokte. ‘Dan moet je wel een beetje harder boksen, Victoria,’ zei hij. ‘Ik neem je de volgende keer mee naar de club!’

‘Boks je?’ vroeg Serafina.

‘Natuurlijk boks ik. Sport is mijn levenselixer,’ antwoordde Karl met een zweem van arrogantie en ging achter haar staan. ‘Afgezien van warme chocolademelk natuurlijk.’

Serafina glimlachte. ‘Ik ben benieuwd hoe die smaakt.’

‘Maar de kruiden ontbreken nog,’ protesteerde Victoria en ze gooide er een mespuntje kaneel en een mespuntje anijs bij.

‘Nu ruikt het naar Kerstmis,’ constateerde Serafina.

Karl pakte haar de garde af. Hun vingers raakten elkaar. ‘Precies. Met kruidenchocola is het elke dag van het jaar kerst.’

Opeens hield Victoria een stuk gember in haar hand.

‘Wil je dat er ook in doen?’ vroeg Serafina verbaasd.

‘Maar natuurlijk doet ze dat erin,’ antwoordde Karl in plaats van Victoria. ‘Soms doet ze er zelfs peper bij!’

‘Maar dat past toch niet bij cacao,’ zei Serafina.

‘Ja, hoor,’ zei Victoria, ‘dat past goed bij cacao. Je zult wel zien.’

Ze legde het geschilde stuk gember in de kruidenchocolade. Karl schoof de pan naar de rand van het fornuis. ‘Waar zijn de bekers?’ vroeg hij.

‘Ik haal ze wel,’ antwoordde Victoria en ze bracht drie aardewerken koppen met een blauw bloemetjespatroon, en afgebrokkelde randen die ervan getuigden dat ze al vaak waren gebruikt.

‘Ach, Victoria waarom neem je altijd de oude mostbekers?’ vroeg de kokkin.

‘Omdat de chocolade het lekkerst is als je hem uit zo’n oude mok drinkt,’ was Victoria’s logische verklaring. ‘Serafina, jij mag nu inschenken.’

‘O! Bedankt!’ Serafina schonk de kruidenchocola voorzichtig in de bekers. In de laatste belandde het stuk gember.

‘Die neem ik!’ riep Victoria meteen en ze confisqueerde de drinkbeker.

Een paar minuten later zaten ze alle drie aan de grote eettafel in de ruimte ernaast, waar normaal gesproken de bedienden van het huis aten.

‘En wat heb je vandaag ondernomen?’ vroeg Karl aan Serafina.

‘Vandaag eigenlijk niet al te veel, omdat ik de afgelopen dagen steeds op pad was. Ik heb een beetje gewandeld en de tennisbaan achter het huis bekeken.’

‘Heb je zin om te spelen?’ vroeg hij.

‘Dat zou ik wel willen,’ antwoordde Serafina. ‘Maar ik heb het nooit geleerd.’

‘Daar kunnen we verandering in brengen,’ bood hij aan. ‘Meteen nadat we de kruidenchocolade hebben gedronken.’

'Echt? Kun je het me leren?'

'Ik kan het je ook leren,' kwam Victoria tussenbeide.

'Ach, Vicky, tante Serafina is de hele tijd al bij jou. Laat mij dat met het tennissen maar doen.' Serafina zag dat Victoria een muntje van tien pfennig in de zak van haar rok liet verdwijnen, dat Karl haar stiekem had toegestopt. De twee waren goed op elkaar ingespeeld.

'Kun jij alvast de rackets voor ons halen, Vicky?' vroeg Karl.

Victoria dronk snel haar beker leeg, zette hem met een klap op tafel en zette haar handen in haar zij. 'En wat krijg ik daarvoor?'

'Meisjes met een chocoladesnor krijgen helemaal niets,' zei Karl plagend en Victoria ging met haar mouw snel over haar bovenlip.

'Zo. Weg. Nou?'

'Vicky, je moet niet voor elke pleziertje dat je iemand doet iets terug willen hebben,' begon Karl en hij deed zijn best om streng over te komen. 'Kijk, als je nu de rackets haalt, vind ik dat gewoon heel aardig van je.'

Victoria's ogen schitterden uitdagend. 'Maar je vindt me sowieso aardig,' constateerde ze kernachtig. 'Je bent immers mijn oom.'

Serafina amuseerde zich, maar liet niets merken om Karls gezag niet te ondermijnen.

'Nou?' herhaalde Victoria nadrukkelijker. 'Wat geef je als ik de rackets haal?'

Karl slaakte een zucht. 'Ik haal ze zelf wel.'

Victoria keek hem besluiteloos aan. Toen draaide ze zich om en liep de keuken uit.

'Wat een kreng,' bromde Karl, maar zijn stem klonk mild.

'Ze is heel zelfbewust,' zei Serafina. 'Dat is niet verkeerd.'

'Jullie dekken elkaar altijd, jullie vrouwen.' Karl lachte. 'Maar wat zou het.'

Een paar minuten later was Victoria terug. Een van de rackets had ze onder haar oksel geklemd, het andere hield ze in haar hand.

Er verscheen een tevreden grijns op Karls gezicht. 'Dank je wel, Vicky! Dat is heel aardig van je!'

'Dat weet ik,' antwoordde Victoria tevreden. 'En daarom mag ik ook meespelen.'

12

Even later stonden ze buiten op het kort gemaaide grasveld, waar met witte verf een speelveld op was afgebakend. Een net ter hoogte van haar heup verdeelde het rechthoekige veld in twee gelijke vakken.

'Ik begin!' riep Victoria en ze ging aan de linkerkant staan, klaar om de bal aan te nemen.

'Nee!' zei Karl, dit keer uiterst kordaat. 'Eerst moeten we Serafina laten zien hoe het gaat.'

'Hadden we ons niet beter kunnen omkleden?' vroeg Serafina voorzichtig.

'Eigenlijk wel, maar ik denk niet dat we ons vandaag in het zweet werken.' Hij knipoogde naar haar. 'Victoria,' zei hij tegen zijn nichtje. 'Geef je je tante Serafina alsjeblieft het racket?'

Victoria deed gedwee wat haar werd gevraagd en ging aan de rand van het speelveld zitten.

Serafina hield het racket besluiteloos in haar hand. Karl legde dat van hem weg, pakte dat van haar en stak het met de handgreep naar voren weer naar haar uit. 'Zo. Steek je rechterhand uit alsof je het racket een hand wil geven.'

Serafina gehoorzaamde.

'En nu leg je de bal van je rechterwijsvinger over het handvat. Ja… goed. En nu sluit je je hand rond het racket. Ja, bijna goed.' Hij pakte met zijn vrije hand de hare en corrigeerde haar. 'Op die manier, zie je wel? Het oppervlak van het handvat ligt om zo te zeggen schuin over je hand.'

Hij liet het racket los, en Serafina probeerde een paar bewegingen uit. 'Geef me de bal maar!' riep ze naar Karl.

'Wacht even!' Hij glimlachte. 'Probeer eerst het racket door de lucht te bewegen.'

Serafina deed wat hij zei. Ze lachte. 'Dat was vast niet goed, hè?'

Karl grijnsde. 'Nee. Til het eerst een keer op... goed zo. Nu draai je je bovenlichaam naar rechts en zet je je rechterbeen naar voren... nog iets verder... ja. Buig je knieën een beetje, dan is het gemakkelijker.'

Weliswaar vond Serafina het een beetje merkwaardig om daar zo te staan, maar ze deed haar best om Karls instructies op te volgen.

'Nu gaat het racket naar boven... meer naar rechtsachter... ja, goed! En nu het linkerbeen naar voren en het racket tegelijk krachtig naar voren bewegen.'

Serafina voerde de slag uit.

'Ja!' riep Karl. 'Dat was al heel goed!'

'Ik verveel me,' zei Victoria. 'Ik ga weer naar binnen. Haal me maar als jullie eindelijk goed kunnen spelen.'

'Dat doen we,' antwoordde Karl en Serafina merkte meteen dat hij er niets op tegen had om de oefeningen zonder Victoria af te werken.

Ze hielden zich uitgebreid bezig met de verschillende mogelijkheden om het racket vast te houden en de slagen uit te voeren. Intussen ging hij keer op keer achter haar staan en corrigeerde haar houding met zachte aanrakingen. Vervolgens legde hij haar de belangrijkste spelregels uit, waarna ze uiteindelijk hun eerste balwisseling hadden.

Ruim een uur later kwamen ze terug naar de keuken. Serafina merkte dat haar wangen gloeiden en vast hoogrood waren van de inspanning en Karls toenaderingspogingen, waarvan ze niet zeker wist of ze er wel prijs op stelde of dat ze er alleen van genoot omdat die haar een beetje van haar zorgen afleidden.

'Ik weet het, we gaan zo aan tafel,' zei Karl, die zo het standje van de kokkin te snel af was. 'Maar we krijgen vast nog iets te drinken voordat we ons omkleden.'

Met een streng gezicht wees de kokkin naar de waterkraan. Karl grijnsde, pakte een beker en hield die eronder. Maar nog voor hij de kraan kon opendraaien om Serafina water aan te bieden, klopte iemand op de zijdeur van de villa, die op de keuken uitkwam.

De kokkin keek verrast op. Ook Karl stond even stil. Toen zette hij de beker in de gootsteen en liep naar de deur om open te doen.

'Is Vicky thuis?' vroeg een meisje met rode lokken. Blijkbaar was ze erg overstuur, want haar blauwgrijze ogen waren rood van het huilen.

'Victoria is naar haar kamer gegaan,' zei Gerti.

'Ik haal haar meteen!' zei Karl en hij ging op weg naar de bovenverdieping.

'Zo, kom eerst maar eens binnen,' zei de kokkin, pakte het kind bij haar schouders en duwde haar de keuken in. 'Wat is er gebeurd?'

'Dat zeg ik alleen tegen Vicky,' mompelde het meisje.

Serafina knikte Gerti toe en pakte het kind voorzichtig bij de hand. 'We wachten hier allemaal met jou tot Victoria er is, goed?'

De kokkin wijdde zich weer aan het avondeten.

'Wil je misschien een koekje?' vroeg Serafina nadat ze het meisje naar de tafel had gebracht, maar de kleine schudde haar hoofd. Omdat ze blijkbaar vastbesloten was om alleen Victoria in vertrouwen te nemen, besloot Serafina niet langer aan te dringen. Ze gingen zitten.

Vijf minuten later rende Victoria de keuken in. Karl kwam erachteraan.

'Tilda! Wat doe jij hier?' vroeg ze verbaasd en ze ging naast haar vriendin zitten.

Het kind keek de volwassenen om haar heen aan. Toen fluisterde ze iets in Victoria's oor.

Die sloeg haar hand voor haar mond. 'Maar waarom?'

Het meisje haalde haar schouders op en begon weer te huilen.

'Misschien is het beter als je ons allemaal vertelt wat er is gebeurd,' zei Karl.

'Ja, zeg het toch,' beaamde Victoria. 'Ze helpen je beslist!'

'Mijn vader is opgesloten,' zei het kind snikkend.

'Hoe heet je?' vroeg Karl.

'Mathilda Fetzer.'

'Wat?' riep Gerti ontdaan. 'Ben jij de dochter van Robert?'

Mathilda knikte. 'U kent mijn vader?'

'Jazeker! Natuurlijk ken ik hem. Hij heeft hier gewerkt, maar dat is lang geleden, zeker twintig jaar.'

Mathilda snufte. 'Dat heeft hij me niet verteld.'

'Ja, dat geloof ik direct, dat hij je dat niet heeft verteld. Hij is inmiddels een rooie. Dan vergeet je de oude broodheren heel snel.'

Serafina volgde het gesprek oplettend, maar hield zich erbuiten.

'En waarom zit je vader in de gevangenis?' wilde Karl weten.

'Hij heeft iemand doodgeschoten, zeiden ze.' Mathilda slikte.

Victoria sloeg onwillekeurig haar armen om haar vriendin en keek Karl aan. 'Oom Karl, je bevrijdt hem toch meteen, hè?'

'Tja, Vicky, dat zou ik graag doen. Maar zo simpel is dat niet.'

'Waarom?'

'We moeten er eerst achter komen wat er werkelijk is gebeurd.' Karl legde sussend zijn hand op Victoria's schouder.

'Nee. We vertellen het papa,' zei Victoria kordaat. 'Dan wordt Tilda's vader vast meteen vrijgelaten!'

'Jouw papa vertellen wij voorlopig nog niets,' zei Karl. 'Hij heeft te veel aan zijn hoofd. Ik zorg daar wel voor. Weet je waar je vader naartoe is gebracht, Mathilda?'

Het meisje schudde haar hoofd. 'Nee. Maar mijn moeder weet het wel.'

'Dan moeten we het aan je moeder vragen,' zei Karl. 'Is ze thuis?'

'Ik weet het niet,' antwoordde Mathilda. 'Ze wilde naar mijn vader om hem zijn medicijnen te brengen.'

'Zijn medicijnen?' vroeg Karl. 'Is hij dan ziek?'

'Hij trilt altijd zo. En dat gaat alleen weg als hij zijn medicijnen neemt.'

Karl wisselde een blik met Serafina. Iemand die trilt vanwege de oorlog. Zoals zo velen.

'Ik kom zo met je mee,' besloot Karl. 'Durf je in een auto te rijden?'

Mathilda keek besluiteloos van Victoria naar Karl. 'Natuurlijk durf ik dat,' zei ze toen. Haar tranen waren opgedroogd.

'Wacht hier even,' zei Karl. 'Ik trek snel een schoon overhemd aan.'

'Denk je dat ik ook kan meerijden?' vroeg Victoria aan Serafina toen Karl was vertrokken.

'Nee, Vicky,' antwoordde Serafina. 'Daar moeten we ons niet mee bemoeien.'

'Jammer.'

Even later reed weg Karl met Mathilda.

Maar de kokkin vertelde Serafina uitvoerig het verhaal van Robert en het dienstmeisje Babette, op wie hij in de tijd dat hij in de Rothmann-villa werkte smoorverliefd was geweest. Een verhaal met een droevig einde.

Die avond kwam Karl niet meer terug.

Het kostte Victoria moeite om haar ouders niets over de gebeurtenissen te vertellen en tijdens het avondeten was ze zo druk dat ze voortijdig naar bed werd gestuurd.

Nadat ze zelf ook goedenacht had gezegd, ging Serafina nog een keer naar Victoria's kamer.

'Hoe gaat het ermee, Vicky?' vroeg ze zacht.

Het meisje ging rechtop in bed zitten. 'Ik kan niet slapen.'

'Dat geloof ik. Zal ik chocolademelk voor je halen?'

'Die heeft Gerti me al gebracht.'

'Goed. Wil je me nog iets vertellen over je vriendin?'

'Ik ken Tilda nog helemaal niet lang. Een paar dagen pas.'

'O! Maar dan vertrouwt ze je heel erg. Weet je waar ze woont?'

Victoria dacht na. 'Iets met een berg… Stuifenstrasse, denk ik.'

'Maak je niet te veel zorgen, Vicky. Karl zorgt vast goed voor haar en haar moeder. En morgen zien we wat we voor je vriendin kunnen doen.'

Victoria gaapte. 'Ja.'

'Goedenacht, Vicky.'

'Goedenacht, tante Serafina.'

Toen Serafina uiteindelijk vermoeid haar eigen deken terugsloeg, lag daaronder een in zijdepapier gewikkeld pakje, dat was versierd met een pas afgeknipt takje vol rozenknoppen.

13

Berlijn
11 mei 1926

Met geoefende hand schoof Anita Berber het witte poeder op een hoopje en schepte het met een gouden lepeltje op. Toen boog ze zich eroverheen en snoof de cocaïne op.

'*Tu va mourir.* Je zult aan die rommel creperen,' zei Lilou zonder omhaal en ze nam een trekje van haar sigaret.

'Ach, wat weet jij er nou van, Lilou Roche,' antwoordde Anita. 'Zorg eerst maar dat jij net zoveel succes hebt als ik!'

'Het is de vraag wat je onder succes verstaat.'

'Ha!' Anita schudde haar donkere haar en glimlachte verleidelijk. Het zag er gekunsteld uit. 'Ik weet precies wat het betekent om succes te hebben. Voorstellingen zijn uitverkocht. Mannen en vrouwen worden verteerd door verlangen naar jou. Het publiek ligt aan je voeten...'

'Dat soort succes is niet meer dan een korte roes, Anita.'

'Maar wel een die steeds terugkomt.' Anita snoof, ze had een loopneus. Een gevolg van het voortdurende cocaïnegebruik.

'Tot het op een dag is afgelopen. Als je gezicht rimpelig is geworden en je lichaam slap van alle uitspattingen waar je het aan hebt blootgesteld.'

'Jij maakt ook graag plezier, Lilou.'

'*Bien sûr.* Maar ik ken mijn grenzen.'

Een spottende glimlach verscheen om Anita's mondhoeken. Ze leunde achterover op de divan, die prominent midden in de huiskamer van de kleine woning stond die ze met haar man Henri in Berlijn bezat. Ze leek geanimeerd en slaperig tegelijk. 'Het is nog niet afgelopen. Nog lang niet! Je hebt geen idee hoe Hamburg ons toejuicht, mij en Harry! Het Alkazar zit stampvol bij elke verdomde voorstelling die we geven!'

Lilou boog zich naar haar toe en leunde met haar onderarmen op haar dijbenen. 'Hou jezelf niet voor de gek, Anita. Je publiek begrijpt je al lang niet meer.'

'Ze bewonderen mij.'

'Die tijden zijn voorbij. Inmiddels zien ze je voorstelling alleen nog als erotisch tijdverdrijf.'

Anita kneep haar ogen tot spleetjes. 'In elk geval zal ik ooit kunnen zeggen dat ik heb geleefd,' zei ze. 'Ik heb alles gehad, Lilou. En ik heb nergens spijt van. Absoluut niet.' Ze trok aan haar sigarettenpijpje en blies de rook elegant langs haar lippen uit.

Lilou liet het erbij.

'*Dis moi,* Anita.' Ze kwam terug op de eigenlijke reden van haar bezoek. 'Treed je nog in het Metropol op?'

'Zo nu en dan. Als ik in Berlijn ben.' Anita hoestte.

'En ken je een paar toeschouwers daar?'

'Persoonlijk? Eh… nee.'

'Maar er zijn er vast een paar die regelmatig komen, hè?'

'Is dit een verhoor?'

'*Si tu veux.*' Lilou lachte schor. 'Als je wilt…'

'Natuurlijk komen er een paar vaker. Sommigen komen altíjd, als ik optreed!' Een nieuwe hoestaanval dreef Anita de tranen in de ogen.

'Herinner je je nog een jong meisje dat vijf of zes weken geleden met jullie is doorgezakt? Serafina Rheinberger?'

Anita ging rechtop zitten. 'De kleine Rheinberger? Een onmogelijk typje!'

'Waarom?'

'Bedrinkt zich. Snuift. En is dan zo groggy dat ze niet meer weet wat ze doet.'

'Ze heeft haar moeder gezocht.'

'Ja, Elly Schwarz. Het meisje had een oude foto bij zich.'

'Dus je kent haar moeder?'

'Ik kénde haar. Ze zou aan tuberculose zijn overleden, maar er wordt zoveel gekletst. En eigenlijk interesseert het me ook niet, ik heb al een eeuwigheid niets meer van haar gehoord.'

'Maar je hebt Serafina er niets over verteld.'

'Dat haar moeder misschien dood is? Lieve god, nee! Ik weet niet eens of het wel klopt. Elly zei vroeger steeds dat ze naar Parijs wilde. Wie weet waar ze werkelijk is terechtgekomen. Straks denkt het meisje nog dat haar moeder overleden is, terwijl ze nog ergens leeft. Nee, nee, daar bemoei ik me niet mee, Lilou.'

'Je was bang dat Serafina een probleem kon worden, hè?'

'Misschien. Mijn leven speelt zich nu eenmaal niet meer in Berlijn af, maar in Hamburg. Af en toe een optreden in het Metropol, om een beetje *Berliner Luft* op te snuiven. Dat is alles.' Anita keek even peinzend naar het plafond. 'En volgend jaar ga ik sowieso op tournee. Met Henri.'

Lilou merkte dat ze bij Anita niet verder kwam. In elk geval had ze nu een naam. Als Elly Schwarz werkelijk Serafina's moeder was, dan was er een aanknopingspunt.

'Is er hier eigenlijk niets te drinken?' vroeg Lilou en ze liet haar blik over de inrichting en het vele pluche dwalen.

Anita kwam langzaam overeind, legde haar sigarettenpijpje op een tafeltje, liep naar een buffet, schonk een glas whisky in en overhandigde het aan Lilou.

'Merci.' Lilou drukte haar sigaret uit en pakte het glas aan. Voordat ze weer op haar divan ging liggen, streelde Anita zacht haar nek.

'Dus jullie hebben wel lol gehad, die avond met het meisje,' bracht Lilou het gesprek terug op Serafina.

Anita Berber sloeg haar ogen ten hemel. 'Wat is er eigenlijk zo interessant aan die Serafina Rheinberger? Je kent haar toch helemaal niet.'

'Ik heb haar leren kennen.' Lilou greep in haar jasje, haalde er een foto uit en gaf die aan Anita. 'Wat zeg je daarvan?'

Wat goed dat Serafina de moed had gehad haar de foto, waarop ze met die twee personen in een aanstootgevende pose te zien was, toch nog mee te geven. Werkelijk op het nippertje, vlak voordat ze met Josephine en het hele gezelschap naar Berlijn was vertrokken, had een oudere heer in chauffeursuniform de foto in Hotel Marquardt afgegeven. Maar haar gezicht had Serafina onherkenbaar gemaakt.

'Ach,' zei Anita spottend. 'Bevalt ze je?'

'Oui. Ze bevalt me, maar dat is niet waar ik heen wil.'

'O, je geeft niet snel op, Lilou, ik ken jou! Iemand zou dat arme wicht moeten waarschuwen.' Anita wapperde zich met de foto overdreven nonchalant lucht toe, voordat ze hem aan Lilou teruggaf. 'Ja, ze is gefotografeerd,' vervolgde ze toen terwijl ze met een zakdoek haar vochtige, ontstoken neusvleugels depte. 'Ik wilde Hugo nog zeggen dat hij het moest laten, maar het was zo leuk. Ze heeft het helemaal niet gemerkt.'

'*Justement*. Het had verhinderd moeten worden.'

'Ben ik een gouvernante, Lilou? Nee, nee. Dat is haar zaak.' Anita pakte haar sigarettenpijpje weer. 'Zeg eens, waar heb je die foto vandaan?'

'Dat doet er niet toe. Er zijn er nog twee. De vraag is waarom ze eigenlijk bestaan. Wie heeft ze ontwikkeld en verspreid?'

'*Na, na*, Lilou. We zijn in Berlijn. Dat soort dingen gebeuren.' Anita knipoogde naar haar. 'Tenminste, als het nacht is.'

'Weet je misschien wie er op die foto te zien zijn?'

'Ik denk dat Paula erbij is gaan staan, zo'n *girl*. Ik ken haar verder niet. Die avond verving ze een van mijn danseressen.' Anita leek ingespannen na te denken. 'En ene Ernst Ludwig of zoiets. Paula had hem die avond op sleeptouw genomen. Een echte patser, stond overal met bankbiljetten te wapperen. Zou bij de spaarbank werken. Als rentmeester, dat heeft hij minstens tien keer geroepen. Maar of dat klopt...'

'Meer weet je niet?'

Anita schudde haar hoofd. 'Nee. Maar hij was bijzonder in haar geïnteresseerd.'

'In Serafina?'

'Ja. Daarom heb ik haar op een gegeven moment in een taxi gezet en naar huis laten brengen.'

'Aha! Dan heb je toch gemerkt dat er iets niet klopte. Hoe wist je waar ze woonde?'

'Dat heb ik haar gevraagd. Lieve help, Lilou. Je gedraagt je als een inspecteur van de recherche!'

'En de fotograaf?'

'Hugo Baltus? Die zat nog lang bij ons, tot Henri kwam. En toen is iedereen naar huis gegaan. Maar toen was het al ochtend. Hugo heeft de kleine Rheinberger alleen voor de grap gefotografeerd. Ik had niet gedacht dat hij de foto's ook zou ontwikkelen.'

'Zo veel naïviteit, Anita? Je hebt haar altijd nog zelf uitgekleed. Die man met de lendendoek... Ernst Ludwig, hoe oud is hij? Ongeveer?'

'Rond de veertig, schat ik. Hij heeft zich later met Paula geamuseerd. Die heeft hem beslist ruimschoots gecompenseerd voor de gemiste geneugten.' Anita had haar ogen gesloten.

Lilou stond op, sloeg de whisky in één teug achterover en pakte haar jasje, dat ze over de leuning van haar stoel had gegooid. 'Misschien kom ik vanavond naar je voorstelling,' zei ze.

'Die is sensationeel!' Anita glimlachte en sloeg haar ogen op. 'Hoelang blijf je in Berlijn?'

'*Quelques semaines*. Een paar weken. Zolang Josephine Baker hier is.'

'O, Baker!' Opeens kreeg Anita iets minachtends over zich. 'Wat ziet iedereen toch in haar?'

'Ze is sensationeel. *Extraordinaire*.'

'Dat zeggen ze. Ik geloof het niet.' Anita legde met een theatraal gebaar haar hand op haar voorhoofd. 'Maar jij wordt door haar betaald, dan moet je haar wel grandioos vinden.'

Lilou negeerde de opmerking. 'Ik ga er nu vandoor, Anita. Bedankt voor de whisky.'

'Ik wilde in Parijs bij je langskomen, Lilou!'

'Daar heb ik lang op gewacht.' Lilou stond al in de deuropening en keek nog een keer naar Anita, die met holle wangen op de divan lag. 'Maar jouw beloftes zijn niets waard!'

'Ach, je hebt gewoon geen flauw idee van mijn leven.' Anita haalde haar neus weer op. 'Tot vanavond, Lilou.'

14

Stuttgart
Dezelfde dag

Het rook naar geroosterde hazelnoten, karamel en cacao. Serafina snoof de geur onopvallend op, toen ze achter Victor en Judith de chocoladewinkel binnenkwam. Een zweem van vanille omspeelde haar neus, ze dacht sporen van kaneel, kruidnagel en anijs te ruiken, die vergezeld gingen van een vleugje bittere amandelen dat aan marsepein deed denken.

'Kijk, Serafina!' Victoria huppelde achter de toonbank. 'Is het niet heel mooi hier?'

Serafina gaf haar gelijk. Overal glom en fonkelende het, op de toonbank, in de kasten en op de planken aan de zijmuren. De met chocolade en suikerwerk gevulde schalen en glazen potten werden door de spiegels aan de muren op een geraffineerde manier verveelvoudigd.

'Ik ga even naar boven, naar het kantoor,' zei Judith. 'Als ik terugkom laten we je alles zien. Victoria bekommert zich zolang om je.'

'Neem rustig de tijd om alles te doen wat je doen wilt, Judith. Wij tweeën kunnen ons hier prima redden, hè, Victoria?'

Victoria knikte gedecideerd. 'Ja, natuurlijk! Mama, je hoeft helemaal niet snel terug te komen. Ik leg Serafina alles uit en dan kan ze me met de verkoop helpen.'

Judith knipoogde naar hen beiden. 'Goed. Maar ik zal toch voortmaken.'

Ze liep de winkel uit door een deur achterin, die op een trappenhuis uitkwam.

Serafina zou zich het liefst ook hebben teruggetrokken, want in haar handtas zat een expresbrief van Lilou. Die had ze een half uur eerder op het postkantoor afgehaald, terwijl Judith met Victoria nog een paar boodschappen had gedaan. Serafina kon haar nieuwsgierigheid nauwelijks bedwingen, maar omdat niemand van haar heimelijke correspondentie met Berlijn mocht weten, zou ze moeten wachten met lezen tot ze die avond op haar kamer was. Goed dat ze vlak voor Lilous vertrek een postidentiteitsbewijs had gehaald en het nummer in het Marquardt had achtergelaten, zodat Lilou haar poste restante kon schrijven.

'Zo,' zei Victoria veelbetekenend toen haar moeder was vertrokken. 'Dan beginnen we maar. Eerst moet je de dingen proberen die we verkopen.'

'Allemaal?' vroeg Serafina met gespeelde ontzetting.

'Nou ja, niet allemaal, maar de beste. En die geef ik je nu.'

Terwijl Victoria een ivoorkleurig porseleinen schaaltje pakte en het met allerlei confiserie vulde, kwam er een oudere vrouw door de deur waardoor Judith juist was verdwenen.

'Trude!' riep Victoria. 'Mama is net naar boven gegaan.'

'Ik heb haar juist ontmoet, Victoria,' antwoordde Trude en ze keek naar Serafina. 'U bent juffrouw Rheinberger?'

'Ja, dat ben ik.'

'Mevrouw heeft mij al laten weten dat u nu ook in Degerloch woont. Ik ben Trude Schätzle en ik werk hier als verkoopster. Prettig om u te leren kennen.'

'Het genoegen is wederzijds.'

Trude Schätzle ging naar Victoria achter de toonbank. 'Wat doe je daar eigenlijk, Victoria?' vroeg ze.

'Ik geef Serafina iets om te proeven.'

'Ach ja, natuurlijk. Dat is een goed idee. Houdt u van chocolade, juffrouw Rheinberger?'

'Meer dan me lief is.' Serafina glimlachte. 'Als ik elke dag in deze winkel zou doorbrengen, betwijfel ik of er nog genoeg chocola voor de verkoop zou overblijven.' Ze knipoogde naar Victoria, die het inmiddels rijkelijk gevulde schaaltje voor haar neerzette.

'Is dat voor mij?' vroeg Serafina.

'Ja. En voor mij,' antwoordde Victoria.

Op dat moment kwam een jonge vrouw met haar zoontje de winkel binnen. Trude vroeg meteen wat ze wensten.

Intussen probeerde Serafina een eivormige chocoladebonbon. De chocola smolt snel in haar mond, toen proefde ze een geroosterde noot. Ze kauwde. 'Mmm. Lekker.'

'Dat is een amandel met chocolade eromheen. De amandelen roosteren we in de oven,' legde Victoria uit en ze viste een praline uit de chocoladeberg. 'En nu die daar!'

Serafina beet in de donkere omhulling van chocola. Wat ze proefde kende ze goed. 'Marsepein! Daar ben ik dol op!'

Victoria grijnsde en gunde zichzelf een klein vierhoekig stukje. 'Dat is melkchocolade met heel veel vanille,' zei ze genietend met volle mond.

Op dat moment merkte ze dat het jongetje verlangend toekeek hoe ze proefden, terwijl Trude allebei dozen met pralines aan zijn moeder liet zien. 'Wil je ook iets proberen?' vroeg Victoria gul.

Het kind knikte enthousiast. Victoria pakte een stukje melkchocolade en drukte het hem in de hand. Hij stak het snel in zijn mond.

'Bedankt,' neuzelde hij. Victoria grijnsde.

Toen keek ze weer naar Serafina. 'Mijn frambozendroom moet je ook proberen!' Ze wees naar een bonbon met een langgerekte vorm. 'Die heb ik samen met mama uitgedacht.'

'Maar dat is het laatste.' Serafina legde haar hand op haar maag. 'Anders word ik nog misselijk.'

'Van chocolade word je toch niet ziek,' zei Victoria.

'Ik word ook niet ziek van chocolade,' zei de kleine jongen, die met besmeurde mond opeens naast Victoria stond. Die begreep wat hij wilde en gaf hem een paar chocoladebonbons.

Ondertussen proefde Serafina van Vicky's frambozendroom. Hij smaakte grandioos. De vulling was romig en tegelijk aangenaam zuur, terwijl de donkere chocola eromheen er een intensief cacaoaroma aan toevoegde. 'Heel bijzonder.'

'Ja, toch?' Victoria klonk tevreden. 'Ik ben blij dat je hem lekker vindt.'

Uit haar ooghoeken zag Serafina dat de jonge moeder klaar was met haar bestelling en met een grote papieren zak in haar hand naar hen toe liep.

'Leonard, kom mee. We moeten verder,' zei ze tegen haar zoon, die ze het volgende moment onthutst opnam. 'Lieve hemel, wat zie jij eruit!'

In plaats van antwoord te geven strekte het kind zijn rechterhand naar haar uit, waarop een paar half gesmolten chocoladebonbons lagen. 'Moet je proberen, mama!'

De vrouw schudde geërgerd haar hoofd.

'Ik haal snel iets om het af te vegen, mevrouw,' zei Victoria vlug om een standje te vermijden en ze liep naar de achterste ruimte van de winkel. Even later kwam ze met een vochtig washandje terug.

Omdat zijn moeder geen aanstalten maakte om de chocoladebonbons te proeven, duwde de kleine man de rest zelf maar in zijn mond. Toen stak hij zijn handen naar Victoria uit zodat ze die kon schoonmaken. Serafina bekeek de scène geamuseerd en zag dat ook Trude Schätzle maar met moeite ernstig kon blijven. Tegelijk bewonderde ze Victoria's zorgzame reactie.

'Zo, nou ben je weer schoon.' Tevreden bekeek Victoria de kinderhandjes van alle kanten. Toen zei ze berouwvol tegen zijn moeder: 'Ik heb hem de bonbons gegeven.'

'Het is al goed. Bedankt voor je hulp.'

Ze nam haar kind bij de hand en liep de winkel uit. Vlak voordat de deur achter de twee dichtviel, draaide de jongen zich nog een keer om en zwaaide naar hen.

Victoria's tevreden gezichtsuitdrukking sprak boekdelen. 'Weet je,' zei ze tegen Serafina. 'Misschien windt zijn moeder zich nu een beetje op omdat haar kind hier vies is geworden, maar toch komt ze gauw weer terug. Want die jongen wil dolgraag weer naar de winkel toe.'

Met die woorden pakte ze nog een stuk chocola uit het porseleinen schaaltje.

De winkelbel klingelde en de volgende klanten kwamen binnen. Serafina hield van die klank, hij was teer en helder en paste goed bij de speelse winkel met zijn ietwat ouderwetse, maar stijlvolle inrichting. Victoria nam de bediening over en deed dat werkelijk goed.

En omdat die middag gaandeweg meer en meer klanten de winkel wisten te vinden, kon het gebeuren dat ook Serafina bij het wegen, inpakken en afrekenen hielp.

Het werk vergde veel concentratie en de tijd vloog. Iedereen keek verrast op toen Judith weer achter de toonbank stond.

'Zo, het heeft toch wat langer geduurd, het spijt me,' zei ze verontschuldigend. 'Maar wij moesten een paar dingen met Karl bespreken.'

'O, mama, dat geeft niets. We waren je helemaal vergeten,' antwoordde Victoria eerlijk, en ze lachten allemaal.

'Goed dat jullie je niet hebben verveeld. Wat dacht je ervan, lieve Serafina? Heb je zin om te zien hoe de chocola wordt gefabriceerd?'

'Ja, dat lijkt me geweldig. Kom je ook mee, Victoria?'

'Natuurlijk! Kunt u het alleen af, mevrouw Trude?' vroeg Victoria.

'Ja, hoor. Ga maar mee, kind.'

Judith ging hun voor in het trappenhuis. Na een kleine overloop liepen ze drie treden naar beneden. Door een grote zware deur verlieten ze het gebouw met de chocoladewinkel en de kantoren, staken een grote binnenplaats over, waar een paar bestelwagens stonden, en liepen op een grote hal af.

Bij de ingang trokken ze schorten aan en zetten witte haarnetjes op. En toen lieten Judith en Victoria Serafina het inwendige van Chocoladefabriek Rothmann zien.

De hal op de benedenverdieping was in meerdere grote ruimtes onderverdeeld. Tussen de machines liepen arbeiders heen en weer, sommige torsten zakken op hun rug, andere droegen emmers.

'In de zakken zitten cacaobonen,' zei Victoria. 'Daar, op die lopende banden, worden ze om te beginnen gesorteerd.'

'En schoongemaakt,' vulde Judith aan en ze liep voor hen uit door een doorgang. 'Vervolgens worden ze hier geroosterd.'

'Dat ruikt pittig,' merkte Serafina op en ze snoof de lucht op. Ze werd omgeven door een dichte, naar cacao geurende wolk.

'Ja, bij het roosterproces komen veel geuren vrij, al naargelang het soort bonen. Soms is de geur penetrant, soms milder.'

'Je kunt het zelfs buiten ruiken,' zei Victoria.

In de volgende ruimte ratelde en rinkelde het, ten teken dat hier de geroosterde cacaobonen werden fijngehakt.

'Je moet de bonen schillen en breken,' legde Judith uit. 'Dan kom je bij de kernen.'

De herrie veroorzaakte een gezoem in Serafina's oren.

'Hier worden de kernen fijngemalen,' zei Judith in de volgende ruimte en ze wees naar een andere machine, waar uit een opening aan de voorkant een fijn poeder stroomde. Victoria liep ernaartoe en wilde er iets van met haar hand opvangen, maar Judith wees haar scherp terecht: 'Niet doen! Je weet dat je dat niet mag aanraken.'

'Ik wilde het alleen aan Serafina laten zien.'

'Geeft niet.' Serafina legde even haar hand op Victoria's schouder. 'Ik zie het zo ook wel.'

Het meisje bleef er niet lang bij stilstaan en wees met haar vinger naar een andere opvallende machine: 'Hier wordt de cacaokoek gemaakt.'

'Koek?'

Judith lachte. 'Dat is de naam voor wat overblijft als de cacaoboter eruit geperst wordt. Dat gebeurt hier.'

Geïnteresseerd inspecteerde Serafina de cacaoboterpers.

Judith kwam naast haar staan. 'Zie je dat? Wat hieruit stroomt is de cacaoboter.'

'Die is heel geel en helder,' constateerde Serafina.

'Precies. Die wordt later voor de chocoladefabricage gebruikt,' zei Judith. 'De rest, dus de cacaoperskoek, wordt verder verwerkt tot poeder en couverture. De chocolade zelf wordt van de niet-ontvette cacao gemaakt.'

Op dat moment kwam een van de arbeiders om te controleren hoe ver het persprocedé was gevorderd en of alles zonder problemen verliep. Judith wisselde een paar woorden met hem, toen liepen de vrouwen verder, langs machines met grote vaten waarin cacao, cacaoboter, vanille en suiker werden gemengd. 'Bij melkchocolade komt er dan ook nog melkpoeder bij,' wist Victoria.

Een ritmisch geluid verwelkomde hen in de volgende ruimte.

'Dat zijn de zogenaamde conches. Die malen de chocolade heel fijn,' zei Victoria.

'Aha!' Serafina kon de processen niet goed zien, want alle machines bevonden zich in gesloten metalen dozen.

'Dat proces wordt concheren genoemd. De chocolademassa wordt net zo lang gewalst tot hij een smeuïge consistentie krijgt,' legde Judith uit.

'Ach, zijn dat walsen, in die bakken?' vroeg Serafina.

Judith liep naar een van de machines en tilde de deksel op. Nu was het walsproces met zijn golfvormige beweging goed te zien.

'Vroeger was het in de productieruimtes erg lawaaiig,' zei Judith. 'Maar Victor en ik zijn op een volledig elektrisch proces overgegaan. Sindsdien is het een stuk rustiger.'

Uiteindelijk bekeken ze de gietmachine, waar de afgewerkte, taaie chocolademassa zijn definitieve vorm aannam.

'Op deze machine worden de klassieke tabletten gevormd. Pralines en andere specialiteiten maken we voor een deel nog met de hand of half machinaal. Victor heeft altijd uitstekende technische ideeën,' zei Judith. 'En Karl ook.'

'En Eberle maakt dan de vormen,' vulde Victoria aan.

Serafina dacht dat ze die naam al eens had gehoord. 'Eberle?'

'Victors vriend. Hij is handwerksman en technisch ook heel begaafd en werkt veel met hem en Karl samen,' antwoordde Judith. 'Je zult hem vast gauw leren kennen.'

'Dat klopt. Karl heeft hem al eens genoemd,' zei Serafina. 'Maar eerst wil ik jullie hartelijk bedanken voor de rondleiding. Ik wist niet dat er zo veel stappen nodig waren om chocolade te produceren.'

'Graag gedaan, hè, Victoria?' zei Judith en ze ging met haar hand over het blonde haar van haar dochter.

'Ja, met alle plezier.' Victoria ontweek de liefkozing van haar moeder. 'Ik ga alvast terug.'

'Wacht even, we gaan mee,' zei Judith.

Serafina bleef naast Judith lopen, terwijl ze weer terugliepen naar het startpunt van de excursie. 'Hebben jullie niet veel schade opgelopen door de oorlog?' vroeg ze, voordat ze haar schort en het hoofdkapje afdeed.

'De oorlogsjaren waren eigenlijk wel te doen, omdat we ook grote opdrachten van het leger kregen. Maar de jaren erna waren veel moeilijker, toen niemand precies wist hoe het verder zou gaan. En toen kwam die verschrikkelijke inflatie ook nog. Destijds kostte een reep chocolade 's ochtends een miljoen mark en 's avonds drie miljoen. Ongelooflijk.'

'Dat weet ik nog heel goed. Onze huishoudster had een wasmand gepakt en die met bankbiljetten gevuld als ze brood wilde kopen.' Bij de herinnering eraan schudde Serafina licht haar hoofd.

'En dan al die armen en oorlogsinvaliden op straat. Die zie je zelfs tegenwoordig nog, al zijn het er niet meer zo veel.'

Judith legde de kledingstukken terug in de kast. 'We mogen blij zijn dat die tijden voorbij zijn.'

Op dat moment ging de buitendeur open.

'Wat voor tijden?' vroeg een mannenstem.

'Oom Karl!' riep Victoria blij.

Karl sloeg zijn arm om zijn nicht heen.

'O, Karl, ben je niet naar huis gegaan?' vroeg Judith.

'Nee, waarom zou ik?' Karl leek geïrriteerd.

'Ik dacht, de discussie met Victor daarnet...' begon Judith, maar Karl wuifde haar woorden weg. 'Ik laat mijn dag toch niet door een paar meningsverschillen bederven, Judith. Bovendien hebben we ons uiteindelijk verzoend, zoals altijd. Je man stuurt me naar Berlijn.'

Serafina spitste haar oren.

'O, echt?' Judith leek blij met het nieuwtje. 'Wat moet je daar doen?'

'We willen nagaan in hoeverre er samenwerking met de firma Sarotti mogelijk is. Kennelijk verkopen ze aandelen van hun bedrijf,' antwoordde Karl. 'En ik moet chocoladeautomaten verkopen.'

'Ach, dat klopt, daarover hebben we het al gehad.'

'Er is eigenlijk niets wat je niet weet, hè, Judith?'

Judith glimlachte en gaf hem een klapje op zijn bovenarm. 'Niet veel. Vrouwen moeten van alles op de hoogte zijn.'

'Maar nu zou ík graag willen weten over wat voor tijden jullie het hadden,' zei Karl en opeens had hij weer iets ondeugends.

'Over de tijd toen het geld niets meer waard was,' antwoordde Judith.

'Ach ja! Gelukkig kwam de geldhervorming er. En sindsdien zijn onze zorgen voorbij,' zei Karl luchtig. Hij keek naar Victoria: 'Zo, Vicky, heb je Serafina alles laten zien?'

'Ja, natuurlijk! En onze fabriek bevalt haar heel goed!'

'Dan ben ik gerustgesteld.' Karl lachte en keek Serafina aan.

Serafina reageerde niet meteen. Vanwege Karls aanstaande reis naar Berlijn waren haar gedachten afgedwaald naar Lilou, die ze na de middag in het Weinhaus nog maar één keer kort had gezien om haar het adres in Degerloch te geven. Zondag had de Française met het gezelschap van Josephine Baker de stad verlaten.

Toen Serafina merkte dat Karl en Victoria haar verwachtingsvol aanstaarden, veegde ze verlegen een haarlok achter haar oor. 'Ja?'

'Het bevalt je toch in onze fabriek?' vroeg Victoria onzeker.

'Ja, natuurlijk! Het was heel interessant. Bedankt dat jullie me alles zo goed hebben uitgelegd.'

'In dat geval... nu jullie blijkbaar klaar zijn, kan ik Serafina naar huis brengen!' Karls ogen schitterden overmoedig.

'Nee, dat gaat niet! Ik wil Serafina onze proefkeuken nog laten zien!' protesteerde Victoria.

'We zullen hier nog wel een uurtje nodig hebben, Karl,' zei Judith nu ook.

'Een uur? Zo lang?' vroeg Karl met gespeelde verontwaardiging

'Ja. Een uur!' beaamde Victoria tevreden.

Serafina lachte. 'Mij wordt niets gevraagd?'

'Nee, hoezo?' vroeg Victoria verward. 'Wil je niet?'

'Beste Serafina,' kwam Karl snel tussenbeide. 'Zou ik je mogen aanbieden je na Vicky's chocoladeachtige privéaudiëntie hoogstpersoonlijk naar Degerloch te chaufferen?' Intussen nam hij zijn hoed af en maakte een enigszins overdreven buiging.

'Ach, Karl, je maakt altijd gekheid,' verzuchtte Judith.

'Daar zal ik goed over moeten nadenken.' Serafina imiteerde Karls humoristische toon.

'Heel goed,' zei deze en hij werd ernstig. 'Ik wacht dan bij de auto op je, Serafina. Die staat beneden op de binnenplaats, een groene cabriolet.'

'Een cabriolet?' Serafina werd enthousiast. 'Ik heb er al veel gezien, maar nog nooit in een gereden. Ik ben op tijd!'

'Ik moet sowieso nog naar een van die roestige machines kijken, hij heeft weer eens kuren,' zei Karl. 'Tot zo!'

Serafina had opgevangen dat er de laatste tijd regelmatig technische storingen waren. Daarom merkte ze ook de bezorgde uitdrukking op die even op Judiths gezicht verscheen.

'Ik kom straks met jullie mee! Met de cabriolet!' zei Victoria.

Karl maakte een afwerend gebaar. 'Dit keer niet, Vicky. Maar de volgende keer beslist.' Hij omhelsde haar even, knikte Judith en Serafina toe en ging op weg naar de productiehallen.

Judith keek haar broer na en fronste haar voorhoofd. 'Jij rijdt straks met Theo en mij naar huis, Victoria.'

'Ach, mama…'

'Daarvoor gaan we nog naar de markthal, akkoord?' bood Judith aan.

Victoria dacht even na, maar stemde toen toe. 'Ja, goed, mama. En jij gaat nu met mij mee naar mijn proefkeuken, tante Serafina.'

'Heb je een eigen proefkeuken?' vroeg Serafina oprecht geïnteresseerd.

'Ja. Eigenlijk is het mama's proefkeuken, maar ze laat mij er altijd in als ik dat wil.'

'Dan ga ik graag mee,' zei Serafina.

'Goed,' zei Judith. 'Kom jij dan naar mijn kantoor als jullie klaar zijn, Victoria?'

'Ja, mama.'

Toen Judith uit het zicht was verdwenen, trok Victoria Serafina naar het trappenhuis en klommen ze meerdere treden op. Toen liepen ze door een lange gang, tot Victoria voor een witgeverfde deur bleef staan en de deurknop vastpakte.

Plechtig opende ze de deur.

En opeens stond Serafina midden in een klein chocoladeparadijs.

15

'En? Hoe was het in Vicky's proefstation?' vroeg Karl ruim een uur later aan Serafina, toen ze samen in de cabriolet naar Degerloch reden. Hij moest hard praten om boven het lawaai van de auto uit te komen.

'Fantastisch,' zei Serafina enthousiast. 'Stel je voor, ze probeert op dit moment een praline te maken met een klein cakeje erin.'

'Echt? Een origineel idee, en helemaal niet gemakkelijk uit te voeren. Maar Vicky is inventief, ik ben heel benieuwd.'

'Ik heb haar voorgesteld in plaats van een cakeje liever een koekje te nemen,' zei Serafina. 'Ik kan me voorstellen dat het gemakkelijker is om een stevig koekje met chocolade te omhullen dan een zacht cakeje, dat gemakkelijk vervormt.'

'Goed idee,' zei Karl. 'Wat vindt Vicky ervan?'

Serafina lachte. 'Ze was verrast. En ik wil het morgen uitproberen. Zodra ze koekjes heeft gekocht of gebakken.'

'Ach, ja. In die ruimte staat inmiddels ook een oven. Dan zal ze er hoogstwaarschijnlijk zelf een paar bakken.'

Karl moest hard remmen, omdat ze opeens werden gesneden door een motorfiets met zijspan.

'Idioot!' foeterde Karl. 'Sommige figuren hebben geen idee hoe je je op de weg hoort te gedragen!'

Hij gaf weer gas.

Ondanks Karls temperamentvolle rijstijl genoot Serafina met volle teugen van de rit. De zachte rijwind streelde haar gezicht en speelde met de zwarte lokken die onder haar roze hoed uitkwamen. Een ongewoon gevoel van vrijheid overviel haar, zacht en bedwelmend.

'Vind je het leuk? Ik bedoel, rijden in een cabriolet?' Karl keek haar van opzij aan.

'O ja! Het is heerlijk!' Serafina glimlachte tegen hem. 'Bedankt dat je me hebt meegenomen.'

Hij greep haar hand en kneep er even in. 'Ik wist dat het je zou bevallen!'

'Het is echt een heel ander gevoel om zo in de openlucht te rijden dan in een auto met een dak,' zei Serafina. 'Ik heb bijna zin om het zelf ook eens te proberen.'

'Bedoel je dat je zelf wilt rijden?'

'Natuurlijk. Absoluut!'

'Als je dat graag wilt, dan moet je dat doen!'

'Zodra ik de kans krijg.'

'Heb je al eens achter het stuur gezeten, Serafina?'

'Nee. Mijn vader had weliswaar een auto, maar vond dat het niet hoorde om zijn dochter erin te laten rijden. Hoewel in Berlijn steeds meer vrouwen achter het stuur zitten.'

Karl grijnsde. 'Was je vader altijd zo streng?'

'Nou ja, hij heeft er wel op gelet dat ik het niet te bont maakte. Tenslotte was ik een behoorlijk levendig kind, en dat is later ook niet veranderd.'

'Eerder het tegendeel?'

Serafina lachte. 'Eerder het tegendeel.'

'En hoe zat het met je moeder?'

'Die heb ik nooit leren kennen.'

'Hoezo? Leeft ze niet meer?'

'Eerlijk gezegd weet ik het niet.' Serafina zuchtte.

Karl was verbaasd. 'Je weet niet of je moeder nog leeft?'

'Het klinkt misschien vreemd,' antwoordde Serafina zacht, 'maar zo is het. Ik weet bijna niets over haar.' Ze leunde achterover in haar leren stoel en keek omhoog naar de blauwe hemel, waarin een paar witte wolkenslierten dreven. 'Ze heeft me bij mijn vader achtergelaten toen ik een jaar oud was. Sindsdien heb ik haar niet meer gezien.'

'Mijn moeder heeft ons ook verlaten,' zei Karl na een korte aarzeling. 'Anton en ik waren destijds acht.'

Serafina ging rechtop zitten en keek hem aan. 'Echt waar?'

'Ja, echt. Maar wij wisten tenminste waar onze moeder woonde. En we hadden Judith.'

'Je zus heeft jullie opgevoed?'

'Ja. Ze heeft voor ons gezorgd. Beter dan onze moeder in al die jaren daarvoor.' Zijn stem had een zachte klank gekregen. 'Zo hebben we het in elk geval ervaren. Destijds was ze al eenentwintig en had algauw zelf kinderen. Maar ook dat had niets aan haar genegenheid en zorgzaamheid veranderd. Martin en Vicky zijn voor mij een broer en zus.'

'Ik moet zeggen dat je zuster een indrukwekkende vrouw is,' zei Serafina bewonderend.

'Dat is ze.' Karl hield het stuurwiel steviger vast. 'Zo, dus je kent je moeder helemaal niet. Heb je ook geen foto of een ander aandenken aan haar?'

'Er bestaan maar een paar foto's. Ze was danseres en ik het ongewenste gevolg van een nacht na een première.' Ze leunde weer achterover in haar autostoel. 'De eerste maanden van mijn leven heb ik waarschijnlijk tussen het podium van een twijfelachtig variété en een goedkope achterkamer doorgebracht. Toen overleed haar moeder, mijn grootmoeder dus, die voor me had gezorgd, en gaf ze me weg. Mijn vader heeft me bij zich in huis genomen, hij was op dat moment al jaren weduwnaar. Dat is mij in elk geval verteld.'

'Het lijkt wel een verhaal uit een roman,' zei Karl, terwijl hij vlot een fietser inhaalde.

'Ja. Uit een heel treurige roman.' Serafina speelde met haar parelketting. 'Ik ben mijn vader innig dankbaar.' Ze boog haar hoofd. 'En haar uiteindelijk ook. Want zij heeft me daardoor een leven geschonken dat ze me zelf nooit had kunnen bieden. Misschien was dat zelfs haar grootste bewijs van liefde voor mij.'

'Ben je nooit naar haar op zoek gegaan?'

Serafina aarzelde met het antwoord. 'Niet echt,' zei ze toen. 'Pas nadat mijn vader was overleden... maar dat was... moeilijk.'

'Verlies je doel toch maar niet uit het oog. Misschien vind je haar op een dag. Victor helpt je beslist!' Karl sloeg zachtjes op het stuur om zijn woorden kracht bij te zetten, waardoor de auto even zwalkte.

'Pas op!' riep Serafina.

‘Rustig maar. Alles is in orde.’

‘Weet je het zeker?’

‘Je kunt het beste zelf rijden!’ stelde Karl voor. ‘Omdat je het blijkbaar beter kunt dan ik.’

‘Ja, dat zou echt het beste zijn!’ Serafina gaf hem een klopje op zijn bovenarm.

‘Goed dan, juffrouw Rheinberger, dan geef ik u hier en nu uw eerste rijles.’

‘Wat?’

‘Je hebt het goed gehoord. Ik leer je autorijden. En wel terstond. Ik heb je tenslotte ook leren tennissen.’

Karl hield woord. Toen ze in Degerloch waren aangekomen, zocht hij een rustige zijstraat op, stapte uit en gaf het stuur over aan Serafina. Toen begon hij de werking van de pedalen en de schakelaars uit te leggen.

Toen hij klaar was, instrueerde hij Serafina om de cabriolet te starten. Ze drukte op de startknop, maar het voertuig gaf geen kik.

‘Druk nog een keer,’ zei Karl.

Serafina probeerde het nog een paar keer.

‘Dat heeft geen zin,’ zei Karl uiteindelijk. Hij stapte uit en draaide krachtig aan een slinger, die tussen de koplampen was aangebracht. Prompt sloeg de motor aan.

Karl stapte weer in. Maar toen Serafina weg wilde rijden, schoot de auto plotseling met een ruk vooruit.

‘Nee! Zo niet!’ foeterde Karl. ‘Ik heb het je toch precies uitgelegd.’

‘Nou ja, je hebt me kort de functies laten zien,’ mopperde Serafina, die was geschrokken. ‘Een grondige uitleg was het niet.’

‘Heb je klachten?’

‘Ja.’ Serafina moest giechelen.

Aan Karls geconcentreerde en van inspanning rode gezicht was te zien dat hij zich nu toch zorgen maakte: om hen beiden en om de cabriolet in het bijzonder. ‘Wat valt er te lachen?’ vroeg hij, maar ook zijn mondhoeken krulden naar boven, toen Serafina bleef giechelen. ‘Zullen we voor vandaag maar stoppen met de les?’

‘Wat? Stoppen?’ vroeg Serafina met gespeelde verontwaardiging. ‘Nee, nee. We zijn nog maar net begonnen. Een beetje geduld mag je wel met me hebben, Karl Rothmann. Je bent anders toch ook niet zo benauwd.'

Karl schraapte zijn keel, boog zich naar haar toe en wees naar haar been, dat in een lichte kous gestoken onder haar roze jurk tevoorschijn kwam en stevig op het koppelingspedaal drukte.

'Je moet het pedaal langzaam loslaten. Tegelijkertijd met je rechtervoet op het gaspedaal drukken tot je merkt dat de auto wegrijdt,' instrueerde Karl. 'Dat moet je met veel gevoel doen. Kun je dat?'

Serafina antwoordde niet, maar keek hem alleen spottend aan. Toen concentreerde ze zich weer op het voertuig.

Dit keer lukte het beter en ze kropen een paar meter over de weg, waarbij de auto een alarmerende bocht in de richting van een aangrenzend terrein met een hek beschreef.

'Je moet sturen!' Karl pakte het stuurwiel beet en corrigeerde de koers tot ze weer rechtuit reden.

Serafina probeerde de auto in het spoor te houden en durfde zelfs iets meer gas te geven.

'Zo, verderop sla je links af,' zei Karl na een paar meter en hij wees naar de volgende kruising. 'Vergeet het tussengas niet als je terugschakelt!'

Serafina deed wat hij zei, maar toen ze het stuur linksom wilde draaien, voelde ze een sterke weerstand. 'Het lukt niet!' riep ze.

'Ja, hoor, dat lukt je wel. Je hebt alleen veel kracht nodig.'

Serafina greep het stuur stevig met twee handen beet en draaide het uit alle macht naar links. 'Dat is heel zwaar!'

'Natuurlijk! Je verplaatst meerdere tonnen staal!'

Traag sloeg de cabriolet de hoek om.

'Pas op!' Karl pakte opnieuw het stuurwiel beet, want omdat Serafina er moeite mee had om de bocht goed te volgen, had ze een tegemoetkomende motorrijder de weg versperd.

De auto en de motorfiets misten elkaar op een haar.

'Dat scheelde niet veel,' kreunde Karl. 'Jouw rijstijl wordt nog eens onze dood!'

Serafina liet de auto uitrollen. 'Rij jij dan maar weer!' zei ze tegen Karl. Haar hart bonkte in haar borst van opwinding. Hoewel ze uiterlijk rustig leek, zat de schrik haar in de benen.

'Hoezo?'

'Het is me te gevaarlijk!'

'Krabbel je terug?'

'Nee... ja, toch wel. Straks is de auto kapot en iemand dood.'

Karl lachte. 'Oefening baart kunst. Geef gas!'

Hij dirigeerde haar een paar straten verder, door het centrum, waar ze angstaanjagend dicht bij een paard-en-wagen kwamen, langs de kerk en de school naar de rand van het stadje, waar de geasfalteerde straat overging in een landweg met bomen aan weerszijden. Met een laatste gereutel viel de motor stil.

'Zo, dat is genoeg voor vandaag,' zei hij tevreden. 'Dan gaan we nu iets anders doen.'

En voordat Serafina zich realiseerde wat er gebeurde, lag ze in zijn armen en voelde zijn lippen koel op haar mond. Even verstijfde ze, voelde zich overrompeld, maar door de eerdere opwinding en de zinderende euforie over het feit dat ze daadwerkelijk eigenhandig een automobiel had bestuurd, nam haar verzet af.

Pas toen zijn liefkozingen nadrukkelijker werden, besefte Serafina dat ze op dat moment iets toeliet wat ze eigenlijk niet wilde.

Ze draaide haar gezicht weg en drukte met haar hand voorzichtig tegen zijn borst. Al te ruw wilde ze hem niet afwijzen.

Uiteindelijk liet hij haar los en schraapte zijn keel. 'We moesten langzamerhand maar eens terugrijden.'

'Ja.' Ietwat onvast stapte Serafina uit, trok haar kleren recht en ging weer op de passagiersstoel zitten.

Karl startte de auto en reed langzaam in de richting van de villawijk.

'Wat ik me nog afvroeg,' begon hij, om geen pijnlijke stilte te laten vallen. 'Hoe heeft je vader het gered, zo met jou? Ik bedoel, om een klein kind te hebben zonder vrouw, dat is toch zeker een hele opgave.'

'O, dacht je dat alleen vrouwen kinderen kunnen opvoeden?' Serafina klonk wat scherp, maar ze vervolgde meteen op verzoenende toon: 'We hadden juffrouw Schmidtke, onze huishoudster. Maar het belangrijkste was dat hij voor mij heeft gedaan wat hij kon. Het heeft me nergens aan ontbroken.'

'Ik geloof je. Ik vind dat ze een fascinerende persoonlijkheid van je hebben gemaakt.'

Serafina merkte dat zijn compliment gemeend was.

Ze keek hem aan. 'Karl?'

'Ja?'

'Neem je me mee naar Berlijn?'

Ze waren bijna thuis. Karl schakelde naar de laagste versnelling en minderde vaart. Toen ze de oprit naar de villa van de Rheinbergers insloegen, kwam Theo hun al tegemoet. 'Godzijdank, meneer. In huis maken ze zich al grote zorgen!'

'Het is toch maar net donker, Theo. En we zijn geen kinderen meer,' probeerde Karl het verwijt te pareren.

'U werd allebei bij het avondeten verwacht. Dat was twee uur geleden!' Theo zette zijn chauffeurspet recht. 'Rijdt u vanavond nog naar huis, meneer Rothmann? Of overnacht u hier?'

Karl dacht even na. 'Ik blijf hier.'

'Dan rij ik de wagen de garage in.'

Karl zette de motor uit. Theo opende het portier voor Serafina.

Nadat ze waren uitgestapt, nam de chauffeur Karls plaats achter het stuur in. 'U kent uw zus,' gaf hij Karl nog mee. 'Ik denk niet dat ze uw late komst licht zal opvatten.' Hij tikte tegen zijn pet, gaf voorzichtig gas en reed de laatste paar meter over de kiezels.

Toen hij buiten gehoorsafstand was, schudde Karl zijn hoofd. 'Altijd hetzelfde verhaal. Ik ben binnenkort dertig, niet drie. Op een gegeven moment zal ze moeten accepteren dat ik mijn leven niet zo leid als zij dat wil.'

'Ik begrijp je.' Serafina pakte zijn arm. 'Maar ik begrijp Judith ook. In elk geval voelt ze zich verantwoordelijk.'

'Als jij bij mij bent, ben ik verantwoordelijk voor je,' bromde Karl.

'Wat dat betreft vergis je je,' zei Serafina rustig. 'De verantwoordelijkheid voor mij draag ik zelf en niemand anders. Maar ze zal natuurlijk wel bezorgd zijn geweest toen we niet naar huis kwamen. Er had een ongeluk kunnen zijn gebeurd.'

'Veel scheelde het niet,' zei Karl met een fijne glimlach.

16

Stuttgart, de werkplaats van Alois Eberle
De ochtend van 12 mei 1926

'Zo, mij bevalt deze chocoladeautomaat heel goed,' zei Victor en hij klopte Alois bewonderend op zijn schouder. Deze knielde op de vloer en legde juist de laatste hand aan zijn nieuwste project.

'Opnieuw een geslaagd product,' beaamde Edgar Nold, een oude vriend van Victor en Alois, die uit München was gearriveerd. Zoals zo vaak had hij de artistieke vormgeving op zich genomen.

'Uitstekend werk!' Ook Anton knikte instemmend.

'Ja, zo kan die wel weer,' bromde Eberle, maar hij klonk duidelijk tevreden.

'Ik weet zeker dat ons concept, uitsluitend bijzondere automaten in kleine aantallen aan te bieden, aanslaat,' vatte Victor samen. 'Weliswaar groeien we niet meer zo snel als in het begin, maar toch gestaag. Karl rijdt binnenkort naar Berlijn. Ik zal hem onder andere laten onderzoeken hoe we daar met het bedrijf voet aan de grond kunnen krijgen.'

'Dat is goed! Wanneer gaat hij?' vroeg Edgar.

'Zo snel mogelijk. Waarschijnlijk in juni.'

'Hier zijn de ontwerpen van het apparaat.' Alois Eberle kwam overeind, pakte een paar vellen papier van zijn werkbank en overhandigde die aan Victor. 'En je had gezegd dat je nog iets belangrijks voor mij had.'

'Inderdaad,' zei Victor en hij werd bedachtzaam. 'Het gaat om een paar problemen bij het productieproces die de laatste tijd zijn opgedoken. Zou je zo snel mogelijk bij ons kunnen langskomen, Alois?'

'Ja, natuurlijk. Wat is het probleem?' Alois welfde zijn hand en hield hem achter zijn oor, alsof hij daardoor beter kon horen. Een gewoonte die hij zich op zijn oude dag eigen had gemaakt, hoewel hij helemaal niet hardhorend was.

'In een van de zakken met cacaobonen zaten kiezelstenen,' zei Victor. 'Dat had storingen bij de productie tot gevolg.'

'Maar er zitten toch regelmatig stenen in de zakken. Hebben de reinigingsmachines die er niet uitgefilterd?' vroeg Alois meteen.

'Nee. Het waren kiezels uit een rivier, die praktisch dezelfde omvang als de cacaobonen hadden. Daarom zijn ze niet in de filters blijven hangen. De sorteersters hebben er weliswaar een paar uit gevist, maar niet allemaal. Het was merkwaardig dat de kiezels dezelfde kleur hadden. Geelbruin. Op die manier zagen ze eruit als de bonen van de Trinidad-cacao waar ze tussen zaten.'

'Dus er zijn een paar doorheen geglipt,' constateerde Alois.

'Ja. En daarna hebben ze de walsen geblokkeerd.'

Alois knikte. 'Hebben jullie ze weer aan de praat gekregen?'

'Dat wel,' antwoordde Victor. 'Maar ik zou het op prijs stellen als alles nader wordt onderzocht. Mij interesseert met name of er op termijn schade te vrezen valt en of het mogelijk is om zoiets in de toekomst te voorkomen. Dat zou ik jou graag laten doen.'

'Hebben jullie de cacaoleveringen al gecontroleerd?'

'Ja. In drie zakken met Trinidad-cacao hebben we dit soort kiezelstenen gevonden.'

'Hm.' Alois dacht na. 'Dat is bijzonder eigenaardig.'

'Twee dagen later waren er dan storingen bij de conches,' vervolgde Victor.

'Bij allemaal?' wilde Eberle weten.

'Bij twee. Maar die stonden de hele nacht stil.'

'Opzet misschien?' vroeg Anton spontaan. 'Die kiezelstenen lijken geprepareerd te zijn. En dan zo veel incidenten vlak na elkaar?'

'Heel eigenaardig,' beaamde Edgar. 'Aan de andere kant... toevalligheden kunnen ook ongelooflijk zijn.'

Oorspronkelijk stamde Edgar uit Stuttgart, maar hij bestierde samen met zijn vrouw Dorothea al jaren een goedlopende emailleerfabriek in München. 'Als je denkt dat er daadwerkelijk opzet in het spel is, Victor, dan kunnen we met alle plezier de recherche inschakelen.' Hij grijnsde.

Victor keek hem twijfelend aan. 'De vorige keer waren we heel wat jonger, mijn vriend. En we hadden geen oorlog achter ons. Nee, die tijden zijn voorbij.'

'Eerst maar eens afwachten. Ik kom vanmiddag langs,' beloofde Alois Eberle. 'Na mijn middagdutje.'

'Weet Karl ervan?' vroeg Anton.

'Ja, natuurlijk. Hij heeft de verontreiniging als eerste ontdekt. We hebben afgesproken dat hij een oogje op het gebouw houdt, en dan vooral 's nachts,' antwoordde Victor.

'Ach, dat klopt,' herinnerde Edgar zich weer, 'hij woont vlak tegenover de fabriek.' Hij zweeg even. 'Is hij eigenlijk altijd nog zo onbehouwen, die Karl?' vroeg hij toen.

'Het is maar hoe je het bekijkt.' Anton koos meteen partij voor zijn broer. 'Eigenlijk is het een prima vent.'

'Natuurlijk is hij dat,' zei Edgar. 'Maar Karl was altijd al een beetje lichtzinniger dan jij, Anton. Dat lijkt niet veranderd te zijn, tenminste als je moet afgaan op wat je zoal hoort.'

'Ik weet zeker dat Karl voor mij door het vuur gaat, zoals ik voor hem. Hij leidt alleen een heel ander leven dan ik, dat is alles.'

'Volgens mij heeft Karl niet goed verwerkt dat jullie als kinderen door jullie moeder zijn achtergelaten, toen zij aan het Gardameer ging wonen,' zei Victor. 'Zonder dat hij zich daar bewust van is.'

'Het speelt ook geen rol meer,' zei Anton. 'We zijn allang volwassen. Onze moeder heeft die beslissing genomen omdat ze daar haar redenen voor had. Zijn jullie haar in München de laatste tijd eigenlijk nog tegengekomen?' vroeg hij aan Edgar.

'Dorothea gaat vaak bij haar langs in de boekhandel,' antwoordde Edgar. 'Onze koters lezen heel veel.'

'Er schiet me te binnen,' zei Victor, 'dat Martin een concert in de Liederhalle zal geven. We hopen dat het voor haar, als zijn grootmoeder, aanleiding genoeg is om een keer naar Stuttgart te komen. Judith wil haar schrijven.'

'Martin geeft een concert? Daar wist ik nog helemaal niets van.' Anton was verrast. 'Laat je me nog de precieze datum weten, zodat ik die avond vrij kan houden?'

'Begin oktober,' antwoordde Victor. 'Maar je kunt het er het beste met Judith over hebben. Overigens verwacht ze jou zaterdag bij het avondeten, Anton. Dat moest ik je laten weten.'

'Eigenlijk wilde ik allang naar jullie in Degerloch komen.' Anton had de tactvolle suggestie begrepen. 'Maar ik had in de schouwburg een moeilijke reparatie aan een vleugel, en daar komen nog een paar speciale opdrachten bij. Ik heb letterlijk dag en nacht moeten werken.'

'We weten dat je niet veel tijd hebt. Ze neemt het je beslist niet kwalijk.'

'Goed, als Martin in oktober komt, dan zou ik Dorothea graag uitnodigen om mee te gaan naar zijn concert,' zei Edgar. 'Zou jij Judith kunnen vragen of ze ons kaartjes kan bezorgen, Victor?'

'Natuurlijk,' zei Victor en hij keek Anton aan. 'Jij had toch ook iets op je hart, Anton?'

'Ja.' Anton liep naar een hoek van de werkplaats, waar Alois Eberle een grammofoon had opgesteld. 'Weet je al van Karls plannen met de chocoladeplaten, Victor?'

'Hij heeft ons er een gedemonstreerd.' Victor volgde hem. 'En Judith heeft me zo charmant om haar vinger gewonden dat ik hem ermee laat doorgaan.'

Anton glimlachte tevreden.

'We kunnen verder werken aan het idee,' zei Alois Eberle, 'als hij ergens geld vandaan haalt.'

'Ook wat dat betreft heeft Judith me een toezegging afgedwongen. Hij krijgt er een passend bedrag voor.'

'Echt waar?' vroeg Anton.

Victor knikte.

'Goed, de plaat moet zo worden gefabriceerd dat de toonkop niet op bladtin moet lopen, maar direct op de chocola.' Alois Eberle begon zonder overgang over de techniek te praten en slofte ook naar de hoek met de grammofoon.

'Ik heb zo mijn twijfels of die ontwikkeling werkelijk lonend is,' gaf Victor ter overweging. 'Het is een aardigheidje, maar niet iets waar veel kopers op af zullen komen. In elk geval is dat mijn mening.'

'De chocola moet zo hard mogelijk zijn.' Eberle negeerde Victors bezwaren. 'En moet dus een hoog aandeel cacao bevatten. En voor het afspelen moet hij goed afgekoeld worden. Dan functioneert hij.'

'Ik vind het helemaal niet zo'n slecht idee,' zei Edgar. 'Er zullen misschien niet zoveel van worden verkocht, maar het is een geweldige manier om reclame te maken voor Rothmann-chocolade. Stel je voor: de enige chocoladefabriek die eetbare grammofoonplaten met dansmuziek produceert, of iets dergelijks. Er schieten me meteen een heleboel dingen te binnen!'

'Je bent en je blijft een reclamegenie, Edgar.' Victor glimlachte. 'Maak je meteen een paar ontwerpen voor de platenhoezen?'

'Niets liever dan dat! Ik zie het al voor me. Een serie met Stuttgartse motieven. Dat zou toch heerlijk zijn, met jullie variétés en theaters, de opera en de kastelen. Of een met muzikanten, zangeressen en danseressen. Of jullie bieden de wederverkopers aan om op de hoes iets individueels aan te brengen, voor mijn part het logo van hun winkel...'

'Goed dan,' onderbrak Victor hem lachend. 'Ik ben overtuigd. Zolang Alois me geen astronomische rekeningen stuurt, kan Karl er wat mij betreft mee doorgaan.'

'Het is goed dat Karl dat op zich neemt,' zei Anton optimistisch.

'Nou, hoe pakken we het aan?' vroeg Victor pragmatisch.

'We hebben matrijzen nodig, die steeds opnieuw kunnen worden gebruikt. Waar je vloeibare chocolade in giet en de grammofoonplaten uit kunt halen zonder dat je de vorm kapot moet maken. Maar ik ben al met zoiets bezig,' antwoordde Alois.

'Hoe heb je de prototypes dan gemaakt?' wilde Victor weten.

'Ik heb met was een afdruk gemaakt van een originele grammofoonplaat, een tweede negatief vervaardigd en daar chocolade in gegoten. Dat is tamelijk gecompliceerd en werkt nog niet met grote aantallen.'

'Dus je denkt aan serieproductie,' stelde Victor vast.

Alois Eberle boog zijn hoofd langzaam heen en weer. 'Als het kan, ja. En nog iets: ik heb Anton al verteld dat ik eraan denk om een kleine muziekstudio op te zetten.' Hij grijnsde.

'Je bent gek op dat technische geknutsel, hè, Alois?' Anton knipoogde naar hem.

Alois' grijns werd breder. 'Jazeker.'

'En ik en mijn band zouden onze eigen muziek kunnen opnemen,' voegde Anton eraan toe.

'Precies! De door jou gecomponeerde stukken bijvoorbeeld.' Eberle zag er tevreden uit. 'Zo kun je een echte productie opzetten.'

‘Nou, dan laat ik jullie je gang maar gaan.’ Victor gaf zich gewonnen.

‘Hebben jullie me nog nodig?’ vroeg Anton. ‘Als we het belangrijkste hebben besproken, moest ik maar eens verder.’

‘Dat is goed, Anton. Voor het moment is alles *gezeid*, zoals Alois zou zeggen,’ antwoordde Victor.

Eberle schraapte zijn keel. ‘Wil je niet nog een beker most met ons drinken, Anton?’

‘Nee, bedankt. Ook al kan ik jouw most amper weigeren. Ik heb nog veel te doen.’ Anton liep naar de deur van de werkplaats.

‘Eén ding nog!’ zei Edgar. ‘Dorothea dacht dat ze haar broer in München had gezien.’

Victor spitste zijn oren. ‘Albrecht von Braun? Echt?’

‘Ja, een paar dagen geleden, in de buurt van ons huis. Maar ze weet het niet zeker.’

‘Dat kan ik me bijna niet voorstellen,’ zei Victor hoofdschuddend.

‘Dat was toch de man aan wie Judith ooit uitgehuwelijkt zou worden?’ vroeg Anton.

‘Precies.’ Victor wreef zijn nek. ‘Ik dacht dat hij in de koloniën zat en daar een vorstelijk leventje als steenrijke plantagebezitter leidde?’

‘Dat dachten we allemaal. Ik kan me niet goed voorstellen waarom hij uitgerekend nu hiernaartoe zou willen komen,’ zei Edgar. ‘Weliswaar gaat het niet zo goed met zijn moeder, maar dat kan niet de enige reden zijn. En bovendien: waarom zou hij geen contact met ons opnemen, maar als een dief om ons huis sluipen?’

‘Dat is inderdaad vreemd,’ antwoordde Victor. ‘Maar wie weet nou helemaal wat iemand als Albrecht beweegt?’

Edgar schudde zijn hoofd. ‘We zouden ons niet met speculaties moeten bezighouden. Waarschijnlijk heeft Dorothea zich vergist en was het helemaal niet Albrecht die ze heeft gezien. Ook al is ze zijn zus. Tenslotte hebben ze elkaar meer dan twintig jaar geleden voor het laatst ontmoet.’

‘Laten we hopen dat je gelijk hebt,’ zei Victor. ‘Als er iemand is die ik absoluut niet bij ons in de buurt wil hebben, dan is het wel Albrecht von Braun. Ook na al die jaren niet.’

17

Een uur later stond Anton voor het Warenhuis Schocken op Elise te wachten. Hij had nog snel een bad genomen en zich omgekleed, en was meteen weer vertrokken.

In zijn hand hield hij een bos roze en witte anjers, die hij onderweg bij een bloemiste op de Königstrasse had gekocht en die een bedwelmende geur verspreidden. Hij hoopte dat Elise van anjers hield en zich over de attentie zou verheugen.

Want Anton had een slecht geweten.

Twee keer hadden ze elkaar tot dusver gezien, afgezien van haar eerste bezoek aan zijn werkplaats. Eén keer waren ze door de Schlossgarten geflaneerd, om daarna in café Fürstenhöfle op de Wilhelmsplatz iets te drinken. De andere keer had hij haar in de exotische kassen van de Wilhelma rondgeleid.

Daarna was hij er door al het werk in zijn pianofabriek niet meer toe gekomen om haar fatsoenlijk voor een etentje uit te nodigen, wat hij eigenlijk van plan was geweest en wat hij ook had laten doorschemeren. Om dat eindelijk goed te maken, had hij haar afgelopen vrijdag een vriendelijke brief gestuurd en haar gevraagd hem op woensdagavond, vandaag dus, te ontmoeten.

Ze had de tijd genomen voor haar antwoord, maar gisteren had haar toezegging in de brievenbus van zijn werkplaats gelegen. Hij was opgelucht en had zich voorgenomen zich netjes te verontschuldigen.

Nu liet ze echter nog op zich wachten. Hoewel het warenhuis al ruim een kwartier zijn deuren had gesloten, was er nog niets van Elise te bekennen.

Maar rondom het Schocken was nog veel bedrijvigheid.

De laatste klanten droegen hun boodschappen naar huis, voorbijgangers stonden in groepjes voor de etalages om de uitgestalde artikelen te bekijken. In de straten en rond de kruising waar Anton stond, heerste de gebruikelijke verkeersdrukte van het einde van de werkdag.

De personeelsingang lag aan de andere kant van het gebouw van het warenhuis, dat wist Anton. Toch wachtte hij liever in de buurt van de hoofdingang. Dat leek hem minder opdringerig.

Toen Elise eindelijk met de stroom voorbijgangers over het trottoir aan kwam lopen, was er opnieuw een kwartier verstreken. Ze zag er erg mooi uit in haar eenvoudige lindengroene jurk, die tot aan haar kuiten reikte en de bijpassende, met een ingetogen band versierde hoed.

Ze zag hem niet meteen omdat ze nog met de vrouw naast haar praatte, vermoedelijk een collega. Anton bekeek haar uit zijn ooghoeken, haar slanke figuur, haar innemende glimlach, de beschaafde gebaren waarmee ze haar woorden kracht bijzette.

Toen ze hem herkende, bleef ze even staan en beduidde haar kennis zonder haar verder te gaan. De vrouw knikte vriendelijk en leek Elise nog een grappige opmerking mee te geven. Anton zag haar stille glimlach, toen ze voorzichtig tussen de haastige mensen op de stoep door manoeuvreerde en op hem afliep.

'Goedenavond, juffrouw Bender,' zei hij toen ze voor hem stond.

'Goedenavond, meneer Rothmann.'

Haar blik viel even op de bloemen in zijn hand.

'Juffrouw Bender,' begon Anton en hij hoorde dat zijn stem schor was. 'Ik wil me bij u verontschuldigen.' Hij schraapte zijn keel en overhandigde haar de anjers. 'Het spijt me zeer dat ik zo lang niets van me heb laten horen. Dat was aan mijn enorme opdrachtenportefeuille –'

'Dank u,' onderbrak Elise hem en ze nam hem even op. Toen pakte ze de bos met een gereserveerd knikje aan en bekeek de verse bloemen. 'Ze zijn mooi,' zei ze uiteindelijk.

'Ik ben blij dat ze u bevallen.' Anton begreep dat ze terughoudend was en hoopte dat haar al te grote afstandelijkheid in de loop van de avond zou wegebben. Hij bood haar zijn arm aan. 'Zullen we maar?'

Ze haakte bij hem in. 'Ja. Waar gaan we naartoe?'

'Laat u zich verrassen.' Hij glimlachte naar haar.

Samen staken ze de Hirschstrasse over en sloegen een paar meter verder de Königstrasse in. Ook daar, in de royaal aangelegde hoofdstraat van de Stuttgartse binnenstad, was het een drukte van belang. De zwoele zomeravond deed de rest en dus lag er een ontspannen sfeer in de lucht, terwijl ze het korte stukje naar de Schlossstrasse aflegden.

'Het is heerlijk weer vandaag,' zei Elise. 'Ik hou van die warme dagen waarop de zomer al te voelen is.'

Anton kneep zacht in haar arm en liet zijn blik over de Schlossplatz dwalen die ze op dat moment overstaken. Het geklater van de twee fonteinen begeleidde het gelach en geklets van de mensen die op de brede kiezelpaden tussen de grasvelden flaneerden. Anderen luidden de dag uit onder de baldakijnen van de Königsbau aan de overkant.

'Ja, dat klopt,' zei hij. 'Ik hou ook veel van de lente.'

Hoewel ze nog heel formeel met elkaar omgingen, was Antons belangstelling voor Elise oprecht.

Hij dacht er al een tijdje over om eindelijk een gezin te stichten. Tot dusver had hij de gedachte aan een huwelijk steeds verdrongen, eerst omdat het opzetten van de pianofabriek hem veel tijd en kracht had gekost, later omdat hij gewoon geen meisje had ontmoet van wie hij zich kon voorstellen dat hij zijn leven met haar zou delen.

Soms dacht hij dat ook de slechte relatie van zijn ouders een reden kon zijn geweest om die stap niet te zetten. Ondanks de eenzaamheid was een vrijgezellenbestaan heel wat beter dan opgesloten te zijn in een ongelukkige verhouding. Hij herinnerde zich zijn moeder nog vaag, die alleen aan de conflicten met haar man kon ontkomen door zich terug te trekken in een ernstige depressie. De sombere stemming had ook een schaduw geworpen op hun gezamenlijke leven in de villa in Degerloch, hoe prachtig die er vanbuiten ook had uitgezien. Pas na Judiths huwelijk was er echte levensvreugde in het huis gekomen.

Toch had Anton het familiebezit een paar jaar eerder opgelucht verlaten, toen hij de kans kreeg om het huis met de werkplaats te kopen waar hij nu woonde en werkte. Zijn fabriek liep goed en hij genoot met volle teugen van zijn vrijheid. Als hij zich zou openstellen voor een vrouw, zou hij ernstig gevaar lopen dat zijn geordende wereld uit zijn voegen zou raken.

Met Elise was het anders.

Met haar ongekunstelde manier van doen onderscheidde ze zich op een prettige manier van de meeste vrouwen, die hem besluiteloos en oppervlakkig voorkwamen, hoofdzakelijk geïnteresseerd in vermaak en uiterlijkheden. Maar Elise kon hij zich goed aan zijn zijde voorstellen omdat ze net zo rustig en ernstig was als hijzelf. Zo'n huwelijk zou eenvoudig zijn, niet te lijden hebben onder extreme pieken en dalen en ze zouden zich kunnen concentreren op wat er werkelijk toe deed: een goedlopend bedrijf en een harmonieus gezinsleven.

Toen ze een eindje verderop bij de hoek aankwamen waar de Schlossstrasse op de Königstrasse uitkwam, bleef Anton staan. 'We zijn er.'

'O! Het Marquardt!'

'Ja.' Anton glimlachte. 'Zullen we dan maar?'

Hij ging haar voor naar de onder een baldakijn gelegen ingang van het hotel en hield galant de deur voor haar open.

'Na u, juffrouw Bender.'

In de hal stonden een paar kleurrijke dames in nogal gedurfde kleding bij elkaar, met sigarettenpijpjes en champagneglazen in hun handen. Hij loodste Elise snel verder naar het restaurant, maar die interesseerde zich sowieso niet voor het mondaine gedoe in de hal. In plaats daarvan bekeek ze aandachtig het interieur van het restaurant. Intussen nam ze met een onbewuste beweging haar hoed af en schudde haar zorgvuldig gekapte lichtblonde haar. Hij hielp haar uit haar jas.

'Dank u, meneer Rothmann.'

De manager van het restaurant kwam snel op hen af. 'Ah, meneer Rothmann, welkom. Als ik zo vrij mag zijn?' Hij nam Elises jas in ontvangst en maakte een uitnodigend gebaar. 'We hebben een tafel voor u gereserveerd, zoals gewenst. Als u mij wilt volgen?'

Hij bracht hen naar een licht plekje bij het raam. Nadat ze waren gaan zitten, overhandigde hij met een lichte buiging de menukaarten.

'Ik dank u.' Anton knikte de maître d'hotel toe, die zich discreet terugtrok.

Ze verdiepten zich in de keur aan dranken en verfijnde gerechten. Anton had zijn keuze snel gemaakt, terwijl Elise er zichtbaar moeite mee had om wijs te worden uit het overvloedige aanbod. 'Zal ik voor u bestellen?' vroeg hij daarom hulpvaardig.

Ze knikte.

Ze leek niet gewend te zijn aan de chique ambiance van het Marquardt. Even wenste Anton dat hij een minder deftig restaurant had uitgezocht, waar het ijs tussen hen sneller zou breken.

Er kwam een ober bij hun tafeltje staan. 'Hebt u een keuze kunnen maken?'

'Ja,' antwoordde Anton. 'Als voorgerecht graag tweemaal het kaviaarbrood. Daarbij een lichte riesling. Voor de dame vervolgens de kleine biefstuk, en ik had graag de chateaubriand. En de aspergeragout als bijgerecht. Voor ons beiden.'

'Uitstekend.'

'Bij het vlees neem ik dan een spätburgunder. Mevrouw blijft bij de witte wijn,' zei Anton.

De ober bedankte hem voor de bestelling en schonk even later twee glazen zachtgele witte wijn in.

'Op uw gezondheid.' Anton hief zijn glas en keek haar in de ogen. 'Een lichte riesling past goed bij zo'n prachtige avond als deze.'

Elise hief ook haar glas, nipte eraan en zette het voorzichtig weer neer. 'Ik heb geen verstand van wijn. Maar deze smaakt me goed.'

Anton knikte tevreden. 'Hoe is het u de laatste weken vergaan, juffrouw Bender?'

'Heel goed.'

'Er wordt gezegd dat het nieuwe warenhuis goed loopt.'

'Er is altijd veel te doen in het Schocken. Maar ik werk er bijzonder graag,' antwoordde Elise. 'En bij u? U hebt zeker ook veel werk.'

Anton knikte. 'Ja, dat heb ik inderdaad. Daarom...' Hij stokte even, maar ging toen verder. 'Ik wil me bij u verontschuldigen, juffrouw Bender. De afgelopen weken waren erg druk en ik heb u niet voldoende aandacht geschonken.'

Elise keek hem rustig aan. 'Ik accepteer uw excuses,' zei ze na enige aarzeling.

'Daar ben ik blij om, juffrouw Bender. Bedankt voor uw grootmoedigheid. Ik had werkelijk een slecht geweten wat u betreft.'

'Toch zou ik graag willen dat u mij alles uitlegt.'

Anton keek haar verrast aan. 'Alles uitlegt?'

'Ja. Alles.'

'Ik zei toch al dat ik heel veel omhanden had.'

Ze nam hem met een enigszins uitdagende blik op. 'Ja, dat zei u.'

Anton voelde zich ongemakkelijk. Hij had het gevoel alsof ze iets van hem verwachtte, maar wist met de beste wil van de wereld niet wat.

'Ik ben er niet toe gekomen om mijn belofte gestand te doen,' begon hij voor de tweede keer. 'Ik wilde u hier allang mee naartoe nemen, maar er kwam steeds iets tussen.' Hij ging met zijn hand door zijn donkere haar. Toen nam hij snel nog een slok wijn.

'Hm.' Elise rechtte haar rug.

'Juffrouw Bender, ik weet niet waar u naartoe wilt.' Er klonk enig ongeduld door in zijn woorden. Anton hield niet van spelletjes, en gaandeweg kreeg hij de indruk dat ze met hem speelde. 'Ik heb te veel tijd laten verstrijken sinds onze laatste rendez-vous en daarvoor wil ik mij verontschuldigen. Meer valt er daarover eigenlijk niet te zeggen. Behalve dat ik me bijzonder verheugd heb op deze avond met u.'

Ze keek hem met grote ogen aan met een schittering in haar ogen die je niet bij haar zou verwachten. Ze pakte haar wijnglas, dronk het tot de helft leeg en zette het meteen weer op tafel. Wilde ze zich moed indrinken? 'En, beviel de dame het presentje?'

Anton keek haar verbaasd aan. 'Wat zegt u?'

'U weet wat ik bedoel, meneer Rothmann.'

Ze kwam zelfverzekerd over, en Anton vroeg zich af hoe hij zich in vredesnaam zo in haar had kunnen vergissen. Blijkbaar was ze geen zier beter dan de andere dames die hij tot dan toe had leren kennen.

Hij schudde zijn hoofd. 'Op het gevaar af dat ik u teleurstel... ik heb geen idee over wie u het hebt.'

Elise veegde met een snelle beweging een haarlok uit haar gezicht. Daaraan merkte hij dat ook zij de situatie onaangenaam vond. 'Goed dan. Voor wie was dat exclusieve damesparfum bedoeld dat u ruim een week geleden hebt aangeschaft? En wel bij mij?'

'Bij u?'

'Bij mij.'

'Ik heb zeer zeker geen damesparfum gekocht. Niet bij u, en niet bij iemand anders.'

Ze keek hem onderzoekend aan. 'Twijfelt u aan mijn geestelijke vermogens?'

'Nee, absoluut niet, juffrouw Bender. Toch zou ik u dankbaar zijn als u mij opheldering kunt verschaffen over dit eigenaardige… voorval.'

'Ik denk dat het eerder aan u is om iets op te helderen. U komt 's ochtends bij mij in het warenhuis, doet alsof u me niet kent, verlangt van mij om u uitvoerig te adviseren over een geur, en doet hem dan cadeau aan een andere… vrouw.' Het laatste woord fluisterde Elise.

Eindelijk begon het Anton te dagen wat er was gebeurd. Hij kon een grijns niet onderdrukken.

'Wat is daar zo amusant aan?' vroeg Elise gepikeerd. 'Hebt u een dubbelganger?'

'Dat zou men zo kunnen zien.'

'Wat betekent dat: "Dat zou men zo kunnen zien"?'

'Ik heb een tweelingbroer.'

Toen hij haar verbijsterde gezicht zag, werd zijn grijns nog breder. 'Word alstublieft niet boos, juffrouw Bender, dat deze situatie mij amuseert.'

'Ik ben helemaal niet geamuseerd.'

'Dat is begrijpelijk. Maar het is al lang niet meer voorgekomen dat Karl en ik door elkaar werden gehaald. Toen we kinderen waren, gebeurde het voortdurend, maar sinds we volwassen zijn bijna nooit meer.'

'Hebt… hebt u echt een tweelingbroer?' Elise schudde verbluft haar hoofd. 'Hoe is het mogelijk. Nu is het mijn beurt om me te verontschuldigen.'

'Nee, dat hoeft niet. Dat had u niet kunnen weten. Karl en ik lijken als twee druppels water op elkaar. Maar om verwarring in de toekomst te voorkomen, stel ik voor dat u mij Anton noemt.' Hij knipoogde naar haar.

Eindelijk ontspande haar gezicht. 'Als u dan Elise tegen mij wilt zeggen…' zei ze met een lichte zucht.

Anton hoorde de opluchting in haar stem. 'Ja, dat wil heel graag,' antwoordde hij. 'Laten we daarop drinken, Elise.'

Juist toen Anton begon over zijn jeugd als de helft van een tweeling te vertellen, werd het voorgerecht opgediend. Elise vergat bijna te eten, zo geïnteresseerd luisterde ze naar Antons verhalen.

‘Jij en je broer hebben echt de sterkedrank uit de fles van jullie vader genomen en geprobeerd daarmee een schuur aan te steken?’ Ze lachte zacht.

‘We hebben het niet alleen geprobeerd, de schuur heeft geweldig gebrand.’

‘Is hij afgebrand?’

‘Ja. Maar oorspronkelijk waren we iets anders van plan. We wilden een vuurslang tot leven wekken.’

‘Met sterkedrank?’

‘Ja. We dachten dat het een enorm spannend spektakel zou worden als we de drank in een zigzaglijn zouden uitgieten en aansteken. Dat werd het ook. Alleen heel anders dan we oorspronkelijk hadden gedacht.’

‘Ach, lieve help!’ Elise leek gefascineerd te zijn door het verhaal, en Anton was blij dat de onenigheid tussen hen uit de weg was geruimd. ‘Dat had vast vervelende consequenties.’

‘Inderdaad. Het had bijzonder vervelende consequenties, in eerste instantie voor de schuur, die de dag als een hoop houtskool beëindigde. En voor ons, want vaders Spaanse rietje veroorzaakte enorme striemen.’

‘Maar hij moest jullie natuurlijk straffen. Stel je voor dat het een woonhuis was geweest. Of er hadden dieren in de schuur gezeten.’ Elises bezorgdheid was duidelijk hoorbaar. ‘Kinderen moeten zoiets echt niet doen.’

Even kwam bij Anton het beeld van twee kwajongens boven, die uiterlijk sprekend op elkaar leken, maar innerlijk verschilden als dag en nacht. Karl was gezegend met een ontembare drang tot avontuur en had steeds het gevaar gezocht, maar Anton werd als kind al heen en weer geslingerd tussen brandende nieuwsgierigheid en het opgeheven vingertje van zijn geweten.

En in wezen was het tegenwoordig ook nog zo.

De hechte band die de tweelingen al in de moederschoot verbond, bleef desondanks onveranderd bestaan. Zodoende kocht Anton op hetzelfde moment dezelfde hoed als Karl, met het enige verschil dat de een hem in Ludwigsburg aanschafte en de ander in Stuttgart. Het was de verklaring voor het feit dat ze allebei op dezelfde dag op bijna hetzelfde tijdstip een motorongeluk hadden, Karl in Degerloch, Anton in Cannstatt. Het was de oorzaak voor allerlei parallellen in hun leven, die zich op geen enkele andere manier lieten verklaren.

'Er is niemand iets overkomen, Elise,' zei Anton sussend. 'En het is al lang geleden.' Hij besloot bij het hoofdgerecht dat juist werd geserveerd van onderwerp te veranderen. 'Laat je de biefstukjes smaken. Die zijn heerlijk mals hier.'

Terwijl ze van het eten genoten, drong Anton er bij Elise voorzichtig op aan om iets meer van zichzelf te prijs te geven. Ze vertelde hem hoe blij ze was met haar baan in het Schocken, over de huidige collega's daar en over het platte dak van het warenhuis, waar het personeel in de zomermaanden gebruik van mocht maken om bij te komen in de pauzes. Het laatste verraste Anton.

'Serieus? Is er een zonneterras op het dak?' vroeg hij voor de zekerheid.

'Ja. Er schijnen zelfs binnenkort zonneschermen te worden gespannen,' zei ze met nadruk. 'Rond het middaguur is het immers snikheet, en er is geen schaduw.'

Anton was verbluft. 'Worden er ook ligstoelen klaargezet?'

De vraag was als grapje bedoeld, maar Elise antwoordde doodserieus: 'Ja, dat is gepland. Waarom ook niet?'

'Natuurlijk. Het is vast aangenaam om op die manier te pauzeren.' Anton schudde onmerkbaar zijn hoofd. Ligstoelen voor het personeel... dat leek hem ietwat aan de luxueuze kant.

'Ja, dat is het. En als je, zoals ik en vele anderen die daar werken, van huis uit geen grote welstand kent, dan is het elke dag opnieuw een geschenk.'

Haar laatste zin klonk een beetje koppig en Antons geweten speelde op omdat ze blijkbaar had gemerkt dat hij zich er vrolijk over had gemaakt. 'Neem niet kwalijk, Elise. Dat was een pedante reactie van me.'

'Het is al goed.'

Ze nam een hapje en begon toen met gedempte stem haar ouderlijk huis te beschrijven. Anton maakte eruit op dat ze zich daar niet alleen vanwege het gebrek aan ruimte onprettig voelde. De relatie met haar vader en moeder leek problematisch te zijn en ze liet er geen twijfel over bestaan dat ze de ouderlijke woning bij de eerste de beste gelegenheid zou verlaten.

Dat getuigde van een verborgen strijdlust waartoe hij haar op het eerste gezicht niet in staat had geacht. Tot dusverre had ze hem zachtaardig en bescheiden geleken, maar die onverwachte kant van haar beviel hem goed. Ze had doelen en was bereid om veel te geven om die te bereiken.

'Weet je,' voegde ze er nog aan toe. 'Jij komt uit een andere wereld dan ik.'

'Dat kan wel zijn,' zei Anton. 'Toch weet ik wat het betekent om op eigen kracht iets voor elkaar te krijgen. Niet achter elke fraaie gevel speelt zich een onbezorgd leven af.'

Nu was het haar beurt om hem vragend aan te kijken. Maar voordat ze er dieper op in kon gaan, bracht Anton het gesprek weer op haarzelf. 'En wat doe jij, als je niet in het Schocken werkt?'

Ze dacht even na. 'Ik interesseer me voor productontwikkeling,' zei ze toen.

Anton trok een wenkbrauw op. 'Productontwikkeling? Dat is nogal ongebruikelijk.'

'Dat zal best.' Er zweefde een glimlach om haar lippen. 'Maar het is wel spannend.'

'En breng je dat ook in de praktijk?'

'Te weinig. Ik heb nauwelijks tijd naast het Schocken en de schouwburg…'

'Dat klopt. Toen je voor het eerst bij mij in de werkplaats kwam, vanwege de reparatie van de vleugel, had de schouwburg je toch gestuurd, hè?'

'Inderdaad.'

Elise legde haar bestek neer en pakte het servet.

'Ik werkte daar af en toe als kostuumnaaister,' antwoordde ze uiteindelijk, 'zo verdien ik wat bij.'

'Dan kom ik binnenkort een keer naar een voorstelling,' zei Anton. 'Om je werk te bewonderen.'

Elise lachte. 'Mijn werk is maar een klein onderdeel daarvan.'

'Elk onderdeel is belangrijk, anders functioneert het geheel niet,' filosofeerde Anton. 'Bij de instrumenten is het net zo. Alleen als alles naadloos op elkaar aansluit, ontstaat er een mooie klank.' Hij pakte zijn wijnglas, dat de kelner inmiddels had vervangen en waarin nu de donkerrode wijn fonkelde.

Ze richtte haar ogen op hem. Anton bekeek aandachtig haar gezicht, dat op dat moment van binnenuit leek te stralen.

'Je ziet er heel mooi uit vanavond,' zei hij. 'Ik ben blij dat je destijds naar mij in de werkplaats bent gekomen.'

'Ik ook,' antwoordde ze zacht.

18

München
15 mei 1926, 's middags

'Ah! Georg!' Hélène Rothmann had een in wit zijdepapier verpakt boek uit de zojuist bezorgde kist gepakt. 'Ik denk dat dit het is!'

Georg Bachmayr kwam naast haar staan. 'Echt? Laat zien!'

Voorzichtig pakte Hélène het boek uit. 'Ja. Kijk maar. *De geschiedenis van doctor Dolittle*! Vers van de pers!'

'Hoeveel heb je er eigenlijk besteld, Hélène?'

'Tien. Zijn dat er te veel?'

Georg lachte. 'Nou, eerder te weinig. Ik denk dat we zeker nog eens zo veel kunnen nabestellen.'

'Ik zal er meteen een in de etalage leggen. Ik kan er het beste nog een affiche voor schilderen. Dat springt in het oog als er mensen langslopen.'

'Goed idee,' zei Georg. 'En nu we het toch over schilderen hebben, hoe ziet het eruit met de tentoonstelling volgend jaar?'

'O, tot dusverre prima.'

'Prima?' Georg keek haar onderzoekend aan.

'Weet je, het is altijd hetzelfde liedje,' antwoordde Hélène. 'In München krijgen wij kunstenaressen momenteel niets voor elkaar. En al helemaal niet als je zulke moderne onzin schildert als ik.'

'Maar die "moderne onzin" die je schildert, is juist goed!' Hij sloeg een arm om haar heen. 'Op een gegeven moment zal de wereld het merken. Je zult het zien!'

'Niet als ik hier in München blijf.'

Hij zweeg even. 'Weet je, schat, ik begrijp ook wel dat je naar Berlijn wilt of een andere stad. Maar ons leven vindt nu eenmaal hier in München plaats. Hier hebben we de boekwinkel, jouw galerie...'

'... en hier werk jij als recensent, ik weet het. En toch: moet ik het niet tenminste proberen?'

Georg zuchtte en meteen speelde Hélènes geweten op. Ze wist hoezeer hij gebukt ging onder deze kwestie. En mocht ze hem dat echt aandoen? Hem voor de keuze stellen dat hij alles in München moest opgeven, zijn hele bestaan, om met haar naar Berlijn te verhuizen? Of accepteren dat ze in haar eentje ging?

Inmiddels was het meer dan twintig jaar geleden sinds ze elkaar voor het eerst in een kuuroord in Riva hadden ontmoet. En ruim tien jaar sinds ze vlak na het uitbreken van de oorlog haar huis aan het Gardameer had verlaten en op een avond met drie enorme koffers voor de deur van zijn woning in München had gestaan, verdrietig en zonder thuis.

Sindsdien was hij een betrouwbare partner, steunde haar waar hij maar kon. Ze leidden het leven van een echtpaar, bijna tenminste. Want hoe goed ze elkaar ook begrepen en hoezeer ze elkaar ook vertrouwden, hun verhouding was nooit in een liefdesrelatie overgegaan. Ze woonden in twee verschillende kamers in Georgs huis, hoewel Hélène wist dat Georg graag meer dan alleen de tafel met haar zou delen.

Een enkele keer, helemaal in het begin, had hij te kennen gegeven dat hij zich ook lichamelijk tot haar aangetrokken voelde. Maar Hélène kon zijn gevoelens niet beantwoorden, en Georg had dat zonder morren geaccepteerd.

Sinds Max er niet meer was, had ze niet meer naar een man verlangd.

De warme dagen in Riva... ze leken een eeuwigheid geleden te zijn, de erotische, met wijn overgoten nachten en de zonnige, creatieve dagen waarop schilderijen vol licht waren ontstaan en Max' gulle lach haar had omgeven als een mantel van pure levensvreugde.

Ze wist nog hoe het koude zeewater aanvoelde op haar huid, de geur van het grasland met de vele kruiden nadat ze de omringende bergen hadden beklommen, de pittige geur van de bossen waar ze doorheen hadden gezworven. Ze miste het uitzicht vanaf de bergtoppen en het zorgeloze leven in de dorpen en stadjes, waar de Zuid-Europese manier van leven voelbaar was geweest, een wereld zonder haast.

Ze probeerde de gedachten te verjagen en de heimwee die ze nog steeds veroorzaakten, ondanks al die jaren die sindsdien waren verstreken.

Riva was verleden tijd, net zoals Max.

Hélène voelde dat Georg naar haar keek en wist wat hem op dat moment door het hoofd ging. Maar ze kon zijn innerlijke tweestrijd niet oplossen. Op een dag zou hij vermoedelijk de knoop moeten doorhakken: kiezen voor zijn oude leven of een nieuw begin op een andere plek.

'Weet je wat, Georg?' zei ze spontaan. 'Ik ga vanavond mee naar het theater.'

Haar aankondiging had direct resultaat. Georg glimlachte breed. 'Ja, graag!'

'Je gaat naar het Vestzaktheater, nietwaar?'

'Ja. Ze zijn verhuisd naar de schouwburg in de Maximilianstrasse en spelen daar *Dantons dood*. Ik ben heel benieuwd wat Falckenberg ervan heeft gemaakt. Het zal modern worden. De toneeltechniek is in elk geval compleet nieuw.'

'Dat klinkt interessant. Ik verheug me er al op!'

'En ik ben heel blij dat je meekomt, Hélène.'

Hélène veegde een lange haarlok uit haar gezicht. Ze had het niet over haar hart kunnen krijgen om het donkere haar af te knippen, hoewel de nieuwe, chique korte kapsels haar goed bevielen. Hoewel ze binnenkort zestig werd, verschenen er nog geen grijze strepen in haar weelderige haardos, die ze meestal in een praktisch knotje had opgestoken.

'Wanneer begint het eigenlijk?'

'Half acht.'

'Goed. Ik zal op tijd klaar zijn, Georg.'

Ze pakte drie Doctor Dolittle-boeken en liep ermee naar een van de twee etalages, die zich links en rechts van de ingang van de degelijke Boekhandel Georg Bachmayr bevonden.

'Kan ik twee van de Karl Mays weghalen om plaats te maken?' vroeg ze.

'Ja, doe dat,' antwoordde Georg. Hij kwam achter haar staan, pakte de twee Karl May-banden aan en zette die in een van de boekenkasten van donker gelakt hout, die tegen alle muren stonden.

Hélène arrangeerde de nieuwe boeken en begon daarna de winkel op te ruimen, waarbij ze een paar romans sorteerde en opborg die in de loop van de dag waren blijven liggen, en zette de twee met aardbeienrood fluweel overtrokken stoelen recht, die ze hadden aangeschaft om de bezoekers van de winkel over te halen om nog wat langer te blijven.

De winkelbel kondigde een klant aan. De oudere heer in colbertkostuum kocht vaak boeken bij hen. Maar hij stond er wel altijd op om door Georg persoonlijk te worden bediend.

Met een half oor hoorde Helena de gedempte conversatie tussen de twee en begreep dat hij zich vandaag voor het laatste werk van Thomas Mann interesseerde. *Kinderleed.* Georg kon hem meteen een exemplaar overhandigen. De novelle was geliefd bij de mensen in München, omdat hij in de villa van de schrijver in Bogenhausen speelde. In elk geval ging iedereen ervan uit dat het daarin beschreven elegante huis in de voorstad van München zijn domicilie was.

Jaren geleden had Hélène Thomas Manns *Buddenbrooks* gelezen, maar ze hield meer van de boeken van diens broer Heinrich of van Stefan Zweig. Die vond ze levendiger, moediger, hartstochtelijker. Bovendien las ze graag boeken van vrouwen. Natuurlijk Vicki Baum, maar ook Clara Viebig, van wie haar bijzonder goed beviel dat ze geen blad voor de mond nam en in haar werk de maatschappij regelmatig een spiegel voorhield. Wat goed dat de vrouwen de tijden van het korset achter zich hadden gelaten, niet alleen wat de mode betrof, maar ook wat de bekrompen zedelijke opvattingen aanging.

Hélène hoorde hoe Georg de grote zilverkleurige kassa met de fraai geciseleerde versieringen bediende: het klikken van de cijfertoetsen, het draaien aan de slinger en het zachte belletje als de la opensprong.

Met het ingepakte boek onder zijn arm en een korte groet in haar richting verliet de klant de winkel. Meteen draaide Georg de deur op slot.

'We hebben niet al te veel tijd meer voordat het stuk begint,' zei hij. 'Ik kleed me meteen om. O ja, voordat ik het vergeet, er zat een expresbrief voor je in de post. Van je dochter.'

'Heeft Judith geschreven?'

Georg liep naar het kantoor achter de winkel, nam de brief van een plank en gaf die aan haar.

'Bedankt,' zei Hélène, die hem was gevolgd. Ze pakte meteen de briefopener. 'Ga maar naar boven, Georg, ik kom zo.'

Terwijl Georg naar hun gemeenschappelijke woning liep, die op de tweede verdieping boven de boekhandel lag, sneed Hélène de envelop open en vouwde Judiths brief uit.

Lieve maman,

Ik dank je voor je brief. Er zijn alweer een paar weken verstreken, maar vandaag heb ik eindelijk tijd om je in alle rust te schrijven. Maar je weet hoe turbulent ons leven is en zult het me beslist niet kwalijk nemen.

Voordat ik over ons begin te vertellen, hoop ik dat het goed gaat met Georg en jou. Hoe staat het met de voorbereidingen voor de tentoonstelling? Heb je alle schilderijen kunnen afmaken?

Met ons gaat het tot dusver goed.

Maar er waren wel een paar storingen in de fabriek. Die zorgden ervoor dat de productie steeds weer stilstond. Karl denkt dat we nu eindelijk in een grote verbouwing moeten investeren. Onze machines zijn toch al verouderd en het gebouw al helemaal, maar Victor en ik willen er nog mee wachten. Zulke dingen moet je goed plannen en vooral goed financieren.

Hij is altijd wat ongeduldig, onze Karl, maar dat heb ik je al zo vaak geschreven. Ik denk dat hij jou van ons allen het meest heeft gemist toen je destijds naar het Gardameer bent vertrokken. Ik neem je je beslissing niet kwalijk, het is allemaal lang geleden en wij, jouw drie kinderen, zijn allemaal volwassen geworden en voor onszelf verantwoordelijk. Maar de laatste tijd moet ik er regelmatig aan denken hoe het was toen je opeens uit ons leven was verdwenen. Misschien ook omdat Martin nu niet meer thuis is en ik hem vreselijk mis. Ik kan me niet voorstellen dat ik mijn kinderen ooit zou achterlaten en gewoon zou vertrekken. En als het niet anders zou kunnen, zoals bij jou, omdat je een zenuwziekte had, dan zou ik toch proberen zo snel mogelijk weer naar huis te komen. Temeer omdat vader na de conflicten over de fabriek en Von Brauns bedrog wat makkelijker in de omgang was geworden. Misschien krij-

gen we ooit de kans om over deze dingen te praten. Tot nog toe heb je dat altijd vermeden en ik heb nooit aangedrongen. Maar hoe ouder ik word, des te groter wordt mijn behoefte om jou en je beslissing te begrijpen. Niet alleen als je dochter, maar ook als de moeder die ik tegenwoordig ben.

Maar ik dwaal af.

Stel je voor, we hebben gezinsuitbreiding! Een paar weken geleden is Victors vader overleden. Victor wilde eigenlijk met de trein naar de begrafenis in Berlijn, maar een zware griep stak daar een stokje voor. Dus heeft hij de belangrijkste zaken van Stuttgart uit geregeld. Daartoe behoren niet alleen de erfenis en de verkoop van de Berlijnse stadswoning, maar ook het feit dat wij Victors halfzus bij ons hebben opgenomen.

Serafina is ruim twee weken geleden bij ons gearriveerd en past zich goed aan. Natuurlijk lijdt ze nog onder het verlies van haar vader, maar dat is begrijpelijk. Gaandeweg zal ze met het verdriet leren omgaan. Ze kan goed met Karl opschieten en hij bekommert zich een beetje om haar. Af en toe schrijft ze nog aan de huishoudster, die hen jarenlang trouw heeft gediend. Het is een oude dame. Victor heeft haar een mooie kamer in Berlijn bezorgd waar ze haar oude dag kan slijten. Hij bood haar zelfs aan om naar Stuttgart te komen, maar dat heeft ze geweigerd, hoewel ze blijkbaar een hechte band met Serafina had.

Heb ik het eigenlijk al eens met je over Serafina gehad? Spijtig genoeg hebben we al die jaren maar weinig contact met haar gehad, eerst vanwege de oorlog en toen de zware tijd erna… zoals je weet heeft de fabriek ons al onze kracht gekost.

Serafina stamt uit een korte relatie van Victors vader met een danseres. Deze dame trad op in variétés en andere etablissementen, deels van twijfelachtig allooi, en was verder blijkbaar ook bijzonder actief. Zo zijn die theatermensen wel vaker. Op een gegeven moment was het kleine meisje een blok aan haar been, naar zeggen wilde ze naar Parijs of Amerika. Hoe dan ook, ze heeft haar dochter domweg bij Friedrich Rheinberger afgegeven en is verdwenen.

Serafina zal in elk geval bij ons blijven tot ze in januari meerderjarig wordt. We hopen natuurlijk dat Stuttgart haar tegen die tijd bevalt. Ze kan uitstekend opschieten met Victoria en dat is voor hen beiden iets heel moois.

Je ziet, zo vliegen de dagen voorbij en zoals altijd is er veel te weinig tijd om een bezoek aan jullie in München te plannen. Dit jaar waren we er zelfs helemaal niet!

Ik weet dat je niet naar Stuttgart wilt komen. Maar vader is nu al bijna zeven jaar dood. Het zou echt een keer tijd worden dat je het verleden achter je laat. Begin oktober doet zich een goede gelegenheid voor. Dan komt Martin naar huis en hij geeft dan een groot concert in de Liederhalle. Hij is beslist blij als jij er ook bij bent op die belangrijke dag. Dat zou een signaal zijn voor ons allemaal.

Ik omhels je, maman, en stuur je hartelijke groeten.

Judith. Stuttgart, 12 mei 1926

In gedachten verzonken vouwde Hélène de brief dicht en ging ook op weg naar de woning. Terwijl ze de trap opliep, ontstond er een knagend gevoel in haar buik.

Bij de gedachte aan een reis naar Stuttgart kreeg ze het benauwd. Hoewel ze er al ruim twintig jaar niet was geweest. Of misschien juist daarom?

Hélène had Judiths boodschap goed begrepen.

Misschien werd het werkelijk eens tijd om haar plaats in de familie in te nemen, ook al had ze geen noemenswaardige band met haar zoons. Meteen na de geboorte van de tweeling was ze in een diepe depressie beland die niet meer verdween. Als ze aan die jaren terugdacht, kwam er een doffe gevoelloosheid over haar, die haar tot op de dag van vandaag verwarde.

Maar met Judith had ze zich altijd verbonden gevoeld, al vanaf het moment dat Wilhelm Rothmann teleurgesteld en ijskoud op de geboorte van zijn dochter had gereageerd. Hij had een stamhouder verwacht.

Toen Hélène ten slotte uit Stuttgart was vertrokken om eindelijk weer gezond te worden, was Judith eenentwintig en zodoende al volwassen geweest, maar de jongens pas acht. Ze had weliswaar geprobeerd om via brieven en later met de nieuwe telefoontoestellen een hechtere band met de twee te krijgen, maar toch waren ze vreemden voor elkaar gebleven. Eén keer had Anton zich ertoe kunnen zetten om Hélène in Riva op te zoeken. Karl was er nooit geweest.

Maar Judith en haar familie waren meermaals naar het Gardameer gekomen. Sinds ze in München woonde, kwam Judith ten minste elke paar maanden een weekend naar haar toe. In het begin met de twee kinderen, maar inmiddels kwam alleen Victoria nog mee. Victor bleef meestal in Stuttgart.

Eén ding was echter steeds een goed bewaard geheim gebleven: Hélènes vroegere liefdesrelatie met de meer dan tien jaar jongere Max Ebinger. Max had veel gereisd, in het begin door Italië, later nog verder, naar Praag, Stockholm, Parijs en ook naar New York. Hélène had de bezoeken van haar familie steeds gepland in de weken dat hij er niet was.

Alleen Georg was ervan op de hoogte. En ook over het feit dat Max de zoon van een gerespecteerde Stuttgartse ondernemer was. Alleen al om die reden was absolute discretie noodzakelijk. Zelf wilde ze geen aanleiding geven tot kwaadsprekerij, maar ook haar kinderen of haar kleinkind zouden daar niet onder moeten lijden.

Hélène liep over de laatste overloop en duwde de voordeur open, die Georg op een kier laten staan.

'En? Wat heeft Judith geschreven?' Hij stond voor de spiegel in de gang en was al bezig om zijn das te strikken.

'In oktober komt Martin naar Stuttgart om een concert te geven.'

'Dat klinkt goed!'

'Ja,' zei Hélène mat.

Georg keek haar aan. 'En Judith wil graag dat je komt.'

Hélène knikte en liep naar haar slaapkamer. Ze koos een eenvoudige oudroze jurk en stak haar haar opnieuw op. Toen wreef ze een paar druppels parfum uit achter haar oren en schoot haar schoenen aan.

'Mooi zie je eruit.' Georg keek haar bewonderend en bemoedigend tegelijk aan toen hij haar in haar jas hielp.

'Ga je erheen? Naar Martins concert, bedoel ik,' vroeg hij, vlak voordat ze het huis uit gingen.

'Ik weet het niet,' antwoordde Hélène eerlijk.

19

Het Solitude-circuit bij Leonberg
16 mei 1926

'Kom, ik weet waar je het beste uitzicht hebt.' Karl pakte Serafina's hand en trok haar met zich mee.

Serafina struikelde achter hem aan. 'Rustig aan!' zei ze, maar Karl lachte alleen.

'Het is niet ver meer. We zijn er zo!' Karl was niet te houden. De aanstaande wedstrijd leek adrenaline in zijn bloed te pompen, hoewel hij zelf helemaal niet van start ging. Maar de opwinding die overal in de lucht hing had hem aangestoken.

Ook Serafina was heel benieuwd naar de motorrace die vandaag voor de tweede keer op het circuit rond een kasteel met de naam Solitude werd verreden. Maar van eenzaamheid was vandaag geen sprake. Al op dit uur, het was nog vroeg in de ochtend, waren er massa's mensen op pad om de beste plaatsen te veroveren en daar de start af te wachten. Net als Karl en Serafina kwamen ze allemaal met speciale treinen en trams uit Stuttgart naar Leonberg, waar het dichtstbijzijnde station lag.

'Wat goed dat ik in de voorverkoop tribunekaarten heb gekocht,' zei Karl tegen Serafina. 'Het wordt uniek, let maar op!'

'Hebben we zitplaatsen?' Serafina was enigszins buiten adem.

'Natuurlijk. Ik kan het je toch niet aandoen om de hele tijd te staan.'

Ze liepen nog een paar meter langs de bochtige weg, tot ze bij een paar tribunes kwamen die op een hoge plek boven het bergachtige parcours waren opgetrokken.

Karl liep vooruit om de nummers van hun zitplaatsen te zoeken.

'Hier, kijk, Serafina.' Hij wees naar twee plaatsen naast elkaar op de tweede rij. 'Die zijn van ons.' Serafina ging naast hem staan. Hij sloeg zijn arm om haar heen en wees naar de onder hen liggende weg, die daar een bocht van bijna negentig graden maakte. 'Dat zijn de Ramtel-bochten,' legde hij uit. 'Eerst de haarspeldbocht. Daar moeten de motorrijders heel goed oppassen dat ze niet van de weg raken. En vlak daarna de bocht op het hoogste punt, een echte uitdaging!'

Serafina keek hem van opzij aan en nam zijn markante profiel op.

Hij was aantrekkelijk. Zeer aantrekkelijk zelfs.

En ook attent: ze droeg de heerlijke geur van Coco Chanel, die hij ruim een week geleden 's avonds op haar hoofdkussen had gelegd, elke dag. En nog steeds was ze er verbaasd over hoe hij zo'n goede keus had kunnen maken, hoewel hij haar nog maar zo kort kende. Als ze alleen waren, snuffelde hij graag aan het plekje achter haar oor waar ze het parfum altijd aanbracht.

Dankzij zijn hulp kon ze inmiddels heel aardig autorijden. Hij liet haar steeds weer achter het stuur zitten en had haar in contact gebracht met een rijinstructeur, zodat ze binnenkort haar rijexamen zou kunnen afleggen. Serafina had in haar stoutste dromen niet durven hopen dat ze dit jaar nog in een door haarzelf bestuurde cabriolet door de omgeving zou rijden.

'En dan,' vervolgde Karl zijn uiteenzetting, terwijl hij haar aandacht weer op de race vestigde, 'als ze die bocht hebben genomen, komen ze op het rechte stuk richting Glemseck. Zie je het Kurhaus erachter?'

Serafina knikte en hij trok haar nog een beetje dichter naar zich toe. 'Daar gaat het dan langs en verder naar het Frauenkreuz. Een lastig circuit. Ik ben benieuwd hoe de deelnemers het gaan aanpakken.' Hij keek Serafina aan en toen zijn blauwe ogen enthousiast straalden, keerde zijn jongensachtige charme weer terug.

Ze gingen zitten en Serafina bestudeerde het programma dat Karl voor haar had meegenomen.

Meer dan honderd Duitse deelnemers gingen deze ochtend van start, en daar kwamen nog een paar Engelsen, Italianen en Belgen bij. Eén motorcoureur kwam uit Zwitserland. Armbanden in verschillende kleuren maakten het mogelijk om de verschillende nationaliteiten van elkaar te onderscheiden.

Geleidelijk aan sloeg de voorpret ook op Serafina over, en toen er van het startpunt bij kasteel Solitude drie luide knallen weerklonken en de race was begonnen, wachtte ze bijna net zo gespannen op de aankomst van de eerste motorrijder als Karl naast haar.

Niet veel later kondigde een luid geknetter aan dat de coureurs de Ramtel-bochten hadden bereikt. Die waren de eerste uitdaging van het Solitude-parcours, en Serafina stond er versteld van hoe snel ze op dit gevaarlijke stuk af reden.

Om hen heen ging de menigte tekeer. Een spreker gaf door middel van een megafoon commentaar op de prestaties van de motorrijders en omdat een blaasorkestje het gebeuren en de uitzinnige toejuichingen van de toeschouwers muzikaal ondersteunde, zwol het geluidsniveau aan tot een bijna ondraaglijk niveau.

Karl kon niet meer blijven zitten. Hij stond op, floot en klapte en leek met zijn geschreeuwde aanmoedigingen de commentator naar de kroon te willen steken.

Serafina stopte haar oren dicht. Toen Karl het merkte, grijnsde hij alleen, boog zich naar haar voorover en kuste haar op haar voorhoofd.

Toen alle coureurs de bochten door waren en op het rechte stuk naar Glemseck wegscheurden, haalde Serafina haar handen van haar oren. Het geknetter ebde langzaam weg, maar het stof en de stank van de uitlaatgassen bleven in de lucht hangen.

'Ja, dat is me wat, hè?' riep Karl en hij ging weer zitten. 'Het duurt niet al te lang voordat de snelsten hier weer langskomen.'

'Het is ongelooflijk!' Serafina nam zich voor bij de tweede ronde niet meer zo te reageren en in plaats daarvan de herrie en de uitlaatgassen als onderdeel van het vertier te beschouwen.

'En? Heb ik je te veel beloofd?'

'Nee. Zoiets heb ik nog nooit meegemaakt!'

'Heb je gezien hoe ze de bochten nemen? Op volle snelheid!' Karl was door het dolle heen. 'En hoe die Engelsman de Italiaan inhaalde door later te remmen? Dat was een echt kunststukje.'

'Ze zullen vast nog wel...' begon Serafina, maar op dat moment leek Karl iemand te ontdekken die hij kende. Hij zwaaide en gebaarde naar een slanke man van rond de veertig, die een paar plaatsen verder achter hen zat en nu opstond om zich naar Karl toe te buigen.

'Meneer Rothmann? Wat leuk om u hier te zien!'

'Het genoegen is geheel aan mijn kant,' antwoordde Karl en hij wees naar Serafina. 'Mag ik u Serafina Rheinberger voorstellen, ze is familie van mijn zwager.'

De man knikte haar toe. 'Adolf Schneck. Aangenaam, juffrouw Rheinberger.'

'Goedendag, meneer Schneck.'

'Meneer Schneck is architect, Serafina. Hij gaat de verbouwing van de chocoladefabriek plannen.'

'De chocoladefabriek wordt verbouwd?' vroeg Serafina verbaasd.

'Niet meteen,' zei Karl relativerend. 'Maar op een gegeven moment zal het wel moeten. En meneer Schneck maakt juist een paar ontwerpen voor me. Hij is overigens ook bij de planning voor de tentoonstelling volgend jaar op het Weissenhof-terrein in Stuttgart betrokken.'

'Het Weissenhof-terrein? Sorry, maar dat zegt me niets,' bekende Serafina.

'Natuurlijk,' zei Karl begrijpend. 'Je woont hier ook nog niet lang. Maar omdat die plannen niet alleen in Stuttgart de aandacht trekken, had je er misschien al eens van gehoord.'

'We zullen binnen de kortste keren een dorp uit de grond stampen dat zijn weerga niet kent,' legde de architect uit en zijn enthousiasme voor het project was hem aan te zien. 'Er zijn belangrijke architecten bij betrokken. Kent u Walter Gropius? Of Le Corbusier?'

Serafina meende dat zij die namen wel eens had gehoord, maar voor ze kon antwoorden vervolgde de architect: 'Die maken allemaal deel uit van Bauhaus en vertegenwoordigen een vorm van moderne architectuur. Aansprekend, maar zonder lastige tierelantijnen. Met compleet nieuwe materialen en vormen. Ik durf te beweren dat het uniek wordt.'

'Moderne vormen ken ik uit Berlijn,' zei Serafina.

'Uit Berlijn?'

'Juffrouw Rheinberger komt uit Berlijn,' antwoordde Karl voor haar.

Serafina merkte de korte geïnteresseerde blik van de architect op, maar voor ze kon reageren, nam Karl het gesprek over en wisselde geanimeerd met Adolf Schneck van gedachten over de bijzonderheden van het Nieuwe Bouwen. Serafina voelde zich bijna overbodig.

Toen er een korte stilte viel, wilde ze een vraag stellen over het geplande dorp, maar op dat moment hief Karl zijn hand op. 'Horen jullie dat? Daar komen ze weer!' riep hij toen en hij draaide zich prompt om naar het parcours.

Ook Serafina en Schneck keken naar de weg beneden.

Voor de tweede keer namen de motorfietsen de lastige Ramtel-bochten. Het veld was al enigszins uit elkaar getrokken, een paar afzonderlijke coureurs hadden zich aan kop genesteld. De herrie om haar heen zwol opnieuw aan, maar dit keer vond Serafina het niet zo erg meer als in het begin.

Toen het gros was langsgereden en er alleen nog een paar achterblijvers aan kwamen, draaide Karl zich weer naar hen om. 'Ik zou het liefst zelf meerijden!' zei hij, terwijl hij grijnsde van oor tot oor.

'Dan geef je jezelf de volgende keer toch op als deelnemer!' zei de architect.

'Daar heb ik ook al over nagedacht,' zei Karl.

'Ik zou het parcours graag een keer met de auto afleggen,' zei Serafina. 'Misschien ook op een motorfiets, maar niet in dit tempo.'

'U houdt van de wereld van de motoren?' vroeg Adolf Schneck.

'Ik vind auto's interessant.'

'Ik geef haar momenteel rijles!' Karl gaf blijk van enige trots, die ook iets bezitterigs had. 'En ze doet het heel goed!'

Schneck lachte. 'De vrouwen veroveren nu toch al de hele wereld, nietwaar?'

Serafina wist niet precies wat de architect bedoelde met zijn laatste zin, maar omdat hij haar daarbij met respect aankeek, nam ze aan dat hij niet de spot met haar dreef.

'En dat is ook goed!' kapte Karl het thema af, voordat ze iets kon antwoorden en hij kwam meteen op het uitgangspunt van het gesprek terug: 'Dus, meneer Schneck, wanneer kan ik de eerste bouwplannen verwachten?'

'Ik heb momenteel heel veel omhanden, meneer Rothmann. Maar ik heb wel een paar ideeën over uw opdracht. Ik vind het heel inspirerend om een functionele en toch representatieve verbouwing van het bedrijfsgebouw te plannen, op een manier die aan uw richtlijnen voldoet. Ik laat het u weten zodra ik een ruwe schets heb.'

'Dat gaat toch niet al te lang duren?' Karl klonk ongeduldig.

'Ik zal me zo snel mogelijk met uw zaak bezighouden.' De architect stak zijn hand uit naar Karl. 'Maar daarvoor is het belangrijk dat u mij de plattegronden van de huidige situatie stuurt.'

'Ja, uiteraard, meneer Schneck. De komende dagen krijgt u ze. Daar zorg ik voor.'

'Goed. Dan wens ik u allebei nog een spannende wedstrijd. Juffrouw Rheinberger, meneer Rothmann. Ik groet u.'

Adolf Schneck kwam overeind en ging terug naar zijn stoel.

'Weet je zus eigenlijk van de bouwplannen?' vroeg Serafina toen de architect buiten gehoorsafstand was.

'We hebben het er ooit over gehad,' antwoordde Karl ontwijkend. 'Maar breek je mooie hoofdje daar maar niet over. We zijn hier om ons te amuseren.'

Een ver verwijderd geknetter luidde de derde ronde van de wedstrijd in en Serafina richtte haar aandacht weer op het parcours onder de tribune.

Twee motorrijders naderden de Ramtel-bochten en passeerden ze zonder al te veel moeite. Ze werden gevolgd door een van de Engelsen, en toen die bij het rechte stuk was gekomen, reed een grote groep motorfietsen de haarspeldbocht in.

Zonder acht te slaan op het ruimtegebrek probeerde ieder van de ongeveer twintig coureurs de ideale lijn door de scherpe bochten te vinden. Het was onvermijdelijk dat de motorfietsen elkaar intussen voortdurend raakten.

'Kom op, niet zo traag!' riep Karl en hij strekte zijn vuist uit. 'Hup, verder!'

Ook de andere toeschouwers spoorden de rijders aan. De stem van de commentator achter de megafoon sloeg over van opwinding. Van het Solitude-kasteel naderden meer motorrijders de groep, de situatie werd steeds hachelijker. Toen een coureur zijn concurrenten hardhandig opzij drong, gebeurde het: twee van de motorfietsen bleven zo ongelukkig aan elkaar hangen dat ze onbestuurbaar werden, van de weg raakten en het aangrenzende bos in schoten.

Een bezorgd gemompel ging door de rijen op de tribune. De commentator vroeg via zijn megafoon meteen om assistentie. Terwijl een paar aan de kant van de weg opgestelde EHBO'ers naar de verongelukte deelnemers in het bos renden, ging de wedstrijd door.

Serafina was erg geschrokken toen het ongeluk gebeurde en was opgelucht dat de twee coureurs door de helpers het bos uit werden gebracht.

'Dat komt wel goed,' zei Karl nonchalant. 'Zoiets hoort er nu eenmaal bij in deze sport.'

Serafina haalde haar schouders op. Hij zou wel gelijk hebben. Ze nam zelf ook een bepaald risico als ze met Karls cabriolet in de straten van Degerloch rondreed.

Gelukkig bleef het bij dat ene incident, tenminste op de plek waar Serafina en Karl stonden, hoewel gevaarlijke situaties ongetwijfeld bij dit vermaak hoorden.

Op een gegeven moment kreeg de alomtegenwoordige euforie ook Serafina in haar ban. Bij elke ronde nam haar enthousiasme toe en op een gegeven moment juichte ze de coureurs net zo hard toe als de andere toeschouwers.

Tussendoor haalde Karl iets te drinken en een klein hapje, en Serafina moest toegeven dat ze enorm genoot van de heerlijke lentedag.

De stemming was opgetogen, totdat er 's middags een hevig onweer boven de deelnemers en toeschouwers van de Solitude-race losbarstte en alle euforie abrupt beëindigde.

20

Het regende nog steeds dat het goot toen Serafina en Karl vroeg in de avond in Degerloch arriveerden.

'Lieve hemel!' flapte Dora eruit toen ze de voordeur voor hen opendeed. 'Ik laat meteen een bad voor u vollopen, juffrouw Serafina!'

'Ach wat, het is toch maar water!' wuifde Karl haar woorden weg en hij draaide zich naar Serafina om. 'Voordat jij klaar bent met je bad ben ik verhongerd!'

'Natuurlijk ga ik me wel eerst even opfrissen,' zei Serafina kordaat en ze wilde Dora volgen, die de trap opging. Karl hield haar vast aan haar arm. 'Je ziet er fantastisch uit.' Zoals zo vaak lag er een uitdagende grijns op zijn gezicht.

Serafina maakte zich los. 'Je kunt me later ook nog complimenten maken. Eerst kleed ik me om. Je kunt gerust eerder aan tafel gaan.'

Dora, die, zoals Serafina inmiddels wist, al tientallen jaren bij Judith en Victor in dienst was, knikte haar toe. 'Dat is de juiste beslissing. En u, meneer Rothmann, adviseer ik om tenminste andere schoenen aan te doen.'

Serafina keek naar Karls schoenen, die op de brandschone marmeren vloer al een spoor van modder hadden achtergelaten. 'Daar sluit ik me bij aan,' zei ze. Toen keek ze bij zichzelf omlaag. Ook haar schoenen waren geruïneerd. Net zoals de mooie kousen en de zoom van haar jurk.

Niet alleen zij en Karl, ook een groot deel van de andere dames en heren langs het parcours had er niet aan gedacht om weerbestendige kleding mee te nemen. Want de dag was zo zonnig begonnen dat niemand erop had gerekend zich laat op de middag door centimeters dikke modder en onafzienbare plassen naar het station van Leonberg te moeten worstelen.

Karls grijns werd verlegen. 'Tja. Misschien heb je gelijk,' gaf hij toe. 'Ik zou je bij het baden graag gezelschap hebben gehouden, maar...'

'Meneer Rothmann!' onderbrak Dora hem verontwaardigd, zoals verwacht.

Karl lachte.

Serafina wierp hem een bestraffende blik toe en wilde Dora juist de trap op volgen toen de deurbel rinkelde.

'Aha!' riep Dora. 'Dat zal meneer uw broer zijn!' Ze liep snel de paar traptreden weer naar beneden, vervolgens langs Karl en Serafina naar de voordeur, en deed open.

'Wat een hondenweer!'

'Zeg dat wel, meneer Rothmann. Komt u snel binnen!'

Serafina staarde de man aan die binnenkwam en rustig zijn paraplu inklapte. In plaats van hem aan Dora te overhandigen, zoals Karl daarnet met die van hem had gedaan, zette hij hem eigenhandig in de messing paraplubak. Vervolgens ontdeed hij zich van jas en hoed. Dora trok ze allebei plichtsbewust uit zijn handen.

Toen merkte hij dat er nog meer personen in de hal waren en keek hen aan.

Serafina knipperde met haar ogen. Hij leek als twee druppels water op Karl, dezelfde gespierde gestalte, precies zo knap. Maar de uitdrukking in zijn ogen was anders. Ernstiger, dieper.

'Mijn beste, mag ik je mijn uiterst fatsoenlijke tweelingbroer Anton voorstellen?' merkte Karl net iets te luid op.

Anton trok alleen een wenkbrauw op.

Karl legde zijn hand op Serafina's rug. 'Anton, dit is...' begon hij, maar Serafina maakte zich van hem los, liep op Anton af en stak haar hand naar hem uit. 'Ik ben Serafina, de halfzus van Victor.'

Anton keek snel van Karl naar haar en een geamuseerde uitdrukking gleed over zijn gezicht. 'Ik ben blij om je eindelijk te leren kennen, Serafina,' zei hij en hij pakte haar hand.

Zijn zachte aanraking was elektriserend.

Op hetzelfde moment realiseerde ze zich dat ze er in haar smerige, doornatte kleren verschrikkelijk uit moest zien. Haar haar en hoed plakten nat tegen haar hoofd, de resten van haar lichte make-up hadden beslist weinig fraaie patronen op haar gezicht achtergelaten.

'Ik ben ook... blij.' Ze was verbaasd over haar eigen onzekerheid. 'Ik was net op weg om me een beetje op te frissen. Excuseert u mij?'

Anton knikte. 'Vanzelfsprekend. We zien elkaar dan aan tafel.'

Serafina knikte en liep de hal uit.

'Meneer Rheinberger is nog in zijn werkkamer,' hoorde ze Dora tegen Anton zeggen, terwijl ze de trap al opliep.

'Bedankt, Dora, ik ga zo naar hem toe,' zei Anton. 'En jij, broer, zou eventueel een badkamer kunnen opzoeken,' adviseerde hij Karl.

Serafina moest glimlachen om die goed getimede repliek. Ze vermoedde dat de relatie tussen de tweelingbroers gekenmerkt werd door grote wedijver.

Toen ze even later haar kamer binnenkwam, waren haar ledematen zwaar van vermoeidheid. Het liefst zou ze in bed zijn gekropen. Maar Dora maakte haar bad al klaar, en zo kon het gebeuren dat ze een half uur later nog altijd wat futloos, maar op een vreemde manier geïnspireerd voor de eetkamerdeur stond.

Anton hoorde de zachte klik van de deur en keek op van zijn bord. Met een stralende glimlach kwam Serafina de ruimte binnen en hoewel de vermoeienissen van de afgelopen uren haar waren aan te zien, straalde ze, iets wat hem al was opgevallen toen hij haar in de hal voor het eerst had ontmoet.

'Neem me niet kwalijk dat ik zo laat ben,' zei ze tegen Judith en Victor.

'Je hoeft je niet te verontschuldigen,' zei Judith. 'We zijn blij dat jullie heelhuids zijn thuisgekomen.' Intussen wierp ze een veelzeggende blik op Karl, die tegenover zijn zus naast Victoria zat en Serafina zowel wrevelig als verwachtingsvol aankeek.

Anton wist precies wat zijn broer bewoog. Karl was overduidelijk zeer geïnteresseerd in Serafina. Maar Victoria had erop gestaan om tussen Karl en Serafina in te zitten, wat nu eenmaal betekende dat Serafina niet naast Karl kon worden geplaceerd, omdat Victor aan de andere kant van Karl zat.

Anton lachte in zijn vuistje.

‘Serafina, ga toch alsjeblieft naast Anton zitten,’ vroeg Judith haar met een uitnodigend gebaar, en Serafina’s blik schoot van Judith naar hem. De ogen waarmee ze hem vragend aankeek, hadden verschillende tinten groen, en de volle, donkere wimpers daaromheen versterkten de ongewone kleur.

Bij Anton kwam onmiddellijk een melodie op, een swingend stuk met een meeslepend ritme. Vreemd dat hij dacht Serafina’s persoonlijkheid spontaan te doorgronden. Weliswaar overkwam het hem af en toe dat mensen of gebeurtenissen klanken in hem opwekten, maar zo indringend en helder waren die zelden. Zodra hij vanavond thuiskwam, zou hij achter de piano gaan zitten en het thema noteren: *Dedicated to Serafina.*

Anton knikte haar toe en terwijl ze om de tafel naar hem toe liep, haalde hij het servet van zijn schoot, stond op en schoof haar stoel achteruit.

‘Bedankt,’ zei ze toen ze ging zitten. ‘Dat was niet nodig geweest…’

‘Serafina heeft weinig op met mannelijke assistentie,’ zei Karl en er klonk hoorbaar spijt door in zijn woorden. ‘Ik ken haar inmiddels heel goed en…’

‘Alsjeblieft, Karl, ik kan uitstekend voor mezelf spreken,’ onderbrak Serafina hem en ze richtte zich weer tot Anton: ‘… maar het is echt heel vriendelijk van je.’ Ze keek hem stralend aan en hoewel Anton niet precies wist of de stralende glimlach met haar parelwitte tanden alleen hem gold, of dat die Karl misschien duidelijk moest maken dat hij zich niet met haar zaken moest bemoeien, beviel haar reactie hem heel goed.

‘Gerti heeft vandaag speciaal iets Berlijns gekookt,’ zei Victoria en ze vestigde zo de aandacht op zichzelf.

‘O, dan ben ik heel benieuwd,’ zei Serafina en ze knipoogde naar haar. ‘Wat is het?’

‘Ik weet het niet precies, iets met aardappels of zo. Die wilde je toch weer eens eten?’ Victoria knipoogde nadrukkelijk terug en Anton merkte dat Serafina haar lachen moest inhouden.

‘Ja, graag,’ zei ze in plaats daarvan waarderend. ‘Heb je dat aan Gerti verklapt?’

‘Hm, ja!’ antwoordde Victoria, terwijl Karl naast haar broeierig voor zich uit zat te kijken. Serafina keek even naar hem en Anton voelde de spanning tussen haar en zijn broer heel goed. Blijkbaar accepteerde ze geen benepen jaloerse reacties.

Omdat Serafina de eerste gang had gemist, kreeg ze snel een bord met aardappelsoep voorgezet. Ze leek trek te hebben. Anton keek geamuseerd toe hoe ze haar soep vlot oplepelde en tegelijk nog net binnen de grenzen van de etiquette bleef.

Dat bleek ook Victoria te merken. 'Je hebt lang niet meer gegeten, hè?'

Serafina legde ietwat verlegen haar lepel neer. 'Nou ja...'

'Victoria!' foeterde Judith. 'Je mag haar niet in verlegenheid brengen!'

Victoria trok even een lelijk gezicht, maar liet toen haar allerliefste glimlach zien. 'Zo ben ik ook altijd, en mama vindt dat niet goed. Omdat als ík honger heb...' ze liet een dramatische stilte vallen, '... ik net zo snel eet als de trein van Stuttgart naar Ludwigsburg.'

Anton hield de rug van zijn hand voor zijn mond om zijn vrolijkheid te verbergen. Ook Serafina's schouders bewogen verdacht. Toen zijn blik de hare kruiste, stond buiten kijf dat ze hetzelfde dachten. Ach, Vicky.

'Maar,' vervolgde Victoria onverstoorbaar, 'je zult versteld staan, tante Serafina. Want er is Königsberger dinges.'

'*Klopse*?' vroeg Serafina.

'Ja, precies, klopse. Raar woord,' zei Victoria.

'Smaakt zoiets eigenlijk wel?' bromde Karl.

'Gerti heeft vast weer voortreffelijk gekookt,' zei Serafina rustig. 'Tot nog toe was alles goed. Hoewel ik veel gerechten helemaal niet kende.'

Op dat moment kwam het dienstmeisje binnen en ruimde de tafel af. Daarna diende ze het hoofdgerecht op. Serafina bevochtigde onbewust, maar op een, vond Anton, uiterst bevallige manier haar onderlip, toen ze de dampende schalen met de gehaktballetjes in witte saus en de aardappels zag. Victor stond op en schonk witte wijn in.

Anton had nooit Königsberger Klopse gegeten, maar al na de eerste hap wist hij waarom Serafina de gehaktballetjes zo lekker vond. Ze waren uitstekend, mild vanwege de saus en hartig vanwege de kappertjes, en bovendien had Gerti het vlees licht gekruid. Alleen de gare aardappeltjes waren niet helemaal naar zijn smaak.

'Nou, ik had Spätzle er ook lekker bij gevonden,' sprak Victoria prompt naar zijn hart. 'Maar zo is het ook goed.'

'Het smaakt geweldig,' constateerde Victor en hij keek Serafina aan: 'Hoe was de wedstrijd eigenlijk? Afgezien van het weinig verheffende einde?'

'De wedstrijd?' antwoordde Karl meteen. 'Die was ongelooflijk! Bijna onvoorstelbaar dat iemand niet warmloopt voor zoiets, nietwaar, Serafina?' Hoewel hij haar aansprak, keek hij Anton aan.

'Ja, mij beviel het goed,' zei Serafina wat gereserveerd, omdat de onuitgesproken dialoog van de broers haar zichtbaar irriteerde.

'Ach, kom, Serafina je hebt net zo hard staan juichen als ik!' Karl klonk geërgerd. 'Je hoeft geen rekening te houden met Victor of Anton, die sowieso alles afkeurt wat leuk is!'

Anton, die net zijn glas wijn naar zijn mond had gebracht, stokte en zette het weer op tafel. Toen keek hij zijn broer strak aan. 'Ik zie niet in,' zei hij rustig, 'waarom we bij het avondeten over een verschil van smaak zouden moeten discussiëren.'

Karls pogingen om hem als conservatief en saai af te schilderen, irriteerden Anton, maar hij bleef gelaten. Hij voelde Serafina's ogen op zich gericht, pakte zijn wijn weer en proostte haar toe.

Er verscheen een fascinerende schittering in haar ogen toen ze hem over de fragiele rand van haar glas aankeek. De laatste druppel wijn, die haar mond bevochtigde, zou hij het liefst met zijn vinger hebben weggewist.

'Ik moet toegeven,' zei ze nu, en Anton viel het zachte timbre van haar stem op, dat noch te helder noch te diep was, 'het had van alles wat, die wedstrijd. Het was oorverdovend, maar wel spannend.'

'Precies!' Karl was tevreden met haar antwoord.

'Ik heb niet zoveel op met autoraces,' gaf Anton toe.

'Voor mij betekent autorijden gewoon vrijheid,' zei Serafina en opnieuw leek ze hem met haar ogen te vangen. 'Nu ik het zelf leer, kan ik er pas echt waardering voor opbrengen.'

'We hebben ook hard geoefend,' zei Karl en hij knipoogde samenzweerderig naar haar. Maar Serafina keek hem alleen even zijdelings aan.

'Je rijdt zelf?' vroeg Anton verbaasd.

'Ja, met mijn cabriolet.' Opnieuw antwoordde Karl in plaats van Serafina.

'Dat is eigenlijk Judiths cabriolet,' interrumpeerde Victor.

Karl zweeg.

Serafina leek verrast, maar antwoordde toen tactvol: 'Van wie de auto ook is, als ik rijd heb ik het gevoel dat ik overal naartoe kan, wanneer ik maar wil.'

'Dat kan ik goed begrijpen, Serafina!' zei Judith. 'Ik had precies hetzelfde gevoel toen ik leerde autorijden.'

Victor pakte haar hand. 'Je rijdt veel te weinig, schat,' merkte hij op.

'Dat klopt. Maar míjn cabriolet is dan ook uitgeleend.' Ze knipoogde naar Karl, maar die reageerde niet. 'En af en toe is het ook praktisch, als Theo rijdt en ik nog een paar dingen kan voorbereiden als we in Stuttgart en omgeving op pad zijn.'

Victoria mengde zich weer in het gesprek. 'Ik hou ervan als mama rijdt. En als ik groot ben, wil ik ook in een automobiel rijden!'

Judith keek haar dochter trots aan. 'Natuurlijk zul je leren rijden! Net zoals Serafina het nu leert. Tenslotte was de eerste persoon die een auto over een lange afstand heeft gereden, een vrouw.'

'Echt waar?' vroeg Serafina verrast.

'Wie dan?' wilde Victoria weten.

'Ze heette Bertha Benz. Haar man bouwde automobielen,' antwoordde Judith. 'Maar omdat hij er alleen korte proefritjes mee had gemaakt, wilde zij hem bewijzen dat zijn voertuig ook lange ritten aankon. Dus is ze met haar zoons aan het begin van de vakantie eropuit getrokken en van Mannheim naar Pforzheim gereden. En wel stiekem, omdat haar man dat nooit goed zou hebben gevonden. Dat is nu zo'n veertig jaar geleden.'

'Ik zei het toch: het belangrijkste voor een man is een slimme, energieke vrouw,' merkte Victor teder op.

'Ze hadden onderweg ook pech,' vervolgde Judith, 'maar ze wist zich te redden. De benzineleiding ontstopte ze met haar hoedenspeld en de ontsteking isoleerde ze met haar kousenband.'

'Heb je dat tegenwoordig ook nog nodig als je gaat rijden, een hoedenspeld en een kousenband?' wilde Victoria weten.

Iedereen lachte. 'Eigenlijk niet,' antwoordde Judith. 'Maar wie weet...'

'Ik verheug me al op het autorijden,' zei Victoria. 'Wat heb jij het goed, Serafina, dat je het nu al mag leren!'

'Ik moet nog wel een beetje oefenen voor ik examen kan doen,' zei Serafina, maar haar ogen schitterden vol verwachting.

'En dan is er waarschijnlijk geen houden meer aan!' voorspelde Anton.

'Waarschijnlijk niet!' pareerde Serafina zijn grapje.

Serafina's subtiele en tegelijk temperamentvolle zelfbewustzijn had Anton in zijn ban. Hij voelde overduidelijk hoe ze naast hem aanwezig was, warm en opwindend.

'Speel je nog iets voor ons, Anton?' vroeg Judith toen ze klaar waren met eten.

'Er is toch geen concertavond vandaag,' protesteerde Karl.

Serafina zag dat Anton zijn voorhoofd fronste.

'Natuurlijk speelt Anton iets!' redde Victoria de situatie. 'We spelen samen!'

'Graag, Vicky,' zei Anton, die opgelucht leek dat er een elegant compromis was bereikt.

'In dat geval,' zei Victor, 'nemen wij onze Becherovka in de muziekkamer!' Hij stond op en bood Judith zijn arm aan.

Ze verhuisden van de eetkamer naar de muziekkamer, die in het nieuwe deel van de villa lag. Het ruime vertrek was van twee vleugels voorzien. Andere instrumenten stonden op de grond of hingen naast elkaar aan de muur; een dwarsfluit, twee violen, een cello en een pauk. Serafina was verbaasd dat ze nog maar weinig had gemerkt van een voorliefde voor muziek in het huis, afgezien van het feit dat Martin aan het conservatorium studeerde.

Het liefst was ze zelf achter de piano gaan zitten. Zodra de gelegenheid zich voordeed zou ze vragen of ze een van de instrumenten mocht bespelen. Ze had jarenlang zang- en pianoles gehad, de muziek was iets wat sterk in haar leefde. Pas nu merkte ze hoezeer ze die de afgelopen weken had gemist.

Victoria had de kleinste vleugel al veroverd. Anton wisselde nog een paar woorden met Victor en ging toen achter de grootste zitten.

Dora en Theo kwamen er nu ook bij. De toehoorders gingen op de gecapitonneerde stoelen met de hoge leuningen zitten, die in rijen stonden opgesteld. Judith en Victor organiseerden hier vast wel eens avonden met huismuziek of kleine concerten.

Victoria slingerde van opwinding met haar benen. Ze keek geconcentreerd naar haar oom, die een paar akkoorden aansloeg en haar een vragende blik toewierp. Ze knikte.

'Hooggeëerd publiek,' verkondigde Anton toen heel officieel. 'Victoria en ik presenteren u nu het *Rondo Allegro Opus 163* van Antonio Diabelli. We hopen dat het u bevalt!'

Hij knikte Victoria toe, en de twee begonnen het stuk, dat iets had van dansmuziek, met veel elan te spelen. Dat deden ze uitstekend. Anton leidde Victoria trefzeker door de compositie en toen ze klaar waren, klonk er een hartelijk applaus.

'We spelen er nog een!' beloofde Victoria meteen.

Serafina keek naar Karl, bezorgd dat hij misschien nog een denigrerende opmerking zou maken, maar hij zat stil op zijn stoel met zijn onderarmen op zijn knieën geleund.

Anton maakte een uitnodigende handbeweging naar Victoria. Die stond op. 'Nu spelen we *Gespenstermärchen* van Robert Schumann.' Ze maakte een reverence en zei nog 'Veel plezier!' erachteraan.

De levendige muziek die nu volgde, paste heel goed bij hen beiden. Serafina had er bewondering voor met hoeveel inlevingsvermogen Anton op zijn nichtje reageerde, de geluidssterkte aanpaste en haar steeds weer naar het tempo terughaalde, want Victoria had de neiging om steeds sneller te worden.

En dus klapte ze niet alleen voor Victoria, toen de twee opstonden en bogen, zoals het echte kunstenaars betaamde.

'Ik moet ervandoor,' zei Karl, alsof hij alleen daarop had gewacht om eindelijk afscheid te kunnen nemen.

'Nu al?' vroeg Judith.

'Je laat je anders toch geen Becherovka ontgaan?' vroeg Victor verbaasd.

'Het spijt me, maar ik heb nog andere plannen.'

'Jammer,' zei Judith. 'Kunnen we je echt niet overhalen?'

Karl schudde zijn hoofd.

'Dan laat ik je nog uit.' Judith gaf hem een arm.

Toen Anton, die nog bij Victoria stond, merkte dat zijn broer wilde vertrekken, stapte hij naar voren. 'Kom, Karl, blijf nog even.'

Karl schudde zijn hoofd en liet zich door Judith naar de voordeur brengen.

Victor deelde de drank uit, ook aan Dora en Theo, en ze hieven hun kleine glazen. Het beviel Serafina dat hij zich niet te goed voelde om ook de bedienden in te schenken. Victoria was weer achter de vleugel gaan zitten en speelde een walsje. Serafina pakte een van de frambozenpralines die op een tafel bij de muur stonden.

'Hoe gaat het eigenlijk met je orkestje, Anton?' vroeg Victor door de muziek heen.

'We hebben veel boekingen,' antwoordde Anton. 'Als je je fabriek een keer in de steek kunt laten, kom dan eens naar een concert!'

'Je hebt een band?' vroeg Serafina.

'Ja.'

'Wat spelen jullie?'

'Alles wat er gevraagd wordt. Charleston of Foxtrot, maar ook blues en swingnummers.'

Serafina keek hem stralend aan. 'Daar wil ik graag eens naar komen luisteren!'

'Wanneer je maar wilt!' Anton glimlachte.

Ze zaten nog een tijdlang bij elkaar, toen werd Victoria naar bed gestuurd. Even later verontschuldigde Judith zich, vanwege lichte hoofdpijn, en ook Dora en Theo zeiden goedenacht.

En zo kwam het dat Serafina tegen middernacht Anton samen met Victor naar de hal bracht om afscheid van hem te nemen.

'Dat wordt geen leuke rit met die nattigheid,' constateerde Victor, toen hij de deur opendeed. Het regende nog even hard als voorheen.

'Nee.' Anton had zijn jas al aan en een paraplu in zijn hand. 'Maar ik kan de weg wel dromen, en mijn auto heeft een dak.'

'Je zult...' begon Victor, toen boven op de overloop van de brede gebogen trap een zacht 'papa?' te horen was.

Victor zette een paar stappen de hal in en keek naar boven. 'Vicky? Wat is er? Je moet toch slapen!'

'Ik heb ook geslapen, maar vreselijk naar gedroomd. En toen klapperde er iets.'

'Ga er maar heen,' zei Anton. 'Ik ben eigenlijk al vertrokken.' Hij glimlachte fijntjes.

'Papa!' Victoria's stem klonk angstig en urgent.

'Goed dan.' Victor klopte zijn zwager op zijn schouder. 'Ik zal haar droom wel te horen krijgen.'

'Die is beslist spannend,' zei Serafina.

'En eindigt er beslist mee dat ik naast haar bed in slaap val omdat ze me niet meer laat gaan,' antwoordde Victor schertsend. Tegelijk was er grote genegenheid voor zijn dochter in zijn woorden te horen. 'Kom veilig thuis, Anton! En jij, Serafina, kunt beter niet op me wachten en ook naar bed gaan.' Met die woorden rende Victor met twee treden tegelijk de trap op.

Serafina keek hem na.

'Goed,' zei Anton. Hij bleef staan en stak ten afscheid zijn hand uit. 'Hopelijk droom je beter dan Vicky.'

'Vast en zeker.' Ze legde haar hand in de zijne, voelde zijn warme huid.

Anton knikte en liet haar aarzelend los. Toen hij in de deuropening stond, bleef hij staan en draaide zich nog een keer naar haar om.

Serafina's hart ging sneller kloppen. De aantrekkingskracht die hij op haar uitoefende was bijna griezelig.

'Serafina?'

'Ja?'

'Zou je me een keer mee willen nemen in Judiths cabriolet?'

'Ja.' Serafina's stem trilde. 'Graag.'

Hij knikte, stak zijn paraplu op en liep de warme, donkere nacht in.

21

Stuttgart, de gevangenis in de Büchsenstrasse
18 mei 1926

'Zo, zo,' zei de wachtmeester en hij nam Karl met een geroutineerde blik op. 'Dus u wilt Fetzer opzoeken.'

'Ja, als het mogelijk is.' Karl voelde zich onbehaaglijk in het spartaanse lokaal.

'Bent u familie?'

'Nee. Mijn naam is Karl Rothmann. Meneer Fetzer was vroeger in dienst bij ons.'

De ambtenaar ging peinzend met zijn hand over zijn snor. 'Aha.'

Karl zweeg.

Nadat hij even had nagedacht, stond de politieman op, haalde een imposante sleutelbos tevoorschijn en gebaarde Karl dat hij hem moest volgen.

'Ik laat u bij hem,' zei hij, terwijl ze langs een paar cellen liepen. 'Maar niet langer dan een kwartier.'

De sleutels rammelden toen ze resoluut in het slot werden omgedraaid. De celdeur piepte zacht. Toen stond Karl in een kleine ruimte met getraliede ramen. Hij hoorde hoe de deur achter hem werd dichtgetrokken en weer werd afgesloten. Hij kreeg het meteen benauwd.

'Wat wilt u hier?' vroeg de magere man die met zijn armen omlaag door het raam naar buiten stond te kijken. Hij had zijn rug naar Karl toegekeerd.

Karl schraapte zijn keel. 'Ik wil graag helpen.'

De man lachte schel. Toen draaide hij zich met een ruk om. Hij kneep zijn ogen samen toen hij Karl herkende. 'U bent toch een Rothmann!'

'Dat is lang geleden, Fetzer,' begon Karl.

'Ja, dat is heel lang geleden, meneer Rothmann,' zei Robert Fetzer kil. 'Ik zou niet weten wat een zo keurig geklede heer voor mij zou kunnen doen.'

'Mijn kleren doen niet ter zake.'

'Ik heb u ook niet nodig, Rothmann. Het is beter dat u weer naar de fabriek gaat en de arbeiders daar uitbuit. Maar laat mij met rust.'

'Uw dochter was bij ons.'

Er ging een schok door het uitgeteerde lichaam. 'Tilda?'

'Ja. Zíj heeft ons om hulp gevraagd. Ik wilde een advocaat regelen, maar uw vrouw heeft dat geweigerd omdat u blijkbaar steun verwacht van de KPD.'

'De kameraden doen wat ze kunnen.'

'Dat wil ik graag geloven, maar uw dochter lijdt eronder.'

Robert Fetzer liet zich op de smalle brits zakken die tegen de muur stond. 'Ik zal waarschijnlijk gauw worden afgevoerd. Naar het tuchthuis in Ludwigsburg.'

Karl knikte. 'Ik heb gehoord dat het proces volgend jaar pas plaatsvindt.' Hij merkte dat Robert zijn afwijzende houding liet varen.

'Wie zal het zeggen. Vandaag zeggen ze dit, morgen dat.' Robert greep naar zijn zojuist geschoren hoofd. 'Als u mij wilt helpen, Rothmann, zorg dan voor Mathilda en mijn vrouw. Hoe kwam het kind er eigenlijk bij om u op te zoeken?'

'Kortgeleden heeft ze vriendschap gesloten met mijn nichtje, Victoria.'

'O ja. Dat heeft Tilda verteld. Toch ben ik van mening dat de meisjes niet met elkaar om zouden moeten gaan. Ze leven in verschillende werelden.'

'Waarom niet? Ik denk dat u er archaïsche ideeën op na houdt. De tijden zijn veranderd en de zogenaamde klassenmaatschappij is vooral een ballonnetje dat elke keer weer door de communisten wordt opgelaten.'

'En terecht. De verhoudingen zijn nog altijd niet beter geworden, Rothmann, kijk toch eens om je heen! Eerst hebben ze ons het vuile werk laten opknappen, ons als lijfeigenen uitgebuit. En dan als kanonnenvoer naar het front gestuurd.'

Die opmerking stak Karl. 'Kanonnenvoer waren we allemaal, Fetzer.'

Heel even ontstond een stilzwijgende verstandhouding die hen verbond in de kleine cel, waar tegelijk het trommelvuur van de artillerie nog leek te bulderen.

Karl dacht aan de weinige maanden die hij aan het Westfront was ingezet. Hij was vol enthousiasme vertrokken, destijds in 1918. Toen hij een paar weken later in het lazaret belandde omdat er een kogel in zijn longen was blijven steken, was hij totaal gedesillusioneerd geweest. Hij had God op zijn blote knieën gedankt dat hij, zodra hij vervoerd kon worden, niet weer naar het slagveld was gestuurd, maar op een administratieve post in het Plaatsvervangend Generaal Commando in Stuttgart was ingezet. Tegelijk kon hij verder werken in de chocoladefabriek, die als leverancier voor de voedselvoorziening van het leger op volle capaciteit produceerde.

Pas later had hij zich gerealiseerd dat hij die genade, want als zodanig had hij het destijds ervaren, kennelijk aan zijn vader te danken had gehad. De oude Rothmann was eigenlijk een fanatieke voorstander van de oorlog geweest en voor hem was het een erezaak dat zijn zoons hun plicht voor volk en vaderland vervulden. Toch had hij ervoor gezorgd dat zijn zwaargewonde zoon weer naar huis kwam om volledig te herstellen. Karl, wiens relatie met zijn vader tot dan toe problematisch was geweest, keek daarna op een andere manier tegen Wilhelm Rothmann aan. Daarom had zijn plotselinge dood in 1919 hem diep geraakt.

De resterende oorlogsjaren had Karl samen met zijn zus de chocoladefabriek draaiende gehouden en daarom altijd weer het verwijt te horen gekregen dat hij zich voor de militaire dienst had gedrukt. Maar wie had Judith anders moeten steunen?

Pas toen de oorlog voorbij was, kwam Victor terug, evenals Anton. Karl vond dat hij ten onrechte in diskrediet was gebracht. Hij had zijn bijdrage geleverd aan de oorlog, net als de andere mannen.

'U weet heel goed hoe ik dat bedoel, Rothmann,' zei Fetzer uiteindelijk.

Karl schraapte zijn keel. 'Ik denk niet dat je de ene ellende tegen de andere kunt wegstrepen. Maar hoe dan ook, het is voorbij. Hier gaat het om iets anders.'

'Ach ja, u wilt helpen.' Fetzers bitse toon irriteerde Karl. Het liefst zou hij de weerbarstige man aan zijn lot hebben overgelaten. Maar hij had Vicky, Tilda en haar moeder beloofd om zich voor zijn vrijlating in te zetten, en daarom gaf hij nog niet op.

'U hebt weinig keus.' Karl probeerde bedaard en met autoriteit te spreken. 'Als u eenmaal wegens moord bent aangeklaagd, komt u het tuchthuis waarschijnlijk nooit meer uit.'

Er gleed een schaduw over Roberts gezicht. Het was duidelijk dat gevoelens van trots, wanhoop en ook angst binnen in hem om voorrang streden.

'Wat moet ik dan doen volgens u?' vroeg hij aan Karl, en zijn stem klonk ineens schor. 'U weet toch hoe dat gaat. Ik ben een rooie. Iemand die zijn bek opentrekt. Kritisch is. Dat alleen al is voor onze overheid reden genoeg om me op te sluiten. Of ik werkelijk iemand heb vermoord, kan ze toch geen moer schelen.'

'Eerst moet ik weten wat er werkelijk is gebeurd.' Karl leunde tegen de kale muur van de cel om Robert te laten merken dat hij op zijn antwoord zou wachten.

Die sloot kort zijn ogen. 'We waren in het dienstlokaal,' begon hij toen hortend en stotend te vertellen, 'aan de Leonhardsplatz. De twee wachtmeesters zijn binnengekomen, hebben gebruld dat ze iedereen wilden arresteren. Het spreekt vanzelf dat we ons dat niet lieten welgevallen.'

'Goed, ik kan me niet voorstellen dat de politie zomaar een lokaal in loopt om de aanwezigen te arresteren,' onderbrak Karl hem. 'Waarom waren u en uw kameraden daar eigenlijk?'

'Het was een vergadering van de KPD. Op een of andere manier moesten we toch kunnen overleggen.'

'Wanneer was dat?'

'1923.'

Karl blies lucht uit. 'Dan was de vergadering illegaal. De KPD was toen verboden. Verdomme, Fetzer, destijds dreigde er een staatsgreep! Revolutie naar Russisch model! Geen wonder dat de politie gewaarschuwd was.'

'Daar spreekt de kapitalist weer, Rothmann.' Opeens probeerde Robert bezadigd over te komen, maar zijn stem trilde nog steeds. 'Jullie waren allemaal bang dat jullie je geld zouden verliezen, en je aanzien. Dat wij jullie zouden wegvagen, wij arbeiders.'

Karl schudde zijn hoofd. Als hij zich met Fetzer met een politieke discussie inliet, kwamen ze niet verder. Integendeel. De ruwe opvattingen van de man, die blijkbaar nog geheel van het rode gedachtegoed doordrongen was, eisten een flinke dosis zelfbeheersing van Karl. 'In je eigen belang kan ik je alleen maar adviseren me de gebeurtenissen van toen precies te beschrijven, Fetzer,' zei Karl met gesmoorde stem. 'Anders zul je in het tuchthuis verrotten.'

Robert Fetzer liet een lachje horen, en Karl had niet kunnen zeggen of het honend of berustend klonk. 'Die wilden ons achter slot en grendel zetten. En de kameraden in de Alfredstrasse ook, die moesten we zelfs erbij lappen, ha! Maar met z'n tweeën durfden ze dat niet aan. Daarom is een van de wachtmeesters vertrokken om versterking te halen. Echt een stomme beslissing, we stonden verbaasd. Natuurlijk hebben we nog geprobeerd om hem te smeren.'

'En toen is die politieman omgekomen?'

'Die heeft op ons in staan praten, allemaal onzin. Toen heeft er een geschoten, of dat een van ons was weet ik niet. Ik heb helemaal niet gemerkt dat die wachtmeester dood was. Ik heb gewoon de benen genomen, net als de anderen.'

Aan de kille toon van Fetzer merkte Karl dat deze zich verplicht voelde aan de goede zaak en dat de dood van de politieman in zijn ogen een hoger doel diende. 'Waren er geruchten over wie het had gedaan?'

'Het zou Ferdinand Metsch geweest zijn. Een jonge vent. Die is hem naar de Sovjet-Unie gesmeerd.'

'Dat gelooft toch geen mens!' Dit keer was het Karls beurt om spottend te lachen. 'Dachten jullie nou echt dat je daarmee wegkomt? Door iemand die moord in de schoenen te schuiven? En dan nog iemand die toevallig met de noorderzon vertrokken is?'

'Het is de waarheid.'

Op de gang waren voetstappen te horen. Karl was opgelucht toen hij het geluid van de in het slot ronddraaiende sleutel hoorde.

'Het wordt niet gemakkelijk.' Karl zette zich af van de muur.

'Dat weet ik,' zei Robert. 'Het is niet gemakkelijk om aan de goede kant te staan.' Opeens leek hij weer in te zakken. 'Maar mijn vrouw en mijn kind zijn nu eenmaal belangrijk.'

'De tijd is om!' De wachtmeester stond in de deuropening.

'Ik weet niet of er nog wat aan te doen valt, Fetzer. Maar ik zal erover nadenken,' zei Karl.

'Ja, denk er maar over na, Rothmann. Uiteindelijk zal de revolutie toch wel overwinnen. We zijn met een heleboel.'

Karl antwoordde niet meer. Met gefronst voorhoofd liep hij de cel uit.

'Rood geteisem,' bromde de wachtmeester. 'Tegen de muur, allemaal.'

22

De laatste zin van de wachtmeester klonk nog na in Karls hoofd toen hij van de gevangenis naar het bedrijf terugreed. Eigenlijk had hij zin in een koud biertje, maar hij had nog werk te doen op kantoor en daarom zette hij meteen koers naar de chocoladefabriek.

Hij overlegde met Judith over meerdere aanschaffingen. Naar aanleiding daarvan kapittelde zijn zus hem over de naar haar mening te hoge uitgaven, maar Karl zag niet in waarom hij elke cent moest omdraaien. Het bedrijf maakte genoeg winst, en daarom plaatste hij ook grote bestellingen.

Gelukkig kon hij haar voor de lijst met uitstaande vorderingen interesseren, zodat ze er snel over ophield.

Vervolgens concentreerde hij zich op enkele telefoontjes met Berlijnse restaurants en hotels, met het doel hun een vorm van samenwerking met Chocoladefabriek Rothmann aan te bieden. Uiteindelijk kon hij drie geïnteresseerden noteren, die hij tijdens zijn aanstaande reis zou opzoeken om het over concrete samenwerking te hebben. Hij stelde Victor er meteen van op de hoogte, die zijn voorlopige succes met een hoofdknik ter kennisgeving aannam.

Voor het diner ging hij naar de stad. Hij gunde zichzelf een uitgebreide maaltijd in Hotel Marquardt en ging toen op weg om Vera af te halen, de kleine stenotypiste met het kastanjebruin geverfde haar, met wie hij sinds begin dat jaar uitging.

Zoals zo vaak was ze nog niet klaar toen hij aanbelde en dus stond hij een vol half uur te wachten voor het huurhuis waar Vera een piepkleine kamer bewoonde. Toen ze eindelijk naar beneden kwam, was ze niet alleen, ze had maar liefst vijf vriendinnen in haar kielzog.

Karl trok een vrolijk gezicht en bood haar zijn arm aan.

'We gaan naar het Mercure!' liet ze hem meteen weten. 'Daar is vandaag goede muziek!'

'Voor mijn part,' antwoordde Karl.

De vriendinnen liepen kletsend voor hen uit, Vera en Karl volgden op enige afstand. 'Ze stonden gewoon bij mij voor de deur,' zei Vera verontschuldigend, zodra ze zeker wist dat de anderen haar niet konden horen. 'Maar ik heb ze meteen gezegd dat ik met jou had afgesproken.' Ze drukte zich stevig tegen zijn schouder aan. 'Hoe was je dag?'

'Vandaag was ik in de gevangenis.'

'Wat?' Vera giechelde. 'Wat heb je dan uitgespookt?'

'Niets natuurlijk,' antwoordde Karl. 'Ik heb iemand opgezocht. Maar dat is eigenlijk geen verhaal voor jouw mooie oortjes, Vera.'

'Ja, hoor! Dat is interessant.' Vera keek hem nieuwsgierig van opzij aan. 'Wat had híj dan uitgehaald?'

'Híj is communist en jaren geleden bij een of andere vergadering geweest waarbij een wachtmeester is doodgeschoten.'

'Ach, een communist.' Vera's belangstelling verslapte. 'Ik dacht al dat hij iets ergs op zijn kerfstok had, moord of zoiets.'

'Nou ja, maar er is wel iemand doodgeschoten.'

'Maar niet door hem, hè?'

'Nee. Had je dat interessant gevonden?'

Vera giechelde weer. 'Natuurlijk.' Ze dacht even na. 'Stel je voor, een echte moordenaar!' fluisterde ze toen.

'Ik had al genoeg te stellen met de communist.' Karl zuchtte en maakte zich van haar los om een sigaret op te steken. 'Opgesloten achter tralies. Als een dier in de dierentuin bij de Doggenburg. Mensonwaardig.'

'Ach, als je communist bent, kan dat gebeuren,' zei Vera kort en bondig.

'Je maakt het jezelf wel wat te gemakkelijk.' Karl ergerde zich aan Vera's gebabbel, al wist ze vermoedelijk niet beter. 'In elk geval ga ik hem helpen.'

'Wil je hem helpen?' vroeg Vera verbaasd. 'Maar waarom?'

Karl nam een trekje van zijn sigaret. 'Die man heeft ooit voor ons gewerkt,' antwoordde hij. 'En zijn dochter kent mijn nicht Vicky. Dan moet je iets ondernemen.'

'Goed, als je dat wilt.' Daarmee was voor Vera de zaak afgedaan. De rest van de weg vertelde ze over haar dag op de administratie. Maar Karl luisterde maar met een half oor.

Café Merkur in de Königstrasse stond bekend om zijn concerten en werd daarom goed bezocht. Vera's vriendinnen hadden al een tafel bemachtigd en wuifden naar hen, toen ze binnenkwamen. Karl haalde stoelen voor zichzelf en Vera, omdat die allemaal al bezet waren. Ze persten zich ertussen.

Algauw schoof Vera zo dicht naar hem toe dat ze min of meer op zijn schoot zat. 'Denk je nog steeds aan de communist?' fluisterde ze in zijn oor. 'Je bent zo stil vandaag.'

Karl, die zich juist afvroeg of hij Serafina hier een keer mee naartoe zou nemen, schudde zijn hoofd.

Vera keek hem sceptisch aan, trok toen langzaam aan haar sigarettenpijpje, blies provocerend de rook omhoog en kuste hem. De met talloze spiegels uitgeruste ruimte kaatste het beeld meervoudig terug. 'Kom,' kirde ze. 'We willen ons toch amuseren, of niet?'

Karl vermande zich en pakte haar bij haar heupen. 'Maar natuurlijk, schatje!'

Vera schaterde het uit toen hij haar stevig beetpakte, met haar opstond en haar op de vloer zette. Toen pakte hij haar hand en trok haar de dansvloer op.

Karl wist dat hij een goede danser was, en hij wist al even goed hoe hij die vaardigheid kon uitbuiten. Algauw bewogen ze zich in een innige omhelzing op de lichte jazzklanken van de band.

Terwijl hij Vera's soepele lichaam in zijn armen hield, stelde hij zich voor dat het Serafina was die zich zo gewillig tegen hem aan drukte. Hij begreep niet precies waarom ze steeds weer afstand van hem nam. Ze ondernamen veel samen, hij had de indruk dat ze hem echt graag mocht en hij deed veel moeite om bij haar in de smaak te vallen. Maar toch lukte het hem niet om verder te komen met hun relatie. Hij had het gevoel dat ze hem als een soort grote broer beschouwde. Maar die rol liet hij graag over aan zijn zwager Victor. Hij had een ander doel.

Vera's ronddwalende handen ontlokten de door haar gewenste reactie. Ze glimlachte veelbetekenend.

'Weet je eigenlijk,' fluisterde ze, 'dat ik graag een keertje je familie zou willen leren kennen?'

'Die ken je toch al uit de chocoladewinkel,' antwoordde Karl, die niet van plan was Vera in Degerloch voor te stellen. 'Of heb je daar nog nooit iets gekocht?'

'Ja, hoor, natuurlijk ben ik daar al eens geweest,' zei ze met een erotische ondertoon. 'Wie kan er nou Rothmann-chocolade weerstaan?' Haar hand ging zacht over zijn zij.

'Dan is alles toch in orde,' zei Karl en hij hoopte dat de kwestie daarmee was afgedaan.

'Je weet precies wat ik bedoel.'

'Nee, dat weet ik niet,' loog Karl. 'Maar ik weet wat je wílt.' Hij trok haar dichter tegen zich aan.

Ze boog haar hoofd naar achteren en bood hem haar slanke hals aan. Hij verdeelde er een paar kussen over en hoopte dat ze haar ambitie om een serieuze relatie te beginnen snel weer zou vergeten.

'Karl?'

Néé.

'Jij en ik, wij gaan toch al een hele tijd met elkaar uit.' Ze gaf niet op. 'Denk je niet dat het een keer tijd wordt om over... ons na te denken?'

Hij kon bijna zien hoe haar hersens werkten achter haar mooie voorhoofd.

'Ik denk al de hele tijd na, schatje,' zei hij ironisch. 'Dat doen mensen over het algemeen.'

'Echt waar?' Met een roodgelakte nagel trok ze een veelbelovende lijn over zijn borst. 'Dan denk je er beslist ook over na dat wij...' vervolgde ze. Verder durfde ze niet te gaan, maar haar ogen glansden vol verwachting.

'Ik denk,' zei Karl en hij liet zijn greep verslappen, 'dat ik nu enorme dorst heb.' Hij hield op met dansen. 'De lucht hierbinnen is kurkdroog.'

Hij was niet van plan om zijn hoofd in de strop van het huwelijk te steken. Maar tegelijkertijd wilde hij uitzicht op een stormachtige nacht blijven houden.

Ze liepen naar de bar en hij bestelde twee glazen champagne.

‘Op de vrijheid!’ zei Karl en hij tilde het glas sekt op.

Ze keek eerst naar haar glas en toen naar hem. ‘Op de vrijheid? Bedoel je de communisten?’

Karl begon te lachen.

‘Wat is daar zo grappig aan?’ Vera trok een pruilmondje. ‘Die zit toch in de gevangenis!’

‘Dat begrijp je niet, schatje,’ zei Karl welwillend, nadat hij zichzelf weer onder controle had. ‘Er zijn verschillende soorten vrijheid, en een daarvan is om niet opgesloten te zijn. Maar de andere... is een levensgevoel.’

‘Aha. Als jij het zegt...’ Vera keek hem twijfelend aan.

Karl zag af van een nadere verklaring. ‘Op een of andere manier bevalt het me hier vandaag niet erg. Wat dacht je ervan als we ergens anders naartoe gingen?’ Hij zette zijn glas op de bar. ‘Naar mij?’

Ze glimlachte veelbetekenend naar hem over de rand van haar champagneflûte. ‘Als je iets te drinken in huis hebt... graag.’

23

Stuttgart, het atelier van Mia Seeger
19 mei 1926

'Dat is echt heel mooi, Elise!' Mia Seeger bekeek het serviesgoed dat voor haar lag. 'Precies wat ik zocht!'

Elise glimlachte tevreden en rommelde verder in haar tas. 'Ik heb ook een bestek meegebracht. Dat zal je zeker ook bevallen.' Ze pakte een mes, vork en lepel uit. 'Kijk, het heet "Lelie".'

Mia's donkere ogen werden groter. 'Van WMF! Daar ben ik ook geweest en heb naar bijzondere stukken voor de tentoonstelling gezocht.'

'Ja, werkelijk?'

Mia knikte. 'En daar heb ik iets gevonden, al moest ik wel goed kijken. We wilden iets functioneels, dat perfect vervaardigd is. Maar het moet ook aan de nieuwe esthetiek beantwoorden.' Ze ging met haar vingers langs de rondingen van het zilveren mes en legde het naast een van de borden van eenvoudig wit porselein. 'Het zijn de kleine dingen die van een woning een thuis maken. Het is belangrijk daaraan te denken als het om de inrichting gaat. Goed gedaan, Elise.'

Elise knikte. 'Ik ben heel benieuwd hoe de mensen op deze tentoonstelling reageren. In de schouwburg kijken ze ernaar uit, maar of iedereen er zo blij mee is?'

Mia Seeger lachte. 'Misschien heb je gelijk. Laten we hopen dat de gemeenteraad overal toestemming voor geeft.'

Het rinkelen van de telefoon in de gang onderbrak hun gesprek. Mia kwam overeind om op te nemen. Terwijl ze met licht gedempte stem telefoneerde, liet Elise haar blik door het lichte en ruime atelier dwalen, dat Mia's karakter goed weergaf. De aparte kunstenares was enigszins terughoudend, had haar donkere haar kortgeknipt en ging modieus, maar beschaafd gekleed. Elise had haar al een paar keer opgezocht, maar het interieur van haar kamers veranderde keer op keer, al naargelang welke monsters Mia van haar tochten langs de fabrieken en werkplaatsen had meegenomen.

Elise was Mia ruim een half jaar geleden in de schouwburg tegengekomen, toen de kunstenares een paar ideeën over de coulissen van de Stuttgartse schouwburg had aangedragen. Ze konden meteen goed met elkaar overweg, ook wat hun creatieve ideeën betrof. Sindsdien was Elise vaak voor Mia aan het werk en verdiende er op die manier iets bij, net als met het naaiwerk in de schouwburg.

'Dat was Adolf Schneck.' Mia was klaar met haar telefoontje en kwam de kamer weer in. 'Een van onze architecten.' Ze zweeg even en keek Elise aan. 'Ik ontmoet hem zo, hij wil me aan iemand voorstellen. Maar eerst moet ik je nog iets laten zien.'

Mia liep om haar bureau heen naar een stoel die er heel ongewoon uitzag. Ze trok hem naar het midden van de ruimte.

De metalen buizen vormden een '5' zonder de bovenste horizontale streep. De rugleuning en de zitting waren van een lichtbruin gevlochten materiaal vervaardigd.

'Ga zitten!' spoorde Mia Elise aan.

'Maar valt hij dan niet om?' vroeg Elise sceptisch, terwijl ze opstond en naast Mia ging staan.

Die wees naar de zitting. 'Natuurlijk valt hij niet om! Ik heb het zelf geprobeerd. Je zult het geweldig vinden!'

Elise liet zich voorzichtig op het zitmeubel zakken en was verrast hoe prettig het aanvoelde. De constructie veerde enigszins en zorgde voor een geweldig zwevend gevoel.

'Heerlijk, nietwaar?' Mia keek haar vol verwachting aan.

'O ja, het is ongelooflijk!' Elise schommelde een beetje op de stoel. 'Als ik ooit mijn eigen woning inricht, dan met dit soort meubels!'

'Er komen er nog meer bij, je zult zien. Na deze tentoonstelling is alles wat er tot nog toe is geweest geschiedenis.' Mia ging met haar vingers langs het vlechtwerk van de rugleuning. 'De stoel is functioneel, maar esthetisch en comfortabel. Zonder tierelantijnen, en betaalbaar. Hij swingt!'

Elise giechelde en schommelde nog wat. 'Ja, letterlijk!'

'Dat klopt!' Mia glimlachte. 'Iedereen zou zich deze meubels moeten kunnen veroorloven,' vervolgde ze toen nadenkend. 'Echt iedereen, niet alleen de rijken.'

'Wie heeft die stoel eigenlijk gemaakt?'

'Mijn vriendin Lilly Reich heeft hem ontworpen.'

'Een architecte?'

'Ze is meubelontwerpster. Een heel bijzondere. Ik zal haar binnenkort aan je voorstellen. Ze woont samen met Ludwig Mies van der Rohe.'

Elise knikte en stond op. 'De ontwerper van de Weissenhofsiedlung?'

'Precies. Maar de beste ideeën komen van Lilly, al wil ze dat niet toegeven. In elk geval niet naar buiten toe.'

Even dacht Elise een geërgerde uitdrukking op Mia's gezicht te zien. 'Denk je dat hij met haar veren pronkt?' vroeg ze daarom.

'Zo zou ik het noemen,' antwoordde Mia. Ze zette de stoel terug. 'Helaas moet ik ervandoor, Elise.'

'Ja, natuurlijk,' zei Elise. 'Ik wilde eigenlijk alleen het servies en het bestek langsbrengen.' Ze pakte haar tas.

'Maar ik wil je toch nog iets vragen.' Mia zette haar hoed op. 'Misschien overvalt het je nu, maar zou je je kunnen voorstellen om mijn assistente te worden?'

'Pardon?' Elise dacht dat ze het niet goed had verstaan.

Mia lachte. 'Je hebt het goed gehoord. Wil je met me samenwerken?'

'Je... je bedoelt, echt samenwerken?' vroeg Elise verbluft.

'Ja, natuurlijk, wat anders?' Mia pakte een stapel papieren van het bureau en stopte ze in een tas. 'Het spijt me dat ik je dat zo in de gauwigheid vraag, eigenlijk had ik er de tijd voor willen nemen. Maar ik denk er al een tijdje aan. Ik heb assistentie nodig.'

'Geen probleem,' antwoordde Elise. 'Zou dat betekenen dat ik mijn baan in het Schocken...'

'Die zou je moeten opgeven, ja.'

'Nou.' Elise wist niet wat ze moest zeggen. 'Eigenlijk ben ik daar heel graag. In het Schocken, bedoel ik.'

Mia trok een lichte jas aan. 'Denk er eens over na, Elise.' Ze opende de deur en liet Elise voorgaan. 'Als je besluit het te doen, zullen er een paar dingen veranderen in je leven. En je zult veel reizen. Niet alleen in Duitsland, maar door heel Europa.'

'Wanneer wil je het weten?' vroeg Elise.

'Met het oog op de aanstaande voorbereidingen voor de tentoonstelling… tamelijk snel.'

'Nou, dat is een ongelooflijk aanbod, Mia, neem me niet kwalijk dat ik aarzel.'

'Dat is begrijpelijk, tenslotte gaat het over jouw toekomst.' Mia gaf haar een hand. 'Toch moet je het me de komende dagen wel laten weten.'

Diep in gedachten liep Elise door de Königstrasse. Mia's voorstel opende nieuwe werelden, een perspectief waar Elise nooit van had durven dromen. Tegelijk kwamen er een heleboel vragen op haar af. Wilde ze werkelijk ontslag nemen bij het Schocken en daarmee haar financiële zekerheid opgeven? Temeer omdat ze het eigenlijk leuk vond om daar te werken. Hoe zou het met haar ouders gaan als ze in de toekomst veel op reis was? Zeker, ze wilde niets liever dan ontsnappen aan de benauwde situatie daar, maar wie zou er dan voor hen zorgen? Ze waren oud, iemand moest zich om hen bekommeren. En bovenal: hoe zou Anton reageren? Ze kon zich niet voorstellen dat hij op een huwelijk uit was waarin zijn vrouw heel andere dingen in haar hoofd had dan een gemeenschappelijke toekomst. En ook een eventuele kinderwens zou moeten wachten.

Elise realiseerde zich al snel dat ze voor een beslissing van een enorme draagwijdte stond. Het zou haar leven niet alleen een andere richting geven, maar het ook volledig op zijn kop zetten.

Ter hoogte van de kiosk voor het Kronprinzenpalais versperde iemand haar opeens de weg. 'Kennen wij elkaar niet, juffrouw?'

Elise schrok.

'Anton! Lieve hemel! Je hebt me laten schrikken!'

Hij grijnsde brutaal naar haar. 'Dat was ook de bedoeling!' Nonchalant gooide hij een pakje sigaretten in de lucht, om het handig weer op te vangen. Hij had het blijkbaar daarnet bij de kiosk gekocht.

Elise werd onzeker. 'U bent Anton niet.'

Zijn lach was waarschijnlijk bedoeld om haar in te palmen. 'Nee.'

Maar de schittering in zijn ogen miste zijn uitwerking niet. Elise voelde dat hij gewend was die in te zetten.

'De tweelingbroer,' constateerde ze, hopend dat ze niet te geïmponeerd klonk.

'Een schot in de roos!' Hij borg het pakje sigaretten op. 'Karl Rothmann. U hebt me laatst uitstekend geadviseerd. In het Schocken.'

'Dat weet ik.'

'Destijds dacht u vast dat ik mijn broer was.' Het was een constatering, geen vraag.

'Dat is niet zo verwonderlijk.'

'Nee.' Hij schudde zijn hoofd. 'Ik moet zeggen dat Anton een uitstekende smaak heeft,' voegde hij eraan toe. De blik waarmee hij haar opnam, was een tikje te brutaal.

Onwillekeurig deed Elise een stap achteruit. 'Ik moet verder.'

Zijn gezicht veranderde, werd ernstig. 'Natuurlijk wil ik u niet ophouden.' Hij hield haar blik vast. 'Toch zou het me genoegen doen als ik u voor een kop koffie in de Königin-Olga-Bau mag uitnodigen.' Zijn ogen waren net zo blauw als die van Anton. Toch leken ze... dwingender. 'Alstublieft, slaat u mijn aanbod niet direct af.'

'Ik... heb geen tijd. Het spijt me.' Het was niets voor Elise om zich op straat door een man mee te laten tronen naar een café.

'Dat is bijzonder jammer.' Zijn teleurstelling klonk oprecht.

Op dat moment kwam er een man door de Königstrasse aanlopen. Hij leek Karl te kennen en koerste direct op hem af. 'Meneer Rothmann!'

Karl draaide zich om. 'Meneer Schneck! Dat is een verrassing!'

'Juffrouw...' De man tilde zijn hoed op. 'Adolf Schneck is de naam. Neem me niet kwalijk dat ik u even onderbreek.' Hij richtte zich tot Karl. 'Nu ik u toch zie, meneer Rothmann, mag ik u dan nog eens aan de documenten herinneren? Ik heb al een paar ruwe schetsen gemaakt, maar zonder de plattegronden...'

'Ik weet het, meneer Schneck,' antwoordde Karl snel. 'En ik heb er al een paar uitgezocht. Helaas hebben een paar belangrijke zaken mij verhinderd die bij u langs te brengen.'

Elise volgde de korte dialoog met verbazing. Adolf Schneck, dat was de architect die Mia rond deze tijd wilde ontmoeten. Blijkbaar was hij verlaat.

'Als ik alles uiterlijk vrijdag heb, kan ik er komend weekend aan werken,' zei Schneck. 'Maar nu moet ik verder, ik heb een afspraak.'

Elise stond op het punt om Mia te noemen, maar ze hield zich in.

Schneck tilde zijn hoed nog eens op, knikte naar Karl en liep haastig verder.

'Excuses voor de interruptie,' zei Karl tegen Elise toen Schneck uit het zicht was verdwenen.

'U hoeft zich niet te verontschuldigen,' zei Elise. 'Was dat de architect? Adolf Schneck?' Ze flapte de vraag eruit.

Karl reageerde verbaasd. 'Ja, dat was Adolf Schneck. Hij gaat de verbouwing van onze chocoladefabriek leiden. Een formidabele vent. Waarom vraagt u dat?'

'Het is... een grappig toeval,' antwoordde Elise. 'Ik kom net van Mia Seeger. Ze werkt met meneer Schneck samen vanwege de tentoonstelling van de Werkbund volgend jaar.'

'Kent u Mia Seeger?' Elise hoorde de verbazing in zijn stem.

'Ja. Vanwege mijn werk bij het theater. Ik doe af en toe opdrachten voor haar.'

'Ik dacht dat u in het Schocken werkte?'

'Dat klopt.' Nu was het Elises beurt om te glimlachen. 'We zijn nu eenmaal niet altijd wat we vanbuiten lijken te zijn.'

'Dat was een welhaast filosofisch antwoord, juffrouw...' Hij stokte. 'Mag ik naar uw naam vragen?'

'Ik heet Elise Bender.'

'Elise... een mooie naam.' Karls stem klonk zacht. 'Maar voordat we hier nog urenlang midden op de drukke Königstrasse blijven staan: zou u zo goed willen zijn om me naar het café te vergezellen?' Hij maakte een uitnodigend gebaar in de richting van de Schlossplatz. 'Daar zou u mij een groot genoegen mee doen.'

Elise keek hem aan.

Door zijn al te zelfverzekerde gebaren schemerde een goed verborgen onzekerheid heen, die haar op onverklaarbare wijze raakte. 'Goed dan.'

'Fantastisch!' Er gleed een brede glimlach over zijn gezicht.

Terwijl ze het kleine stukje naar de Schlossplatz liepen, onderdrukte Elise haar opkomende schuldgevoel jegens Anton. Eigenlijk zou hij er niets op tegen moeten hebben dat ze zijn tweelingbroer wat beter leerde kennen. Want als de dingen tussen Anton en haar zo waren als ze leken, zou Karl Rothmann misschien haar zwager worden.

Ze gingen in een van de door heggen omgeven zithoeken buiten het café Königin Olga-Bau zitten. De uitgeklapte markiezen beschermden hen tegen het meizonnetje.

Het was rustig, maar toch voelde je de levendige sfeer van de Stuttgartse binnenstad.

Karl bestelde koffie en een Frankfurter Kranz voor hen beiden.

'Uw relatie met, of liever gezegd uw bezigheden voor Mia Seeger vind ik fascinerend,' zei Karl in aansluiting op hun gesprek in de Königstrasse en hij deed een scheutje melk in zijn koffie. 'Kent u mevrouw Seeger al lang?'

'Ongeveer zes maanden.' Elise proefde van het delicate gebak van zanddeeg, crème en nougatine. Het smolt op de tong.

'En hoe ziet uw werk er precies uit?' Karl nam een klein slokje van zijn koffie.

'We verzamelen alledaagse objecten, die bij het concept van de Werkbund passen. Ik help haar daarbij.'

'En dat naast uw bezigheden in het warenhuis?'

'Ja.' Elise glimlachte. 'Nog wel.'

'Nog wel?' Karl nam een slok koffie. 'Betekent dat, dat u daar binnenkort vertrekt?'

'Ach,' verzuchtte Elise. 'Dat is nu juist mijn dilemma. Mia heeft mij aangeboden om voor haar te werken. Als haar assistente.'

'Dat is toch een aantrekkelijk aanbod,' vond Karl. 'Dan zou ik de baan in het warenhuis ook opgeven, als ik u was.'

'Zo eenvoudig is het niet.'

'Hoezo?'

'Er valt nog veel te overwegen. Bovendien betekent het dat ik in de toekomst veel zal reizen.'

'Maar dat is toch juist interessant. Ik vind het geweldig om op reis te zijn. Weg uit Stuttgart, de wijde wereld in! Dat is toch het mooiste wat er is?'

Zijn enthousiasme was aanstekelijk. En in de loop van het gesprek begon Elise er steeds meer voor te voelen om de sprong in het diepe te wagen en Mia's aanbod te accepteren.

Tenslotte, haar Frankfurter Kranz was allang op, keek ze vol ongeloof op haar horloge. 'O jee, ik ben de tijd helemaal vergeten.' Ze moest nog naar de schouwburg, maar dat vertelde ze hem niet.

Karl sprong meteen op. 'Ik wil u niet ophouden...'

Ondanks de haast glimlachte ze fijntjes. 'Ja, dat wilt u wel.'

'Nou ja, misschien voor een tijdje.' Hij grijnsde en zag eruit als een bengel die op heterdaad was betrapt.

Elise lachte. 'U hebt me echt geholpen. Misschien breng ik werkelijk de moed op om de uitdaging aan te nemen.' Ze veegde een lichtblonde lok uit haar gezicht. 'Bedankt.'

24

De Rothmann-villa
21 mei 1926

De deur naar de muziekkamer stond op een kier, alsof er net iemand was weggegaan die zo weer terug wilde komen. Serafina keek om zich heen, maar de brede gang naar de zijvleugel van het huis was leeg. Het was beslist Victoria geweest, die piano had gestudeerd en vervolgens was vergeten de deur dicht te trekken.

Serafina duwde hem voorzichtig iets verder open, glipte de kamer in en zette hem weer op een kier.

De grootste van de twee vleugels glansde zwart en veelbelovend. Bijna eerbiedig naderde ze het instrument, streelde de koele lak en klapte soepel de klep open.

Voor haar lag het toetsenbord van ivoor en ebbenhout, dat zacht het licht weerkaatste dat door de kanten gordijnen de ruimte in viel. Haar blik gleed over de achtentachtig toetsen, een samenspel van zwart en wit, elke toets de hoeder van een unieke toon.

Serafina trok een pianokruk, die was overtrokken met lichtgeel fluweel met een motiefje, naar zich toe, ging zitten en schikte haar roze plooirok.

Ze nam even de tijd om zich te concentreren. Toen begon ze te spelen.

De eerste loopjes van Franz Schuberts *Impromptu* waren nog niet erg vloeiend, haar vingers wilden het snelle stuk in as groot niet meteen volgen. Daarom hield ze op en begon opnieuw.

Toen dook ze de muziek in, de tonen sprankelden onder haar vingers, namen de vaart van het allegretto op, volbrachten de stemmingswisseling naar het bezonken trio in mineur, lieten de dynamiek van het pianissimo naar het fortissimo volledig tot uitdrukking komen en keerden terug naar de tintelende arpeggio's van het muzikale thema waarop Schubert zijn compositie had gebaseerd.

De twee krachtige slotakkoorden klonken nog na in de ruimte toen Serafina iemand zachtjes hoorde applaudisseren. Ze draaide zich om.

Anton leunde in de deuropening, informeel gekleed in een kniebroek en een lichtblauw hemd met bretels, dat zijn brede schouders benadrukte. Toen hij merkte dat Serafina hem had ontdekt, zette hij zich af en liep bedachtzaam naar haar toe alsof hij haar de tijd wilde geven om aan zijn aanwezigheid te wennen.

Ze wilde hem niet aanstaren. Maar ze kon haar ogen niet van hem afhouden. Hij was lang en atletisch, en straalde een dynamische rust uit. Zijn blauwe ogen, die opvallende erfenis van de Rothmanns, rustten op haar en contrasteerden met zijn licht gebruinde huid.

'Wat voor creatieve kracht schuilt er toch in die toetsen, nietwaar?' Hij stond naast de vleugel en wierp een blik in de opengeklapte deksel. 'Ze brengen niet alleen deze snaren hierin tot beroering, maar ook die van onze ziel.'

Hij reikte in het machtige corpus van het instrument en tokkelde een eenvoudige kindermelodie. Ze klonk als een zachte harp. 'Herken je dat?' vroeg hij.

'*Bona Nox*,' antwoordde Serafina. 'Mozart. Dat was niet moeilijk.'

Hij glimlachte. Toen keek hij naar de pianokruk. 'Mag ik naast je gaan zitten?'

Hij zou het bonzen van haar hart horen als hij zo dichtbij kwam. 'Ja... natuurlijk.' Ze schoof opzij, zodat hij naast haar op het bankje kon plaatsnemen.

Met zijn rechterhand speelde hij nog een paar maten van Schuberts *Impromptu*. 'Elke toon staat op zichzelf,' zei hij peinzend. 'Maar de rijkdom ontstaat pas bij het samenspel.' Hij keek haar aan. 'Dan pas wordt het heel groot. Adembenemend. Bovenaards.'

'Zo voel ik het ook,' zei Serafina zacht.

Hij schraapte zijn keel. 'Zullen we quatre-mains spelen?'

'Ja, graag.'

'Schumanns *Gartenmelodie*?'

'O, die is heel mooi!'

'Boven of beneden?'

'Ik speel liever de bovenstemmen.'

'Laten we dan van plaats ruilen.'

Hij stond op en Serafina schoof van de linker- naar de rechterkant. Toen ging hij weer naast haar op de smalle bank zitten. Hun dijbenen raakten elkaar en Serafina merkte dat Anton geen poging deed om haar uit de weg te gaan. Met ingehouden adem genoot ze van zijn nabijheid.

Hij telde zacht tot vier en knikte even om de inzet aan te geven, toen begonnen ze te spelen. Het vloeiende stuk deed Serafina aan gelukkige, warme zomerse dagen denken. Al na een paar maten begon Anton te improviseren, en kruiste keer op keer met zijn rechterhand haar linker. Serafina had steeds meer moeite om zich op haar vingers te concentreren, want bij elke onwillekeurige aanraking schoten er vonken door haar lichaam.

'Het doet me veel plezier om muziek met je te maken,' zei Anton toen de melodie ondanks alle variaties afgelopen was.

'Ja, het klinkt fantastisch.' Serafina nam haar handen van de toetsen en vouwde ze in haar schoot. Het viel niet mee om ze stil te houden. 'Heb jij deze vleugel gebouwd?'

'Hij komt uit mijn werkplaats, ja.' Anton sloeg een paar lage akkoorden aan. 'Maar de kleine daar niet. Dat is een Bechstein. Die heeft Judith voor haar zoon gekocht toen die begon met pianospelen.'

'De pianist. Martin.'

'Precies.'

'Ik vind het heel indrukwekkend dat je je weg zo consequent hebt gevolgd, Anton.' Serafina's waardering was oprecht. 'En dat je alles zelf hebt opgebouwd.'

'In plaats van in een opgemaakt bedje te stappen en met de rest van de familie de chocoladefabriek verder te bestieren?' In Antons lach was een zweem van bitterheid te horen. 'Dat was een van de moeilijkste beslissingen van mijn leven.'

'Dat... had ik niet gedacht.'

'Mijn vader was diep gekwetst omdat ik zijn levenswerk niet wilde voortzetten. Ook Judith en Victor verzetten zich tegen mijn beslissing.'

'Waarschijnlijk had niemand het verwacht...'

'Maar ze hadden het moeten verwachten. Ik had bij Pfeiffer in Leonberg gestudeerd, dat deed ik niet voor de lol.' Antons grote, sterke hand lag rustig op de toetsen. 'Het zou toch nooit goed zijn gegaan, samen met...' Hij stokte.

'Karl?'

Anton antwoordde niet meteen.

'Het spijt me, ik wilde niet...'

'Geen probleem.' Hij schraapte zijn keel. 'Nog een stuk?'

Serafina was blij dat hij van onderwerp veranderde. '*Beim Kranzewinden*?' stelde ze voor.

'Prima!'

Hij gaf het teken en ze genoot van het gevoel samen met hem dit klankenspel te scheppen, en van de unieke band die daardoor tussen hen ontstond.

Toen ze klaar waren, keek Anton haar peinzend aan. 'Serafina...'

'Ja?'

'Karl en jij...'

'Nee. Er is geen "Karl en ik".'

Hij knikte en Serafina merkte hoe de spanning tussen hen weer toenam. Zijn ogen zwierven over haar gezicht en bleven uiteindelijk hangen bij haar lippen. Serafina wilde iets zeggen, maar kon niets uitbrengen.

'Serafina, ik...' Antons stem was schor.

Opeens vloog de deur helemaal open, wat een koude windvlaag tot gevolg had. 'Hartelijk gefeliciteerd met je verjaardag, oom Anton!'

Ze gingen snel uit elkaar toen Victoria de kamer in rende en meteen verbouwereerd stilstond. 'Hebben júllie twee pianogespeeld?' vroeg ze ongelovig.

'Wie anders,' vroeg Anton terwijl hij haar kordate manier van praten imiteerde. 'Serafina speelt heel goed!'

'Net zo goed als ik?' vroeg Victoria provocerend.

Serafina merkte dat de kleine zich op haar eigen terrein bedreigd voelde, en stond op. 'Je oom speelt vast nog iets met jou, Vicky.' Ze ging naast de vleugel staan. 'En intussen kijk ik hoe de hamertjes op de snaren slaan.'

Victoria trok een tevreden gezicht. 'De *Geburtstagsmarsch*!'

'Ah! Akkoord!' Ze begonnen aan het ritmische stuk, maar Victoria bewerkte de toetsen zo snel en ongelijkmatig dat Anton moeite had haar bij te benen. 'Lieve help, Vicky! Dat is een muziekstuk en geen hardloopwedstrijd!'

Victoria grijnsde en speelde nog wat sneller. En nog wat harder.

'Vicky speelt *forte*-piano,' zei Serafina en ze knipoogde naar Anton, die haar woordspeling meteen begreep.

'Daar zeg je wat,' antwoordde hij lachend en hij liet er een gloedvolle glissando op volgen.

Victoria gleed van het bankje. 'Gerti heeft een taart gebakken. Vanwege jullie verjaardag! Mama is er al en oom Karl komt ook zo.' Ze keek naar de deur, die nog steeds wijd openstond. 'Ik ga alvast.' Toen was ze verdwenen.

'Ze snaait vast het beste stuk taart!' vermoedde Anton.

'Dat denk ik ook!' Serafina deed een stap naar hem toe. 'Hartelijk gefeliciteerd! Ik wist niet dat jullie vandaag jarig zijn.'

'Ik moet bekennen dat ik het zelf vergeten zou zijn als Judith er niet op had aangedrongen het hier te vieren.'

'Maar nu heb ik geen cadeau voor je!' zei Serafina spijtig.

'Je hebt me al een groot cadeau gegeven.' Hij bekeek haar nadenkend en Serafina zou willen dat hij verder zou gaan waar Victoria hen zojuist had onderbroken. Maar om een of andere reden leek hij gereserveerd te zijn. Serafina was verward.

'Anton? Serafina?' Judiths stem uit de gang onderbrak hun stille dialoog. 'Komen jullie naar de eetkamer?'

Anton bood haar zijn arm aan. 'Als we nog taart willen, dan moeten we Judith gehoorzamen, of we willen of niet.'

'Of we willen of niet,' herhaalde Serafina spijtig en ze haakte in.

25

Berlijn, Nikolaiviertel
Dezelfde dag

Kordaat liep Lilou de stenen trap op naar de eerste verdieping van de Berliner Sparkasse, een kasteelachtig gebouw direct aan de Spree, niet ver van de Nikolaikirche. De Berlijners noemden de vestiging van de populaire bank de 'Normannenburg', en net zo massief zag ze er ook uit, midden in het verder zo knusse Berlijnse Nikolaiviertel met de dichte bebouwing en de in sommige delen nog middeleeuwse structuur.

Lilous voetstappen weerkaatsten tegen de witgepleisterde muren van het gebouw, dat veel te hoekig was naar haar smaak. Op zulke momenten verlangde ze naar Parijs, naar haar piepkleine kamer in de Rue des Abbesses in Montmartre, waar de smalle straatjes en voetpaden, overwoekerde tuinen, cafeetjes en piepkleine winkeltjes losjes samengingen met de sobere ateliers van de schilders en de vele uitgaansgelegenheden, die elk hun eigen verhaal vertelden.

Twee mannen kwamen haar tegemoet, correct gekleed en verdiept in een gesprek. Met aktetassen onder hun armen liepen ze synchroon tree na tree naar beneden. Omdat ze niet opzijgingen, schampte een van beiden Lilous schouder en verloor even zijn evenwicht. De geringschattende blik die hij haar daarna toewierp, sprak boekdelen. Maar Lilou ging voor niemand opzij. Bovendien representeerden de twee precies het oppervlakkige fatsoen dat ze zo weerzinwekkend vond.

Lilou liep zoekend door de gangen, vroeg een kantoorbediende naar de afdeling en de weg en vond uiteindelijk de boekhouding.

Voor een van de deuren bleef ze staan en las de namen op het bord ernaast. *Ernst Ludwig Richter. Rentmeester.* Dat was de man die ze zocht. Dankzij Anita's informatie was het niet moeilijk geweest hem te vinden.

Ze klopte aan en ging naar binnen, nadat er een barse reactie uit het inwendige had geklonken. De bedompte ruimte rook naar stoffige bureaucratie en de speciale zweetlucht van iemand die al te ijverig en pedant zijn werk deed.

'Kan ik u helpen?' De scherpe stem van de bankemployé achter het bureau klonk onaangenaam in Lilous oor.

'Ik heb een vraag, monsieur.'

'Het spaarboekje krijgt u op de begane grond. De armenkas is hiernaast,' zei de heer zonder op te kijken.

'Kent u Anita Berber?'

Er ging een nauwelijks merkbare schok door het lichaam van de man. Nu keek hij toch op en richtte zijn blik op Lilou.

Ze herkende hem meteen.

En ze had al een vermoeden wat hij over haar dacht, toen hij haar geringschattend opnam. Over een vrouw zoals zij, die weliswaar slank was maar als man gekleed ging en met diepe stem sprak, en zo zijn pasklare wereldbeeld deed wankelen.

'Zeg eens, wat doet u hier eigenlijk? Maak dat u wegkomt, anders laat ik u eruit gooien!'

'U zou goed moeten nadenken voordat u dat doet, meneer Richter.'

Lilou stapte naar voren en legde langzaam de foto op het bureau. Intussen observeerde ze nauwgezet de gezichtsuitdrukking van de bankbediende, toen die zich realiseerde wat er op de foto te zien was.

'Verdomme, waar hebt u deze opname vandaan?' Hij begon nerveus aan zijn kin te plukken.

'Dat doet er nu niet toe.'

'Van Berber?'

'Ik zeg dat het er niet toe doet.'

'Stop haar weer weg.'

'Non.'

'Wat wilt u van mij?'

'Ten eerste wil ik weten wie die jonge vrouw is.' Ze tikte met haar vinger op de danseres, die naast Serafina te zien was. 'En ten tweede interesseert me hoe het kon gebeuren dat deze opname in roulatie is gekomen.'

'Hoe moet ik dat weten? Ik kende niemand goed. Het meisje was dronken en stond stijf van de cocaïne. Ze kon niet eens meer rechtop staan.'

'En u zou graag hebben geprofiteerd van de gelegenheid, n'est-ce pas?'

Ernst Ludwig Richter moest niezen, frunnikte met veel omhaal een zakdoek uit zijn broekzak en snoot zijn neus. 'Luister eens. Dat heeft Berber u zeker verteld, die heeft ze niet allemaal meer op een rijtje. En u hoort zeker ook bij die misjpooche die de hele nacht aan de zwier gaat. Waarom blaast u hier zo hoog van de toren?'

Lilou antwoordde niet.

'Waar hebt u die foto vandaan?' drong Richter aan. 'Als u wilt dat ik er meer over zeg, wil ik eerst weten waar die foto vandaan komt.'

'Als u meewerkt, dan profiteren we daar uiteindelijk allebei van.' Lilou merkte dat de man nadacht, misschien zelfs onzeker werd. 'U bent daarmee net zo vatbaar voor chantage als de anderen die erop staan,' liet ze erop volgen.

De man zweeg.

Lilous intuïtie sloeg alarm.

'Ik kan u alleen aanraden de hele zaak zo snel mogelijk te vergeten,' zei Richter opeens en zijn stem had een dreigende klank aangenomen.

Hij wist iets. Even leek het alsof hij er nog iets aan wilde toevoegen, maar toen perste hij zijn lippen op elkaar en greep naar de foto.

Lilou was sneller. Ze stopte hem snel weer weg.

Opeens ging de deur open en een oudere vrouw stak haar hoofd naar binnen. 'Meneer Richter, u moet bij de directeur komen!' En ze was alweer weg, een vlaag frisse lucht achterlatend.

Richter stond meteen op, duidelijk dankbaar voor de onderbreking.

'Ik kan u alleen maar aanraden om die foto te vernietigen.' Hij pakte zijn jasje van een haak aan de muur en trok eraan. 'Het was niet de bedoeling dat u hem in handen zou krijgen.'

'Daar ga ik van uit,' antwoordde Lilou zakelijk.

'Als u probeert om die foto tegen me te gebruiken, sta ik nergens voor in.'

Lilou lachte spottend.

'Excuseert u mij,' zei hij koel. 'U hebt het zelf gehoord, ik heb een afspraak.'

'Non. Ik excuseer u helemaal niet. Alleen voor dit moment.' Ze liep naar de deur, draaide zich nog een keer om voordat ze het kantoor uit liep. 'Dit keer komt u er goed van af, monsieur Richter. Maar we zien elkaar terug.'

Een paar minuten later liep Lilou het bankgebouw uit en liep via de Gertraudtenstrasse en de Spittelmarkt naar de drukke Leipziger Strasse. Na ruim een half uur was ze op de Potsdamer Platz.

Berlijn was een hectische stad. Op een andere manier dan Parijs, dat in al zijn gekte steeds een zekere nonchalance uitstraalde, of Stuttgart, waarvan het leven zich eerder onder de oppervlakte afspeelde. Berlijn leek chaotisch en nerveus, alsof de stad niet wist waar ze naartoe wilde. In elk geval voelde zij dat zo.

Lilou bleef even staan. Toen stak ze de grote kruising over en manoeuvreerde zich handig tussen trams, bussen en auto's door naar een vluchtheuvel, waarop een vijfhoekige verkeerstoren stond. Op vijf zuilen rustte een cabine waar een politieman drie lichten met de hand bediende: rood, oranje en groen. Een behoorlijk vermoeiende onderneming, vond Lilou, want hij moest de signalen naar vier kanten geven, voor elke straat die op het plein uitkwam.

Ze maakte van de volgende korte onderbreking van het verkeer gebruik om naar het tegenoverliggende trottoir te hollen, liep nog een stukje en ging toen Café Josty binnen, van waaruit ze de drukte op de Potsdamer Platz kon observeren. Ze bestelde gin en koffie en haalde toen het briefje van de afperser, een paar blanco vellen papier en een potlood uit haar tas.

Voordat ze de details van haar ontmoeting met Richter opschreef, stak ze een sigaret op en blies de rook langzaam de warme lucht onder de linden in. Ze legde het briefje voor zich op tafel. Niet veel later vulde haar elegante, langgerekte handschrift het papier.

Een rare vent, die Ernst Ludwig Richter. Blijkbaar had hij zich in een pikante situatie laten fotograferen zonder zich er zorgen over te maken dat de foto ook voor hem een probleem kon worden. Hij had altijd nog een leidende functie. Moest de foto door hem en zijn gebaar obscener lijken?

Bovendien: Richter had gelogen, toen hij beweerde dat hij de danseres op de foto niet kende. Anita had duidelijk gezegd dat Richter precies met deze vrouw in het Metropol was geweest. Jammer dat ze een masker ophad, want nu kende ze alleen haar voornaam: Paula. Maar het bijbehorende gezicht had ze niet.

Lilou kauwde op haar potlood en dacht na.

Als het werkelijk Richter was die Serafina chanteerde, had hij een motief. Vermoedelijk was dat geld. Had hij schulden? Leidde hij een kostbaar tweede leven, behalve dat als brave burger? Daar moest achter te komen zijn.

Een andere cruciale vraag was of Richter op eigen houtje handelde of dat hij handlangers had. Was die Paula daar misschien ook bij betrokken?

Lilou maakte een ruwe schets van een mogelijke driehoeksverhouding en bekeek peinzend haar aantekeningen. Ten slotte vouwde ze het papier op en stopte het terug in haar tas.

Voordat ze het kaartje weer wegstak, draaide ze het nog een paar keer om in haar handen. Het was het tweede spoor waar ze haar hoop op had gevestigd. Ze had het keer op keer bestudeerd en eergisteren een weloverwogen antwoord in een louche kroegje op de Alexanderplatz achtergelaten, dat als contactadres was aangegeven. Over drie dagen, had Lilou in naam van Serafina laten weten, zou ze op dezelfde plek een antwoord komen halen. Dat was morgen. Tot het zover was moest ze afwachten.

Lilou stond op, legde geld op het tafeltje en dook de Berlijnse metro in, de U-Bahn, om naar huis te rijden. Ze zou nog wat tijd nodig hebben om zich op de voorstelling van vanavond voor te bereiden, want Josephines nieuwe show had een uitgebreide choreografie. Lilou nam achter de schermen de organisatie voor haar rekening, begeleidde de danseressen, lette erop dat de kostuums en de make-up in orde waren, bood een helpende hand bij plankenkoorts en duizeligheid. Daarnaast zorgde ze ervoor dat alles in Josephines garderobe volgens haar soms zeer speciale wensen verliep.

Lilou stapte op lijn A en na een paar haltes weer uit op de Wittenbergplatz. Daarvandaan was het maar een paar minuten lopen naar haar kamer in de Marburger Strasse, die aan een schilderes toebehoorde en waar ze eigenlijk altijd woonde als ze in Berlijn was. Daar was ze een beetje op zichzelf, kon ze zich tenminste aan het hectische leven in Josephines invloedssfeer onttrekken en tegelijk aan Milly's veeleisende aandacht. Op het moment pruilde de kleine, gelukkig maar, en zag Lilou haar maar zelden. Het werd tijd om de affaire te beëindigen.

Een spontane inval volgend maakte ze onderweg nog een korte omweg naar de dameskapper in het Kaufhaus des Westens. Want later op de avond, na de voorstelling, wilde ze naar Café Domino, een club op loopafstand van haar onderkomen. Daar waren vrouwen zoals zij onder elkaar. En dat was precies waar Lilou vandaag behoefte aan had.

26

Stuttgart, Stadtgarten
22 mei 1926

Door de muziek van Duke Ellingtons *Chocolate Kiddies* zat de stemming er al goed in, toen Serafina de grote feestzaal naast het Weinhaus am See achter Karl binnenkwam. Een geroezemoes van gelach en ontspannen conversatie vermengde zich met het ritme van de klanken, en Serafina begon meteen op de maat mee te bewegen. Zwarte kroonluchters aan het plafond en ontelbare kelkvormige wandlampen dompelden de ruimte in een schemerig, geeloranje licht. Langs de muren waren gele banen stof met gouden en zwarte applicaties gedrapeerd, enkele palmen in grote potten voegden exotische accenten toe.

Voordat ze zich geheel in de menigte feestvierders onderdompelden, bleef Serafina staan, stroopte haar lange handschoenen af en stopte die in haar handtasje.

'Wat is er?' vroeg Karl met zijn blik op haar handtas gericht. 'Ben je iets vergeten?'

'Nee, nee, alles in orde,' antwoordde Serafina en ze fatsoeneerde snel de smalle bandjes van haar knielange jurk van goudkleurig satijn. Die was bezet met talloze glazen kraaltjes en lovertjes en glinsterde bij elke beweging, toen ze Karl naar het midden van de zaal volgde. Talloze blikken volgden haar, nieuwsgierig, taxerend, uitnodigend, van mannen, maar ook van deze of gene vrouw.

Ze schuifelden langs de dansvloer en een gigantische piramide van gevulde champagneglazen naar de bar.

'Ik neem aan dat je iets wilt drinken,' zei Karl en hij bestelde twee glazen van de dure mousserende wijn, zonder haar antwoord af te wachten. De barman schonk royaal in.

'Zo!' Karl hief zijn glas. 'Op deze avond.' Hun champagnecoupes tinkelden zacht toen ze toostten.

Serafina dronk kleine slokjes. Ze was voorzichtig geworden met alcohol. Ze wilde in geen geval riskeren dat ze de controle weer zou verliezen, en heel even werd de mondaine, feestelijke stemming vertroebeld door angstaanjagende gedachten. Lilou had vandaag getelegrafeerd dat ze weer een stap verder was gekomen en een van de personen op de foto ondubbelzinnig had geïdentificeerd. Was het maar eindelijk achter de rug, die kwestie met de foto's! Als een dreigende berg doemde hij op tussen haar en een zorgeloze toekomst.

Serafina probeerde de foto's uit haar hoofd te zetten. Ze kon alleen maar hopen dat Lilou op de goede weg was.

Iets kietelde in haar nek.

Serafina draaide zich om. Een stel dat naast haar en Karl aan de bar stond, gaf zich meer en meer over aan hartstochtelijke liefkozingen. Serafina ging een stukje aan de kant, zodat de veren van de boa van de vrouw haar niet meer raakten. Karl keek geamuseerd toe en kon het niet laten haar een veelbetekenende blik toe te werpen.

Serafina deed alsof ze het niet zag, nipte terloops van haar glas en liet haar blik over de vele gasten naar de muzikanten op het podium dwalen.

Anton zag er goed uit.

Hij had zijn jasje uitgetrokken, de mouwen van zijn witte hemd onder zijn gestreepte vest achteloos opgerold. Zijn das zat los, de donkere pantalon zat perfect. Zijn vingers gleden als vanzelf over de toetsen. Samen met de saxofoon, de trompetten, de gitaar, de drums en de contrabas bracht hij de zaal tot het kookpunt.

Stuk voor stuk waren de muzikanten briljant, op hun instrument en in het samenspel, en Anton haalde vakkundig het beste uit zijn band. Er hing een lok van zijn donkere haar over zijn voorhoofd en er was een lichte baardschaduw op zijn wangen te zien. Dat hij zich zo kon laten gaan, verraste Serafina. Hoewel ze wist dat hij muzikaal was, had hij haar tot nog toe heel beheerst en bedachtzaam geleken. Deze onbekende kant van hem beviel haar goed.

Keer op keer liet hij zijn ogen over het publiek zwerven. Toen hij haar herkende en onopvallend toeknikte, kriebelde het op Serafina's huid en alsof hij haar reactie voelde, speelde er opeens een kleine glimlach rond zijn mondhoeken.

Ze leegde haar glas en zette het op de bar.

Karl keek haar vragend aan. 'Wil je niet gaan zitten?' Hij wees naar een van de ronde tafels die om de dansvloer heen stonden.

'Nee,' antwoordde Serafina. 'Ik ga dansen.'

Hij haalde zijn schouders op, maar volgde haar even later toch de dansvloer op.

Zij was meteen in de ban van het ritme, maar Karl was nogal lusteloos. Hij kon goed dansen, dat stond buiten kijf, maar iets leek hem niet te bevallen en daarom ging hij even later weer terug naar de bar.

Kort daarop was hij in een gesprek met een jonge vrouw in een zwarte jurk met franje verdiept. Ze droeg een opvallende zwarte tulband, waarop een met fonkelende stenen ingelegde scarabee prijkte. Haar bleke gezicht was zorgvuldig opgemaakt, wat haar oogopslag het gewenste effect gaf. Ze trok wulps aan een zwart sigarettenpijpje.

Serafina draaide zich om.

Twee broers en twee werelden. Elke keer weer vond ze het verwarrend dat Karl en Anton Rothmann zo op elkaar leken en toch zo verschillend waren.

Ze concentreerde zich op de muziek en liet zich inspireren door de uitgelaten stemming, de waanzinnige bewegingen van de dansers, in het kielzog van de nacht. Nooit had Serafina gedacht dat het nachtelijke Stuttgart zo bruiste en net zo'n grote levenslust uitstraalde als ze in Berlijn had gezien wanneer ze met haar vriendinnen uitging. Maar haar vader had toen wel steeds zijn chauffeur meegestuurd, die op haar moest letten en bovendien strikte orders had om haar op tijd thuis te brengen.

Serafina ging dichter bij het podium staan. Anton leek het te merken, volgde haar met zijn ogen, en elke keer als hun blikken elkaar ontmoetten, was het alsof er een lichte elektrische schok door haar lichaam ging.

Op een gegeven moment richtte hij zijn aandacht weer op het ensemble en onderbrak daarmee de stille dialoog tussen hen. Hij gaf korte instructies, toen ging de muziek over in een foxtrot en vormden de dansers paren.

Serafina verliet de dansvloer en keek rond naar Karl. Toen ze zag dat hij intussen weer alleen aan de bar stond, kwam ze weer bij hem staan.

'Heb je honger?' vroeg hij en hij wees naar een lange tafel opzij, waar een overdaad aan hapjes uitgestald lag.

'Een beetje.'

Serafina kon eerst geen keuze maken, maar Karl probeerde gewoon alles uit, of het nu de in spek gebraden oesters, de rosbrief met zoutkorst of de Waldorfsalade met kip en walnoten waren. Uiteindelijk nam Serafina gekookte eieren met kaviaar en een beetje kreeft, maar ontdekte toen een etagère met zoetigheden en liet zich een paar piepkleine bosbessentaartjes smaken.

'En? Bevalt het je hier?' vroeg Karl, nadat zijn bord leeg was en hij het had neergezet. Ze voelde zijn hand op haar rug. Ze vond het gebaar niet vrijpostig, eerder vertrouwd, maar toch schoof ze een stukje opzij om de aanraking te vermijden.

'Wat heb je?' Hij had een onzekere uitdrukking op zijn gezicht.

'Niets. Waarom?'

'Je bent zo… anders.'

Serafina haalde haar schouders op en pakte een praline van de etagère.

'O, daar ben je!' De vrouw met de tulband stond opeens weer naast hem en gaf Karl vertrouwelijk een arm. 'Je was opeens weg nadat ik me had opgefrist.'

'Nou, je hebt me blijkbaar teruggevonden, Vera.' Karl klonk enthousiast noch geërgerd.

'Wil je misschien een stukje door de tuin wandelen?' vroeg Vera. 'Het is zo heerlijk warm buiten!' Met haar zwart gehandschoende hand streelde ze zijn arm. Tegelijk wierp ze Serafina een waarschuwende blik toe. Was dit zijn liefje?

Karl leek te twijfelen. Hij bekeek zijn bewonderaarster, die zich nu verleidelijk tegen hem aan vlijde. 'Ja, waarom niet?' zei hij toen terwijl hij Serafina aankeek. 'Maakt het jou iets uit?'

Serafina schudde haar hoofd. 'Nee. Ga maar.'

'Ik ben zo weer terug. Alleen even de benen strekken.'

Serafina merkte dat hij haar niet graag achterliet, maar de mooie dame ook niet kon afwijzen.

Dat stoorde Serafina niet. Integendeel. Ze was opgelucht toen de twee de zaal uit waren.

Een half uur later waren ze nog steeds niet terug. Serafina was inmiddels bij de rand van het podium gaan staan om Anton te zien spelen. Maar hij keek haar nog maar zelden aan en leek opeens met zijn gedachten ergens anders te zijn.

Uiteindelijk verliet hij zijn plek achter de piano en verdween achter het toneel. De anderen begonnen de *Down Hearted Blues* van Bessie Smith te spelen, een van hen zong.

Serafina merkte dat de weemoedige melodie een ongewone melancholie in haar opwekte en kreeg behoefte aan frisse lucht. Ze ging de volle zaal uit, liep langs een brede trap naar de eerste etage van het gebouw en van daaruit naar buiten, de *altane*, het grote balkon, op.

De lucht van de zomernacht omgaf haar toen ze naar buiten stapte. Boven haar fonkelde een weidse sterrenhemel. De maan stond hoog en stil boven Stuttgart en overgoot de lanen en de gazons, de paviljoens en de volières met haar bleke licht. Hoe anders zag de Stadtgarten eruit op dit late uur dan in het felle daglicht! Hij lag dromerig en ook een beetje onheilspellend onder haar.

'Betoverend, is het niet?'

Serafina's hart sloeg over toen ze Antons stem hoorde. Hij stond achter haar, zo dichtbij dat ze dacht zijn adem in haar nek te voelen.

Langzaam draaide ze zich naar hem om.

Zijn markante silhouet stak donker af tegen het felle licht dat door de grote ramen van het gebouw naar buiten viel.

Nog voordat ze had kunnen antwoorden, had hij haar bij de hand genomen en haar over het balkon gevoerd tot hij een plek had gevonden waar een hoek van de muur hen voor nieuwsgierige blikken behoedde.

'Hoor je dat?' zei hij zacht terwijl hij haar hand losliet. 'Een bosuil!'

Serafina luisterde naar de nachtelijke geluiden, achter de klanken van de muziek en de gedempte stemmen van de andere gasten. En inderdaad, na een tijdje hoorde ze het typische 'oehoe-hoe-hoe' van de kleine uil.

'In dit seizoen roepen ze zelden. Je hoort ze vaker in de herfst of laat in de winter.'

'Het klinkt een beetje spookachtig,' fluisterde Serafina.

Anton lachte ingehouden. 'Ja, je denkt meteen aan Sherlock Holmes. En als ik zo in deze tuin rondkijk, dan...'

'... zou er zomaar iemand met slechte bedoelingen de hoek om kunnen komen.'

Ze lachten allebei.

'Vind je het leuk wat we spelen?' vroeg Anton opeens.

'Natuurlijk vind ik het leuk! Jullie zijn grandioos.'

'Muziek is een aparte taal, vooral de jazz.' Hij draaide zich om en leunde tegen de balustrade. 'Jij speelt trouwens ook geweldig piano,' zei hij nadenkend.

Ze keek hem aan. 'Ik doe het graag. Natuurlijk speel ik lang niet zo virtuoos als jij. Maar ik zing.'

'Echt?' Anton was verbaasd. 'Zing je? Dat wist ik nog niet. Heb je les?'

'Sinds ik in Stuttgart ben niet meer.'

'We hebben een zangeres nodig! Heb je misschien zin om een keer naar een repetitie te komen? Gewoon om te kijken of zoiets je ligt?'

Zijn aanbod kwam zo onverwacht dat Serafina niet wist wat ze moest zeggen.

Anton zette zich van de stenen borstwering af en zette een stap in haar richting. 'Ik meen het, Serafina. Je zou goed bij ons kunnen passen.' Zijn stem was een tikje dieper, op een subtiele manier verleidelijk.

Opnieuw ontstond er een intense band tussen hem en haar, zoals een dag eerder in de muziekkamer. Het was verwarrend, maar deze man liet alles in haar dansen. 'Ja... met plezier. Maar... ik weet niet of het me allemaal zomaar lukt.'

'Dat hoeft ook niet. We oefenen samen. En als je merkt dat je het niet leuk vindt, dan zeg je het gewoon.' Zijn toon was bijna teder. 'Misschien vinden we een repertoire dat goed bij je past.'

In het zwakke maanlicht kon ze zijn gezicht nauwelijks onderscheiden, maar met elke vezel van haar lichaam voelde ze hoe zijn ogen op haar rustten.

Heel langzaam hief hij zijn hand op en legde die tegen haar wang. Ze vlijde zich tegen zijn warme vingers, voelde hoe zijn duim liefkozend over haar wang streelde.

'Serafina...' Hij boog zijn hoofd. Ze voelde zijn adem tegen haar voorhoofd, haar wang. Maar voordat zijn lippen de hare beroerden, deinsde hij langzaam terug. Even stonden ze roerloos naast elkaar, toen schraapte hij zijn keel. 'Later we weer naar binnen gaan.'

Serafina voelde teleurstelling... en een zweem van schaamte. 'Ik blijf nog even hier.' Ze keerde zich van hem af en sloeg haar armen over elkaar. 'Ga jij eerst maar. Ze zoeken je vast al. Zonder piano is de band maar half zo goed!'

Hij aarzelde een moment. 'Goed,' zei hij uiteindelijk. 'Tot later. Ik laat je op tijd weten wanneer we repeteren en waar.'

Toen hij was vertrokken, legde Serafina haar hoofd in haar nek en keek nog een keer naar de hemel. Voor de maan was een dunne wolk geschoven, alsof die haar schijnsel wilde opvangen, zonder dat het werkelijk lukte. In plaats daarvan ontstond er een lichte, tere sluier van licht, die meer beloofde dan dat hij verborg.

Ze zuchtte en controleerde afwezig of haar diadeem nog goed zat. Toen ging ook zij terug naar de zaal.

De lucht binnen was om te snijden, een mengeling van sigarettenrook en zweet, de band speelde een shimmy, er heerste een uitgelaten stemming. Anton greep met beide handen in de toetsen en leek alles om zich heen te vergeten.

Serafina zocht Karl om hem te vragen haar naar huis te brengen. Het duurde een hele tijd voor ze hem in een afgelegen hoek zag staan, in zijn eentje rokend met sombere blik. De vrouw met de tulband, die hem eerder naar de tuin had meegetroond, was nergens te bekennen.

Zo snel ze in de drukte de kans kreeg, wurmde Serafina zich naar hem toe en gaf hem een duwtje tegen zijn schouder. Toen hij haar zag, vertrok hij zijn gezicht in een brede grijns. Het zag er gekunsteld uit.

'Ik wil graag vertrekken,' zei ze.

'Ach... nu al?'

'Alsjeblieft. Ik ben moe.'

Hij krabde zich in zijn nek. 'Was het zo saai met Anton?'

Serafina verstijfde. Had hij hen samen op het balkon gezien?

Karl nam een trekje van zijn sigaret. 'Ik weet dat je hem leuk vindt, Serafina. En dat jullie ergens naartoe zijn gegaan, daarnet, maar dat maakt nu niet meer uit.'

'Je bent dronken!'

'Je zult niet gelukkig worden met hem.' Karl negeerde haar opmerking. 'Hij is veel te burgerlijk voor je, geloof me nou maar. Bovendien heeft hij een vriendin. En Elise past perfect bij hem.'

'Elise?' vroeg Serafina op vlakke toon.

Karl wees naar de plek naast het podium waar Serafina naar Anton had staan kijken. Nu stond daar een heel jonge vrouw, veel te gewoontjes gekleed voor een avond zoals deze, met lichtblond golvend haar. Haar blik rustte op Anton, die af en toe naar haar glimlachte.

'Laat maar, Serafina. De dingen zijn zoals ze zijn. Je kunt er het beste zo min mogelijk gedachten aan verspillen. Kom, we gaan.' Karls stem leek van ver te komen.

Ze was ontgoocheld en verdrietig toen ze hem naar de uitgang volgde. Waarom speelde Anton komedie? Of leidde Karl haar opzettelijk om de tuin?

27

Stuttgart, Weissenhof
24 mei 1926

'En? Heb ik te veel gezegd?' vroeg Mia met een wetende glimlach.

Elise keek naar de huizenzee van Stuttgart, die aan hun voeten lag. 'Nee. Het is echt prachtig hierboven.' Haar blik dwaalde verder naar de heuvels met de groene bossen aan de overkant.

'Stel je voor!' riep Mia. 'Hier komen huizen te staan waarvan de bewoners dit uitzicht hier zullen hebben.' Ze liep een stukje verder om van de andere kant het dal in te kijken.

'Ja, ongelooflijk gewoon!' Elise volgde haar.

'We gaan nog een keer kijken als alles volgend jaar gebouwd is,' beloofde Mia. 'Dan staat hier de woonwijk van de toekomst! Ik kan haast niet wachten.'

'Aha! De dames zijn er al,' hoorden ze op dat moment een mannenstem zeggen.

De twee vrouwen draaiden zich om.

'Ludwig!' riep Mia en ze liep naar de lange man toe, die snel op haar afkwam. Twee andere heren volgden op enige afstand.

'Mia Seeger!' zei Mies van der Rohe. 'Wat leuk om je weer te zien! Helaas heb ik vliegende haast. Maar ik heb Adolf Schneck meegenomen. Bespreek de details maar met hem.'

'Meneer Schneck en ik hebben al contact met elkaar,' antwoordde Mia.

'Des te beter!'

'Hoe is het met Lilly?' informeerde Mia.

'Uitstekend, uitstekend! Ik moet de hartelijke groeten doen,' antwoordde Mies van der Rohe.

'Mag ik je een vriendin van me voorstellen, Ludwig?' Mia gebaarde Elise dichterbij te komen, die onzeker een stukje achter haar was blijven staan. 'Dat is Elise Bender. Ze werkt bij Warenhuis Schocken en heeft een heel goed oog voor bijzondere stukken. Op het moment werkt ze met mij aan een deel van de details van de expositie voor het Nieuwe Wonen.'

Ludwig Mies van der Rohe stak zijn hand uit naar Elise. 'Prettig om kennis te maken, juffrouw Bender.'

'Insgelijks,' zei Elise terughoudend.

Inmiddels hadden de begeleiders van Mies van der Rohe zich bij hen gevoegd, en Elise was verbaasd toen ze een van de gebroeders Rothmann herkende. Dat het Karl was, bleek meteen aan zijn manier van doen, maar wat deed hij hier op deze afspraak op de voor de woonwijk bestemde heuvel?

Toen Karl haar herkende, knipoogde hij.

Elise reageerde niet, hoewel ze hem bij die bijzondere middag in het café van een heel sympathieke kant had leren kennen. Toch wilde ze geen valse hoop bij hem wekken. Enerzijds vooral vanwege Anton. Anderzijds had ze hem eergisteravond toevallig in de Stadtgarten gezien, met een knappe vrouw aan zijn arm.

'U weet, juffrouw Bender, dat u hier aan een ongelooflijk belangrijk project meewerkt? De Weissenhof zal een revolutie voor het bouwen betekenen!' zei Mies van der Rohe, die de aandacht weer op zich vestigde.

'Ja, het is echt iets heel bijzonders,' zei Elise.

Mies van der Rohe knikte kort en richtte zich meteen tot Adolf Schneck. 'Het is belangrijk dat we het hele terrein zo snel mogelijk opmeten. Dan kunnen we met de indeling beginnen en de percelen onder de collega's verdelen. Gropius heeft toegezegd, Le Corbusier en de gebroeders Taut. En Behrens.'

'Het vordert goed,' antwoordde de Stuttgarter. 'Laten we hopen dat de plaatselijke architecten hier in Stuttgart geen roet in het eten gooien. Ze strijden met alle middelen tegen onze ontwerpen.'

'Dat denk ik niet,' protesteerde Mia Seeger. 'De stad wil het project in elk geval graag.'

'Stuttgart kan niet meer terug. Zo'n kans krijg je niet elke dag.' Mies van der Rohe maakte een zelfverzekerde indruk. 'Meneer Schneck, ik reken erop dat de stad haar verantwoordelijkheid niet uit het oog verliest.'

'Dat zal niet gebeuren! Al valt er felle kritiek te verwachten. Alleen al vanwege de platte daken.'

Mies van der Rohe lachte. 'We zien onszelf als de avant-garde, meneer Schneck. Het huis wordt een gebruiksvoorwerp. We willen het uiterlijk vertoon vaarwelzeggen. Dat we daarmee de conservatieven tegen de haren in strijken, ligt in de aard der zaak besloten. Wanneer kunnen we de definitieve toezegging verwachten?'

'Niet voor juli.'

'Tegen die tijd is de voorlopige lijst van architecten beschikbaar.'

'Goed. Dan kunnen we die ook overleggen.'

'En laat u zich niet afschepen met een uitstel van de bouw. Ik reken er vast op dat de tentoonstelling volgend jaar plaatsvindt!'

Ludwig Mies van der Rohe liet zijn blik nog eens over het ongelijke terrein dwalen. 'Een uitstekende locatie,' zei hij, meer tegen zichzelf dan tegen het gezelschap. Toen keek hij op zijn zakhorloge en voegde eraan toe: 'Dames en heren, u moet mij verontschuldigen. Ik neem vandaag nog de trein naar Berlijn. De tijd dringt. En hou me alstublieft van alles op de hoogte, meneer Schneck!'

'Vanzelfsprekend! Goede reis!'

'Dank u. De komende dagen bellen we!' Ludwig Mies van der Rohe knikte iedereen nog een keer toe en daalde toen af naar de Birkenwaldstrasse, waar zijn taxi stond te wachten.

'Zo,' zei Adolf Schneck, toen het luide geknetter van de automobiel was weggestorven. 'Dan zullen wij naar Stuttgart moeten teruglopen.'

Mia lachte. 'Dan kunt u zich bij ons aansluiten. We zijn hier eerder zelfs al naartoe gelopen.'

'Een wandelingetje kan geen kwaad,' zei Adolf Schneck. 'Maar voordat we gaan, wil ik u graag aan een van mijn cliënten voorstellen: Karl Rothmann, die zeer geïnteresseerd is in onze ideeën. En het kan beslist geen kwaad om medestanders onder de industriëlen van de stad te hebben. Ik heb hem vandaag hier mee naartoe genomen, zodat hij zich een beeld kon vormen.'

Mia keek eerst enigszins sceptisch, maar zag Karl Rothmann toen onbevangen aan. 'Fijn dat u de tijd hebt kunnen vinden, meneer

Rothmann.' Met een kleine beweging wees ze naar Elise. 'Elise Bender, mijn...'

'Wij kennen elkaar al,' onderbrak Karl haar en hij probeerde Elises blik te vangen.

'Zo?' Mia keek van de een naar de ander.

'Ja,' zei Karl, voordat Elise kon reageren. 'Ze heeft me over de spannende samenwerking met u verteld.'

'Dat is interessant.' Mia nam Karl op. 'Zult u ook betrokken zijn bij de voorbereidingen voor de Werkbund-tentoonstelling?'

'Eh... nou ja, tot nog toe niet.'

'Ik dacht ook eerder aan financiële medewerking,' verduidelijkte Mia.

Karl lachte, maar leek zich vanwege haar onverbloemde suggestie ietwat opgelaten te voelen. 'Aha!' zei hij ontwijkend. 'Nou, daar valt beslist een keer over te praten.'

Elise zei niets. Haar gedachten dwaalden af naar Anton. Hij had zich gisteren in de Stadtgarten uiterst correct gedragen, haar een glas champagne aangeboden, haar niet al te laat naar huis gebracht en ook correct afscheid genomen, zoals altijd. Serieus. Voorspelbaar.

'Elise?' Mia keek haar vragend van opzij aan.

'Eh... ja?'

'Ik heb meneer Schneck net laten weten dat je wat de inrichting betreft bij de conceptie betrokken zult worden.'

'Ja... ja, precies.'

Adolf Schneck liet van zich horen. 'Ik denk dat wij elkaar ook al eens zijn tegengekomen. Dat was toch kortgeleden in de stad, nietwaar? Was u niet met meneer Rothmann op stap?'

'Nee, meneer Rothmann en ik... wij... hebben alleen even een praatje gemaakt,' zei Elise snel.

Karl grijnsde.

Mia keek haar veelbetekenend aan, maar richtte zich toen tot de architect: 'Veel van onze ideeën, meneer Schneck, zijn al heel concreet. Het ligt voor de hand om ze voorlopig te bundelen, zodat ze elk moment kunnen worden aangevuld.'

'Ik kan wat chocolade bijdragen, zodat jullie op de been blijven,' bood Karl gekscherend aan.

Mia lachte. 'Daar hou ik u aan.'

'Meneer Rothmann is een grote vriend van onze beweging,' verklaarde Adolf Schneck. 'Misschien zal het Nieuwe Bouwen binnenkort ook in de Calwer Strasse te vinden zijn. Meneer Rothmann overweegt om de onderneming in moderne stijl te renoveren.'

'Dat zou een goede zaak zijn, zo midden in de stad. Er zou een duidelijke relatie ontstaan met hetgeen wij hier van plan zijn.'

'Het zal nog wel even op zich laten wachten,' zei Karl spijtig. 'Ik moet de bouwkundige maatregelen eerst nog binnen de bedrijfsleiding verdedigen.'

'Daar zult u beslist in slagen, meneer Rothmann.' Adolf Schneck klonk optimistisch. 'De tekenen des tijds wijzen op vernieuwing. De firma Rothmann zal zich de kans niet laten ontgaan om voor een mijlpaal te zorgen.'

'Ik zal doen wat er in mijn macht ligt.'

'U hoopt beslist op een aardbeving, om een heel nieuw gebouw op de puinhopen te kunnen bouwen,' grapte de architect. 'Nietwaar?'

'Dat zou een oplossing kunnen zijn,' zei Karl lachend.

'Ik stel voor dat wij de bezichtiging nu beëindigen en het binnenkort bij een glas wijn over de details hebben,' zei Mia. 'We moeten ervandoor.'

Samen begonnen ze aan de terugweg.

De heren liepen vooruit en terwijl Elise met Mia kletste, betrapte ze zichzelf er keer op keer op dat ze Karls sterke schouders in zijn lichte hemd en zijn krachtige kuiten onder zijn donkere kniebroek bekeek. Hij deed beslist aan sport. Er was geen andere verklaring voor zijn ontwikkelde spieren.

Terwijl de warme namiddag in een milde avond overging, liepen ze via de Panoramastrasse de binnenstad weer in.

'Mevrouw Seeger, als ik u nog even kan spreken...' zei de architect.

Terwijl Mia Seeger nog een paar woorden wisselde met Adolf Schneck, vroeg Karl zacht aan Elise: 'Hebt u al een beslissing genomen? U weet wel, vanwege de...'

'Ik weet het.' Elise wilde zich niet door hem laten paaien. 'Nee, ik heb nog niets besloten.'

'Ik hoop dat u ja zegt,' zei Karl. 'Tegen mevrouw Seeger... en tegen een uitnodiging om naar het Mohrenköpfle te gaan?'

'Ik... moet nog naar het atelier,' zei Elise ontwijkend.

'Een uurtje maar?' Karls smekende gezichtsuitdrukking was bijna onweerstaanbaar.

'Het gaat echt niet.' Ze vermande zich. Het ontbrak er nog maar aan dat ze toegaf aan zijn vrijmoedige uitstraling, waarvan ze inmiddels wist dat die tot zijn vaste repertoire behoorde.

'Dan... morgen misschien?'

'Meneer Rothmann...'

'Elise! Kom je?' riep Mia, die al afscheid had genomen van Adolf Schneck. 'We gaan nog even naar het atelier.'

'U ziet wel, meneer Rothmann, ik heb echt geen tijd,' zei Elise snel. 'Ook morgen niet.' Ze liep naar Mia toe en trok nerveus aan haar handschoenen. 'Tot ziens.'

Terwijl ze in verschillende richtingen wegliepen, draaide Elise zich nog een keer om.

Karl keek haar na met zijn hand in zijn broekzak. Met de andere hield hij nonchalant zijn jasje vast, dat hij over zijn schouder had gegooid. En diep in haar hart had ze er spijt van dat ze niet op zijn uitnodiging was ingegaan.

28

De chocoladefabriek
De ochtend van 28 mei 1926

De knal was tot in het kantoor te horen, de ruiten rinkelden zacht. Victor sprong meteen op, ook Judith was gealarmeerd. Ze renden naar de typekamer. Karl kwam uit zijn bureau aan de andere kant van de grote ruimte.

'Wat was dat?' vroeg Victor.

'In elk geval klonk het niet best,' constateerde Karl, terwijl Victor al op weg was naar beneden.

In de typekamer was het onrustig, een paar meisjes verdrongen zich bij de ramen, andere fluisterden opgewonden met elkaar.

'Ga alsjeblieft weer zitten,' zei Judith tegen hen, 'en blijf daar tot we instructies geven.'

'Er is toch niks te zien,' riep een van de typistes, die met tegenzin weer achter hun schrijfmachines plaatsnamen.

'Misschien is de Königsbau in de lucht gevlogen!' zei een ander.

'Of het Alte Schloss?' Algauw kletste iedereen door elkaar heen.

'Dames, alstublieft!' Karl verhief zijn stem en uiteindelijk werd het rustiger. 'Geen speculaties.'

Judith knikte mevrouw Fischer toe, die de typekamer leidde. Die begreep haar direct en liep langs de rijen meisjes om de orde te bewaren.

'Het klonk echt als een explosie,' zei Judith zacht tegen Karl.

'We zullen het zo weten,' zei Karl en hij liep snel naar de deur om Victor achterna te gaan.

Buiten werd er geroepen.

Judith liep naar een van de ramen, opende het en keek naar buiten. Een zwarte rookwolk kwam uit de benedenverdieping van de fabriekshal ertegenover. Er waren al een paar medewerkers naartoe gerend, sommige met brandblussers in de hand. Victor en Karl renden over de binnenplaats terwijl de mannen begonnen zich met de puntig toelopende Minimax-brandblussers, de *Spitztüten*, een weg te banen naar de getroffen ruimtes.

Judith wist dat in die sectie het complete elektrische systeem van de chocoladefabriek was ondergebracht. Een brand daar kon rampzalige gevolgen hebben, zelfs als hij snel zou worden geblust.

Maar in de eerste plaats moest ze aan de medewerksters van de typekamer denken. Ze gaf een seintje aan mevrouw Fischer en liep naar de zware dubbele deur die de kantoren van het trappenhuis scheidde.

'Dames,' begon ze, terwijl ze haar bezorgdheid probeerde te verbergen, 'er schijnt een storing in het bedrijf te zijn opgetreden.'

Er ging geroezemoes door de rijen bureaus.

'Alweer?' vroeg een jonge vrouw. 'Pasgeleden was er toch ook wat met die stenen.'

Judith negeerde de opmerking. 'Voor uw veiligheid wil ik u vragen om de ruimte te verlaten en voorlopig buiten te blijven.'

'Mijn god!' riep een ander in paniek. Haar opwinding sloeg in een oogwenk over op haar collega's. Angstig sprongen ze allemaal op en verzamelden zich voor Judith, die wijselijk de doorgang naar het trappenhuis versperde. Mevrouw Fischer wrong hulpeloos haar handen.

'Rustig blijven!' Judith legde haar hand op de deurknop. 'Momenteel dreigt er geen gevaar. Dit is louter een voorzorgsmaatregel. Loopt u rustig en gedisciplineerd naar beneden en verzamelt u zich op het trottoir tegenover de fabriek.'

Toen opende ze de deur en liep voor hen uit de trap af. Ze onderdrukte haar nervositeit zo goed ze kon. Onderweg haalde ze de verkoopsters van de chocoladewinkel erbij, waar op dat moment gelukkig geen klanten waren.

Enigszins gedisciplineerd arriveerden ze op de afgesproken plek.

'Mevrouw Fischer zal hier met u wachten,' zei Judith. 'Zodra we een beeld van de situatie hebben gevormd, krijgt u verdere aanwijzingen.' Ze knikte mevrouw Fischer toe en ging toen op weg naar Victor en Karl.

Toen Judith de binnenplaats tussen het kantoorgebouw en de fabriekshal op liep, waren zij juist in een gesprek met de bedrijfsleider verdiept.

De rookwolk was grotendeels opgetrokken en bood uitzicht op de verwoestingen. De versplinterde deurpost, twee gebroken ramen en het roet op de huismuur getuigden van de dramatische gebeurtenis.

'Judith!' Victor zag haar meteen.

Glassplinters knersten onder haar schoenzolen toen ze bij hen ging staan. 'Is er iemand gewond?'

'Nee,' antwoordde Karl. 'Gelukkig niet. En het vuur is al geblust. Een paar medewerkers hebben razendsnel gereageerd.'

'Godzijdank!' Het was een pak van Judiths hart. 'Dan kan ik de dames wel weer naar boven brengen.'

'De dames? Heb je de typekamer geëvacueerd?' vroeg Karl.

Judith knikte. 'En de winkel. Ik zag rook en het was niet duidelijk of er brand was, dus ik wilde niet riskeren dat ze vast kwamen te zitten.'

'Goede reactie.' Victor keek haar bewonderend aan. 'Luister, Judith, de machines moeten worden onderzocht. Ze staan bijna allemaal zonder stroom. Het lijkt erop dat er een grote kortsluiting in de elektrische installatie is geweest.'

'Ach, lieve hemel! Vandaar die enorme klap?'

'Precies,' antwoordde Victor. 'We roepen nu al onze technici bij elkaar en splitsen ons dan op. Ik hoop dat we dan snel een indruk krijgen van de schade.'

'Goed. Laat het me weten als ik iets kan doen.' Ze draaide zich om en wilde vertrekken.

'Het is vooral belangrijk dat je de dames boven in toom houdt,' zei Karl grijnzend.

'En jij, Karl,' zei Victor prompt, 'kunt het beste meteen naar Alois gaan. Als iemand een idee heeft hoe we de fabriek snel weer aan de gang kunnen krijgen, dan is hij het wel.'

De werkplaats van Alois Eberle
Een kwartier later

'Ik had nooit gedacht dat je werkelijk een opnametoestel zou bouwen, Alois!' Anton bekeek de onderdelen die Eberle had verzameld en op een grote tafel had klaargelegd.

'Als ik gegrepen word door een idee,' antwoordde Alois, 'dan blijf ik ermee bezig, totdat alles het doet.'

'Inderdaad. Tjonge, als dat echt functioneert, kunnen we onze eigen stukken inspelen. Ik heb altijd wel een paar melodieën in mijn hoofd.' Anton pakte een klein rechthoekig doosje. 'Je hebt een microfoon te pakken gekregen!'

'Deze heb ik zelf in elkaar geknutseld,' zei Alois lachend. 'Dat is niet zo moeilijk.'

'Voor jóú is het niet zo moeilijk,' zei Anton.

'Ik heb een handleiding op de kop getikt. Je moet gewoon een elektrisch geleidend membraan vlak voor deze metalen plaat aanbrengen, zie je wel?' Alois liet Anton het flinterdunne blad van zijn microfoon zien. 'Als het geluid ertegenaan komt, begint het membraan te trillen.'

'Aha, elektrisch.'

'Precies. Daarna moet het geconverteerde geluidsspoor netjes op de matrijs komen. Anders wordt het niks. En dan maken we daarmee schellakplaten.'

'Geen chocoladeplaten?'

'Ja, hoor. Die maken we ook.' Alois bevestigde de microfoon aan een metalen constructie. 'Op de chocolade kun je bijvoorbeeld muziek zetten die bij het jaargetijde past.'

'Dat is een goed idee. En dan verpakken we ze in Edgars kleurige hoezen, en dan zullen ze erom vechten.'

Alois lachte zacht. 'Goed mogelijk.'

'Goeie genade, dus jij wordt muziekproducent, Alois.' Anton was onder de indruk. 'Dan moet je je eigen platenlabel ontwikkelen!'

'Dat laat ik aan Edgar en jou over. En aan Karl.' Alois had zijn constructie voltooid en bekeek haar nog een keer van alle kanten. 'Zo. Die is klaar voor de proefopnames.'

'Ik heb het mijn mensen al laten weten,' zei Anton. 'Waarschuw ons maar als het zover is.'

'Dat zou niet lang meer moeten duren. Kom eens mee, Anton.' Alois gebaarde dat hij hem moest volgen. 'Ik laat je nog iets zien!'

Anton volgde Alois naar een afgescheiden ruimte achter de werkplaats. 'Dit ziet er tamelijk nieuw uit!' zei hij, terwijl hij naar de muur keek, die sterk naar vers hout rook en waarin een eenvoudige deur was aangebracht.

'Dit ís nieuw,' zei Alois. 'Heel vroeger, toen jij nog een klein mannetje was, heeft Edgar hier zijn eerste geëmailleerde borden gemaakt. Daarna heb ik de ruimte voor de chocoladeautomaten gebruikt. En nu,' hij opende met bravoure de deur, 'is het een opnamestudio!'

Toen Anton naar binnen keek, was hij stomverbaasd. Hier was daadwerkelijk een tempel voor muziekopnames ontstaan. Wat hem meteen opviel, waren de op hun smalle kant neergezette, met stof bespannen rechthoekige kasten, die over de ruimte waren verdeeld. 'Dat is ongelooflijk! Alois, je hebt jezelf overtroffen! En met die constructies kunnen we de klank verbeteren, heel goed.'

Alois grijnsde. 'Zo is het. En duur waren ze ook niet. Het zijn houten kasten, geïsoleerd met slakkenwol. Er zit een dunne plaat hout tegenaan en ten slotte heb ik ze met stof bespannen. Jullie moeten ze zelf positioneren als we gaan opnemen.'

Anton liep over het dikke tapijt waarvan Alois de studio had voorzien naar een van de kasten en bestudeerde die van nabij. 'Dat is uitstekend! Die zullen we opstellen al naargelang de stukken die we spelen.'

'Dat had ik ook gedacht.' Alois leek in zijn nopjes.

'Kun je die verschuiven?' vroeg Anton, die keek naar de tot de vloer hangende gordijnen, die op sommige plekken voor de muur hingen.

'Ja, natuurlijk!'

'Dan ontbreekt alleen nog de techniek!'

'En de muzikanten!'

Ze lachten allebei.

Die goeie Alois. Er was nauwelijks een terrein waarmee hij zich niet binnen de kortste keren vertrouwd kon maken.

De deurbel ging.

'O, dat zal je broer zijn,' zei Alois. 'Maar ik had niet gedacht dat hij deze ochtend al zou komen.'

'Karl?'

'Ja. Hij wilde de opnamestudio ook bekijken. Voordat hij de volgende week naar Berlijn vliegt.'

'Hij vliegt? Ik dacht dat hij met de trein zou gaan!'

'Mij heeft hij verteld dat hij vliegt,' zei Alois terwijl hij naar de deur liep. 'Samen met die juffrouw uit Berlijn, die nu bij Judith en Victor in Degerloch woont.'

Serafina.

Daar was hij weer, die korte vonk, die bijna elke gedachte aan haar veroorzaakte. Alsof hij niet goed bij zijn hoofd was.

Sinds die avond in de Stadtgarten afgelopen zaterdag had hij haar niet meer gezien. Hij begreep ook niet waarom hij had toegegeven aan de impuls om haar naar het balkon te volgen. En toen... ze was gewoon fascinerend geweest, sprankelend, levendig. Ongelooflijk aantrekkelijk in haar gouden jurk, die zo veel huid rond haar schouders vrijliet. Het had hem moeite gekost om haar niet te kussen. Op die donkerrode lippen, die haar parelwitte tanden blootlegden als ze glimlachte...

Anton ging met zijn hand door zijn haar en schudde zijn hoofd. Hij had het juiste gedaan, toen hij de betovering had verbroken en was teruggegaan naar de zaal. Vooral omdat Elise onverwacht langs was gekomen, die in de buurt met Mia Seeger had gedineerd. Het zou niet correct zijn geweest om haar teleur te stellen, en Serafina valse hoop te geven.

Toch ergerde Anton zich aan het feit dat Serafina met Karl naar Berlijn reisde. Het verwarde hem. Hij hield niet van oncontroleerbare gevoelens en nam zich voor om Elise zo snel mogelijk te vragen wanneer ze zich konden verloven. Zij was zijn toekomst, niet Serafina.

'Zo, broer. Diep in gedachten?' Zonder dat Anton het gemerkt had was Karl binnengekomen. 'Droom je van de zoete Elise?'

'Nee, van de Venus van Milo,' antwoordde Anton, die probeerde een humoristische draai aan zijn antwoord te geven.

'Van haar droom ik ook wel eens,' zei Karl grijnzend en hij keek rond in de opnameruimte. 'Het is werkelijk ongelooflijk wat je hier hebt gedaan, Alois.'

Alois zag er tevreden uit.

'Wat is er aan de hand, Karl?' Anton merkte meteen dat er iets niet in orde was.

'Er is weer iets voorgevallen in de fabriek.' Karl wreef over zijn neusrug. Hij zag er vermoeid uit.

'Vertel op, wat is er gebeurd?' vroeg Anton.

'Daarnet was er een enorme kortsluiting. De hele productie ligt stil.'

'Weten jullie al waarom?' wilde Alois weten.

‘Het ziet ernaar uit dat iemand met de schakelborden heeft geknoeid. Maar we hebben geen idee wie.’

‘Zal ik meekomen?’ vroeg Alois.

‘Daarom ben ik hier,’ zei Karl. ‘We hebben snel een noodoplossing nodig voor de stroomverzorging. Denk je dat je dat voor elkaar krijgt?’

‘Eens zien,’ antwoordde Alois. ‘Laten we eerst die schakelkasten maar bekijken.’

Karl en Anton volgden Alois uit de opnameruimte naar de grote werkplaats. De oude knutselaar pakte gereedschap en materiaal uit een kast en stopte het in een leren tas. ‘Zo, dan ben ik zover.’

‘Hebben jullie mij ook nodig?’ vroeg Anton. ‘Ik kom graag mee!’

‘Dat krijgen we zonder jou ook wel voor elkaar,’ zei Karl.

‘En ik weet zeker,’ protesteerde Alois, ‘dat je in een geval als dit elke man kunt gebruiken.’

29

Stuttgart, de villa van de familie Ebinger
De dag daarop

'Goedendag, mevrouw Rheinberger,' zei het dienstmeisje toen ze de deur voor Judith opendeed. 'Kom binnen!'

Judith betrad de prachtige hal van het landhuis van de familie Ebinger.

'Wees welkom, Judith!' De vrouw des huizes kwam haar al tegemoet, zoals altijd onberispelijk en smaakvol gekleed, haar grijze haar zorgvuldig opgestoken. 'Fijn dat je bij ons langskomt!' Ze hield haar een armlengte van zich af. 'Je ziet bleek, lieve.'

'Ach, Josefine,' verzuchtte Judith. 'Momenteel is het geen gemakkelijke tijd voor ons.'

'Lieve hemel!' Josefine Ebinger leek geschrokken. 'Is er iemand ziek? Is er iets met Victoria of… Martin?'

'Nee, nee.' Judith probeerde de bezorgdheid van de oude dame direct weg te nemen. 'Dat is het niet. Maar we hebben op het moment keer op keer problemen met de fabriek.'

'Daar moet je me meteen over vertellen.' Ze richtte zich tot de dienstbode. 'Serveer ons koffie in de salon, alsjeblieft.'

'Tot uw dienst, mevrouw.' Het dienstmeisje trok zich terug.

'Dus jullie zijn allemaal gezond en wel?' vroeg Josefine voor de zekerheid, terwijl ze Judith naar een volledig blauwe salon bracht.

'Tot nog toe gaat het goed. En met jullie?'

'Naar omstandigheden redelijk, gezien de leeftijd.' Josefine wees naar een met rood en blauw fluweel beklede stoel. 'Ga toch zitten!'

'Bedankt.' Judith nam plaats.

'En vertel me nu wat er is gebeurd.' Josefine liep om de notenhouten tafel heen en pakte zelf een stoel.

'Ach, het begon ruim veertien dagen geleden met stenen in de cacaobonen en eindigde gisteren met een kortsluiting in de schakelruimte,' vatte Judith nuchter samen, omdat ze Josefine niet al te ongerust wilde maken.

'Is er iets ergs gebeurd?'

'Gelukkig niet. Maar we hebben schade aan de machines en vertraging bij de productie.'

'Goed, zolang er geen slachtoffers zijn, moet je dankbaar zijn, zeg ik altijd maar. Machines kun je vervangen, mensen niet.'

'Je hebt helemaal gelijk, Josefine.' Judith keek om zich heen. 'Ik mag jullie blauwe salon graag. Hij doet zo… verfrissend aan.'

'Ik ben er heel graag in het warme seizoen.' Josefine speelde met de broche aan de revers van haar kostuum. 'Ik was hier veel met Martin … toen hij klein was, weet je nog wel?'

'Natuurlijk weet ik dat nog.' Judith glimlachte bij de herinnering. 'Jullie hadden er toen een speelkamer van gemaakt. Er stond zelfs een hobbelpaard.'

'Ja!' Er verscheen een weemoedige uitdrukking op Josefines gezicht. 'Waar blijft de tijd?'

'Hij vliegt zo snel voorbij,' zei Judith. 'Ik zie het elke dag aan Victoria.'

'Ach, de kleine.' Josefine glimlachte. 'Jullie wildebras!'

'Ja, dat is ze.' Judith glimlachte fijntjes. 'Zonder Vicky zou het doodsaai zijn.'

'Wees blij dat het er bij jullie zo levendig aan toe gaat,' verzuchtte Josefine. 'Hier bij ons is het veel te stil.' Ze bekeek haar trouwring. 'En Artur is de laatste tijd alleen nog maar aan het klagen. Zo ken ik hem helemaal niet.'

'Waar heeft hij dan last van? Heeft hij pijn?'

'Hetzelfde als altijd.' Josefine keek haar aan.

Judith wist wat de oude vrouw bedoelde. 'Martin?'

'Ja. En ik kan hem ook wel een beetje begrijpen. Weet je, Judith, het was voor ons beiden niet gemakkelijk al die jaren…'

'Het was het beste zo, Josefine. Voor iedereen.'

'Misschien wel. Maar ik zie gewoon zo veel vertrouwde dingen in hem, het pianospelen, het muzikale...' Josefine kreeg een kleur, zoals altijd wanneer het gesprek op Martin kwam.

'Jij hebt hem zien opgroeien, Josefine. Martin hield van jullie. Schrijft hij niet meer?'

'Reken maar!' Josefines ogen straalden. 'Hij schrijft, en hij belt af en toe. Dat zijn de hoogtepunten voor ons.'

'Dan is alles toch goed.' Judith hoopte dat ze niet dieper op het gevoelige onderwerp in hoefde te gaan. Maar als ze de Ebingers opzocht, was het niet te vermijden.

'Toch is het heel moeilijk voor Artur,' vervolgde Josefine steeds nadrukkelijker. 'Hij zal het binnenkort niet meer redden in de firma, en er zijn geen opvolgers.'

De deurknop werd naar beneden geduwd.

'Ah, Judith, lieve!' De oude Ebinger kwam de kamer binnen. Hij hinkte een beetje en leunde op een elegante stok.

'Artur!' Judith wilde opstaan om hem te begroeten.

'Blijf zitten, blijf zitten,' zei de oude Ebinger. 'Ik kom even bij jullie zitten.' Zwaar ademend ging hij op de derde stoel zitten. 'Je ziet er fantastisch uit, Judith. Zoals altijd.'

'Dank je, Artur,' zei Judith vriendelijk. 'Maar jij kwakkelt een beetje?'

'O, ja, ja,' verzuchtte de oude Ebinger. 'De heup, de schouder, de knie. Binnenkort is er geen plek meer waar ik geen last van heb. Maar ik heb de vijfenzeventig inmiddels achter me, dat is de loop der dingen. Niemand heeft het eeuwig leven!'

'Ga je nog steeds naar de firma?'

'Natuurlijk! Elke dag. Maar God mag weten hoelang ik dat nog kan.' Zijn blik betrok, hij staarde een tijdje peinzend voor zich uit.

'Maar je hebt nu toch een partner,' zei Judith. 'Dan heb je toch de kans om je terug te trekken en het rustiger aan te doen.'

'Ach, Brändle. Hij wil dat ik de naam van de fabriek verander in Ebinger & Brändle.' Er verscheen een diepe rimpel tussen zijn wenkbrauwen. 'Maar dat wilde ik niet. De enige voor wie ik dat zou hebben gedaan, zou je man zijn geweest. Maar Victor wilde nu eenmaal niet!'

'Victor moest de chocoladefabriek overnemen.'

'Hij wílde de chocoladefabriek overnemen! Daar had hij destijds een geraffineerd plan voor.'

Het werd Judith warm om het hart als ze eraan terugdacht hoe hardnekkig Victor voor hun beider geluk had gestreden in een tijd dat zij het gevoel had gehad door God en alle mensen verlaten te zijn.

Er werd aangeklopt.

Het dienstmeisje duwde een serveerwagen naar binnen en schonk iedereen koffie in. Toen verdeelde ze kleine bordjes en messen, zette een porseleinen bord met een brioche op tafel en een glazen botervloot ernaast.

'Tast toe!' zei de oude Ebinger tegen Judith.

'Ja, die komt net uit de oven!' voegde Josefine eraan toe.

Het zoete brood smaakte werkelijk kostelijk, en Judith bracht de oude Ebinger beknopt verslag uit van de laatste gebeurtenissen.

'Zoiets is ergerlijk.' Hij hoestte, hij had al een paar jaar last van zijn longen. 'Maar we hebben allemaal zo onze… problemen.'

'Zo is het.' Judith nam een slokje van haar koffie, terwijl er even een melancholieke stilte in de kamer viel. 'Waarom ik eigenlijk ben gekomen,' veranderde ze voorzichtig van onderwerp, 'hebben jullie gehoord dat Martin in oktober een concert geeft?'

'Ja, natuurlijk! Hij heeft ons geschreven.' Josefine ging rechtop zitten. 'We verheugen ons er enorm op!'

'Goed. Dat wilde ik weten. Ik heb het al aan mijn moeder verteld. Het zou geweldig zijn als zij ook naar Stuttgart kwam om haar kleinzoon te zien spelen!'

'Haar kleinzoon, ja,' bromde de oude Ebinger en Judith hoorde de bitterheid in zijn stem.

'Artur…' zei zijn vrouw vermanend.

'Maar het is toch waar, Josefine! Toentertijd, toen het allemaal is gebeurd, kon het ook niet anders. Maar dit zijn toch heel andere tijden! Waarom kan de waarheid niet gewoon gezegd worden? Dat onze Max de vader is van Mar–'

'Artur,' zei Judith, terwijl ze probeerde kalm te blijven. 'Het is niet goed om de waarheid te zeggen. Vooral niet voor Martin. Zijn wereld zou instorten.'

'Hij wordt binnenkort tweeëntwintig. Een man! Dan kun je zo'n waarheid toch wel aan,' protesteerde de oude Ebinger. 'Stel je eens voor wat al die jonge jongens in de oorlog hebben moeten doorstaan! Vergeleken daarmee is dat met Martin… belachelijk.'

'Dat zeg jij. Ik zie dat anders. En Victor ook.' Judith hield haar poot stijf. Het idee dat ze dit deel van haar leven zou moeten openbaren, na al die jaren, was ondraaglijk voor haar. Zou Martin haar verwijten maken? Met haar breken? Ze wilde onder geen beding een ruzie riskeren. Hoe zou Victoria reageren?

'Maar ons moet je ook begrijpen,' zei de oude Ebinger nadrukkelijk. 'Wat moet er na ons komen?'

Judith voelde de oude, vertrouwde onenigheid weer bovenkomen. 'Jullie hebben toch een hechte band met hem,' zei ze mat.

Josefine liet weer van zich horen. 'Dat klopt, Judith. Het is nu eenmaal zoals het is. We kunnen de tijd niet terugdraaien. Overigens komt Max hier aan het eind van de zomer langs, is dat niet fijn?'

München, de boekhandel van Georg Bachmayr
Dezelfde dag vlak voor sluitingstijd

'Je hebt me laten struikelen!' Hélène herkende de heldere kinderstem goed die daar luidkeels protesteerde.

'Albert! Laat dat!' Dorothea Nold, Edgars vrouw, duwde haar twee jongste zoons naar binnen en sloot de deur van de boekhandel achter zich. 'Goedemiddag, Hélène!'

'Hallo, Dorothea! Goed om je te zien. Wat brengt je hier?'

'Ik had van een boek gehoord en wilde vragen of jullie het al binnen hebben... en nu kappen, jullie!' Opnieuw keek ze vermanend naar haar twee jongens.

'Hoe oud zijn ze eigenlijk precies?'

'Albert is negen, Johannes tien,' zei Dora met een zucht. 'Ik kan me niet herinneren dat hun oudere broers ooit zo brutaal zijn geweest.'

Hélène glimlachte onzeker. 'Ja, jongens van die leeftijd zijn vast wel eens lastig.' Haar eigen zoons had Hélène in die leeftijd niet meer meegemaakt. 'Om welk boek gaat het?'

'Om het *Wonderboek*. Dat over de wereld en het heelal... jullie houden direct op met rondrennen, hoor je!'

Albert en Johannes trokken zich geen zier aan van de waarschuwing van hun moeder, maar speelden luidruchtig krijgertje en zaten elkaar achterna tussen de boekenkasten van de winkel. Hélène begon te vrezen voor de vazen en schalen waarmee ze de winkel had gedecoreerd. Ze probeerde niets te laten merken. 'Je bedoelt *Het wonderboek voor onze kleintjes. Een eerste kennismaking met de wereld en het heelal.*'

'Ja, dat is precies wat ik bedoel, Hélène.'

'Dat hebben we natuurlijk.' Hélène liep naar een hoge kast, waar de kinder- en jeugdboeken waren ondergebracht.

Dorothea volgde haar.

'Ik vind het een heel mooi boek,' zei Hélène en ze overhandigde het aan Dorothea.

'Dat is het!' Dorothea bladerde in de grote band met de kleurige illustratie voorop. 'Ook binnenin is het prachtig geïllustreerd.'

Hélène knikte.

Dorothea sloeg het boek dicht. 'Het is zo stil...' Ze draaide zich om naar haar zoons. 'Albert, Johannes...?'

Geen antwoord.

'Goedendag, heren!' Dat was de diepe stem van Georg Bachmayr. Hij klonk streng. 'Wat heeft dat te betekenen?'

'Eh... het is een toren!' piepte een van de kinderen.

'Een hele hoge toren,' zei de ander. 'Dus de hoogste... eigenlijk.'

'Wat halen jullie je in je hoofd!' riep Dorothea en ze liep snel naar de plek waar de twee waren begonnen een scheve zuil van boeken te bouwen. 'Jullie ruimen dat meteen weer op!'

'Maar, mama...'

'Nu meteen!'

Hélène volgde haar en wisselde een blik met Georg. Ze zag meteen dat hij eerder geamuseerd dan geërgerd was. 'Luister. Ik heb precies twee zuurstokken boven in de woning. Als jullie de boeken weer hebben opgeruimd, mogen jullie met mij naar boven komen om ze te halen.'

De ventjes keken elkaar aan. Toen begonnen ze hun toren razendsnel te ontmantelen. Georg hielp hen bij het terugzetten van de boeken, die ze in het wilde weg uit de omringende boekenkasten hadden geplukt.

Intussen liep Hélène met Dorothea naar de kassa. 'Ik vind niet dat ze daar een beloning voor verdienen,' zei Dorothea, toen ze Hélène het geld gaf.

'Ze hebben tenminste opgeruimd,' antwoordde Hélène.

'Nou goed. Ach, wat ik nog vragen wilde, Hélène, Martin komt in oktober voor een concert naar Stuttgart. Dat weet je zeker wel?'

Dorothea stond te kijken hoe Hélène het boek in bruin papier inpakte. 'Wij gaan erheen, Edgar en ik, zonder de kinderen. Zullen we samen reizen?'

'Ach, weet je, Dorothea, ik moet er nog over nadenken...' zei Hélène ontwijkend.

De vragende blik waarmee Dorothea haar opnam, vond ze onprettig. Ze had de beslissing kennelijk al zo ver voor zich uit geschoven dat ze de datum al bijna was vergeten.

'Hélène! Ik bemoei me niet graag met jullie zaken, maar ik weet hoe belangrijk het voor Judith is,' liet Dorothea erop volgen. 'Je hebt je leven geleefd zoals jij dat wilde, Hélène, en je kinderen moesten zonder jou volwassen worden. Wordt het geen tijd om te laten zien dat je moedig bent en een hart hebt?'

Op dat moment kwam Georg met de twee jongens weer de winkel in. 'Jouw zuurstok is veel groter dan de mijne!' jammerde een van de twee.

'Dat is niet waar,' protesteerde de ander.

'De zuurstokken zijn precies even groot,' zei Dorothea na een blik op het snoepgoed en ze borg het boek op. 'Dank je, Georg. Dat was heel aardig van je!'

'Ach, het heeft niets te betekenen. Graag gedaan!' zei Georg en hij knipoogde de twee jongetjes toe. Die leverden intussen een verbeten zwaardgevecht met hun zuurstokken.

'Doe Edgar de groeten van ons,' zei Hélène ten afscheid.

'Dat zal ik doen. Hij is momenteel vaker in Stuttgart dan in München.'

'Heeft hij weer opdrachten voor de chocoladefabriek?'

'Ja, voortdurend. Maar hij heeft ook nog andere goede klanten daar. Daarom pendelt hij veel.'

'En jij leidt ondertussen jullie fabriek?'

Dorothea lachte. 'Als iemand mij vroeger zou hebben gezegd dat ik ooit, net als Judith, enthousiast een onderneming zou leiden, had ik hem voor gek verklaard. Maar op een of andere manier ben ik er langzaam in gegroeid en weet ik niet meer beter.'

Hélène knikte. Wat goed dat steeds meer vrouwen hun moederschap met hun beroep konden verenigen en niet werden beperkt tot de huiselijke kring. Soms verlangde ze ernaar om nog een keer jong te zijn. Nog een keer opnieuw te kunnen beginnen.

'Mama!' morde Albert.

'We willen gaan!' neuzelde Johannes met zijn zuurstok tussen zijn tanden.

Dorothea duwde haar kinderen naar buiten. 'Tot gauw, Hélène. Ik wens jullie nog een fijne dag!'

30

Stuttgart, het reisbureau voor vliegreizen naast de Königsbau
2 juni 1926

'Hier zijn uw vliegtickets, meneer Rothmann,' zei de opgewekte heer achter de balie van het Stuttgartse reisbureau dat vlak naast de Königsbau in de Fürstenstrasse lag. Hij overhandigde Karl de documenten en wees naar een soort tabel.

Serafina kon het niet goed onderscheiden, daarvoor stond ze te ver weg.

'En hier staan nog een keer de vertrektijden.'

Karl keek de papieren door, terwijl Serafina's blik op een groot bord bleef hangen dat achter de medewerkers aan de muur hing: LUCHTVERKEER WÜRTTEMBERG. NAAMLOZE VENNOOTSCHAP. GEVESTIGD TE STUTTGART.

'Het vertrek is om 9.45 uur,' zei de employé. 'Komt u alstublieft een uur van tevoren naar ons bureau, zodat we weten dat u aan boord gaat en uw bagage kan worden ingeladen. U wordt met een auto naar het vliegveld gebracht. U reist via Erfurt en Halle. De aankomsttijd in Berlijn is om half drie. Bij extreem slecht weer valt de vlucht uit en zult u ter compensatie met de trein reizen.'

'Hartelijk dank. We zullen op tijd zijn.' Karl pakte de enveloppen en stak ze in de binnenzak van zijn jasje. 'Hoeveel is het?'

'In totaal vierhonderdtwintig mark.'

Serafina slikte toen ze het bedrag hoorde.

'Wees zo vriendelijk om de rekening naar Chocoladefabriek Rothmann te sturen.' Karl leek niet onder de indruk.

'Uiteraard, meneer Rothmann. Een prettige dag nog!'

'Insgelijks!' Karl hief zijn hand op ten afscheid.

'Zo,' zei hij daarna tegen Serafina en hij hield de deur voor haar open. 'Ik ben blij dat het volgende week eindelijk zover is. De kortsluiting in de fabriek heeft ons een paar dagen gekost. Maar nu duurt het niet lang meer.'

Serafina liep voor hem uit naar buiten, de zomermiddag in. 'Een kortsluiting?' vroeg ze verbaasd en ze draaide zich naar hem om. 'In de chocoladefabriek? Daar hebben Victor en Judith me helemaal niets over verteld.'

'O. Nu heb ik misschien iets gezegd dat je absoluut niet mag weten.' Karl ging opzij voor een oudere heer die net het reisbureau binnen wilde gaan. 'Maar ja, nu weet je het al. We dachten eerst dat het om manipulatie ging, omdat de laatste tijd steeds weer storingen zijn opgetreden. Maar waarschijnlijk waren het alleen een paar muizen. De beestjes hebben de isolatie doorgeknaagd.'

'Muizen?' vroeg Serafina lachend. 'Die zijn op zich al sabotage. Stel je eens voor, muizen in een chocoladefabriek!'

'Ze waren niet in de productiehallen, maar alleen in de schakelruimte. In elk geval zijn we blij dat we weten wat de oorzaak van de schade is. En de saboteurs hebben inmiddels hun gerechte straf ondergaan. In een muizenval.'

'Nou, dan is alles in orde!' Serafina giechelde nog steeds. 'Hoewel ik er niet op zou vertrouwen dat de muizen zich niet ook in de productieruimtes hebben opgehouden. Muizen zijn gek op chocolade!'

'Hoe dan ook, ze zijn in elk geval morsdood.'

'Hopelijk hebben jullie ze allemaal te pakken gekregen.'

'Daar gaan we van uit. Maar het is veel belangrijker dat ik je wil uitnodigen vanavond samen naar de bioscoop te gaan,' zei Karl, toen ze over de Schlossplatz liepen. 'Die is net in februari geopend!'

'Dat is een leuk idee!' Serafina verheugde zich erop. 'Wat wordt er vertoond?'

'Laat je verrassen,' antwoordde Karl geheimzinnig.

Serafina was blij dat Theo, die haar eerder naar de stad had gebracht, was doorgereden naar de chocoladefabriek en niet op haar wachtte. Zo lag de avond voor haar open, temeer omdat Victor en Judith ergens anders waren uitgenodigd.

‘Maar voordat we naar de bioscoop gaan,’ vervolgde Karl, ‘wil ik je iets heel bijzonders laten zien.’

‘O! Wat is het?’

‘Ook dat is een verrassing.’

‘Dat is ongelofelijk!’ Serafina schudde haar hoofd. ‘Allemaal verrassingen!’

Karl grijnsde en trok haar hand onder zijn arm door, zodat ze gearmd liepen. Serafina liet hem begaan en slenterde naast hem over de Marktplatz, langs het imposante stadhuis van Stuttgart met de hoge toren, de talrijke gebogen vensters en de torentjes op de erkers, en verder door de smalle straatjes van de binnenstad.

‘Waar gaan we naartoe?’

‘Wacht maar af. We zijn er zo.’

De straten waar ze nu langskwamen, waren druk, op de gevels van de huizen waren behalve allerlei ornamenten ook mooie geciseleerde balkons te zien. Bij een prachtig oud kerkgebouw sloegen ze rechts af een brede straat in en bleven even later voor een hoekhuis staan. *INSTRUMENTENMAKERSWERKPLAATS ALOIS EBERLE*, las Serafina op het fraai vormgegeven geëmailleerde bord dat naast de deur was aangebracht.

Karl belde aan.

Even later waren slepende voetstappen te horen, de sleutel draaide rond in het slot en toen de deur knersend openging, stond een oude man in een blauwe overall in de deuropening.

‘Karl!’ Zijn donkere ogen schitterden en dwaalden toen naar Serafina. ‘En je hebt een jongedame meegebracht.’

‘Hallo, Alois,’ antwoordde Karl. ‘Ik wil je niet lang ophouden. Maar ik wil je graag aan iemand voorstellen. Dit is Serafina Rheinberger, de halfzuster van Victor.’

‘Goedendag,’ zei Serafina.

‘Ha, ik ben blij u te leren kennen!’ Alois Eberle stapte achteruit en maakte een uitnodigend handgebaar. ‘Jullie storen niet. Kom binnen. Ik haal even…’

‘Je hoeft geen most te halen, Alois. Zo lang blijven we niet,’ zei Karl meteen en hij sloeg zijn arm om de schouders van de oude man. ‘Ik wilde Serafina alleen de studio laten zien.’

‘Ha, natuurlijk. Kom mee.’ Alois Eberle ging hun voor door de gang en de grote rommelige werkplaats, en liet hen binnen in de verbouwde ruimte.

'En? Wat denk je ervan?' vroeg Karl, terwijl Serafina om zich heen keek.

'Fantastisch.' Serafina's ogen dwaalden over de inrichting, de in een rek gemonteerde microfoon en een ingewikkeld uitziend toestel dat op een grammofoon leek, waarop allerlei apparatuur was aangebracht.

'Dat is een snijmachine voor grammofoonplaten,' legde Karl uit, die haar gadesloeg.

'Daarmee maken we eerst een moederplaat,' zei Alois. 'En daarvan een matrijs. Dan kun je schellakplaten van de opnames persen.'

Serafina bekeek de snijmachine nauwkeuriger. 'Wat gaat u hier opnemen?' vroeg ze geïmponeerd. 'Muziek?'

'Precies. Muziek!' zei Karl enthousiast. 'En die muziek komt op chocoladeplaten. Dat wordt ongelooflijk.'

'Niet alleen chocoladeplaten,' bromde Eberle.

'Natuurlijk. Maar aan het begin stond het idee van de chocoladeplaat.' Hij keek Eberle strak aan. 'En dat kwam van mij,' liet hij erop volgen.

'En dat alles hebt u hier zelf gebouwd, meneer Eberle?' Serafina was gefascineerd.

De ambachtsman knikte.

'Ben je al klaar, Alois? Gaat het binnenkort van start?' vroeg Karl, terwijl hij een paar gordijnen rechttrok.

'Ik ga ervan uit dat we volgende week kunnen beginnen, nietwaar, Alois?' Toen Serafina Antons diepe stem hoorde, liepen de rillingen haar over de rug. Ze keek om.

'Broer!' Ook Karl had zich confuus omgedraaid en liep nu naar Anton toe, die in de doorgang naar de studio stond. 'Waarom ben jij hier?'

'Ik heb het transport voor een pianino geregeld,' antwoordde Anton, terwijl hij Eberle aankeek. 'Hij staat voor de deur, Alois. Zullen we hem naar binnen brengen?'

Serafina keek Anton recht aan. Ze kon niet anders. Haar hart klopte tot in haar hals.

'Goedendag, Serafina,' zei hij en hij wierp haar een vluchtige blik toe, waarna hij met Alois naar het voorste gedeelte van de werkplaats verdween.

'Kan ik helpen?' riep Karl en hij liep haastig achter hen aan, zonder op antwoord te wachten.

Serafina bleef alleen achter.

Het verdriet dat de gedachte aan hem veroorzaakte was net wat weggeëbd. Keer op keer verscheen hij in haar dromen, hoewel haar verstand de nacht in de Stadtgarten als afgedaan probeerde te beschouwen. Zijn gedrag op het balkon was harteloos geweest. Hoe kon hij toenadering tot haar zoeken, haar dan opeens laten staan en later die Elise in de ogen kijken?

Eigenlijk zou ze de gebroeders Rothmann uit haar hoofd moeten zetten. Karl deed weliswaar zijn best voor haar, maar ze voelde geen diepe zielsverwantschap met hem. En Anton? Was het hun gemeenschappelijke belangstelling voor muziek, wat haar in hem aantrok? Het gemak waarmee hij pianospeelde, zijn band leidde en het publiek in vervoering bracht?

Serafina leunde tegen de muur en sloot even haar ogen.

Het was tijd om verstandig te worden. Momenteel had ze heel andere zorgen. In plaats van zich over te geven aan haar liefdesverdriet moest ze de kwestie van die foto's uit de wereld helpen.

Zodra Victor haar erfenis aan haar zou uitkeren, in januari, als ze eenentwintig werd, zou ze onafhankelijk zijn en kon ze erover nadenken welke kant ze op wilde. Des te beter als niets haar dan nog aan Stuttgart zou binden. Wat was erop tegen om een carrière als zangeres te beginnen? Haar stem was goed en geschoold, en omdat ze tegen die tijd over enig vermogen kon beschikken, stond de wereld voor haar open.

'Kijk toch uit!' Een onbekende stem deed haar opschrikken. Ze stapte snel van de muur weg.

De jongeman, die ruggelings de studio in kwam, kende Serafina niet, vermoedelijk was het een medewerker van Antons fabriek.

'Rustig aan, Erich,' riep Alois vanuit de werkplaats.

'Maar als er iets kapotgaat...' De man was op van de zenuwen. Hij had een draagband om waarmee hij een piano verplaatste.

'Er gaat niets kapot.' Nu verscheen Anton in Serafina's gezichtsveld, die het andere eind van de pianino droeg. 'Concentreer je alleen op de vloer en de deuropening.'

De twee mannen werkten zich stukje bij beetje naar voren. Toen hadden ze de smalle deuropening achter zich gelaten.

'Nog een paar stappen naar achteren,' dirigeerde Anton. 'Zo, nu. Hier is het goed. Langzaam laten zakken.'

Voorzichtig zetten ze het instrument neer.

Anton ontdeed zich van de gordel en gaf hem aan Erich. Toen klapte hij de deksel open en speelde een arpeggio. Ten slotte sloeg hij de toetsen van de piano een voor een aan, waarschijnlijk om te controleren of het instrument het transport ongeschonden had doorstaan.

'Het klinkt heel normaal,' zei Erich en hij ademde uitgeput uit.

'Ja. Het zou me ook hebben verbaasd als er iets was gebeurd. We versturen pianino's over de hele wereld, en ze komen onbeschadigd aan.' Anton trok een tevreden gezicht.

Toen bekeek hij de plek waar de piano nu stond. 'We zullen hem voor elk muziekstuk opnieuw moeten verplaatsen, al naargelang de bezetting waarin we spelen,' zei hij tegen Alois, die net met een pianokruk binnenkwam.

'Ja, dat kunnen jullie doen zoals je wilt.' Eberle zette het zitmeubel voor het klavier. 'Zo.'

'Het worden beslist goede opnames,' liet Serafina zich ontvallen.

Eindelijk richtte Anton nu zijn blik op haar. 'Dat mag ik hopen.'

'Wij doen er in elk geval alles aan,' zei Alois en hij ging aan de slag met zijn opnameconstructie. 'Ach,' voegde hij er nog aan toe, 'Karl herinnerde zich dat hij nog iets in de fabriek was vergeten, juffrouw Serafina. Ik moest u overbrengen dat hij over een half uur weer hier is.'

Serafina, die zich al afvroeg waar Karl was gebleven, wist niet wat ze hoorde. Karl liet haar hier gewoon achter omdat hij iets te doen had? En zei dat haar niet eens zelf, maar liet het haar óverbrengen?

Anton fatsoeneerde samen met zijn assistent de draagriemen, de oude uitvinder Eberle was verdiept in zijn grammofoonplatenapparatuur en Serafina stond op het punt meteen te vertrekken. Ze kon later altijd nog in haar eentje naar de bioscoop. Het was beter dat ze zolang ergens een mooi café opzocht om een kop thee te drinken en zich in de tussentijd te amuseren in plaats van zich hier overbodig te voelen.

Precies op dat moment liep Erich met een korte afscheidsgroet de studio uit, en Anton draaide zich naar haar om. 'Wil je iets met me zingen, Serafina?'

'Wat... wat zeg je?' Serafina keek hem confuus aan.

'Als Karl nog een half uur weg is, dan kunnen we alvast even proberen hoe het klinkt. En dan kan ik een indruk krijgen van je stem. Dat wilde ik toch al.'

'Tot nog toe leek het niet zo belangrijk voor je te zijn.' Serafina kon het niet laten om een stekelige opmerking te maken. 'Heb je eigenlijk wel tijd?'

'Zou ik het je anders vragen?' Hij trotseerde haar onderzoekende blik.

'Goed, nou, als ik dan de kans heb om in een echte studio te zingen,' zei ze uiteindelijk langgerekt, 'dan laat ik me die niet zomaar ontgaan.'

'Goed.' Anton ging achter de piano zitten. '"Liefde, hemel op aarde". Ken je dat? Uit *Paganini*?'

'Ja, natuurlijk ken ik dat. Van Franz Lehár.' Het was het laatste stuk dat ze had ingestudeerd voordat haar vader was overleden.

Anton speelde een paar maten, zodat ze goed kon intoneren.

Toen knikte hij haar toe en bewoog zijn vingers behoedzaam over de toetsen. Als vanzelf vond Serafina de weg in de vloeiende melodie. 'Ik kan niet geloven, niet vatten, dat wreed mijn droom is verstoord. Mijn geliefde wordt mij ontnomen, die heel mijn hart toebehoort.'

Waarom had hij dit stuk voorgesteld?

'Het geluk wil ik behouden, hoe grillig ook, mijn lot beheersen op eigen kracht. Ook al stond ik tegenover de wereld alleen...'

Alois Eberle hief zijn hoofd op en luisterde oplettend naar haar.

'Liefde, hemel op aarde, blijf eeuwig bestaan! Liefde, droom aller dromen, nooit mag je vergaan.'

Opeens was de barrière tussen Anton en haar verdwenen, net als destijds in de pianokamer. Ze keken elkaar aan terwijl de muziek hen in een wolk van lyrische tonen hulde.

'Jij schenkt alle vreugden, jij heelt al het lijden, jij, jij hebt de macht over ieder hart.'

Anton improviseerde een gevoelig naspel. De laatste toon stierf weg en Serafina wenste dat hij naar haar toe zou komen. Maar hij bleef achter de piano zitten, liet het laatste akkoord doorklinken en sloot zijn ogen.

De stilte in de ruimte was nog vol muziek, toen er opeens hectische voetstappen te horen waren.

‘Het spijt me vreselijk, Serafina,’ hijgde Karl, die blijkbaar had gerend en nu binnenstormde. ‘Toen ik buiten voor Antons bestelwagen stond, schoot me te binnen dat ik de moedersleutel voor de techniekruimtes van de chocoladefabriek was vergeten mee te nemen. Victor rekent erop dat ik vanavond laat de belangrijkste dingen nog eens controleer. Heeft Alois het je laten weten?’

‘Ja, dat heeft hij,’ antwoordde Serafina kortaf.

‘Goed. Dan gaan we op weg. Voordat de voorstelling begint, eten we nog een hapje.’

Anton klapte de deksel van de piano dicht. Even liet hij zijn ogen nadenkend op haar rusten. ‘Goed, een prettige avond dan nog voor jullie,’ zei hij uiteindelijk. Met die woorden vervloog de intimiteit die ze daarnet nog met hem had gedeeld, en maakte plaats voor de koele zelfbeheersing die hem zo ongenaakbaar maakte.

Op weg naar buiten keek Serafina vanuit haar ooghoeken naar hem en zag dat hij haar ook met zijn blik volgde. Er waren gevoelens, dat viel niet te ontkennen. Waarom liet hij ze dan niet toe?

31

Het UFA*-filmpaleis in de Schlossstrasse in Stuttgart 's avonds*

Serafina's ogen zwierven over de moderne en tegelijk statige gevel van de bioscoop. Drie hoge bogen waren als reliëfs geïntegreerd in een violetbruin geschilderde muur, die bovenaan van een gekartelde versiering was voorzien. Ingebed in de moderne architectuur zag het oude metselwerk eruit als een relict uit lang vervlogen tijden.

'Vier jaar geleden stond het station van Stuttgart nog hier,' legde Karl uit, alsof hij haar gedachten had geraden. 'Dat portaal daar vormde destijds de ingang naar het stationsgebouw. Het is in de nieuwbouw van de bioscoop ingevoegd. Interessant, nietwaar?'

Serafina knikte afwezig.

'Laten we naar binnen gaan.' Karl bood haar zijn arm aan, maar Serafina schudde haar hoofd.

Schouderophalend liep hij voor haar uit door de middelste poort, waarboven in blauw en rood het UFA-logo oplichtte.

Eigenlijk had Serafina al geen zin meer in een bioscoopavondje. Haar ontmoeting met Anton had daarnet een storm van gevoelens bij haar opgeroepen, die nog niet was gaan liggen. Noch het eten, noch de wijn in de Rathauskeller had haar kunnen bekoren. Het liefst was ze naar huis gereden om daar een paar van Vicky's frambozenpralines te nemen en zich daarna in haar kamer terug te trekken.

Maar toen ze achter Karl de hal van het UFA-paleis binnenliep, was haar verbazing zo groot dat haar gepieker even stokte.

De vestibule was groot en werd gedomineerd door twee gebogen trappen die aan weerszijden naar de rangen liepen. Tal van bezoekers verdrongen zich in de hal, die fel was verlicht hoewel het buiten nog niet eens schemerde.

Karl verontschuldigde zich en liep naar een van de kassa's die zich onder de trappen bevonden. Vlak daarna praatte hij met iemand die eruitzag als...

Serafina stond versteld.

Ze rekte haar nek en schoof zich langs twee groepjes vrouwen verder naar de kassa's toe om zich te vergewissen. Nu was er geen twijfel meer mogelijk. Naast Karl stond Anton.

Serafina schudde haar hoofd.

Zojuist bij Eberle had Anton er met geen woord over gerept dat hij ook van plan was naar de bioscoop te gaan. Of had hij het net besloten?

Nadat de broers hun kaartjes hadden bemachtigd, kwam Karl weer naar haar toe. Maar Anton liep de andere kant op, zonder nog op Karl te letten of aanstalten te maken om met hem mee te gaan.

Verdrietig volgde Serafina hem met haar ogen. En toen ze zag dat hij met Elise was gekomen, die in de buurt van het ingangsportaal op hem wachtte, voelde ze verbittering.

Maar Anton leek goedgehumeurd, lachte naar Elise en pakte haar zachtjes bij haar elleboog, terwijl hij met de kaartjes in zijn hand naar boven wees.

'We hebben plaatsen op de middelste rang.' Karl leek Antons gebaar te beschrijven, maar repte met geen woord over zijn broer. In plaats daarvan maakte hij een net zo uitnodigende handbeweging naar de linker trap. 'Zullen we maar?'

Met tegenzin rukte Serafina zich los van Anton en Elise, die naar de tweede trap toe liepen. De lichte druk op haar borst die ze toch al voelde, werd sterker. Serafina probeerde het gevoel af te schudden en terwijl ze naast Karl de brede treden naar de rangen beklom, besloot ze zo goed mogelijk van de avond te genieten in plaats van zich voortdurend voor te stellen hoe het zou zijn om Elises plaats in te nemen.

'Straks zul je iets bijzonders zien,' zei Karl dikdoenerig, toen ze door een kleurige met zilver versierde deur op de balustrade van de bioscoopzaal waren gekomen.

Hij kreeg gelijk.

De rechthoekige zaal was reusachtig en beschikte beslist over meer dan duizend plaatsen. De wanden waren lichtgeel geverfd, de stoelen met rood fluweel bekleed en als je van de laaggelegen rang over het parket naar het podium keek, zag je dat het gordijn daar dezelfde kleur rood had. Schitterend.

'Chic hier, vind je niet?' Karl keek haar vol verwachting aan. 'Wat dat betreft hoeft Stuttgart zich beslist niet voor Berlijn te schamen!'

'Het is echt heel mooi,' zei Serafina terwijl ze ging zitten, en ze hoorde zelf hoe mat haar stem klonk.

Karl keek haar onderzoekend aan en nam ook plaats.

Eerst verviel Serafina in stilzwijgen, maar stukje bij beetje trok Karl haar uit haar innerlijke toevluchtsoord. Ze converseerden zacht.

Serafina vertelde dat Victoria afgelopen week stiekem twee kikkers in haar kamer had ondergebracht, om ze kunstjes te leren. De zaak was natuurlijk binnen de kortste keren ontdekt, omdat Dora het gekwaak had gehoord en was gaan kijken waar het geluid vandaan kwam. De brave huishoudster had er meteen voor gezorgd dat de ontstelde diertjes naar hun nabijgelegen vijver terugkeerden.

'Dat vond Vicky zeker niet leuk?' vroeg Karl geamuseerd.

'Nee,' antwoordde Serafina. 'Als troost wilde ze een papegaai hebben om hem te leren praten.'

'Ach, lieve help!'

'Uiteindelijk zijn ze op een kanarie uitgekomen. Maar Vicky is niet echt blij met die oplossing.'

'Dat kan ik me voorstellen!' Karl grijnsde. 'Ik ben benieuwd hoe het afloopt. Ik zet mijn geld op de papegaai.'

Serafina knikte, maar zei verder niets meer omdat ze Anton en Elise inmiddels op een van de smalle zijbalkons had ontdekt en met een bepaalde voldoening had vastgesteld dat de twee al na korte tijd nogal zwijgzaam naast elkaar zaten. Bovendien had ze het gevoel dat Anton telkens naar haar keek, net als Elise. Een eigenaardige situatie.

Het duurde een klein half uur tot de lichten uitgingen en er alleen nog een subtiel kleurenspel in de twee koepels boven hen te zien was. Geleidelijk aan verstomde het geroezemoes in de zaal, het gordijn ging open voor het UFA-bioscoopjournaal met het laatste nieuws, waar het publiek aandachtig naar keek.

De melodie van het in de zaal geïnstalleerde orgel kondigde vervolgens de hoofdfilm aan, *Ein Walzertraum*. Voor Serafina was het verhaal vol verlangen bijna te veel romantiek voor één dag, maar de film was heel knap gemaakt en zorgde dat haar neerslachtigheid een beetje naar de achtergrond verdween.

'En hoe bevalt Willy Fritsch je als prins-gemaal?' vroeg Karl, toen het doek viel voor de pauze.

'Goed.' Serafina stond op. 'En hoe bevalt jou Mady Christians als Alix?'

'Goed.' Ze kaatste de bal meteen terug, maar Karl nam het sportief op. Hij leidde Serafina via de doorgangen met de spitse bogen naar een grote foyer, die beide verdiepingen van de bioscoop besloeg.

'Ik zou het prettig hebben gevonden,' zei Karl geagiteerd en hij stak een sigaret op, 'als mijn broer een andere voorstelling had gekozen.' Hij blies de rook naar het goud en bruin geverfde plafond. Tegelijk richtte hij zijn blik op een punt achter Serafina.

Ze vermoedde al wat hij zag.

'Karl.'

Hoewel Anton met vaste stem sprak, dacht Serafina toch een bepaalde gêne in zijn stem te ontdekken.

Ze draaide zich langzaam om. En stond pal tegenover hem.

Onwillekeurig verspreidde zich weer dat onrustige gevoel in haar maag. Zelfs toen Elise naast haar kwam staan, lukte het haar amper om haar opwinding in toom te houden.

'Goedenavond,' zei Elise, die een uitgesproken hartelijke indruk maakte. 'Prettig om met u kennis te maken!' Ze stak haar hand naar Serafina uit. 'Anton had me al over u verteld.'

Hoewel ze haar eigenlijk niet aardig wilde vinden, vond ze Elise meteen sympathiek. Ze schudde de uitgestoken hand. 'Het genoegen is wederzijds.'

'Dit is Elise Bender,' stelde Anton haar voor. 'Een... goede bekende van mij.'

'Wat leuk, een goede bekende.' Karl deed geen moeite zijn spot te verbergen.

Elise wierp hem een snelle blik toe, en Serafina was verbaasd er een milde waarschuwing in te zien. Karl staarde de tengere vrouw wederom aan, die ondanks haar breekbare gestalte onmiskenbaar een zekere trots uitstraalde. Kenden die twee elkaar? En zo ja, waarom lieten ze daar dan niets van merken?

'Nou, de dames kunnen dit soort amusement vast waarderen,' zei Karl nerveus. 'Het is allemaal heel sprookjesachtig.'

'Ik ben er nog niet uit of operettefilms mij wel bevallen,' zei Anton. 'Eigenlijk geef ik de voorkeur aan de oorspronkelijke enscenering van Oscar Straus.'

'Ik vind het een prachtige film,' bekende Elise. 'Maar vandaag ben ik ook pas voor het eerst in een bioscoop. En het is een overweldigende ervaring.'

Anton keek haar veelbetekenend aan. 'Daarom zijn we ook hiernaartoe gegaan.'

'Ja,' antwoordde Elise en ze glimlachte stralend naar hem. 'Ik ben Anton dankbaar dat hij vanavond mijn wens heeft vervuld, hoewel hij eigenlijk iets anders van plan was.'

'Nou ja...' zei Anton.

'Dat denk ik niet,' zei Karl, terwijl hij zijn broer uitdagend aankeek. 'Anton doet nooit iets wat hij niet wil.'

Opnieuw richtte Elise haar lichtbruine ogen op Karl en nam hem op. Serafina zou graag hebben geweten wat ze dacht. Er speelde iets tussen haar en Karl, dat was overduidelijk.

'Nou, wat mij betreft,' hoorde Serafina zichzelf opeens in een opwelling van vrouwelijke solidariteit zeggen, 'mij bevalt de film ook heel goed.' Intussen schonk ze Elise een snelle glimlach.

'Ik denk dat hij vooral ons vrouwen aanspreekt,' antwoordde deze op verzoenende toon.

Daarmee leek alles gezegd. En omdat de broers zwegen, viel er opeens een ongemakkelijke stilte.

'Dan hebben we zo wel voldoende aan de etiquette voldaan.' Antons conclusie was hard, maar eerlijk. Hij bood Elise zijn arm aan. 'Wil je misschien nog even de benen strekken, Elise?'

'Ja, graag.' Elise leek blij dat ze zich kon terugtrekken en haakte bij hem in.

'Goed dan,' zei Karl, opnieuw spottend. 'Dan wensen wij jullie nog een... onderhoudende avond.'

'Dat wensen wij jullie ook,' zei Anton en hij bracht Elise naar de trappen.

Hoewel de ontmoeting maar een paar minuten had geduurd, voelde Serafina zich innerlijk uitgeput. Ze haalde diep adem.

'Het is beter als wij het prille geluk niet verder verstoren,' zei Karl luchtig, maar Serafina had de indruk dat ook hij deze ontmoeting moest verwerken. Van het brutale gezicht dat hij anders altijd liet zien, viel niets meer te bespeuren. Hij kwam eerder bedachtzaam over, ongebruikelijk voor hem.

'Laten we naar onze plaatsen teruggaan,' zei Serafina.

'Dat wilde ik ook net voorstellen,' zei Karl.

'Het zal niet lang meer duren voor we films met geluid te zien krijgen,' voorspelde Karl, toen het doek na de voorstelling onder applaus viel. 'En dan wordt het een perfecte ervaring!'

Hij leek weer in een beter humeur te zijn.

'Ik vond dat met het orgel ook heel goed,' zei Serafina. 'Het klinkt fantastisch!'

'Dat klopt, het is ook speciaal voor deze ruimte gemaakt. Maar stel je voor dat je de acteurs kon horen praten! Dat zou toch iets heel anders zijn!'

'Dat kan best.'

'En dat zal ook gebeuren.'

Karl bracht haar de zaal uit. Het duurde even voor ze zich door de menigte naar de uitgang hadden geworsteld en het UFA-paleis hadden verlaten. Hoewel Serafina voortdurend om zich heen keek, was er geen spoor meer van Anton en Elise te bekennen. Eigenlijk was ze er blij om.

Achter hen viel het licht uit de ramen van de vestibule naar buiten, maar al na een paar stappen hadden ze het zachte schijnsel achter zich gelaten en liepen ze onder de sterrenhemel door de donkere zomernacht.

'Binnenkort zijn de dagen en nachten weer even lang,' zei Serafina. 'Dan worden de dagen weer korter.'

'Maar het duurt nog weken voor je er iets van merkt. Voor mij loopt de zomer altijd tot september.'

Serafina slaakte een zucht. 'Van mij mag het het hele jaar zomer zijn. Ik zal de winter niet missen!'

'De winter heeft ook zijn mooie kanten.'

'Dat vind ik niet.'

'O jawel,' verzekerde Karl haar. 'Zodra er genoeg sneeuw ligt, gaan we skiën.'

'Skiën?' Daar had Serafina nog nooit van gehoord. 'Wat is dat voor iets?'

'Weet je dat niet? O ja, je komt uit Berlijn, daar zijn geen bergen. Nou, ski's zijn twee lange houten planken, die je aan je voeten vastmaakt. Zo kun je gemakkelijk over een besneeuwde helling naar beneden glijden.'

'Op twee houten planken? Nooit van zijn leven!'

'Natuurlijk. De planken zijn heel lang en smal. Het is een beetje alsof je twee halve sleeën aan je voeten bindt.'

'Gaat het snel?'

'Dat hangt ervan af.'

Serafina vermoedde dat Karl grijnsde.

'Ik wel.'

'En waar ga je naartoe om op die "ski's" te glijden?'

'Meestal naar de Zwabische Alpen, daar is bijvoorbeeld een helling op de Traifelberg, waar je goed kunt skiën. Maar ik ben ook al eens in het Zwarte Woud en in de Alpen geweest. Wacht maar, als je het eenmaal hebt geprobeerd, wil je niet anders meer.'

'Ik weet niet of ik het wel kan.'

'Je krijgt het snel onder de knie.' Karl klonk zelfverzekerd.

'Nou ja... we zien wel.' Serafina kon zich met de beste wil van de wereld niet voorstellen dat ze op twee houten planken van een besneeuwde helling af zou glijden. Maar Karls ongedwongen manier van praten hielp om niet weer in gepieker te vervallen.

'Zo, ik moet nog even langs de fabriek,' zei hij vlak daarna, toen ze de Calwer Strasse in liepen. 'Daarom heb ik daarnet nog de sleutel gehaald. Ga je mee?'

Serafina dacht even na. 'Waarom niet?'

'Goed!' Een paar stappen verder bleef Karl staan en draaide een smalle, getraliede zijdeur van het slot. 'Het zal niet lang duren.'

Ze liepen het nachtelijke fabrieksterrein op.

Hoewel de binnenplaats werd verlicht door elektrische lampen, voelde Serafina zich toch een beetje ongemakkelijk toen ze over het langgerekte binnenterrein naar de eerste van de drie grote productiehallen liepen.

Daar haalde Karl nog een sleutel tevoorschijn. Daarmee opende hij een zware houten deur.

'Hebben jullie geen nachtwaker?' vroeg Serafina, terwijl ze door een lange, zwak verlichte gang liepen. De betegelde muren weerkaatsten het geluid van hun voetstappen, zodat het leek of ze niet alleen waren.

'De portier houdt alles in de gaten buiten de werktijden. In de eerste plaats controleert hij de conches, omdat die dag en nacht doordraaien. Maar hij doet zijn laatste ronde om negen uur. En de eerste om vier uur 's ochtends.' Een nieuwe sleutel, een nieuw slot. Karl deed het licht aan.

Ze bevonden zich in een grote schakelkamer. Tegen de muren stond een aantal hoge zwarte kasten, met daaromheen een paar grote tuimelschakelaars en ronde instrumentenborden achter glas.

'Omdat ik hiertegenover woon,' ging Karl verder, terwijl hij de instrumenten controleerde, 'verwacht Victor dat ik hier een oogje in het zeil hou.' Hij onderzocht de vloer en de kabels, de stopcontacten en de stekkers. 'Weet je, ik heb ook een leven. En 's nachts slaap ik of ga ik uit. Of ik doe iets anders. Het komt erop neer dat ik niet verantwoordelijk wil zijn als er nog eens iets gebeurt.'

Dat kon Serafina begrijpen. 'Wat weerhoudt Victor ervan om een nachtwaker in te huren? Dus iemand die 's nachts werkelijk kijkt of alles in orde is?'

'Eerst was het hem te duur. En op een gegeven moment hadden we het er niet meer over.'

'Zeg het hem dan nog eens.'

'Ach, weet je,' zei Karl terwijl hij het plafond inspecteerde, 'ik heb mijn eigen plannen. Als ik ooit voor elkaar wil krijgen dat er een grote verbouwing wordt gepland, dan val ik nu niemand lastig door om een nachtwaker te zeuren. Met de bijbehorende kosten.'

'Die verbouwing is belangrijk voor je, hè? Je hebt het er toch met een architect over gehad, toen we bij de motorraces waren.'

'Adolf Schneck, ja. Hij heeft echt uitstekende ideeën.' Karl draaide zich om. 'Zo, ik zie niets ongewoons. Ook zonder nachtwaker zou er de komende uren niets moet gebeuren.'

Ze liepen de fabriek uit. Karl sloeg zijn arm om Serafina heen. Een teder en inmiddels ook vertrouwd gebaar, maar het voelde niet goed. Niets voelde meer goed sinds Anton haar pad had gekruist.

'Ga je nog mee naar boven?' vroeg Karl, toen ze voor het pand stonden waar hij zijn woning had.

Serafina schudde haar hoofd. 'Wees niet boos op me...'

Hij keek haar twijfelend aan. 'Echt niet?'

'Breng me alstublieft naar huis, Karl.'

Karl knikte. 'Goed. Ik begrijp het.'

Ze liepen weer naar de cabriolet, die Karl die ochtend naast het bedrijf had geparkeerd. Opeens stond hij stil. 'Wat is dat voor figuur?'

Serafina, die met haar gedachten ergens anders was, keek op. 'Hoe bedoel je?'

'Verderop, bij de poort.'

Nu zag ook Serafina een zwartgeklede, corpulente man. Het leek of hij met de fabriekspoort knoeide. 'Wat is hij van plan?' Onwillekeurig dempte Serafina haar stem.

'Dat zou ik ook wel eens willen weten!' Karl liet Serafina los en begon sneller te lopen. 'Het zijn er twee! Er is nog iemand bij!'

Toen Karl en Serafina dichterbij kwamen, klonk het alsof iemand kokhalsde.

'Alles in orde bij u?' vroeg Karl op luide toon.

'Geen probleem, hij moet alleen overgeven,' antwoordde een vrouwelijke stem.

'Zeker weten?'

'Ja, ik zeg het toch!'

'Kom,' zei Serafina zacht tegen Karl, terwijl ze aan zijn mouw trok. 'Misschien is het pijnlijk voor ze.'

Karl liet zich door haar meetrekken, maar Serafina merkte dat hij de zaak niet helemaal vertrouwde.

Ze stonden op het punt om in de auto te stappen om naar Degerloch te rijden, toen Karl opeens met zijn vuist op het autodak sloeg. 'Verdomme. Er klopt iets niet. Ik ga nog een keer terug. Blijf hier!' Zonder haar antwoord af te wachten ging hij op weg.

Serafina rende achter hem aan. Toen ze de fabriekspoort zagen, waren de figuren verdwenen.

Ze haalde Karl in, die al in de buurt van de poort rondliep. 'Nou, wie het ook was, gekotst heeft hij niet. Er is niets te zien, geen spoor.'

'Echt niet?' Serafina keek naar de straatklinkers.

'Nee.'

'Misschien heeft hij alleen gekokhalsd en kwam er niets? Dat komt voor.'

Karl antwoordde niet. In plaats daarvan inspecteerde hij aandachtig de omgeving.

'Daar!' Hij wees naar de hoek tegenover hen. Serafina zag nog juist twee schaduwen wegschieten en de volgende zijstraat inslaan. Karl rende ervandoor. Ook Serafina begon te rennen.

Ze waren snel, maar toen ze bij de Gymnasiumsstraße kwamen, lag die vredig voor hen. Alleen een kat stak in het licht van de straatlantaarns van de ene stoep over naar de andere en verdween in een tuin.

'Verdomme!' Karl liep langs de huizen, keek hier en daar een portiek in. 'Ze kunnen niet ver zijn!'

'Denk je dat ze iets te maken hebben met wat er in de fabriek is gebeurd?'

'Best mogelijk.'

'Maar je zei toch zelf dat er een andere verklaring voor de storingen was?'

'Je kunt nooit weten.'

'Ik denk dat iemand misselijk is geworden, en nu willen ze gewoon snel naar huis,' zei Serafina. 'Het is toch vaak zo dat de man te veel drinkt en de vrouw hem dan naar huis moet slepen.'

Karl lachte en leek zich te ontspannen. 'Zo, denk je dat? Heb je daar al veel ervaring mee?'

'Nee, natuurlijk niet... maar dat hoor je altijd.'

'Het is al goed, Serafina,' zei hij, nog steeds lachend. 'Het was maar een grapje. Goed, dan breng ik je nu naar huis. Maar als er de komende tijd iets gebeurt, dan neem jij de verantwoordelijkheid op je!'

Serafina glimlachte. Karl had in elk geval gevoel voor humor, en dat waardeerde ze bijzonder in hem.

De amechtig hijgende man in de schaduw van het portiek voelde zijn hart tegen zijn ribben slaan. Dat scheelde maar een haar. Als de jonge Rothmann hem te pakken had gekregen, zouden al zijn plannen in duigen zijn gevallen. Goed dat hij die vrouw had meegenomen. Die was allang niet meer tevreden bij de Rothmanns en een goede handlangster.

Hij gluurde naar de straat en zag de twee, de man en de vrouw, nog altijd staan. Hopelijk gingen ze er snel vandoor. Hij had er moeite mee om zijn gehijg onder controle te houden.

Hij had zijn doel bijna bereikt.

En hij was niet van plan in het zicht van de haven te stranden.

32

Berlijn
4 juni 1926, 's middags

De blauwgrijze rook kringelde in fraaie cirkels naar de ornamenten van het gestucte plafond van haar kamer. Lilou keek de golvende ringen na tot ze oplosten, nam toen nog een trekje en blies nieuwe kringen de lucht in.

Op haar schoot lag een brief. Die was zojuist per expres gekomen en bevatte Serafina's vliegtijden.

Wat goed, dat het meisje eindelijk naar Berlijn kwam. Ze schreef wel dat ze in het gezelschap van een jongeman reisde, Karl Rothmann, en dat beviel Lilou minder goed. Maar Serafina had ook geschreven dat het de zwager van haar halfbroer was, die in dezelfde periode in Berlijn een paar zakenafspraken had geregeld. Het lag voor de hand dat haar halfbroer, die Victor Rheinberger, haar liever in mannelijk gezelschap zag wanneer ze haar voormalige huishoudster zou bezoeken, zo had Serafina haar reisplannen aan haar familie uitgelegd. Ze moest dus een korte omweg maken naar de oude dame, ook omdat deze misschien een paar dingen wist die nuttig voor hen konden zijn.

Al met al hadden ze maar drie dagen. Niet overdreven lang, als ze alles wilden doen wat er gedaan moest worden.

Maar de werkelijke reden voor haar reis naar Berlijn had Serafina niemand verteld, en Lilou hoopte dat ze zich voldoende aan het toezicht van Karl zou kunnen onttrekken om samen met haar de sporen van de foto's te kunnen natrekken.

Lilou nam een laatste trekje en drukte haar sigaret uit in een asbak van Meissner porselein, die was versierd met een rode draak. Ze hield van dat Aziatische motief, het zag er exotisch en strijdlustig uit, twee eigenschappen die Lilou bijzonder op prijs stelde, speciaal bij vrouwen. Toen vouwde ze Serafina's brief op en legde die op een bijzettafeltje. Ten slotte trok ze haar jas aan en pakte haar tas, waarin ze snel een kleine envelop stopte die ze al had klaargelegd.

Ze had nog vier uur voor ze in het Nelson-Theater moest zijn om de avondvoorstelling voor te bereiden. Die tijd wilde ze benutten omdat ze de laatste paar dagen nauwelijks een minuut voor het onderzoek had kunnen vrijmaken. Gisteren, bijvoorbeeld, was Josephine Baker in een door struisvogels voortgetrokken rijtuig door de straten van Berlijn gereden. Het had Lilou grijze haren en veel tijd gekost om de exotische vogels en de bijpassende tweewielige wagen te organiseren. Des te groter was haar verbazing toen ze zag hoe zelfverzekerd de danseres het voertuig met behulp van de leren teugels bestuurde. Maar dat was Josephine ten voeten uit. Haar schoonheid was net zo legendarisch als de manier waarop ze zichzelf altijd weer opzichtig wist te ensceneren, en dat niet alleen op het toneel.

In elk geval waren de Berlijners door het dolle heen geweest toen de majestueuze loopvogels met hun wapperende veren en een lachende Josephine op sleeptouw langs waren gelopen. Verbazing, enthousiasme, gejubel en afschuw hadden precies de sfeer geschapen waarin Josephine zich thuis voelde.

Inwendig grijnzend bij de gedachte aan de gebeurtenissen van de vorige dag ging Lilou op weg, nam lijn A naar de Potsdamer Platz en vervolgens lijn C naar de Leopoldplatz in het noorden van de stad. Daarna ging ze het laatste stukje te voet. De dag was warm en vriendelijk, dus floot ze een liedje, *Mon Paris*.

Het briefje in haar tas was opnieuw gericht aan Serafina's afperser. Lilou had het zorgvuldig geformuleerd, in de hoop eindelijk enige vooruitgang te kunnen boeken. Want het bericht dat ze ruim een week geleden in het kleine café bij de Alexanderplatz had opgehaald, bevatte nog steeds geen duidelijke eisen, alleen de instructie dat ze verdere aanwijzingen in een kraampje op de kermis van oom Pelle zou vinden. Het leek wel een bizarre schattenjacht en Lilou vroeg zich af wat de persoon die hierachter zat eigenlijk van plan was. Het kleine pretpark lag niet ver van het metrostation en Lilou vond het zonder moeite. Ze wandelde op haar gemak door de toegangspoort, met torentjes die een groot bord omlijstten waarop in koeienletters 'Berliner Nordpark zum Onkel Pelle' stond. De toegang was gratis en een tijdje zwierf Lilou tussen de draaimolens en de stalletjes door. Ze keek naar de kinderen en jongeren die er de tijd verdreven en hun weinige zuurverdiende centen uitgaven, kocht een suikerspin en botste per ongeluk tegen een ballonverkoper op, terwijl ze rondkeek naar de in de brief genoemde plek waar ze heen moest.

Uiteindelijk vond ze de genoemde houten kermiskraam, die vlak onder een grote esdoorn stond, met een opvallend macaber bedrukt spandoek boven de ingang, waarop in grote letters stond geschreven: HEDEN EXECUTIE.

'Kom binnen, jongedame,' sprak de ronselaar tegen haar. 'Dit krijg je niet alle dagen te zien!' Nauwelijks had ze interesse getoond en de tien pfennig entreegeld tevoorschijn gehaald, of hij liet haar staan en richtte zich tot de andere passanten die hij naar zijn toverkraam probeerde te lokken.

Binnen was het schemerig. Alleen het kleine podium, waarop een manshoge houten constructie met een guillotine stond, was helverlicht.

Het publiek was onrustig en gespannen, de mensen fluisterden opgewonden met elkaar en wisselden nerveus van plaats om een beter uitzicht te hebben. Met het voorbereide briefje in haar rechterhand glipte Lilou, zoals de briefschrijver had aangegeven, naar de rechterhoek achter in het houten huisje. Op die plek versperde een grote paal het zicht op het toneel, en toen de voorstelling tien minuten later begon zonder dat iets of iemand zich aan Lilou kenbaar had gemaakt, schoof ze onbewust steeds verder naar het midden van de ruimte en rekte haar hals uit. Haar nieuwsgierigheid naar wie of wat hier zou worden geëxecuteerd, was toch te groot.

Eerst vertoonde een trommelaar met veel lawaai zijn kunsten, gevolgd door een tovenaar met kaarttrucs. Maar dat soort amusement kende Lilou uit en te na en ze begon haar belangstelling al te verliezen, toen een oudere, zwaar opgemaakte vrouw met een volgroeide wurgslang het podium betrad. Gefascineerd keek Lilou toe hoe het reptiel zich om het lichaam van zijn eigenares wond. Als het zou beginnen te knijpen, zou de dame nauwelijks meer op hulp kunnen rekenen. Uiteindelijk begon ze met de kronkelende slang te dansen, heel langzaam, voor zover haar levende cocon het toeliet. Toen ze klaar was met haar optreden barstte er een daverend applaus los.

Er ging geroezemoes door het publiek toen eindelijk de nagemaakte guillotine naar het midden van het podium werd geschoven en de voorbereidingen voor de executie begonnen. Een jongeman werd het podium op getrokken, die deed alsof hij zich hevig verzette. Na een gechoreografeerd schijngevecht werd hij aan de onthoofdingsmachine vastgemaakt.

Iedereen hield zijn adem in, ook Lilou, toen de vermeende delinquent onder tromgeroffel op de grote apotheose wachtte. De spanning was om te snijden.

Precies op het moment dat de guillotine met een harde klap op het houten blok sloeg, stootte iemand Lilou ruw aan. Tegelijkertijd merkte ze dat ze haar briefje kwijt was.

Ze draaide zich meteen om en zag een slungelige jongeman zich door de menigte een weg naar de uitgang banen.

Hij was snel en Lilou moest moeite doen om hem niet uit het oog te verliezen terwijl ze zich onbehouwen een weg baande, zonder acht te slaan op de verwensingen en de klappen die ze onderweg incasseerde.

Vlak voor het zware fluwelen gordijn dat de publieke ruimte van de ingang scheidde, vatte zij hem in de kraag, maar hij maakte een halve draai zodat het stuk stof haar weer ontsnapte. Hij rende verder, maar Lilou liet zich niet zomaar afschudden en greep nog voor de toegangsdeur zijn bovenarm.

Hij verzette zich, maar Lilou hield hem stevig vast.

'Stil!' siste de vrouw die het entreegeld had geïnd. 'Of maak dat je wegkomt!' Ze opende de deur en de bengel stapte meteen naar buiten. Achter hen sloeg de deur in het slot.

'Ah, *mon garçon*,' zei Lilou, terwijl ze haar vingers diep in de arm van de nog steeds tegenstribbelende jongen begroef, '*allons, allons!* Zo gemakkelijk kom je niet van me af.'

'Laat me los! Ik heb niets gedaan!'

'Mais si! Je hebt een briefje van me gestolen.'

'Dat is niet waar!'

'Hoe heet je?'

'Dat gaat u niets aan!'

'*Alors.* Ik laat je niet gaan voor je me alles hebt verteld. En dan krijg je nog vijf mark toe.'

'Wat? Vijf mark?'

'Oui. Vijf mark.'

De jongen probeerde Lilou nog een keer af te schudden, maar toen het hem ook dit keer niet lukte, gaf hij het op. Langs een orgeldraaier, die een schlager uit zijn aftandse draaiorgel perste, duwde ze hem naar de dichtstbijzijnde bank toe en dwong hem met zachte dwang te gaan zitten.

'En?' vroeg ze streng.

'Wat bent u eigenlijk? Een man of een vrouw?'

'Je bent onbeschoft. En vertel eindelijk iets!'

'Eerst het geld.'

'Non. Jij praat eerst.'

'Ik weet helemaal niks.'

'Voor wie moest je de brief halen?'

'Die ken ik niet.'

'Waar moet je hem naartoe brengen?'

'Naar… de Friedrichstrasse.'

'Waar in de Friedrichstrasse?'

'Ik zeg niks!' De jongen bleef koppig.

'Nou, dat wordt niks met die vijf mark,' constateerde Lilou. 'Vertel me eerst maar eens hoe je heet.'

Hij aarzelde. 'Gustav,' zei hij toen.

'En waar woon je?'

'Nu eens hier, dan weer daar.'

'Heb je geen huis?'

'Nee.'

Lilou geloofde hem. Kinderen zoals hij, zonder een dak boven hun hoofd, waren er veel te veel in de straten van Berlijn.

'Je brengt me naar de plek waar je het briefje moet afgeven.'

Gustav keek haar onzeker aan. Toen knikte hij. Zijn gezicht was bezaaid met sproeten en onder zijn pet vol gaten kwam sprietig roodblond haar tevoorschijn.

'Nou kunt u me wel loslaten!'

'Non! Pas als we er zijn.'

Ze hield hem in bedwang terwijl ze met hem door de stad liep, maar hij deed geen poging om te ontsnappen. Na ruim twintig minuten liepen ze over de Ebertbrücke over de Spree, en Lilou besefte waar ze naartoe gingen. En even later bleef Gustav inderdaad voor het Admiralspalast staan.

'Hier?' vroeg Lilou.

De jongen knikte.

Lilou kende het gebouw met de weelderige, met porselein versierde verlichte gevel, waar feestvierders door werden aangetrokken als motten door een lamp. Rond deze tijd was het nog rustig, het publiek vermaakte zich bij de thé dansant van vijf uur. Pas later, als het nachtleven zijn armen zou uitstrekken, zou het uitgaanspubliek komen om de lange benen van de Haller-girls te bewonderen. Want Hermann Haller, die hier zijn theater bestierde, gold als de koning van de revue.

'En nu?' vroeg Lilou.

'Daar moeten we naar binnen,' antwoordde Gustav.

'Dat dacht ik al.' Lilou wierp een snelle blik op haar horloge. Het was even na vijven. 'Dan gaan we naar binnen. En... Gustav?'

'Ja?'

'Jij wacht daarna buiten op mij. Anders krijg je geen geld.'

Gustav knikte en bracht haar naar een achteringang.

Vlak nadat ze het gebouw waren binnengegaan, hoorde Lilou het gegiechel van de meisjes, het geklak van de hakken, geneuriede melodietjes en ook af en toe een vloek. Deze wereld was Lilou vertrouwd en herinnerde haar eraan dat ze uiterlijk over een uur moest vertrekken om op tijd in het Metropol te zijn.

Gustav liep behoedzaam naar een van de kleedkamers, waar onopvallende jonge vrouwen zich ontpopten als koninginnen van de nacht.

Hij deed zacht de deur open.

Nauwelijks had hij hem een stukje opengeduwd of er sloeg hun een wolk van opdringerig parfum tegemoet, begeleid door de gebruikelijke geur van make-up en cosmetica, crème en nagellak.

Ongeveer veertig revuegirls bereidden zich voor op hun optreden. Ze verruilden hun hangjurken voor nauwsluitende eendelige kostuums met sleep, hun hoeden voor boa's met veren en glittersieraden en droegen uiteindelijk zo weinig op hun lichaam dat ze meer onthulden dan verborgen.

In de loop van de avond zouden ze zich hier telkens weer terugtrekken, zich verkleden en hun make-up opnieuw aanbrengen, iets drinken, zich koelte toewuiven en op een gegeven moment doodop uit hun dansschoenen stappen.

Lilou bleef op de achtergrond en keek naar Gustav, die doelgericht op een vrouw afliep die al klaar was met omkleden en strekoefeningen deed. Toen ze hem zag knikte ze hem toe.

Het was niet ongebruikelijk dat er boodschappenjongens langskwamen. Vaak brachten ze heimelijke groeten over, pralines of bloemen voor de danseressen. Vrijers hadden de meisjes genoeg, want Haller rekruteerde alleen de knapste in zijn groep.

Lilou wilde geen aandacht trekken. Dus deed ze alsof ze een kostuum inspecteerde dat aan een stang hing, in de wetenschap dat iedereen in de ruimte min of meer met zichzelf bezig was. Weliswaar werd haar af en toe een vragende blik toegeworpen, maar niemand sprak haar aan.

Inmiddels had Gustav het briefje op de stoel van de danseres gelegd, die haar warming-up onderbrak en hem een muntje toestopte. Toen fluisterde ze hem iets in het oor, liet hem dat blijkbaar nog eens herhalen en stuurde de jongen met een kort handgebaar weg. Gustav keek Lilou even aan voordat hij uit de kleedkamer verdween.

De vrouw ging op haar stoel zitten, las het briefje en stopte het in haar tas. Intussen observeerde Lilou haar, maar ze kon geen duidelijke reactie ontdekken. De berichten die tot nog toe waren uitgewisseld, bevatten weinig concreets. Blijkbaar wilden de misdadigers er zeker van zijn dat ze niet in de val zouden lopen. Met het doel dat er eindelijk schot zou komen in de zaak, had Lilou dit keer haar naam vermeld en zich uitgegeven voor Serafina's vertegenwoordiger, in de hoop dat ze haar ook als zodanig zouden accepteren.

Nu tilde de vrouw haar been op en stak het kaarsrecht de lucht in. Ze was heel lenig, maar wel iets ouder dan de meeste meisjes hier. Lilou schatte haar op eind twintig. Was zij een van de afpersers? Of was ze gewoon een tussenpersoon?

Terwijl Lilou nog twijfelde of ze haar zou aanspreken, liep een van de andere meisjes naar de danseres toe. Ze was heel jong, waarschijnlijk nieuw hier, en ze maakte een onzekere indruk.

'Kun je me alsjeblieft nog een keer de passen laten zien, Paula?'

Paula? Lilou bewoog nog een stukje naar de twee toe.

'Ik heb je ze al drie keer voorgedaan,' antwoordde Paula boos. 'Je zou ze nu toch moeten kennen!'

'Alsjeblieft, Paula...'

'Voor mijn part. Voor de generale repetitie nemen we ze samen nog eens door. Voor de laatste keer.'

Lilou bewoog zich onopvallend naar de deur toe en ging de kleedkamer uit. Ze had genoeg gehoord en weer een mozaïeksteentje gevonden. De gemaskerde Paula op de foto was dezelfde Paula die bij Haller danste. Nu moest ze goed nadenken over haar volgende stap.

Zoals afgesproken stond Gustav op de stoep te wachten. Hij leunde tegen een straatlantaarn, keek omhoog en peuterde in zijn neus.

Hij schrok toen Lilou hem een zetje gaf.

'Ik heb gewacht,' verklaarde hij. 'Nou krijg ik mijn geld.'

'Rustig aan, jongeman,' zei Lilou. 'Eerst wil ik weten wat de vrouw in de kleedkamer tegen je zei.'

'Waar ik het antwoord moet ophalen.'

'Waar is dat?'

'Bij koningin Louise. In de Tiergarten.'

'Aha, goed.' Lilou haalde de beloofde vijf mark uit haar tas. 'Weet je eigenlijk,' vervolgde ze, terwijl ze hem het geld in de hand drukte, 'de achternaam van de vrouw aan wie je het briefje gaf?'

'Nee.' Gustav kauwde op een duimnagel.

'En hoe wist je aan wie je het moest geven?'

'Ik heb haar al een paar keer iets gebracht.'

'Maar haar naam ken je niet?'

'Nee. Die gaat me ook niets aan.'

'Wat betaalt ze je eigenlijk om die briefjes over te brengen?'

'Een mark.'

'Elke keer?'

Gustav knikte.

'Ik moet haar achternaam hebben, Gustav. Je krijgt een tientje van me als je erachter komt.'

33

Vliegveld Böblingen-Stuttgart
8 juni 1926

Het reflecterende zonlicht veroorzaakte onaangename vlekken in Serafina's ogen. Ze bracht haar hand naar haar voorhoofd en wachtte tot het effect afnam. Toen bestudeerde ze de letters op de romp van de Fokker-Grulich, die startklaar op het vliegveld stond. *LUFT HANSA*.

Ze voelde zich ietwat onbehaaglijk bij de gedachte dat ze in dat vliegtuig aan boord moest gaan. Ze had nog nooit gevlogen en hoopte dat alles goed zou gaan.

Maar Karl leek geen last te hebben van dat soort gedachten.

Hij grijnsde vol verwachting, als een tienjarige jongen die popelt om zijn cadeautje met Kerstmis uit te pakken.

'Heb je alles?' vroeg hij ongeveer voor de vijfde keer, sinds ze bij het reisbureau in de auto waren gestapt die hen hiernaartoe had gereden.

Ze knikte.

'Dames en heren,' liet een medewerker van de vluchtleiding hun nu weten, 'we zijn klaar om op te stijgen. Instappen, alstublieft.'

Samen met de twee andere passagiers die voor de eenvoudige houten terminal hadden staan wachten, gingen ze op weg naar het vliegtuig.

'Ben je opgewonden?' vroeg Karl.

'Een beetje.'

'Ik ook. Een beetje.' Hij lachte. 'Ik vlieg vandaag voor het eerst. Het kostte me veel overredingskracht om Victor ervan te weerhouden ons met de trein naar Berlijn te sturen.'

'Ah!'

'Ja, echt waar.' Karl maakte een breed gebaar naar het terrein. 'Stel je voor, tot voor kort was het vliegveld nog een weiland met koeien! Pas sinds vorig jaar wordt het gebruikt voor lijnvliegtuigen.'

'En hoe komen ze erbij om zo'n weiland om te vormen tot een vliegveld?'

'De ligging is goed, en het is vlak. Ooit bevond zich hier een militair vliegveld.'

'Dan lag het waarschijnlijk voor de hand,' zei Serafina, terwijl ze naar het vliegtuig keek waar ze voor stonden.

Onder de open cockpit, van waaruit de piloot de activiteiten rond de machine dirigeerde, stond een ladder. Een monteur met allerlei gereedschap in zijn handen kwam er juist vanaf.

'Dat is altijd zo,' zei Karl geruststellend. 'Bij elke tussenstop wordt het vliegtuig gecontroleerd. En bijgetankt, natuurlijk.'

Vlak naast hen werd de bagage vanaf een handkar in het vliegtuig geladen, terwijl hun twee medereizigers een eindje verderop een sigaret rookten.

Karl hielp haar in te stappen. 'Waar wil je zitten? Links of rechts? Vooraan of achterin?'

Serafina bekeek de rieten stoelen, waarvan er aan weerszijden twee vlak achter elkaar in de passagiersruimte waren vastgeschroefd. 'Ik zit rechts voorin.'

'Akkoord!' Karl nam haar handtas over en legde die in het bagagenet boven haar stoel.

Voordat Serafina ging zitten keek ze nieuwsgierig rond in de kleine cabine. Het was krap en een beetje benauwd onder de bespanning van stof, maar toch onverwacht comfortabel. Er bevonden zich zelfs een wasgelegenheid en een toilet aan boord.

Serafina pakte een van de klaarliggende dekens en nam plaats. Even later stapten ook de twee heren in die met hen meereisden. 'Nou, eens kijken of de piloot de weg kan vinden,' grapte een van hen, en Serafina had de indruk dat hij zijn nervositeit probeerde te verbergen.

Nadat alle passagiers met hun bagage een plaats hadden gevonden, wenste de medewerker van de vluchtleiding hun een prettige reis en verliet het vliegtuig. De deur ging dicht.

Het lawaai van de startende propeller was oorverdovend. Serafina trok onwillekeurig haar witte hoed omlaag, die met een lichtblauwe kunstbloem was versierd, om haar oren te beschermen.

Toen de machine vervolgens over de startbaan hobbelde, steeds sneller ging en uiteindelijk dansend opsteeg, had Serafina het gevoel dat ze moest overgeven.

'Kijk naar buiten!' riep Karl tegen haar, zelf ook wat bleek om de neus.

Serafina dwong zichzelf om uit het raam te kijken, zag de terminal en de mensen ernaast, die steeds kleiner werden naarmate de Fokker hoger klom.

'Daarachter liggen de Zwabische Alpen!' Karl moest schreeuwen om boven het motorlawaai uit te komen.

En inderdaad lag in de verte een keten van afgeronde bergen, badend in verschillende tinten blauw en groen, als een muur die haar blik verder droeg en tegelijk beperkte. Op twee ervan dacht Serafina imposante gebouwen te zien, kastelen of burchten.

Karl boog zich over de smalle gang naar haar toe. 'Als we terug zijn, maken we een uitstapje daarheen! En in de winter gaan we skiën, je weet wel!'

Het motorlawaai werd niet minder, zelfs niet toen ze op kruishoogte waren en niet verder stegen. Het flauwe gevoel in haar maagstreek werd weliswaar iets beter, maar Serafina voelde zich niet echt prettig.

Een van de heren las een krant, de andere had zijn ogen gesloten. Aan een gesprek viel niet te denken.

Serafina huiverde in haar witte pakje en trok de deken strakker om zich heen. Toen keek ze weer naar buiten en zag het landschap onder hen voorbijtrekken, voortdurend veranderend. Van hierboven was alles piepklein, weilanden en velden, bossen en meren. Rivieren kronkelden door valleien en grasland, de rode daken van huizen en kerken lichtten op in het zonlicht. Een speelgoedlandschap bij uitstek.

'We vliegen honderdtwintig kilometer per uur! Dat heb ik pas in een brochure over de passagiersluchtvaart gelezen.' Karl bleef proberen het vliegtuiglawaai te overstemmen. En misschien ook zijn angst.

Keer op keer werd de machine door onzichtbare krachten door elkaar geschud. De eerste paar keer dat ze omlaagzonken, sloeg de schrik Serafina om het hart. Toen ze zich eindelijk veiliger voelde, zorgden de voortdurende slingerbewegingen ervoor dat haar maag weer in opstand kwam. Ten slotte leidde ze zichzelf af door ingespannen over de komende dagen na te denken, ook al bekroop haar daarbij een andere angst.

Om ongestoord met Lilou te kunnen praten, had ze absoluut bewegingsruimte nodig. Daarom was het belangrijk dat Karl rustig zijn gang ging en zich zo weinig mogelijk met haar bemoeide. Alleen dan kon ze eindelijk zelf een bijdrage leveren aan de opheldering van de zaak met de foto's. Daar hoorde ook een bezoek aan juffrouw Schmidkte bij, haar vroegere huishoudster. Maar Serafina's vriendinnen wisten niet dat ze naar Berlijn kwam. Ze had geen tijd en geen rust voor een gezellig praatje.

De vliegroute voerde langs Erfurt en Halle. Van het landen en opstijgen werd Serafina elke keer weer misselijk. Eindelijk, na ruim vijf uur vliegen, naderden ze Berlijn-Tempelhof. Bij de wiebelige daling protesteerde Serafina's maag nogmaals, toen landde het vliegtuig met een klap voor de laatste keer en kwam tot stilstand.

Ze waren er.

'En?' vroeg Karl, toen ze aanstalten maakten om uit te stappen. 'Dat was me wat!' Zijn gezicht was rood, hij leek ronduit euforisch.

Tot op zekere hoogte kon ze het wel begrijpen, zijn fascinatie met het vliegen, het gevoel als een vogel boven de dingen te zweven. Maar nu was ze blij dat ze weer vaste grond onder de voeten had.

Toen ze de machine eindelijk verlieten, dreunden Serafina's oren en hoofd nog na van het voortdurende gebrom van de propeller. Haar hele lichaam leek vanbinnen te trillen.

Nog geen half uur later stapten ze in een taxi, die hen naar de stad moest brengen.

'Waarheen gaat de rit?' vroeg de bestuurder.

'Naar Hotel Excelsior,' antwoordde Karl.

'Anhalter Bahnhof. Zoals u wenst.' De chauffeur knikte en reed weg, over de Flughafenstrasse, en sloeg toen rechts af in de richting van Kreuzberg. Algauw doemden de eerste huurkazernes op.

Voor Serafina was het vreemd om haar geboortestad weer te zien. Vertrouwd en vreemd. Nog maar een paar weken geleden had ze hier alles achter zich gelaten om alleen en ontheemd de reis naar Württemberg te aanvaarden, zonder te weten wat haar daar te wachten stond. Nu ze terug was, realiseerde ze zich hoezeer ze zich al thuis voelde in Stuttgart.

Na een korte rit kwamen ze aan bij Hotel Excelsior. Terwijl een piccolo zich over hun bagage ontfermde, liepen Serafina en Karl het enorme hotel met de honderden kamers in. Onderweg had Karl haar verteld dat er zelfs een aparte voetgangerstunnel was gepland die rechtstreeks van de hal van het Anhalter Bahnhof ertegenover naar de hal van het hotel zou lopen. Daar had ze nog niets van gehoord. Maar omdat het hotel vaak door zakenreizigers werd gebruikt, vond ze het wel een aannemelijk verhaal.

Het was druk bij de receptie en ze sloten achter in de rij wachtende gasten aan. De banketbakkerij van het hotel verspreidde een verleidelijke geur van koffie en gebak, en nu haar maag weer tot rust was gekomen, merkte Serafina dat ze honger had.

Gelukkig duurde het niet al te lang voor Karl het registratieformulier had ingevuld en de receptionist hun de sleutels overhandigde. 'O, er is een bericht voor u afgegeven, meneer Rothmann,' schoot hem bij deze gelegenheid te binnen.

Serafina spitste haar oren.

'Dat is vast van Max Hoffman, we zien elkaar morgen,' zei Karl, maar toen hij de envelop bekeek, stokte hij en overhandigde hem aan Serafina. 'Het is voor jou!'

Serafina herkende Lilous handschrift en borg de brief snel op. 'Is het vanwege het bezoek aan je vroegere huishoudster?' vroeg Karl enigszins wantrouwig. 'We gaan er toch samen heen!'

'Eh… ja, dat is vanwege het bezoek,' antwoordde Serafina in een poging haar plotselinge nervositeit te verbergen. 'Maar ik kan er ook alleen naartoe, Karl. Uiteindelijk heb ik bijna mijn leven lang in deze stad gewoond!'

'Geen sprake van!' De autoritaire toon die Karl opeens aansloeg, stoorde Serafina.

'Je hebt geen recht om me te vertellen wat ik moet doen,' zei ze op scherpe toon.

Karl keek haar confuus aan. 'Nu gaan we eerst naar onze kamers, en daarna bespreken we de rest wel,' zei hij wat inschikkelijker.

Serafina beet op haar tong en slikte haar volgende opmerking in.

Misschien zou de ruimte die ze nodig had vanzelf wel ontstaan. Hij had een paar afspraken, en in de tijd dat hij daar naartoe moest kon ze er op eigen houtje op uit.

Ze namen de lift naar de derde verdieping. Daar had Victor twee eenpersoonskamers voor hen gereserveerd, die echter niet naast elkaar lagen.

'Het hotel heeft zo veel kamers,' klaagde Karl, 'dan had het toch mogelijk moeten zijn om ons niet aan de uiteinden van de gang onder te brengen!'

Maar Serafina vond het wel best. 'Dat is toch geen probleem, Karl.'

'Maar ik had beloofd om op je te letten!'

Serafina schudde haar hoofd. 'Ik neem aan dat onze bagage al naar boven is gebracht,' veranderde ze van onderwerp. 'Ik ga me nu eerst even opfrissen.'

Karl fronste zijn wenkbrauwen. 'Ja, goed. Ik haal je over een kwartiertje op, dan kunnen we naar het café beneden gaan.'

'Ik heb iets langer nodig,' zei Serafina. 'Ga jij maar vast. We zien elkaar dan beneden.'

'Wat mij betreft.' Karl gaf haar de sleutel en ging met tegenzin naar zijn kamer.

Serafina keek hem even na, maakte toen de deur open, liep de kamer in en leunde tegen de deur, die met een zachte klik dichtviel. Ze was doodop en had het liefst een dutje gedaan, maar ze moest weten wat er in Lilous brief stond.

Dus haalde ze meteen de kleine notitie tevoorschijn:

Ma chère Serafina, ik hoop dat je goed bent aangekomen. Het bezoek aan mademoiselle Schmidtke is voor morgen gepland. Ik haal je om twee uur 's middags op. Bisous, *Lilou.*

Lilou had de tekst neutraal gehouden voor het geval dat anderen hem in handen zouden krijgen. Zo hadden ze dat afgesproken.

Serafina zette zich af van de deur, legde haar hoed op het bed en de brief op het nachtkastje.

Toen liep ze naar het aangrenzende badkamertje en waste haar handen. Wat attent van Victor om een kamer met een eigen badkamer voor haar te reserveren. En het water dat uit de kraan kwam was warm! Wat een luxe!

Toen ze een klein half uur later de banketbakkerij naast de hal van het hotel binnenstapte was ze weer wat opgeknapt. Karl zat al aan een tafeltje in de buurt van het theehoekje en had koffie en taart besteld.

'Ik neem aan dat je van eierpunch-appeltaart houdt,' zei hij toen ze tegenover hem kwam zitten.

'Ja. Daar ben ik dol op!' Serafina pakte de zilveren vork en nam de voorste hoek van het gebak. Het zoet in combinatie met het delicate zuur van de appels was verrukkelijk.

'Je hebt honger!' Karl keek geamuseerd toe hoe haar taartpunt binnen de kortste keren verdween, terwijl hij zelf een stuk mokkataart verorberde.

'Jij ook!'

'Ja. En deze confiserie is uitstekend! Wil je zo nog wat?'

'Ja, als je niet gechoqueerd bent dat ik hier eet als een bootwerker?'

Hij lachte en gebaarde naar de ober. Serafina bestelde een tompoes met amandelen.

'Zo,' zei Karl ten slotte en hij leunde achterover. 'We moeten bespreken wat we de komende dagen gaan doen. Vandaag is het dinsdag, vrijdag vliegen we terug.'

'Dat weet ik.' Serafina legde haar vork naast haar bord. 'Maar ik ken je plannen niet.'

'Ik ben morgen de hele dag in Tempelhof bij Sarotti. Ik had gedacht dat je met me mee kunt gaan. Ik wil je graag aan Max Hoffman voorstellen, de bedrijfsleider. En terwijl ik vergader, neem jij een kijkje in de fabriek, want het ziet ernaar uit dat je op een gegeven moment zelf deel gaat uitmaken van de chocoladedynastie Rothmann.'

'Geen denken aan!' Serafina reageerde feller dan ze eigenlijk wilde.

'Heeft Judith het er nog niet met je over gehad?'

'Waarover had ze het met mij moeten hebben?'

'Ze wilde je voorstellen om een commerciële opleiding te volgen. Dan zouden we erover kunnen nadenken waar je een plek zou kunnen vinden bij ons.'

'Ik wil niets commercieels doen.'

'Aha? Wat dan?'

'Ik wil zangeres worden. Of iets met acteren, maar ik zal beslist geen baan accepteren in jullie chocoladefabriek!'

Karl boog zich naar haar toe. 'Niet? Wil je dat serieus afwijzen? Om zangerés te worden? Of actríce?' In het laatste woord klonk minachting door.

Serafina keek naar het gestucte plafond.

'Luister alsjeblieft naar me, Serafina,' vervolgde Karl. 'Victor en Judith hebben heel veel over jouw toekomst nagedacht. En ze hebben het beste met je voor!'

'Net als jij!' snauwde ze. 'Ik kan het beste met je trouwen, dan heb ik meteen de juiste naam!' Dat had ze eigenlijk niet willen zeggen.

'Helemaal niet zo'n slecht idee.' Karl liet zijn brede grijns zien. Serafina moest meteen aan Anton denken, wiens glimlach op een of andere manier charmanter was. En nooit schunnig.

'Ik vind… het geen goed idee.' Nu was het er eindelijk uit.

Karl kneep zijn ogen tot spleetjes. Nadenkend stak hij een sigaret op. 'Ik word hier morgenochtend om acht uur afgehaald,' veranderde hij van onderwerp. 'Waarschijnlijk ben ik tegen een uur of vier uur terug. Dan kun je me Berlijn laten zien.' Serafina ging ervan uit dat ze om vier uur nog weg zou zijn, maar dat ging ze hem nu niet aan zijn neus hangen. Het was genoeg als ze morgen een berichtje voor hem zou achterlaten.

Ze slaakte een zucht. 'Laten we het daar morgen over hebben.'

34

Berlijn, Strandbad Wannsee
9 juni 1926

Het geratel van de wielen op de rails van de Berlijnse *Hochbahn* had een slaapverwekkend effect op haar gehad. Serafina's oogleden waren zwaar geworden, terwijl ze door de metrotunnels en over de verhoogde spoorlijnen waren gereden die zo typerend waren voor de stad. Maar toen ze aankwamen in station Nikolassee was ze opeens vervuld geweest van voorpret, wat al haar loomheid had verdreven. Met het hele gezin de natuur in, dat was zomer in Berlijn.

Het vertrouwde voetpad naar het strand van Wannsee door bos en zand was verbonden met herinneringen aan warme zomermiddagen met haar vader of juffrouw Schmidtke: plonzen, zwemmen, spelen. Aan de worstenbroodjes die na het ravotten in het water lekkerder smaakten dan ooit. Aan de wolken die een eigen leven gingen leiden naarmate je langer op het witte zandstrand naar de hemel lag te kijken.

'Ik dacht al dat het je zou bevallen,' zei Lilou glimlachend tegen Serafina. 'Als je in Berlijn bent opgegroeid, dan hoort de Wannsee bij je *enfance*, je kinderjaren, n'est-ce pas?'

Ze stonden samen aan de oever en keken naar het levendige gekrioel in het water. Je hoorde gelach, gekrijs en geroep, het water spetterde, een bal vloog heen en weer. Een groepje jongeren speelde een steekspel met de opblaasbare paarden die sinds vorig jaar te huur waren. Ver weg kon je de vertrouwde silhouetten van de roei- en zeilboten zien.

'Het is prachtig,' antwoordde Serafina. 'Het liefst zou ik er zelf ook in springen!'

'*Allez!* Ga je gang!'

'Ik heb geen badpak bij me, Lilou. Ik had nooit gedacht dat ik in de paar dagen dat ik hier in Berlijn ben, naar de Wannsee zou gaan!'

'*Eh bien.* Wat goed van mij dat ik eraan gedacht heb.' Met een knipoog haalde Lilou twee badpakken uit haar grote schoudertas.

'Wat..?' Serafina knipperde ongelovig met haar ogen. 'Voor mij?'

'Natuurlijk! Ik ga toch niet *toute seule* het water in!'

'Je bent geweldig, Lilou! Bedankt!'

De twee vrouwen liepen naar de houten huisjes die als kleedkamers fungeerden. Serafina's zwarte katoenen badpak met een begin van broekspijpen zat als gegoten. Serafina voelde zich wat ongemakkelijk bij de gedachte dat Lilou haar figuur nauwgezet had bestudeerd, maar het vooruitzicht het water in te gaan verdreef het gevoel al snel.

'*Tiens!*' zei Lilou toen ze elkaar vlak daarna voor de houten hutjes tegenkwamen. Ze had zelfs aan badmutsen gedacht. Serafina trok een grimas toen ze er een aantrok. Die kappen waren gewoon vreselijk.

Zonder op Lilou te wachten, rende ze met grote passen het water in, dat bij de oever ondiep en warm was.

'*Attends-moi!*' riep Lilou lachend en ze kwam haar achterna. Serafina lette niet op haar. Toen het water tot haar heupen kwam zette ze zich van de bodem af en begon met snelle slagen te zwemmen.

'Je bent snel,' riep Lilou hijgend toen ze Serafina inhaalde.

'Als ik... eenmaal in het water ben,' antwoordde Serafina, zelf ook enigszins buiten adem, 'ben ik niet meer te houden!'

'Ah!'

Serafina maakte nog wat meer vaart. Lilou bleef al snel achter. Uit haar ooghoeken zag Serafina dat de Française naar de oever was teruggegaan, uit het water gestapt was en op de steiger ging zitten om een sigaret te roken.

Serafina hield niet van sigaretten. Al bij de eerste keer dat ze er een had geprobeerd, had ze de heesheid in haar mond en keel onaangenaam gevonden, om maar te zwijgen van het voortdurende hoesten. Met grote, krachtige slagen zwom ze verder het meer op, genoot van haar lichaamskracht, zoog lucht op in haar longen en zorgeloosheid in haar hart.

Uiteindelijk keerde ze om en keek achter zich.

De mensen op het strand waren gekrompen tot onooglijke poppetjes, de geluiden leken gedempt, wat ook te wijten was aan het feit dat Serafina water in haar oren had. Maar het mooiste was het gevoel te worden gedragen door de kleine golven en te genieten van de gewichtloosheid.

Pas toen ze het koud begon te krijgen, maakte ze rechtsomkeert.

'Chapeau!' zei Lilou toen ze de oever had bereikt. 'Je bent ruim een half uur weg geweest!'

'Echt? Zo lang?' Serafina droogde zich af, trok de badmuts van haar hoofd en ging op haar handdoek zitten.

'Oui.' Lilou kwam naast haar zitten en zuchtte. 'Ik dacht al dat je niet meer terug zou komen. Heb je honger?'

'Een beetje.'

Lilou gebaarde naar een van de verkopers die met warme worstjes langs het strand liepen en kocht een worst en een broodje.

'Bedankt.' Serafina beet in haar broodje.

'Ma chère,' begon Lilou een paar minuten later, en Serafina wist precies waar het over zou gaan. 'Wat de foto's betreft...'

Serafina's maag kromp ineen, maar ze dwong zichzelf om te blijven eten.

'Ik had je al geschreven dat ik een paar dingen te weten was gekomen,' vervolgde Lilou. 'Ik wilde niet in details treden, omdat je nooit kunt weten of de post niet in verkeerde handen valt.'

Serafina knikte.

'Zegt de naam Richter je iets? Of de naam Schwarz?'

'Nee.'

'Non? Dat is vreemd. De afgelopen weken ben ik allebei de namen tegengekomen.' In zakelijke bewoordingen vatte Lilou haar bevindingen samen. Nu Serafina de naam van haar moeder voor het eerst hoorde, kneep haar keel dicht.

'Elly Schwarz,' zei ze geschokt. 'Stel je voor, ik heb twintig moeten worden om haar naam te weten te komen.' Ze schudde haar hoofd.

Lilou sloeg troostend haar arm om haar heen. 'Dit is een bijzonder moment. Beschouw het als een geschenk, Serafina.'

Lilou gaf haar een paar minuten de tijd om alles te verwerken. 'En Richter?' informeerde ze toen voorzichtig. 'Heb je die naam al eens eerder gehoord?'

Serafina veegde een paar druppels water van haar slaap, die uit haar haren liepen. ‘Richter? Nee, dat zegt me niets. Werkt hij bij de spaarbank?’

‘Oui. Hij leidt de boekhouding daar.’

‘Misschien had mijn vader daar een spaarrekening?’

‘Dat is mogelijk. Hoewel ik geloof dat hij grotere bedragen bij een andere bank zou hebben ondergebracht. Maar toch, in zijn positie zou Richter zich heel goed een beeld van jullie vermogen hebben kunnen vormen.’

Serafina begon met haar hand in het zand te graven en een heuveltje op te hopen. ‘Dus het gaat toch om geld.’

‘Dat denk ik wel.’ Lilou drukte haar sigaret uit. ‘*Et*, ik heb iets. Sinds gisteren.’ Ze opende haar tas en haalde er een opgevouwen stuk papier uit. ‘*Lis!*’

Serafina negeerde het zand op haar handen, pakte het vel papier aan en vouwde het open. Terwijl haar ogen over de regels vlogen, gleden er een paar zandkorrels overheen. ‘Zo veel willen ze?’ vroeg ze toen ongelovig. ‘Dat heb ik niet!’

‘Blijkbaar nemen ze aan dat je het wel degelijk hebt.’

‘Dan weet die persoon meer over het vermogen van mijn vader dan ik.’

‘Daar lijkt het wel op. Daarom was het voor mij zo belangrijk dat je naar Berlijn kwam.’

‘Wat moet ik dan doen?’ Serafina hoorde hoe wanhopig ze klonk.

‘Om te beginnen ga je morgen langs mademoiselle Schmidtke. Misschien heeft je vader iets tegen haar over zijn testament gezegd, misschien was ze erbij of was ze getuige. Maar je moet haar vooral vragen naar alle mensen die jullie de laatste jaren hebben bezocht.’

‘Dat waren er niet veel.’

‘Dat maakt niet uit.’

Serafina gaf Lilou het papier terug. ‘Ik ga nog een keer zwemmen!’ Ze pakte haar badmuts en stond op.

‘O, dat kan niet meer! We moeten terug naar de stad!’

‘Waarom?’

‘We gaan naar Hugo Baltus. Hij heeft die foto’s van je genomen. Ik stond al een keer bij hem op de stoep, maar hij was twee dagen de stad uit. Vandaag zou hij terug moeten zijn.’

De druk op Serafina’s maag werd ondraaglijk. ‘Is dat echt nodig?’

'Oui.' Opeens werd Lilou streng. 'Ik kan me voorstellen dat dit heel vervelend voor je is, maar ik wil dat je erbij bent. Zijn reactie op jou is belangrijk.'

Serafina slaakte een diepe zucht. 'Dan gaan we ons nu omkleden?'

'Ja.' Lilou raapte haar spullen bij elkaar. 'En wat onze reactie op het gevraagde bedrag betreft: die breng ik vanavond naar de genoemde plaats. We stellen een betaling in termijnen voor, in de hoop dat ze daarop ingaan en we nog wat tijd kunnen winnen.'

'Wil je dat ik meega?' vroeg Serafina onzeker.

'Non. De Münzstrasse is niet bepaald een goede buurt, daar heb je niets te zoeken.'

Een uur later liepen ze de studio van Hugo Baltus aan de Kurfürstendamm binnen. Serafina kon de fotograaf nauwelijks in de ogen kijken. Maar Lilou legde hem zonder omhaal de foto's voor en vroeg naar zijn mening erover.

Hugo Baltus leek overrompeld. 'Mij is verteld dat de juffrouw dat soort foto's commercieel laat maken,' verdedigde hij zich nadat hij de afdrukken had bekeken. 'Destijds heb ik er niet aan getwijfeld. Maar toen was u ook in een heel wat... laten we zeggen... slechtere toestand.' Hij maakte een lichte buiging naar Serafina.

'Hebt u niet gemerkt dat zij door de aanwezigen werd gedwongen?' drong Lilou aan. 'En dat ze was gedrogeerd?'

'Ach, weet u,' antwoordde de fotograaf. 'Je ziet zo veel in die theaters en variétés. En omdat Anita me letterlijk heeft gesmeekt om die foto's te maken...'

'Anita Berber kent geen grenzen. Dat had u moeten weten.'

'Ze heeft altijd nog engagementen. En bovendien, hoe moet ik weten welke sirenen van de nacht echt zijn en welke niet?' Opnieuw keek hij verontschuldigend naar Serafina.

'Toen hebt u de foto's verkocht,' merkte Lilou op.

'Inderdaad. Een dame bood me meteen de volgende dag al een goede prijs. Dus heb ik twee afdrukken van elke foto voor haar gemaakt. Een mens moet toch ergens van leven.'

'En de negatieven? Ik neem aan dat u bij dergelijke gelegenheden camera's met fotorollen gebruikt?'

'Een Voigtländer, ja. Ik heb daarna alles vernietigd. Dat doe ik altijd bij dat soort… indiscrete opnames.' Hij probeerde te glimlachen. 'Ik wil niet in de problemen komen. Als ik twijfelde, heb ik nooit gefotografeerd. Daarom zet ik ook nooit mijn naam op de foto's die ik na dat soort opdrachten verkoop.'

Serafina keek beschaamd naar de grond.

'U had het over een vrouw.' Lilou begon door de studio te ijsberen. Op dat moment kwam haar mannelijke kant duidelijk naar voren. 'Is die vrouw op een van de foto's te zien?'

Baltus aarzelde met zijn antwoord. 'Die vraag raakt aan mijn beroepsgeheim.'

'Dus dat betekent: ja.'

'U kunt denken wat u wilt. Ik heb te doen met de jongedame.' Hij keek naar Serafina en op zijn gezicht stond daadwerkelijk compassie te lezen. 'Als ik had geweten dat haar reputatie op het spel stond…'

'Ze wordt met die foto's gechanteerd,' zei Lilou. 'Misschien komt er een publicatie in het *Berliner Tageblatt*.'

De fotograaf verstarde. 'Verdomme nog aan toe!'

Lilou lachte. 'Kom op, Hugo, voor de dag ermee. Help ons een handje.'

'Wat verwacht u eigenlijk van mij?' vroeg de fotograaf. Hij leek oprecht berouw te hebben. 'De negatieven zijn er niet meer.'

'Als u ons de naam van de danseres op de foto kunt vertellen, zijn we al een heel eind verder.' Ze was blijven staan en bekeek bijna terloops een paar foto's van landschappen die aan de muur hingen. Maar haar lichaamshouding verried dat ze gespannen en alert was.

'Ze heet Paula.'

Lilou reageerde niet, toen knikte ze begrijpend. 'En zij is al vaker door u gefotografeerd?'

'Ja,' gaf hij met tegenzin toe.

'Weet u waar die Paula woont?'

'Nee. Maar ze werkt in het Admiralspalast. Waarschijnlijk valt ze ook wel eens in bij andere theaters als er een meisje ziek is.' Hij dacht na. 'Ik weet dat ze veel tijd doorbrengt met Vollmoeller. Die fotografeert ook. En de girls poseren graag voor hem.'

'Karl Gustav Vollmoeller? Op de Pariser Platz?'

'Ja.'

'Dat adres ken ik goed,' zei Lilou. 'Zijn vrouw Ruth is heel bijzonder.'

‘Ja, ze is een kleurrijke verschijning,’ zei Baldus.

‘*Comme moi*,’ zei Lilou grijnzend. ‘Net als ik.’

Serafina had wel een idee wat Lilou bedoelde. Het zou haar niet verbazen als de Française en die Ruth ooit zeer vertrouwelijk met elkaar waren omgegaan.

Lilou kwam terug op de eigenlijke reden van haar bezoek. ‘Om haar,’ en ze wees naar Serafina, ‘echt te kunnen helpen, heb ik de achternaam van die Paula nodig.’

‘Ik...’ Baldus kuchte. ‘Ik kan je haar naam vertellen, onder één voorwaarde.’

‘En die is?’ vroeg Lilou.

‘Dit gesprek heeft nooit plaatsgevonden.’

‘Dat heeft het toch al niet, meneer Baltus,’ verzekerde Lilou hem. ‘Ik weet wanneer ik kan praten en wanneer niet.’

‘Goed dan. De dame heet Paula Schwarz.’

Serafina’s hart ging nog steeds tekeer toen ze het atelier van Hugo Baltus hadden verlaten en over de Kurfürstendamm liepen.

‘Zullen we gaan zitten?’ vroeg Lilou, die merkte dat ze zich niet goed voelde, en ze wees naar het terras van Café Wien.

Serafina knikte.

Ze gingen aan een van de sierlijke witte tafeltjes tussen palmen en bloembakken zitten. Verderop was het vertrouwde silhouet van de vijf torens van de Gedächtniskirche te zien, en onder de hoge toppen van de bomen langs de Kurfürstendamm werd uitgebreid geflaneerd.

Niet alleen het terras van Café Wien werd goed bezocht, overal ontmoetten mensen elkaar aan de tafeltjes die door de uitbaters van de oesterbars, koffiehuizen en wijnlokalen op het brede trottoir waren neergezet. Op de rijbaan concurreerde de tram met de automobielen en de open toeristenbussen. In Berlijn was de hele wereld te gast, en ondanks de hevige emoties die de naam Paula Schwarz bij haar had opgeroepen, voelde Serafina de polsslag van haar geboortestad goed.

Lilou bestelde twee mokka’s en twee glazen water.

‘Eigenlijk zou ik wel een melissethee kunnen gebruiken,’ mompelde Serafina toen de donkerbruine drank werd geserveerd.

'De koffie zal je goeddoen, ma chère, je zult zien.' Lilou nipte aan haar kopje. 'Nou dat is toch… *incroyable*,' vervolgde ze toen. 'Paula Schwarz. Ongelooflijk.'

'Denk je dat ze iets met mijn moeder te maken heeft? Elly Schwarz?'

'Daar moeten we van uitgaan. Ze is niet je moeder, daar is ze te jong voor. Een of ander familielid?'

Serafina schudde haar hoofd. 'Nee. Ik weet helemaal niets.'

'En Victor?'

Serafina haalde haar schouders op. 'Dat kan best. Maar ik wil hem niet…'

'Ik weet dat je hem niets wilt vertellen, al zou dat het beste zijn. Temeer omdat hij het toch wel te weten komt als je het gevraagde bedrag niet kunt betalen.'

Serafina reageerde niet.

'Denk er morgen aan om mademoiselle Schmidtke in elk geval naar Elly en Paula Schwarz te vragen, *d'accord*?'

'Ja, Lilou…' Serafina leunde met haar hoofd op haar handen en sprak het onuitsprekelijke uit dat haar dwarszat sinds ze bij Baltus waren geweest. 'Ik vraag me af of… mijn moeder… er misschien iets mee te maken heeft? Met de chantage?'

Lilou antwoordde niet meteen. 'Ik denk het niet. Je moeder leeft waarschijnlijk niet meer.'

'Waar heb jij die wijsheid vandaan? En waarom heb je mij daar niets over gezegd?' vroeg Serafina opvliegend.

'Luister eens,' antwoordde Lilou rustig. 'Anita liet doorschemeren dat Elly Schwarz aan tuberculose is overleden. Maar het betekent niet dat het ook zo is. Voordat ik je daar iets over zou gaan vertellen, wilde ik controleren of het wel klopt.'

'Vraag het dan aan Anita!'

'Anita is op het moment in Hamburg en ik kan haar daar niet bereiken.'

'Je kunt haar toch schrijven, of bellen…'

'Non. Anita is sowieso geen betrouwbare bron van informatie,' zei Lilou, terwijl ze de onvermijdelijke sigaret opstak. 'We trekken eerst de sporen na die we tot dusverre hebben. Ik denk dat we op die manier automatisch aanwijzingen over je moeder zullen vinden.'

Serafina zuchtte. 'Dat hoop ik maar. En tegelijk ben ik er bang voor.

Óf ze is dood, en dan heeft ze niets met de afpersing te maken, óf ze leeft en schrikt er niet voor terug om haar eigen dochter –'

'Hou op!' Lilou verhief haar stem. 'Het is zinloos om in een kringetje rond te draaien. Laten we stap voor stap te werk gaan. En dan, als we iets weten, kun je je er altijd nog mee bezighouden, d'accord?'

Serafina zweeg. Toen dronk ze haar koffie op en keek op haar horloge. 'Ik moet terug, het is bijna zes uur. Karl zit vast allang weer in het hotel.'

'Ik kom met je mee.' Lilou drukte haar sigaret uit.

'Dat hoeft niet, ik weet hier heel goed de weg.'

'Bon. Ik vergeet de hele tijd dat je een Berlijnse bent,' zei Lilou. 'Al zou ik graag zijn meegegaan,' voegde ze er met een knipoog aan toe.

'Ik waardeer wat je voor mij doet, Lilou.' Serafina had het onprettige gevoel dat ze de Française iets verschuldigd was. Dat wilde ze niet. 'Ik zal in elk geval mijn dankbaarheid tonen als ik mijn erfenis...'

'Mon Dieu. Het is al goed,' onderbrak Lilou haar. 'Zo was het niet bedoeld.'

'Zet in het antwoord dat we vanaf januari betalen,' zei Serafina snel. 'Als ik over mijn vermogen kan beschikken.'

'Is goed.' Lilou stond op. 'Ik zal morgen in de loop van de middag contact met je opnemen. En jij komt naar het optreden van Josephine Baker! Morgenavond. Samen met Karl. Hij zou de eerste man zijn die Josephine niet om haar vinger kan winden.'

35

Stuttgart, de chocoladefabriek
10 juni 1926

Victoria had een vel papier in de schrijfmachine gedraaid en typte lusteloos een paar letters. Zo was het altijd als mama even naar kantoor ging: ze verdween met papa achter de gedecoreerde glazen deur en kwam er pas na een hele tijd weer uit. Dat zij, Victoria, nooit wist hoe ze intussen de tijd moest doden, maakte hun niets uit. Volwassenen waren soms een beetje merkwaardig.

Victoria slaakte een zucht en dacht erover na of ze iets zinnigs op papier kon zetten. Een gedicht misschien?

Ze verving het blad papier, waarop tot dan toe alleen lange rijen met willekeurig ingetikte letters te zien waren. Toen begon ze opnieuw.

'Ga je dagelijks naar school,
leer je ook veel over Rool,
de dappere Tulkaman,
wat hij allemaal niet doen kan.'

Dat klonk helemaal niet slecht.

Victoria steunde haar kin op de palm van haar hand. Op school namen ze juist het boek *Rulaman* door. Het verhaal van de man uit het stenen tijdperk, die met zijn stam in een grot op de Zwabische Alp had gewoond, was echt spannend. Ze dacht al na over de volgende regels, toen haar aandacht werd getrokken door een hevige discussie.

'Dat kunt u niet doen, juffrouw Häberle,' zei mevrouw Fischer, die

Victoria al haar leven lang kende, tegen een broodmagere medewerkster die pas een paar maanden in dienst was.

'Waarom niet?' snauwde ze brutaal terug.

'Die documenten zijn niet voor uw ogen bestemd!' Mevrouw Fischers stem werd streng. 'Vertrouwelijke documenten mogen alleen na uitdrukkelijke toestemming uit de kast worden gehaald!'

'Maar ik heb ze nodig!' Juffrouw Häberles stem klonk nu onaangenaam schel.

'Wie heeft u daar toestemming voor gegeven?'

'Dat maakt niet uit, ik heb die dingen gewoon nodig!'

'Hoe bent u er eigenlijk aan gekomen?'

'U hebt de kast toch opengelaten!'

'Hoe dan ook.' Mevrouw Fischer pakte de dikke zwarte boeken van juffrouw Häberles bureau. 'Ik zet ze nu meteen terug!'

Victoria zag hoe juffrouw Häberle even met een woedend gezicht achter haar bureau bleef zitten, maar toen opstond en de oudere vrouw achternaging.

Toen die de boeken in de documentenkasten terugzette, stootte juffrouw Häberle de oudere vrouw aan. Victoria schrok toen mevrouw Fischer met een doffe klap op de grond viel.

'O, dat spijt me nou, mevrouw Fischer!' zei juffrouw Häberle. 'Komt u... is er iets gebeurd?'

'Laat me alstublieft met rust.' Mevrouw Fischers stem klonk gesmoord. Ze had zich duidelijk bezeerd. 'Ik kan het heel goed alleen af.'

Maar juffrouw Häberle kwam niet tot bedaren, ze probeerde mevrouw Fischer onbeholpen weer op de been te helpen. De andere medewerksters hadden hun werk gestaakt en volgden de gebeurtenissen met een meewarig soort nieuwsgierigheid.

Victoria vroeg zich juist af of ze hulp moest halen, toen de glazen deur opengingen en haar ouders binnenkwamen. Aarzelend kwam het geratel van de schrijfmachines weer op gang, terwijl Judith en Victor mevrouw Fischer te hulp schoten.

'Duizendmaal excuses. Meneer Rheinberger, dat is buitengewoon pijnlijk voor me dat u mij in een dergelijke situatie...' Mevrouw Fischer probeerde op te krabbelen. Maar zodra ze op haar voet probeerde te staan, knikte die weer om.

'U lijkt zich bezeerd hebben, mevrouw Fischer, daar laten we een dokter naar kijken,' zei Victor. Hij pakte de oudere vrouw voorzichtig onder haar armen en hielp haar op de dichtstbijzijnde stoel te gaan zitten.

'Ach,' protesteerde ze, 'het valt allemaal wel mee!'

'Hoe is het eigenlijk gebeurd?' vroeg Judith.

'Ik ben uitgegleden,' antwoordde mevrouw Fischer.

Meteen stak Victoria's rechtvaardigheidsgevoel de kop op. 'Dat klopt niet!' riep ze.

'Vicky? Wat heb jij ermee te maken?' vroeg haar moeder verbaasd en ze liep naar haar toe.

Victoria registreerde de waarschuwende blik die juffrouw Häberle haar toewierp, die nu weer achter haar bureau zat en deed alsof ze werkte. Het kind ging kaarsrecht staan. 'Juffrouw Häberle heeft mevrouw Fischer omvergeduwd.'

'Ha!' Juffrouw Häberle lachte hard. 'Dat meisje heeft toch geen flauw idee!'

'Juffrouw Häberle,' berispte Judith haar medewerker, 'als Victoria daar iets over te zeggen heeft, luisteren we ook naar haar.'

'Misschien moeten we onze dochter erbuiten laten,' onderbrak Victor haar, maar hij oogstte direct een verontwaardigde blik van zijn vrouw.

'Zo, Vicky,' zei Judith bemoedigend. 'Wat heb je gezien?'

Victoria vertelde snel wat er was gebeurd. Intussen schudde juffrouw Häberle voortdurend haar hoofd.

'Wat kunnen de andere dames in de ruimte hierover vertellen?' vroeg Victor toen Victoria klaar was.

Maar niemand wilde iets zeggen.

Victoria kon het niet begrijpen. 'Jullie hebben het toch allemaal gezien?' riep ze.

In plaats van een antwoord zwol het geratel van de schrijfmachines weer aan.

'Goed dan,' zei Victor. 'Als iemand iets heeft gezien en zich dat opeens herinnert, dan kan die het ons met alle plezier onder vier ogen mededelen. Maar eerst halen we een dokter.'

Een uur later was de voet van mevrouw Fischer verpleegd en was ze naar huis gebracht. Victor had juffrouw Häberle gevraagd met hem te bespreken wat er was gebeurd.

Hoewel Judith er graag bij had willen zijn, besloot ze ervan af te zien, om de rest van de middag met haar dochter door te kunnen brengen. Want hoezeer ze ook van haar werk hield, ze had daardoor vaak veel te weinig tijd voor haar kind.

Ze haalde diep adem, pakte haar handtas en liep toen naar Victoria, die nog altijd ietwat onthutst achter haar schrijfmachine zat.

'Zo, Vicky? Alles goed met je?'

'Natuurlijk, mama!'

Judith streelde haar blonde vlechten. Wat hield ze toch van haar, van haar mooie, temperamentvolle dochter. Al wist ze dat ze soms streng moest zijn, was ze blij om te zien hoe zelfverzekerd en dapper Vicky optrad. Wat haar ooit was overkomen met Max Ebinger, mocht haar eigen kind niet gebeuren. En daarvoor had Vicky vooral één ding nodig: veel vertrouwen in haar eigen persoonlijkheid. Alleen haar schoolprestaties konden wel wat beter. Daarover ontstonden er af en toe discussies met Victor, die van zijn dochter consequenter dan Judith discipline eiste.

Vicky trok een vel papier uit de schrijfmachine. 'Dat heb ik zelf geschreven, mama!'

Judith pakte het aan en las snel het gedicht. 'Heel mooi! Dat heb je goed gedaan.'

'Zal ik het voor de lerares meebrengen?'

'Dat is een goed idee.'

Judith stopte het gedicht in haar handtas. 'Ik bewaar het zolang. Anders raak je het misschien kwijt.' Ze knipoogde naar Vicky. 'Dat zou niet de eerste keer zijn, hè?'

'Eh...'

Judith sloeg haar arm om haar dochter en keek haar liefdevol aan. 'Ik heb een verrassing voor je, Vicky!'

'Echt waar? Wat dan?'

'We gaan samen naar de markthal!'

'Naar de markthal?' Het kindergezichtje straalde. De eerste trekken van de jonge vrouw die Victoria later zou worden, waren er al in te zien.

'Ja! We hebben ongeveer twee uur. Dan moet ik ervandoor, want vanavond gaan papa en ik naar de opera. Theo zal je dan mee naar huis nemen.'

De met erkers en torentjes versierde markthal van Stuttgart tussen het stadhuis en het Alte Schloss was een paradijs. Nergens anders in de stad was er zo'n overvloed aan verse etenswaren en delicatessen te vinden. Veel daarvan kwam van het omliggende platteland, maar sommige ook van ver.

De heerlijke drukte begon al onder de galerijen met de spitse bogen van het langgerekte gebouw en zette zich voort in de binnenste hal met zijn gewelfde glazen dak. Van verre rook je de geur van verse lekkernijen al.

Victoria trok haar moeder meteen naar de trap die naar de tweede verdieping voerde, die als een gaanderij met ramen boven de arcaden liep. Van daaruit had je een indrukwekkend uitzicht op de talloze marktkraampjes, die hun aanbod verleidelijk hadden uitgestald op stellages met meerdere niveaus.

Appels, kersen en aardbeien, wortels en aardappels, asperges en erwten hadden een rendez-vous met bananen en citroenen, paprika's en augurken, artisjokken, honing en allerlei soorten noten. Brood, vlees, vis, worst en pretzels, een soort zoute krakelingen van brooddeeg. Het aanbod was onafzienbaar.

'Nou, ik wil straks ananas!' verklaarde Victoria, die ver over de balustrade heen leunde.

'Als je dan nog niet naar beneden bent gevallen, krijg je een ananas,' zei Judith terwijl ze haar dochter iets naar achteren trok.

'Ik ben nog nooit ergens naar beneden gevallen,' zei Victoria een beetje bokkig.

'Nee, nog nooit.' Judith lachte. 'Behalve twee keer uit een appelboom. En een heleboel keren van de trap.'

'Dat telt niet, toen was ik nog klein.'

Ze verlieten de galerij en slenterden rond tussen de zwaarbeladen kraampjes, kochten de beloofde ananas en een bakje aardbeien. Judith hield van de markthal, al hadden ze maar zelden tijd om erheen te gaan. Wat er in de keuken van de Rothmanns nodig was en niet bij de boeren van Degerloch kon worden gekocht, haalden Dora en Gerti hier.

'Wil je een pretzel?' vroeg Judith aan haar dochter.

'Ja, super!'

Judith kocht het zoute gebak en gaf het aan Victoria. Toen liepen ze naar de uitgang.

'Zeg eens... mama?'
'Ja?'
'Nou... ik vroeg me af of ik even naar Tilda mag.'
'Naar Tilda? Dat is toch je vriendin, die al een paar keer bij ons was?'
'Ja. Weet je, mama, Tilda is heel verdrietig. Haar vader zit in de gevangenis en haar moeder moet altijd heel hard werken, anders hebben ze niets te eten.'
'Karl wilde haar toch helpen,' zei Judith. Toen keek ze Victoria aan. 'Tilda woont in Ostheim, hè?'
'Ja. Ik was er ook al eens. Met oom Karl.'
Ze liepen de markthal uit en gingen terug naar de Königsbau. Daar zou Theo hen oppikken.
'Nou, ik weet niet...' Judith hield niet van het idee dat Vicky er op eigen houtje op uitging. 'Wil Tilda niet naar ons toe komen? Dan zouden jullie meer speelgoed hebben en maakt Gerti ook beslist iets lekkers voor jullie.'
'Als ik een papegáái had, mama,' verzuchtte Victoria ietwat theatraal, 'dan zou Tilda beslist altijd naar ons toe komen.'
'Ach, Vicky.' Judith legde haar hand op haar dochters arm. 'Daar hebben we het toch al over gehad. Zodra we tijd hebben, kijken we naar een kanarie.'
'Een kanarie is saai!'
'Hij zingt prachtig.'
'Maar hij kan niet praten!'
'En dat is maar goed ook.'
'Maar, mama –'
'Geen discussie meer, Victoria!'
'Maar dan mag ik nu naar Tilda! Ze wil al zo lang dat ik een keertje bij haar kom spelen!'
'Goed dan.' Judith gaf zich gewonnen. 'Je geeft het toch niet op.'
'Fijn! Bedankt, mama!'
Toen ze even later bij Theo in de auto stapten, vroeg Judith hem een omweg via Ostheim te maken.
'Aha, naar juffrouw Tilda,' zei Theo samenzweerderig en hij reed met een knipoog weg. 'Daar zal ze beslist blij over zijn!'
Victoria grijnsde.

'We kijken meteen of haar moeder hulp nodig heeft,' beloofde Judith, terwijl ze het korte stukje naar de Stuifenstrasse reden.

Op straat voor de meergezinswoning waar de Fetzers woonden, speelden een heleboel kinderen. Theo parkeerde de auto, Victoria sprong er meteen uit en rende naar Mathilda, die ze in de groep had ontdekt.

'Vicky!' Mathilda's rode krullen wipten vrolijk rond haar hoofd, toen ze haar vriendin ontdekte en naar haar toe liep. 'Wat doe jij hier?'

'Ik dacht dat je misschien iemand nodig had om mee te spelen, maar je hebt al veel vrienden hier...'

Mathilda keek naar de anderen. 'We spelen tikkertje, je kunt met ons meedoen!'

'Hallo, Mathilda.' Judith liep langzaam naar de meisjes toe. 'Vicky wil beslist een tijdje bij je blijven.'

'Goedendag, mevrouw Rheinberger!' Mathilda maakte een snelle reverence. 'Ze kan met ons meespelen!'

Nu kwam Theo er ook bij.

'Is je moeder thuis, Mathilda?' vroeg Judith. 'Ik wilde vragen of jullie misschien hulp nodig hebben.'

'Nee.' Mathilda fronste haar wenkbrauwen. 'Ze is vandaag naar Ludwigsburg. Met de trein. Naar mijn vader.'

'O, dat is jammer,' zei Judith. 'Wanneer komt ze terug?'

'Dat zei ze niet.'

'Vicky,' Judith keek naar haar dochter. 'Dan speel je maar een andere keer met Mathilda. Ik wil je hier niet achterlaten als haar moeder er niet is.'

'Ik blijf toch.' Victoria had zich al bij de spelende kinderen gevoegd.

'Nee, Victoria! Je gaat mee naar huis! Bovendien ziet het ernaar uit dat het gaat regenen.'

Victoria trok een lang gezicht. Toen schoot haar iets te binnen. 'En wat als Mathilda met me meegaat naar de chocoladefabriek? Ik wilde haar al lang mijn proefkeuken laten zien!'

Mathilda keek verrast van Victoria naar Judith. De andere kinderen waren opgehouden met spelen en luisterden nieuwsgierig.

'Tja...' Judith was niet bijzonder enthousiast over het idee.

'Alsjeblieft, mama!'

'Mevrouw Rothmann,' zei Theo nu. 'We kunnen de twee toch meenemen en bij de fabriek eruit laten. Dan breng ik u en meneer Rheinberger naar huis en pik de meisjes later weer op.'

'Meneer Rheinberger wil beslist zelf van Degerloch naar de opera rijden, Theo. Je hoeft er vanavond eigenlijk niet meer op uit.'

'Dat maakt me niets uit. Ik zal dan van de gelegenheid gebruikmaken om een vriend van mij op te zoeken, natuurlijk alleen als u het er mee eens bent, mevrouw Rheinberger.'

'Goed, voor mijn part.' Judith gaf toe.

'Joehoe!' Victoria maakte een vreugdesprong.

'Ik weet niet, ik denk dat ik beter een briefje voor mijn moeder kan schrijven, waar ik naartoe ga,' zei Mathilda nadenkend.

'Natuurlijk! Ga je gang, wij wachten wel op je,' zei Judith. 'Kom, Vicky, wij gaan alvast naar de auto.'

36

Tuchthuis Ludwigsburg
Dezelfde dag

'Fetzer!' De politieman sloeg met zijn vuist op het tafelblad.

Robert kromp ineen, maar hij bleef strak naar de muur kijken en zweeg.

'Je weet,' snauwde de man tegen hem, 'dat je hier zult wegrotten als je niet praat.'

Robert liet zijn blik rusten op de hand die nog steeds gebald voor hem op tafel lag.

'Kameradentuig!' De politieman haalde zijn vuist weg en begon vlak langs Robert om hem heen te lopen.

Robert wist niet meer hoeveel van dit soort verhoren hij de afgelopen dagen had moeten ondergaan. En hij merkte dat zijn verlangen steeds sterker werd gewoon iemand van de moord te beschuldigen, om eindelijk rust te krijgen. Hij verachtte zichzelf daarvoor.

Hij wist niet wie er had geschoten. Toen een van de twee wachtmeesters die destijds tijdens hun vergadering waren binnengevallen, naar de politiepost op de Ostendplatz was vertrokken om versterking te halen, was er opeens commotie ontstaan. De eerste kameraden hadden geprobeerd om naar de uitgang te komen. Vervolgens had de wachtmeester zijn pistool getrokken.

En toen ging alles heel snel. Er werd geschoten in de zaal, er was een vuurgevecht en de schreeuwende meute was uiteindelijk over de gewond op de grond liggende wachtmeester heen gestrompeld.

Ook Robert was hem gesmeerd. Nog voor er versterking ter plaatse was, had hij al een grote boog door Ostheim gemaakt en was via allerlei omwegen naar huis gelopen.

Louise had hem alleen aangekeken, maar geen vragen gesteld. Ook niet toen steeds meer mensen het erover hadden dat Tschirsch op een communistische bijeenkomst was doodgeschoten. En hij had zijn mond gehouden.

In de weken na de gebeurtenissen was Robert onrustig. Hij had de vergaderingen van de KPD gemeden en verwacht dat hij elk moment kon worden gearresteerd. Maar er waren maanden en jaren verstreken en toen er niets gebeurde, ging Robert er opgelucht van uit dat het de autoriteiten niet meer zou lukken om de zaak op te helderen.

En nu was hij opeens in de gevangenis gegooid, bijna drie jaar later, toen hij er helemaal geen rekening meer mee hield.

'Kom op, Fetzer, van de kameraden hoef je geen hulp te verwachten! Die lappen je er nog liever bij! Zo iemand als jij deugt toch niet meer voor de klassenstrijd!' De politieman was blijven staan. Robert hoorde de spot in zijn woorden en keek op.

Oud voelde hij zich, veel ouder dan hij in werkelijkheid was.

Ziek was hij, hij had vanochtend de laatste fles siroop leeggedronken om het verhoor te doorstaan. Hopelijk had Louise een nieuwe bij zich als ze hem later kwam opzoeken.

En ze kwam maar weinig. Ze werkte immers de hele dag, zijn vrouw, ze bestierde het huishouden en zorgde voor Mathilda, die in Ostheim naar de vrije school ging. Die onderwijsinstelling was speciaal voor de kinderen van de arbeiders van de sigarettenfabriek opgezet.

'Je gezin zou heel wat beter af zijn als je met ons samenwerkt, Fetzer.' Alsof hij zijn gedachten had gelezen, praatte de beambte met gedempte stem verder om hem te murw te maken. 'En ook met jou. Jij bent ziek. Lang houdt je lichaam dit niet meer vol.'

Ze volgden altijd dezelfde tactiek. Bij elk verhoor.

Vroeger, voor de oorlog, was hij niet klein te krijgen. Zijn werklust was legendarisch, allemaal hadden ze geweten dat er met Robert Fetzer niet te spotten viel. Geen uitdaging was te groot geweest, geen taak te moeilijk, geen doel te hoog gegrepen.

Alleen de kwestie met Babette... Die had hij zich destijds echt aangetrokken. Babette, die net als hij bij de Rothmanns in Degerloch in dienst was, voor weinig loon en veel te zwaar werk. Die daaraan kapot was gegaan, zichzelf aan mannen had verkocht en in de goot was beland.

Robert merkte dat zijn ogen zich vulden met tranen. Op dat moment haatte hij zichzelf. Zwak en versleten als hij was, deugde hij echt niet meer voor de strijd die zijn leven was.

'Ah!' De politieman reageerde meteen. 'Je wilt je vrouw en dochter terugzien, hè? Niet ellendig verrekken hier?'

Robert veegde met een woedende beweging zijn tranen weg.

Hij wist niet meer wat hij wilde.

Zijn verdriet gold niet alleen zichzelf en zijn kapotte leven. Het gold ook zijn vriend Fritz, die in de hel van de oorlog was omgekomen. In de eerste plaats gold het zijn beeldschone Babette, die al lang niet meer leefde, behalve in een beschut hoekje van zijn hart. Nog steeds liepen de rillingen hem over de rug als hij terugdacht aan het moment, in 1905, toen hij de affiches met het opsporingsbericht op de reclamezuilen in Stuttgart had gezien, waarin het publiek werd opgeroepen te helpen bij de opheldering van een moord in de Koninklijke Tuinen. Volgens de beschrijving kon de dode alleen Babette zijn geweest. Maanden later werd de dader, haar toenmalige minnaar, die ook haar souteneur was geweest, veroordeeld tot levenslange tuchthuisstraf. Toen hij met de trein naar Stuttgart werd gebracht, was Robert naar het centraal station gegaan om hem te bekijken: een tengere man, geboeid en zwaarbewaakt, met een idiote grijns op zijn gezicht. Robert had het hele proces gevolgd. En kon nog steeds niet geloven dat Babette dat stuk ongeluk boven hem had verkozen. Een deel van zijn ziel was destijds kapotgegaan en lag tot op heden aan diggelen. Zelfs Louise had die wond niet kunnen helen.

'Luisteren, Fetzer!' Opnieuw sloeg de vuist op het tafelblad. Robert schrok, een tweede hand greep hem in zijn nek. 'Hier wordt niet geslapen! En dat spul pakken we je af! Dacht je dat we niet wisten wat je vrouw hier naar binnen smokkelt?'

De politieman hield zijn gezicht een paar centimeter van het zijne af. 'Begrepen?' Met een ruwe beweging duwde hij Roberts hoofd opzij. 'Je zult trillen tot je crepeert.'

Roberts hoop heette Mathilda. Zijn dochter met het glanzende rode haar, die mooi was en slim, en die ongelofelijk ambitieus was. Ze wilde advocaat worden, maar hij hoopte nog steeds haar voor de klassenstrijd te winnen. Al jaren stuurde hij haar elke zondagochtend naar de Jonge Pioniers, waar ze samen met de kinderen van andere kameraden al spelend de juiste instelling moest leren. Helaas niet met zoveel resultaat als Robert wilde. Al sinds haar vroege jeugd was Mathilda zo koppig als een ezel. Keer op keer verzon ze uitvluchten om 's zondags thuis te kunnen blijven, of, wat ze nog liever deed, op eigen houtje door Stuttgart te struinen. Een bedenkelijke eigenschap, want het was belangrijk dat je jezelf in toom kon houden om de partij te dienen. Als ze een carrière binnen de KPD zou beginnen, iets wat hij voor haar in gedachten had, was een sterke innerlijke overtuiging onmisbaar.

Op dat moment zag het ernaar uit dat Mathilda niet de juiste weg insloeg. Louise was gewoon te toegeeflijk voor het kind. Zodra hij weer thuis was, zou hij de teugels aanhalen...

De klap kwam onverwacht, en een paar seconden was hij versuft. 'Zo. Zeg op. Wie waren er bewapend die avond?'

Robert greep naar zijn gonzende hoofd. 'Allemaal,' bracht hij moeizaam uit. Hij proefde bloed.

'Waar hadden jullie die wapens vandaan?'

'Nog van 1919.' Zijn tong deed pijn. Hij moest erop hebben gebeten.

'Natuurlijk. Jullie rooien wilden ons aan Moskou verkopen.'

'We wilden een rechtvaardige samenleving, geen klassenmaatschappij.'

'Jullie met je gelijkheid,' zei de politieman honend. 'En waar zijn ze nou, je kameraden? Nu je ze nodig hebt?'

Robert haalde diep adem. 'Die laten het wel uit hun hoofd om het tuchthuis te bestormen. Ze zullen helpen. Op hun manier.'

'We houden je nog een tijdje hier, Fetzer. Dan heb je genoeg tijd om over de namen van de andere deelnemers aan de vergadering na te denken.'

'Die kent u toch.'

'Het gaat niet om die bijeenkomst op de Leonhardsplatz. Het gaat om de tweede die die avond zou worden gehouden. Die in de Alfredstrasse.'

'Daar weet ik niets van. Daar was ik niet. Dat heb ik al een paar keer gezegd.'

De volgende klap raakte zijn gezicht. 'Je liegt!'

'Ferdinand Metsch...' bracht Robert uit, '... heeft geschoten.'

'Metsch.' De ambtenaar lachte geforceerd. 'Die is er allang vandoor.'

'Daar heeft hij ook alle reden voor.'

'Dat is toch zo doorzichtig als wat, wat jullie hier doen. Een wordt door iedereen beschuldigd en die zit al lang in de Sovjet-Unie. Hoe stom denken jullie dat we zijn?'

Robert schudde zijn hoofd. Meteen schoot er een scherpe pijn door zijn slapen en zijn schedel.

'Ik raad je aan...' begon de politieman opnieuw, toen opeens de deur openging. Robert sloot zijn ogen in afwachting van de volgende mishandeling. Hij was duizelig.

'Ik heb hier een beschikking dat Robert Fetzer onmiddellijk dient te worden vrijgelaten.' De sonoor klinkende stem leek van ver te komen.

'Wat?' De politieman was verrast. Robert probeerde te glimlachen, maar zijn gezicht reageerde niet, zo uitgeput was hij.

'Robert Fetzer dient te worden vrijgelaten!'

'Laat zien!' Geritsel van papier.

'Er is een borgsom gestort. Bovendien ben ik als zijn advocaat aangesteld.'

De kameraden! Ze hadden hem niet in de steek gelaten!

Robert tilde met moeite zijn oogleden op. Hij zag een heer in maatpak, achter hem stond Louise.

'Wie heeft je opdracht gegeven?' vroeg de beambte.

'Ik treed op namens de familie Rothmann in Stuttgart.'

37

Stuttgart, chocoladefabriek
Laat in de middag van dezelfde dag

‘Weet je wat?’ vroeg Victoria met een geheimzinnig gezicht, terwijl ze Mathilda door de gang naar haar proefkeuken bracht. ‘Eigenlijk kunnen we vandaag hier in de chocoladefabriek overnachten!’

Ze was heel trots op haar voorstel, omdat ze zo liet zien dat ze meende wat ze had beloofd. Godzijdank was het haar weer te binnen geschoten!

‘Ik weet niet, Vicky.’ Mathilda leek niet zo enthousiast te zijn.

‘Maar laatst vond je het een goed idee!’

‘Ja, dat wel. Maar laatst was mijn vader nog thuis.’

‘O ja. Dat klopt.’ Victoria dacht na. ‘Dan blijven we gewoon zo lang als we kunnen.’

Inmiddels stonden ze voor de gesloten deur aan het eind van de gang.

‘Is het hier?’ Mathilda was een beetje opgewonden.

‘Ja!’ Victoria draaide de deur van het slot. ‘Hier is het!’

Verbaasd volgde Mathilda Vicky de grote ruimte in. Ze was in tweeën gedeeld, brandschoon, voorzien van twee lange tafels en een groot oud gietijzeren fornuis, een modern klein elektrisch fornuis met twee kookplaten, een wastafel en zelfs een koelkast. Langs de muren waren planken aangebracht met daarop borden, schotels en schalen van allerlei afmetingen. Verschillende huishoudelijke apparaten hingen binnen handbereik aan haken, waaronder opscheplepels en pollepels, gardes, spatels en zeven. Een paar smalle, hoge kasten bevatten beslist nog meer interessante gebruiksvoorwerpen, die achter de gesloten deuren verborgen bleven.

Victoria koesterde zich in Mathilda's bewondering voor het kleine imperium, dat ze met haar moeder en twee medewerkers deelde. Vroeger was het niet meer dan een kamertje geweest, maar twee jaar geleden was het uitgebreid met de ruimte van de decoratieafdeling ernaast en was er een kleine zaal ontstaan.

'En hier maak je chocola?' Mathilda keek haar ogen uit.

'Ja.' Victoria liep naar een van de kasten en deed hem open. 'Kijk maar, hier zit cacaopoeder in. En kaneel en anijs en echte vanille.'

'Die zwarte stokjes daar, is dat echte vanille?' vroeg Mathilda.

'Ja, die doe je in de chocola. Dat smaakt dan heel lekker.' Ze dacht even na. 'Weet je wat? Ik probeer al een tijdje chocola met koekjes te maken, maar het is nog niet gelukt. We proberen het nu gewoon samen.'

'Mag je dat wel?' vroeg Mathilda. 'Zonder volwassenen erbij?'

'Natuurlijk mag ik dat! Mama heeft speciaal boterkoekjes voor mij gekocht, omdat onze zelfgemaakte altijd zo kruimelen.' Victoria begon een paar kommen op tafel te zetten. 'De koekjes zitten in die kast daar!' instrueerde ze Mathilda.

Mathilda vond twee pakken boterkoekjes en frunnikte aan de verpakking. Intussen haalde Victoria een paar grote stukken chocola tevoorschijn, legde ze in een schaal en zette die in een brede, lage pan die ze voor een kwart met water had gevuld.

'Hoe werkt dat?' vroeg Mathilda nieuwsgierig, toen Victoria de pan met schaal en al op het elektrische fornuis zette.

'Ik hoef alleen maar hieraan te draaien, zie je wel?' Victoria bediende de grote draaischakelaar. 'Nu wordt de plaat warm!'

Mathilda kon nauwelijks geloven wat ze zag, maar Victoria liet haar geen tijd om het fornuis aan te staren. 'Pak een van die gardes,' beval ze. 'En dan roer je de chocola hier in de pan door tot hij vloeibaar wordt.'

Mathilda legde de koekjes opzij, deed wat haar gezegd werd en bewoog eerbiedig de garde door de zoete bruine massa. Victoria pakte een kleine lepel en schepte voorzichtig de chocola uit de kom.

'Mag ik ook wat?' vroeg Mathilda.

'Ja, probeer maar!' Victoria gaf haar de lepel.

Niet veel later was alle chocola gesmolten. Victoria pakte een plank en een mes en sneed een van de vanillestokjes open.

'Wat doe je?' vroeg Mathilda.

'Ik haal het merg uit het vanillestokje. Zo heet dat, wat je dan in de chocolade doet.' Met haar mes kraste Victoria een paar zwarte, plakkerige kruimeltjes uit de smalle huls en deed die bij de vloeibare chocolade. Toen haalde ze een suikerpot en voegde ze er flink wat suiker aan toe. 'Roeren!' zei ze tegen Mathilda.

'Ja, dat doe ik.'

'En nu hebben we zoiets als een vorm nodig,' dacht Victoria hardop. Ze pakte een vierkant bakblik met een hoge rand en zette het op tafel.

'Zal ik de chocola erin gieten?' wilde Mathilda weten.

'Ja, doe maar.' Victoria pakte een opscheplepel van de muur.

'Nee, Vicky, niet met de lepel. Ik giet hem er direct in!' Mathilda pakte de pan met de vloeibare chocolade en goot voorzichtig een dun laagje op het blik.

Ze wachtten een paar minuten, toen verdeelde Victoria de koekjes erover.

'We kunnen er nog iets anders in doen,' zei Mathilda, terwijl ze de creatie bekeek.

'Wat dan?'

'Iets lekkers.'

'Noten? Of rozijnen? Of... wacht!' Victoria liep naar een koelkast en haalde er een klein, plat blik uit. Daarop lagen karamelstukjes van verschillende grootte. 'Zoiets blijft vaak over als ze hier karamel maken. En dan mag ik het pakken.'

'Karamel? Dat is een goed idee! Ik ben dol op karamel!'

De twee meisjes werkte geconcentreerd verder, sneden de zachte karamel in kleine stukjes, verdeelden die over de koekjes en goten overal weer chocola over. Ze proefden naar hartenlust en vergaten de tijd volledig.

'Goedenavond, dames!'

Met een ruk draaiden een blond en een rood meisjeshoofd zich om.

'Theo!' riep Victoria verwijtend. 'Je hebt ons laten schrikken!'

'Dat wilde ik natuurlijk niet,' zei Theo goedmoedig, terwijl hij naar de tafel stapte waar Victoria en Mathilda aan het werk waren. 'Toch moet ik jullie mededelen dat het tijd is om de chocoladeles te beëindigen.' Hij keek nieuwsgierig naar het blik. 'Dat ziet er heerlijk uit. Wat is dat?'

'Koekjeschocola,' legde Victoria uit. 'Je kunt het nog niet proeven, eerst moet het helemaal stollen. Dan willen we het in stukken snijden en...'

'Dat kunnen jullie morgen doen,' antwoordde hij. 'Nu gaan we naar huis!'

'Beste Theo,' vroeg Victoria voorzichtig. 'Mogen we nog een beetje langer blijven?'

'Dat kan ik niet beslissen, Vicky, dat moet je aan je moeder vragen.'

'Maar die is er niet!'

'En daarom neem ik jullie mee.'

'Ach, alsjeblieft, alsjeblieft, Theo!' Victoria trok haar overtuigendste smekende gezicht. 'We zijn nog niet klaar en we hebben nog niet opgeruimd.'

'En het is zo leuk,' voegde Mathilda eraan toe.

Theo nam zijn chauffeurspet af en krabde nadenkend op zijn hoofd. 'Nou, ik weet niet...'

'Ik heb een idee!' zei Victoria. 'Tilda en ik ga verder met onze chocola. En als we klaar zijn, lopen we naar Tilda. En daar haal je me dan af.'

'Tilda's moeder is er niet. Bovendien is het een heel eind lopen naar de Stuifenstrasse. Dus, Vicky, met de beste wil van de wereld niet.'

'Mijn moeder is beslist al thuis,' zei Mathilda stellig.

'En ik wil gewoon nog niet naar huis!' jammerde Victoria. 'Er is daar toch niemand! Mama en papa gaan naar de opera, Karl is met Serafina in Berlijn en dan ben ik helemaal alleen. Dat is saai.'

'Maar Dora en Gerti en Walli en ik zijn toch thuis.'

'Maar evengoed!' Victoria probeerde het met haar liefste gezichtje. 'Alsjeblieft, Theo!'

'Het is al goed.' Theo gaf zich gewonnen. 'Ik moet nog iets in Stuttgart halen. Dat had ik eigenlijk morgen willen doen, omdat ik dan een vrije middag heb, maar dan doe ik het nu maar. Daarna haal ik jullie op.'

'Je bent geweldig!' juichte Victoria.

'Om half acht ben ik er.'

'Ach, nee!' Victoria pruilde. 'Zo gauw al? Kan het niet later?'

'Je weet dat je al heel veel van me vraagt, Vicky.'

Victoria glimlachte naar hem.

'Acht uur bij Mathilda. Geen minuut later.'

'Bedankt, Theo!'

'Geen minuut later!'

Met tegenzin ging Theo op weg. Zodra hij de deur uit was, grijnsden de meisjes samenzweerderig naar elkaar.

Eindelijk reed de chauffeur in een glanzende Mercedes van het terrein. De laatste kantoorbedienden van de fabriek gingen naar huis, het echtpaar Rheinberger was op weg naar de opera. Goed dat hij zijn informanten had.

Hij had aan alles gedacht. Zelfs de overtocht met het schip was al geboekt. Met de nachttrein naar Hamburg en vandaar over de Atlantische Oceaan naar huis.

Hij keek sceptisch naar de hemel. Dichte wolken trokken over Stuttgart. Hopelijk hielden ze hun natte lading bij zich, in elk geval tot morgen.

Hij keek voorzichtig uit het portiek waar hij wachtte. Zijn assistente kon elk moment komen. Waakzaam verliet hij zijn post in het huis tegenover de fabriek.

De mensen van de productieafdeling hadden nog dienst. Daarom droeg hij werkkleding. Zo kon hij zich onopvallend door de hallen bewegen, zich mengen onder de mensen die hier zich elke dag afbeulden.

En dan, meteen nadat de portier zijn laatste ronde had gedaan, zou hij in actie komen en de stad direct daarop voorgoed verlaten.

Zijn tijd was gekomen.

Eindelijk.

38

Het huis van de Fetzers
Twee uur later

Nadat hij had aangebeld, had Theo een tijdje moeten wachten tot de deur werd opengedaan. Toen Robert Fetzer hem herkende, kneep hij zijn ogen samen tot spleetjes. 'Maak dat je wegkomt, Theo!'

Theo kende Roberts impulsieve aard nog van vroeger. 'Matig je een beetje, Robert!'

'Dwing me niet om je op je bek te slaan!'

'Alles goed.' Theo maakte een sussend handgebaar. De uitdrukking op Roberts gezicht beloofde niet veel goeds.

'Ik heb jou niet nodig!' brulde Robert, speeksel liep in zijn mondhoeken. 'Ik heb Rothmann niet nodig! Ik heb niemand nodig!'

'Alsjeblieft, Robert, bedaar toch.' Louise Fetzer pakte haar man voorzichtig bij zijn arm, maar hij schudde haar ruw van zich af. 'Laat me met rust, Louise.'

'Robert, ik blijf niet lang. Ik wil alleen...'

'Je zet hier geen voet over de drempel!'

'Robert, meneer Theo bedoelt het niet kwaad!' Louises toon werd dringender. 'Neem je medicijn!'

'Haal dat dan!' Roberts stem sloeg over.

Louise wierp Theo een bezorgde blik toe en ging terug de woning in. Het zou niet lang meer duren voordat de buren te hoop zouden lopen.

'Robert, ik wil alleen...' Theo probeerde nog een keer tot hem door te dringen.

'Hou je kop, Theo.' Robert draaide zich om en wilde de deur dichtgooien, maar Theo was sneller en worstelde zich achter hem de woning in. De deur bleef openstaan.

'Waar is de fles?' hoorde hij Louise roepen.

'Welke fles?'

'De fles met de siroop!'

Robert verstijfde. 'Die heb ik vanochtend toch opgemaakt! Je moet een nieuwe openmaken. Heb je er niet een gehaald?'

Theo hoorde dat Louise hectisch in de woning rondliep. 'Ik dacht dat er nog een was.'

'Dan moet je zoeken! Snel!' bulderde Robert.

'Ik vind niets... we hebben niets meer!' Louises stem trilde.

'Wat?' Roberts ogen werden groot, Theo zag de paniek erin.

Louise kwam de gang weer in. 'Ik dacht dat je zelf nog iets had!' Ze wrong haar handen.

'Stompzinnig wijf dat je bent!' Robert haalde uit. Theo kon hem nog net bij zijn arm grijpen.

'En nu kalmeer je!' Theo drukte hem tegen de muur, maar Robert duwde hem meteen van zich af.

'Dan een... borrel,' rochelde Robert.

Louise haalde een fles brandewijn en overhandigde die aan haar man. Die sloeg de alcohol in één teug achterover.

'Waar zijn de meisjes?' vroeg Theo, die zich nu grote zorgen maakte. Van de kinderen was niets te zien en Robert leed blijkbaar aan verstandsverbijstering.

'Welke meisjes? Tilda?' Robert veegde met de rug van zijn hand over zijn mond en kin, desondanks liep de sterkedrank de kraag van zijn blauwe werkhemd in. 'Die is...' Robert stokte. Opeens begon hij oncontroleerbaar te trillen.

'Mathilda heeft een briefje achtergelaten dat ze met Victoria in de chocoladefabriek is,' zei Louise, terwijl ze gelijktijdig haar man steunde.

'Zijn ze daar dan nog?' wilde Theo weten. 'Ik had tussendoor met ze afgesproken dat ik ze hier later zou ophalen.'

'O?' vroeg Louise Fetzer confuus. 'Daar kan ik niets over zeggen. We zijn pas een uur geleden uit het tuchthuis in Ludwigsburg gekomen. Misschien zijn ze nog buiten aan het spelen.' Ze zag eruit alsof het haar allemaal te veel werd en keek bezorgd naar haar man. 'Robert, kom, ga liggen.'

Robert antwoordde niet.

'Ik rijd naar de fabriek en kijk of ze daar nog zijn.' Theo maakte aanstalten om te vertrekken.

'Nee!' Opeens verdraaide Robert zijn ogen, zodat alleen het wit van zijn oogballen nog zichtbaar was. Theo was meteen bij hem en pakte hem onder zijn oksels. Ook Louise probeerde zijn val te breken, maar de krachten die de magere man door elkaar schudden, waren sterker dan zij beiden.

Met een luide klap sloeg Robert met zijn schedel tegen de rand van de voordeur. Hij zakte op de grond.

'Robert!' Louises schreeuw galmde van de smalle gang door het trappenhuis.

Theo tilde Roberts oogleden op, voelde zijn pols, luisterde of hij ademde.

Toen zag hij het bloed dat in een dun stroompje uit zijn linkeroor liep.

'Dat ziet er niet goed uit,' mompelde hij.

'Doe toch iets!' schreeuwde Louise wanhopig.

In het trappenhuis waren voetstappen te horen.

'Mevrouw Fetzer! Kan ik u helpen?' vroeg een grote, krachtig gebouwde man, die meteen bleef staan toen hij Robert op de grond zag liggen. Hij knielde naast Theo. 'Meneer Fetzer? Hoort u mij?'

'Hij reageert niet.' Theo voelde nog een keer zijn pols. 'Haal een dokter!'

De man schudde zijn hoofd. 'De plaatselijke dokter is er vanavond niet. Dat weet ik omdat hij mijn vrouw regelmatig bezoekt. Ze heeft het aan haar longen, weet u.' Hij tilde Roberts oogleden op. 'Hij moet naar het ziekenhuis.'

Theo stond op.

'Kunt u hem rijden, meneer Theo?' Louise pakte Theo bij zijn armen en keek hem aan, haar gezicht bleek van schrik. 'U bent toch met de auto!' Ook haar handen trilden.

Theo wreef zich in zijn nek. Eigenlijk wilde hij op zoek gaan naar Victoria en Mathilda, maar hij nam de voor de hand liggende beslissing. 'Goed. U blijft hier, mevrouw Fetzer, en zorgt ervoor dat de meisjes terugkomen. Niemand heeft er wat aan als die twee ook nog iets overkomt.'

Louise knikte.

'U kunt me helpen!' zei hij tegen de buurman. 'Ik haal de auto.'

'Ik haal een deken,' riep Louise.

Met hun tweeën tilden ze het krachteloze lichaam in de auto en legden het voorzichtig op de achterbank. Louise dekte haar man toe.

'U denkt aan de meisjes!' prentte Theo haar in. 'Wacht u niet! Ik kom terug zodra ik kan!'

Theo reed langzaam en voorzichtig, probeerde schokken te vermijden en hoopte dat hij niet al te hard hoefde te remmen.

Toen ze bij het Marienhospital arriveerden, was Robert nog steeds niet bij bewustzijn.

39

De proefkeuken in de chocoladefabriek op dezelfde dag
Ongeveer 21.30 uur

‘Het ruikt een beetje raar, Vicky,’ zei Mathilda, terwijl ze haar neus ophaalde.

‘Ik ruik niks,’ antwoordde Victoria, die juist bezig was om het grote blok koekjes, chocolade en karamel in kleinere stukken te snijden. ‘Dat is zo stom, het breekt voortdurend!’ foeterde ze. ‘Daarnet waren de koekjes nog zacht, en nu is alles te hard!’ Ze keek boos naar haar creatie.

‘Dat geeft toch niet!’ Mathilda droogde juist het blik af en legde het tussen al het vaatwerk dat ze in de loop van de avond hadden gebruikt. Behalve de koekjeschocolade hadden ze ook een ronde chocoladetaart geproduceerd, die ze hadden doorgesneden, met kweeperenjam hadden bestreken en weer in elkaar hadden gezet. Victoria had een dergelijk recept kortgeleden bij Gerti in de keuken gezien en het gewoon ook uitgeprobeerd.

Nu stond de taart voor hen, een beetje scheef, maar dankzij de chocoladeganache zag hij er bijzonder appetijtelijk uit.

‘Vicky, ik wil naar huis!’ Mathilda legde de droogdoek opzij. ‘We zijn toch klaar! Kijk eens naar buiten, het wordt al donker!’

Victoria hief haar hoofd op. Toen legde ze het mes neer. ‘Je hebt gelijk. Het wordt donker. En… het ruikt echt naar rook. We pakken snel de taart en de koekjes in en nemen die mee naar jouw huis!’ Ze haalde een bakblik met een hoge rand tevoorschijn en legde de koekjes erin. ‘Je kunt de taart in vier stukken snijden, Tilda. Dan leggen we die op het blik. Anders kunnen we niet alles dragen.’

'Hoe laat is het eigenlijk?' vroeg Mathilda, terwijl ze de taart voorzichtig doorsneed.

'Geen idee,' antwoordde Victoria.

'Ik wed dat het al na achten is!'

'Misschien wel.' Victoria spoelde de snijplank af waarop ze de biscuitchocolade hadden gesneden.

'Jullie chauffeur zal wel naar ons zoeken!' Mathilda likte de ganache van haar vingers en gaf het mes aan Victoria, die het schoonmaakte.

'We zijn zo klaar.' Victoria legde het mes in de bestekbak.

Samen verpakten ze hun werk in dik papier. Victoria gaf Mathilda het afgedekte blik, en die balanceerde er voorzichtig mee naar de deur.

Voordat ze de proefkeuken verlieten, controleerde Victoria of ze het fornuis hadden uitgezet en het water uit de gootsteen was weggelopen. Zo had haar moeder het haar ingeprent.

'Poeh!' riep Mathilda bezorgd uit, toen ze de gang in stapten. 'Het staat hier vol met rook! Vicky, er is toch geen brand in jullie fabriek?'

'Je hebt gelijk!' Nu werd Victoria ook bang. 'Kom, we moeten hier weg!'

Ze renden verder naar het trappenhuis. Maar toen Victoria de zware tussendeur opentrok, sloegen haar laaiende vlammen tegemoet.

'Rennen, Tilda,' schreeuwde ze wanhopig. 'Alles staat in brand!'

'Nee!' Mathilda liet het blik vallen. Met een harde klap kwam het op de vloer terecht.

'We moeten terug,' beval Victoria. 'Naar de proefkeuken! Dan klimmen we daar uit het raam!'

'We zijn op de tweede verdieping, Vicky!'

'We kunnen de trap niet af, dat heb je toch gezien. Daar verbranden we! Kom mee, Tilda!'

Ze draaiden zich om en renden voor hun leven.

De taart en de koekjes bleven op een papperige hoop achter in de gang.

De Augustenstrasse in Stuttgart
Rond 21.45 uur

Anton was op weg naar huis, blij dat het nog droog was. Koud was het niet, maar wel zwaarbewolkt. De laatste paar uur had hij samen met

Alois de eerste proefopname met de nieuwe techniek gemaakt, en het resultaat had zonder meer goed geklonken. Nu moest hij afwachten of bij het vervaardigen van de matrijs en de schellakplaten geen kwaliteitsverlies optrad. Dan konden ze een opname met de musici wagen. Hij keek ernaar uit.

Bovendien had Elise een paar dagen geleden ingestemd met zijn voorzichtige vraag naar een gemeenschappelijke toekomst. Daarmee stond een verloving niets meer in de weg, en hij had Judith meteen van zijn plannen op de hoogte gesteld. Ze waren snel overeengekomen voor de gelegenheid een feestje te organiseren, in oktober, als Martin in Stuttgart zou zijn en de familie compleet was. De bruiloft zou dan in de lente van het jaar daarop plaatsvinden. Daarvoor was er nog genoeg tijd om zijn woning boven de werkplaats uit te breiden en te vergroten, zodat hij er met vrouw en gezin comfortabel in kon leven.

Het knagende gevoel dat hem bekroop als hij aan Serafina dacht, onderdrukte hij consequent. Ze was met Karl naar Berlijn gevlogen. Een labiel persoon, net als zijn broer. Maar hij had betrouwbaarheid en bestendigheid nodig, en die zou hij bij Elise vinden. En wat die intense gevoelens betrof, die hem op het moment nog met Serafina verbonden, die waren niet meer dan schone schijn, niets om een solide toekomst op te bouwen. En hoe snel ging alle hartstocht niet in rook op als de dagelijkse routine haar intrede deed.

'Goedenavond, meester!' Erich trok juist de deur van de werkplaats dicht, toen Anton bij zijn pianofabriek in de Augustenstrasse arriveerde.

'Goedenavond, Erich! Ben je er nog steeds?'

'O, ik heb de klus voor de Hahns gepland. Ik zat er middenin, dan hou je er niet zomaar mee op.'

'Heel goed! Dan kunnen we morgen de lijst maken.'

'Ja.' Erich sloeg de kraag van zijn jopper op en keek naar boven. 'Het ziet ernaar uit dat het gaat regenen!'

'Klopt. Eens zien of er vannacht wat naar beneden komt.' Anton haalde de sleutel uit zijn jaszak. 'En jij maakt dat je naar huis komt! Morgen hebben we weer een hoop te doen!'

'Tot uw orders, meester!' Erich tikte tegen zijn muts. 'Tot morgen dan!' Opeens bleef hij stilstaan. 'Meester?'

'Is er nog iets?'

'Er is iets mis!'

Nu merkte ook Anton dat het vreemd onrustig was in de stad. Van veraf klonken de brandklokken, er werd geroepen, en het rook scherp, bitter... en naar verkoold hout.

Hij keek om zich heen en zag de rookkolom. Breed en zwart bewoog hij de bewolkte hemel in.

'Tjongejonge, dat is geen kampvuur meer!' Erich nam zijn muts af, zodat hij beter kon zien.

'Dat is toch... de kant op van de Calwer Strasse!' Anton stak zijn sleutel weer weg en begon te lopen.

'Wacht, meester!' riep Erich en hij rende achter hem aan. Het was maar een paar minuten lopen. De Augustenstrasse uit, langs de elektriciteitscentrale en de infanteriekazerne, maar voor Anton leek het een eeuwigheid. Toen ze over de Alter Postplatz renden, zag hij dat zijn voorgevoel hem niet had bedrogen. Uit het dak van de chocoladefabriek sloegen metershoge vlammen.

Zijn hart klopte tot in zijn hals.

'Is er nog iemand binnen?' riep hij, zodra ze de Calwer Strasse hadden bereikt, en hij baande zich met moeite een weg door de menigte die zich rond het bedrijfsterrein had verzameld. Nog steeds stroomden de kijklustigen toe, zoals gewoonlijk, als mensen de kans hadden in het ongeluk van anderen te zwelgen. 'Hé, uit de weg!' brulde Anton. Erich volgde hem op de voet.

Toen ze eindelijk bij de fabriekspoort waren beland, stonden de eerste wagens van de Stuttgartse brandweer er al. Mannen met messing helmen schreeuwden korte instructies naar elkaar; ze waren net bezig de afgesloten poort open te breken. Nog meer voertuigen hadden postgevat langs de muur rond het terrein, en nog steeds arriveerden er nieuwe wagens. Slangen werden uitgerold.

Voor zover Anton het op het eerste gezicht kon beoordelen, waren vooral de productiehallen getroffen. Het kantoorgebouw was onbeschadigd. Maar wie wist hoe het er vanbinnen uitzag? Een brand was verraderlijk.

'Verlaat het gebied rond de fabriek!' Een van de brandweermannen had een megafoon in zijn hand en sprak de omstanders toe. 'Hinder het bluswerk niet!'

Een gemompel ging door de menigte, die nauwelijks terugdeinsde.

De poort ging open, de eerste motorwagen reed de binnenplaats op en werd in stelling gebracht.

'Wie bent u?' vroeg een van de brandweermannen, toen Anton met Erich het terrein op rende.

'Ik ben Anton Rothmann.'

'Voor uw eigen veiligheid, meneer Rothmann,' zei de brandweerman spijtig, 'moet ik u vragen om voor de poort te blijven wachten.'

'Is het gebouw leeg?' wilde Anton weten.

'Dat kunnen we op het moment nog niet zeggen.'

Een krijsende vrouwenstem onderbrak het korte gesprek. 'Mijn kind! O god! Mijn kind!'

Anton draaide zich om en zag hoe iemand zich door de golvende menigte worstelde en voor de deur door een brandweerman werd tegengehouden. Toen ze hem opzij wilde duwen, pakte hij haar bij haar bovenarmen.

Maar Anton was gealarmeerd, liep snel terug naar het hek en sprak de vrouw aan, die nog steeds probeerde aan de ijzeren greep van de brandweerman te ontsnappen. 'Wie bent u?'

'Louise Fetzer. Laat me toch los!' Haar gezicht was nat van de tranen. 'Mijn dochter is misschien daarbinnen!'

'Uw dochter?' vroeg Anton ontdaan. 'Wat heeft uw dochter daar te zoeken?'

'Ze was hier met Victoria… en ze is niet thuisgekomen!'

'Met Vicky?'

De vrouw hijgde. 'Toen ik hoorde dat de chocoladefabriek in brand stond…' Haar stem brak.

'Wat wilden ze hier?'

'Ze wilden iets met chocola uitproberen, Mathilda had het er al de hele tijd over. De chauffeur heeft Victoria eerder bij ons thuis willen ophalen, maar de kinderen waren nog niet terug, en… mijn man werd vreselijk ziek…' Ze snikte.

De rillingen liepen Anton over de rug. Zo te horen waren de twee meisjes in de keuken geweest.

'Mevrouw Fetzer,' zei de brandweerman streng, 'we kunnen u daar niet binnen laten gaan, zelfs niet als uw kind in het gebouw is.'

'Maar we moeten toch iets doen!' Louise Fetzer was een zenuwinzinking nabij.

Anton kwam in actie.

'Snel! Ik weet waar ze kunnen zijn!' zei hij tegen Erich. 'Laat mensen met rookdichte helmen komen!' riep hij naar de brandweerman die nog steeds Louise Fetzer vasthield. Toen rende hij weg.

Twee minuten later al werden zijn bange vermoedens bewaarheid, toen ze de van de straat afgekeerde zijde van het middelste gebouw bereikten.

'Help ons!'

Dat kon toch niet waar zijn. Wat hadden die twee daar te zoeken op dit uur? Hadden ze de brand misschien zelf veroorzaakt?

'Vicky!' riep hij luid.

'Hier! Help!' Dat was Victoria. Ze hoestte.

Het gebouw was omgeven door dikke rook, zodat hij nauwelijks iets kon zien.

'Ben je in de proefkeuken?' brulde Anton.

'Mama!' De tweede meisjesstem moest van Mathilda Fetzer zijn. Het klonk hartverscheurend.

'Ben je in de proefkeuken?' riep Anton nog eens door de rook.

'Help! Hierheen!'

'Waar ben je, Vicky?'

'Mama...'

Het had geen zin. Het geraas van het vuur overstemde alles, waarschijnlijk konden de meisjes alleen horen dat er iemand riep, maar verstonden ze niet wat er werd gezegd.

Anton wist wat hij nu nodig had.

Hij gaf Erich een teken om hem te volgen, naar een schuur zo'n vijftig meter verderop. Vroeger was het een garage voor paard-en-wagens geweest, inmiddels werd hij voor veelgebruikt materieel benut. Omdat er geen waardevolle dingen waren opgeslagen en iedereen er snel in moest kunnen, lag de sleutel al jaren onder een losse stenen plaat naast een zijmuur.

Anton maakte snel de houten deur open en keek rond. Ook hier dreven al rookslierten, ze hadden niet veel tijd meer.

'Daar, Erich! De ladder!'

Samen tilden ze een lange houten ladder van de muur van de opslagruimte en sleepten die naar de plek op de binnenplaats onder de proefkeuken, waar ze de meisjes hadden gehoord.

Het was stil. Angstaanjagend stil.

'Vicky?' riep Anton.

Geen antwoord.

'Tegen de muur!' schreeuwde hij naar Erich. Snel zetten ze de ladder tegen de muur van het huis.

'U kunt daar niet naar boven, meester! Dat is te gevaarlijk!' waarschuwde Erich. 'De brandweermannen komen er toch aan!'

'We hebben geen tijd meer!' Terwijl Anton zijn jas uittrok, zei hij tegen Erich dat hij hem zijn halsdoek moest geven. Hij bond hem voor zijn neus en mond, haalde diep adem en klom de ladder op.

40

Het raam van de proefkeuken was gebarsten door de hitte. Anton trok zijn mouw over zijn linkervuist. Een scherpe pijn schoot door zijn hand en arm toen hij de vlijmscherpe resten van het raam uit het kozijn sloeg. Toen klom hij de kamer in.

'Vicky?'

'Hier,' jammerde een van de meisjes.

De bijtende rook brandde in Antons ogen en keel, en dwong hem over de vloer te kruipen.

'Mama!' Een snik. Toen hoesten.

'Mathilda?'

Hij voelde twee handen tegen zijn rug en draaide zich om.

'Vicky! Godzijdank!'

'Oom… Anton.' Ze hield een natte handdoek voor haar gezicht.

'Ga weer naar het raam! Waar is je vriendin?'

'Ik ben hier!' Een tweede schim kroop door de dichte rook naar hem toe. Ook Mathilda had een doek in haar hand en probeerde haar gezicht te beschermen.

'De brandweer is er. Ze komen ons zo halen.' Anton dwong zichzelf om rustig te praten. 'Adem voorzichtig door de doeken.'

'Meneer Rothmann!' De gedempte stem van een brandweerman klonk door het roet. Hun redding was begonnen.

'We zijn hier!' Anton opende de kapotte ramen, leunde naar buiten en gaf de man een teken.

'We schuiven juist de draaibare ladder uit. Staat u klaar?'

Anton hielp Mathilda op de been, Vicky was al opgestaan en leunde tegen de muur naast het raam. 'Gewoon blijven ademen, we zijn er bijna.'

De brandweerman op de ladder instrueerde zijn collega's op de grond, tot de brandweerladder goed was opgesteld. Toen stak hij een arm uit. 'Geef me een van de kinderen!' zei hij tegen Anton.

Anton besloot om Mathilda als eerste het raam uit te helpen. Ze leek er slechter aan toe dan Victoria. Maar toen hij haar op de kooi van de brandweerladder tilde, schudde ze haar hoofd. 'Ik ben bang!'

'Kom maar, Mathilda,' zei Anton bemoedigend. 'Je kunt het!'

'Toe maar!' Een tweede brandweerman was de draailadder opgeklommen en stond klaar om het kind over te nemen.

Anton duwde Mathilda's voet over de borstwering.

'Mama!' Ze schreeuwde het uit.

'Je mama wacht beneden op je,' zei Anton zacht, maar beslist. 'Deze man brengt je naar haar toe.'

Mathilda snikte en liet de handdoek vallen. Hij bleef aan een van de sporten van de houten ladder hangen. De brandweerman schoof hem met zijn laars weg, hij viel de diepte in. 'We hebben dit al zo vaak gedaan,' zei hij. 'Vertrouw ons maar!'

Mathilda snufte.

'Het andere been, Mathilda!' Anton duwde het meisje nu helemaal de borstwering op, waar de brandweerman op de draailadder haar eindelijk kon beetpakken.

'Goed! Ik heb haar!' zei deze tegen Anton, hij maakte Mathilda met een gordel vast en klom met haar in zijn arm naar beneden.

Anton stak zijn hand uit naar Victoria. 'Nu jij!'

Victoria reageerde meteen. Zonder te aarzelen ging ze op de borstwering zitten.

Op dat moment sidderde het gebouw van een zware explosie. Instinctief trok Anton zijn nichtje terug. Victoria schreeuwde het uit toen de druk haar in een hoek van een kamer katapulteerde. Een fractie van een seconde later merkte Anton tot zijn ontzetting dat een deel van het gebouw wegzakte.

Ineens verschenen er lang vergeten beelden voor zijn geestesoog. Nachten in loopgraven, ratelende tanks, inslaande granaten, machinegeweren. Met die verschrikkingen voor ogen greep hij naar Victoria.

Over de binnenplaats weerklonken korte geschreeuwde bevelen, tegelijk ging er een koele tochtvlaag door de ruimte die voor wat zuurstof zorgde. Anton haalde diep adem, drukte de over haar hele lichaam trillende Victoria stevig tegen zich aan en kwam met haar overeind.

Toen zijn blik op een gat in de buitenmuur viel, maar een paar meter van de plaats waar ze stonden, wist hij dat er nauwelijks nog tijd was. Het pand kon elk moment instorten. Koortsachtig zocht hij een uitweg.

'Anton!' Als van ver drong Victors stem tot hem door.

Met Victoria in zijn arm bewoog Anton zich voorzichtig naar het raam en keek naar beneden. Door de ontploffing was een ladder omgevallen, de brandweerman was in de diepte gestort. Anton keek hoe zijn kameraden voor hem zorgden, hem op een brancard legden en de draailadder wegbrachten.

Mathilda leek in veiligheid te zijn.

'Anton!' Door de rookslierten heen merkte Anton dat Victor hem vanaf de binnenplaats probeerde een teken te geven.

'Victor!' Hij moest hoesten. 'We zijn hier!'

'Er is een smalle trap in het oude trappenhuis,' hoorde hij Victor roepen. 'Loop de proefkeuken uit en dan linksaf. Jullie moeten door een gesloten tussendeur. Die is heel smal en overgeschilderd, maar je kunt hem voelen, ongeveer een halve meter van de muur links. Als hij op slot zit, moet je hem openbreken! We komen jullie tegemoet!'

'Is goed!'

'Heb je het gehoord, Vicky?' zei hij tegen Victoria, die zich stevig aan hem vastklampte. 'Je vader is hier en komt ons halen. We moeten alleen de gang op. Dat gaat ons lukken.' Hij voelde dat ze knikte. Dapper meisje, dacht hij.

Gebukt liepen ze voorzichtig over de met brokken metselwerk en glasscherven bezaaide vloer, klauterden over een omgevallen kast en schoven het gedeukte elektrische fornuis opzij, dat door de kracht van de explosie door de ruimte was geschoten.

Eindelijk bereikten ze de deur van de proefkeuken.

Een deel ervan was afgerukt, de rest hing in de scharnieren. Anton duwde hem zo ver open dat er een doorgang ontstond, keek de gang in en deinsde geschrokken terug toen hij zag dat er maar een paar meter van hen vandaan een afgrond van puin en as gaapte. Er steeg rook op, gloeiende sintels smeulden, maar het stond niet meer in lichterlaaie. Wellicht had het instortende metselwerk een groot deel van de vlammen gesmoord.

'Niet naar kijken,' beval hij Victoria. 'Ik haal je hieruit!'

Het deel van de gang waar ze nu doorheen liepen, was nog intact, en Anton vond de deur precies op de plek die Victor had beschreven.

Hij duwde de deurkruk omlaag. Afgesloten.

Voorzichtig maakte hij zich los van Victoria, nam een aanloop en wierp zich met zijn schouder tegen het hout. Het kraakte, maar de deur hield stand. Een paar keer schopte hij tegen het hout, in de hoop een zwakke plek te vinden. Toen wierp hij er zich weer met al zijn kracht tegenaan.

Eindelijk bezweek de deur, zwaaide open en bood toegang tot de smalle trap waar Victor het over had gehad. Anton sloeg zijn arm om Victoria heen, die de hele tijd vlak bij hem was gebleven, en schoof haar voor zich uit over de reddende treden.

Van onderen waren zware klappen te horen, gekraak, gekletter, het geluid van versplinterend hout. Dreunende voetstappen kwamen op hen af.

'Ik ben hier, Vicky,' riep Victor, toen hij eindelijk voor hen stond. 'Hoor je? Ik ben er!'

'Papa!' Victoria snikte zonder tranen en sloeg haar armen om haar vader heen.

'Het is goed, mijn kind,' zei Victor, hij drukte haar stevig tegen zich aan en kuste haar teder op haar voorhoofd. In de snelle blik die hij Anton toewierp lag diepe dankbaarheid.

Toen nam hij zijn dochter op de arm en droeg haar over de laatste treden naar buiten. Anton volgde hen door de zojuist uitgehouwen opening in de houten bekleding naar buiten. Twee brandweermannen ontfermden zich over hem. Het was hun gelukt.

Op hetzelfde moment gingen de sluizen van de hemel open.

41

Berlijn, het Nelson Theater aan de Kurfürstendamm
Tegen 22.30 uur op dezelfde avond

Josephine Baker wervelde over het podium, extatisch, ontketend, en met niets meer aan haar lichaam dan een paar blauwe en rode veren. Ze leek in vuur en vlam te staan, trok grimassen, liet haar bekken draaien en wiebelde met haar achterwerk, op een manier die Serafina misselijk maakte. Niet alleen de blote borsten vond ze obsceen, maar het hele optreden.

Van het ene moment op het andere ging de diva over op een paradepas, stapte met wippende borsten heen en weer alsof ze zich op een exercitieterrein bevond, waarna ze met een eveneens spaarzaam geklede partner aan een razendsnelle charleston begon.

'Is ze niet ongelooflijk?' vroeg Lilou ademloos, terwijl ze haar ogen niet van de donkere schoonheid op het podium kon afhouden; net zomin als Karl, die naast hen met open mond naar de uitheemse danseres staarde, en tussendoor klapte, floot en joelde, net als het hele publiek, dat zich in een uitzinnige draaikolk van exotische erotiek en bandeloosheid bevond.

Serafina had het gevoel dat ze achter een beschermende glazen plaat zat die zich tussen haar en het spektakel bevond. Innerlijk nam ze het Lilou kwalijk dat ze haar daarnaartoe had gebracht. Uitgerekend Lilou, die had moeten weten dat een dergelijke omgeving haar tegenstond. Het was er vergeven van de rook en overal zaten kwijlende mannen die smachtten naar elk stukje naakte huid van de uitdagend kronkelende Baker.

Als ze had geweten wat haar hier te wachten stond, zou ze haar hotelkamer in zijn gekropen en zijn weggezakt in haar ellende.

Het werd haar allemaal te veel. Het lag niet aan de sfeer hier, en ook niet aan het feit dat juffrouw Schmidtke geen van haar dringende vragen had kunnen beantwoorden toen zij die ochtend bij haar was geweest. Nee, Serafina's pijn zat veel dieper.

Karl had haar gisteravond ontvangen met het nieuws dat zijn broer zich later in de zomer met Elise zou verloven. Ze was zo duizelig geworden dat ze meteen was weggegaan, met trillende knieën naar haar kamer was gelopen en haar tranen de vrije loop had gelaten.

Daarna had ze haar rode ogen gekoeld met een vochtig washandje om de zwelling te doen slinken. Helaas met weinig succes. Want toen ze met Karl vlak daarop naar het restaurant was gegaan om te dineren, had die haar alleen veelbetekenend aangekeken. 'Ik zei het toch,' was zijn nonchalante commentaar. 'Anton levert geen half werk.'

Integendeel, Anton leverde wel degelijk half werk.

Hij bracht met haar een betoverend kwartier door op een balkon in de Stadtgarten. Hij keek in haar ziel. Hij sprak tegen haar in de taal die ze het beste begreep: de muziek. En nu verloofde hij zich met iemand anders. Zonder dat wat hen verbond, ook maar een enkele kans te geven.

'Neem het niet zo zwaar op,' had Karl op zijn typische lompe manier gezegd. 'Gelukkig is er nog een tweede versie van Anton.'

Die poging om haar op te vrolijken was net zo belachelijk als de andere die waren gevolgd, terwijl zij een lepeltje van haar kreeftensoep had gegeten en in de heilbot met hollandaisesaus had zitten prikken, die uiteindelijk bijna intact weer naar de keuken was gegaan.

Nee, er was geen tweede versie van Anton. Alleen hij veroorzaakte dat aangename, verlangende gevoel in haar maagstreek. Het was alleen zíjn stem die kippenvel veroorzaakte over haar hele lichaam. Het was alleen zíjn blik waarin ze een deel van zichzelf meende te zien.

Het was Anton die haar hart raakte. Niet Karl.

Baker nam een pauze.

In de zaal gingen de lichten aan, het werd rumoeriger, er werden drankjes geserveerd. Lilou verontschuldigde zich en ging op weg naar de kleedkamers, voor het geval ze daar nodig was. Serafina begreep niet wat de Française en al die mensen hier in de frivole dansvoorstelling zagen.

Ook Karl was opgestaan.

Terwijl ze wachtte tot hij terugkwam, bestelde ze een kop koffie.

Het gevoel daar helemaal alleen te zitten maakte haar bang. Ze dronk haar koffie op en een glas wijn en ging naar het toilet.

Karl bleef weg, ook toen ze allang weer op haar plaats zat. Ze keek om zich heen en probeerde hem onder de vele mensen in de zaal te ontdekken. Tevergeefs.

'Ik maak me zorgen,' zei Serafina tegen Lilou, toen die vlak voor het eind van de pauze bij hun tafeltje terugkwam.

'Mais non,' zei Lilou goedgemutst. 'Hij amuseert zich wel. Je wilt hem toch niet. Laat hem zijn pleziertje.'

Serafina perste haar lippen op elkaar.

'*Je t'en prie*, Serafina!' Lilou schudde haar hoofd. 'Je wilt toch zangeres worden? Dan moet je je angst overwinnen. Dit hier wordt dan jouw wereld, begrijp je?' Lilou pakte een sigaret. 'Anders moet je je geld op kantoor verdienen, of als lerares.'

'Er zijn toch ook andere engagementen.'

'Bij de opera?'

'Bijvoorbeeld.'

Lilou keek haar onderzoekend aan en liet de rook in grote kringen naar het plafond opstijgen. 'Voor leven is moed nodig!'

'Wat wil je me daarmee zeggen?'

'Wat het ook is dat je vanavond zo dwarszit, Serafina, de enige die het kan veranderen, ben jij.'

'Je hebt geen flauw benul.'

'O jawel, ik heb meer benul dan je denkt.' Lilou blies nieuwe kringen de lucht in. '*Un homme?*'

Serafina zweeg.

'Het is echt droevig,' verzuchtte Lilou, 'dat je een vrouw geen *chance* geeft.'

Het doek ging op, het publiek in de zaal begon opnieuw te klappen en te joelen. Josephine kwam het podium op, dit keer met een rokje van bananen en stof om haar heupen in plaats van veren.

Toen ze begon te dansen, kwam Karl eindelijk terug. Hij stond op het punt om naast haar te gaan zitten, toen Serafina zag dat hij een dun briefje in de binnenzak van zijn jasje liet verdwijnen.

Ze stond abrupt op en greep ernaar.

'Nou, nou,' zei Karl grijnzend. 'Niet zo stormachtig! Al bevalt het me wel dat je –'

‘Geef hier!’ Serafina verhief haar stem.

Lilou stond op en greep haar bij haar schouders. ‘Sst!’

‘Wat maakt het uit, hier schreeuwt iedereen toch al!’ Serafina schudde Lilous arm af en reikte weer in de binnenzak van Karls jasje. Dit keer kreeg ze het te pakken.

‘Wat moet je daarmee?’ vroeg ze aan de verblufte Karl.

‘Wat zou ik ermee moeten?’ Karl strekte zijn hand uit. ‘Geef terug.’

‘Nee.’

‘Goeie god, Serafina!’ Karl pakte haar hand. ‘Stel je niet zo aan! Het was jouw voorstel om hier vandaag naartoe te gaan. Als je weigert te genieten om over een zekere Anton Rothmann te treuren, kun je dat met alle plezier doen. Maar laat mij met rust!’

‘Waar heb je dat vandaan? Van de toiletjuffrouw?’ vroeg Serafina giftig.

‘Blijkbaar ben je op de hoogte!’

‘Ik ben helemaal niet op de hoogte! Ik wil niet op de hoogte zijn, niet daarvan!’ Serafina hield het briefje omhoog en scheurde het in tweeën. Het witte poeder sneeuwde over de tafel en in de champagneglazen die er stonden.

‘Moet ik het drinken in plaats van snuiven?’ vroeg Karl ironisch.

Met een luide klap belandde Serafina’s hand op zijn gezicht. Hij wreef verrast over zijn wang.

‘*Je suis désolée!*’ Lilou pakte Serafina energiek bij de arm. ‘Maar nu is het genoeg! Óf je kalmeert, Serafina, óf je gaat naar huis.’

‘Laat haar maar,’ zei Karl tegen Lilou. ‘Het is haar vandaag waarschijnlijk allemaal een beetje te veel.’

Opeens had Serafina het gevoel dat ze geen lucht meer kreeg. Ze ademde sneller, en kort daarop begonnen haar handen en voeten merkwaardig te kriebelen. Haar hart ging tekeer.

‘Ik voel me niet goed,’ zei ze tegen Lilou.

Die legde haar hand op haar schouder. ‘Je hebt je te druk gemaakt, ma chère. Kom, laten we een luchtje scheppen,’ zei ze.

‘We kunnen beter teruggaan naar het hotel,’ zei Karl toen hij Serafina aankeek. ‘Je bent zo wit als een vaatdoek.’

Toen ze een half uur later voor het Excelsior uit de taxi stapten, voelde Serafina zich alweer wat beter. Karl bood haar zijn arm aan en zij haakte in, omdat ze nog steeds wat onvast op de benen stond.

'Weet je wat?' vroeg Karl, en zijn stem klonk ongewoon ernstig. 'We gaan nog even in de hotelbar zitten.'

'Ik zou eigenlijk liever gaan slapen.'

'Een half uurtje maar. Tot ik zeker weet dat het weer goed met je gaat!'

Serafina knikte zwakjes.

Ze haalden de sleutel en Karl informeerde of de bar nog open was. Ze werden door een gang geleid, langs een klein restaurant en de bibliotheek van het hotel naar de Excelsior-bar.

Serafina bestelde thee, Karl whisky.

'Ik had niet gedacht dat het je zo zou aangrijpen, dat met Anton,' zei Karl en hij schudde zijn hoofd.

'Laten we het er niet over hebben, alsjeblieft,' zei Serafina. 'Zoiets valt niet uit te leggen.'

'Wat heeft hij dat ik niet heb?' Karl staarde in zijn glas, toen dronk hij het in één teug leeg.

Serafina wist niet goed wat ze daarop moest antwoorden.

'Ik weet niet zeker of hij werkelijk van Elise houdt,' vervolgde hij zonder overgang en Serafina dacht een wrevelige ondertoon te horen. Ze herinnerde zich hun ontmoeting in de bioscoop en opnieuw had ze het gevoel dat Karl Elise kende. Maar hoe?

Ze nam haar theekopje in beide handen en blies in de opstijgende warme damp. 'Dat kun je nauwelijks beoordelen,' mompelde ze.

'We zijn tweelingen, Serafina.' Karl keek op. 'Wat ons verbindt is onverklaarbaar. Veel dingen die in hem omgaan kan ik navoelen. En omgekeerd geldt dat natuurlijk ook.'

'Tot dusver had ik eerder de indruk dat er tussen jullie een soort competitie of zoiets gaande is.' Serafina nipte van haar thee. 'En niet dat jullie elkaar blindelings begrijpen.'

'Het een sluit het ander niet uit.' Karl bestelde een tweede drankje. Toen stak hij een sigaret op. 'Stel dat een van de tweeling altijd degene is die voor brutaal en onverstandig doorgaat, en dat de ander altijd serieus genomen wordt en overal in slaagt. Wat denk je dat de eerste helft van de tweeling voelt?'

'Jaloezie?'

'Nee. Misschien een beetje. Maar wat hij vooral voelt is onmacht.'

'Dat voel je?' Serafina keek hem ongelovig aan.

Hij staarde voor zich uit. 'Die onmacht heb ik al mijn leven lang gevoeld. Zonder moeder, met een vader die alleen schreeuwde en bulderde en klappen uitdeelde. In de oorlog, als je eigen leven je niet meer toebehoort en het elk moment afgelopen kan zijn. Of in het bedrijf, als je geen enkele beslissing zonder toestemming van je zus en je zwager mag nemen. In tegenstelling tot Anton mocht ik nooit bewijzen dat ik zelf ook tot iets in staat was.'

Serafina had moeite om de juiste woorden te vinden.

Hij schraapte zijn keel. 'En jij? Waarom heb jij zo gereageerd, daarnet in het theater?'

'Dat...' Serafina stond op het punt een ontwijkend antwoord te geven toen een hotelbediende snel op de bar af kwam lopen, waar ze aan zaten. 'Een interlokaal gesprek voor u, meneer Rothmann. Uit Stuttgart.'

'Zo laat nog?'

'Inderdaad.'

Karl wierp Serafina een vragende blik toe, vervolgens drukte hij zijn sigaret uit en volgde de man naar de lobby.

Toen hij terugkwam, zag hij lijkbleek. Zwijgend ging hij achter de bar zitten.

'Goeie god, Karl!' Serafina keek hem geschrokken aan. 'Wat is er aan de hand?'

Karl schudde alleen zijn hoofd, zijn handen trilden.

Serafina werd bevangen door paniek. Ze zette haar theekopje aan de kant. 'Zeg iets, alsjeblieft! Wie heeft er gebeld?'

'Judith,' bracht Karl uit. 'Er... er was brand.'

De barman zette zwijgend nog een whisky voor hem neer.

'Brand? In de villa?' Serafina pakte hem bij zijn schouders.

'Nee... in de fabriek.'

'O, mijn god!' Serafina sloeg haar hand voor haar mond. 'Is er iemand gewond... Of...'

'De chocoladefabriek... bestaat niet meer.' Hij ging met een vertwijfeld gebaar door zijn haar. 'Vicky was in het gebouw. Anton heeft haar eruit gehaald.'

Serafina's hart sloeg over. 'Zijn ze... nog in leven?'

42

Stuttgart, de Rothmann-villa
11 juni 1926

‘Vicky,’ fluisterde Judith. ‘Mijn schat.’

Ze doopte een washandje in de kom met lauw water en ging er voorzichtig mee over het met bloedkorsten en asresten bezaaide gezicht van haar slapende kind. De sporen van de afgelopen nacht verdwenen maar langzaam. Vicky had enorm geluk gehad. Ze had geen ernstige verwondingen opgelopen, alleen een heleboel schaafwonden, en die zouden wel genezen. Het viel te hopen dat de angstige uren geen littekens op haar ziel zouden achterlaten.

‘Mama…’ Victoria’s oogleden trilden.

‘Alles is goed, Vicky. Ik ben er.’ Judith legde het washandje weg en boog haar hand liefdevol om Victoria’s warrige haar, dat op een kussen lag, dat eerst sneeuwwit was geweest maar nu getooid was met zwarte strepen. Ze bekeek het gezicht van haar dochter, dankbaar om haar levend en wel in haar armen te houden.

Buiten ruiste de regen.

Voor Judith waren de gelijkmatig tegen de ruiten kletterende druppels troostend en geruststellend, omdat ze haar aan het moment deden denken dat het wachten en de paniek tijdens de catastrofe eindelijk voorbij waren. Ze zag nog steeds voor zich hoe Victor met het kind op zijn arm naar haar toe rende: ‘Ze leeft!’ Zijn smoking vormde, net als haar avondjurk, een schril contrast met het tafereel dat ze hadden aangetroffen nadat ze de vreselijke tijding nog in de opera hadden ontvangen.

Er werd op de deur geklopt.

'De dokter is er, schat.' Victor kwam de kamer binnen. Hoewel hij inmiddels een bad had genomen, zag zijn gezicht er gegroefd en ingevallen uit. Onder zijn ogen lagen donkere kringen.

'Het is geen goed idee om met vuur te spelen,' begroette Arthur Knödler zijn jonge patiënt. Hij was een uitstekende dokter, maar als voormalige scheepsarts een nogal ruwe klant.

Judith stond op en maakte haar plaats vrij bij het bed, zodat dokter Knödler Victoria kon onderzoeken.

'En? Hoe voelen we ons vandaag, juffrouw Victoria?'

Judith zag dat Victoria moeizaam haar ogen opendeed. 'Hm.'

'Dat klinkt helemaal niet slecht.' De dokter grijnsde. 'Laten we nog eens naar je rug luisteren.'

Judith hielp Victoria rechtop te gaan zitten.

'Diep ademhalen!' zei hij, terwijl hij zijn stethoscoop tegen haar rug aan duwde. 'En uitademen. Nog eens! Goed. En nu hoesten!'

Victoria hoestte gehoorzaam.

Toen bekeek hij haar nek en keelholte. 'Ik zou zeggen dat je geluk hebt gehad,' constateerde hij.

Hij instrueerde Judith om haar dochter een beetje op haar zij te draaien, en luisterde naar haar borst.

'Het is een lichte rookvergiftiging,' constateerde hij tot besluit.

'Wat voor vergiftiging?' vroeg Victoria, die intussen weer helemaal bij haar positieven was.

'De rook die je bij de brand hebt ingeademd, heeft je longen en je luchtwegen een beetje geïrriteerd. Rust maar wat uit, dan komt het snel weer in orde.'

Hij stond op. 'Let erop dat de kamer altijd goed wordt gelucht,' zei hij tegen Judith. 'En ze moet veel drinken.'

'Natuurlijk, daar zal ik voor zorgen, Arthur,' zei Judith en ze ging weer aan het bed van haar dochter zitten. 'Bedankt.'

'Geen probleem,' antwoordde Knödler, terwijl hij zijn stethoscoop weer om zijn nek hing. 'Waar zijn de andere gewonden?'

'Die hebben we over de logeerkamers verdeeld,' antwoordde Victor.

'Goed, ik ga erheen!' De dokter pakte zijn dokterstas en beende de kamer uit. 'Tot ziens, juffrouw Victoria.'

'Tot ziens,' zei Victoria ietwat schor.

'We gaan bij Mathilda en Anton kijken,' zei Victor tegen Judith, voordat hij de deur zacht achter zich dichttrok.

'Tilda?' vroeg Victoria. 'Is ze hier bij ons?'

'Ja,' antwoordde Judith, die haar toedekte. 'En haar moeder ook.'

'Gaat het goed met Tilda?' Victoria was nog een beetje schor, maar ze hoefde niet zoveel meer te hoesten als in de eerste uren na haar redding.

'Ja, naar omstandigheden gaat het goed met haar. Zo'n beetje zoals met jou.' Het was een wonder dat Anton erin was geslaagd om de twee meisjes praktisch ongedeerd uit de instortende fabriekshallen te krijgen.

'En oom Anton?' wilde Victoria weten, alsof ze Judiths gedachtegang had gevolgd.

'Met oom Anton gaat het ook goed.' Maar dat was niet helemaal waar.

Alles bij elkaar was Anton er redelijk aan toe, maar hij had zijn linkerhand zwaar verwond.

'Mag ik Tilda zien?' vroeg Victoria.

'Ik denk het wel,' antwoordde Judith. 'Ik heb het er zo over met haar moeder. Maar ze zal er wel niets op tegen hebben.'

'Kan Tilda lopen?' vroeg Victoria.

'Ja, vanochtend was ze al op.'

'Help me uit bed, mama,' vroeg Victoria. 'Ik wil me aankleden.'

Drie uur later zat Victor op zijn lichtbruine leren bureaustoel en masseerde met beide handen zijn voorhoofd. Zijn hoofd en schouders deden pijn. Zelfs zijn rug deed zeer.

Ze hadden die nacht niet geslapen. Noch hij, noch Judith. Ze hadden bezorgd de wacht gehouden bij Vicky's bed en tussendoor steeds bij Anton gekeken.

Pas nu kwam de vermoeidheid over hem. Later zou hij een middagdutje doen, ten minste een half uur. En dan konden ze hopelijk gauw naar Stuttgart rijden om de eerste balans op te maken. Nu was het nog te riskant om het fabrieksterrein op te gaan.

In de tussentijd wilde hij de polis van de brandverzekering klaarleggen om de formulieren voor de schademelding af te maken. Die had hij gelukkig thuis bewaard en niet in het bedrijf. Zodra de omvang van de verwoesting bekend was, zou hij alles inleveren, zodat de schadevergoeding zo snel mogelijk beschikbaar zou zijn.

Vermoeid kwam hij overeind en liep naar een kluis van gelakt wortelhout, die een paar passen van zijn bureau vandaan stond, en draaide de zware ijzeren deur van het slot. De brandverzekering was nog door Wilhelm Rothmann afgesloten en bevond zich, evenals de andere belangrijke papieren, in een apart compartiment.

Helemaal bovenop lag een dikke map met documenten met de beschikkingen van de nalatenschap van zijn eigen vader, Friedrich Rheinberger. Victor was er nog niet toe gekomen om zich er grondig in te verdiepen. Hij legde de map op een stapel tijdschriften, alle exemplaren van *Der deutsche Volkswirt*, die hij altijd aan één kant van zijn bureau verzamelde. Toen draaide hij zich weer om naar de kluis, haalde er voorzichtig de cassette met de gezochte papieren uit, zette die op het bureau en klapte hem open. Zorgvuldig doorzocht hij de daarin apart gesorteerde en in beschreven enveloppen gebundelde documenten.

Het deed hem goed om zich met iets zinvols bezig te houden. Zo kon hij de beelden van de afgelopen nacht zo goed mogelijk verdringen en zijn gedachten richten op wat er nu voor hen lag: de wederopbouw.

Hij haalde er de ene envelop na de andere uit, tot hij eindelijk het handschrift van zijn schoonvader herkende: *Württembergse Brandverzekering*. Hij opende de zijklep en haalde de documenten eruit.

Om ze in alle rust te kunnen bestuderen, liep hij naar een kleine zithoek, de enige meubels die hij na Wilhelm Rothmanns dood zeven jaar eerder in de werkkamer had laten staan, en ging in een van de comfortabele fauteuils zitten. Hier had hij de chocoladepatriarch voor het eerst ontmoet, ruim drieëntwintig jaar geleden. En toen had hij ook zijn Judith leren kennen…

Hij was net begonnen om de papieren door te bladeren, toen er op de deur werd geklopt. ‘Meneer Rheinberger?’ vroeg Dora.

‘Wat is er?’

‘De brandweercommandant wil u spreken. En een meneer van de politie.’

‘Laat ze maar binnen!’ Victor stond op en legde de documenten snel terug op zijn bureau.

‘Goedemorgen, meneer Rheinberger!’ De mannen kwamen de kamer in en namen hun hoofddeksels af.

‘Goed dat u er bent,’ zei Victor en hij bood hun een plaats rond de kleine tafel aan. ‘Mag ik u iets te drinken aanbieden? Een borrel misschien?’

‘We hebben dienst. Het spijt me,’ zei de politieman. ‘Meneer Rheinberger, ik wilde u meedelen dat u aan het eind van de middag een eerste bezichtiging van uw onderneming kunt doen.’

‘Goed, dank u. Wat bedoelt u precies met het eind van de middag?’

‘Als u tegen half vijf naar de poort kunt komen, zullen wij er zijn. Het vuur is grotendeels onder controle. De regen heeft de rest gedaan. Af en toe zien de brandwachten nog gloeiende resten, maar er lijkt geen direct gevaar meer te bestaan,’ antwoordde de brandweercommandant.

Victor knikte. Op hetzelfde moment werd het gesprek onderbroken door een korte klop op de deur. Het was Judith.

‘Dora vertelde me dat u was gekomen,’ zei ze tegen de twee bezoekers en ze ging achter de leunstoel staan waar Victor in zat. ‘Vicky speelt mens-erger-je-niet met Mathilda en haar moeder en toen dacht ik dat ik beslist wilde weten of er nieuws is,’ zei ze zacht tegen haar man.

‘Hoe gaat het met de kinderen?’ vroeg de brandweercommandant.

‘Tot nog toe goed, dank u.’ In Judiths stem was haar opluchting te horen. ‘En uw collega die van de ladder is gevallen?’

‘Hij heeft een gebroken arm en ernstig letsel aan zijn rug. Maar hij heeft het overleefd.’

Judith knikte ontdaan.

Victor schraapte zijn keel. ‘We kunnen tegen half vijf naar de fabriek rijden en ons een beeld van de situatie daar vormen. Ga je mee, Judith?’

‘Natuurlijk!’

‘Zal dat geen te grote belasting voor je zijn?’ vroeg Victor.

Judith keek hem aan. ‘Je kent me nu al zo lang, Victor, en je vraagt me serieus of dat een te grote belasting voor mij is?’

Voor het eerst die dag merkte Victor dat zijn lippen in een glimlach krulden. Judith duwde zacht tegen zijn schouder. Hij hield haar hand stevig vast.

‘Helaas moet ik u nog iets, laten we zeggen, zeer verontrustends mededelen, meneer Rheinberger,’ zei de brandweercommandant.

Victor knikte en merkte dat Judiths hand onder de zijne verkrampte.

‘De afgelopen uren zijn we begonnen met het onderzoek naar de oorzaak van de brand. En de eerste uitkomsten hebben ons doen besluiten om de geachte inspecteur in te schakelen.’

‘Het zal toch geen…’ Judiths nagels boorden zich pijnlijk in Victors handpalm.

‘Ik vrees van wel, mevrouw Rheinberger. We gaan ervan uit dat het brandstichting is.’

Hamburg, de St. Pauli-aanlegsteiger
Rond dezelfde tijd

‘Hoe bedoelt u, het schip vertrekt niet?’

‘Het schip heeft motorschade, meneer. Het wordt momenteel gerepareerd.’

‘Bezorg me dan een andere overtocht.’

‘Het spijt me, meneer. Het volgende schip gaat pas over tien dagen.’

‘Hoelang gaan de reparaties duren?’ Dat kan toch niet waar zijn. Tot dusverre was alles volgens plan verlopen! En wel exact!

‘Dat kan ik nog niet precies zeggen. Op dit moment hopen we dat het schip morgen weer kan varen.’

‘Dat hoopt u?’ Hij balde zijn vuisten. Het scheelde niet veel of hij had de kruiperige, professionele grijns van de smoel van de man achter het loket van de terminal geslagen.

Verdomme.

Hij was naar het station gelopen, door de Königstrasse, op zijn gemak, om niet op te vallen. Toen was hij op de trein gestapt, op tijd in Hamburg aangekomen en bijtijds bij de St. Pauli-aanlegsteiger geweest… om dan nu te horen dat het schip niet vertrok!

‘Hoe laat moet ik hier morgen weer zijn?’

‘Dat kan ik niet precies vertellen, meneer.’

‘*¡Maldita sea!* Wat weet u eigenlijk wel?’ De muren weerkaatsten zijn stem.

‘Het spijt me.’ Het ‘meneer’ had de man weggelaten. Vervloekt nog aan toe. In Mexico zou hem dat drie zweepslagen hebben opgeleverd, maar in Europa moest hij het zonder die genoegdoening stellen.

Hij snoof minachtend, pakte zijn koffer en besloot de nacht op een van de banken in de wachtkamer door te brengen. En morgen zou hij hopelijk zijn vertrokken. God in de hemel nog aan toe!

43

Stuttgart, het verwoeste terrein van de chocoladefabriek
Laat in de middag

Er hing nog steeds een scherpe geur in de lucht toen Judith en Victor voor de ruïnes van de chocoladefabriek uit de auto stapten. De situatie was onwerkelijk, bijna grotesk. Gisteren hadden hier nog de fabriekshallen gestaan, waren vrachtwagens af en aan gereden, hadden ze het gehad over de aanschaf van nog een sorteerinstallatie, en nu lag hun hele bestaan in duigen.

De brandweercommandant begroette hen ernstig. Judith pinkte de tranen weg die in haar ooghoeken waren geslopen. Ze wilde niet huilen. Op dit moment was kracht nodig. Op een of andere manier zou het doorgaan. En bovenal mochten ze God op hun blote knieën danken dat Victoria, Mathilda en Anton nog leefden, dat er geen doden waren gevallen in die verschrikkelijke nacht.

De auto van de politie-inspecteur stopte juist naast de open fabriekspoort. De beambte stapte uit en schudde de aanwezigen de hand. 'Zullen we maar?'

Ernstig en geconcentreerd inspecteerden ze samen het terrein. Victor had een paraplu opgestoken en hield die beschermend boven zichzelf en Judith.

Er stond nog maar één productiehal overeind, maar ook bij deze was de schade zo immens dat hij waarschijnlijk zou moeten worden afgebroken. Er gaapte een enorm gat in het gebouw, waar Judiths en Victoria's proefkeuken zich had bevonden. Het dak was grotendeels ingestort. Op een bizarre manier getuigden de natgeregende resten van de muren van het geweld waarmee het vuur had huisgehouden en de statige fabriek in scherven en puin en as had gelegd.

'Op het moment gaan we ervan uit dat de explosie met buskruit is veroorzaakt,' zei de brandweercommandant, doelend op de enorme verwoesting.

'Buskruit?' vroeg Victor verbaasd. 'In ons bedrijf lag geen buskruit opgeslagen.'

'We hebben restanten van met buskruit gevulde katoenen zakjes gevonden,' antwoordde de commissaris.

'Dat is onvoorstelbaar,' zei Victor, terwijl hij over zijn voorhoofd wreef. 'Iemand wilde ons bedrijf in de lucht laten vliegen.'

'Daar ziet het wel naar uit,' zei de inspecteur. 'In dat beeld passen ook de resten van lange, in benzine gedrenkte katoenen repen. Die zijn in alle hallen neergelegd om de brand te bespoedigen. Daarom is het hoogstwaarschijnlijk opzet geweest.'

'Maar... maar wie doet er nou zoiets?' vroeg Judith ontzet. Ze had moeite haar zelfbeheersing te bewaren.

'Dat onderzoeken we, mevrouw. Op het moment evalueren we de sporen. De belangrijkste resultaten verwacht ik over ongeveer een uur. Als u het goedvindt zou ik u vanavond nog een keer in Degerloch willen opzoeken. We hebben verklaringen nodig van alle familieleden.'

'Maar natuurlijk, inspecteur. Mogen we u uitnodigen voor het diner?' vroeg Judith. Ze hoorde zelf hoe vlak haar stem klonk.

De commissaris keek haar vol begrip aan. 'Heel graag.'

'Wat ik vreemd vind,' zei Victor, terwijl hij bezorgd naar Judith keek, 'is het feit dat het kantoorgebouw met de chocoladewinkel onbeschadigd is.'

'Een gelukkige samenloop van omstandigheden,' zei de brandweercommandant. 'Want in het trappenhuis daar zijn ook katoenen stroken gevonden, wat erop wijst dat ook dat gebouw in brand moest worden gestoken. Maar in die strook is maar weinig benzine aangetroffen. Misschien was de benzine van de dader of de daders gewoon op. Of ze werden gestoord.'

'Of ze hebben gemerkt dat er zich personen in een van de gebouwen bevonden.'

'Ook dat valt niet uit te sluiten,' zei de inspecteur. 'Maar het is de vraag of ze zulke scrupules hadden. Mevrouw Rheinberger, meneer Rheinberger, we zouden u willen vragen om een korte inventaris in uw kantoor op te maken. Ik weet dat u vermoeid bent, maar het is belangrijk. Let u speciaal op ontbrekende of verkeerd opgeborgen dossiers en andere zaken waarvan u denkt dat we ze moeten onderzoeken. Ik kom met u mee.'

'Natuurlijk, inspecteur,' zei Victor. 'Laten we naar boven gaan.' Voor Judith leken zijn woorden van ver te komen.

'Judith... kom je?'

Iets was niet in orde met haar. Opeens had ze het gevoel dat haar benen haar niet meer konden dragen en ze zakte op haar knieën.

'Lieverd, wat is er?' Victor was meteen bij haar.

'Ik... ik weet het niet. Ik voel me raar.'

'Red je het naar het bureau? Daar heb ik een borrel.'

Judith ging er niet op in. 'Ons leven, alles wat we hadden...' stamelde ze. 'Alles weg, kapot... moet je nou toch eens zien!'

Victor sloeg zijn arm om haar heen. 'We bouwen onze chocoladefabriek weer op,' verzekerde hij. 'Groter en mooier dan ze ooit is geweest!'

Judith schudde haar hoofd. Langzaam stak ze haar hand uit. Met haar vingers greep ze in de met puin bedekte grond. 'Dit is alles wat er over is,' fluisterde ze en ze liet de as en de steenkorrels terugglijden op de aarde. Toen bekeek ze de vochtige resten op haar handen. 'Chocoladefabriek Rothmann... bestaat niet meer.' Ze begon te snikken.

Victor drukte haar stevig tegen zich aan. 'Eén ding beloof ik je,' zei hij met vaste stem. 'Wij zullen degene vinden die ons dit heeft aangedaan. En ik zal ervoor zorgen dat hij spijt krijgt dat hij zich heeft vergrepen aan ons leven en onze familie. En wel elke dag van zijn miserabele bestaan!'

De Rothmann-villa
Vroeg in de avond

Anton zat in een van de logeerkamers in een fauteuil met hoge leuning en bekeek zijn verbonden hand. Wat een achterbakse streken had het leven toch in petto. Nog maar kortgeleden waren ze kinderen geweest, Karl en hij hadden het huis en heel Degerloch in spanning gehouden. En nu stond zijn toekomst opeens in de sterren geschreven.

'Anton?' Dora stak haar hoofd naar binnen. Waarschijnlijk had hij haar niet horen aankloppen. 'Er is bezoek voor je!'

'Ja, in orde,' zei Anton en hij ging iets rechter zitten.

Het was Erich, die binnenkwam en op een afstandje voor hem bleef staan. 'Hoe gaat het met u, meester?' Hij kneep nerveus in zijn pet.

'Ik leef nog.' Anton wilde grappig klinken maar hoorde zelf hoe troosteloos zijn woorden klonken.

Erich knikte ernstig. 'Ja, geluk gehad. Het had slecht kunnen aflopen.'

'De meisjes zijn in veiligheid,' zei Anton. 'En ook bij mij zal het weer genezen.'

'Is het erg?'

Anton keek naar het raam waarlangs regendruppels omlaaggleden. 'Ik weet niet of ik ooit weer goed piano zal kunnen spelen.'

'Vanwege de hand?' vroeg Erich geschrokken.

'Ja. De snijwonden zijn diep, vooral bij de duim.'

'Dat komt wel weer goed, meester.' Erich wist duidelijk niet wat hij moest zeggen.

Even waren ze allebei stil.

'Meester?' begon Erich toen.

'Ja?'

'Ik weet niet of het belangrijk is, maar ik heb gisteren een vrouw gezien.'

Nu moest Anton toch glimlachen. 'Interessant? Was ze knap?'

'Eh, dat bedoel ik niet.' Erich bloosde. 'Toen ik wegliep, dus na de explosie, viel ze me op. Op een of andere manier gedroeg ze zich anders.'

'Hoe bedoel je?'

'Ze rende de hele tijd heen en weer, dat wil zeggen, zo goed als het ging met al die mensen, maar ze was compleet de kluts kwijt. Ze bleef maar schreeuwen dat ze niet had geweten dat er mensen binnen waren en dat soort dingen. Toen probeerde ze steeds maar door de poort te komen, maar daar liet de brandweer haar natuurlijk niet binnen.'

'Hoe zag ze eruit?'

'Nog jong, heel dun. Echt mager. Bruin haar, zo lang ongeveer...'

Hij bewoog zijn vlakke hand ter hoogte van zijn kin. ‘Haar stem was schel... en ze schold.’

‘Wat zei ze dan?’

‘Dat het het verdiende loon was van iedereen en dat hun ongeluk hun eigen schuld was. En dat als ze hun personeel goed hadden behandeld, het dan niet gebeurd zou zijn, en dat soort dingen. En ze stonk verschrikkelijk.’

‘Stonk? Waarnaar?’

‘Naar benzine.’

‘Naar benzine?’

‘Ja. Ik dacht nog, het is geen goed idee met benzine op je lichaam in de buurt van een vuur rond te lopen.’

‘Dat is duidelijk.’

‘Dat was het wat ik wilde zeggen, meester.’

‘Dank je wel, Erich. Dat was erg opmerkzaam.’

‘Nou, dan ga ik maar weer,’ zei Erich met een scheve glimlach en hij zette zijn muts op. ‘Ik ga nog even langs de werkplaats. O ja, meneer Stern doet u de groeten. Hij heeft alles gedaan wat er in het boek en de werkmap voor vandaag stond. Iedereen heeft hard gewerkt, meester.’

‘Heel goed. Ik hoop dat ik morgen weer naar de pianofabriek kan komen, al is het maar even.’

Erich knikte en stak groetend zijn hand op. Nadat hij de deur zachtjes achter zich had dichtgetrokken, sloot Anton zijn ogen. Achter zijn oogleden dansten vlammen.

Een kleine vijf minuten later klopte Dora opnieuw aan. ‘Je hebt alweer bezoek, Anton.’

‘Ik voel me niet zo goed, Dora.’

‘Het is een jongedame!’ zei Dora veelbetekenend.

Elise.

Anton haalde diep adem. Hij stelde het op prijs dat ze kwam, maar tegelijk wilde hij niet dat zij hem zo zag. Bovendien had hij helemaal geen behoefte aan haar gezelschap. ‘Zeg Elise dat ze over een paar dagen moet terugkomen, Dora.’

‘Weet je het zeker?’

‘Ja.’

‘Ze lijkt heel ongerust.’

'Ik ben echt... ach, vertel haar wat je wilt, Dora. Je bedenkt wel iets.'

Dora twijfelde, maar accepteerde zijn beslissing. Toen ze de kamer weer uit was, stond Anton moeizaam op, liep naar het raam en trok het gordijn een beetje opzij.

Vlak daarna zag hij Elise met afhangende schouders het grindpad naar de poort af lopen. Hij had met haar te doen. Maar hij moest eerst weer vaste grond onder zijn voeten voelen, zijn situatie overdenken, weten wat de volgende stappen waren, voordat hij haar zou zien. Met een zucht liet hij het gordijn terugzakken.

Zijn hand deed vreselijk pijn, maar hij had het gevoel dat hij beweging nodig had en besloot naar de keuken beneden te gaan en Gerti om een kop koffie te vragen. Misschien had ze ook nog een stukje zoet brood in de voorraadkamer.

Ook in de keukens heerste een bedrukte stemming. Alleen het metalige, schrapende geluid van de scharensliep, die onder het dak voor de geopende voordeur de messen en scharen van het huishouden sleep, zorgde voor een beetje troostrijke bedrijvigheid in de vertrekken. Anton dacht terug aan de warme zomerdag jaren geleden, toen hij en Karl gefascineerd naar de man met zijn mobiele slijpsteen hadden staan kijken en prompt hadden besloten meteen hetzelfde ambacht uit te oefenen. Een groot deel van de door hun mishandelde keukenmessen was daarna onbruikbaar geweest.

Toen Anton de keuken binnenkwam, trof hij de kokkin peinzend boven de gootsteen aan. Zijn vraag naar een sterke kop koffie en gebak beantwoordde ze met een kort knikje.

'Meneer Rothmann, we missen Theo,' zei ze, terwijl ze koffiebonen in de molen deed.

'Theo?' vroeg Anton verbaasd. 'Geef mij die koffiemolen maar, Gerti, dat doe ik wel.'

'Maar je bent gewond!'

'Dat krijg ik nog wel voor elkaar. Mijn rechterhand is nog helemaal intact!'

Ze keek hem twijfelend aan, maar overhandigde hem de koffiemolen en legde vervolgens een papieren filter in de filterhouder die ze op de koffiepot had gezet. 'Ik geloof dat Theo vannacht helemaal niet is thuisgekomen!'

‘Het zal wel laat geworden zijn, net als bij de anderen.’ Anton ging op een bank zitten, klemde de koffiemolen tussen zijn dijbenen en draaide de zwengel met zijn gezonde arm rond.

Gerti schudde haar hoofd. ‘Ik ben ook in de war door wat er allemaal is gebeurd, maar ik weet zeker dat Theo vannacht niet is thuisgekomen.’ Ze sneed een dikke plak zoet brood af. ‘Hij zat vanochtend niet aan tafel. Ik ben gewoon bezorgd.’

‘Ik weet zeker dat Theo binnenkort gezond en wel terugkomt. Misschien heeft hij een paar dingen voor mevrouw en meneer Rheinberger gedaan en helemaal geen tijd gehad om naar het ontbijt te komen.’ Hij trok het laatje met de versgemalen koffie open.

‘Hij drinkt ’s ochtends altijd zijn koffie, altijd.’ Gerti pakte het laatje aan en deed het aromatisch geurende poeder in het koffiefilter. Toen schonk ze er kokend water op.

‘Toch zou ik me niet al te veel zorgen maken. Theo is heel voorzichtig.’ Anton ging aan de lange eettafel zitten, waar de werknemers van de chocoladevilla al generaties lang aten, de dagelijkse taken bespraken en af en toe van hun *Viertele*, hun kwart liter wijn, genoten.

Gerti smeerde de boter op het zachtgele zoete brood. ‘Dat is het nou juist! Wat als hij ook nog in de fabriek is geweest? Bijvoorbeeld om naar de meisjes te zoeken?’ Ze schonk een grote kop koffie in en zette die met het brood voor Anton neer. ‘Hij is toch speciaal nog een keer de deur uit gegaan om ze te halen!’

Op dat moment kwam Dora binnen. ‘Gerti, we hebben drie bekers kruidenchocola nodig voor... Ah, Anton! Je bent opgestaan. Maar dat had de dokter verboden!’

‘Ik kan niet de hele dag in bed blijven, Dora,’ zei Anton. ‘Dan word ik gek.’

‘Maar je bent gewond...’

‘Dat valt wel mee.’

‘Drie bekers kruidenchocola?’ vroeg Gerti voor de zekerheid. Ze leek Theo opeens te zijn vergeten.

‘Ja, voor Vicky, Mathilda en haar moeder.’

Dora ging tegenover hem aan tafel zitten. ‘Onze Vicky knapt echt snel weer op. Binnenkort houdt ze iedereen weer bezig.’

‘Ze is dapper en taai, ons prinsesje.’ Anton glimlachte en verorberde het laatste stuk zoet brood. 'Dank je wel, Gerti. Het was heerlijk, zoals altijd.' Hij stond op.

'Ja, dat waren nog eens tijden, toen u en uw broer steeds de keuken in kwamen!' verzuchtte Gerti. Ze was al in de weer met een pan en een garde. Ze vroeg aan Dora: 'Welke kruiden moeten erin? Kaneel, kardemom, vanille?'

De twee vrouwen kletsten verder en Anton trok zacht de keukendeur achter zich dicht. Hij moest Victor dringend spreken en besloot hem meteen in zijn werkkamer op te zoeken.

44

De Rothmann-villa
Een half uur later

'Ik ga meteen naar Vicky!' zei Karl en hij gooide zijn jas naar Dora, terwijl de taxichauffeur nog met de bagage in de deuropening stond. 'Is ze op haar kamer?'

'Nee!' antwoordde Dora, terwijl Karl al de trap op rende. 'Ze is in de salon met Mathilda en Mathilda's moeder.'

'Bedankt!' Karl draaide meteen om, rende met een paar treden tegelijk weer naar beneden en verdween naar de grote salon.

Dora keek naar Serafina. 'Hij moet erg bezorgd zijn geweest over Vicky,' zei ze.

Serafina knikte. 'Ja. Heel bezorgd.'

'Ik krijg mijn geld nog,' zei de chauffeur, en Serafina telde de munten voor de reis van het centraal station naar Degerloch uit in zijn hand. Vanwege de aanhoudende regen was de oorspronkelijk geboekte vlucht van Berlijn naar Stuttgart geannuleerd en omgezet in een treinreis. Serafina vond het wel best. Ze had onderweg veel gedommeld, nadat ze 's nachts nauwelijks had geslapen.

'Neem me niet kwalijk, juffrouw Rheinberger,' zei Dora. 'Maar ik moet even bij het dienstmeisje kijken. Ze maakt juist de ziekenkamers schoon en kan het werk niet helemaal aan. Laat u de bagage gewoon staan. Ik zeg Theo dat hij die naar uw kamer moet brengen. Dat wil zeggen, zodra hij weer terug is.'

'Ik kan het toch zelf dragen,' zei Serafina begripvol. Ze pakte haar reistas en liep naar de trap.

'Bedankt, juffrouw Rheinberger,' riep Dora haar na.

Nadat Serafina haar spullen had opgeruimd en zich had omgekleed, ging ze op weg naar Victors werkkamer. Ze wilde hem haar hulp aanbieden. Misschien kon ze iets doen om de situatie voor hem en Judith te verbeteren. Maar bovenal moest ze hem vragen om haar op korte termijn inzage te geven in haar persoonlijke documenten, ook al wist ze dat zijn hoofd er nu waarschijnlijk niet naar stond. Maar ze zat in tijdnood.

Bij de deur aangekomen, concentreerde ze zich even en klopte toen aan.

Er kwam geen reactie. Was hij er niet?

Ze klopte nog eens.

Er leek iets op de grond te vallen. Er klonk gestommel en gebonk, iemand vloekte. Serafina duwde de deur open.

'Dora, alsjeblieft, ik... Serafina!'

Serafina verstijfde.

Naast Victors bureau knielde Anton Rothmann, die haastig een paar documenten bijeenraapte.

Even zwegen ze allebei. Toen dwaalden Serafina's ogen naar zijn hand. 'Wat is er gebeurd?'

'Ach, dat is niet zo erg...' wuifde Anton haar woorden weg.

'Het bloedt!' zei Serafina.

Anton keek naar de vlekken op zijn verband. 'Verdomme!' Hij krabbelde overeind en de papieren gleden uit zijn hand terug op de grond.

Serafina liep snel naar hem toe, maar toen ze hem wilde ondersteunen, schudde hij haar af.

'Je kunt beter weer naar buiten gaan.' Zijn stem klonk gesmoord.

Ze negeerde zijn wens, knielde naast hem op de grond en begon de verspreide documenten te verzamelen.

'Serafina, alsjeblieft! Ik heb geen hulp nodig!' Hij klonk bars. En angstig.

Onwillekeurig zwierf Serafina's blik naar de papieren, niet omdat ze zijn verzoek wilde negeren, maar omdat ze het gevoel had dat hij in nood verkeerde.

Overeenkomst van geheimhouding, stond daar. *Betreffende de afstamming van de op 26 juni 1904 in Degerloch geboren Martin Friedrich Rheinberger: de natuurlijke grootouders Josefine en Artur Ebinger wordt het levenslange omgangsrecht tot het kind verleend. Als tegenprestatie verplichten ze zich om niemand, ook niet de natuurlijke vader van het kind, hun zoon Max Ebinger, informatie te geven over de natuurlijke afstamming van het kind. Deze overeenkomst is gesloten in het belang van de moeder van het kind en het kind zelf...*

'Serafina...'

'Ja?' Ze keek naar Anton. Zijn blik, verwijtend en onzeker tegelijk, greep haar aan.

'Ik denk niet dat Victor en Judith het leuk zouden vinden als ze wisten wat we hier doen,' zei hij indringend.

'Nee. Natuurlijk niet,' zei Serafina zacht. 'Zullen we alles weer opruimen?'

Hij knikte.

'Maar,' voegde Serafina eraan toe, 'misschien is het beter als jij niets aanraakt. Het... het zou vuil kunnen worden.'

Anton bekeek zijn hand. De vlekken waren weliswaar wat donkerder geworden, de bloeding leek tot stilstand te zijn gekomen, maar op zijn vingers zaten overal bloedsporen. 'Je hebt gelijk.'

'Zeg alsjeblieft waar dat hoort.'

'Goed dan. Dat zijn de documenten over Martin. Ze zaten in deze blauwe papieren envelop, die vlak naast je ligt... ja, precies!'

Anton ging op Victors bureaustoel zitten. Serafina rangschikte de over de grond verspreide oorkondes, kopieën, overeenkomsten en brieven volgens zijn aanwijzingen en stopte ze terug in de bijbehorende mappen en enveloppen. Omdat alles precies was gekenmerkt, kostte het haar geen moeite. Toen ze klaar was pakte Serafina de stapel en stond op. 'Waar moet dit naartoe?'

'Ze lagen naast deze cassette op het bureau.' Anton schraapte zijn keel. 'Niet dat je denkt dat ik hier aan het rondsnuffelen was.'

'Dat denk ik helemaal niet, Anton.' Serafina zette de stapel neer.

'Ik zou het wel denken als ik jou was,' zei Anton.

'Maar je bent mij niet.'

Ze keken elkaar aan en lachten ingehouden. Het had iets bevrijdends.

'Ik wilde Victor spreken,' legde Anton uit. 'De werkkamer zat niet op slot, maar hij was er niet, en toen maakte ik me zorgen. Normaal gesproken zit de kamer dicht als er niemand aanwezig is.'

Serafina knikte.

'Het zag eruit alsof hij halsoverkop was vertrokken. Op het bureau lagen al die papieren naast de cassette, en ik dacht dat ik ze liever een beetje bij elkaar kon schuiven, zodat er niets verloren zou gaan. Toen kreeg ik het dossier over Martin in handen. En toen klopte jij aan.'

'En toen heb je alles per ongeluk op de grond gegooid.'

'Ja, ik was waarschijnlijk… geschrokken.' Hij zuchtte. 'Weet je, als het niet zo vreselijk pijn zou doen…'

'Je hand?'

'Ja.'

'Mag ik eens kijken?'

'Liever niet. Het is geen prettig gezicht. Onze medische duizendpoot Knödler legt vanavond een nieuw verband aan.'

'Hoe kon dat gebeuren?'

'Ik heb een raam ingeslagen.'

'Aha.' Serafina keek hem met pretogen aan.

'Weet je, ik ben er dol op om chocolade te stelen.' Anton gaf blijk van zijn galgenhumor. 'Het liefst als de boel in brand staat.'

Serafina merkte dat de sfeer zich verder ontspande. 'Dat dacht ik al.' Glimlachend leunde ze met haar rug tegen de zijkant van het bureau.

Toen hun blikken elkaar kruisten, maakte de twinkeling in Antons ogen plaats voor voorzichtige solidariteit. 'Serafina…'

'Je hebt Vicky eruit gehaald, hè?' Serafina legde voorzichtig haar hand op de zijne, de intacte, waarmee hij de houten armleuning vasthield. Door haar aanraking bleef hij doodstil zitten. Zonder haar met zijn ogen los te laten, draaide hij haar hand om, en zijn vingers verstrengelden zich in de hare.

Er kwam een golf van genegenheid over Serafina toen hij met zijn duim teder over de rug van haar hand streek. De aantrekkingskracht was oppermachtig, haar mond werd droog. Ze slikte.

Anton liet haar los. Hoewel hij veel pijn moest hebben, stond hij op en legde zijn gezonde rechterhand tegen haar wang. 'Je bent… zo geweldig.' Hij tilde haar kin iets omhoog, liet zijn blik over haar gezicht dwalen alsof hij haar voor het eerst zag. Serafina sloot haar ogen.

Zijn lippen waren warm en zacht, verkenden haar mond, zoekend, liefkozend, daarna verlokkend. Met een lichte zucht drukte ze zich tegen hem aan, hem instinctief aanmoedigend om zijn kus intenser te maken. Hij reageerde op haar overgave, verleidde haar, nam haar mee over de drempel waar liefde in lust en warmte in hitte veranderden.

Toen hij zich uiteindelijk van haar losmaakte, ademden ze allebei zwaar.

Even was Serafina bang dat hij zich weer van haar zou afkeren, maar in plaats daarvan trok hij haar opnieuw naar zich toe en liet zijn lippen op haar voorhoofd rusten. Beschermend, troost zoekend en gevend.

Er waren voetstappen in de gang te horen, vervolgens stemmen.

Anton trok Serafina opzij, een paar stappen van Victors grote bureau vandaan. Intussen viel haar de omslag van de dikke map op. *Friedrich Rheinberger: testament. Nalatenschap. Serafina Rheinberger: documenten.*

Op hetzelfde moment werd de sleutel vanbuiten in het slot gestoken. 'Ach, de deur is open! Ik dacht dat ik hem op slot had gedaan.'

Serafina nam nog wat meer afstand van Anton.

'Wat doen jullie hier?' vroeg Victor toen hij hen in zijn werkkamer zag staan. Hij werd gevolgd door Judith en een man die Serafina niet kende.

'Ik was ervan uitgegaan dat je hier in je refugium was,' antwoordde Anton, terwijl hij een stap in de richting van zijn zwager deed. 'En dat dacht Serafina ook. We maakten ons al zorgen.'

'We waren in de stad.' Victor liep naar zijn bureau. 'De recherche is met het onderzoek begonnen en had onze medewerking nodig.' Hij keek van Anton naar zijn zus. 'Jullie hebben elkaar in de tussentijd beslist aangenaam beziggehouden.'

Anton knikte. 'Uiterst aangenaam.'

Victor nam hem onderzoekend op, maar liet het daarbij.

Intussen liep Judith naar Serafina en nam haar in haar armen. 'Het is goed om je weer in goede gezondheid terug te zien, Serafina. Wanneer zijn jullie aangekomen?'

'Ongeveer twee uur geleden,' zei Serafina.

'Waar is Karl?' vroeg Victor.

'Hij wilde meteen naar Vicky,' antwoordde Serafina.

'Dat kan ik me voorstellen,' zei Judith.

'Dat kan ze goed gebruiken, iemand die haar opvrolijkt,' zei Victor. 'Mag ik je voorstellen aan een oude vriend van de familie, Serafina?'

Hij maakte een handbeweging naar de onbekende, die intussen een glas voor zichzelf had ingeschonken uit de karaf wijn die met een paar flessen drank op een laag kastje tegen de muur stond. 'Edgar Nold uit München. Edgar, dit is mijn halfzus Serafina Rheinberger.'

Edgar proostte haar toe. 'Leuk om u te ontmoeten, juffrouw Rheinberger.'

'Serafina, je bent beslist doodmoe van de reis,' zei Victor, voordat ze kon reageren. 'Je kunt je met alle plezier terugtrekken als je wilt.'

Serafina voelde dat zijn woorden niet kwetsend waren bedoeld. Hij stond onmiskenbaar zwaar onder druk. 'Dat is prima, Victor. Het was een lange reis.'

Hij knikte haar toe. 'We zien elkaar dan bij het avondeten.'

'Tot later.' Serafina keek iedereen even aan en ving Antons vurige blik op toen ze naar de deur liep.

45

‘Er is sprake van brandstichting,’ zei Victor ernstig, nadat Serafina de kamer uit was. Peinzend bekeek hij de stapel documenten die voor hem lag, ging zitten en ordende snel een paar papieren opnieuw.

‘Dat dacht ik al,’ zei Anton.

Na een korte klop op de deur kwam Dora binnen. ‘Meneer de inspecteur is er.’

Een oudere heer met snor kwam de kamer in, nam zijn hoed af en groette kortaf.

‘Dan zijn we voltallig,’ constateerde Victor. ‘Goed dat je er bent, Anton. Anders zou ik dit gesprek naar jouw kamer hebben verplaatst.’

Anton ging zitten, hij was duizelig. Judith leek te merken dat hij zich niet goed voelde en schonk een glas wijn voor hem in. Toen ze het hem aangaf, viel het hem op hoe afgemat ze eruitzag.

‘Zo, laten we eerst de feiten eens op een rij zetten,’ begon de inspecteur en hij haalde een grijs notitieboekje tevoorschijn. ‘De brand is vermoedelijk rond kwart over negen ’s avonds op verschillende plaatsen tegelijk aangestoken en greep door de brandversnellers rap om zich heen. Het op enkele plekken aangebrachte buskruit had explosies tot gevolg, die de schade moesten vergroten.’

‘Het was duidelijk de bedoeling om Chocoladefabriek Rothmann op te blazen.’ Ook Victor maakte aantekeningen.

‘De urgentste vraag is dus: wie kan belang hebben bij een dergelijke schade?’ De inspecteur keek om zich heen. ‘Concurrenten, ontevreden medewerkers, persoonlijke vijanden?’

'Natuurlijk is er altijd wel iemand die je niet welgezind is,' antwoordde Victor. 'Maar een dergelijke criminele energie heeft ook echt een sterke aanleiding nodig.'

'Waren er de afgelopen tijd incidenten? Conflicten of iets dergelijks?'

'Het hoofd van ons kantoor, mevrouw Fischer, is onlangs met een van de meisjes van de typekamer in aanvaring gekomen,' zei Judith. 'Daarbij heeft mevrouw Fischer letsel opgelopen. Sindsdien is ze met ziekteverlof.'

De inspecteur noteerde de namen. 'Hoe heet de juffrouw die bij de ruzie was betrokken?'

'Herta Häberle. Ze is nog niet zo lang bij ons.'

'Is het niet nogal ongewoon dat een nieuwe medewerkster een dergelijke ruzie provoceert?' vroeg de inspecteur.

'Inderdaad,' antwoordde Victor. 'Daarom heb ik een lang gesprek met haar gevoerd. Ze toonde begrip en wilde zich verontschuldigen. Maar zover is het nog niet gekomen.'

'Wanneer heeft die ruzie plaatsgevonden?'

'Eergisteren,' zei Judith.

'We zullen beide vrouwen ondervragen,' zei de inspecteur.

'Ik moet nog vertellen dat we de afgelopen maanden een aantal storingen hebben gehad,' voegde Victor eraan toe. Hij beschreef de incidenten beknopt, van de stenen in de cacaobonen tot de kortsluiting in de elektrische installatie.

'Er zou een verband kunnen zijn,' bevestigde de inspecteur.

'Mijn leerling heeft iets gezien wat misschien interessant is,' kwam Anton tussenbeide en hij vertelde wat Erich hem had gemeld. Toen hij de benzinegeur noemde die om de vrouw hing, spitste de inspecteur zijn oren. 'Dat is een belangrijk detail!'

'Wat de beschrijving betreft zou het juffrouw Häberle kunnen zijn,' zei Judith. 'Ze heeft ongeveer dezelfde lichaamsbouw en ook zo'n kapsel.'

Opeens vloog de deur naar de werkkamer open. Iedereen keek om.

'Onze fabriek is afgebrand en jullie vonden het niet nodig om mij bij jullie bespreking te betrekken?' Karl stond kwaad op de drempel, met een diepe rimpel tussen zijn wenkbrauwen.

'O, Karl!' riep Judith en ze liep naar hem toe. 'Kom binnen.'

Hij negeerde haar en liep meteen naar Victors bureau. 'Ik weet wel dat jij geen hoge dunk van me hebt, Victor, maar als partner in de chocoladefabriek heb ik het recht om over alles te worden geïnformeerd,' zei hij op scherpe toon.

De inspecteur bekeek hem geïnteresseerd en Anton verwenste zijn broer in stilte voor zijn onbesuisde optreden.

De vraag van de beambte kwam meteen: 'Waar was u gisteravond tussen acht en tien uur?'

'O! Word ik nu ook als verdachte beschouwd?' vroeg Karl sarcastisch. 'Dan ben ik werkelijk blij dat ik me gisteren op veilige afstand van mijn onderneming in Berlijn heb opgehouden.'

'Karl, alsjeblieft!' Anton had hem het liefst door elkaar geschud.

'Ik neem aan dat de aanwezigen uw verklaring kunnen bevestigen?' vroeg de inspecteur op zakelijke toon.

'Vanzelfsprekend,' antwoordde Victor. 'Karl Rothmann is pas een paar uur geleden teruggekeerd naar Stuttgart. Hij was voor zaken op reis.'

'Goed dan.' De commissaris schreef verder in zijn boekje. 'De verblijfplaats van alle andere personen heb ik al vastgesteld. Ook het verloop van de gebeurtenissen is gisteren vastgelegd. Zijn er verder nog dingen die ik zou moeten weten?'

'Ja.' Karl keek de inspecteur recht aan, zijn ergernis was nog duidelijk hoorbaar. 'Anderhalve week geleden vielen mij 's avonds twee personen op die zich in de buurt van de fabriek ophielden.'

Victor was verbaasd. 'Daar heb je ons niets over verteld.'

'Interessant,' zei de inspecteur. 'Maar gaat u verder, meneer Rothmann.'

'Het leek alsof ze een stel waren. De man deed alsof hij moest overgeven, de vrouw...'

'Een vrouw?' vroeg Victor tussendoor.

'Ja, zonder twijfel. Een nogal corpulente man en een opvallend magere vrouw. Ze zei tegen me dat hij alleen moest overgeven. Wij zijn er toen van uitgegaan dat de man dronken was en dat zijn vrouw hem naar huis bracht.'

'Wij?' vroeg de inspecteur.

'Serafina Rheinberger was er ook bij,' zei Karl met een zijdelingse blik op Victor. 'We waren naar de bioscoop geweest. Daarna heb ik mijn inspectieronde in het bedrijf gedaan en wilde haar vervolgens naar huis brengen.'

'U doet inspectierondes?' De inspecteur keek Karl strak aan.

'Luister eens, meneer... de inspecteur,' zei Karl, die zijn ergernis maar met moeite in toom kon houden. 'Ik ben mede-eigenaar van die fabriek. Natuurlijk kijk ik of alles in orde is in mijn eigen onderneming en dat op elk moment, dag en nacht.'

'Rustig aan, jongeman,' zei de inspecteur. Het klonk ietwat denigrerend. 'Probeert u zich alstublieft alle details te herinneren.'

Op geïrriteerde toon bracht Karl verslag uit van wat hij had gezien.

'Ik wil niemand verdacht maken,' liet Edgar opeens van zich horen. 'Maar de gedachte spookt nog steeds door mijn hoofd dat Albrecht von Braun misschien in de buurt was.'

'Albrecht von Braun?' vroeg Victor. 'Ik dacht dat dat nog niet zeker was?'

'Als je ervan uitgaat dat Dorothea's observatie van een paar weken geleden een vergissing was, dan is het niet zeker,' zei Edgar. 'En toch is er sindsdien een serie incidenten geweest. Op zichzelf lijken ze misschien toevallig, maar bij elkaar...'

Victor stond op. 'Dat zou schandalig zijn!' Hij balde zijn vuisten.

'Hij had een motief.' Edgar liep naar Victor, Karl ging instinctief voor hem opzij. 'Wraak.'

'Albrecht von Braun?' Ook Judith was duidelijk geschokt.

'Geef me alstublieft meer informatie over die Albrecht von Braun,' zei de inspecteur. 'Staat hij op een of andere manier in verbinding met het bankiershuis Von Braun?'

'Ja, hij is de zoon,' zei Victor en hij beschreef nog eens kort de gebeurtenissen in 1903, toen Albrecht von Braun met Judith Rothmann had moeten trouwen. Hij benadrukte de publieke blamage op het huisbal van de familie Ebinger, die de bankierszoon als een immense vernedering moest hebben ondergaan.

'En wie is Dorothea?' wilde de inspecteur weten.

'Albrecht von Brauns zus,' antwoordde Edgar. 'En mijn vrouw.'

'Dat spoor zullen we meteen natrekken,' constateerde de inspecteur. 'En ook juffrouw Herta Häberle moeten we direct verhoren. Ik vrees dat ik me helaas voor het avondeten moet verontschuldigen, mevrouw Rheinberger.'

'Natuurlijk... vanzelfsprekend, meneer de inspecteur,' antwoordde Judith. Ze verkeerde duidelijk in shocktoestand.

'Ik ga meteen langs mijn schoonouders,' zei Edgar. 'Misschien heeft Albrecht heimelijk zijn moeder opgezocht, daar acht ik hem zonder meer toe in staat.'

'Waar woont juffrouw Häberle?' wilde de inspecteur weten.

Victor keek naar Judith. Ze dacht even na. 'In de Marienstrasse.'

'Goed. En waar vind ik uw leerjongen, meneer Rothmann? Hij moet juffrouw Häberle identificeren.'

'Ik neem aan dat hij nog in mijn werkplaats is. Augustenstrasse.'

'Ik kom mee, inspecteur,' zei Victor.

'Dat lijkt me zinvol, meneer Rheinberger. Ik neem u mee naar het hoofdbureau. Het zou goed zijn als u er ook bij was, mevrouw Rheinberger.'

'Natuurlijk, inspecteur.'

'Is er iets op tegen dat ik ook meekom?' Karl was blijkbaar gekalmeerd en probeerde vriendelijk te klinken.

'Integendeel,' zei de inspecteur. 'Ik had u toch al willen verhoren.'

Karl wierp de ambtenaar een achterdochtige blik toe.

'Voordat iedereen vertrekt...' Anton stond op.

'Ga uw gang, meneer Rothmann.' De inspecteur keek hem oplettend aan.

'Mij interesseert het waarom Vicky en Mathilda nog zo laat in de chocoladefabriek waren.'

'Die probeerden een paar recepten in de proefkeuken uit en zouden daarna naar Mathilda gaan. Ze zullen de tijd wel vergeten zijn,' antwoordde Judith zacht. 'Ik kon toch niet vermoeden...' Ze worstelde met haar gevoelens.

'Het is jouw schuld niet, lieverd.' Victor sloeg zijn arm om zijn vrouw heen.

'Maar Vicky moest toch worden opgehaald?' wilde Anton weten.

'Dat zou Theo doen.' Ze schudde haar hoofd, alsof ze nog steeds niet kon begrijpen dat er zo'n ongelukkige samenloop van omstandigheden was geweest. 'Vicky heeft hem waarschijnlijk overgehaald om haar later bij Tilda op te halen.'

'Anton,' zei Victor. 'Je ziet toch dat je zus dit allemaal slecht kan verwerken. Laat het rusten.'

'In dit geval moet ik u tegenspreken, meneer Rheinberger,' zei de inspecteur. 'Laat u meneer Rothmann rustig zijn vragen stellen. Dit is allemaal uiterst relevant.'

'Ik ben zo klaar, Judith,' zei Anton. 'Maar mij interesseert het of de brand is aangestoken in het besef dat er nog mensen in het gebouw waren.'

Judith keek Victor aan. 'Waarschijnlijk wist niemand dat ze daar waren,' antwoordde ze zacht.

'Een andere kwestie is: waarom is Theo niet meteen naar de chocoladefabriek gereden nadat hij de kinderen blijkbaar niet had aangetroffen bij de Fetzers?'

'Dat is het hem nou juist,' verzuchtte Judith. 'Blijkbaar moest hij Robert Fetzer naar het Marienhospital brengen, omdat die bij een val een zware hoofdverwonding had opgelopen. Dat zegt Mathilda's moeder, en ze heeft me ook verteld dat Theo haar dringend had gevraagd de meisjes te gaan zoeken. Nadat de twee in de nabije omgeving niet te vinden waren, is ze op weg gegaan naar de chocoladefabriek. Onderweg hoorde ze al dat er brand was...' Judiths stem brak.

'Daarom bezwoer ze de brandlieden bij de poort om de kinderen te gaan zoeken,' vulde Anton aan.

Judith knikte.

'Waar kan ik die Theo vinden?' vroeg de inspecteur. 'We moeten hem ondervragen.' Nog steeds schreef hij onvermoeibaar door in zijn notitieboekje.

'Om deze tijd is hij meestal in de keuken,' antwoordde Victor. 'Ik laat hem halen.'

'Daar is hij niet,' onderbrak Anton hem. 'Sorry, Victor. Eerst nam ik het niet serieus, maar blijkbaar is Theo sinds gisteren niet meer thuisgekomen.'

'Waarom zegt niemand dat?' Victor klonk geïrriteerd. 'We moeten hem vinden!'

'Misschien is hij bij Robert in het ziekenhuis?' vroeg Judith.

'Ik laat hem zoeken,' beloofde de inspecteur. 'Zodra we op het politiebureau zijn.'

46

Stuttgart, hoofdbureau van politie
Een uur later

'Ik heb zojuist twee rechercheurs op pad gestuurd,' zei de inspecteur, terwijl hij een slok koffie nam. 'Ze zullen juffrouw Häberle en de leerjongen hiernaartoe brengen. Dat kan niet lang meer duren. En naar uw chauffeur wordt ook gezocht.'

'Ik hoop dat ze iedereen vinden,' bromde Karl en hij ging met Victor en Judith tegenover de beambte zitten.

Ze hadden hem nog verhoord, eerst alleen, in een aparte ruimte. Een vervelende ervaring. Hij had zich al snel gerealiseerd waar ze op uit waren: het feit dat Karl eerder in aanwezigheid van de inspecteur even zijn zelfbeheersing had verloren en tegen Victor had gesnauwd, leek reden genoeg te zijn om hem stevig aan de tand te voelen.

Op Karls verzoek had Victor zich bij hen gevoegd en meteen duidelijk gemaakt dat hij geen enkele argwaan tegen hem als zijn zwager en compagnon koesterde, waarna het verhoor werd beëindigd. Karl hoopte dat de absurde verdenking daarmee ook werkelijk van tafel was.

Hij keek om zich heen.

Het kantoor van de inspecteur van de recherche was niet al te groot, en functioneel ingericht. Een eenvoudige tafel, een paar stoelen, kasten en planten. Karl vond het erg sober. Het levendigste was een cactus, die op de vensterbank een eenzaam bestaan leidde.

Er werd op de deur geklopt.

'Binnen!' De commissaris zette zijn koffiekopje aan de kant.

Karl keek gespannen naar de deur en verwachtte dat Erich of juffrouw Häberle binnen zou worden gebracht. In plaats daarvan strompelde een oudere vrouw op krukken het kantoor in.

'Mevrouw Fischer!' riep Victor verrast en hij stond op. 'Kom, ik help u!'

'Dank u, het gaat wel,' zei mevrouw Fischer.

Karl bood haar zijn stoel aan. Ze ging zitten en zette haar krukken tegen de tafelrand. 'Ik moet u beslist iets vertellen.'

De inspecteur greep meteen naar zijn notitieboekje.

'Hoe is het met uw voet?' informeerde Judith.

'Ach, mijn voet,' antwoordde mevrouw Fischer. 'Die gaat vooruit. Over vier weken kan ik weer komen werken, als u me tenminste nog wilt hebben.'

'Mevrouw Fischer, alstublieft.' Victor klonk ietwat verontrust. 'Waarom zouden we dat niet willen?'

Mevrouw Fischer boog haar hoofd. Toen haalde ze diep adem. 'Ik ben de sleutel kwijt. Ik heb geen idee hoe dat kon gebeuren...'

'Welke sleutel bedoelt u, mevrouw Fischer? Die van het bedrijf?'

'Ja.' Mevrouw Fischer kromp ineen.

Judith en Victor hadden haar een van de weinige moedersleutels van de fabriek toevertrouwd omdat ze 's ochtends vroeg meestal als eerste op kantoor was om de dag voor te bereiden.

'Sinds wanneer bent u die sleutel al kwijt, mevrouw Fischer?' vroeg de inspecteur.

'Nog niet zo lang, ik heb het pas vanochtend gemerkt.'

'Is hij misschien gestolen?'

'Ja, weet u, meneer de inspecteur, ik verlies eigenlijk nooit iets.'

'Dat wil zeggen?'

'Ik heb er geen andere verklaring voor.'

'Mevrouw Fischer,' zei Judith nu. 'Is het niet mogelijk dat de sleutel bij dat incident met juffrouw Häberle op de grond is gevallen?'

Mevrouw Fischer haalde radeloos haar schouders op. 'Ik heb hem altijd aan een ketting in de zak van mijn rok.'

Een rechercheur kwam het vertrek in en sprak zo zacht met de inspecteur dat ze er niets van verstonden. Die knikte langzaam. 'Wij hebben zowel de juffrouw als de leerjongen gevonden,' verklaarde hij. 'Ze worden nu afzonderlijk ondervraagd. Dan volgt er een confrontatie.'

Door de open deur klonk een vrouwenstem: 'Maar, weet u, dat is toch ongehoord. U kunt me niet zomaar dwingen...'

Mevrouw Fischer werd onrustig. 'Dat is toch juffrouw... Häberle?'

Judith knikte.

De inspecteur stond op. 'Wilt u mij excuseren? Zodra we een resultaat hebben, wordt u op de hoogte gesteld. Wilt u intussen een kop koffie?'

'Dank u, graag,' antwoordde Victor.

De inspecteur verdween, en een stenotypiste serveerde hun even later een slap kopje koffie, waarna het wachten begon.

Ze praatten niet veel. Judith had haar hoofd op Victors schouder gelegd en dommelde voortdurend in. Ook Karl merkte dat de laatste paar uur hem niet in de koude kleren waren gaan zitten. Mevrouw Fischer daarentegen zat kaarsrecht op haar stoel.

Er was misschien drie kwartier verstreken toen een rechercheur een eind maakte aan het wachten.

'U kunt meekomen!'

Judith wreef in haar ogen, Victor fluisterde iets in haar oor, mevrouw Fischer pakte haar krukken en Karl zijn jas. Toen volgden ze de beambte door een nogal donkere gang naar het volgende vertrek.

Door de gesloten deur konden ze juffrouw Häberle al horen jammeren. 'Ik zeg u, ik kan er niks aan doen, hij heeft me gechanteerd, die vent, hij wilde me vermoorden.'

Toen ze het vertrek in kwamen, staarde Herta Häberle hen verbijsterd aan. 'Het is niet wat jullie denken!'

'Juffrouw Häberle,' zei Victor, en het was hem aan te zien dat hij de magere vrouw het liefst door elkaar had geschud, 'de functionarissen van de politie zullen ons er beslist over informeren wat er werkelijk is gebeurd. Tot het zover is zou het heel vriendelijk zijn als u ons uw verhalen zou willen besparen.'

Zijn ogen dwaalde naar Erich, die uitgeput op een stoel zat.

'Hij heeft haar meteen herkend,' zei de inspecteur. 'En in haar woning is met benzine doordrenkte kleding en een baal van hetzelfde katoen gevonden dat gebruikt is om de brand aan te steken.'

'Dat is niet waar!'

'Mevrouw Fischer?' vroeg de inspecteur, zonder aandacht te schenken aan het protest van juffrouw Häberle. 'Kent u deze sleutel?' Hij hield een sleutel met een leren sleutelhanger omhoog.

'Ja! Die is van mij!' Mevrouw Fischer strompelde naar de inspecteur. 'Dat wil zeggen, eigenlijk is hij van het bedrijf.'

'Hoe verklaart u dat we deze sleutel bij u hebben gevonden, juffrouw Häberle?'

Juffrouw Häberle schudde haar hoofd.

Op de gang klonk rumoer. Er werd kort geklopt, toen werd de deur opengegooid. Een hijgende beambte stak zijn hoofd naar binnen: 'Neem me niet kwalijk, inspecteur, maar deze meneer zegt dat het bijzonder dringend is!'

'Edgar!' riep Victor verrast.

'Victor, meneer de inspecteur.' Edgar was buiten adem. 'Albrecht von Braun is inderdaad al een paar weken in Duitsland. Gisterochtend bezocht hij zijn moeder en vertelde haar dat hij vandaag scheep zou gaan naar Mexico.'

'Interessant!' De inspecteur knikte Edgar toe. 'Zo, juffrouw Häberle,' zei hij toen rustig tegen de jonge vrouw. 'U hebt de keus. Of u noemt ons de naam van de man die u tot de daad heeft aangezet. Of we brengen u vannacht nog naar de vrouwengevangenis.'

'Ach nee, u kunt me toch niet zomaar de gevangenis in gooien!'

Karl vroeg zich af of ze zich opzettelijk zo dom gedroeg, deze juffrouw Häberle. Hoe kwam Judith er eigenlijk bij om zo iemand aan te nemen? Dat zou ze hem nog moeten uitleggen.

'Zo is het wel genoeg, juffrouw Häberle.' De inspecteur maakte een gebaar naar zijn rechercheur. Die haalde zijn handboeien tevoorschijn.

'Hij was heel aardig voor mij,' flapte juffrouw Häberle er nu uit. 'Hij heeft me uitgenodigd. Echt chic. En hij gaf me geld. En toen heeft hij verteld wat hem is overkomen, met de Rheinbergers. En ik heb hem toen geholpen. Tegen mij waren de Rheinbergers ook niet altijd aardig.'

Hoe langer Karl naar de juffrouw luisterde, des te meer raakte hij ervan overtuigd dat hij die stem onlangs nog had gehoord. En dan niet op kantoor, want daar had hij haar tot nog toe grotendeels genegeerd.

'En hoe noemde die man zichzelf?'

'Carlos.'

'Carlos?' Edgar moest lachen.

'Denkt u dat ik dat verzin?' vroeg juffrouw Häberle beledigd.

'Kunt u ons die Carlos beschrijven?' vroeg de commissaris.

Al na de eerste zinnen onderbrak Edgar juffrouw Häberle: 'Dat is Albrecht!'

Ze keek hem giftig aan en ging door met haar beschrijving.

Intussen begon Karl te beseffen waar hij haar stem al eens had gehoord. 'Meneer de inspecteur?' Hij hief zijn hand op.

Juffrouw Häberle viel stil en keek hem geïrriteerd aan. Ze leek er een merkwaardig genoegen in te scheppen om in het middelpunt van de ondervraging te staan.

'Meneer Rothmann?' De inspecteur maakte een uitnodigend gebaar met zijn hand.

'De vrouw over wie ik u eerder heb verteld, die ik 's nachts bij de fabriek heb gezien,' zei Karl, 'had een opvallende stem. En die klonk precies als die van juffrouw Häberle.'

'Weet u het zeker?' vroeg de inspecteur.

Karl knikte.

'Waarom hebt u die stem niet die avond al herkend?' informeerde de inspecteur. 'Juffrouw Häberle werkt toch in uw bedrijf?'

'Ik heb nog niet veel met haar te maken gehad, ze is pas een paar maanden bij ons. Bovendien ligt mijn kantoor apart, en houdt mijn zus zich bezig met de typistes.'

'Dat klinkt plausibel.' De inspecteur richtte zich weer tot de jonge vrouw. 'Goed, juffrouw Häberle. Wat hebt u daarop te zeggen?' Hij leunde tegen de muur en maakte een ontspannen indruk, maar keek de jonge vrouw strak aan.

'Ja, nou...' Ze werd onzeker.

'Juffrouw Häberle.' De inspecteur bracht haar verder in het nauw. 'Het bewijs tegen u is overweldigend. Als u besluit om met ons samen te werken, kan dat uw straf verminderen.'

Herta Häberle keek naar de grond.

Wat bewoog de jonge vrouw ertoe om zich met iets dergelijks in te laten? Karl begreep er niets van.

'En?' De inspecteur keek haar afwachtend aan.

En toen vertelde Herta Häberle eindelijk hoe het allemaal was gebeurd. Dat ze door een dikke man benaderd en ingepalmd was, hoe ze voor hem de stenen in de cacaobonen had gesmokkeld en de elektriciteit in de schakelkast had gemanipuleerd. En hoe hij met haar de brandstichting had voorbereid. Voor haar medewerking had hij haar veel geld beloofd, dat hij aan haar zou overmaken zodra hij weer in Mexico was aangekomen.

Edgar kon een spottend lachje niet onderdrukken. 'U zult uw leven lang op dat geld moeten wachten, juffrouw Häberle.'

'Meneer Nold,' zei de inspecteur. 'Zojuist had u het erover dat Albrecht von Braun naar Mexico wilde inschepen.'

'Dat zei zijn moeder, ja.'

'Welke haven?'

'Hamburg,' zei Edgar.

'U kunt nu gaan, dames en heren. Ik bel meteen mijn collega's in Hamburg. Ik neem contact op als er nieuws is.'

'Ik blijf,' zei Victor meteen.

'Ik ook,' zei Edgar.

'Ik wil graag naar huis.' Judith was bekaf. 'Om te kijken hoe het met Vicky is.'

'Natuurlijk, lieve,' zei Victor. 'We bellen een taxi. Karl, jij kunt met haar meerijden. Dat met Albrecht is mijn zaak.'

47

De Rothmann-villa
Op hetzelfde moment

'Zo, Anton.' Dokter Knödler wikkelde voorzichtig het verband van Antons hand. 'Laten we eens kijken.'

Anton lag op het bed van de logeerkamer. Zijn hand deed vreselijk pijn en toen dokter Knödler met zijn onderzoek begon, nog meer. Anton kreunde.

'Dat komt ervan als je niet naar de dokter luistert,' zei de arts meedogenloos. 'En die heeft gezegd dat je moest blijven liggen.'

Het laatste wat Anton op dat moment kon gebruiken was een standje van Knödler, maar daar kwam hij niet onderuit. Dokter Knödler kende geen genade met ongehoorzame patiënten, wist Anton, wijs geworden door jarenlange ervaring.

'Je hebt alleen jezelf ermee,' zei de arts dan ook hoofdschuddend. 'Besef je dat je nooit meer piano zult spelen als je het niet rustig aan doet?'

Anton schraapte zijn keel, maar zag af van een antwoord. In plaats daarvan concentreerde hij zich erop om niet te veel te laten merken hoeveel pijn hij leed, terwijl Knödler voorzichtig elke afzonderlijke vinger onderzocht.

'Goed,' zei deze uiteindelijk. 'Zoals gezegd is de buigpees van de duim doorgesneden. Nu is het te hopen dat die goed geneest, maar de chirurg heeft goed werk gedaan.' Knödler had 's nachts nog een specialist ingeschakeld.

'Dat hoop ik ook,' zei Anton met een vleugje fatalisme.

'Anders moet de collega hem weer opensnijden.' Knödler betastte zijn hand nog een keer. 'Maar dat valt niet te hopen.'

‘Wat kan ik doen, dokter?’

‘Rust houden. Niet zo veel rondrennen. Dat is een beetje gecompliceerd met dat soort dingen. Die duim moet je voorlopig niet bewegen, maar dat hebben we eigenlijk al verteld.’

‘Komt het dan weer goed? Kan ik dan weer pianospelen? En werken?’

‘Ik wil je niets op de mouw spelden, Anton.’ Knödler deed zijn dokterstas dicht. ‘Die hand is er niet best aan toe. Op het moment kan ik niet zeggen hoe het uitpakt. Maar we doen er alles aan om het in orde te brengen. Nu laten we eerst de wond maar eens genezen die vandaag weer is opengegaan bij de hechtnaad. Ik kom morgen terug, dan krijg je een spalk. Nu is de zwelling nog te groot.’

‘Ik vertrouw op uw kunde, dokter.’ Anton probeerde te grijnzen, maar het lukte niet erg.

‘Dan ga ik nu nog even naar madame Victoria,’ zei Knödler, en hij liep naar de deur. ‘Het meisje heeft haar leven aan jou te danken. En dat andere meisje ook.’

‘Ze waren het waard. Ook als ik geen noot piano meer kan spelen.’ Het klonk bijna koppig.

Er gleed een waarderende uitdrukking over dokter Knödlers verweerde gezicht. ‘Wacht maar af, Anton. Ik doe mijn best. De chirurg komt binnenkort ook nog langs. Dan krijgen we jouw hand wel weer in vorm.’

Anton had honger. Toen Dora kwam kijken of alles in orde was, vroeg hij haar om een stuk bloedworst met boter en brood. Even later bracht het verlegen dienstmeisje Walli een rijk beladen dienblad uit de keuken, Gerti had er zelfs een stukje chocoladetaart bij gedaan. Hij begon te eten en paste goed op dat hij zijn gewonde hand ontzag.

Eigenlijk wilde hij liever vandaag dan morgen naar huis, want vanuit zijn eigen woning kon hij af en toe een kijkje in de werkplaats nemen. Maar dat had Judith hem nadrukkelijk uit het hoofd gepraat en ze had gelijk, want niemand kon hem daar verzorgen. Hij zou waarschijnlijk nog twee of drie dagen in Degerloch moeten blijven.

Maar het was prettig om te weten dat Serafina met hem onder één dak woonde. En haar te kussen was de mooiste vergissing van zijn leven geweest. Die verschrikkelijke nacht had hem laten zien hoe snel het leven kon omslaan, of zelfs zomaar afgelopen kon zijn. Was het niet te kostbaar voor compromissen?

Hoezeer hij Elise ook mocht en waardeerde, hij miste haar niet. Hij had voor zichzelf een relatie en een toekomst uitgestippeld, met goede, verstandige argumenten. Maar er ontbrak iets aan. Het zou weliswaar een goed leven zijn, maar het was niet genoeg voor een vervuld leven. Van Serafina te houden bracht beslist risico's met zich mee, maar ook veel muziek en passie.

Gerti's chocoladetaartje at hij het laatst. Het was kostelijk en dik besmeerd met een romige crème. Zo moest het leven smaken.

En hadden ook Judith en Victor niet veel gewaagd? Als het klopte wat hij in de documenten had gevonden, dan was Victor in elk geval niet Martins biologische vader. Wat voor drama zich destijds ook mocht hebben afgespeeld, het had Victor er blijkbaar niet van weerhouden om met de vrouw van wie hij hield te trouwen.

Anton vroeg zich af wat hij moest doen. Hij was nog niet moe genoeg om te gaan slapen. Hij moest zijn hand ontzien. Victor en Judith waren nog niet terug, hij kon dus geen glaasje wijn met hen drinken. Vicky zou beslist blij zijn als ze samen een spelletje zouden spelen. Maar wat hij werkelijk wilde, was iets heel anders.

De gedachte om Serafina op te zoeken, deed hem niet alleen de pijn in zijn hand vergeten. Het veroorzaakte ook een veelbelovend kriebelen in zijn buik.

Zijn hart ging sneller kloppen toen hij zijn kamer in de zijvleugel uit ging en door de hal naar de trap liep. Hij hoorde Vicky lachen in de grote salon en uit de afdeling van de bedienden klonken zachte geluiden. Walli kwam hem tegemoet toen hij door het helverlichte trappenhuis naar de eerste verdieping klom, groette hem snel en haastte zich verder.

Toen stond hij voor Judiths vroegere kamer, waar Serafina nu woonde.

Herinneringen aan bange onweersnachten kwamen bij hem boven, toen Karl en hij toevlucht bij hun grote zus hadden gezocht. Vaak waren ze met hun drieën naar de keuken geslopen en hadden midden in de nacht een kruidenchocola gemaakt. Tegen de tijd dat ze klaar waren geweest, was het onweer meestal alweer weggetrokken.

Anton klopte op de deur.

Toen er geen antwoord kwam, drukte hij voorzichtig de deurknop omlaag en opende de deur.

Serafina keek hem zo geschrokken aan, dat hij het liefst meteen weer was omgedraaid. 'Goedenavond, Serafina.' Zijn stem was schor.

'Goed... goedenavond, Anton,' zei ze. 'Kan ik iets voor je doen?'

Ze zat op bed, volledig gekleed, met een paar foto's in haar hand. Hij bleef in de deuropening staan om haar de tijd te geven hem naar binnen te vragen. Hij wilde in geen geval dat ze zich onder druk gezet voelde.

'Zal ik een andere keer terugkomen?' vroeg hij onzeker.

'Nou ja... ik bedoel, nee.' Ze stond op, liep door de kamer en legde de foto's op de schoorsteenmantel. Maar toen ze zich omdraaide om naar hem toe te gaan, gleden ze achter haar op de grond.

Onwillekeurig dwaalden Antons ogen naar de foto's. Serafina knielde al en bedekte de foto's met haar hand, maar ook zij wist dat hij had gezien dat ze zich schaars gekleed in een tuniek en met ontbloot bovenlichaam naast een zuil uitrekte, ogenschijnlijk genietend.

'Serafina...'

'Verdwijn. Verdwijn alsjeblieft.' Ze klonk zo vermoeid dat hij het niet over zijn hart verkreeg haar alleen te laten.

'Ik... veroordeel je niet,' zei hij voorzichtig.

Ze draaide zich met een ruk om. 'Je hebt geen idee wat deze foto's betekenen! En jij waagt het mij jouw medelijden aan te bieden? Of beter nog: je begrip? Omdat ik een misstap heb begaan? Is dat zo?'

'Zo bedoelde ik het niet.'

'Je gelooft wat je ziet. Een halfnaakte vrouw, een losbandig wijf, verdorven en onteerd. Maar zo simpel is het niet!'

Ze richtte zich op. Het heldere groen van haar ogen weerspiegelde woede, angst, wanhoop. 'Hier.' Ze gooide hem de foto's voor zijn voeten. 'Pak ze maar. Laat ze iedereen zien. Vertel hun wie ik volgens jou ben.' De tranen liepen haar over de wangen. 'Ik heb de prijs betaald voor... mijn domheid.'

Ze draaide zich om en liep naar het raam.

Haar lichtblauwe jurk accentueerde haar slanke figuur. En hoewel ze tot dusver een moedige en sterke indruk op hem had gemaakt, leek ze nu kwetsbaar. En het beschermen waard.

Hij sloot de deur achter zich en liep voorzichtig op haar af. Ze draaide zich niet om, maar keek naar de ondergaande zon, die de regenwolken met succes had verjaagd. Het viel hem op dat ze de gordijnen in haar kamer helemaal opzij had geschoven.

'Ik zou je verhaal graag willen horen,' zei Anton zacht. Hij stond vlak achter haar, maar raakte haar niet aan. 'Als je het wilt vertellen.'

Ze haalde diep adem. Hij voelde haar twijfel, haar worsteling.

Toen kwamen de woorden.

Eerst haperend, vervolgens vloeiender, vertelde ze over de gebeurtenissen van de afgelopen tijd en over de bijna ondraaglijke last die ze had getorst. Anton kon bijna niet geloven dat hij haar innerlijke strijd al die weken niet had opgemerkt.

Ze huilde niet. Maar zelfs toen ze klaar was, draaide ze zich niet naar hem om, en bleef uit het raam kijken.

Dacht ze werkelijk dat hij haar zou veroordelen?

Hij keek naar de zachte glooiing van haar hals, die door de lijn van haar zwarte haar en de parels van haar halsketting werd benadrukt, en hief voorzichtig zijn hand op. Toen hij haar schouder aanraakte, kromp ze onwillekeurig ineen, toch begon hij zacht haar rug te strelen.

'Is dat hoe het gaat, Anton?' vroeg ze uiteindelijk zacht, maar ze liet hem zijn gang gaan. 'Achter vrouwen aan zitten en ze tegelijkertijd laten spartelen? Gevoelens tonen om ze daarna weer terug te trekken? Nabijheid zoeken en vlak daarna genadeloos afstand scheppen?'

Hij wist precies wat ze bedoelde. In een paar zinnen gaf ze weer wat er van zijn innerlijke conflict zichtbaar geweest moest zijn. Zo moest ze het hebben ervaren, de toenadering en de afwijzing, al naargelang welke neiging bij hem de overhand had gehad. Anton voelde zich miserabel. Door te proberen zijn eigen verheven doelen te bereiken, had hij anderen diep gekwetst. Niet alleen Serafina. Ook Elise.

'Het is… Ik begrijp je,' fluisterde hij, hij omhelsde haar met beide armen en drukte haar zacht tegen zich aan. 'Het spijt me zo. Zo te zien heb ik je meer pijn gedaan dan ik besefte.' Liefkozend ging hij met zijn lippen langs de kromming van haar hals. 'Als jij klaar bent voor ons, Serafina, dan ben ik het ook.'

Op dat moment klonk er een schreeuw door het huis.

48

De snerpende kreet kwam uit de vleugel met de keuken. Die was in rep en roer toen Anton en Serafina binnenkwamen. De kokkin, Walli, Vicky en Tilda, Louise Fetzer: iedereen verdrong zich nerveus tussen het fornuis en de keukenkasten.

Toen Anton dichterbij kwam, begreep hij de reden: Theo.

De chauffeur zat in elkaar gezakt en trillend op de lange bank aan de grote houten eettafel van de bedienden. Anton vreesde het ergste.

'Walli! Jij haalt ogenblikkelijk dokter Knödler,' beval hij het dienstmeisje. 'Vicky, Tilda! Jullie gaan terug naar de salon!'

Victoria schrok. Die luide toon kende ze niet van hem, maar daar kon hij nu geen rekening mee houden.

Anton voelde Theo's pols. 'Zijn hartslag is te snel.' Hij keek Serafina aan. 'Kun je me helpen hem rechtop te zetten?'

Samen trokken ze Theo overeind. Zijn hemd was nat van het zweet, evenals zijn voorhoofd en nek.

'Theo?' Anton kneep voorzichtig in zijn arm. 'Theo, hoor je me?'

De chauffeur richtte zijn ogen op hem, maar antwoordde niet. 'We hebben een vochtige lap nodig!' riep Anton tegen Gerti.

De kokkin hield een handdoek onder de kraan, wrong die uit en gaf hem aan Anton. 'Wat is er toch met hem?' jammerde ze.

'Laat mij maar,' zei Serafina en ze nam de handdoek over van Anton. Voorzichtig bette ze Theo's voorhoofd ermee.

'Ik ben... misselijk,' bracht Theo uit.

'We moeten hem in bed leggen,' zei Anton tegen Serafina.

'Ja, dat is het beste,' zei Serafina.

Anton keek Theo aan, probeerde zijn blik te vangen. 'Kun je een stukje lopen? Tot de kamer?'

De chauffeur schudde zijn hoofd. Hij trilde en transpireerde, zijn polsslag was nog altijd veel te hoog.

'We kunnen hem beter nog even hier houden,' zei Serafina. 'Tot de dokter komt en zegt wat er met hem aan de hand is.'

Anton knikte. 'Toch moeten we hem plat leggen.' Hij pakte een kussen. Toen legde hij Theo met Serafina's hulp voorzichtig op de lange bank naast de tafel. Gerti gaf hun een deken aan.

Nauwelijks hadden ze Theo op zijn zij gedraaid en toegedekt, of Walli kwam terug, met dokter Knödler in haar kielzog. 'Zo, wat is hier aan de hand?' vroeg hij en hij zette zijn tas neer en haalde zijn stethoscoop eruit.

'Ik zal limonade voor ons maken,' zei Gerti en ze verdween de voorraadkamer in. Mathilda's moeder en de twee meisjes hadden de keuken inmiddels verlaten en ook Walli glipte weer naar buiten.

Serafina en Anton trokken de grote tafel iets opzij, zodat dokter Knödler bij Theo kon gaan zitten om hem te onderzoeken.

Knödler nam de tijd, luisterde naar de hartslag met zijn stethoscoop, controleerde een paar reflexen en betastte de schedel, zo goed en zo kwaad als het ging bij de liggende patiënt. Toen keek hij Theo aan. 'Wat is er gebeurd?'

Even leek het of de chauffeur in tranen zou uitbarsten, toen schudde hij zijn hoofd.

'Nou, die zal zich ergens behoorlijk over hebben opgewonden,' zei de arts tegen Anton. Hij stond op en prepareerde een injectiespuit. Toen kwam hij weer bij Theo staan. 'Ik weet dat je niet van injecties houdt. Maar hiermee wordt het beter.'

'N... nee.' Theo probeerde overeind te komen.

Anton liep meteen naar hem toe en hield geruststellend zijn schouder vast.

'Blijf nog even liggen!' beval Knödler, hij schoof zonder rekening te houden met de aanwezige vrouwen Theo's broek een stuk over zijn billen en gaf hem snel de injectie. 'En nu ga je slapen. Zo te zien heb je een slechte nacht gehad.' De arts pakte rustig zijn spullen weer in. 'Jullie moeten hem het komende half uur naar bed brengen,' zei hij toen tegen Anton. 'En er moet iemand bij hem blijven. Als het niet beter wordt, dan stuur je het meisje, Walli, nog een keer naar mij toe.'

Anton knikte. 'Goed, dat doen we.'

'Meneer Rothmann?' Walli kwam binnen. 'De Mercedes staat buiten! Dwars over straat!'

'Ik ga kijken,' zei Anton meteen. Samen met dokter Knödler liep hij de keuken uit.

Theo lag op de bank en leek te dommelen. Af en toe was er een zacht gekreun te horen. Serafina ging ervan uit dat deze schemertoestand aan de injectie te danken was die dokter Knödler hem had gegeven. Waarschijnlijk een kalmerend middel.

'Zo, je hebt ons behoorlijk laten schrikken, Theo,' foeterde Gerti ondertussen, ze schonk de verse limonade in een glas en gaf het aan Serafina, die op een kruk naast Theo was gaan zitten.

Op dat moment kwam Anton terug. 'De Mercedes staat inderdaad midden op straat. Ik wilde hem wegrijden, maar de tank is leeg. Ik ga naar de garage om te kijken of er nog benzine is.'

'Theo heeft altijd een voorraad,' zei Gerti. 'Daarmee is hij heel precies. Het is ondenkbaar dat een auto die door Theo wordt onderhouden met pech strandt.'

'Zo ken ik hem ook,' zei Anton. 'Het is vreemd dat de benzine vlak voor aankomst opraakte. Waar is hij overal naartoe gereden?'

'Hij zal ons vast alles vertellen als hij eenmaal van mijn krachtige bouillon heeft geproefd. Ik zet hem meteen op het vuur.'

Gerti's superbouillon had tot dan toe elke zieke in huis weer op de been geholpen en smaakte bovendien voortreffelijk. De kokkin tilde een grote pan op het fornuis.

'Denk je dat er nog wat voor mij overblijft, Gerti?' zei Anton met een blik op de kookpot. 'Ik ben ook gewond!'

'Maar natuurlijk,' antwoordde Gerti met een knipoog.

Theo bewoog. Anton voelde nog een keer zijn pols. 'In elk geval gaat het beter met hem,' zei hij opgelucht. 'Ik denk niet dat we de dokter vandaag nog een keer hoeven te halen.'

Een half uur later klonken er snelle voetstappen op de gang. De keukendeur werd zo energiek geopend dat hij met een luide klap tegen de muur sloeg. 'We zijn er weer,' zei Karl en hij stokte meteen. 'Wat is er met Theo aan de hand?'

'Jullie zijn terug,' constateerde Anton en hij kwam overeind.

'Judith en ik, ja. Victor en Edgar zijn nog op het politiebureau. Het ziet ernaar uit dat ze de brandstichter hebben gevonden.'

'Zo snel?'

'Ik weet niet of ze hem al hebben gearresteerd. Kennelijk is hij in Hamburg om scheep te gaan naar Midden-Amerika. Ik hoop dat we in de loop van de nacht meer horen. Het gaat om Albrecht von Braun.'

'Albrecht von Braun?' Anton was geschokt. 'Dus toch!'

'Edgar liet een paar weken geleden vallen dat zijn vrouw hem in München dacht te hebben herkend. Maar ze werd niet echt geloofd. Ook niet door mij, eerlijk gezegd.'

'Blijkbaar had hij nog een appeltje te schillen met Victor,' zei Karl. 'Ik hoop dat ze hem te pakken krijgen. En dan zullen we zien wat hij te zeggen heeft.'

'Dat hoop ik ook!' Anton schudde zijn hoofd. 'Albrecht von Braun...'

'En wat heeft Theo?' vroeg Karl.

'Hij is ingestort, Knödler heeft hem al behandeld.'

'Dan was hij in goede handen.'

'Hij moet naar bed, Karl. Help je me hem naar zijn kamer te brengen?'

'Ík breng hem naar bed!' zei Karl. 'Jíj bent gewond, broer!'

Karl bracht de chauffeur naar zijn kamer, die niet op zolder lag zoals die van de andere bedienden, maar aan het andere eind van de keukenvleugel. Intussen was Serafina op zoek naar Walli om haar te vragen de eerste uren de wacht te houden bij Theo's bed.

Net toen ze weer bij elkaar in de keuken waren, waar Gerti brood en reuzel op tafel had gezet, ging de bel.

Anton stond meteen op, Serafina liep hem achterna. Ze wilde eigenlijk kijken hoe het met Vicky ging, maar toen ze de rechercheur de hal zag binnenkomen, bleef ze staan.

'Goedenavond. Bent u de heer Rothmann?'

'Ja, een van hen.'

'Meneer Rothmann, ik kom van het hoofdbureau van politie. Het gaat om uw verdwenen werknemer.'

'Om Theo? Onze chauffeur?' vroeg Anton.

'Ja. Enkele personen in de stad meenden hem de laatste uren te hebben gezien. Blijkbaar heeft hij veel rondgereden. Ik heb een gedetailleerde beschrijving van de door hem bestuurde automobiel nodig om de verklaringen met elkaar te kunnen vergelijken.' De rechercheur keek Anton aan.

'De wagen staat hier nog op straat, zonder benzine,' zei Anton. 'En onze chauffeur is gelukkig weer hier.'

'Goed.' De politieman knikte. 'En er staat inderdaad een Mercedes op straat. Ik heb mijn motorfiets ernaast gezet, omdat hij de weg blokkeert en ik niet meer verder kon.'

'Ik haal de auto meteen weg,' verzekerde Anton.

'Doet u dat, meneer Rothmann,' zei de politieman. 'En uw chauffeur moet zo snel mogelijk een verklaring afleggen.'

'Op het moment is dat uitgesloten, hij is er slecht aan toe,' zei Anton. 'Over een paar uur misschien.'

'Hij moet zich op het hoofdbureau melden als hij zich beter voelt.' De politieman tikte tegen zijn helm. 'Dan nemen we zijn verklaring op. Ik ga weer op weg. Een prettige avond nog.'

'Dank u.' Anton sloot de deur achter hem. Toen pas zag hij Serafina, die op de achtergrond was gebleven.

'Ik wilde naar Vicky,' zei ze verontschuldigend.

'Dat hoeft niet,' zei Anton, en hij liep naar haar toe en sloot haar in zijn armen. 'Judith zal wel voor haar zorgen.'

Serafina knikte.

'Anton… vanwege de foto's…'

'Daar moeten we het dringend over hebben.' Anton kuste zacht haar voorhoofd. 'Ik stel voor dat je met me meekomt naar mijn kamer. Nadat ik de auto in de garage heb gezet.' Hij lachte zacht. 'Ik hoop dat je mijn aanbod niet verkeerd opvat.'

'Nee,' zei Serafina. 'Dat wil zeggen… ja, ik ga mee naar je kamer. En nee, ik vat je aanbod niet verkeerd op. Ik ben blij als ik vannacht niet alleen hoef te zijn.'

Hamburg, de St. Pauli-aanlegsteiger
Tegen half tien 's avonds

De droom voelde afschuwelijk echt aan. Hij was voor een kort dutje in zijn schommelstoel gaan zitten en werd wakker van zijn eigen gesnurk. Toen hij met verwarde blik naar het raam keek, zag hij tot zijn ontzetting het personeel van zijn cacaoplantage naar binnen kijken. Ze waren bewapend met machetes. Nog voor hij goed en wel overeind kon komen, waren de eersten al in zijn huis binnengedrongen en beduidden hem met dreigende gebaren mee te komen. Waarheen, wist hij niet. Fernanda slingerde de mannen Spaanse scheldwoorden naar het hoofd. Wanhopig probeerde hij te begrijpen wat ze zei, maar het lukte hem niet.

De aanvoerder, waarin hij vol ongeloof zijn beheerder Marcos herkende, duwde Fernanda ruw aan de kant, die daarop als een geest in het niets verdween. Toen kwam hij dreigend op hem af, zwaaiend met de machete boven zijn hoofd. Albrecht wilde weglopen, maar zijn spieren gehoorzaamden hem niet.

Opnieuw gesnurk.

Op hetzelfde moment duwde Marcos onzacht tegen zijn schouder. 'Albrecht von Braun?'

Verdomme, waarom sprak de beheerder hem met zijn Duitse naam aan? Die kende toch niemand in Mexico?

Hij wilde iets zeggen, maar er kwam geen geluid over zijn lippen.

'Albrecht von Braun?'

Dit keer werd hij bij zijn bovenarm gepakt. Het deed pijn.

'Of zal ik liever zeggen: Carlos?'

De omgeving vervaagde, maar de druk op zijn bovenarm bleef. Verwarrende geluiden drongen tot hem door, die op zijn plantage helemaal niet voorkwamen.

'Wakker worden, Von Braun! Het spel is uit.'

Op slag was hij klaarwakker. Hij sperde zijn ogen open, zag de twee politieagenten links en rechts die hem vasthielden, zag de inspecteur in pak en hoed, een typische Noord-Duitser, die pal voor hem stond en hem geringschattend opnam.

Albrecht schudde zijn hoofd. 'U hebt de verkeerde te pakken!'

'Dat denk ik niet,' zei de inspecteur.

Albrecht von Braun merkte dat hij begon te transpireren. Dat kon niet waar zijn. Het was hem toch gelukt, hij was op weg naar huis en over een paar uur zou hij buiten bereik van de Duitse justitie zijn geweest. Niemand zou hem er nog voor kunnen hebben vervolgen dat hij het recht in eigen handen genomen had en de Rothmanns hetzelfde leed had toegebracht als hij van hen had moeten verduren.

'Ik heb gezegd, het is voorbij!' herhaalde de inspecteur en hij stak een sigaret op.

'Wat... wat denkt u wel niet!' Albrecht verhief zijn stem. 'Wat wilt u van mij?'

Welke vloek rustte er op hem? Het schip had vertraging en rechercheurs die uit het niets opdoken. Dat was geen zuivere koffie. Fernanda geloofde in boze machten. Misschien had ze gelijk.

'U weet precies waarom we hier zijn, Von Braun!' De inspecteur gaf geen krimp.

'Nee!' Albrecht probeerde zich aan de greep van de agenten te ontworstelen, wilde zich bevrijden, maar werd onwrikbaar vastgehouden. Het zachte klikken van de handboeien achter zijn rug bezegelde zijn nederlaag. Hij vloekte.

'Albrecht von Braun, wij arresteren u voor gekwalificeerde brandstichting en het aanzetten daartoe. Bovendien wordt u ervan beschuldigd de mogelijke dood van twee kinderen op de koop toe te hebben genomen.'

'Kinderen? Er waren geen kinderen!'

'Nee?' Er verscheen een veelzeggende uitdrukking op het gezicht van de inspecteur en Albrecht realiseerde zich dat hij zichzelf had verraden.

Zijn verzet was gebroken.

49

Stuttgart, hoofdbureau van politie
Een uur later

Het schelle gerinkel van de telefoon verstoorde de oppervlakkige rust in het kantoor van de inspecteur. Victor ging rechtop zitten en keek naar Edgar, die naast hem zat en al net zo gespannen wachtte op wat komen ging.

De inspecteur nam de telefoon op. 'Ja, dat is prima... ja, verbind maar door.' Hij peuterde met een hand een sigaret uit zijn etui en klopte met het uiteinde op het tafelblad. 'Ah, beste collega... ja!' Hij zweeg en luisterde aandachtig. 'Weet u dat heel zeker?' vroeg hij toen en hij knikte Victor toe. 'Goed werk. Bedankt. We praten morgen... ja, in orde... goed... ook goedenacht.' Hij hing op.

'Ze hebben hem!'

Een golf van opluchting sloeg door Victor heen. Tegelijk steeg er blinde woede in hem op. 'Als ik hem in mijn handen krijg...' bromde Edgar.

'... doet u helemaal niets,' voegde de inspecteur eraan toe. 'Laat dat maar aan ons over. Eerst wordt hij door de collega's in Hamburg verhoord, dan organiseren we een gevangenentransport naar Stuttgart.'

'Maar toch popel ik om Albrecht met eigen ogen achter slot en grendel te zien.' Edgar keek naar Victor. 'Dat wordt een feestdag!'

'Ik had liever gehad dat Albrecht niet aan zijn wraakgevoelens had toegegeven,' zei Victor. Hij stond op en stak zijn hand uit naar de inspecteur. 'Mijn oprechte dank!'

De inspecteur pakte zijn hand. 'Graag gedaan. De eerste uren en dagen na een misdaad zijn altijd doorslaggevend. Als de aanwijzingen goed worden geïnterpreteerd, dan is de kans groot dat de dader gepakt wordt. Maar in dit geval heeft ook het dilettantisme van de delinquent bijgedragen aan een snel resultaat.'

'Albrecht, de pyromaan.' Edgar schudde zijn hoofd. 'Hij werd tot veel in staat geacht, maar dat hij het zou presteren om een fabriek af te branden...'

'Haat is een sterke drijfveer,' zei Victor. 'Al die jaren lijkt het hem te hebben dwarsgezeten dat Judith hem heeft afgewezen.'

'Dat heeft hem vergiftigd,' zei Edgar peinzend. 'En het zal hem altijd beletten om gelukkig te worden. Voortaan zal hij achter de tralies over zichzelf en zijn mislukte leven na moeten denken.'

'Mijne heren,' kwam de inspecteur tussenbeide. 'Het ziet ernaar uit dat onze dienst er voor vandaag op zit. Ik zou nu nog wat aan mijn rapporten willen werken, als u het goedvindt.'

'Goed, meneer de inspecteur.' Victor zette zijn hoed op. 'Ik neem een taxi naar Degerloch. Nou, ik zal blij zijn als ik in mijn bed lig.'

'En ik kijk ernaar uit om de oude bankier Von Braun uitgebreid te vertellen wat zijn zoon heeft uitgespookt,' zei Edgar.

'Prima, heren, waar u ook naartoe gaat, ik wens u een fijne avond!' De inspecteur liep met hen mee naar de deur. 'Rust u maar goed uit.'

'Voor zover dat mogelijk is, gezien de omstandigheden.' Victor lichtte nog eens zijn hoed. 'Goedenavond, inspecteur!'

Victor en Edgar liepen het hoofdbureau uit.

'Ga je lopen?' vroeg Victor.

Edgar knikte. 'Even de benen strekken. Het is niet zo ver naar de villa van mijn schoonouders.'

'Kom je morgenochtend naar ons?'

'Eerst wil ik Dorothea bellen en haar zo voorzichtig mogelijk meedelen wat er is gebeurd. Albrecht is altijd nog haar broer.'

'Natuurlijk. Ik zie je tegen de middag dan wel.' Victor legde zijn hand op Edgars schouder. 'En nu goedenacht, mijn vriend.'

'Goedenacht, Victor.'

Serafina kroop dicht tegen Anton aan. Haar hoofd rustte op zijn borst, met zijn gezonde hand hield hij haar beschermend vast. Tussen de open gordijnen viel maanlicht de kamer in. De regenwolken waren eindelijk weggetrokken.

Vreemd om nu zo dicht bij hem te zijn, terwijl ze een paar dagen eerder nog had gedacht hem voor altijd kwijt te zijn geraakt aan een andere vrouw. Tegelijk was hij zo ongelooflijk vertrouwd, niets aan hem voelde vreemd aan.

'Je moet met Victor praten,' zei Anton zacht. 'En wel zo snel mogelijk.'

Serafina zuchtte.

'Ik bedoel het goed, Serafina.'

'Ik weet het. Het is alleen heel moeilijk voor me.'

'Als je Victor beter zou kennen, zou je hem meteen in vertrouwen hebben genomen. Hij zal je niet vooroordelen, alleen de mensen die jou dit hebben aangedaan.'

'Waarschijnlijk heb je gelijk.' Serafina tekende met haar wijsvinger cirkels op zijn borst. 'Ik ben blij dat ik niet alleen ben met... die zorgen.'

Anton lachte zacht. 'Ik moet er niet aan denken wat voor last je de laatste weken hebt moeten dragen! En niemand heeft iets aan je gemerkt.'

'Ik denk dat Judith heeft gevoeld dat er iets niet in orde was. Maar waarschijnlijk dacht ze dat ik nog steeds om vader rouwde.' Ze slikte.

'Dat komt er ook nog bij. Mijn god, en ik dacht dat je het verwende zusje van onze zwager uit de grote stad was.'

'Dacht je dat?' Serafina tilde haar hoofd op.

'Ja. Helaas vormen we ons maar al te snel een beeld van een ander. Zonder goed te kijken.' Antons hand gleed over haar nek naar haar schouders. Hij streelde haar met masserende bewegingen. 'En omdat je meteen al zo goed met Karl kon opschieten, dacht ik dat je net zo'n onbevangen karakter hebt als hij. Hoewel jij heel goed weet wat je waard bent.'

'Terwijl ik de waarde van een vrouw niet zou willen afmeten aan het feit of ze meer of minder... relaties heeft gehad,' zei Serafina. 'Niemand weet wat er in andere mensen omgaat. En als je op zoek bent naar de liefde, kun je wel eens een doodlopende weg inslaan. Dat kan iedereen overkomen.'

Hij kuste haar op haar voorhoofd. 'Ook wat dat betreft kon je wel eens gelijk hebben.'

Serafina begroef haar neus in zijn hemd. Het rook onweerstaanbaar naar heerlijke zeep en naar… Anton. 'Wat ik vragen wilde,' vervolgde ze. 'Elise…'

'Sst. Dat met Elise en mij is voorbij.'

'Jullie waren toch verloofd?'

'Dat waren we van plan. Maar ik voel al langer dat het niet helemaal goed zit daarmee.'

Serafina drukte zich nog dichter tegen hem aan. 'Weet ze het al?'

Anton had last van zijn slechte geweten. 'Nog niet echt.'

'Laat haar niet te lang in het ongewisse. Het is vreselijk om niet te weten waar je aan toe bent.'

'Zodra ik in staat ben om naar de stad te gaan, praat ik met haar.'

Serafina was even stil. Toen kwam ze een beetje overeind.

'Er is nog iets met Elise… en Karl.'

'Elise en Karl?'

'Ja. Ik heb het gevoel dat Karl en zij elkaar kennen.'

'Hoe dan? Ik ben bang dat je vrouwelijke intuïtie je in de steek laat. Dat kan ik me niet voorstellen.'

'Hebben jullie het over dat soort dingen, Karl en jij?'

'Zelden. En zo ja, dan is het plagerig. Vrouwen waren altijd een lastig thema. Want we zijn in dat opzicht toch heel verschillend.'

Serafina schoof een beetje naar boven, zodat ze hem in de ogen kon kijken. 'Weet je wat, Anton Rothmann? Zo verschillend zijn jullie nou ook weer niet.' Ze kuste hem teder op zijn mond. 'Jullie zijn allebei bang dat een vrouw te dichtbij komt. Karl beschermt zichzelf door alle opties open te houden en zich niet vast te leggen. En jij… jij stelt je helemaal niet open.'

Anton antwoordde niet meteen. 'Dat is een heel interessante stelling, die je met je slimme hoofd hebt bedacht,' zei hij toen, terwijl hij haar steviger tegen zich aan drukte. 'Ik zal er uitgebreid over nadenken.'

Serafina lachte. 'Ja, doe dat.'

Anton bewoog, hij wilde zich meer op zijn zij draaien. 'Au!'

'Doet het pijn?' vroeg Serafina bezorgd.

'Het gaat wel weer.' Ze merkte dat hij zijn tanden op elkaar klemde.

Ze had Antons zere hand voorzichtig op een kussentje gelegd, zodat die zo stil mogelijk lag.

'Knödler gaat een spalk bij me aanbrengen.' Anton deed een poging grappig te zijn. 'Morgen. Daarmee dreigt hij tenminste.'

‘Zul je weer piano kunnen spelen?’

Anton aarzelde. ‘Hopelijk wel.’

‘Wat zegt de dokter?’

‘Als ik zijn bevelen opvolg, zal het volgens hem wel in orde komen. Maar het kan wel even duren. En eigenlijk hadden we binnenkort onze eerste opnames willen maken.’

‘Bij Eberle?’

‘Ja. Maar nu gaan we slapen,’ zei Anton teder. ‘En morgenochtend gaan we naar Victor.’

‘Mhm.’

Het kloppen van zijn hart gaf haar rust en geborgenheid. Ook het huis was eindelijk tot rust gekomen. Serafina viel in een diepe en verkwikkende slaap.

50

De Augustenstrasse in Stuttgart
16 juni 1926, tegen vijf uur 's middags

'Ik kom straks naar jullie toe. Bedankt dat je me hebt meegenomen, Victor.' Anton opende het portier van de Mercedes.

'In orde, Anton. Ik kan begrijpen dat je weer een keer in je pianofabriek wilt kijken hoe het ervoor staat. En ik zou toch hiernaartoe zijn gereden om Judith op te halen. Ze heeft de hele dag op kantoor gewerkt, terwijl de heren van de brandverzekering bij mij in Degerloch waren.'

'Is er al iets uitgekomen? Vergoeden ze de schade?'

'Ze zullen in elk geval hun contractuele verplichtingen nakomen. Hoe hoog het bedrag zal zijn valt nog niet te berekenen, eerst moeten we de precieze omvang van de schade vaststellen. Judith is daar al druk mee bezig.'

'Ik bewonder mijn zus,' zei Anton oprecht.

'Ik ook,' zei Victor. 'Alleen ben ik soms bezorgd dat ze te veel hooi op haar vork neemt.'

'Je kunt haar niet tegenhouden.'

'Dat weet ik. En verder is Karl een grote hulp. Hij doet enorm zijn best om de tussentijdse productie voor elkaar te krijgen.'

'Dat verbaast me niets,' zei Anton. 'Nu hij op de proef wordt gesteld kan hij eindelijk bewijzen wat hij waard is.'

Victor knikte. 'Het is fijn om te zien hoe eensgezind de familie is in deze zware tijden.' Hij schraapte zijn keel. 'Judith en ik rijden niet voor achten naar huis. Zullen we je weer meenemen?'

'Ik weet nog niet hoelang ik nodig heb. Maar maak je geen zorgen, ik kom wel naar Degerloch.'

'Goed. Maar overdrijf het niet, Anton. Er zal zich heel wat werk hebben opgestapeld. Doe het rustig aan!'

'Ik zal goed oppassen.' Anton stapte voorzichtig uit de auto, zijn linkerarm in een mitella. 'Tot later!' Hij klopte even op het dak van de wagen voor hij het portier dichtsloeg.

Victor hief zijn hand op en gaf gas. Tegenwoordig reed zijn zwager zelf in de grote Mercedes. Weliswaar ging het iets beter met Theo, maar dokter Knödler had hem een rijverbod van twee weken opgelegd.

Anton haalde diep adem en bekeek peinzend de letters op het bord boven zijn werkplaats. Vanbuiten was niet te zien hoe groot zijn onderneming werkelijk was, want twee jaar eerder had hij ruimtes in het huis ernaast gehuurd om de productie uit te breiden. Vooral de opdrachten van overzee waren bewerkelijk, maar uiterst lucratief. Alleen al twintig vaklieden waren belast met de houtbewerking, daar kwamen nog eens zo veel pianobouwers en assistenten bij. Op het moment was Erich de enige leerling, maar Anton was van plan geweest om er in de loop van de komende maanden meer aan te nemen. Nu moest hij eerst afwachten hoe snel zijn hand zou genezen.

'Meester!' Erich begroette hem verheugd toen hij de werkplaats binnenkwam. De leerling was juist aan het schoonmaken. 'Wat een verrassing dat u vandaag thuiskomt! Daar hebt u niets over gezegd!'

'Dat klopt,' antwoordde Anton. 'Ik heb zojuist besloten jullie op te zoeken en met meneer Stern de belangrijkste zaken te bespreken. Ik blijf nog een paar dagen in Degerloch om me te laten verplegen.'

'Zoiets zegt u anders nooit, meester.' Erichs gezicht vertoonde een bezorgde uitdrukking. 'Eigenlijk wilt u toch helemaal niet zo graag verpleegd worden, is het wel?'

Anton lachte. 'Nee. Eigenlijk niet. Is meneer Stern er nog?'

'Natuurlijk!' Erich zette de bezem in een hoek en aarzelde even. 'Ik wilde iets vragen, meester,' zei hij toen voorzichtig. 'Ik hoop dat het niet te brutaal is. Maar... hebt u Theo eigenlijk nog teruggevonden?'

'Hoe wist je dat hij verdwenen was?'

'Dat heb ik op het hoofdbureau van politie gehoord.'

'O, dat klopt, daar moest je een verklaring afleggen. Ja, Theo is weer terecht. Al een paar dagen.'

'Dat is goed, meester. Ik maakte me zorgen. Waar is hij geweest?'

'Dat is een lang verhaal, Erich. Toen het vuur in de fabriek uitbrak, reed Theo juist de vader van Victoria's vriendin naar het Marienhospital. Die was zwaar ten val gekomen, ik weet er ook niet het fijne van. Theo is heel lang bij hem gebleven. Toen hij uit het ziekenhuis kwam, was het al laat.'

'Maar was hij niet veel langer weg, Theo? De hele nacht, dacht ik?'

'Ja. Van het een kwam het ander. Eerst startte de Mercedes niet meer. Die had hij bij het ziekenhuis geparkeerd. Toen die het uiteindelijk weer deed, wilde hij de meisjes bij Mathilda afhalen, dat had hij mijn zus Judith beloofd. Maar daar was niemand. Theo werd toen erg ongerust en heeft heel Ostheim en de aangrenzende wijken afgezocht. Op een gegeven moment ging hij op weg naar de chocoladefabriek...'

'... en toen ontdekte hij de brand?'

'Precies.' Anton knikte. 'De mensen aan wie hij vroeg wat er precies was gebeurd, zeiden dat er waarschijnlijk twee kinderen in het gebouw waren verbrand. Je weet hoe snel geruchten ontstaan.'

'Ja. Iemand slaat met zijn hamer op zijn duim, en uiteindelijk vertelt iedereen dat zijn arm is geamputeerd.'

'Inderdaad. In elk geval was Theo zo geschokt dat hij in de auto ging zitten en domweg is rondgereden. Hij herinnert het zichzelf ook niet meer precies. Op een gegeven moment stond hij met zijn auto voor de villa in Degerloch. En bij de laatste meters is dan ook nog de benzine opgeraakt.'

'Sapperloot! Arme man! Maar eerlijk gezegd, dat zou ik ook vreselijk vinden, meester, als mij zoiets zou overkomen.' Erich ging met zijn mouw over zijn voorhoofd. 'Nu is hij vast blij dat u de twee meisjes hebt gered.'

'Dat is hij ook. En hij komt langzaam bij van de schok.' Anton wreef over zijn linkerschouder. Omdat zijn arm in de mitella zat, waren zijn spieren pijnlijk gespannen. 'Maar nu neem ik even een kijkje in de fabriek, Erich. Als je me nog nodig hebt, vind je me later op kantoor.'

'In orde, meester!'

Toen Anton door de ruimtes van zijn bedrijf liep, de speciale geur van hout, lak en lijm opsnoof en de vanzelfsprekende loyaliteit van zijn medewerkers voelde, wist hij dat hij snel uit Degerloch weg moest, hoe comfortabel het daar ook was. Zijn plaats was hier.

'Meneer Rothmann!' Stern, een werknemer met een lange staat van dienst en veel ervaring, zette zijn bril af en stond op toen Anton het kantoor binnenkwam.

‘Voor zover ik kan zien, is alles in orde hier.’

‘We doen ons best, meneer Rothmann.’

‘Hoe staat het met de dubbele bestelling uit New York?’

‘Ik ga ervan uit dat we over twee maanden kunnen leveren. Zodoende blijven we ruim binnen de afgesproken termijn.’

Anton liep naar zijn bureau en ging zitten.

‘Breng me het kassiersboek, meneer Stern.’

Ruim een uur later verliet Anton het bedrijf en ging op weg naar Warenhuis Schocken. Er was nog een tweede reden waarom hij Victor had gevraagd om hem mee te nemen naar de stad. Hij moest iets rechtzetten, en hoe onaangenaam het ook was, het was belangrijk.

Hij wachtte bij de personeelsingang en ze kwam zoals gewoonlijk op tijd.

Hij haalde haar bij de volgende hoek in.

‘Elise…’ zei Anton. Zijn slechte geweten was voelbaar in elke lettergreep van haar naam.

‘Ik heb niet veel tijd, Anton,’ zei Elise gereserveerd. ‘Hoe gaat het?’

‘Tot nog toe heel goed.’

‘Je ziet bleek. Je hebt overal schrammen.’ Ze wees naar zijn hand.

‘Dat komt ervan als je in een brandend gebouw rondhangt.’ Anton probeerde het met een grapje.

‘Het spijt me heel erg wat er met de fabriek is gebeurd,’ zei Elise.

‘Ach, Elise. Ik ben degene die heel erg spijt heeft, van zo veel dingen.’ Anton klonk schor. ‘Nog maar kortgeleden had ik het over een gemeenschappelijke toekomst, en toen heb ik je weggestuurd.’

‘Daar zul je wel je redenen voor hebben gehad.’

‘Dat is zo.’ Anton keek haar onbevangen aan. ‘Mag ik je uitnodigen voor een kop koffie? Ik vind het niet gepast om je hier op straat te vertellen wat ik op mijn hart heb.’

‘Niet dat ik je gezelschap onaangenaam vind, Anton,’ zei Elise terwijl ze haar handschoenen kneedde. ‘Maar ik ben werkelijk nog iets van plan en bovendien zou ik het gemakkelijker vinden als wat er gezegd moet worden zo mogelijk zonder al te veel ophef…’

‘Ik begrijp het.’ Anton bood haar zijn arm aan. ‘Zullen we een stukje lopen?’

Ze haakte in, maar probeerde tegelijk afstand te bewaren.

'Ik ben niet oprecht geweest, Elise. Niet toen ik je het hof maakte, en ook niet toen ik je heb weggestuurd. Niet tegenover jou en niet tegenover mezelf.' Hij schraapte zijn keel. 'Voor mij leek onze verloving een goede en verstandige zaak. Maar de gebeurtenissen van de afgelopen dagen hebben me duidelijk gemaakt dat goed en verstandig niet volstaan.'

'Als je dat zo voelt, dan zal het wel het beste voor je zijn.' Haar stem trilde een beetje.

'Toen je me kwam opzoeken, wilde ik gewoon niet dat je me zo zag, zwak en kwetsbaar. Maar dat was niet het enige.'

'Je hebt gemerkt dat ik niet de vrouw ben die je aan je zijde wilt?'

Anton bleef staan. 'Ik zou het anders hebben geformuleerd, maar daar komt het wel op neer, ja.'

Voorzichtig trok Elise haar hand terug. 'Ik laat je vrij, Anton. Omdat ik niet van plan ben alleen te trouwen om een redelijke huisvrouw te zijn.' Ze was even stil. 'Bovendien... ook in mijn leven zijn er veranderingen.'

'Echt?'

'Ik interesseer me voor binnenhuisarchitectuur en inrichting. Al heel lang. Nu heb ik een baan bij Mia Seeger aangeboden gekregen.' Ze zuchtte zacht. 'Toen je me ten huwelijk vroeg, stond ik op het punt die kans te laten schieten. Maar de afgelopen dagen ben ik ook gaan nadenken. En ik heb besloten om hem te grijpen. De komende jaren zou het bijna onmogelijk voor me zijn om een gezin te stichten. Daarom doe je me eigenlijk een plezier door je aanzoek weer in te trekken, Anton.'

Anton greep naar zijn voorhoofd. 'Soms maakt het lot een vreemde pirouette. Maar natuurlijk is het een opluchting voor mij dat mijn besluit ook jou nieuwe vrijheid geeft.' Hij ging met zijn hand door zijn haar. 'Vaarwel, Elise. Ik hoop dat je slaagt in het leven.'

'Vaarwel, Anton. En... ik dank je. De tijd met jou was echt mooi.' Nu glansden haar ogen toch verdacht, al glimlachte ze de tranen dapper weg. 'Vooral die avond in de bioscoop.'

Toen ze elkaar ten afscheid een hand gaven, overviel Anton even een weemoedig gevoel. Maar toen hij op weg ging naar de volgende taxistandplaats, wist hij dat hij de juiste beslissing had genomen.

51

De Rothmann-villa
20 juni 1926

'Oom Karl!' Victoria huppelde opgetogen de trap af, want ze had de cabriolet horen aankomen. Vlak achter haar volgde Mathilda, haar korte haar met een doek naar achteren gebonden. Het vuur had haar rode krullen verschroeid, zodat ze moesten worden afgeknipt.

Voor het eerst sinds het ongeluk in de fabriek vond vandaag de gebruikelijke zondagse koffie in de chocoladevilla plaats, en Victoria verheugde zich er al dagen op. Karl had namelijk een verrassing aangekondigd en daar was ze zo opgewonden van dat ze 's ochtends tijdens de kerkdienst al nauwelijks stil kon zitten.

Nu was hij er dan eindelijk, haar oom.

Dora stond al in de hal en had de voordeur wijd opengezet. Karl leek iets groots te hebben meegebracht.

Het eerste wat Victoria van hem zag, was een enorme kooi, die hij voor zich uit droeg en met een zwarte doek was afgedekt.

'Wat heb je daar?' vroeg ze nieuwsgierig, terwijl ze dichterbij kwam.

'Een kanarie!' antwoordde Karl.

'Een kanárie?' Victoria trok een lang gezicht. 'Ik wil geen kanarie. Ik wil een...'

'... papegaai. Ik weet het, Vicky. Maar soms moet je tevreden zijn met wat je krijgt.'

'Amen!' klonk het ergens vandaan.

'Wie zei dat?' Victoria spitste haar oren. Ze keek naar Mathilda, die haar schouders ophaalde.

'Ik! Ik heb dat gezegd!' Karl probeerde een ondoorgrondelijk gezicht te trekken.

'Dat geloof ik niet!' Victoria keek nieuwsgierig naar de kooi, maar durfde niet onder de doek te gluren.

'Kan die kanarie eigenlijk wel zingen?' vroeg Mathilda. Ook zij kon haar ogen nauwelijks van de kooi afhouden, die Karl nog steeds in zijn hand hield.

'Natuurlijk kan hij zingen. Maar nu wordt de kooi me langzamerhand te zwaar,' zei Karl. 'Ik stel voor dat wij hem samen naar de eetkamer brengen.'

'Kanaries zijn toch niet zo zwaar?' vroeg Mathilda zich af.

'Het is ook niet de vogel die zwaar is, maar de kooi,' legde Karl uit.

'Wij gaan vast vooruit!' riep Victoria, ze pakte Mathilda bij de hand en trok haar met zich mee. Uit haar ooghoeken zag ze nog hoe Dora met haar hoofd schudde.

'Wat haal je je toch in je hoofd, Karl.'

Victoria's hart ging tekeer van louter opwinding. Ze geloofde niet dat er een kanarie in de kooi zat, die had beslist niet zo veel plaats nodig. Eigenlijk was ze ervan overtuigd dat Karl vandaag haar hartenwens vervulde. Tenminste, dat hoopte ze.

Samen met Mathilda maakte ze snel een plekje op het dressoir in de eetkamer vrij, toen kwam Karl al binnen en zette er de vogelkooi neer.

Uit het inwendige van de kooi was een kort gekras te horen, toen was het weer stil.

'Haal de doek weg, oom Karl, alsjeblieft!' Victoria wipte onrustig van het ene been op het andere.

'O ja, alsjeblieft!' Ook Mathilda was nieuwsgierig.

'Eerst halen we de anderen,' zei Karl. 'Tenslotte is dit cadeau voor iedereen!'

'Nou, eigenlijk is het voor mij!' zei Victoria verontwaardigd, maar ze ging meteen weg om het gezin op te trommelen. Ze nam Mathilda mee.

Een kwartier later had iedereen zich rond de vogelkooi verzameld. Victoria zag dat haar vader Karl een strenge blik toewierp.

'Beste Victor, lieve zus,' begon Karl pathetisch, en Victoria dacht te merken dat hij ietwat nerveus was. 'De afgelopen dagen waren niet gemakkelijk voor ons allemaal. Vooral voor onze Vicky,' hij keek Victoria meelevend aan, 'is het een grote schok geweest. Ze heeft het allemaal dapper doorstaan, net als haar vriendin Tilda.' Hij knikte Mathilda toe.

Victor bekeek zijn zwager en kneep zijn ogen afkeurend tot spleetjes.

Karl negeerde hem. 'Ik vind,' vervolgde hij, 'dat Vicky een heel bijzonder cadeau nodig heeft bij wijze van troost.' Hij liep naar de kooi en pakte de doek. 'Daarom heet ik met groot genoegen ons nieuwe familielid welkom!' Hij trok de doek weg. 'Dit is Pepe!'

'Een papegaai!' Victoria's juichkreet was beslist tot in de Zwabische Alp te horen.

'Uiiiii!' zei Mathilda.

Victoria ging heel dicht bij de kooi staan en keek naar de statige vogel, die zich naar het achterste eind van de stang had teruggetrokken. 'Maar hij is helemaal niet bont!' zei ze, met een zweem van teleurstelling in haar stem.

'Wel, hoor,' zei Mathilda. 'Hij heeft een rode staart, dat zie je toch!'

'Ik bedoel, echt bont! Zoals in het lexicon!'

'Dit is een grijze papegaai, Vicky,' legde Karl welwillend uit. 'Grijze papegaaien hebben niet zo veel kleuren, maar kunnen des te beter praten!'

De vogel leek alles wat er om hem heen gebeurde precies te volgen, en Vicky probeerde meteen zijn aandacht te trekken: 'Zeg eens Vicky!'

De papegaai wiebelde met zijn kop, maar gaf geen kik.

'Kom, zeg Vicky!' zei Victoria weer en ze duwde met haar vinger tegen de tralies. 'Vick-iiiie!' Ze benadrukte elke lettergreep.

'Dat moet je hem toch eerst leren,' zei Mathilda, toen er nog steeds geen reactie kwam.

'Dat klopt, Vicky. Dat moet je met hem oefenen,' bevestigde Karl. 'Maar hij leert heel snel.'

'Eigenlijk,' kwam Victor nu tussenbeide, 'waren we niet van plan om een papegaai aan te schaffen. Dat noem ik een overval, Karl.'

'Anders hadden jullie je niet laten overtuigen,' zei Karl. 'Jullie zullen hem vast net zo snel weten te waarderen als Vicky en ik,' voegde hij er vol vertrouwen aan toe.

'Victor?' vroeg Judith. 'Gunnen we haar toch dat plezier. Nu hij er eenmaal is.'

'Kijk! Hij doet iets!' riep Victoria enthousiast en ze vestigde de algemene aandacht weer op zichzelf en de vogel, die inmiddels tot leven was gekomen. Nieuwsgierig bewoog hij op zijn stok heen en weer.

'Dat vind ik nou spijkers met koppen slaan,' zei Anton, die tot dusver met Serafina op de achtergrond was gebleven. 'Neem me niet kwalijk, Victor, maar ik heb het gevoel dat Karl met de vogel precies het juiste heeft gedaan.'

Karl keek zijn broer verrast aan. 'Een dergelijk compliment uit jouw deskundige mond?'

Victor verhief zijn stem. 'Nou, op het gevaar af dat ik voor spelbederver word aangezien, maar of die papegaai blijft of niet, is nog lang niet beslist!'

'Godmiljaar!' De gekraste kreet drong door de gespannen sfeer in de ruimte.

'Hij kan praten!' jubelde Victoria.

'Waar heb je hem eigenlijk vandaan, dat hij dat soort uitdrukkingen gebruikt?' vroeg Judith ontdaan.

'Nou ja,' antwoordde Karl, die zijn lachen nauwelijks kon inhouden. 'Ik heb hem uit de dierentuin bij de Doggenburg gehaald. Blijkbaar komt hij uit een predikantengezin en werd daar afgegeven.'

'Nou, dan is het geen wonder,' bromde Victor en zijn mondhoeken trokken verdacht. 'Daar gaat het soms ruiger aan toe dan in de gemeenschap van gewone gelovigen.'

'Amen!' kraste Pepe.

Victors werkkamer
Dezelfde avond

'O, daar ben je, Serafina.' Victor zat achter zijn bureau en maakte een paar aantekeningen. Toen legde hij zijn vulpen neer en stond op. 'Heb je Anton meegebracht?' Het klonk niet verrast, eerder als een constatering.

Serafina knikte. Ze voelde dat Antons aanwezigheid haar kracht gaf. In haar hand hield ze de expresbrief die Lilou haar drie dagen eerder had gestuurd.

'Ik stel voor,' zei Victor, terwijl hij naar de kleine zithoek in het vertrek wees, 'dat we het ons gemakkelijk maken. Willen jullie iets drinken?'

'Nee, bedankt,' antwoordde Serafina.
'En jij, Anton? Brandewijn? Of een borrel?'
'Brandewijn graag.'
Victor schonk twee Asbach Uralt in en overhandigde Anton een van de ronde glazen. Ze gingen zitten.
'Wat wilde je met me bespreken, Serafina?' vroeg Victor. 'Hebben jullie misschien speciale plannen?' Hij glimlachte fijntjes.
'Nee,' antwoordde Serafina.
'Dat wil zeggen... nog niet,' zei Anton relativerend en hij keek haar veelbetekenend aan.
'Victor,' begon Serafina, zoekend naar de juiste woorden. 'Ik heb een grote fout gemaakt.'
Victor fronste zijn voorhoofd en zette zijn glas op tafel. 'Waar gaat het over?'
'Ik heb...' Serafina stokte en begon opnieuw. 'Na vaders dood ben ik op zoek gegaan naar mijn moeder. Je weet misschien dat ze danseres was?'
'Ja, dat weet ik.'
'Er waren aanwijzingen waar ik haar kon vinden. Ook juffrouw Schmidtke kon of wilde me geen informatie geven. Dus ben ik zelf op zoek gegaan.'
Victor luisterde aandachtig.
'Ik herinnerde me toen dat mijn moeder op een oude foto te zien was, samen met Anita Berber. Anita Berber is in Berlijn bekend...'
Stukje bij beetje vertelde Serafina haar halfbroer het hele verhaal, zonder dat Victor haar ook maar één keer onderbrak.
'Dat is een boosaardige zaak,' zei hij toen nadenkend. 'Ik vind het vooral jammer dat je het niet eerder hebt aangedurfd om me in vertrouwen te nemen. Dan zouden we al een eind hebben gemaakt aan de praktijken van deze figuren.'
'Zoiets is helemaal niet gemakkelijk als je in een nieuw gezin komt,' schoot Anton haar te hulp. 'In het begin kon ze niet inschatten hoe we zouden reageren.'
Serafina wierp hem een dankbare blik toe.
Victor knikte bedachtzaam. 'En die... Lilou?' vroeg hij toen. 'Is zij te vertrouwen?'
'Dat heb ik mezelf ook steeds afgevraagd,' antwoordde Serafina. 'In

elk geval heeft ze de juiste connecties. En ik weet zeker dat ze het goed met me voorheeft, om welke reden dan ook.' Ze had het niet over Lilous voorkeuren, daar was alleen Anton van op de hoogte. 'Ze heeft me geschreven,' vervolgde Serafina terwijl ze Lilous brief uit de envelop haalde en aan Victor gaf.

Victor pakte het papier aan en las het aandachtig. Intussen plukte Serafina nerveus aan haar rok, tot Anton zacht zijn hand op de hare legde.

Toen schraapte Victor zijn keel. 'Juist. Als ik het goed begrijp, willen die criminelen dat je een aanbetaling van vijfhonderd mark doet. Als tegenprestatie geven ze je tot januari de tijd om de verlangde vijfduizend mark te betalen. Die schurken willen een hoop geld hebben!'

Er werd op de deur geklopt. Zonder af te wachten kwam er een bezoeker de kamer binnen.

Serafina kromp ineen.

'Neem me niet kwalijk!' riep Edgar verbouwereerd. 'Ik dacht dat je alleen was, Victor.'

'Je komt niet ongelegen,' zei Victor en hij stond op om zijn vriend op de schouder te kloppen. 'Integendeel.'

Serafina keek haar halfbroer vragend aan.

'Blijkbaar ben je altijd ter plaatse als er bij de Rheinbergers problemen rijzen,' zei Anton.

'Lieve help! Wat voor moeilijkheden? Is het niet genoeg dat de fabriek is afgebrand?' Edgar trok een wenkbrauw op.

'Blijkbaar niet,' antwoordde Victor droogjes. 'Maar eerst wil ik Serafina om toestemming vragen om Edgar in te wijden in de kwestie die we zojuist hebben besproken.'

'Nou... nou, dat weet ik niet,' stamelde Serafina, maar Anton knikte haar geruststellend toe.

'Edgar is werkelijk betrouwbaar,' zei hij. 'Als het voor jou draaglijk is dat hij ervan afweet, zou ik ermee akkoord gaan. Hij kan ons helpen.'

Serafina keek hem twijfelend aan, toen nam ze Edgar op. Uiteindelijk vermande ze zich. 'Goed dan.'

Victor vatte voor zijn vriend kort samen waar het over ging. 'Je begrijpt,' zei hij tot slot, 'dat ik me hiermee moet bezighouden.'

'Dat is inderdaad een nieuwe uitdaging voor je,' antwoordde Edgar.

Victor knikte, liep naar zijn brandkast en haalde er de documentenmap uit die Serafina een paar dagen eerder op zijn bureau had zien liggen.

'We moeten naar Berlijn,' zei hij toen.

'Ik ga met Serafina mee,' zei Anton meteen, maar Victor protesteerde: 'Nee, Anton. Jij bent gewond. Dit is een kwestie die míjn familie betreft. Ik ga met haar mee.'

'Maar jij hebt je handen vol aan de gevolgen van de brand!'

'Dat klopt,' zei Victor. 'En bovendien heb ik een doortastende echtgenote. Samen met Karl zal ze het bedrijf leiden tot ik weer terug ben.'

'Ik kom mee!' verklaarde Edgar opeens.

'Wat?' vroeg Serafina.

Ook Victor was verbluft.

'Waarom kijken jullie me allemaal zo aan?' vroeg Edgar. 'Wij steunen elkaar al ons halve leven, Victor. In de onmogelijkste situaties. Eigenlijk wilde ik Albrechts aankomst in Stuttgart afwachten. Maar ik denk dat ik nu dringender nodig ben in Berlijn.'

'Weet je het zeker, Edgar?' vroeg Victor voor de zekerheid.

'Eigenlijk zou ik toch echt degene moeten zijn die meegaat,' zei Anton opnieuw.

'Nee, Anton. Daar discussieer ik niet over,' zei Victor.

'Hij heeft gelijk, Anton,' zei Serafina zacht.

Anton schudde zijn hoofd, maar zei niets meer.

'Edgar, dat is een heel royaal aanbod,' zei Victor. 'Ik accepteer het graag, als Serafina ook akkoord gaat. Wie weet wat ons in Berlijn te wachten staat.'

Serafina knikte hem toe.

'Goed zo,' zei Edgar tevreden.

'Serafina, telegrafeer die Lilou alsjeblieft en laat haar weten dat we aanstaande woensdag met de trein naar Berlijn komen. Misschien kan ze in die tijd een afspraak voor de overdracht van het geld maken,' zei Victor. 'En nu hebben we een plan de campagne nodig.'

'Het is te merken dat je ooit met die officiersloopbaan bent begonnen,' zei Edgar plagerig.

Victor grijnsde en legde de documentenmap die hij al die tijd had vastgehouden, neer op zijn bureau.

'Ik heb weliswaar een korte blik geworpen op deze papieren,' zei hij toen hij de map opensloeg, 'maar ik ben er nog niet echt vertrouwd mee.' Hij zette zijn bril op. 'Goed, hier hebben we het testament. Daarin staat dat je bij het bereiken van je eenentwintigste levensjaar je erfdeel krijgt uitbetaald, Serafina.'

'Dat wist ik al,' zei Serafina. 'Maar de hoogte van het bedrag weet ik niet.'

'Het is niet-onaanzienlijk,' zei Victor, 'maar daarvoor nemen we de tijd als we al die andere dingen achter de rug hebben.' Hij bladerde verder. 'Zo, en hier is je geboortebewijs. Als vader staat Friedrich Rheinberger vermeld, als moeder Elly Schwarz. Dat past bij de gegevens die je van Lilou hebt gekregen. Maar informatie over andere familieleden ontbreekt hier.'

'Paula Schwarz?'

'Nee. Niets.'

Serafina kwam achter Victor staan en keek mee over zijn schouder, terwijl hij een bundel papieren openmaakte.

'Dit zijn aandelen. Vooral van spoorwegmaatschappijen,' constateerde hij. 'Niet alleen Duitse, maar ook Amerikaanse. En industriële aandelen. Daar moet ik nog eens goed naar kijken. Blijkbaar heeft hij winstgevend geïnvesteerd.' Victor legde de stapel aan de kant en pakte een zwarte kartonnen hoes. Gespannen keek Serafina toe hoe hij nog een paar papieren tevoorschijn haalde, waaronder een dun, zwartgrijs boekje met een speels embleem.

'Dit hier is een spaarboekje van de Berliner Sparkasse. Het staat op jouw naam, Serafina.' Victor sloeg het open. 'De handtekeningen zijn niet goed te lezen, maar er zou inderdaad Richter kunnen staan. Dat was de man op een van de foto's, nietwaar?'

Serafina knikte en pakte het boekje uit zijn hand. Ze bekeek zelf het handschrift. 'Ja. Richter.' Ze gaf het aan Anton, en ook hij knikte. 'Dus heeft deze Ernst Ludwig Richter van jouw bestaan geweten,' constateerde hij.

'Destijds moet hij bediende bij die bank zijn geweest,' zei Victor. 'Blijkbaar is hij inmiddels opgeklommen.'

'Zoiets noem je carrière,' vulde Edgar aan.

'In elk geval ziet het ernaar uit dat Richter goed op de hoogte was van jouw financiële situatie,' zei Victor. 'Het volgende wat we moeten weten, is in welke relatie hij werkelijk tot die Paula Schwarz staat. En of zij familie van je moeder is.'

Serafina merkte dat hij daarmee een gevoelige snaar bij haar raakte. 'Ik ben bezorgd, Victor, dat mijn moeder hier op een of andere manier bij betrokken is.'

'Zei je niet dat ze vermoedelijk was overleden?' zei Victor.

'Dat is het hem nou juist. Het ziet er wel naar uit. Maar na haar onderzoek was Lilou er niet zeker van.'

'We zoeken de zaak tot op de bodem uit, Serafina,' verzekerde Victor haar. 'Er zijn al heel wat aanknopingspunten. Vooral het motief lijkt duidelijk te zijn: geld. Uit noodzaak of uit hebzucht, dat zijn allebei sterke drijfveren. En tegelijkertijd enorm zwakke plekken. Daar zullen we ze te pakken nemen.'

'Nou, naar het zich laat aanzien heeft vooral die Lilou uitstekend werk verricht,' zei Edgar. 'En ik ben heel benieuwd naar haar.'

'Dat zijn we waarschijnlijk allemaal,' zei Anton, terwijl hij naar Serafina knipoogde.

52

Het atelier van Mia Seeger in Stuttgart
23 juni 1926, laat in de middag

Karl had het naambordje gevonden en belde aan. Hij was nerveus. Hopelijk was Elise ook werkelijk bij Mia Seeger, zoals Adolf Schneck gisteren had gesuggereerd.

Onder zijn arm droeg hij een map met ontwerpen die de architect oorspronkelijk voor de verbouwing van de chocoladefabriek had gemaakt en momenteel voor de wederopbouw aanpaste.

Karl was er enthousiast over. Maar diep in zijn binnenste roerde zijn slechte geweten zich. Het was alsof zijn onbedwingbare verlangen naar verandering de verschrikkelijke omstandigheden waaronder die nu daadwerkelijk plaatsvond, had opgeroepen. Dat was natuurlijk onzin, maar toch spookte die gedachte hem steeds weer door het hoofd. Karl hoorde zachte voetstappen, toen opende Mia Seeger de deur.

'Goedemorgen, meneer Rothmann! Wat een verrassing! Wat voert u naar mij?'

'Goedemorgen, mevrouw Seeger.' Karl nam zijn strohoed af. 'Neem me niet kwalijk dat ik stoor, maar mij is verteld dat juffrouw Bender vandaag bij u is.'

Mia glimlachte. 'Ja, Elise is hier. Wilt u binnenkomen, meneer Rothmann?'

'Als het geen moeite is, graag.'

Karl volgde Mia naar het grote atelier.

Elise zat aan een van de twee grote bureaus en keek verbaasd op toen ze hem herkende. 'Karl!'

'Goedemorgen, juffrouw Bender,' zei Karl en hij bleef besluiteloos midden in de ruimte staan. 'Ik wilde u om een gunst vragen.'

Elise stond op. 'Waar gaat het over?'

'Ik heb tekeningen van de architect bij me.' Hij wees naar de map onder zijn arm. 'Voor de wederopbouw van de chocoladefabriek. En ik wilde u vragen of u er misschien voor voelt om die met mij te bekijken. Vooral de vormgeving van de binnenruimtes. Wat dat betreft zouden we blij zijn met een vrouwelijke hand.'

Elise straalde. 'Dat doe ik graag!'

'Natuurlijk zullen we een passende vergoeding geven voor uw tijd,' zei Karl.

'Dat is niet nodig.'

'Jawel, dat is nodig.' Karl probeerde overtuigend over te komen, eigenlijk zijn sterkste punt. De lichte bevangenheid die hij bij Elise voelde, kende hij niet.

Ze keek hem sceptisch aan, toen knikte ze. 'Goed dan. Alhoewel ik geen binnenhuisarchitecte ben.'

'Daar ben ik me van bewust,' verzekerde Karl haar. 'Maar onze architect Adolf Schneck heeft zich buitengewoon lovend over u uitgelaten. U schijnt een bron van goede ideeën te zijn. En dat is precies wat we nu nodig hebben.'

'Wel, Elise,' kwam Mia tussenbeide. 'Het voorstel van meneer Rothmann is een geweldige kans om ervaring op te doen. Zo kun je veel leren.'

'Ik zou graag de ideeën van het Nieuwe Bouwen willen volgen,' voegde Karl eraan toe. 'Andere vormen, andere materialen...'

'Dat zijn grote plannen,' zei Elise en ze keek naar Mia. 'Als ik daaraan meewerk, zal ik minder tijd voor de Werkbund hebben.'

'Dat zie ik anders. De twee activiteiten zullen elkaar aanvullen,' zei Mia. 'Je staat nog maar aan het begin, Elise. En ik zie dat je veel talent hebt. Je kunt daar praktijkervaring opdoen. En accepteer het loon dat meneer Rothmann je aanbiedt, want dat zul je nodig hebben.'

'Zou ik juffrouw Bender dan meteen voor een eerste bespreking mogen meenemen?' vroeg Karl.

'Dat moet Elise zelf beslissen,' antwoordde Mia.

'Als je me kunt missen, Mia, dan ga ik met meneer Rothmann mee en kan ik me meteen in de plannen inwerken.' Elise leek er zich op te verheugen. Karl vatte het op als een goed teken.

Mia knikte. 'Ga maar. Ik ben straks toch op pad. Ik zou zeggen dat we elkaar dan morgenochtend weer hier zien.'

'Ik dacht dat we naar het bedrijf zouden gaan?' vroeg Elise, toen ze besefte dat Karl haar naar het Weinhaus am See in de Stadtgarten reed. 'Het kantoor heeft de brand toch ongeschonden doorstaan, nietwaar?'

'Ja. Gelukkig wel. Daardoor kunnen we tenminste alles goed organiseren,' zei Karl. 'Maar natuurlijk is het daar nu ook heel druk. Hier hebben we onze rust. Bovendien is het mooi buiten.' Hij hield de deur open. 'Na u.' Hij liep naar zijn plaats, ging zitten en keek haar peinzend aan. 'Nu we samen zo'n grote onderneming aanpakken,' begon hij toen voorzichtig, 'zouden we elkaar dan misschien... kunnen tutoyeren?'

'Eh,' stotterde Elise. 'Ja... graag. Natuurlijk mag je me tutoyeren.' Ze glimlachte naar hem, en tegelijk had Karl de indruk alsof ze hem nog een keer goed opnam. Niet onaangenaam, eerder subtiel.

'Dat doet me plezier,' zei hij, terwijl hij onbezorgd probeerde te klinken. 'Daar kunnen we het best met champagne op drinken!' Hij gebaarde naar de ober en bestelde een fles Veuve Clicquot.

'Als we die helemaal opdrinken, zal de nieuwbouw van de chocoladefabriek behoorlijk zwierig uitvallen,' grapte Elise.

'Wat mij betreft kan hij niet zwierig genoeg worden,' zei Karl met een knipoog.

De ober bracht de champagne en terwijl de koele mousserende wijn in de glazen bruiste, proostte Karl haar toe. 'Op de nieuwbouw en het leven!'

Ze klonken.

'Ik heb nog een vraag, Elise. Maar ik weet niet goed of ik hem durf te stellen.' Karl zette zijn champagneglas neer.

Ze werd meteen voorzichtig. 'Dat hangt ervan af.'

'Het gaat over mijn broer,' vervolgde Karl. Hij moest het gewoon zeker weten.

Elise sloot even haar ogen en Karl was al bang dat hij een grens had overschreden. 'Vraag maar,' zei ze toen.

'Ga je nog steeds uit met Anton?' Eigenlijk had hij niet zo plomp willen beginnen, maar nu was het eruit.

Elise schudde haar hoofd. 'Nee.' Ze leek heel kalm, maar toch dacht hij een lichte teleurstelling te zien.

Karl was opgelucht, hoewel hij dat antwoord had verwacht. De afgelopen dagen had Anton zijn genegenheid voor Serafina niet onder stoelen of banken gestoken en omdat Anton nooit twee vrouwen tegelijk het hof zou maken, moest de relatie met Elise zijn verbroken. Maar het was Karl niet duidelijk hoe Elise daarmee omging. Wist ze eigenlijk wel van Serafina?

'Maar,' vervolgde Elise, 'hoewel ik niet meer uitga met je broer, betekent dat niet dat ik een soort... vervanger voor hem zoek.'

'Nee, nee!' bezwoer Karl haar. 'Aan zoiets had ik ook niet gedacht! Voor mij is het belangrijk dat je me bij de planning helpt, want in de chocoladeproductie is het op dit moment een chaos. En Victor is vanochtend naar Berlijn vertrokken.'

'Naar Berlijn? Is hij momenteel niet dringend nodig in Stuttgart?'

'Eigenlijk wel. Maar blijkbaar gaat het om een kwestie die geen uitstel duldt.'

Victor had tegenover hem van ongerijmdheden in het testament van zijn vader gesproken, die alleen ter plaatse konden worden opgehelderd. Maar waarom hij dan Serafina en zijn vriend Edgar Nold had meegenomen, begreep Karl niet.

Even kwamen zijn gedachten op Serafina. Zeker, ook zijn passie voor haar was sinds hun terugkeer uit Berlijn aanzienlijk bekoeld. En dat ze zich op zijn broer richtte, kwam niet onverwacht. Maar hij leek voor haar inmiddels helemaal niet meer belangrijk te zijn, en dat knaagde aan Karls gevoel van eigenwaarde.

'Goed,' zei hij luchtig. Hij legde de map met de tekeningen van de architect op tafel en haalde de bladen eruit. 'Laten we ons nu aan de werkelijk belangrijke dingen wijden. Ga je ermee akkoord als we eerst de ontwerpen bekijken en ons dan een uitstekend diner laten opdienen?'

'Akkoord!' Elises gezicht straalde bij de aanblik van de tekeningen. 'Ik ben heel benieuwd.'

Karl vroeg de ober een klein bijzettafeltje te brengen waarop de champagne, de koeler en de glazen een plaats konden vinden. Toen spreidde hij de vellen papier uit.

Zonder te merken hoe de tijd vloog, bespraken ze Adolf Schnecks ontwerpen. Alles werd gedomineerd door een spectaculair glazen trappenhuis, dat aan Warenhuis Schocken deed denken, zoals Elise meteen constateerde. De halfronde vorm daarvan werd weerspiegeld door een weliswaar sober, maar dynamisch gebogen productiegebouw, dat optimaal op de werkprocessen zou worden afgestemd.

'En we hebben vooral veiligheidsvoorzieningen aangebracht,' verklaarde Karl. 'Branddeuren tussen de ruimtes, geen hout als bouwmateriaal, noodtrappen en een aparte behuizing voor de complete elektrische installatie.'

Elise knikte. 'Het lijkt allemaal goed doordacht.'

'En het ontwerp? Bevalt het je?'

'O ja! Dat is beslist geslaagd, heel modern.' Elises ogen straalden. 'Vanbinnen ziet alles er eenvoudig, maar toch comfortabel uit. Douches voor de arbeiders en een kantine. Wat te denken van een bibliotheek?' Ze dacht even na. 'En er ontbreekt een buitenterrein waar ze hun pauze kunnen doorbrengen.'

'Vind je dat niet een beetje te veel van het goede?'

'Allerminst. In het Schocken staan ligstoelen op het terras!'

'Hm.' Karl wist niet wat hij van Elises idee denken moest. 'Goed dan, dat houden we in ons achterhoofd.'

'Je zult zien. Jullie personeel zal dan veel liever bij jullie werken. En dat heeft zijn uitwerking op de chocolade.'

'Denk je dat die beter zal smaken omdat de medewerkster die hem heeft ingepakt, eerst een zonnebad heeft genomen en een boek heeft gelezen?' Karl kon zijn lachen bijna niet inhouden.

'Je wilt me niet begrijpen,' zei Elise ernstig. 'Als jullie arbeiders en andere medewerkers zich prettig voelen, dan werken ze nauwgezetter en sneller. Er is minder uitval. Jullie medewerkers zijn minder vaak ziek en veranderen niet bij de eerste de beste gelegenheid van baan. En uiteindelijk,' ze keek hem streng aan, 'smaakt dan de chocolade van Rothmann werkelijk beter, als je het zo wilt stellen.'

Karl zweeg. De gedrevenheid waarmee ze argumenteerde, beviel hem.

'Ik beloof je dat we elk afzonderlijk voorstel van je zullen overdenken en eventueel in de plannen laten verwerken.'

Ze keek hem twijfelend aan. Om haar van de ernst van zijn uitspraken te overtuigen, haalde hij een potlood tevoorschijn en noteerde haar opmerkingen meteen op de plannen. Ze keek geconcentreerd toe, en af en toe corrigeerde ze hem. Hij zou haar het liefst hebben gekust, maar hij wist zeker dat ze dat niet goed zou opnemen. 'Werk je nog in het Schocken?' vroeg hij in plaats daarvan.

'Nee. Ik heb ontslag genomen.'

'Dat is goed.' Hij knikte. 'En nu ben je in dienst bij Mia Seeger?'

'Ja.' Ze zuchtte zacht. 'Soms vraag ik me af of dat de goede beslissing is geweest. Maar nadat er veel dingen zijn veranderd, dacht ik...'

'Je bedoelt Anton?'

'Waarmee?'

'Met de dingen die zijn veranderd.'

Ze staarde in de verte. 'Ja,' zei ze ten slotte. 'Dat gaf vermoedelijk de doorslag.'

'Nu hoef je nergens meer rekening mee te houden.'

'Precies. Een man past niet in het leven dat voor mij ligt.'

Die opmerking stak Karl. Tegelijk had hij het gevoel dat Anton Elise diep had gekwetst, al was daardoor haar innerlijke conflict wat Mia Seegers aanbod betrof opgelost.

Het was niet eerlijk.

Anton had twee harten gestolen, dat van Serafina en dat van Elise. En dat hoewel hij er maar een kon houden.

53

Berlijn, Grosser Tiergarten
24 juni 1926, vlak voor het vallen van de avond

'Laten we onze posities innemen,' zei Victor, terwijl hij nog eens op zijn horloge keek. 'De omgeving moet eruitzien zoals gewenst, zodat ze niet wantrouwig worden. Het is zo half tien.' Hij keek Serafina aan. 'Alles goed met je?'

Serafina was vreselijk zenuwachtig, maar ze knikte dapper. 'Ja.'

'We zijn vlakbij, ma chère. Nu is het snel voorbij,' zei Lilou geruststellend. Ze had de kleine Coco op haar arm.

Serafina durfde het nauwelijks te hopen. Er kon zo veel misgaan.

'Laten we het nog eens doornemen.' Victor kneep in Serafina's arm. 'Edgar en ik staan achter dit groepje bomen.' Hij wees naar de volgende bocht.

'Is dit echt de afgesproken plek?' vroeg Edgar voor de zoveelste keer. 'Het is heel druk hier. Het lijkt me absoluut niet geschikt voor zo'n heimelijke overdracht van geld.' Hij keek om zich heen.

Inderdaad slenterden er nog een paar wandelaars over de fraaie wegen rond het eiland Luiseninsel in de Grosse Tiergarten. Serafina was hier vroeger vaak op zondag gaan wandelen.

'De beschrijving komt exact overeen met deze plek,' antwoordde ze.

'Ik ga ervan uit dat ze Serafina laten ophalen,' vermoedde Victor. 'Maar laten we afwachten.' Tegen Lilou zei hij: 'U zult zoals afgesproken met uw hond over de paden wandelen, zodat Serafina nog net in uw gezichtsveld blijft. Als ze wordt weggebracht, volg haar dan op veilige afstand. En als één van ons het spoor bijster is, communiceren we door twee keer te fluiten, zoals afgesproken.'

'D'accord,' zei Lilou en ze zette Coco neer. 'Als we niet verder kunnen, ontmoeten we elkaar hier. Maar het zal allemaal wel lukken.' Het hondje begon meteen te snuffelen en aan de lijn te trekken. Lilou liet zich meevoeren.

'Goed dan,' zei Victor. 'Daar gaan we dan.' Hij knikte Serafina bemoedigend toe. Toen trok hij zich met Edgar terug achter de eiken.

Serafina bleef eenzaam achter. Zo voelde ze zich tenminste.

Ze liep een stukje naar een van de drie bruggen die naar het Luiseninsel voerden, het ontmoetingspunt in kwestie. Het bewegende oppervlak van het water weerkaatste het laatste licht van de dag en gaf de situatie een grotesk romantisch tintje. Alsof met de schemering de geest van de geliefde koningin Louise terugkeerde, wier standbeeld van carraramarmer op het idyllische eiland thuishoorde. Serafina legde haar hand op de houten brugleuning. Nu moest ze wachten.

Van verre drongen de geluiden van de grote stad door in het vredige park, aan de hemel pakten de avondwolken zich samen. Maar de tijd leek eeuwig te duren. In het begin kon Serafina nog op haar horloge kijken. Toen het donkerder werd kon ze de wijzerplaat bijna niet meer onderscheiden en gaf ze het op. Ze werd onrustiger.

Ze dacht aan de afgelopen dagen.

Tijdens de urenlange treinreis gisteren naar Berlijn had ze alles nog een keer uitgebreid met Victor en Edgar besproken. Victor wilde het bedrag in zijn geheel betalen om Serafina niet aan verder gevaar bloot te stellen. De afbetalingsregeling was overbodig, vond hij, omdat hij nu van de foto's en de chantage af wist. Serafina had er lang over nagedacht.

Ook bij de eerste ontmoeting met Lilou had ze er nog niet over kunnen besluiten. Het geld tegen de foto's, en alles was van tafel. Maar zo simpel was het niet. Zou ze na de betaling werkelijk met rust worden gelaten? Niet alleen zijzelf, ook Lilou en Edgar betwijfelden dat. Wat als de foto's nog een keer waren gekopieerd? Of als de afperser gewoon verderging omdat hij zo gemakkelijk aan het geld was gekomen? Nee, ze moest uitzoeken wie er achter dit alles zat. Alleen dan zou het mogelijk zijn om voor eens en voor altijd een eind te maken aan de ellende.

Dus hadden ze ondanks Victors protest uiteindelijk besloten om Serafina naar de geëiste ondertekening van het contract te sturen en niet van tevoren het gehele bedrag aan te bieden, in de hoop bij die gelegenheid alle medeplichtigen te kunnen achterhalen.

Lilou had het bericht overgebracht en als antwoord precieze instructies voor de geldoverdracht ontvangen. Daarna hadden ze het verloop van de avond keer op keer doorgenomen.

'U moet meekomen!' Serafina schrok toen ze een jongensstem achter zich hoorde. Ze draaide zich met een ruk om.

'Pardon?'

'Ik heb gezegd dat u moet meekomen!'

Een jongen, mager en lang, was achter haar verschenen.

'Wat wil je?'

'Vraag het me niet,' zei de jongen. 'Ik weet niets. Ik heb alleen de opdracht gekregen.'

Serafina keek heimelijk om zich heen. Hopelijk konden Edgar en Victor in de schemering nog iets onderscheiden. Toen zag ze Lilou, die met Coco bij de volgende bocht stond en deed alsof ze zich uitgebreid met haar hond bezighield.

De jongen gluurde over zijn schouder. 'Kom nu mee!'

'Goed,' zei Serafina en ze sprak met opzet iets harder. 'Dan kom ik mee.'

'Sst!' zei de jongen. 'Niet zo hard. Dat mag niemand horen.'

Hij pakte haar bij haar mouw en trok haar met zich mee. De bocht in de weg, waar ze juist nog Lilou had gezien, lag er opeens verlaten bij.

De jongen trok haar door de Grosse Tiergarten en veranderde intussen meermaals van richting. Steeds weer kruisten ze de kaarsrechte wegen die door het park liepen, verlieten de paden, bewogen zich over grasvelden en door boomgroepen, tot ze uiteindelijk bij de Pariser Platz aan de rand van het park arriveerden.

Haar begeleider controleerde nog eens of iemand hen was gevolgd. Maar zowel van Lilou als van Victor of Edgar was geen spoor te bekennen. Serafina was bezorgd dat ze door alle omwegen daadwerkelijk het spoor bijster waren geraakt. Ze kende de Grosse Tiergarten goed. Vanaf het Luiseninsel kwam je eigenlijk in een fractie van de tijd bij de Pariser Platz.

'Verder!' siste de jongen en hij duwde haar door de schaduwen van de prachtige gebouwen. Omdat hij er zo sjofel uitzag, paste hij niet in deze buurt in het hart van Berlijn. Hier stond de Brandenburger Tor, daarnaast het Palais Blücher, waar de Amerikaanse ambassadeur resideerde. Op gezichtsafstand bevonden zich Hotel Adlon, het Kronprinzenpalais met zijn kunsttentoonstellingen en veel andere openbare gebouwen.

Vlak daarna zag Serafina een man van opzij naderbij komen.

De jongen slaakte een zucht van opluchting. 'Daar is hij!' zei hij zacht tegen zichzelf.

De man had zijn hoed diep over zijn ogen getrokken. 'Heeft niemand je gezien?' Ook hij blikte nerveus om zich heen, keek twee late wandelaars na tot die in een portiek waren verdwenen.

'Nee. Niemand. Wanneer krijg ik mijn geld?'

'Gauw genoeg!' bromde de man. 'En maak nu dat je wegkomt. Anders vallen we op!'

'Zo was het niet afgesproken, meneer Rich–' protesteerde de jongen.

Ontzet zag Serafina dat de man hem een klinkende oorvijg verkocht.

'Geen namen!' Tegelijk greep hij Serafina bij haar schouders.

Het deed pijn en Serafina probeerde zich instinctief aan zijn greep te ontworstelen.

'Verdwijn!' snauwde hij tegen zijn hulpje, dat snel de benen nam.

'En nu wij,' zei hij tegen Serafina. 'Ik heb lang op dit moment moeten wachten!' Hij legde zijn hand op haar achterste.

'Nee!' Serafina werd overvallen door paniek.

'Je stelt je anders toch niet zo aan. Er is een heel mooie foto, waarop je niets tegen mijn –'

'Laat me gaan!' schreeuwde Serafina luid.

Hij hield ruw haar mond dicht. 'Sst. Voor mijn part verschuiven we het naar later. Nu handelen we eerst de zaken af.' Hij duwde haar naar voren.

Serafina hoopte angstig dat er iemand zou ingrijpen. Maar er gebeurde niets.

Waar waren Victor en Edgar? Waar was Lilou?

In de verte blafte een hond. Coco?

'Hier zijn ze niet!' Edgar scheen met zijn zaklantaarn over de weg, waar het inmiddels aardedonker was. 'We zijn ze kwijt!'

'Daar lijkt het wel op!' Victor deed zijn best om zijn bezorgdheid te onderdrukken.

De magere jongen die Serafina had opgehaald, was met haar in een merkwaardige zigzagkoers door het park gelopen. Victor kende de Grosse Tiergarten nog van vroeger, maar in het donker had hij moeite zich te oriënteren. Verdomme.

'Welke kant zullen we op gaan?' vroeg Edgar.

'Mijn gevoel zegt me dat ze een omweg hebben gemaakt,' zei Victor. 'Hij wilde beslist voorkomen dat iemand ze volgt en is expres in de verkeerde richting gelopen.'

'Best mogelijk,' zei Edgar. 'We moeten die Lilou zoeken.'

Ze gingen terug naar de Bellevueallee, volgden hem een eind in de richting van de Potsdamer Platz en sloegen toen de Kleine Querallee in. Keer op keer bleef Victor staan om de omgeving te bekijken.

Noch van Serafina, noch van Lilou was iets te bekennen.

'Dat kan toch niet waar zijn!' Victor maakte zichzelf verwijten. 'Ik had haar nooit alleen...'

'Sst!' Edgar pakte zijn arm.

In de verte blafte een hond. 'Denk je dat het Coco is?' vroeg Victor.

'Dat zou kunnen!'

Edgar floot twee keer achter elkaar hard tussen zijn tanden.

Ze luisterden in de duisternis. Maar er kwam geen signaal terug.

Edgar probeerde het nog een keer.

Dit keer antwoordde Lilou met het afgesproken dubbele fluitje.

'Geluk gehad,' zei Edgar.

Victor wees naar een verbindingsweg aan de rechterkant. 'Die kant op!'

Ze begonnen te rennen. Ze wisselden nog een keer fluitsignalen uit, toen doemde voor hen het slanke silhouet van de Française op.

'Lilou!' riep Victor.

Ze draaide zich om, Coco kefte.

'Waar is Serafina? Hebt u het spoor gevolgd?' vroeg Victor. Hij was buiten adem, ook Edgar hijgde.

Pas toen zag hij de jongen die naast Lilou stond. Het was dezelfde die Serafina bij het Luiseninsel had opgepikt.

'Niet direct,' antwoordde Lilou. 'Ik had haar uit het oog verloren en hier,' ze wees naar de beteuterd kijkende jongeman, 'op hem gewacht.

Ik maakte me al zorgen dat hij zich niet aan zijn belofte zou houden. Hij moest op deze plek een aanwijzing achterlaten.'

'Wie is dat?'

'Gustav,' zei Lilou. 'Een straatjongen die me goede diensten heeft bewezen. Hij speelt zogezegd een dubbelspel. En laat zich door twee kanten betalen.'

'Ja.' De jongen maakte een onzekere indruk. 'Maar alleen omdat ik ertoe gedwongen ben.'

'Waar is Serafina nu?' vroeg Victor.

'Een man heeft haar opgehaald bij de Pariser Platz,' antwoordde Gustav.

'Ernst Ludwig Richter,' voegde Lilou eraan toe.

'Nu maken ze het ons uiteindelijk toch nog gemakkelijk,' zei Edgar.

'*Peut-être*,' zei Lilou. 'Hij heeft haar naar een huis aan de Pariser Platz gebracht. Gustav heeft hem intussen geobserveerd.'

'Aha!' Edgar wreef zich in zijn handen.

'Oui. Dat verklaart ook de ontmoetingsplaats hier in de Tiergarten.' Lilou trok Coco, die was begonnen een gat te graven, een stukje verder. 'Ik heb een idee waar ze kunnen zijn. Laten we gaan!'

'Ja, kom op!' drong Victor aan.

'Kan ik vertrekken?' Gustav zag er angstig uit. 'Als ze in de gaten krijgen dat ik iets heb verraden...' Hij maakte een ondubbelzinnige beweging langs zijn hals.

'Non!' zei Lilou streng. 'Jij komt mee en houdt je beschikbaar. We hebben je nog nodig. Denk aan de twintig mark.'

'Honderd.' Victor deed er nog een schepje bovenop.

Gustav slikte. 'Honderd!'

'Ja.' Victor zwoer het door zijn rechterhand op te steken.

'Alors.' Lilou spoorde de jongen aan. 'Wie het meest betaalt, heeft het voor het zeggen. Kom mee!'

'Is goed.'

Het was niet ver meer naar de Pariser Platz. De imposante Brandenburger Tor vormde de begrenzing aan de westkant, het standbeeld van het vierspan waarmee hij bekroond werd leek op het rechthoekige terrein af te galopperen. Het gebied werd verlicht door straatlantaarns, zodat Victor zich afvroeg hoe een jonge vrouw ongezien over het plein naar een schuilplaats kon worden gebracht.

Ze volgden Lilou naar een deftig huurhuis, maar een paar passen van het markante bouwwerk met de machtige zuilen vandaan.

'Hier, dit is het,' zei Gustav op gedempte toon en hij wees naar een paar ramen op de begane grond waarachter licht brandde.

'Tiens! Ik wist het,' zei Lilou. 'Hier woont Karl Vollmoeller.'

'Over hem hebt u ons verteld,' antwoordde Victor. 'In verband met de fotograaf Hugo Baltus.'

'*Exactement*. Ik weet zeker dat we daar niet alleen Richter zullen aantreffen.'

'Maar ook Paula Schwarz,' concludeerde Victor.

'Oui. Gustav, jij blijft buiten staan en houdt de omgeving en het raam in de gaten!'

'Is goed.'

'Het is de vraag of Vollmoeller thuis is,' vervolgde Lilou. 'Al denk ik van niet, toch is het beter dat ik vooruitga. Ik was hier al eens te gast, samen met Josephine Baker.'

'Dus ontmoeten de creaturen van de nacht elkaar bij deze heer Vollmoeller,' vatte Edgar samen.

'Dat zou je zo kunnen zeggen.' Lilou bracht hen naar de huisingang. 'Karl Vollmoeller woont het grootste deel van het jaar in Venetië, maar als hij in Berlijn is, worden hier 's avonds flink de bloemetjes buitengezet,' zei ze zacht, terwijl ze tot Victors verbazing een loper tevoorschijn haalde. 'U ziet,' zei ze kort en bondig, 'dat ik goed voorbereid ben. Gustav, wil jij Coco vastbinden? Ik wil niet dat haar iets overkomt.'

Ze drukte Gustav de lijn in de hand, die hem om een paal sloeg en vervolgens naar het raam toe liep. Toen knikte ze de twee mannen toe, die het meteen begrepen en bij het naambordje bij het portiek gingen staan, om de indruk te wekken dat ze een naam zochten. Zodoende schermden ze Lilou af, die ondertussen met het deurslot in de weer ging. Het duurde niet lang tot het opensprong.

'Daar heb ik ook ervaring mee.' Edgar kon het niet laten die opmerking te maken.

'Ah so?' fluisterde Lilou en ze glipte voor hen het grote trappenhuis in. Victor en Edgar volgden.

Lilou legde haar vinger op haar lippen.

Ze luisterden alle drie. Het was stil.

'Geen *musique*, geen gelach,' fluisterde Lilou. 'Karl Vollmoeller is niet thuis.'

'Maar er brandt toch licht in zijn woning.'

Victor duidde met zijn hoofd in de richting van de deur waarachter Vollmoellers appartement lag.

'Dan zou er iemand anders aanwezig moeten zijn,' zei Victor veelbetekenend.

'*Messieurs*,' instrueerde Lilou, 'zodra de voordeur open is, gaan jullie naar binnen.'

'Gaat u dan niet mee?' vroeg Edgar.

'Natuurlijk ga ik mee. Ik weet alleen nog niet welke ingang ik neem.' Ze lachte zacht toen ze Edgars vragende gezicht zag.

54

'Vijfhonderd mark,' zei Ernst Ludwig Richter, terwijl hij de bankbiljetten weer in de envelop deed. 'Heel goed!'

Serafina onderdrukte een rilling.

Ze had meteen geweten dat de mensen die haar nu in haar macht hadden, dezelfde waren als op de foto, al droeg Paula Schwarz weer een half masker, net als die avond in het Metropol. Was ze bang om te worden herkend?

Serafina probeerde haar paniek in toom te houden, omdat ze wist dat ze niet aan de angst mocht toegeven. Al haar geestelijke vermogens moesten erop gericht zijn om de situatie goed te doorstaan.

Paula droeg gewone kleren. Haar haar was zwart en net zo geknipt als dat van Serafina, bovendien waren ze bijna even groot en hadden ze hetzelfde figuur. Was dit misschien haar halfzus? Of een nicht?

Paula bleef op de achtergrond, terwijl Ernst Ludwig Richter naast de stoel stond waar Serafina op moest zitten. Ze rook zijn weerzinwekkende lichaamsgeur, en de stank van de sigaretten die Paula en Richter aan één stuk door rookten.

Dat ze zich in Karl Vollmoellers woning bevonden, had Serafina zich meteen gerealiseerd toen Richter haar hiernaartoe had gebracht. Die naam was in haar achterhoofd blijven hangen na het gesprek met Hugo Baltus, en ook dat hij een appartement aan de Pariser Platz had. Wat ze niet begreep was waarom Paula ervan gebruik kon maken, hoewel Vollmoeller niet in Berlijn was. In elk geval leek het erop dat Richter en Paula zich hier al een paar dagen hadden ingekwartierd.

Richter ging bij een modern bureau staan, dat schuin tegenover Serafina stond, legde de envelop met geld neer en pakte een soort oorkonde.

'Wel, juffrouw Rheinberger,' begon hij. 'Wat fijn dat u tot bezinning bent gekomen en eindelijk uw verantwoording neemt. Tot dusverre hadden we de indruk dat u ons in de maling wilde nemen door voortdurend dat eigenaardige schepsel te sturen, van wie we niet wisten of het een man of een vrouw was. Of allebei.' Hij lachte spottend.

Serafina zweeg.

'Maar nu bent u hier. En nu,' hij hield het document in de lucht, 'ontbreekt alleen nog uw handtekening.'

Hoe naïef dacht hij dat ze was? 'Voor ik teken, wil ik de overeenkomst lezen,' zei Serafina.

'Vanzelfsprekend.' Hij gaf haar het document aan.

Serafina las de tekst snel door, die haar verplichtte het geëiste bedrag in meerdere termijnen tot 30 januari volgend jaar op een spaarrekening bij de Berliner Sparkasse te storten. Als tegenprestatie zouden de foto's worden vernietigd.

Ze liet het papier zakken.

'Wat als ik,' begon ze, 'het verlangde bedrag in één keer zou betalen?'

'Kijk eens aan!' Richters ogen werden groot. 'Vandaag? Hebt u een dergelijk groot bedrag bij u?'

'Nee. Maar het is veilig opgeborgen.'

Richter werd meteen wantrouwig. 'Wat betekent dat, veilig opgeborgen? Weet iemand van onze bijeenkomsten hier?'

'Mijn tussenpersoon.' Serafina merkte dat Richter en Paula vragende blikken met elkaar uitwisselden.

'Heeft zij het geld?' vroeg Richter.

'Ik zei net dat het bedrag veilig is opgeborgen.' Serafina deed haar best om zo helder mogelijk te klinken.

Nu stond Paula op, die tot dan toe opzij in een grote leunstoel had gezeten, en ging vlak voor Serafina staan. 'Luister eens! We zijn hier niet om spelletjes te spelen! Je kunt hem misschien...' ze maakte een handbeweging naar Richter, die nog steeds achter het bureau stond, '... inpalmen, maar mij hou je niet voor de gek.'

Op dat moment realiseerde Serafina zich dat Paula de drijvende kracht achter dit alles moest zijn. De gedachten tolden door haar hoofd. Hoe moest ze met haar omgaan?

Ze besloot een tegenvraag te stellen. 'Hoe kan ik ervan op aan dat de foto's na de overdracht ook werkelijk vernietigd worden?'

'Ha!' Paula keek haar strak aan door de smalle spleetjes van haar masker. 'Kijk eens aan. Je zult wel denken dat je bijzonder slim bent.'

'Ik heb een garantie nodig.' Serafina slikte droog. Opnieuw hoopte ze dat Paula en Richter niet merkten dat ze nerveus was.

'Zo komen we er niet, Se-ra-fi-na.' Paula beklemtoonde giftig elke lettergreep van haar naam. 'Ik denk dat je je situatie verkeerd inschat. Wij hebben jou hier in de tang. Niet jij ons.' Ze knipte met haar vingers. 'Ernst Ludwig zal zich met alle plezier met je bezighouden, voor het geval dat je niet... meewerkt.'

Serafina voelde dat haar nekharen overeind gingen staan en ze het ijskoud kreeg. Paula zag haar reactie meteen. 'Nou? Dat zou toch een compleet nieuwe ervaring voor je zijn, nietwaar?' Opeens hield ze een opgevouwen papiertje in haar hand. Serafina wist waar Paula op uit was en hief meteen beschermend haar hand voor haar gezicht. 'Jullie kunnen me niet dwingen, nee, geen cocaïne!'

'O, dat kunnen we heel goed. Dan wordt alles iets gemakkelijker.'

Serafina schudde haar hoofd. In haar eentje zou ze dit niet lang meer volhouden. Waar bleven de anderen toch?

'Het geld,' zei Paula koud en ze liet het papiertje zakken. 'Dan laten we je weer gaan. Of je handtekening. En wat de foto's betreft...' Ze gaf Richter een teken. 'Die zijn hier. Veilig opgeborgen.'

Richter pakte de foto's uit de binnenzak van zijn jasje en gooide ze naast de envelop met geld op tafel.

'Ik... ik onderteken het,' zei Serafina met trillende stem.

'Zie je wel!' Paula greep haar bovenarm, trok haar van haar stoel en duwde haar zo ruw naar voren dat ze tegen de zijkant van het bureau sloeg. 'Ernst Ludwig, geef me een pen!'

Richter had al een vulpen gepakt en stak die naar haar uit. Serafina legde het document, dat ze nog altijd in haar hand had, op het tafelblad, pakte de vulpen en zette na een korte aarzeling haar handtekening onder het document.

'Heel goed!' Paula knikte tevreden.

Terwijl Richter zand over haar signatuur strooide, kwam Paula heel dicht bij Serafina en streelde provocerend zacht haar wang. 'En wat doen we nu met jou?' Haar stem klonk suikerzoet. 'Als we je weer laten gaan, dan sta je meteen bij de politie op de stoep en laat je naar ons zoeken.'

'Nee, absoluut niet!' zei Serafina ontzet.

'Ik vertrouw niemand!' Paula ging bij een van de vele boekenkasten in de ruimte staan en pakte een dun touw, dat ze daar blijkbaar had neergelegd. Serafina kon het trillen nu niet meer onderdrukken. 'Nee, alsjeblieft...'

Paula lachte kwaadaardig. 'Nu ben je aan het jammeren. Maar het leven is af en toe onrechtvaardig. Niemand weet dat beter dan ik.' Ze wierp Richter een snelle blik toe. Die boog Serafina's handen op haar rug, terwijl Paula ze begon vast te binden.

'Wat heb ik jullie eigenlijk gedaan?' Serafina probeerde zich aan zijn greep te ontworstelen en tegelijk haar handen uit de boeien te trekken.

Paula lachte alleen.

'Heeft iemand jullie hiertoe aangezet?' bracht Serafina uit. 'Mijn moeder?'

Paula kromp ineen toen ze haar moeder noemde, maar ging genadeloos door haar vast te binden. 'Je moeder?' vroeg ze nors. 'Wat heeft jouw moeder met ons te maken?'

Serafina rukte aan haar boeien, maar Richter hield haar onwrikbaar vast.

Op dat moment werd er tegen het raam geklopt.

Paula werd nerveus. 'Wie kan dat zijn?'

'Geen idee,' antwoordde Richter.

Serafina probeerde de boeien nog een keer af te stropen. Toen trok Paula de knoop steviger aan. 'Dat zal wel voldoende zijn,' zei ze. Serafina merkte dat haar bloed niet meer stroomde.

Er werd nog een keer geklopt. 'Meneer Richter!'

'Dat is Gustav!' zei Paula opgelucht en ze liep naar het raam om het open te doen. 'Wat is er, jongen? Je krijgt je geld nog wel!'

'Ik moet wat belangrijks zeggen,' zei Gustav, die buiten adem leek te zijn. 'Kan ik binnenkomen? Anders ziet iemand me nog.'

Serafina dacht dat ze een klikkend geluid hoorde. Het leek uit de gang te komen. Intussen klom Gustav naar binnen, schoot pijlsnel op

Richter af en gaf hem een stoot met zijn hoofd tegen zijn zij. Richter vloekte hartgrondig en verkocht Gustav zo'n harde klap dat de jongen in een hoek vloog, waar hij jammerend bleef liggen. Op dat moment had Richter Serafina losgelaten, die van de korte afleiding gebruikmaakte om van hem vandaan te schuiven. Ze bewoog naar het open raam toe.

'Stop!' krijste Paula en ze versperde haar de weg. 'Zo simpel kom je hier niet weg!'

Serafina ontweek haar uitgestrekte handen, veranderde van richting en liep de gang van het appartement in. Intussen probeerde ze het touw los te maken.

Richter rende haar achterna, maar voor hij haar opnieuw te pakken kreeg, grepen twee sterke armen haar beet. Ze herkende Edgar, die beschermend voor haar ging staan. Op hetzelfde moment wierp Victor zich op Richter, draaide een arm op zijn rug en duwde hem tegen de muur. 'Vergrijp je nog een keer aan haar,' zei hij dreigend, 'en je zult om je leven smeken!'

'Mijne heren!' Opeens stond Paula voor hen met een klein zilveren pistool in haar hand. 'Zo gemakkelijk komen jullie niet van ons af!'

'Mais non, Paula!' riep Lilou plotseling, die onverhoeds achter Paula opdook. Was zij ook door het raam naar binnen geklommen?

Paula draaide zich met een ruk om en richtte haar pistool meteen op de Française. Lilou hief langzaam haar handen op, toen Gustav met een langgerekte kreet uit de werkkamer de gang in rende en direct op Paula afkoerste.

Er ging een schot af.

De jongen zakte in elkaar.

'*Merde!* Wat heb je gedaan?' brulde Lilou en ze knielde meteen naast Gustav op de vloer. '*Mon dieu, mon petit!*'

'Niemand houdt me tegen!' zei Paula met snerpende stem. 'Ik laat me niet afpakken waar ik recht op heb! Nooit meer! Geef me Serafina!'

Edgar schermde Serafina nog steeds af met zijn lichaam.

'Als ik haar niet krijg, zullen deze twee sterven!' Paula hield haar pistool nog steeds op Lilou gericht, die naast Gustav op de vloer zat.

Serafina aarzelde niet langer. Ze kwam achter Edgar vandaan en stapte op Paula af. 'Neem mij maar mee, Paula Schwarz.'

Paula staarde haar van achter haar masker aan. 'Wat? Hoe... weet je mijn naam?'

Serafina liep om Paula heen, zodat die met haar meedraaide en uiteindelijk met haar rug naar Edgar en Victor stond, die nog steeds Richter in bedwang hield.

'Wie ben jij, Paula?' vroeg Serafina.

Maar Paula had haar kalmte weer herwonnen. Ze richtte haar pistool nu op Serafina. 'Jij komt met mij mee, Serafina. En wel heel langzaam! We gaan door het raam...'

Edgars klap trof Paula in haar rug. Ze slaakte een kreet terwijl hij naar haar arm greep en probeerde haar het pistool te ontfutselen. Paula sloeg furieus van zich af, krabbend, schoppend en bijtend, maar uiteindelijk viel het wapen met een licht gekletter op de grond. Lilou pakte het meteen en richtte het nu op Paula. '*C'est fini.*'

Serafina bracht zichzelf achter Lilou in veiligheid.

Edgar pakte Paula beet en draaide haar arm op haar rug, net zoals Victor bij Richter had gedaan. Paula's weerstand was gebroken. Lilou liet het pistool zakken.

'Maak het touw los, Lilou!' zei Serafina en ze draaide haar rug naar Lilou toe.

Die bevrijdde Serafina's handen en liep met het koord naar Paula om haar met Edgars hulp te knevelen. Toen brachten ze haar naar de werkkamer.

Victor liep hen achterna. Lilou overhandigde hem het wapen.

Terwijl Edgar en Victor de gevangenen voor hun rekening namen, bogen Lilou en Serafina zich over Gustav.

De jongen was bij bewustzijn, maar uit een wond in zijn rechterarm druppelde bloed. 'Dat doet pijn,' zei hij met opeengeklemde tanden.

'We moeten zijn jas uittrekken,' zei Serafina tegen Lilou.

Samen verlosten ze hem van het versleten kledingstuk. Het schot had zijn arm geschampt. De wond was diep, maar de kogel zat er niet in. Lilou vond die later op de grond.

Nadat ze hem provisorisch hadden verbonden, brachten ze hem ook naar de werkkamer en zetten hem in de grote stoel aan de zijkant.

Terwijl Serafina bij hem bleef, ging Lilou voor Paula staan, die met geboeide handen op de stoel bij het bureau zat. Edgar stond naast haar.

‘*Une femme!*’ zei Lilou minachtend. ‘Schaam je je niet? Jij bent een vrouw net als wij, en doet haar zoiets aan!’

‘Jij weet helemaal niks, manwijf,’ antwoordde Paula.

‘Hoe ben je aan deze woning gekomen?’ vroeg Lilou.

‘Ik hoef jullie niets te vertellen,’ gromde Paula.

‘Jawel, hoor,’ zei Lilou. ‘Want als er een danseres verdwijnt zal niemand naar haar zoeken. In Berlijn komt het wel meer voor dat danseressen verdwijnen, niet?’

Paula werd duidelijk onrustig.

‘We hebben alle tijd,’ liet Lilou erop volgen.

‘Jij zegt niets!’ bromde Richter opeens, die Victor op een tweede stoel naast de kamerdeur had gezet en met het pistooltje in bedwang hield.

Paula draaide zich even naar hem om, toen richtte ze haar blik op Serafina. ‘Ze heeft me weggegeven,’ begon ze abrupt te vertellen, zonder enige connectie met het voorafgaande. ‘Ik moest het weeshuis in. Maar jou heeft ze naar Rheinberger gebracht.’

‘Wie is “ze”?’ vroeg Lilou confuus.

‘Elly. Mijn zus.’

‘Dan ben jij… mijn tante?’ stamelde Serafina.

Paula knikte. Lilou nam haar het masker af.

Serafina zag de gelijkenis meteen. Paula’s ogen waren weliswaar donkerder groen dan de hare, haar neus iets breder en haar kin iets puntiger, maar de verwantschap was onmiskenbaar aanwezig.

‘En waar is mijn moeder?’

‘Ze is dood.’

‘Dood?’ fluisterde Serafina. Haar ogen schoten vol tranen. Bij de verschrikkingen van de afgelopen uren kwam opeens een mengeling van opluchting en groot verdriet, die de sluizen openzette.

‘Dan klopt het wat Anita heeft gezegd,’ constateerde Lilou. ‘Dat ze aan tuberculose is gestorven.’

‘Ja,’ zei Paula kortaf.

‘Donc. Ze heeft je naar een weeshuis gebracht? Daarvoor al?’

‘Toen ze wist dat ze niet lang meer te leven had.’ Opeens zag Paula er doodmoe uit. ‘Ik was toen negen.’

‘En Serafina?’

‘Die was nog een baby. Maar ik had opgevangen dat ze van plan was Serafina naar die Rheinberger te brengen.’

'En jij hebt er al die jaren aan gedacht dat zij het goed had en jij niet?' Lilous vragen waren goed doordacht. Serafina was blij dat de Française het gesprek overnam. Zelf was ze daar nog veel te emotioneel voor.

'Zo was het toch ook!' Paula verhief haar stem. 'Hoe vaak ben ik niet langs het mooie huis gelopen waar ze woonde! Daar hadden ze alles! O, zij droeg de mooiste kleren, terwijl ik met in elkaar geflanste lompen genoegen moest nemen. Zij had voldoende te eten, terwijl mijn maag voortdurend leeg was.'

'En toen haar vader stierf, dacht je dat het tijd werd om iets terug te halen?'

'Ze heeft toch genoeg,' zei Paula met zwakke stem.

'Misschien zou ze je zo ook iets hebben gegeven, Paula? Als je haar het alleen had gevraagd?'

'Als ik het haar eerst zou hebben gevraagd en ze had geweigerd, dan zou de verdenking toch meteen op mij zijn gevallen,' antwoordde Paula. 'En ze wist helemaal niet dat ik besta. Ernst Ludwig was het helemaal met mij eens.'

'Waarmee we bij een interessant punt zijn beland,' liet Victor nu van zich horen. 'Meneer Richter, hoe bent u bij deze hele zaak betrokken geraakt?'

'Zo is het niet,' protesteerde Paula. 'Hij heeft ook alles voorbereid.'

'Hou je bek,' onderbrak Richter haar. 'Ik zeg niets.'

Maar bij Paula was er geen houden meer aan. 'Ik had een spaarrekening bij de Sparkasse. Later, toen ik al danseres was en geld heb verdiend. Ik heb altijd mijn stortingen bij hem gedaan. Toen zocht hij me steeds vaker in het variété op. In het begin vond ik dat vervelend, maar gaandeweg kwamen we een… prettige regeling overeen.'

'Heeft hij je onderhouden?' vroeg Lilou.

'Hij betaalde, en mij ging het voor de wind. Maar toen kwam de oorlog.'

'Richter werd opgeroepen?'

'Hij werd opgeroepen, maar zat niet direct aan het front. Hij kon immers goed rekenen, en toen hebben ze hem een andere taak gegeven. Toen de oorlog was afgelopen, kon hij weer bij de Sparkasse werken. Bij de boekhouding.'

'En toen ben je weer met hem omgegaan.'

'Ja, net zo lang tot hij geen geld meer had.'

'Wat is er met uw vermogen gebeurd, meneer Richter?' Lilou sprak Richter direct aan.

Hij schudde zijn hoofd. 'Oorlogsobligaties,' zei hij ten slotte.

'Aha! Dus u hebt verloren bij uw speculaties?' wilde Victor weten.

'Ik dacht dat we de oorlog zouden winnen! Dan zouden we allemaal veel geld hebben gehad.'

'Maar de oorlog werd verloren,' zei Lilou. 'En opeens waren uw oorlogsobligaties niets meer waard.'

'Maar dat was niet alles,' zei Paula. 'Hij had zelfs kredieten opgenomen om nog meer oorlogsobligaties te kopen.'

'Dat was een slecht idee,' constateerde Victor. 'Want het geld waarvan u de rente over de kredieten had moeten betalen, zou van de winst van de oorlogsobligaties hebben moeten komen.'

Richter knikte.

'Zo gaat dat als je nooit genoeg kunt krijgen,' zei Victor. 'Maar wat mij interesseert, is wie uiteindelijk het idee heeft gehad om Serafina te chanteren om de schulden af te betalen om weer een goed leven voor hen mogelijk te maken.'

'Ernst Ludwig!'

'Paula!'

Ze keken elkaar venijnig aan.

'Jij zei dat je kon uitzoeken hoeveel ze bezat,' foeterde Paula.

'Jij was het toch die de hele tijd over je rijke nicht bleef praten!' kaatste Richter terug.

'Omdat jij altijd jammerde dat je steeds nieuwe kredieten moest opnemen om de oude terug te betalen. En dat de inspectie je binnenkort op het spoor zou komen.'

'Dat was een echte vicieuze cirkel,' zei Edgar. 'Het ene krediet loste het andere af. En omdat u op een gegeven moment aan het hoofd stond van de boekhouding van de bank, kon u uiteindelijk uzelf krediet geven!'

'Eigenlijk slim,' zei Lilou.

Richter haalde zijn schouders op.

'Hoe zijn jullie er eigenlijk achter gekomen dat Serafina's vader was gestorven?'

'Hij had een paar spaarrekeningen bij de Sparkasse. Als een rekeninghouder overlijdt, dan horen wij dat.'

'Dat had vader waarschijnlijk allemaal voorbereid,' zei Victor. 'Met de beste bedoelingen, zodat de nalatenschap probleemloos zou kunnen worden afgewikkeld.'

'En toen hebben die twee mij een bericht gestuurd dat ik naar het Metropol moest komen. Wat... gemeen!' Serafina had haar stem weer terug. Haar woede was sterker dan haar uitputting.

'Daar zullen ze hun gerechte straf voor krijgen,' zei Victor.

'Oui. Ik haal de politie,' bood Lilou aan. 'Maar eerst zou ik nog graag willen weten: hoe ben je dit appartement binnengekomen, Paula?'

'Ik heb een reservesleutel.'

'Hoe dat zo?'

'Vollmoeller heeft die aan mij gegeven. We kennen elkaar goed.'

Lilou schudde haar hoofd. 'Sommige mannen houden gewoon op met nadenken als een vrouw met ze flirt.'

Richter snoof.

Lilou glimlachte veelbetekenend. Toen wees ze rustig naar de envelop en de foto's op het bureau. 'Die moeten we niet laten liggen.'

Na een kort knikje naar Serafina ontfermde Victor zich erover.

Intussen keek Lilou naar Gustav, die vanuit zijn stoel alles geïnteresseerd had gevolgd.

'Gustav,' zei ze liefdevol. 'Je was heel dapper!'

'Maar daar krijg ik ook... honderd mark voor!'

55

Berlijn, Hotel Excelsior

25 juni 1926

'Wanneer gaat jullie trein?' vroeg Lilou, terwijl ze eens temeer vakkundig kringetjes rook van haar sigaret blies.

'Morgenochtend, heel vroeg,' antwoordde Victor. Edgar en hij waren doodmoe, maar tevreden.

Ze zaten samen in de banketbakkerij van Hotel Excelsior, waar Serafina een paar weken eerder met Karl had gelogeerd.

Serafina nipte aan haar hete koffie. Ze had maar kort en onrustig geslapen, nadat ze 's ochtends vroeg eindelijk in bed had gelegen. Te onrustig waren haar gedachten, de doorstane angst was nog te aanwezig geweest, net als de schokkende ontmoeting met haar tante en de droevige zekerheid dat haar moeder niet meer in leven was.

'Ik kan nog steeds niet geloven,' zei Edgar hoofdschuddend, 'hoe meedogenloos die twee te werk zijn gegaan!'

'Zo veel haat bij Paula! Al die jaren heeft ze die opgekropt, en toen is hij met enorme energie ontladen,' zei Lilou, die er ondanks de vermoeiende nacht verbazend fris en monter uitzag. 'En allebei hadden ze geld nodig. Alles bij elkaar was het een gevaarlijke *combinaison*.'

'Nu kunnen ze zich voorbereiden op een slopend proces,' zei Victor. 'Ik zal de beste advocaten inhuren. In het tuchthuis hebben ze dan genoeg tijd om hun daad te overdenken. Ze dachten dat het een koud kunstje was met jou, Serafina. Nu weten ze dat je familie achter je staat.'

'*Et moi!*' interrumpeerde Lilou. 'Ik sta ook achter jou, Serafina!'

'Het is een fantastisch gevoel,' zei Serafina, 'dat ik dit niet allemaal in mijn eentje hoef door te maken.'

Opeens vloog de deur van de banketbakkerij open. Coco, die aan Serafina's voeten lag, sprong op en begon te blaffen.

'Wacht maar, snotaap!' Een van de hotelbedienden rende achter een jongen met een verbonden bovenarm aan, die snel naar Lilou vluchtte. 'Je valt onze gasten lastig!'

'Bonjour, Gustav,' zei Lilou rustig.

'Niets aan de hand,' zei Victor tegen de man in livrei. 'De jongeman is onze gast.'

Gustav had de nacht in Victors kamer in het hotel doorgebracht. Ze hadden hem naar binnen gesmokkeld en zijn wond verzorgd. 's Ochtends was hij opeens verdwenen. Iedereen was ongerust, behalve Lilou, die zei dat straatkinderen het meestal niet lang uithielden in gesloten ruimtes. Ze leek gelijk te krijgen. Nu was hij er opeens weer en grijnsde tegen de bediende, die niet overtuigd leek van Victors verklaring.

'Laat het me weten als hij u lastigvalt,' zei hij wantrouwig, toen hij weer vertrok.

'Je krijgt eerst iets te eten,' zei Lilou en ze bestelde twee grote stukken notentaart voor Gustav. 'Dat heb je echt verdiend.'

'En je hebt nog iets verdiend, jongen,' zei Victor, terwijl hij zijn portemonnee uit de binnenzak van zijn colbertje haalde. Hij pakte er een paar bankbiljetten uit, rolde ze op en drukte het rolletje in Gustavs hand.

'Honderd mark!' Gustav keek eerbiedig naar het geld.

'Ja. Je loon,' zei Victor en hij gaf hem een schouderklopje. 'Dat heb je heel goed gedaan!'

'Dat heb ik nog nooit gehad, zo veel geld!'

'Zodat je geen ongein meer hoeft uit te halen,' zei Victor. 'Je geeft het geld aan Lilou. Ze moet een spaarrekening voor je openen bij de Berliner Sparkasse en het daarop storten.'

'Mais oui! Dat is een uitstekend idee,' zei Lilou. 'Als je mij jouw geld wilt toevertrouwen, doen we dat zo snel mogelijk.'

'Nou, ik weet niet,' zei Gustav, en hij keek Lilou onzeker aan. 'Ik zou het liever houden...'

'Maar als het gestolen wordt?' vroeg Serafina.

'Ja, denk er goed over na,' zei Edgar nu ook. 'Op straat is het niet veilig. Misschien pikt iemand het vannacht al, terwijl je slaapt.'

Gustav slaakte een zucht en keek nog een keer verlangend naar de bankbiljetten. Toen overhandigde hij ze aan Lilou. 'Goed dan. Daar heb je ze.'

Lilou pakte het geld aan en stak het bij zich. 'Dat is een goede beslissing, Gustav.' Ze haalde een stuk papier en een potlood tevoorschijn en schreef er iets op. Daarna vouwde ze het briefje op en gaf het aan Gustav.

'Wat is dat?' vroeg hij.

'Dat is een bevestiging,' antwoordde Lilou. 'Dat je me honderd mark hebt gegeven om op je spaarrekening te storten.'

'Aha! Goed zo!' Gustav stopte het papier snel in zijn broekzak.

'Ik heb nog iets te zeggen,' zei Victor, en hij ging rechtop zitten. Iedereen keek naar hem. 'Dat gaat over jou, Lilou!'

'Moi?' Lilou was perplex.

'Ik wil je graag bedanken, Lilou.'

'Mais non.' Lilou wuifde zijn woorden weg. 'Ik heb het graag gedaan.' Ze keek Serafina aan. 'Ik dacht, als een man een vrouw zoiets verschrikkelijks aandoet, dan moet ik helpen! Maar nu,' heel even zag ze er bedroefd uit, 'was het een vrouw die zo vreselijk was tegen je, Serafina!'

'Nou,' interrumpeerde Edgar, 'ik heb Richter toch echt als een man waargenomen. Jullie niet dan?' Edgar maakte zelfs in de onmogelijkste situaties nog grapjes.

'Paula heeft Richter alleen gebruikt. Zij was *la coupable*, de schuldige.'

'Ja, dat vind ik heel erg,' zei Serafina. 'En niet alleen omdat Paula een vrouw is. Ze is mijn tánte. En weet je waarom ik nog het verdrietigst ben, Lilou? Dat ik eindelijk iemand uit de familie van mijn moeder heb gevonden, en die meteen weer heb verloren. Begrijp je?'

'Ik begrijp je goed, ma chère. We zullen er allebei over moeten nadenken.'

'Om op mijn verhaal terug te komen,' zei Victor weer. 'Lilou, wat jij voor mijn zus en zodoende voor mij en mijn hele familie hebt gedaan, is bewonderenswaardig. Ik heb er geen woorden voor. Je hebt Serafina op het station van Stuttgart leren kennen en je voor haar in een dergelijk avontuur gestort. Ook voor jou was het niet ongevaarlijk.'

Lilou grijnsde, drukte haar sigaret uit en stak meteen de volgende op. 'Non. Maar het was heel onderhoudend!'

Edgar lachte. 'Dat was het voor mij ook. Victor, je hebt er geen idee van hoezeer sommige mensen behoefte hebben aan avontuur. Nietwaar, Lilou?'

'Exactement. Zo is het.'

Victor schraapte zijn keel. 'Ik heb vannacht, terwijl ik naar Gustavs gesnurk luisterde,' ze lachten allemaal, 'erover nagedacht hoe ik je een blijk van onze dank zou kunnen geven.' Hij pakte een tweede envelop uit zijn jasje en schoof die naar Lilou. 'Aan de ene kant is dat de praktische erkenning. En zeg niet nee, Lilou! Dat is het geld uit de envelop die Serafina aan Richter heeft gegeven. Zonder jou zouden we het nooit meer hebben teruggezien.'

'Als jij het niet wilt, neem ik het wel!' riep Gustav tussendoor.

Lilou lachte. 'Als je van nu af aan naar school gaat, krijg je er ook wat van.'

'Maar ik heb geen zin in school...'

'Dan krijg je ook niets,' zei Lilou streng. 'Maar dat wil ik eigenlijk niet. Je hebt twee weken de tijd om van gedachten te veranderen.'

Daarop had Gustav geen passende repliek.

'En er is nog iets,' vervolgde Victor. 'Begin oktober vieren we een groot familiefeest. Mijn zoon geeft een concert, hij is pianist. Het zou voor ons allemaal een grote eer zijn, beste Lilou, als je erbij zou zijn!'

Lilou zei eerst even niets, maar Serafina kon voelen hoe ontroerd ze was.

Edgar applaudisseerde zacht.

'Hoe dan ook,' besloot Victor zijn kleine speech, 'ons huis staat altijd voor je open. Je bent te allen tijde van harte welkom!'

56

Stuttgart, hoofdbureau van politie
28 juni 1926

'Dit jaar lijken we misdrijven aan te trekken als een magneet,' grapte Edgar, toen ze door de lange gang van het Stuttgartse hoofdbureau van politie liepen.

Victor merkte dat hij zo zijn nervositeit maskeerde, zoals zo vaak. 'Misschien zouden we op onze oude dag toch nog een carrière bij de politie moeten beginnen,' grapte hij terug.

Ze ontweken een met dossiers beladen typiste en liepen door naar het dienstvertrek van de inspecteur. De deur stond op een kier. Ze klopten aan en gingen naar binnen.

'Meneer Rheinberger, meneer Nold!' De inspecteur wees naar de stoelen voor zijn bureau. 'Goed dat u er bent. Gaat u zitten.'

'Het is in mijn eigen belang dat er schot komt in de zaak,' zei Victor. 'Ik dank u en uw collega's dat u de daders zo snel hebt kunnen aanhouden.'

'Dat is ons werk,' zei de inspecteur. 'Meneer Von Braun wordt zo binnengebracht. Als u hem herkent, is het belangrijk dat u dat voor mij allebei uitdrukkelijk bevestigt. Uw zwager Karl Rothmann heeft hem vorige week al geïdentificeerd als de man die hij 's nachts voor het fabrieksgebouw zag rondsluipen. En juffrouw Häberle heeft bevestigd dat hij de genoemde Carlos is die haar voor zijn plannen had ingehuurd. Zodoende zijn we bijna klaar met de confrontaties.'

'Goed.' Victor voelde dat hij steeds gespannener werd. Edgar wipte met zijn linkerbeen.

Eindelijk klonken er voetstappen, er werd geklopt.

Toen voerden ze hem naar binnen.

Albrecht zag er vreselijk uit. Zijn dunne haar plakte in slierten tegen zijn schedel, een onverzorgde baard bedekte zijn wangen. Hij was bleek, zijn kleine, waterige oogjes lagen diep in de kassen.

Er ging een schok door zijn vormeloze lichaam, toen hij Victor en Edgar herkende. Zijn ogen vernauwden zich, toen trok hij een onverschillig gezicht en liet zich naar een lege stoel brengen. Er ging een rechercheur naast hem staan. De inspecteur stond op.

'Zo ontmoeten we elkaar dan weer, Albrecht,' zei Edgar. 'Ik was nu veel liever met je bij een absintfontein gaan zitten.'

'Je kunt de tijd niet terugdraaien, Edgar,' zei Albrecht met een uitdrukkingsloos gezicht. Hij sprak inmiddels met een licht Spaans accent.

'Het had niet zover hoeven komen,' vervolgde Edgar.

Albrecht antwoordde niet.

'Was je maar in Mexico gebleven. Je hebt zo veel schade aangericht!' Edgar schudde zijn hoofd.

Albrecht zweeg.

Er werd geklopt. Een agent vroeg de inspecteur naar buiten te komen, er waren wapens gevonden langs de spoorlijn. 'Wilt u mij even excuseren, heren?'

Victor knikte.

'Het gaat niet goed met je moeder, Albrecht,' begon Edgar weer. 'Moet je haar zoveel verdriet doen?'

Albrecht kromp nauwelijks merkbaar ineen, maar zei nog steeds niets. De lijdende uitdrukking op zijn gezicht maakte Victor woedend. Albrecht was degene die anderen onrecht had aangedaan. Dat hij daarvoor moest boeten, was zijn eigen schuld.

'Verdomme nog aan toe, wat heeft je bezield om de chocoladefabriek af te branden, Albrecht?' In Victor streden talloze vragen om voorrang. 'Besef je wel dat daarin bijna twee kinderen zijn omgekomen?'

'Ik heb de fabriek niet in brand gestoken,' zei Albrecht nu brutaal. 'Het is allemaal één grote vergissing. Het zal snel duidelijk worden.'

Victor wist niet wat hij hoorde. 'Kom nou, Albrecht! Alle bewijzen spreken tegen je, ze zijn verpletterend. Je wilt toch niet serieus ontkennen wat je gedaan hebt?'

‘Ik weet niet waar je het over hebt,’ zei Albrecht op zo’n zalvende toon dat Victor zijn vuisten balde.

‘Wees voor één keer een vent, Albrecht!’ Victor verhief zijn stem. ‘En neem de verantwoordelijkheid voor wat je hebt gedaan, verdomme!’

Albrecht zweeg.

‘Het had eigenlijk moeten functioneren, nietwaar?’ begon Victor nog eens. ‘Je hebt juffrouw Häberle voor je karretje gespannen en haar het vuile werk laten opknappen. En terwijl zij haar nek voor jou zou hebben uitgestoken, zou jij allang zijn verdwenen. Wat goed dat je zo’n stumper bent!’

Nu kwam er beweging in het logge lichaam. Albrecht verplaatste zijn gewicht en trok aan zijn handboeien. De kleur in zijn gezicht veranderde van wit naar rood. ‘Degene die jouw vervloekte fabriek heeft platgebrand, ben ik eeuwig dankbaar! Wie ben jij nou helemaal, Victor Rheinberger? Niemand! Jij zat in de bak, voordat je de kleine Rothmann zwanger hebt gemaakt! Of ben je de tijd in de vesting Ehrenbreitstein vergeten?’

‘Hou je mond!’ Victor stond op en liep langzaam op Albrecht af. De rechercheur naast de gevangene verroerde zich niet.

‘Je bent in een gespreid bedje beland! Een bedrieger ben je!’

‘Albrecht, ik waarschuw je!’

‘En Judith Rothmann: niets meer dan een hoer is ze! Laat zich door een of andere schooier met een kind schoppen. Dacht je dat ik haar daarna nog zou hebben aangeraakt?’

Even was Victors sprakeloos na de schandelijke belediging die Albrecht Judith had toegevoegd. Toen zette hij twee grote stappen naar hem toe en gaf hem een harde klap in zijn gezicht.

Albrecht kreunde.

Victor verkocht hem onmiddellijk een tweede. Albrechts hoofd vloog opzij. ‘Als ik nu met jou alleen was, zou jij de kamer op zijn best kruipend uit zijn gegaan, Albrecht,’ zei hij kil.

‘Waarom doet niemand iets?’ brulde Albrecht. ‘Ik word aangevallen!’

Maar zijn schreeuw om hulp stierf weg zonder dat iemand reageerde. De rechercheur naast hem deed alsof hij niets had gemerkt en speelde met de sleutels van Albrechts handboeien.

Toen hief Albrecht zijn hoofd op, keek Victor strak aan en spuugde opeens naar hem. Attent deed Victor een stap opzij, zodat Albrechts bloedige fluim met een kletsend geluid op de vloer belandde.

'Je hebt de belangrijke doelen in je leven altijd al gemist,' constateerde Victor bewust denigrerend. Hij liep naar Edgar. 'Kom, mijn vriend! Ik heb genoeg van deze... zwakkeling!'

Edgar stond op. In de deuropening ontmoetten ze de inspecteur, die net terugkwam.

'Die mannen zijn gevaarlijk, meneer inspecteur!' Op de achtergrond probeerde Albrecht de aandacht op zich te vestigen. 'U moet ze arresteren!' Zijn stem trilde.

De commissaris deed alsof hij niets had gehoord. 'Heeft hij zich pijn gedaan?' vroeg hij aan Victor op zakelijke toon.

'Hij is tegen het bureau gevallen,' antwoordde Victor.

'Ik ben niet gevallen, ik werd aangevallen!'

'Stil!' beval de rechercheur die Albrecht bewaakte.

'Zo'n val kan pijnlijk zijn,' zei de inspecteur rustig tegen Victor. 'Wij zorgen wel voor hem. Hebt u hem herkend?'

'Natuurlijk heb ik Albrecht von Braun herkend.'

'Goed. Ondertekent u alstublieft verderop nog uw verklaring, we hebben alles al voorbereid. Een prettige dag nog!'

'Insgelijks, meneer de inspecteur. En... hartelijk dank!'

De inspecteur knikte, wachtte tot ze buiten waren en sloot de deur achter hen. Binnen hoorden ze Albrecht verder tieren.

'Het spijt me, Edgar, maar het moest,' zei Victor.

Edgar legde zijn hand op zijn schouder. 'Ik weet het. Voel je je nu beter?'

57

Op het kantoor van de chocoladefabriek
De volgende dag

‘Ik vind de plannen fantastisch, Karl!’ Victor gaf zijn zwager een waarderend klopje op zijn schouder. ‘Heb je de eerste offertes al binnen?’

‘Nee,’ antwoordde Karl. ‘Judith wilde ze eerst met jou afstemmen. En je was drie dagen geleden nog in Berlijn.’

‘Ik vind dat we het allemaal eens moeten zijn over zo’n belangrijke kwestie,’ zei Judith. ‘Ik wist niet of dit ontwerp je zou bevallen, Victor.’

‘Eerlijk gezegd,’ bekende Victor, ‘sta ik ietwat in dubio. Aan de ene kant is de architectuur beslist even wennen, aan de andere kant zie ik dat we hier een optimaal productieproces kunnen realiseren. En de eenvoudige bouwwijze zou ons een hoop geld kunnen besparen.’

‘Dat heb je goed gezien,’ zei Karl. ‘Ik zal de komende dagen de eerste offertes vragen. Dan kunnen we de bouwkosten inschatten en ook op welke termijn de werkzaamheden weer volledig kunnen worden hervat.’

‘Maar één ding houdt me bij deze hele kwestie nog bezig,’ zei Victor, opeens bedachtzaam. ‘Als het nieuwbouw wordt, zouden we op zijn minst ook een andere locatie in overweging moeten nemen dan deze aan de Calwer Strasse.’

Judith keek onthutst op. ‘Hoe bedoel je?’

‘Daar heb ik eigenlijk voor de brand al over nagedacht, lieve,’ antwoordde Victor. ‘Omdat we hier gewoon heel weinig ruimte hebben. We zitten midden in de stad, wat voortdurend klachten van bewoners oplevert, vanwege de stankoverlast en het komen en gaan van de vrachtwagens. Bovendien stuiten we op onze grenzen wat de uitbreiding van de productie betreft. Dat hoeft nu nog niet relevant te zijn, maar over tien of twintig jaar misschien wel. En bovendien is de aansluiting op de hoofdwegen hier in het centrum heel slecht.'

'Je man heeft wel gelijk, Judith,' zei Karl instemmend. 'We zouden erover moeten nadenken of we niet van de situatie gebruik moeten maken om ons opnieuw te oriënteren.'

'Hebben jullie het er al met elkaar over gehad?' Judith had het gevoel dat haar keel dichtsnoerde. 'Dit hier is vaders erfenis!'

'Nee, natuurlijk niet.' Victor legde zijn hand op de hare. 'Ik zou nooit zonder jou over iets dergelijks discussiëren, dat weet je toch.'

'Net als jij hoor ik Victors voorstel voor het eerst, maar ik vind dat hij gelijk heeft,' zei Karl. 'En hoewel ik kan begrijpen dat een dergelijke beslissing heel moeilijk voor je is, zouden we er op zijn minst over moeten nadenken.'

'Heb jij er ook al over nagedacht waar we naartoe zouden moeten, Victor?' vroeg Judith en ze merkte zelf hoe overstuur ze klonk.

'Cannstatt zou een mogelijkheid zijn,' antwoordde Victor. 'Daar is genoeg plaats, de Neckar is dichtbij, de verkeerssituatie is in alle opzichten uitstekend!'

'Cannstatt?'

'Dat zou inderdaad een optie kunnen zijn,' bevestigde Karl.

Judith schudde haar hoofd. 'Maar... we hebben toch al prachtige voorstellen?' Ze wees naar de opengeslagen ontwerpen. 'Anders zou dat allemaal voor niets zijn geweest!'

'Het zijn nog maar schetsen en geen uitgewerkte bouwplannen,' zei Karl. 'Al is het zo dat Adolf Schneck nu op onze toestemming wacht en na ons fiat meteen aan de uitwerking begint.'

Judith slaakte een zucht. 'Goed dan, ga maar na of verhuizing naar Cannstatt in aanmerking komt. Ik weet dat het in commercieel opzicht zinnig is. Maar mijn hart,' ze maakte een handbeweging naar het raam, waarachter de arbeiders te zien waren die het puin van de ingestorte gebouwen weghaalden, 'dat klopt nu eenmaal voor dit hier.'

'Ik beloof je, Judith,' zei Victor indringend, 'dat we je niet zullen proberen over te halen. We maken alle afwegingen samen. Uiteindelijk moet een beslissing als deze unaniem zijn.'

Judith knikte.

Karl raapte de ontwerpen bij elkaar en draaide zich om, klaar om te vertrekken. 'Zo, ik ga aan de slag met Cannstatt!' zei hij en de gedrevenheid die hij uitstraalde was bijna tastbaar.

Toen hij het kantoor had verlaten en Judith met Victor alleen was, drukte ze zich tegen hem aan. 'Wat voor tijden maken we door!'

Victor kuste haar op haar mond. 'Het lijkt of ons geen rust wordt gegund.' Ze schudde haar hoofd en keek naar Victors hand, waarop het korstje van een schram te zien was. 'En jij hebt voor mij gevochten!'

'Dat was onvermijdelijk.'

'Albrecht heeft het meer dan verdiend. Ik hoop dat hij voor de rest van zijn leven in het tuchthuis moet blijven.'

'Er is alle kans dat dat ook gebeurt.'

'Overigens was de oude Von Braun bij mij, dat heb ik je nog helemaal niet verteld!'

'Wat?'

'Je hebt het goed gehoord,' zei Judith. 'Albrechts vader was bij mij en heeft zich voor zijn zoon verontschuldigd. Ik neem tenminste aan dat het een verontschuldiging moest voorstellen, zoals je weet kost hem zoiets veel moeite. En dan nog bij een vrouw! In elk geval heeft hij ons een renteloze lening van vijftigduizend mark voor de wederopbouw van de fabriek aangeboden.' Ze keek naar hem op. 'Die heb ik natuurlijk geaccepteerd.'

Er werd geklopt.

'Wie is dat nou weer?' Victor liet Judith los.

'Mag ik het echtelijk samenzijn verstoren?' vroeg Edgar grijnzend.

'Edgar, mijn vriend! Natuurlijk, altijd!'

'Ik wilde afscheid nemen, voorlopig tenminste,' zei Edgar. 'Na al die tijd moet ik weer eens naar München om te kijken hoe het thuis is. Anders herkent mijn eigen vrouw me niet meer!'

'Dorothea is bewonderenswaardig,' zei Judith. 'Ze heeft alles in haar eentje klaargespeeld toen jij ons hebt geholpen.'

'Ik heb het graag gedaan,' wuifde Edgar haar woorden weg. 'En Dorothea ook. Gelukkig is ze het gewend. Ik ben voortdurend voor zaken op reis.' Edgars emailleerfabriek had filialen in Dresden en Hamburg. 'Veel dingen lopen onder haar leiding zelfs stukken beter dan onder de mijne,' voegde hij er met een knipoog aan toe, en met een ondertoon van groot respect.

'Dat ken ik ook,' zei Victor, terwijl hij liefdevol naar Judith keek, die zijn blik glimlachend beantwoordde.

'Dorothea zal vooral blij zijn om je gezond en wel terug te zien,' zei ze toen tegen Edgar.

'Dat is te hopen! Ik zorg ook voor de platenhoezen. Laat dat alsjeblieft ook aan Alois en Anton weten, Judith.'

'Met alle plezier. We zijn benieuwd om te zien wat voor ideeën je hebt.'

'Ik heb al een paar dingen in gedachten, laat mij mijn gang maar gaan.' Edgar glimlachte breed. 'We zien elkaar dan uiterlijk bij Martins concert in oktober terug.'

'Dat wordt een prachtige dag,' zei Judith. 'Ik heb trouwens met hem gebeld, vorige week.'

Victor greep naar zijn voorhoofd. 'Dat klopt! Hij was jarig! Dat was ik helemaal vergeten!'

'Ik heb hem de groeten van je gedaan,' zei Judith.

Victor kuste haar op haar slaap. 'Dat was een goed idee. We moeten nog nadenken over een cadeau voor hem.'

'Hoe oud is hij eigenlijk geworden?' vroeg Edgar.

'Tweeëntwintig,' antwoordde Judith. 'Ongelooflijk, is het niet?'

'Als je naar zijn moeder kijkt, kun je bijna niet geloven dat hij al zo groot is,' zei Victor.

'Goed dan, ik moet ervandoor. Anders mis ik mijn trein!' Edgar tikte tegen zijn strohoed.

'Goede reis, Edgar!' zei Judith, en Victor omhelsde zijn vriend. 'Ik zal je missen.'

'Tot het volgende avontuur!' grapte Edgar.

Toen hij was vertrokken, ging Judith achter haar bureau zitten.

'Ik vind dat we nu wel genoeg avonturen hebben beleefd,' zei ze.

Victor ging achter haar staan en begon zacht haar nek te masseren. 'Als ik eraan denk wat jullie in Berlijn hebben meegemaakt...' verzuchtte Judith. 'Onvoorstelbaar, wat er allemaal had kunnen gebeuren!'

'Het is goed afgelopen. Serafina's toekomst was het waard.'

'Ze moet nog veel dingen verwerken. Vooral dat haar moeder dood is.'

'Het mag misschien hard klinken, maar waarschijnlijk is het beter zo. De banden zijn verbroken. Ze kan hier nu in Stuttgart opnieuw beginnen. Vergeet niet dat ze een sterke persoonlijkheid is,' zei Victor vol vertrouwen.

'En Anton zal er het nodige aan bijdragen,' voegde Judith er glimlachend aan toe.

'Daar ben ik van overtuigd.'

'Victor?'

'Ja, schat?'

'Die Lilou, over wie je me vertelde… ik zou haar graag leren kennen.'

'Lilou? Ik heb haar voor Martins concert uitgenodigd, had ik je dat niet gezegd? En als ze tijd heeft, komt ze. Ik hoop dat je het goedvindt.'

'Natuurlijk vind ik het goed. Victor…' Judith rechtte haar rug. 'Moet je horen: maman heeft geschreven. En toegezegd dat ze het concert zal bijwonen. Ze wil naar Stuttgart komen, samen met Georg.'

'Dat doet me plezier.'

'Mij ook. Maar…' Judith slikte. 'Max Ebinger komt ook naar Stuttgart. In september.'

'Hoe weet je dat?'

'Van de Ebingers.' Judith schraapte haar keel. 'De Ebingers willen zo graag Martins grootouders zijn. Ten aanschouwen van iedereen.'

'Het oude liedje.' Victor schudde zijn hoofd. 'Ik hoop dat ze zich niet laten meeslepen.'

'Dat denk ik niet. Ze hebben ons geheim al die jaren bewaard.' Ze keek hem ernstig aan. 'Het is niet gemakkelijk om met die leugen te leven, Victor. Soms vraag ik me af of het wel goed was om alles voor Martin te verzwijgen.'

'We hebben het met de beste bedoelingen gedaan. Het waren toen andere tijden,' zei Victor. 'Als we de beslissing vandaag hadden moeten nemen, wie weet… misschien zou ze anders zijn uitgevallen. Maar nu is het gewoon te laat.'

'Waarschijnlijk heb je gelijk. De laatste weken hebben van ons allemaal hun tol geëist en er zijn veel dingen naar boven gekomen. Ik ben op het moment gewoon wat gevoelig.'

'Je bent geweldig.' Victor knielde voor haar. 'Als ik niet al met je was getrouwd, zou ik dat nu zeker doen!'

58

Stuttgart, Marienhospital
30 juni 1926

Robert voelde zich nog altijd zwak. Hij vermande zich toen de arts hem een hand gaf. 'Het allerbeste voor u. Ik hoop dat we u hier niet snel meer terugzien.'

'Dat hoop ik ook. Dank u, dokter.'

'En zoals gezegd, pas goed op met uw hoofd. U hebt geluk gehad!'

Robert knikte.

Zijn val had een zware hersenschudding veroorzaakt, het linkertrommelvlies was gescheurd. Hij was ter observatie in het Marienhospital gebleven en tegelijk was zijn ellendige tremor onderzocht, een kwaal waaraan vele oudgedienden uit de oorlog leden. Maar de medicamenten die hij had gekregen hadden niet zo goed gewerkt als de siroop. Daarom had hij Louise geïnstrueerd om nieuwe te halen. Hopelijk was het haar gelukt.

Louise. Een onderhuidse woede knaagde aan hem, als hij aan haar dacht. Want na de brand in de fabriek van de kapitalist Rothmann had ze een tijdje in zijn villa in Degerloch gewoond. Robert was razend geweest toen hij het hoorde. Zijn eigen vrouw in het huis van de klassenvijand! Ondenkbaar!

Hij had haar tot de orde geroepen en uiteindelijk was ze weer tot bezinning gekomen. Sinds een paar dagen was ze weer thuis in de Stuifenstrasse. En ze ging weer aan het werk, ze moesten tenslotte toch ergens van leven. Hijzelf zou voorlopig thuisblijven, want terwijl hij in het tuchthuis had gezeten, had de sigarettenfabriek hem ontslagen. Ze waren allemaal hetzelfde, die uitbuiters.

Roberts besluit om zich na al zijn ervaringen nog meer voor de klassenstrijd in te zetten, was onwrikbaar. Aan deze onrechtvaardigheden moest een eind komen. Zodra zijn hoofd weer helemaal in orde was, zou hij zijn leven volledig wijden aan de zaak waarin hij geloofde.

De arts had de ziekenkamer verlaten. Robert pakte de tas met de weinige bezittingen in die Louise hem had gebracht en ging op weg naar de uitgang, maar in de gang kwam zijn vrouw hem al tegemoet, tot zijn verbazing vergezeld door Karl Rothmann.

Robert ging onmiddellijk in het defensief. 'Wat doet u hier?'

'Robert, meneer Rothmann is speciaal met mij hiernaartoe gekomen. Hij zal je naar huis brengen,' zei Louise rustig.

'Ik heb twee gezonde benen!' Robert greep zijn vrouw bij haar arm. 'En jij ook.'

'Alstublieft, laat me u toch helpen!' Karl Rothmann was blijven staan.

'Hartelijk dank, meneer Rothmann,' zei Robert met opeengeklemde tanden. 'Maar wij redden ons wel.'

'Robert, alsjeblieft!' Louise maakte zich van hem los.

'Dit is óns leven, Louise. En ik wil niet dat meneer Rothmann zich daarmee bemoeit.'

'Ze hebben Tilda geholpen!'

'Zonder de Rothmanns zou Tilda helemaal niets zijn overkomen, Louise!' Het kostte Robert steeds meer moeite om zich te beheersen. De kwestie met zijn dochter had hem toch al enorm opgewonden, toen Louise hem er voorzichtig van op de hoogte had gesteld. 'Als ik het me goed herinner, dan is Tilda in Rothmanns fabriek bijna verbrand, en niet thuis! We zijn hun niets verschuldigd!'

'Robert...' Louise zag er doodmoe uit.

'Het is al goed, mevrouw Fetzer,' zei Karl Rothmann. 'Ik laat u beiden nu liever alleen. Als u iets nodig hebt dan kunt u dat altijd laten weten.'

'Ze heeft niets nodig.' Robert pakte zijn vrouw nog een keer beet. 'We komen wel thuis. Prettige dag nog.'

Karl Rothmann bekeek hen nog een keer aarzelend, toen draaide hij zich om en vertrok.

'Ik wens niet dat je je afhankelijk maakt van... zulke fabrikanten!' Robert wist dat zijn stem schril klonk.

'Dat heeft er niets mee te maken! Wat had ik dan moeten doen?'

'Hulp zoeken bij de kameraden! Daar is onze plaats!'

'Nee, Robert. Daar is jóúw plaats. Niet de mijne.'

Haar openlijke tegenspraak ergerde Robert. 'Kom mee, vrouw. Laten we naar huis gaan.'

Ze verlieten het Marienhospital en liepen door de Filderstrasse. Robert merkte nu al hoe inspannend het lopen voor hem was. En Louise bleef op afstand.

Nu was het dus al zover dat hem zijn eigen echtgenote afhandig werd gemaakt.

'Mathilda gaat vanaf nu naar de Jonge Pioniers. Geen uitzonderingen, geen smoesjes!' Robert had het gevoel dat hij zijn territorium moest afbakenen.

'Dat... zal niet gaan,' zei Louise aarzelend.

'En waarom gaat het niet? Omdat ze geen zin heeft? Dat is nu voorbij. Ze moet op het goede pad worden gebracht.' Hij bleef staan om op adem te komen.

'Je had Rothmanns aanbod moeten aannemen,' zei Louise. 'Je bent veel te zwak om dat eind naar huis te lopen.'

'Ik ben niet te zwak.' Robert verzamelde al zijn krachten en liep verder. 'Dus, zeg op, waarom zal dat niet gaan?'

Louise schraapte haar keel. 'Mathilda komt voorlopig niet naar huis.'

Robert bleef meteen weer staan. 'Wat heeft dat te betekenen, ze komt niet naar huis? Waar moet ze anders naartoe?'

'Ze blijft bij de Rothmanns en gaat met Victoria naar de hogere meisjesschool.'

'Nee!' Robert voelde zich opeens duizelig.

Nu pakte Louise hem toch bezorgd bij zijn arm. 'Robert, alsjeblieft, wind je niet op.'

'Mathilda komt vandaag nog naar huis.'

'Ze zal een heel andere toekomst hebben als ze met Victoria kan leren. Robert, onze dochter is begaafd! Wil je haar die mogelijkheid ontnemen?'

'Jij begrijpt dat niet, Louise.' Robert schudde zijn hoofd. Een golf van wanhoop kwam over hem. 'Pas als al het onrecht is beëindigd en het kapitaal niet meer regeert, pas dan zal er voor Mathilda een menswaardige toekomst zijn. Zelfs als ze nu naast de rijke kinderen in de schoolbank mag zitten, geloof je toch zelf niet dat ze voor hen daarna meer zal zijn dan een veredelde gouvernante?' Hij haalde diep adem. 'Ze kan ook in Ostheim naar school, net als vroeger. Maar we moeten het kwaad met wortel en tak uitroeien. En dat betekent nu eenmaal dat we moeten opstaan om samen met alle kameraden een nieuwe wereldorde op te zetten! Eén zonder klassenonderscheid. Hier in Stuttgart. In Duitsland. Overal!'

'Dat is verkeerd.' Louise fronste haar voorhoofd. 'Iedereen is zelf verantwoordelijk voor zijn leven. Dat heb ik geleerd. Niet alles is goed in onze maatschappij, daar heb je gelijk in, maar toch behoort de toekomst toe aan de mensen die hun talenten ontwikkelen. Ik wil niet dat Mathilda in jullie klassenstrijd opbrandt.'

'Opbrandt?' Robert had het gevoel dat hij geen lucht meer kreeg. 'Wie wordt hier opgebrand? Zijn dat niet de arbeiders die voor hun heren ploeteren om hun gezinnen desondanks honger te zien lijden?'

'We kunnen niet de ellende van iedereen veranderen,' hield Louise vol. 'Maar we kunnen ervoor zorgen dat ons kind een mooie toekomst heeft. En daarom woont Mathilda voortaan bij de Rothmanns.'

Robert lachte. Het klonk bitter. 'Dat is dus de prijs.'

'Welke prijs?'

'Voor het feit dat Rothmann mij heeft vrijgekocht, pakt hij mij mijn dochter af.' In Robert ogen brandden tranen van woede. 'Ik had het kunnen weten. Een kapitalist doet niets zonder betaling. In dit geval is Mathilda de prijs.' Met een woedende beweging veegde hij zijn tranen weg. 'Hebben we siroop in huis?' vroeg hij zonder overgang.

'Meer dan genoeg,' antwoordde Louise.

59

Stuttgart, in de opnamestudio van Alois Eberle
Eind juli 1926

Nerveus friemelde Serafina aan haar parelketting. Nu was het dan eindelijk zover. Sinds haar terugkeer uit Berlijn had ze naar dit moment toe gewerkt, was naar Alois Eberle gegaan, had hem haar idee uitgelegd, met Alois en met Antons muzikanten gepraat, zich de partijen met melodieën en akkoorden laten geven, geprobeerd de muziek aan te voelen en keer op keer het samenspel met de anderen geoefend.

En nu zat ze achter Antons pianino.

Om haar heen bereidden de andere muzikanten zich voor op de opname. Inmiddels kende ze iedereen vrij goed. De man achter het drumstel probeerde een paar ritmes uit, de saxofonist en de trompettisten speelden zich in, de gitarist stemde zijn instrument, net als de man achter de contrabas.

De sfeer in Alois' studio was die avond uniek.

Serafina genoot van de mengeling van concentratie en de onbekommerde omgang met de muziek, van de ongelooflijke kracht van de jazz, het levensgevoel dat ontstond als mensen samen muziek maakten. Ze wist dat het er niet om ging de noten te reproduceren. Hier ging het erom elkaar in de muziek te vinden en in het ritme en de harmonie te versmelten.

Alois bereidde zijn opnameapparaat voor. Hij leek in een goed humeur te zijn. Uiteindelijk gaf hij iedereen een teken. Het werd stil.

'Goed,' zei hij toen. 'Laten we het proberen.'

Hij stelde de musici op in de ruimte. Toen vroeg hij hun om een paar maten te spelen, zette de geluiddempende kasten recht en trok hier en daar aan een gordijn om de klank te optimaliseren.

'Zo,' zei hij uiteindelijk tevreden. 'Nu is het goed.'

Serafina spreidde haar vingers en bewoog ze door de lucht. Ze waren een beetje vochtig, het zou de opwinding wel zijn. Hopelijk lukte het allemaal.

Ze wilde vandaag twee stukken opnemen. Ze waren allebei door Anton gecomponeerd. Een ervan was een foxtrot die de band wel vaker speelde. Het andere was een bluesthema, dat Anton al een tijdje geleden had geschreven.

Alois was achter zijn opnameapparaat gaan zitten. 'Waar blijft hij nou?' vroeg hij met een blik op de deur.

'Hij kan elk moment hier zijn,' antwoordde Serafina. Ook zij lette op de deur en wachtte ongeduldig. Eigenlijk was de afspraak dat Anton om zeven uur hiernaartoe zou komen om haar op te halen. Van de geplande opname wist hij niets, dat was een verrassing.

Het had Serafina door de ziel gesneden te moeten aanzien hoe hij het samenspelen met zijn muzikanten miste. Zijn hand was nog lang niet beweeglijk genoeg om virtuoos over de toetsen te gaan. Daarom had hij de opnames voor onbepaalde tijd uitgesteld en zich op zijn werk in de pianofabriek gestort. Het was Serafina geweest die alles voor deze dag had georganiseerd. Ze wilde dat Anton door deze opname eindelijk weer zelf muziek zou durven maken, om te beginnen met zijn gezonde hand.

Eindelijk ging de deur open. 'Waar zijn jullie nou?' Hij bleef staan. 'Wat is hier in vredesnaam aan de hand?'

Alle ogen richtten zich op Anton, die op de drempel van de opnamestudio stond en ongelovig rondkeek. Hij ging met zijn gezonde hand over zijn nek.

Serafina stond op en liep langzaam naar hem toe.

Zijn blik ging van haar naar zijn bandleden, naar Alois en weer terug naar haar. 'Serafina, wat heb je gedaan?'

'We hebben onze bandleider nodig, Anton,' zei Serafina. Ze legde een hand op zijn krachtige borst, voelde zijn warmte en een onderhuidse trilling. 'Zonder jou wordt het niets.'

Aan Antons gezicht was te zien hoe het hem langzaam begon te dagen. 'Je hebt iedereen toch niet opgetrommeld om hier en nu een opname te maken?'

'Jazeker,' antwoordde Serafina. 'Dat is precies wat ik heb gedaan. En Alois heeft me geholpen. En natuurlijk alle leden van de Southern Swing Band.'

'Southern Swing Band?'

'Ja. We hebben lang nagedacht,' zei Serafina. 'Als we nu platen gaan opnemen en hopelijk ook verkopen, hebben we een passende naam nodig. En Southern Swing Band bevalt ons allemaal. We nemen die naam natuurlijk alleen aan als jij het ermee eens bent.'

'Ik was eigenlijk voor Neckar Swing Band,' protesteerde Alois en hij oogstte gesmoord gelach met zijn opmerking.

'Niet om het een of ander, Alois.' Anton schraapte zijn keel. 'Maar Southern Swing Band bevalt mij beter. Al is het maar een beetje.'

'Geen probleem,' zei Alois met een grijns. 'Zullen we maar?'

Anton sloeg zijn arm om Serafina's schouders en liep met haar naar de pianino. Daar kuste hij haar zacht ten overstaan van iedereen, toen richtte hij zich tot zijn muzikanten.

'Ik ben er... er ondersteboven van,' zei hij zichtbaar ontroerd. 'Dit moment... dat ik weer kan meedoen... bedankt.'

Iedereen applaudisseerde. De bassist klopte op zijn instrument.

'Waar beginnen we mee?' Anton nam meteen de leiding.

Nu haar plan op het punt stond te worden uitgevoerd, zonk de moed Serafina opeens in de schoenen.

Tenslotte zat ze op Antons plek. Deze piano was zijn instrument, daarmee leidde hij de anderen, spoorde ze aan en bracht eenheid in de band.

Hoe kon ze hem ook maar bij benadering vervangen? Ze had duidelijk veel te veel hooi op haar vork had genomen. Ze kreeg het warm.

'We dachten dat we eerst *High Wings* konden opnemen,' zei een van de trompettisten. 'En daarna *Southern Mood*.'

'Akkoord.' Anton trok zijn zwarte jasje uit en legde het opzij. Toen stroopte hij de mouwen van zijn witte hemd op. Intussen keek hij naar Serafina. Hij wierp haar een stralende en vrije glimlach toe. Voor het eerst sinds ze hem kende, leek hij helemaal zichzelf te zijn.

'We spelen het begin door,' zei Anton. 'Als het goed gaat, nemen we het op. Dus... *one*... *two*...' Hij knipte op de offbeat met zijn vingers, de instrumenten zetten in, maar het samenspel klonk geforceerd en krachteloos. 'Nee, nee, nee!' Hij schudde zijn hoofd. 'Dat klinkt nergens naar! Nog een keer! *One... two... one, two, three, four...*'

Ze begonnen nog eens van voren en nu lukte het beter. Maar Serafina's handen waren zo klam dat ze het gevoel had aan de toetsen vast te plakken.

Prompt brak Anton weer af. 'Serafina, in de maat blijven. En trompetten: dat is een es!'

Hij telde opnieuw af. Dit keer liet hij het nummer helemaal doorspelen, ook al moesten de drummer en de bassist de jagende blazers voortdurend afremmen.

'Jullie hebben het zelf gemerkt. Bij elkaar blijven! En de spanning in het stuk bevalt me nog niet. De brug is meer ingetogen, als het thema terugkomt kunnen jullie weer gas geven! En Serafina,' hij keek haar indringend aan, 'speel niet te zacht! Ik heb je nauwelijks gehoord!'

'Ach, Anton, wees toch niet zo streng!' liet de klarinettist van zich horen, met een hoogrood hoofd van inspanning. Een van de trompettisten trok zijn jasje uit. Het was benauwd in de ruimte.

'Ik neem nu maar eens op,' zei Alois. 'We moeten toch een keer beginnen.'

Anton knikte. 'Ja, laten we het proberen!'

Serafina's hart klopte in haar keel, haar mond was kurkdroog. Anton telde af en ze begonnen weer te spelen, maar Serafina merkte zelf hoe verkrampt ze was. Ze weerde zich dapper maar uit angst om de opname te verprutsen was ze op twee derde van het stuk haar zenuwen niet meer de baas, raakte uit de maat en kon zich niet meer herstellen. Ze vond het vreselijk pijnlijk.

Anton wilde weer aftellen, toen hem opviel dat Serafina's handen trilden. Hij nam haar geruststellend in zijn armen. 'Alles is goed,' zei hij zacht. 'Geloof me maar, het is normaal dat je zenuwachtig bent.' Toen richtte hij zich tot Alois. 'Kun jij een kruk voor me neerzetten?'

'Natuurlijk!' Alois deed wat hem gevraagd werd en zette een tweede kruk neer naast die van Serafina.

'Kun je alsjeblieft even opstaan?' vroeg Anton. 'We spelen samen. Ik met de rechterhand. Jij met de linker.'

Ze zetten de krukken naast elkaar voor de pianino. Alois keerde terug naar zijn plek bij het opnameapparaat, Anton telde rustig af met zijn sonore stem. 'One... two...'

Nu ze met hem samenspeelde was Serafina heel wat rustiger. Ook de andere musici speelden geconcentreerder. En het enthousiasme dat hij uitstraalde stak uiteindelijk iedereen aan.

Het wonder geschiedde.

Uit noten ontstond muziek, uit afzonderlijke stemmen samenspel. De arrangementen klonken vol en rijk, elke solo werd met bezieling gespeeld. Nooit eerder had Serafina zoiets gevoeld, het was alsof ze opging in de muziek. De last van de afgelopen weken viel eindelijk van haar af, herinneringen verbleekten, moed, levenslust en een diepe levensvreugde namen de plaats in van alle doorstane angsten en zorgen.

En net als weken eerder in de muziekkamer voelde ze Anton overduidelijk naast zich, sterk en dynamisch. Hij was briljant. De hele studio leek te swingen.

'Sakkerloot! Dat was goed!' zei Alois toen ze klaar waren. Zielstevreden pakte de uitvinder de bespeelde wasplaat uit het opnametoestel en legde hem voorzichtig opzij.

'Zullen we meteen verdergaan met het volgende stuk?'

De muzikanten veegden het zweet van hun voorhoofd en maakten een paar grapjes, waarna ze zich concentreerden en in de weemoedige klanken van de blues verzonken.

Southern Mood.

Er zat zo veel in Antons stuk, verlangen en pijn, maar ook liefde en hoop. En nog veel meer. Sensualiteit. Verlangen. Anton was heel dicht bij haar op dat moment, lichamelijk en in de muziek. Haar huid begon te tintelen.

Toen Anton zijn hand uiteindelijk van de toetsen nam, ademde hij zwaar. Serafina voelde dat haar rug nat was van het zweet. De andere muzikanten lieten hun instrumenten zakken, een bijna intieme stilte daalde neer. Voorzichtig legde ze haar hand op Antons dij. Hij pakte hem met zijn gezonde hand en kneep er stevig in.

'Zo.' Alois schraapte zijn keel en bracht hen terug naar de werkelijkheid. 'Het duurt een paar dagen voor ik klaar ben met de schellakplaten. Ik laat het je weten, Anton.'

'Ik kan er nauwelijks op wachten!' Antons gezicht bloosde, zijn zwarte haar was over zijn voorhoofd gevallen. Serafina was blij om hem zo gelukkig te zien.

Hij kneep nog een keer in haar hand, toen stond hij op en richtte zich tot zijn muzikanten: 'Ik dank jullie! Dat was grote klasse! Ik verheug me al op de volgende opnames!'

De spanning viel van iedereen af. Ook Serafina haalde diep adem. Terwijl de musici hun instrumenten inpakten, lachten en grappen maakten, en Alois zijn apparaat schoonmaakte en afdekte, nam Anton Serafina in zijn armen.

'Ik wil je iets vragen,' fluisterde hij in haar oor.

'Ja?'

'Blijf je bij me vannacht?'

Antons woning bevond zich boven de pianofabriek. Serafina was er nog nooit geweest. Ze was verbaasd hoe sober, maar smaakvol hij hem had ingericht. Overal lagen bladmuziek en ontwerpen voor versieringen van piano's verspreid en verraadden de kunstenaar in Anton. Een grote vleugel stond prominent in de huiskamer.

'Ga zitten,' zei Anton.

Terwijl hij naar de keuken liep om een fles wijn te halen, ging Serafina op de met lichtgroen fluweel beklede bank zitten, die in een kleine erker stond.

'Je was heel opgewonden daarnet,' constateerde Anton, terwijl hij twee glazen uit een vitrine pakte.

'Ja, veel te opgewonden. Ik heb het onderschat.'

Anton zette de glazen op een laag tafeltje, ontkurkte de fles en schonk in.

Ze klonken en het zachte gerinkel van de geslepen glazen had iets sensueels, net als de kruidige rode wijn, die naar de zomer smaakte.

'Je hebt het geweldig gepland,' zei Anton dankbaar. 'Vandaag is een stuk van mijn leven teruggekeerd.'

Serafina glimlachte dromerig. Haar glas reflecteerde het zachte licht van de eenvoudige hanglamp boven hem.

Hij nam het haar uit de hand en zette het weg, net als het zijne.

Toen ging hij met de vingers van zijn gezonde hand langs de aanzet van haar haren, streelde over haar wang en hals en pakte haar zacht in haar nek.

Zijn aanraking veroorzaakte rillingen op haar huid.

Hij keek haar onbevangen aan, streelde haar ziel met zijn blik net zozeer als haar zinnen, en toen hij haar kuste, schoten er vonken door haar lichaam.

Hij kuste haar intenser, verkennend, eerbiedig, speelde met zijn vingers langs de zoom van haar ronde decolleté en nam voorzichtig haar dubbele parelketting af. Bedachtzaam maakte hij de kleine knoopjes van haar lichtgele batisten jurk los en trok die voorzichtig over haar schouders. Zijn lippen trokken een zacht spoor langs de boog van haar hals tot de aanzet van haar borsten, terwijl hij zijn handen verleidelijk over haar huid liet zwerven.

Serafina had geen ervaring, maar genoeg moed en nieuwsgierigheid om zelf op onderzoek uit te gaan. Vastbesloten ontdeed ze hem van zijn vest en hemd en streelde behoedzaam de stevige spieren van zijn bovenlichaam. Ze ontdekte een ronde moedervlek op zijn rechterflank en een klein litteken boven zijn navel, waarvan hijzelf niet meer wist hoe het was ontstaan. Toen ze haar handen uiteindelijk met kleine, uitdagende kusjes volgde, duwde Anton haar voorzichtig op het zachte tapijt voor de sofa.

En zo ontdekten ze elkaar, bewust en ademloos, gaven ze zich over aan de liefde, die het verleden aanvaardde en de toekomst aankondigde. En toen de eerste stralen van de vroege ochtendzon hun verstrengelde lichamen beroerden, wist Serafina dat ze was aangekomen in haar nieuwe leven.

60

De bouwplaats van de chocoladefabriek
14 september 1926, 's ochtends

'Ik ben blij dat we hebben besloten met de fabriek in de stad te blijven,' zei Judith tegen Victor.

'Al was de locatie in Cannstatt bij uitstek geschikt geweest,' zei Victor.

Daar had een ideaal bouwterrein te koop gestaan. Maar voor Judith was het gewoon onmogelijk om Stuttgart te verlaten. Rothmann-chocolade hoorde bij de binnenstad als het Alte Schloss, de Königsbau en het Schillermonument.

Victor drukte haar tegen zich aan alsof hij haar gedachten had gelezen. 'Wat goed dat we het perceel hiernaast konden kopen,' zei hij toen. 'Zo zullen we ook hier voldoende speelruimte hebben om alles naar wens te realiseren.'

'Het idee om de verkoop uit te breiden is heel goed,' zei Judith. 'Dat was in Cannstatt geen optie geweest.'

'Ja, daar heeft Karl goed over nagedacht,' zei Victor. 'Ongelooflijk, hoeveel ideeën hij heeft ontwikkeld!'

'Daar zit ook de nodige vrouwelijke intuïtie achter.' Judith glimlachte. 'Hij brengt elke vrije minuut door met Elise Bender.'

'Elise Bender?' vroeg Victor verbaasd. 'Was dat niet de jongedame met wie Anton zich wilde verloven?'

'Precies!' Judith keek hem ondeugend aan. 'Toen Anton verliefd werd op Serafina, schijnt Karl een zwak voor Elise te hebben gekregen. Ze zijn nu eenmaal tweelingen. Mij verbaast het niet dat ze hun vriendinnen hebben geruild, bij wijze van spreken.'

'Mij ook niet, eerlijk gezegd,' beaamde Victor. 'Waar zit hij eigenlijk... ah!' Hij wees naar de plek waar vroeger de fabriekspoort had gestaan, die was verwijderd om de bouwwerkzaamheden te vergemakkelijken. 'Daar verderop! Adolf Schneck is bij hem.'

Ze voegden zich bij hen.

'Ach, mevrouw Rothmann, meneer Rothmann!' groette Adolf Schneck. 'Het werk vordert hier uitstekend!'

'Ja, wij zijn ook heel tevreden,' beaamde Victor. 'Karl heeft zich echt bewezen als bouwcoördinator.'

Judith merkte hoe blij haar broer was met Victors compliment. Karl stond in vuur en vlam voor de nieuwbouw, de opdracht leek hem gelukkig te maken, en tegelijk serieuzer. Ze hoopte dat die ontwikkeling zou voortduren.

Ze liet haar blik geconcentreerd over de bouwplaats dwalen. Overal werd hard gewerkt, het was ongelooflijk hoeveel hier in de twee benauwde, warme zomermaanden was ontstaan. Het puin was geruimd, de fundamenten van de nieuwe hallen waren klaar, overal rezen muren op, overeind gehouden door houten bekistingen en omgeven door steigers en lange ladders, waar de arbeiders overheen klauterden met een zekerheid waar Judith diep van onder de indruk was. Zijzelf werd alleen al duizelig als ze naar de stellages keek.

'We denken er juist over na,' zei Karl, 'of we de buitenruimte niet op een soort balkon creëren en in de zo ontstane hal daaronder een klein zwembad installeren. Daar kunnen de medewerkers van de chocoladefabriek dan gebruik van maken, met hun gezinnen en kinderen.'

Victor knikte. 'Een goede zaak!'

'Maar de kosten zullen niet gering zijn,' gaf Schneck ter overweging.

'Gelukkig hebben we geen problemen met de financiering,' zei Victor.

'Het best kunt u de ruimte zo plannen dat ze desnoods ook op een andere manier kan worden gebruikt, als opslagruimte bijvoorbeeld. We bekijken het en dan besluiten we,' voegde Judith eraan toe.

'Heel goed,' zei Karl en Adolf Schneck maakte notities.

Zo liepen ze langs de afzonderlijke arealen, overlegden, en bleven uiteindelijk voor een groot terrein aan de straatkant staan.

'Dus hier komt de nieuwe chocoladewinkel,' constateerde Judith.

'Precies,' zei Karl. 'En we zullen er niet alleen chocolade verkopen.'

'Wat hadden jullie in gedachten?' vroeg Victor grijnzend. 'Een chocoladewaterval?'

Karl lachte. 'Iets dergelijks.' Hij mat de markeringen met zijn passen af. 'Hier komt een grote verkoopruimte, met alles wat Rothmann fabriceert. Dan stel ik voor daarnaast een paar dingen aan te bieden. Porseleinen koppen voor chocolademelk met motieven die door Edgar zijn ontworpen, bijvoorbeeld. Of onze chocoladegrammofoonplaten. Daarnaast vind ik het interessant om een echte belevenis van het winkelen te maken. Wat dacht je van een chocoladefontein midden in een nagebouwde cacaoplantage van gips? Of we installeren meteen een echte waterval.' Hij knipoogde naar Victor. 'Ernaast een paar kleine tafeltjes waar je even kunt zitten en in alle rust kunt uitzoeken wat je wilt aanschaffen. Of een sprookjeshuis met op de muren de chocoladerepen die we verkopen, waarin kinderen kunnen spelen. En natuurlijk een chocoladeautomaat.'

'Nou, daar moeten we maar eens voor bij elkaar gaan zitten, Karl,' zei Victor lachend. 'Alle respect voor je creatieve geest. Maar of het allemaal haalbaar en zinvol is?'

'Voor mij is het belangrijk om onze huidige chocoladewinkel te behouden,' zei Judith. 'Die heeft het vuur doorstaan en dat was voor mij een teken dat het verderging. Wat dachten jullie van een klein café in de winkel?'

'Dat kan ik me goed voorstellen,' zei Victor.

'In elk geval,' zei Karl, 'komt er aan de straatkant een verkooploket. Voor ijs!'

'Eindelijk!' Judith klapte in haar handen van plezier. 'Daar droom ik al mijn hele leven van!'

'Ik weet het.' Karl glimlachte. 'Daarom is de ijswinkel ook voor jou!'

De keuken van de Rothmann-villa
Diezelfde middag

Victoria roerde in de pan met donkere chocolade, die in een waterbad op het fornuis in de keuken stond. Naast haar was Mathilda met een enorme ijzeren papegaaienvorm in de weer, die Karl speciaal voor het meisje had laten maken.

'Hij klemt!' Mathilda rammelde aan de vorm, die niet openging. 'Kun jij me helpen, Vicky?'

'Helpen, Vicky!' schreeuwde Pepe in zijn vogelkooi op tafel. Hij was er inmiddels aan gewend om flarden van gesprekken die hij opving in het kort weer te geven, wat Vicky fantastisch vond, maar de rest van de chocoladevillabewoners danig op de zenuwen werkte.

'Die vogel moet hier weg!' zei Gerti, die ondanks de belegering van haar territorium door Victoria, Mathilda en Pepe een taart probeerde te bakken. 'Hij heeft hier sowieso niets te zoeken. Dit is een keuken en geen dierentuin!'

'Godmiljaar,' krijste de papegaai.

'Hij kan niet weg, Gerti,' zei Victoria. 'Ik heb hem nog nodig als model!'

'Al maanden zie je hem elke dag,' protesteerde de kokkin. 'Je weet precies hoe hij eruitziet.'

'Precies!' kraaide Pepe.

'Zo precies kan ik zijn veren niet onthouden,' zei Victoria. 'Straks moet het er allemaal echt uitzien.'

Gerti sloeg haar ogen ten hemel.

Met een luide klik ging de vorm open. 'Ha!' zei Mathilda blij. 'Het werkt.'

'Gelukkig maar,' zei Victoria. 'Nu moet je hem met een kwastje insmeren.' Ze goot een beetje chocolade in een kom en zette die naast het fornuis. Toen deed ze nog een paar brokken chocolade in haar pan en roerde verder.

Mathilda pakte een kwastje en de kom met chocola en smeerde daarmee de twee delen van de vorm in.

'Zo, mijn chocola is nu klaar om te gieten!' verkondigde Victoria. Ze hoopte dat hij de juiste temperatuur had. Helaas beschikte Gerti's keuken niet over al het gerei dat vroeger in de proefkeuken voorhanden was geweest. Ze moest op haar gevoel vertrouwen.

Mathilda klapte de vorm dicht, sloot hem met de bijbehorende metalen klemmen en bracht hem naar Victoria, die hem door de opening in de bodem trefzeker met vloeibare chocolade vulde. Daarna klopte ze met Gerti's pollepel een paar keer tegen de metalen huls, zodat er geen luchtbellen zouden achterblijven. Ten slotte draaiden ze de vorm om en goten de overbodige chocola meteen terug in de pan.

Ze herhaalden de hele procedure nog twee keer, zodat het chocoladelichaam van de papegaai dik genoeg zou worden.

De hele tijd hupte Pepe opgewonden in zijn kooi heen en weer, terwijl de kokkin op een gegeven moment uitgeput haar appeltaart in de oven duwde.

'Gerti, hebben we een snijplank?' vroeg Victoria.

'Een snijplant!' tetterde Pepe.

'Rustig, domme vogel!' antwoordde Gerti. 'Natuurlijk heb ik een snijplank!' Ze bracht wat Vicky verlangde.

Victoria legde een stuk papier op de plank, toen plaatste ze de vorm erop en zette het geheel op een klein werktafeltje dat opzij stond.

'Nu moet het eerst even afkoelen.' Victoria bekeek de papegaaienvorm, die met zijn ongeveer dertig centimeter behoorlijk groot was.

Op dat moment ging de deur open. Judith kwam binnen en omhelsde de twee meisjes stevig. 'Onze nieuwe chocoladefabriek wordt heel, heel mooi! We hebben vandaag de bouwplaats bezichtigd.'

'Wanneer is ze eigenlijk klaar, de nieuwe fabriek?' vroeg Mathilda.

'Dat zal nog wel een paar maanden duren,' zei Judith. 'Misschien volgend voorjaar.'

'Maar dan kunnen we heel lang geen chocolade verkopen,' opperde Victoria. 'En dan verdienen we niets!'

'Ja, voor het zover is, wordt het wat moeilijker,' gaf Judith toe. 'Maar jullie zijn al druk in de weer om nieuwe dingen uit te proberen, zie ik.' Ze bekeek de metalen papegaai. 'Heeft Karl jullie die vorm gegeven?'

'Ja. Maar het was míjn idee!' antwoordde Victoria trots.

'Is dat Pepe?' vroeg Judith.

'Pepe! Pepe!' riep de papegaai blij.

'Dat wordt Pepe, als het klaar is,' antwoordde Mathilda. 'We moeten ook nog alle veren maken!'

'Veren? Waar worden die dan van gemaakt?'

'Van marsepein,' antwoordde Victoria.

'Dat is een goede mogelijkheid,' prees Judith. 'Maar je moet wel veel suiker in de marsepein verwerken, zodat die goed kan worden gevormd.'

'Weet je ook hoe we de marsepein grijs en rood kunnen kleuren, mama? We hadden toch altijd kleuren in de fabriek?'

'We halen de kleurstoffen bij de drogist. Ik moet er toch langs.' Judith keek de meisjes aan. 'Ik zal jullie een beetje helpen, als je het goedvindt.'

'Eigenlijk kunnen we het zelf wel,' zei Victoria. 'Maar je mag naar ons kijken, als je wilt.'

'Dat zal ik doen.' Judith glimlachte, ze wist wel dat het niet bij kijken zou blijven. 'Maar één ding wil ik echt niet hebben, Vicky: de echte Pepe moet de keuken uit. Hij heeft hier niets te zoeken.'

'Niets te zoeken! Niets te zoeken! Amen!' Pepe wond zich vreselijk op.

'Rustig, Pepe!' zei Victoria streng.

De papegaai hupte hectisch over zijn stang. 'Godmiljaar!'

'Kun je hem dat ordinaire woord niet afleren, Vicky?' Judith wierp een misprijzende blik op de vogelkooi. 'Het is pijnlijk!'

'Dat probeer ik al de hele tijd,' bezwoer Victoria.

'Ik denk dat hij helemaal niet weet dat het zo erg is,' merkte Mathilda op.

'In elk geval weet hij,' kwam Gerti nu tussenbeide, terwijl ze haar taart inspecteerde, 'dat hij van iedereen aandacht krijgt, als hij het zegt!'

'Dat klopt,' vond ook Judith.

'Ik zei toch dat ik het probeer!' Victoria werd ongeduldig. 'Maar als Pepe hier niet hier kan blijven, dan maken we de veren ergens anders, in de salon of zo. Ik moet hem toch kunnen zien! En hij moet volgende week klaar zijn!'

'Volgende week?' vroeg Judith. 'Waarom uitgerekend volgende week?'

'Dan komt Martin toch, was je dat vergeten?' Victoria klonk verwijtend. 'En de chocoladepapegaai is zijn welkomstgeschenk!'

61

De Rothmann-villa
21 september 1926, vroeg in de avond

In het hele huis heerste een opgewekte en verwachtingsvolle stemming. Alles was gepoetst en schoongemaakt, Walli en Dora zorgden nog voor de laatste details en zetten verse bloemen in de hal, de salons en de eetkamer.

Theo was met Judith en Victor naar het station gereden om de persoon af te halen op wie iedereen vandaag wachtte: Martin.

Wat was de zomer toch snel voorbijgegaan, dacht Serafina toen ze met Anton naar buiten ging om een wandelingetje te maken over de grindpaden in de tuin. Het was een ongewoon koele septemberdag, een voorproefje van de herfst, zodat ze haar jas had aangetrokken.

'Je zou denken dat we vandaag de koning van Engeland ontvangen,' zei Anton spottend, terwijl hij haar hand pakte.

Serafina lachte. 'Ja, het lijkt wel of er een staatsbezoek plaatsvindt. Ik ben heel benieuwd naar Martin.'

'Hij is een heel aardige jongeman, je zult hem sympathiek vinden,' zei Anton. 'En werkelijk begaafd. Hij speelt hemels.'

Serafina keek een musje na, dat op de weg zat en wegvloog toen zij en Anton dichterbij kwamen. 'Ik kijk echt uit naar het concert.'

'Het wordt beslist een van de culturele hoogtepunten van het jaar.' Anton liet haar hand los en sloeg zijn arm om haar heen. 'Ik heb vandaag twee grote opdrachten uit Amerika binnengekregen. Zou je me weer met de calculatie kunnen helpen?'

'Natuurlijk help ik je!' antwoordde Serafina. 'Dat hoef je toch niet meer te vragen. Ik ben al zo goed als in dienst bij jou.' Ze gaf hem een vluchtige kus op zijn wang.

Sinds die nacht in juli bracht ze veel tijd door bij Anton in de Augustenstrasse, en omdat hij zich snel weer op zijn werk had gestort, was het voor haar vanzelfsprekend geweest om hem te helpen. Eigenlijk had ze nooit overwogen om kantoorwerk te gaan doen, maar de samenwerking met Anton was zo bevredigend dat ze inmiddels met veel plezier achter zijn bureau zat terwijl hij op de productieafdeling rondliep, met klanten praatte of plannen maakte.

'Dank je wel!' Hij grijnsde. 'Je weet hoe graag ik je bij me heb. Dag én nacht.' Hij bleef staan en kuste haar hartstochtelijk, tot Serafina zich voorzichtig van hem losmaakte. 'Als je zo doorgaat,' zei ze plagend, 'zullen we Martins thuiskomst missen!'

Lachend liet hij haar los. 'En ik wil nog iets vertellen,' zei hij veelbetekenend. 'We hebben de eerste honderd grammofoonplaten verkocht, denk je eens in!'

'Echt?'

'Ja, echt! Alois wilde de opbrengst onder iedereen verdelen, maar ik vind het beter als hij de winst in onze studio steekt. Voorlopig tenminste.'

Serafina was blij met het succes. Want onder de muziekstukken die ze de afgelopen weken hadden opgenomen, waren er een paar waarop ze zong. Eén daarvan had Anton al geschreven op de dag dat ze elkaar hadden leren kennen, en daarom betekende het heel veel voor haar: *Dedicated to Serafina.*

'Het succes is beslist ook aan Edgars meesterlijke platenhoezen te danken,' zei ze met een glimlach. 'Die zijn stuk voor stuk kunstwerken! Die combinatie van fotografie en tekenen is uniek.'

'Ja, hij is een kunstenaar,' beaamde Anton.

'En hoe lopen de chocoladeplaten?'

'Er is belangstelling voor, maar het is geen grote hit. Dat was ook niet te verwachten. In de eerste plaats zijn ze als reclame bedoeld, en die functie zullen ze heel goed vervullen, vooral als de fabriek weer draait.'

'Ik vind ze fascinerend,' zei Serafina. 'Dat was een uitstekend idee van Karl!'

'En al helemaal omdat zijn idee ertoe heeft geleid dat Alois de A.K.A.-Musik heeft opgericht. Hij is gewoon een genie en de studio is echt fantastisch!'

Het geknetter van een automobiel kondigde Martins aankomst aan. Bijna alle bewoners en bedienden van de chocoladevilla hadden zich op de trap voor de zuilen bij de voordeur verzameld. Serafina liet haar blik over de wachtenden dwalen. Zo ongeveer zou het wel zijn gegaan als adellijke landheren vroeger hun gasten hadden ontvangen.

Walli en Gerti waren achter elkaar bovenaan gaan staan, met schone mutsen en witte gesteven schorten. Karl ontbrak, hij had een belangrijke afspraak op de bouwplaats. Victoria en Tilda stonden keurig gekleed en gekapt op de onderste tree, bij wijze van uitzondering zonder Pepe, die naar een van de salons was verbannen, waar hij hartgrondig vloekend was achtergebleven. Dora was vlak achter de meisjes gaan staan en voorkwam met een snelle greep naar Vicky's witte kraag dat ze meteen wegrende toen de wagen eindelijk over de oprit aan kwam rijden.

Maar dat korte moment van welgemanierde gehoorzaamheid was vluchtig, want op het moment dat het portier van de auto openging en een blonde jongeman met een stralende lach tevoorschijn kwam, was er geen houden meer aan.

Met een juichkreet wierp Vicky zich in zijn armen.

Het was aandoenlijk om te zien hoe broer en zus elkaar zo innig omhelsden, en Serafina merkte dat ook Judith en Victor ontroerd waren. Theo was uitgestapt, krabde aan zijn hoofd onder zijn chauffeurspet en wachtte geduldig tot Martin Vicky weer had neergezet en samen met haar naar het huis liep.

'Martin!' zei Dora luid. 'Welkom thuis!'

Iedereen klapte en Martin, die als twee druppels water op Judith leek, omhelsde iedereen stevig.

Even stond hij verbaasd toen hij Mathilda zag, die een paar treden naar boven was gelopen om de begroetingsceremonie beter te kunnen zien.

'Nog een juffrouw,' zei Martin en hij glimlachte naar Mathilda. 'Jij moet Vicky's vriendin zijn!'

Serafina zag geamuseerd dat er een diepe blos over het anders zo bleke gezicht trok, die wedijverde met de rode lokken, die inmiddels weer tot een vlot bobkapsel waren aangegroeid.

Mathilda maakte een reverence, maar Martin schudde meteen zijn hoofd. 'Ik ben Vicky's broer. Voor mij hoef je geen knicks te maken.'

Mathilda bloosde nog erger, maar gaf hem dapper een hand. 'Ik ben Mathilda,' zei ze met vaste stem.

'Dat is een mooie naam!' Martin legde kort zijn hand op haar schouder.

'En ik woon nu ook hier,' voegde ze eraan toe.

'Dat had Vicky me ook al geschreven.' Hij keek haar geïnteresseerd aan. 'We zullen elkaar de komende dagen vast nog beter leren kennen.' Hij glimlachte.

'Ik heb rissole voor u gemaakt,' flapte Gerti eruit op het moment dat Martin zijn aandacht op de kokkin richtte, en ze drukte hem zonder aarzelen tegen haar zachte boezem.

'Ik kan niet wachten om die te proeven!' Lachend maakte Martin zich los uit haar bezitterige omhelzing.

Thuiskomen is iets geweldigs, dacht Serafina.

De tafel in de eetkamer was feestelijk gedekt. De kristallen glazen fonkelden om het hardst met het zilveren bestek en de glimmend gepoetste kandelaars. Boeketten met oranje Oost-Indische kers en blauwe korenbloemen vormden een kleurig contrast met het ivoorkleurige porselein op het glanzend witte damast.

Judith en Victor stonden bij het buffet en boden iedereen die binnenkwam champagne aan. Serafina pakte haar glas en liet zich door Anton naar het achterste eind van de tafel brengen. Daar stonden ze naast een ouder echtpaar dat met de naam Ebinger aan haar was voorgesteld. Martins biologische grootouders. De aanwezigheid van de twee in dit familieverband leek niemand te verbazen, en Anton fluisterde Serafina in het oor dat ze als Martins 'peetouders' altijd al op de familiefeesten waren uitgenodigd. Van de werkelijke achtergronden van die ongewoon hechte band was bijna niemand op de hoogte. Serafina en Anton hadden afgesproken om het geheim rond Martin Rheinberger voor zich te houden. Dat was een zaak die alleen Victor en Judith iets aanging. En Martin, als die er al van wist.

De chocoladepapegaai prijkte midden op de eettafel en liet trots zijn grijze veren en zijn felrode staart zien. Het was een majestueus schouwspel, ondanks het feit dat hij bedenkelijk slagzij vertoonde en alleen door een paar appels aan de zijkant voor omvallen werd behoed. Als je goed keek, kon je de gebutste snavel zien, waarvan de punt was afgebroken en achteraf was gerepareerd.

'Onze Pepe zal nog als dier in het familiewapen van de Rheinbergers belanden!' zei Karl, die inmiddels was teruggekeerd, terwijl hij met een glas champagne in de hand het werk in ogenschijn nam.

'Inderdaad, dat valt te vrezen,' zei Victor. 'Maar niet zolang ik leef.'

'... en toen hebben we overal veren op hem geplakt,' klonk Victoria's stem op de gang. Een paar seconden later trok ze haar broer aan zijn hand de eetkamer in. 'Daar is hij!' zei ze. 'Hij is voor jou! Vind je hem leuk?'

'En hoe!' Martin ging bij de eettafel staan en inspecteerde het gevogelte grondig, dat hem met een klein en een groot oog onafgebroken aanstaarde. 'Heb je hem helemaal alleen gemaakt?'

'Met Tilda,' gaf Victoria toe. 'En mama heeft ook geholpen, een klein beetje maar.'

Serafina zag hoe Judith en Victor een snelle blik wisselden. Bijna elke avond had Judith met de twee meisjes in de salon gezeten en aan de hand van het originele, levende model honderden marsepeinen veertjes vervaardigd. Dat Pepe voortdurend commentaar op hun werkzaamheden had geleverd, sprak vanzelf.

'Dat moet ongelooflijk veel werk zijn geweest!' Martin pakte dankbaar het glas dat Victor hem bracht.

'Het was een beetje moeilijk om hem uit de vorm te krijgen,' zei Victoria, zichtbaar trots. 'Die klemde namelijk!'

Ook dat was een understatement. Serafina en Judith hadden bijna een uur nodig gehad om de chocoladevogel te bevrijden. Gelukkig was hij min of meer intact gebleven, maar aan de oppervlakte had zich een grijze aanslag gevormd omdat de chocolade niet goed op temperatuur was gebracht.

'Nou, dat is een fantastisch welkomstgeschenk, Vicky,' constateerde Martin en hij keek zijn zusje liefdevol aan. Hij was niet zo lang als de twee Rothmann-broers en bovendien iets slanker, maar ook hij had de lichtblauwe ogen geërfd. Een knappe jongeman.

Het was een groot gezelschap dat uiteindelijk aan tafel ging.

Dora was er en ook Judiths vriendin Dorothea Nold, Edgars vrouw. Serafina kon bijna niet geloven dat deze aardig en hartelijke vrouw werkelijk de zus van Albrecht von Braun was, die de aanslagen op de chocoladefabriek had gepleegd. Dorothea was al een paar weken in Stuttgart om haar ouders te helpen, die de arrestatie van hun zoon en de voorbereidingen voor het proces niet aankonden.

'Lieve mensen, beste Martin,' begon Victor, en Serafina hoorde hoe opgetogen hij klonk. 'Het is niet altijd gemakkelijk om een kind de wereld in te laten trekken. En het is des te verheugender als het weer terugkomt, al is het maar voor even. Je mag je roeping volgen, Martin. Een privilege dat maar weinig jonge mensen hebben. We zijn gelukkig en ook een beetje trots dat je die kans zo goed benut. Natuurlijk kijken we vol verwachting uit naar het concert, maar eerst genieten we van de tijd die we met elkaar mogen doorbrengen. Want door alle gebeurtenissen van de afgelopen maanden heb ik me gerealiseerd hoe breekbaar geluk kan zijn.' Hij hief zijn glas. 'Wees welkom, mijn zoon! Geniet van de weken thuis, laat je verwennen door de vrouwen des huizes en laat je niet te veel door je zusje op de kast jagen!' Iedereen lachte. 'We drinken op jou en op rustiger tijden, hier in onze chocoladevilla!'

62

Aan de rand van de villawijk van Degerloch
30 september 1926

'Het is geweldig dat je bij ons bent, maman!'

Hélène voelde Judiths hand, waarmee die vol vertrouwen bij haar inhaakte. Ze keek haar dochter aan. 'Het is mooi hier. Maar ook vreemd,' zei ze uiteindelijk.

Hélène vond het moeilijk om de brug te slaan naar het verleden, hoewel er veel veranderd was in Degerloch en de villa waar zij de ongelukkigste jaren van haar leven had doorgebracht met Wilhelm Rothmann.

Judith had het huis laten verbouwen, het was groter, lichter en vriendelijker geworden, en de tuinen met de moderne beeldhouwwerken, de uitgestrekte gazons en de waterpartijen tussen talrijke bloemperken nodigden uit om je er te ontspannen.

Maar de herinneringen die ze tientallen jaren zorgvuldig had verdrongen, lieten zich nu niet zo gemakkelijk meer bedwingen. Georg had het al zien aankomen en erop gestaan dat ze haar schilderspullen zou meenemen. Meteen nadat ze eergisteren was aangekomen, had hij haar ezel op een mooie plek in de tuin van de villa opgesteld. Hij hoopte dat de kunst haar zoals zo vaak zou helpen om een nieuw begin te maken.

Judith leek te merken dat ze zich niet zo goed voelde en had daarom voorgesteld deze wandeling te maken. Meteen na het middageten waren ze vertrokken, alleen zij tweeën, moeder en dochter. Maar pas toen ze de statige landhuizen van de villawijk achter zich hadden gelaten en bij de rand van het bos waren gekomen, werd Hélène iets opgewekter.

Ze snoof de kruidige geur op.

'Ach, het is jammer dat jullie maar een week blijven,' zei Judith, terwijl ze stevig doorstapten. 'Willen jullie er niet nog eens over nadenken?'

'Nee, Judith,' antwoordde Hélène, 'en wees alsjeblieft niet boos op me. Ik moet nog veel voorbereiden voor mijn expositie volgend jaar. En we kunnen de boekwinkel ook niet zo lang in de steek laten.'

'Maar dan kunnen jullie snel een keer terugkomen,' drong Judith aan. 'Met kerst misschien? Het zou leuk zijn als we dat na al die jaren een keer samen konden vieren.'

Hélène kreeg het meteen benauwd bij het idee om Kerstmis in Degerloch door te brengen. 'We hebben voor en na het feest veel te veel te doen.'

'Ik zie al gebeuren,' constateerde Judith teleurgesteld, 'dat het opnieuw jaren gaat duren voor je weer langskomt.'

Hélène ging er niet op in. 'Martin schijnt zich grondig voor te bereiden op zijn optreden,' zei ze in plaats daarvan. 'We hebben hem nog nauwelijks gezien.'

'Hij studeert veel, dat klopt,' antwoordde Judith. 'Het zal geweldig worden, dat beloof ik je!'

'Daar twijfel ik niet aan.' Hélène merkte dat er opeens een lang verdrongen slecht geweten aan haar knaagde. 'Ik ben heel blij dat ik bij zijn concert mag zijn.'

'En wij zijn ook blij dat jullie erbij zijn,' zei Judith. 'Het is een belangrijk moment voor ons allemaal.'

'Ik heb grote bewondering voor Martin. Wat een talent!' Hélène bekeek een eekhoorntje, dat een paar nootjes onder een pijnboom begroef. 'Van wie zou hij dat hebben?'

Judith antwoordde niet meteen. In plaats daarvan brak ze de tak van een hazelaar aan de kant van de weg doormidden, en Helena had de indruk dat haar dochter zich ongemakkelijk voelde bij die vraag. 'Het lijkt in de familie te zitten. Anton speelt goed piano, en Vicky ook,' zei Judith uiteindelijk.

Hélène knikte. Blijkbaar openbaarde de kunst zich in ieder van hen op een andere manier. Of het nu muziek was of schilderkunst.

'Denk alsjeblieft niet dat we je willen dwingen om hiernaartoe te komen, maman.' Judith nam de draad van het gesprek weer op. 'Maar zou het niet fijn zijn als we als familie wat meer naar elkaar toe zouden kunnen groeien?'

Hélène begreep haar dochter wel. Iets in haarzelf wilde al heel lang hetzelfde. Als die hardnekkige angst er maar niet zou zijn.

Ze liet haar ogen over de omgeving dwalen. Het was mooi hierboven op de Filderebene, sereen. Je kon ver over het land kijken, op heldere dagen tot aan de Zwabische Alpen, en de stad was niet ver. Nu, begin oktober, was de herfst gearriveerd. De bladeren van de bomen waarvan de takken het voetpad omzoomden, hadden al allerlei kleuren aangenomen. Een prachtig gezicht. Opeens had ze zin om haar schildersezel te halen en de prachtige kleuren met haar penseel vast te leggen.

'Ach, kijk eens, maman, wie daar aankomt!' riep Judith op hetzelfde moment.

Anton herkende zijn moeder meteen. Haar slanke, kaarsrechte gestalte had iets heel vertrouwds. Tegelijk was het op een of andere manier onwerkelijk om haar hier te zien na al die jaren.

'Daar zijn mama en oma!' riep Vicky op dat moment en ze rende weg.

Anton keek toe hoe zijn nicht over het bospad holde en zich in Judiths armen wierp.

'Goed dat ik de paddenstoelen van haar heb overgenomen,' zei Martin, terwijl hij lachend met een mandje zwaaide. 'Anders was ons avondeten op de grond beland!'

'Dat zou best eens kunnen,' zei Anton met een knipoog naar zijn neef. Hij had vandaag speciaal tijd vrijgemaakt om met hem en Vicky de middag door te brengen. Ze voerden dit ritueel al een paar jaar uit. Altijd als Martin naar huis kwam, gingen ze met hun drieën iets moois doen, reden naar de stad of naar de Zwabische Alpen, maakten muziek of leefden zich uit op de tennisbaan. Alle drie genoten ze daarvan.

Vandaag wilde Vicky koste wat kost 's ochtends vroeg al naar de steengroeve bij de Paulinenstrasse om daar te klimmen. Vervolgens hadden ze aan de enorme notenboom daar geschud en de vallende noten verzameld, om daarna in de vijver naar vuursalamanderlarven te vissen. Tegen de middag waren ze naar de Staigeloch op weg gegaan, een meertje waar de kinderen van Degerloch altijd al hadden gespeeld, om kikkers te vangen in de zomer of te schaatsen in de winter. Gerti had zoute krakelingen en hamworst voor hen ingepakt, en in de buitenlucht had alles twee keer zo lekker gesmaakt.

Uiteindelijk was Vicky op het idee gekomen om het lege picknickmandje met paddenstoelen te vullen. Dus waren ze naar het bos gelopen en hadden inderdaad prachtig eekhoorntjesbrood gevonden.

Nu kwamen ze op de terugweg onverwacht Judith en Helena tegen. Anton wist dat zijn moeder was gekomen, maar had nog geen tijd gehad om haar persoonlijk te begroeten.

'Wat fijn om je te zien, Anton!' De blijdschap in het gezicht van zijn moeder was echt. 'Toen ik vanochtend opstond, waren jullie al weg!'

'Ja, we waren vroeg op pad,' zei Anton. Hij gaf haar een vluchtige kus op de wang. 'Je kleindochter is een vroege vogel. Tenminste, als ze ergens haar zinnen op heeft gezet.'

'Oma?' onderbrak Victoria hem. 'Mag ik straks met je schilderen? Je hebt toch een ezel neergezet?'

'Ja, natuurlijk,' antwoordde Hélène. 'Laten we samen een schilderij van het bos maken, als we straks weer thuis zijn.'

Victoria trok een tevreden gezicht en begon op de smalle strook gras aan de rand van het bos een paar verpieterde bloemen te plukken. De volwassenen keken ernaar.

'Vicky heeft een vossenhol ontdekt,' zei Martin in de stilte.

'We konden haar er met moeite van weerhouden om het aan een grondige inspectie te onderwerpen,' vulde Anton aan.

'Au!' schreeuwde Victoria opeens. 'Ik ben door iets gestoken!'

'Laat zien!' riep Martin en hij liep naar haar toe.

Victoria keek ontzet naar haar hand en begon te huilen. 'Het doet vreselijk pijn!'

'Ik denk dat je te grazen bent genomen door een wesp,' zei Martin met een blik op de snel opzwellende muis van haar hand.

'Dan moeten we vlug naar huis om er een plakje ui op te doen,' zei Judith. 'Kom, Vicky!'

Judith en Martin namen de nog steeds jammerende Victoria tussen hen in en begonnen aan de terugweg.

Anton en Hélène bleven achter bij de rand van het bos.

'Ze zal er hopelijk geen al te pijnlijke herinnering aan overhouden,' zei Hélène, en Anton merkte hoe onzeker ze was.

‘Het is goed dat je er bent, moeder,’ zei Anton.

Hélène keek hem aan. ‘Ik voel me hier nog niet thuis, maar ik ben blij om jullie te zien. Jij en Karl, jullie zijn zonen om trots op te zijn. Hoe verschillend jullie ook zijn.’

‘Dat hebben we aan Judith te danken,’ zei Anton zacht. ‘Ze heeft ons alles gegeven wat we nodig hadden.’

‘Zeker.’

Anton voelde dat ze zich schaamde.

‘Ik was er niet voor jullie.’

‘Nee, dat was je niet, moeder.’ Opeens had hij het gevoel dat hij haar eindelijk moest zeggen wat hem al zoveel jaar bezighield. ‘En we begrijpen het nog steeds niet, Karl en ik.’

‘Ik...’ begon Hélène aarzelend, ‘ik was ziek. Als je wordt overvallen door de melancholie die ik heb meegemaakt, dan voelt het hele leven anders aan.’ Ze kneedde haar vingers.

‘Het spijt me, maar dat kan ik niet begrijpen.’ Anton wist dat hij misschien onredelijk was, maar de gekwetste jongen van toen verlangde een antwoord.

‘Dat is ook moeilijk te begrijpen voor iemand die het nooit heeft hoeven doormaken. Je bent niet alleen verdrietig en krachteloos. Het ergste is dat je gevoelens compleet in de war zijn.’

‘Maar we waren je kinderen. Daar heb je toch altijd gevoelens voor, is het niet?’

Hélène zuchtte. ‘Omdat ik meteen na jullie geboorte ziek ben geworden, heb ik nooit de nabijheid met jullie kunnen opbouwen die natuurlijk en juist zou zijn geweest. Ik was me daar volledig van bewust, omdat ik wist dat het ook anders kon. Met Judith was het niet zo. En toch kon ik er niets tegen doen. Integendeel. Hoe meer ik probeerde me te vermannen, hoe erger het werd.’

‘Had dat met onze geboorte te maken?’

‘Dokter Hartungen, de leider van het sanatorium aan het Gardameer, waar ik lang ben geweest, heeft het me uitgelegd. Steeds weer komt het voor dat moeders na de geboorte van hun kinderen depressief worden. Velen herstellen zich na een paar weken, maar ik niet.’

Anton probeerde haar uitleg te begrijpen. ‘Dus je wilt zeggen, dat je ons niet bewust hebt laten vallen?’

‘Ik heb een bewust besluit genomen. Ik wilde weer gezond worden en in Stuttgart zag ik daar geen kans voor. Jullie vader, ons huwelijk... ik voelde geen grond meer onder mijn voeten. Maar ik heb niet tegen júllie gekozen. Geloof me, Anton, als het had gekund zou ik jullie naar Riva hebben gehaald, toen het beter met me ging tenminste. Maar jullie vader zou dat nooit hebben toegelaten. Hij was het hoofd van de familie en als zodanig had hij het recht om te beslissen waar jullie zouden wonen.'

Anton dacht na. 'Zo heb ik het nooit bekeken.'

'Hoe had je dat ook gekund. Jullie waren veel te klein.' Hélène zuchtte. 'Tegenwoordig gaat het goed met me, Anton. Ik ben gezond. Toch heb ik er verdriet van dat ik mijn kinderen heb verlaten. Niet te hebben meegemaakt hoe ze zijn opgegroeid. Dat is een constante pijn.'

Anton zweeg een tijdje. 'Die pijn verbindt ons. Ook wij voelen die, Karl en ik,' zei hij toen. 'Maar het is nog niet te laat, moeder! Kom wat vaker hiernaartoe, laat je herinneringen aan vader waar ze thuishoren, in het verleden. Natuurlijk kunnen we niet alles inhalen, maar daar gaat het ook niet om. We kunnen een stuk naar elkaar toe groeien en weer een familie zijn.'

'Karl zal het me niet vergeven,' zei Hélène zacht. 'Dat voel ik heel goed. Hij lijkt me altijd al te hebben afgewezen. Hij was geen enkele keer in Riva of München. En gisteren is hij niet eens naar het avondeten gekomen.'

'Dat moet je hem niet kwalijk nemen. Waarschijnlijk had hij een belangrijke afspraak. Ik kon ook niet komen, omdat een van mijn overzeese klanten zich had gemeld. We staan allebei midden in het leven.'

'Nou...' Hélène klonk vermoeid.

'Karl zal op een gegeven moment merken dat het beter is om laat een moeder te krijgen dan helemaal niet,' zei Anton optimistisch. 'Geef hem de tijd. Maar blijf ook voor hem vechten.'

'Vechten,' herhaalde Hélène peinzend. 'Je hebt gelijk. Misschien is het tijd... om te vechten.'

Anton nam haar voorzichtig bij de arm. 'Laten we teruggaan, moeder. Vicky staat beslist al een eeuwigheid bij de schildersezel te wachten!'

63

De Liederhalle in Stuttgart
2 oktober 1926

Er heerste een feestelijke stemming in de grote zaal van de Liederhalle, overal in de hoge, prachtige ruimte met de door zuilen gedragen bogen. Talrijke kroonluchters verspreidden een feestelijk licht, het leek alsof er zich onder het cassetteplafond een grote kracht opbouwde die de mensen met elkaar verbond die zich daar die avond hadden verzameld om Martin Rheinberger te eren, de begaafde zoon van de stad.

Hij was naar huis gekomen om in Stuttgart te spelen. En de Stuttgarters stroomden toe om naar hem te luisteren.

De zaal was tot de laatste plaats bezet.

Judith kende bij lange na niet alle gasten, maar het leek erop dat de hele Stuttgartse society aanwezig was. Toen ze aan Victors arm over het middenpad tussen de rijen stoelen liep, kon ze de blikken van de aanwezigen letterlijk voelen.

Maar die volgden niet alleen haar.

Achter Judith liep haar moeder Hélène. Ze liet zich door Georg begeleiden, met rechte rug. Sommigen herinnerden zich beslist dat Hélène Rothmann ooit haar echtgenoot had verlaten om zich aan het Gardameer aan haar verantwoordelijkheid als echtgenote en moeder te onttrekken. Op die manier werd er destijds over gesproken. Dat wekte de nieuwsgierigheid, ook na al die jaren nog.

'Ben je gespannen, schat?' vroeg Victor zacht.

'Een beetje. En jij?'

'Ook. Misschien wel een beetje meer dan jij.' Hij glimlachte.

Judiths ogen dwaalden over de hoofden van de toeschouwers in het voorste derde deel van de zaal en bleven hangen bij de oude Ebingers, die niet ver van het middenpad waren gaan zitten. Josefine Ebinger praatte geanimeerd met een man van middelbare leeftijd, die naast haar zat. Judith bleef abrupt staan om beter te kijken.

'Wat is er?' vroeg Victor.

'Daar zit,' Judith slikte. 'Daar zit Max Ebinger. Naast zijn moeder.'

Victor volgde haar blik.

'Inderdaad.' Hij fronste zijn voorhoofd. 'Wat heeft dat te betekenen? Weet hij nu dat Martin...'

'Dat denk ik niet,' zei Judith haastig en ze trok Victor verder. 'Ze hebben me verteld dat Max naar Stuttgart wilde komen. Vermoedelijk heeft hij zich gewoon voor het concert van vanavond geïnteresseerd. Hij speelt zelf ook uitstekend piano.'

'Inderdaad. Hij heeft zijn talent doorgegeven.'

Ze waren bij de eerste rij aangekomen en gingen bij Victoria en Mathilda zitten, die eerder dan zij met Theo en Dora waren vertrokken en al op hun stoelen zaten te draaien. De meisjes hadden zich mooi aangekleed en keken vol verwachting naar het podium, waarop in het midden een zwartglanzende vleugel klaarstond om de zaal te betoveren.

'De Von Brauns zijn er ook!' zei Victor zacht en hij kneep in haar hand. 'Ik heb ze gezien. Dorothea en Edgar zijn bij ze gaan zitten. En Alois ook.'

Judith was hem dankbaar dat hij het verder niet over Max had, maar zijn aanwezigheid voor lief nam. Victor was haar rots in de branding. Vanaf de eerste dag van hun liefde stond hij tot op heden pal aan haar zijde, om het even welke stormen ze moesten doorstaan.

Judith dacht aan haar zoon, die achter de coulissen op zijn optreden wachtte. Vreugde en dankbaarheid smolten in haar innerlijk samen tot een oneindige liefde, die op het moment was begonnen dat Victor en zij hem voor het eerst in hun armen hadden gehouden. Martin en Victoria: dat waren de grootste geschenken die het leven hun had toebedeeld.

Anton en Serafina kwamen door het middenpad lopen, met vlak achter hen Karl en Elise. Samen gingen ze op vier stoelen op de eerste rij zitten. De twee jonge vrouwen waren een aanwinst voor de familie, ieder op een andere manier. Serafina bracht hartelijkheid, muzikaliteit en grote gedrevenheid mee, Elise een fascinerende rijkdom aan ideeën. Op haar kalme en bedachtzame manier had ze een verrassend goede invloed op Karl.

Op het laatste moment, toen het zachte geroezemoes om hen heen langzaam wegebde en de lichten in de zaal geleidelijk uitgingen, glipte een slanke gestalte naar de stoel aan de uiterste rand van de eerste rij.

'Dat is Lilou!' fluisterde Victor tegen Judith.

'Ach, wat leuk!' Judith was blij dat Serafina's vriendin toch nog naar het concert was gekomen. De trein had vertraging opgelopen en ze vreesden al dat de Française alles zou missen.

Het orkest nam plaats en alle aandacht ging naar het podium.

Judiths hart klopte tot in haar hals toen haar zoon in het licht stapte. Applaus barstte los. Het publiek begroette hem hartelijk en met respect.

Hij legde een hand op het corpus van het instrument en boog. Zijn zwarte smoking zat perfect, ze had het witte hemd vanochtend eigenhandig gestreken en gesteven, zijn blonde haar weerkaatste het licht.

Hij was volwassen geworden.

De eerste, ingetogen klanken van de strijkers vulden de zaal, die met het inzetten van de blazers al snel overgingen naar het levendige allegro van Mozarts 23e pianoconcert in A-groot.

Toen Martin begon te spelen, hield hij zijn publiek vanaf de eerste noot met zijn precieze en gevoelige spel in zijn ban. Zijn vingers brachten parelende klanken voort, vrolijk, lyrisch, in het adagio van het tweede deel zacht, bespiegelend en vol overgave. Uiteindelijk liet hij zijn virtuositeit de vrije loop in het zwierige, speelse laatste deel, het allegro assai.

Judith bedwong met moeite haar tranen. Zelfs Victoria luisterde met open mond en naast haar hield Mathilda haar opengesperde ogen onafgebroken op Martin gevestigd.

Na de pauze keerde Martin zonder het orkest naar het podium terug.

Het klanktapijt dat hij nu neerlegde was bovenaards, variërend van Claude Debussys *Rêverie* en twee romances van Jean Sibelius tot Edward Elgars *Salut d'amour*. Hij beëindigde zijn optreden met een sonate van Beethoven. Een daverend applaus brak los toen de laatste noot was weggestorven. Het hield minuten aan. Maar in plaats van op te staan, bleef Martin rustig achter de vleugel zitten, met zijn handen op zijn dijen.

Een verward gemompel ging door de rijen.

Judith werd onrustig en keek Victor van opzij aan. Hij pakte haar hand en streelde die geruststellend.

Uiteindelijk stond Martin op en ging aan de rand van het podium staan.

'Het laatste stuk draag ik op aan mijn geliefde ouders, Judith en Victor Rheinberger.' Hij schraapte zijn keel. 'En mijn kleine zusje Victoria, die binnenkort net zo goed piano zal spelen als ik. Wil je alsjeblieft op het podium komen, Victoria?'

Victoria trok een verbaasd gezicht en keek eerst Victor en toen Judith vragend aan. Toen Judith naar haar knikte, stond ze op en gaf ze gehoor aan het verzoek van haar broer. Er klonk opnieuw applaus. Een tweede pianokruk werd gebracht.

Victoria speelde nerveus met haar haar dat die dag bij wijze van uitzondering niet in vlechten was gevlochten, maar met een fluwelen lint was samengebonden. 'Ik ben niet klein!' fluisterde ze tegen Martin. 'En ik heb helemaal niets ingestudeerd!'

'Het stuk dat we gaan spelen, ken je heel goed,' zei Martin, zodat iedereen het kon horen. 'We oefenen dat al jaren, wij tweeën.'

Victoria legde een vinger tegen haar wang en dacht na. 'Het *Trällerliedchen*?'

'Nee, ik heb iets anders voor ons uitgezocht. We spelen het pianostuk in F-groot van Wolfgang Amadeus Mozart, *Köchelverzeichnis 33 B*.'

'O ja, dat kan ik wel.' Victoria ging meteen achter de vleugel zitten.

Er ging een welwillend gelach door de zaal.

'Dames en heren!' kondigde Martin aan. 'U beleeft vanavond een buitengewone première. Victoria Rheinberger speelt samen met mij Mozarts pianowerk in F-groot, dat ik vele jaren geleden voor quatremains heb gearrangeerd. Veel plezier!' Hij ging naast zijn zusje zitten en de zaal hield opnieuw de adem in.

Victoria sloeg zich er foutloos doorheen, ook al hield ze er, zoals zo vaak, behoorlijk de vaart in. Maar het dansante stuk bracht een heerlijk lichte sfeer in de zaal, en de harmonische saamhorigheid van broer en zus liet niemand onberoerd.

Het langdurige applaus dat volgde was doorspekt met enthousiaste kreten. Veel mensen in de zaal stonden op en klapten minutenlang. Victor had zijn arm om Judith heen geslagen en drukte haar stevig tegen zich aan. Martin knipoogde naar hen. Victoria boog zeker dertig keer.

En zo bracht deze familiaire en innige finale vreugde en vrolijkheid in de harten van allen, en verbond op een muzikale manier het verleden met de toekomst.

Het feest ter ere van Martin in de muziekkamer van de chocoladevilla was met liefde en zorg voorbereid.

Gerti, Walli en Dora hadden de ruimte opgefleurd met eenvoudige, zelfgemaakte slingers van buxus en klimop, die waren versierd met geglaceerde appels, kleurige bladeren en eikels. Samen met kleine boeketjes tuinbloemen zorgden ze voor een gezellige, herfstachtige sfeer. Op een paar tafels tegen de muur stonden hapjes, rundvleessalade, gevulde eieren, koud vlees, uienquiche en slagroomtaart. Gerti had vers brood gebakken en er worst, kaas en een fruitmand bij gezet. Verspreid in de kamer stonden schaaltjes met chocoladevruchten en pralines die Victoria en Mathilda na veel moeizaam, petieterig werk tevoorschijn hadden getoverd. Borden vol appel-, peren- en bosbessentaartjes verspreidden een heerlijke geur.

Het was een klein gezelschap. Naast de Rheinbergers en de Rothmanns waren Dorothea en Edgar aanwezig, de oude Ebingers en Alois Eberle. Mathilda's moeder Louise Fetzer was zonder haar man gekomen, hoewel Robert ook was uitgenodigd. Lilou trok, zoals altijd, enige aandacht, maar converseerde daarna op zo'n prettige manier met iedereen dat het niet lang duurde voordat ze er als vanzelfsprekend bij hoorde.

De champagne was ingeschonken. En in het flakkerende licht van de talrijke kaarsen die de ruimte verlichtten, nam Judith het woord.

'Deze dag is een dag van vreugde, en ik dank jullie allemaal dat jullie vandaag naar het concert zijn gekomen en daarna hiernaartoe, naar ons huis, om onze Martin in het zonnetje te zetten.'

Er klonk een bescheiden applausje.

'Al willen en kunnen we de dramatische gebeurtenissen van de laatste weken en maanden niet negeren,' vervolgde ze, 'het is belangrijk om vooruit te kijken. Het leven is onvoorspelbaar, het heeft beproevingen en verrassingen in petto, laat ons in afgronden kijken en richt ons toch altijd weer op. Dit concert, beste Martin, en ik denk dat ik namens iedereen spreek die je vanavond in de Liederhalle heeft mogen meemaken, was een van die momenten. Een moment dat ons heeft laten zien hoe belangrijk het is om steeds verder te gaan.'

Victor nam nu het woord. 'Je hebt ons diepste respect verdiend. En onze dank. Ik ben er trots op dat ik je mijn zoon mag noemen. Je kunt er zeker van zijn dat je moeder en ik, je zus, de hele familie, dat we je allemaal ter zijde staan en er altijd voor je zullen zijn.' Hij sloeg met een vaderlijk gebaar zijn arm om Martin heen. 'Laten we vandaag toosten op allen die wij liefhebben. Maar vooral op onze kinderen! En op de toekomst!'

Hun gezamenlijke toespraak werd verrassend gevolgd door pianospel.

Victoria was heimelijk achter de grote vleugel gaan zitten en speelde Robert Schumanns *Trällerliedchen*. Daarmee riep ze de vrolijke sfeer van het concert weer op. Het daaropvolgende applaus was voor hen drieën.

Daarop ging Serafina meteen naar Lilou. 'Ik kan nog steeds niet geloven dat je echt bent gekomen. Hoelang blijf je?'

'Alleen tot morgen, ma chère.'

'Dat is jammer.'

'Morgenvroeg gaat mijn trein naar Parijs. Maar nu ben ik er!'

Ze haalden iets te eten en te drinken en zochten een rustig hoekje op.

'Hoe is het met Gustav?' wilde Serafina weten.

'Goed. Hij probeert regelmatig naar school te gaan.'

'Hij probéért het?' Serafina grijnsde.

'Hij vindt het niet gemakkelijk om zich aan vaste tijden en regels te houden. Ik heb hem een kamer bij een aardig gezin bezorgd, maar hij verdwijnt steeds een paar dagen. Hopelijk ziet hij binnenkort in hoe nuttig die school is.'

'Ik wil graag dat hij een goede toekomst krijgt.'

'O, *moi aussi*. Daarom zal ik hem in de gaten houden.'

Ze toostten op elkaar. Toen wees Lilou met haar glas naar Anton. ‘Het is très intéressant dat je een man hebt gekozen die er precies zo uitziet als Karl,’ zei ze met een knipoog.

‘Is het niet?’ zei Serafina lachend. ‘De wegen van de liefde zijn ondoorgrondelijk.’

‘Oui.’ Lilou zette haar glas weg en probeerde een stukje slagroomtaart. ‘*Oh, là, là*, dat is lekker!’

‘Een specialiteit van onze kokkin,’ zei Serafina. ‘Blijf je een tijdje in Parijs?’

‘Volgend jaar wil Josephine er een club openen,’ antwoordde Lilou. ‘En ik moet dat regelen. Ik zal een tijdje tussen Berlijn en Parijs pendelen. Maar dat is niet erg. Eigenlijk ben ik blij dat ik vaker naar huis kan.’

Serafina knikte. ‘Kom je dan ook af en toe bij ons langs?’

‘Mais oui!’ Lilou glimlachte naar haar. ‘Weet je nog, toen we elkaar leerden kennen, daar op het station?’ Daar moest ik aan denken toen ik vanochtend aankwam.’

‘Zonder jou zou ik verloren zijn geweest, Lilou.’

‘Ah non, je zou een andere oplossing hebben gevonden. Je bent sterk, dat heb ik je al een keer gezegd. Maar het is goed om je te kennen. Al is het jammer dat je alleen...’ Ze knikte in de richting van Anton, die met de Ebingers stond te praten.

‘Zo is het nu eenmaal in de liefde, Lilou.’ Serafina legde haar hand op de schouder van haar vriendin. ‘Op een dag zul je de vrouw vinden die jou gelukkig maakt.’

‘*J'espère*,’ verzuchtte Lilou. ‘Ik geef de hoop niet op.’

Tegen middernacht, toen de meeste gasten afscheid hadden genomen, nam Anton Serafina bij haar arm. ‘Zullen we nog even een luchtje scheppen?’

‘We wilden toch nog een laatste glas wijn met Judith en Victor drinken?’

‘Die zullen doodmoe zijn. En ik wil graag een paar minuten met je alleen zijn.’

Hij hielp haar in haar jas en ze stapten de koele oktobernacht in.

‘Ik had niet gedacht dat de maan vannacht nog tevoorschijn zou komen. Het was de hele dag nogal bewolkt,’ zei Serafina met een blik naar de hemel.

'"... hij is maar half te zien en is toch rond en mooi,"' zong Anton en hij lachte zacht.

'Ik hou van dat "Abendlied".'

'We zullen het voor onze kinderen zingen.'

'Dat zullen ze beslist leuk vinden,' zei Serafina en ze pakte zijn hand. De kiezelstenen knarsten onder hun voeten toen ze door de parkachtige tuin van de chocoladevilla liepen. Het aangelegde beekje klaterde zacht, het maanlicht deed de standbeelden langs het kronkelpad eruitzien als de schimmen van schildwachten. Het was een rustige nacht, hoewel er een stevige herfstwind was komen opzetten.

'Ik mag je moeder graag,' vervolgde Serafina. 'Jammer dat Karl zich zo afwijzend tegenover haar gedraagt.'

'Op een gegeven moment zal hij zich voor haar openstellen. Ik ben ervan overtuigd dat Elise daarvoor zal zorgen.'

'Waarschijnlijk heb je gelijk.'

'Trouwens... laatst schoot me te binnen dat je me nog iets schuldig bent, Serafina!'

'Echt waar?' vroeg Serafina verbaasd. 'Een kus?'

'Dat ook,' zei Anton lachend. 'Maar op de dag dat we elkaar leerden kennen, beloofde je dat we samen een tochtje met de auto zouden maken.'

'Maar ik heb de afgelopen tijd regelmatig met je in de auto gereden, Anton.'

'Dat wel. Maar je hebt geen enkele keer zelf gereden!'

'O, bedoel je dat! Ik heb mijn rijbewijs nog maar twee dagen, dat weet je toch.'

'Daarom juist.'

'Waar moet ik je dan naartoe rijden?' vroeg Serafina.

'Wat dacht je van slot Solitude?'

'Wil je een wedstrijd tegen me rijden?' Serafina moest lachen.

'Waarom niet?'

'Je hebt echt een hoge dunk van mijn rijvaardigheid!'

'Ik heb vooral veel vertrouwen in je.' Anton bleef staan en kuste haar innig. 'Weet je,' fluisterde hij in haar haar, 'dat ik me een leven zonder jou niet meer kan voorstellen?'

Serafina lachte zacht. 'Dat valt te hopen.'

'Zou je je kunnen voorstellen, niet direct, maar misschien over een tijdje... mijn vrouw te worden?'

Serafina streek een donkere lok uit zijn gezicht. 'Ik hou van je, Anton Rothmann,' zei ze teder. 'En ik wil bij je zijn.' Ze stokte. 'Maar trouwen... denk je dat we daarmee niet nog even kunnen wachten? Het is niet zo dat ik het me niet kan voorstellen, integendeel. Maar de liefde in een keurslijf te dwingen dat de vrouw tot een soort eigendom maakt, kan de magie ervan wegnemen. En dat wil ik niet. Juist omdat wij allebei zoiets prachtigs met elkaar beleven.' Ze voelde zijn teleurstelling en nam zijn gezicht in haar handen. 'O, nu heb je me verkeerd begrepen. Wat telt zijn onze gevoelens voor elkaar, Anton. En daar ben ik zeker van. Heel zeker.'

'Dan begint onze reis samen vandaag?' vroeg hij onzeker.

'Die is allang begonnen,' antwoordde Serafina. 'En elke keer weer verheug ik me op een nieuwe dag met jou.'

EPILOOG

Na korte tijd trok Serafina in bij Anton in zijn kleine appartement boven de pianofabriek, al zorgde hun ongebruikelijke samenlevingsvorm voor het nodige geroddel in de stad. Maar ook toen ze in januari 1927 eenentwintig werd en haar erfdeel ontving, wilde Serafina nog niet trouwen. Het kostte Anton moeite om met haar houding om te gaan. Hij had graag een duidelijke situatie gehad. 'Ik wil je graag begrijpen, liefste,' zei hij vaak. 'Maar ik kan het gewoon niet. We houden van elkaar, we plannen ons leven samen...wat weerhoudt ons ervan om te trouwen?' Keer op keer probeerde Serafina hem duidelijk te maken dat haar weigering niets met hem persoonlijk te maken had, maar met het feit dat liefde volgens haar niet kon worden geïnstitutionaliseerd. Uiteindelijk werden ze het erover eens om te trouwen als ze hun eerste kind zouden krijgen.

Maar haar eenentwintigste verjaardag was een heel bijzondere dag in Serafina's leven. Niet alleen omdat Victor en Judith een prachtig feest voor haar gaven, waarvoor zelfs juffrouw Schmidtke en Lilou naar Stuttgart waren overgekomen, maar vooral omdat Victor haar naast allerlei papieren nog een brief overhandigde:

Serafina, mijn meisje,

Je bent nog zo klein en ik sta voor de moeilijkste beslissing van mijn leven. Je grootmoeder is aan tuberculose gestorven en ik merk dat ik haar binnenkort zal volgen. Elke ochtend hoest ik bloed op. Ik kan niet meer goed ademhalen. De ziekte eist een vre-

selijke tol van me. Ik voel me een oude vrouw. En ik ben nog maar achttien.

Wat moet er van je worden als ik weg ben? Mijn kleine zusje Paula heb ik al naar een weeshuis gebracht, en ik weet dat ze daar goed voor haar zijn. Maar jou, mijn kind, kan ik daar niet achterlaten. Een baby in het vuil met al die andere kinderen, die allemaal niet genoeg te eten krijgen. Dat zou je dood zijn geweest.

Je vader heeft ons af en toe opgezocht. Niet vaak, maar hij heeft elke keer een klein bedrag voor je achtergelaten. Daarom heb ik besloten om je naar hem te brengen. Ik hoop dat hij zich over je ontfermt. Of tenminste een goed gezin voor je vindt.

Op dit moment lig je in je bedje naast me en kijkt me met grote ogen aan, alsof je weet dat we binnenkort voor altijd afscheid moeten nemen. Mijn hart is zwaar. Maar de dood zal ons hoe dan ook scheiden, zo kan ik er tenminste nog voor zorgen dat jij een toekomst zult hebben.

Als God het wil, geeft je vader je deze brief van mij, als je oud genoeg bent om alles te begrijpen. Dat is mijn liefste wens.

Groei, Serafina. Word groot. Zorg dat je je het leven eigen maakt.

Ik verheug me erop om je ooit in de hemel terug te zien, als die inderdaad bestaat.

Je moeder

Anton had haar vastgehouden, terwijl ze hevig snikte. Pas na een tijdje had ze met hem over de inhoud van de brief kunnen spreken en geleidelijk geleerd in te zien hoe prachtig het was: een boodschap van haar moeder, in mooie bewoordingen, over de grenzen van de tijd en de dood heen.

Anton deed Serafina een fraai versierd zilveren doosje cadeau, waarin hij haar initialen had laten graveren. Lachend zei hij erbij dat haar achternaam in elk geval met een R zou beginnen, of ze nu Rheinberger zou blijven heten of, uiteindelijk, Rothmann.

In dat kistje bewaarde ze voortaan de brief van haar moeder, samen met foto's van haar vader en andere herinneringen van haar leven. Helemaal onderin lag een stukje handgeschept papier waarop Anton drie regels van Rainer Maria Rilke had geschreven:

Vervlogen niet,
Veranderd is
Wat was.

En zo maakte Serafina zich haar leven werkelijk eigen. Ze werd partner in Antons pianofabriek en zette zich in op het kantoor. Samen planden ze de uitbreiding van hun onderneming.

Intussen verloor ze haar droom om zangeres te worden niet uit het oog en nam zangles. Algauw was ze een vast lid van de Southern Swing Band en had ook af en toe een solo-engagement. Serafina was gelukkig, en ook al snel in blijde verwachting.

Lilou bleef in contact met Serafina, voornamelijk via brieven, af en toe belden ze elkaar. Als ze in Duitsland op reis was, regelde ze het meestal zo dat ze een paar dagen in Stuttgart kon zijn. Maar tegelijk was Lilou een vogel met een eigen vliegroute. Een tijdlang maakte ze nog deel uit van Josephine Bakers gezelschap, was erbij toen de danseres in 1927 haar nachtclub Chez Josephine in Montmartre opende. Toen raakte ze halsoverkop verliefd op een Engelse journaliste en volgde haar naar Londen. Beiden zetten zich in voor de rechten van minderheden en organiseerden daarnaast een salon, die werd bezocht door maatschappijkritische journalisten en schrijvers. 'Ach, ma chère,' schreef ze vaak aan Serafina. 'Je moet ons absoluut komen opzoeken. Londen is *magnifique* en ons leven hier extraordinaire! Je zult nooit meer naar huis willen als je eenmaal hier bent.' Serafina had met een knipoog geantwoord dat ze dat liever niet wilde riskeren en nog even zou wachten met reizen.

Elise maakte het Karl niet gemakkelijk. Maar uiteindelijk, op een prachtige, maar veel te koude nacht in maart, zwichtte ze voor zijn pogingen, alleen om na de succesvolle Weissenhof-tentoonstelling Mia Seeger naar Berlijn te volgen. Later studeerde ze aan het Bauhaus in Dessau. En hoewel Karl haar van ganser harte steunde, kon hij met de lange periodes dat ze gescheiden waren veel minder goed omgaan dan zij.

Vlak voor de verschrikkelijke beurscrash van 1929 verklaarde hij in een gesprek met Judith en Victor dat hij zich uit de bedrijfsleiding van de firma zou terugtrekken om Elise te volgen. 'Als Vicky zo doorgaat, verdringt ze me toch van mijn plaats,' had hij schertsend gezegd. 'Dan ga ik liever zelf op tijd weg. Voordat ze Pepe nog op me loslaat.'

Het was geen gemakkelijke beslissing voor hem geweest. Want de herrezen chocoladefabriek was in wezen zijn werk geweest, van hem en van Elise. Maar een ander werk van zijn hand deed hem algauw alle heimwee vergeten: toen hij in de lente van 1930 met Elise trouwde, welfde haar buik zich al duidelijk onder haar jurk. En toen in augustus de kleine Oscar ter wereld kwam, wist Karl dat hij zijn plaats had gevonden.

Voor Judith en Victor kwam Karls beslissing niet geheel onverwacht. Maar toen hij Stuttgart daadwerkelijk verliet, was dat een hele verandering, vooral voor Judith. Ze miste haar broer, en niet alleen in de fabriek. Ze had het gevoel dat de familie uit elkaar viel, al wist ze dat het goed was dat hij zijn eigen weg ging. Anton sprak uiteindelijk de beslissende woorden: 'Hij zou altijd je kleine broertje zijn geweest als hij hier was gebleven, Judith. Hij moest de wereld in om helemaal zichzelf te worden.'

De chocoladefabriek, die in mei 1927 was heropend, had weer bij het voormalige succes kunnen aanknopen. Met nieuwe, meer productieve machines en gewilde producten leken ze een rooskleurige toekomst tegemoet te gaan. De Chocoladewereld met alle attracties en de ijskraam die het hele jaar door was geopend, was geliefd bij Stuttgarters. In de oude chocoladewinkel was een goedlopend café ondergebracht. De beurscrash vlak na Karls vertrek zette opeens alles wat ze hadden bereikt op losse schroeven. Maar al gingen er veel ondernemingen onder, de chocoladefabriek kwam met de schrik vrij. Victor maakte zich nog heel andere zorgen: 'Denk je dat Vicky ooit in onze voetstappen zal treden?' vroeg hij steeds vaker aan Judith. De kwestie van de opvolging hield hem met het jaar meer bezig, en opeens begreep Judith de oude Ebinger. Wat als er geen erfgenaam beschikbaar was?

Ook Victoria leed onder Karls vertrek. De eerste tijd sleepte Mathilda haar erdoorheen en Pepe, die om ondoorgrondelijke redenen zijn repertoire van scheldwoorden gestaag uitbreidde. Nadat Oscar was geboren, bezocht ze samen met Mathilda het kleine gezin. Hoe opwindend de eerste reis zonder haar ouders ook was, Pepe nam haar de lange scheiding van drie weken bijzonder kwalijk. Na haar terugkomst weigerde hij vier dagen om met haar te praten. En toen hij het uiteindelijk over zijn hart verkreeg, waren zijn eerste woorden een weinig vleiend 'stomme koe!'

'Weet je, mama,' zei Victoria tegen Judith. 'Ik vind Oscar best wel schattig.'

'Maar?' vroeg Judith, die wel een idee had van wat er komen ging.

'Maar hij is ongelooflijk vermoeiend. Ik hou het maar bij Pepe.'

Een paar jaar later maakte ze de middelbare meisjesschool af, een jaar na Mathilda. Dat die de school met betere cijfers had afgemaakt dan zij, stoorde Victoria enorm. Maar ze probeerde met succes er niets van te laten merken.

Mathilda, die niet meer naar haar ouders was teruggegaan, vertrok kort daarna naar Bonn om rechten te studeren. Ze liet een verdrietige Victoria achter, die er maar moeilijk aan kon wennen om alleen met haar ouders in de chocoladevilla te zijn. Victor en Judith besloten een buitenlandse stage bij Bonnat in Frankrijk voor haar mogelijk te maken, zodat ze daar haar talent als chocolatière grondig kon ontwikkelen.

Martin voltooide zijn studie in Parijs cum laude en werd een veelgevraagd pianist. Zijn engagementen voerden hem naar vele steden in Duitsland, en ook naar het buitenland. Maar zijn thuis werd weer de chocoladevilla. Daar had hij een solide basis in zijn onrustige leven als beroepsmusicus.

Hélène en Georg brachten Kerstmis 1926 inderdaad door in Stuttgart. Hélène slaagde erin om tegen de schimmen van het verleden te strijden en hoewel Karl haar vreemd bleef, groeide ze steeds meer naar Judith en Anton toe. En ze ontwikkelde een bijzondere band met Victoria. Het moedige en zelfbewuste karakter van haar kleindochter maakte indruk op haar.

In München trouwde ze in 1928 in alle stilte met Georg Bachmayr. Uit vertrouwen en respect was liefde gegroeid. Door haar laatste vluchtige ontmoeting met Max op de avond van het concert had ze zich gerealiseerd dat ze haar verlangen naar hem achter zich had gelaten. Over haar vroegere relatie bleef ze zwijgen als het graf.

Alois Eberle bracht met veel succes platen uit. Zijn label profiteerde in niet-geringe mate van de groeiende populariteit van de Southern Swing Band. Bovendien werkte hij veel samen met Martin, wiens opnames als warme broodjes over de toonbank gingen. Algauw vond hij een ander werkterrein: de televisietechniek. 'Weet je,' zei hij een keer tegen Victor. 'Als ik ooit niets meer uitvind, ben ik dood.'

Robert Fetzer bleef actief binnen de KPD. Hij verbleef zelfs enige tijd in Moskou en was bovendien betrokken bij het tijdschrift van de Communistische Internationale in Duitsland. Zijn vrouw Louise Fetzer leed erg onder zijn ideologische radicaliteit en vluchtte steeds vaker naar Degerloch. Maar ze kon het niet opbrengen om haar man te verlaten. Ze verdedigde Mathilda echter als een leeuwin en verhinderde dat Robert zijn dochter dwong naar huis te komen.

Albert von Braun werd in 1927 berecht. Hij bracht de rest van zijn leven door in het tuchthuis, veroordeeld voor gekwalificeerde brandstichting en poging tot moord. Zijn medeplichtige Herta Häberle slaagde erin een nieuw leven te beginnen na een paar jaar in een vrouwengevangenis.

Serafina begon aarzelend een briefwisseling met haar tante Paula Schwarz. Maar de twee vrouwen bleven vreemden voor elkaar. Uiteindelijk trouwde Paula met een oude, rijke weduwnaar, maar de man bleek spijtig genoeg een bijzonder lang leven beschoren te zijn. Ernst Ludwig Richter zat zijn gevangenisstraf uit en verdween vervolgens naar Namibië. Daar liepen alle sporen dood.

PERSONEN

Fictieve personen

Opmerking: Het verhaal van de familie Rothmann is niet gebaseerd op ware gebeurtenissen.

De families Rheinberger en Rothmann:

Serafina Rheinberger: halfzuster van Victor uit een late relatie van zijn vader Friedrich Rheinberger

Judith Rheinberger, geboren Rothmann: dochter van de overleden chocoladefabrikant Wilhelm Rothmann uit Stuttgart

Victor Rheinberger: echtgenoot van Judith. Leidt samen met zijn vrouw Chocoladefabriek Rothmann

Martin Friedrich Rheinberger: zoon van Judith Rheinberger en Max Ebinger, vanaf zijn geboorte door Victor geadopteerd

Victoria (Vicky) Rheinberger: dochter van Victor en Judith

Karl Rothmann: eigenzinnige broer van Judith Rheinberger met een uitgesproken hang naar hedonisme. Tweelingbroer van Anton. Mede-eigenaar van de chocoladefabriek

Anton Rothmann: tweelingbroer van Karl met een gelijkmoedig karakter en een grote liefde voor instrumenten. Pianobouwer met een eigen zaak in Stuttgart

Hélène Rothmann: Judiths moeder. Schilderes. Woont in München

Georg Bachmayr: Hélènes partner. Eigenaar van een boekhandel en een galerie in München. Alom gerespecteerde kunst- en theatercriticus

In memoriam:

Wilhelm Rothmann: echtgenoot van Hélène Rothmann. Vader van Judith. Stichter van de chocoladefabriek
Friedrich Rheinberger: vader van Victor en Serafina Rheinberger

Familie Ebinger:

Max Ebinger: rusteloze architect met wortels in Stuttgart. Had een verhouding met Hélène Rothmann. Martin Rheinbergers biologische vader
Artur Ebinger (de oude Ebinger): Max' vader, Martins grootvader. Eigenaar van een van oudsher in Stuttgart gevestigde machinefabriek
Josefine Ebinger: echtgenote van Artur Ebinger

Familie Nold:

Edgar Nold: eigenaar van een succesvolle emailleerfabriek in München. Vriend van Victor en Judith
Dorothea Nold, geboren Von Braun: echtgenote van Edgar, goede vriendin van Judith, zuster van Albrecht von Braun. Heeft vier zoons met Edgar: *Ludwig, Julius, Johannes* en *Albert Nold*

Familie Von Braun:

Albrecht von Braun: zoon van een bankier uit Stuttgart en broer van Dorothea Nold. Eigenaar van een cacaoplantage in Mexico. Wilde ooit trouwen met Judith Rothmann
Bankier Von Braun: vader van Albrecht von Braun en Dorothea Nold

Het personeel van de chocoladevilla:

Dora: huishoudster, kindermeisje. Voormalig dienstmeisje van Judith
Theo: chauffeur van de familie
Walli: dienstmeisje
Gerti: kokkin

Verdere personen:

Lilou Roche: assistente van Josephine Baker
Robert Fetzer: voormalige huisknecht van de familie Rothmann
Louise Fetzer: Roberts vrouw
Mathilda Fetzer: Roberts dochter

Agatha Fischer: senior medewerkster op het kantoor van de chocoladefabriek
Herta Häberle: typiste in de chocoladefabriek
Trude Schätzle: verkoopster in de chocoladewinkel
Alois Eberle: Zwabische uitvinder

Bestaande personen

Josephine Baker (1906-1975): Amerikaans-Franse danseres en icoon van de jaren twintig. Haar carrière begon in Parijs in 1925. De *Revue Nègre* maakte het publiek wild, ze voldeed aan het verlangen van die tijd naar het exotische en naar seks. Op oudejaarsavond 1925/26 trad Josephine Baker, die biseksueel was, voor het eerst op in Berlijn, verdere optredens volgden. Overigens reed ze in 1926 daadwerkelijk met een struisvogel door de straten van Berlijn. In de Friedrichsbau van Stuttgart trad Baker echter pas in 1929 voor het eerst op, enthousiast toegejuicht door het publiek. 'Haar billen, vermelden wij met respect, zijn een chocoladegriesmeelpudding van beweeglijkheid,' luidde bijvoorbeeld het oordeel van het culturele tijdschrift *Der Querschnitt*.

Anita Berber (1899-1928): Het korte leven van de danseres, zangeres en actrice verliep in een roes. De vrijmoedige dans was haar artistieke uitdrukkingsvorm en bracht haar al snel grote roem. Haar buitensporige passie voor het leven kwam ook tot uiting in haar drugsgebruik en wisselende affaires met mannen en vrouwen. In 1926 verbleef zij slechts af en toe in Berlijn, omdat zij op tournee was door Duitsland en Oost-Europa met haar (derde) echtgenoot Henri, met wie zij ook optrad. Ze stierf in 1928 aan tuberculose.

Dr. Arthur Knödler (1880-1951): huisarts in Degerloch vanaf 1910. Als voormalige scheepsarts schijnt hij een wonderlijke verschijning te zijn geweest, maar was desondanks, of juist daardoor, immens populair in de stad. Vaststaat dat hij nogal ruwe taal bezigde en altijd iedereen bij de voornaam noemde, ongeacht tot welke klasse hij of zij behoorde. Als vrijgezel hield hij spreekuur tot laat in de nacht en gaf altijd blijk van een groot hart, vooral voor de armen.

Een anekdote (bron: Schoch/Nopper: *Liebes altes Degerloch*, Stuttgart 1978): 'Een zwangere vrouw die al zes kinderen had, kwam op zijn spreekuur bij hem klagen. Dr. Knödlers advies was even kort als eenvoudig: "Zeg je vent dat hij je rok niet zo vaak moet optillen."'

Adolf Gustav Schneck (1883-1971): architect en meubelmaker uit Stuttgart, tevens werkzaam als universitair docent. Hij had affiniteit met de Bauhaus-stijl en was een van de twee architecten in Stuttgart die betrokken waren bij de bouw van de nu wereldberoemde Weissenhofsiedlung. Hij heeft echter nooit aan plannen voor een chocoladefabriek gewerkt.

Maria Margarete 'Mia' Seeger (1903-1991): de ontwerptheoretica van de Deutscher Werkbund was betrokken bij alle belangrijke tentoonstellingen van architectuur en cultuur van het dagelijks leven in de jaren twintig en dertig van de vorige eeuw. In Stuttgart studeerde ze aan de Württembergse Kunstnijverheidsschool en vanaf 1924 werkte ze voor de Deutscher Werkbund (Vereniging voor de verfijning van de kunstnijverheid door het samengaan van kunst, industrie en ambacht. In de loop van de jaren twintig werd de Werkbund steeds meer beïnvloed door de ideeën van het Bauhaus). Een van haar belangrijkste projecten was de tentoonstelling Die Wohnung, die gelijktijdig te zien was met de inwijding van de Weissenhofsiedlung in Stuttgart, die ook tegenwoordig nog beroemd is. In de roman zit Mia Seeger midden in de voorbereidingen daarvoor. Van 1928 tot 1932 werkte Mia Seeger op het hoofdkantoor van de Werkbund in Berlijn, later als redacteur bij uitgeverij Julius Hoffmann in Stuttgart. Na de oorlog was zij verantwoordelijk voor internationale designtentoonstellingen, onder andere in Londen, Parijs en Stockholm. In 1985 richtte ze de Mia Seeger Stichting op, die tot op heden jaarlijks een hoog gedoteerde designprijs uitlooft.

Dat Mia Seeger aan de decors van het Schauspielhaus heeft meegewerkt, is aan mijn fantasie ontsproten, maar het had best gekund.

Wachtmeester eerste klasse Tschirsch: de politieman stierf in 1923 tijdens een actie naar aanleiding van een geheime communistische bijeenkomst in Stuttgart-Ostheim, toen hij samen met een andere politieman de aanwezigen wilde arresteren. Terwijl zijn collega versterking haalde, kwam het tot een handgemeen tussen de politieman en zijn arrestanten, waarbij de wachtmeester werd doodgeschoten. De gearresteerde communisten, onder wie enkele uit het oosten van Stuttgart, sloegen op de vlucht. Er werd jaren naar hen gezocht. Pas in 1927 vond het proces plaats. Van geen van de verdachten kon worden bewezen dat zij de misdaad hadden gepleegd. Niettemin werden sommigen van hen vanwege andere delicten veroordeeld tot lange tuchthuisgevangenisstraffen.

Karl Gustav Vollmoeller (1878-1948): een man met vele talenten, die onder andere naam maakte als dichter, scenarioschrijver, fotograaf en autocoureur. Hij woonde vanaf 1919 in Venetië, maar hield lange tijd zijn appartement in Berlijn aan de Pariser Platz 6a aan, waar hij slechts sporadisch kwam. Hoewel er veel en uitbundig werd gefeest, waren er geen criminele activiteiten bekend.

Het dienstmeisje Babette: Babette is eigenlijk een personage uit het eerste deel van de *Chocoladevilla*-trilogie. Maar voor Robert Fetzer is ze nog steeds zeer aanwezig. Ik heb haar verhaal gebaseerd op een ware gebeurtenis uit 1901. Het overeenkomstige geval is gedocumenteerd in het *Stuttgarter Volksbuch Nr. 182* en is authentiek op het jaartal na (in de roman gebeurde alles in 1905). Hier een beknopte versie:

'Vanochtend om 7.30 uur is een onbekende vrouw dood aangetroffen met doorgesneden hals op het koninklijke terrein achter de hofwasserij en de stallen. De overledene is ongeveer vijfentwintig jaar oud, van gemiddelde lengte, gemiddeld postuur, met blond haar, gekleed in een zwarte effen cheviot rok, een rood en zwart gestreepte wollen blouse, een zwarte geribbelde riem met zwarte en blauwe ruiten, geel metalen slot en gele schuiflus, een zwarte lakense jas van sterk versleten ruwe stof met zijzakken en grote metalen knopen, een zwarte platte vilthoed met lichte band en grijze veer, zwarte veterlaarzen, zwarte kousen en leren kniebanden met gespen. (...) Om hun kijklust te bevredigen trokken nieuwsgierigen van beiderlei kunne massaal naar de plaats van het delict, naar de 's nachts toch al griezelige plek achter de hofwasserij, die zeer geschikt leek om nachtelijke daden te verhullen en, zoals later bleek, als ontmoetingsplek te dienen voor de verstotenen van de grote stad. (...) Al snel bleek dat de moord was gepleegd op de tweeëntwintig-

jarige dienstmeid Babette Wirth, die dood werd aangetroffen met doorgesneden keel. (...)'

Later werd vastgesteld dat Babette Wirth geen dienstmeisje was, maar een 'model', dat tot het prostitutie- en souteneursmilieu werd gerekend. Weken later werd een zekere Ludwig Gerster uit Kirchheim/Teck geïdentificeerd als de dader, die niet alleen een relatie met Babette Wirth had gehad, maar ook haar pooier was geweest. Hij had haar waarschijnlijk uit jaloezie vermoord nadat zij een nieuwe 'beschermer' had gevonden, toen Gerster enige tijd voor andere delicten in de gevangenis had gezeten.

Over de geschiedenis

Ook tegenwoordig nog oefenen de gouden jaren twintig tussen 1924 en 1929 op velen een grote aantrekkingskracht uit. Hoe kort de periode ook was, ze was overdadig en losbandig, vooral in de metropolen. In die tijd had niemand enig idee hoe wankel het fundament was waarop alles was gebouwd.

Op de puinhopen van de Eerste Wereldoorlog was met de Weimarrepubliek voor het eerst een jonge democratie ontstaan, die de basis legde voor een onvergelijkbare periode van economische, culturele en sociale bloei. Het land was jong en levenslustig, de bekrompenheid van de vooroorlogse periode afgeschud.

En hoewel de conservatieve krachten de 'oude waarden' bleven prediken, ontwikkelde zich een fase van vrijheid en individualisme die nooit eerder had bestaan. Verschillende denkhoudingen en wereldbeelden leidden tot een min of meer vreedzame co-existentie, en vooral vrouwen wisten de vrijheden die ze hadden veroverd, van het kiesrecht in 1919 tot nieuwe kansen in beroep, kunst en levensstijl, te benutten. Ze reden auto en woonden alleen, studeerden en lieten zich niet langer hun seksleven voorschrijven.

Al mag niet worden verdoezeld dat er in deze jaren veel armoede en ellende heersten, is *De chocoladevilla – Gouden jaren* toch een roman die vooral de roaring twenties en het zelfbeschikkingsrecht van de vrouw in deze tijd schetst.

Het Berlijn van de gouden jaren twintig is legendarisch. Minder bekend is dat Stuttgart in die tijd ook een bruisende metropool was.

De stad werd gekenmerkt door een levendige kunst- en muziekscene, er waren theaters en variétés, een opera, de Liederhalle, talloze jazzclubs, bioscopen en cafés waar de thee om vijf uur de opmaat vormde voor het nachtleven. Iedereen kon zich naar believen vermaken.

Bovendien deed Stuttgart in veel opzichten zijn intrede in de moderne tijd, vooral op het gebied van architectuur en cultuur.

En niet in de laatste plaats profiteerde de stad van een gevarieerde en welvarende industrie, wat ons weer terugbrengt bij de chocoladevilla: in die tijd was Stuttgart inderdaad een centrum van onder meer chocoladeproductie en pianobouw. En natuurlijk van de auto-industrie. Daarom heb ik besloten in dit boek het accent te leggen op chocolade, muziek en mobiliteit.

Gemakshalve heb ik specifieke historische gebeurtenissen en verwijzingen in alfabetische volgorde in de woordenlijst opgenomen, zodat ze eenvoudig kunnen worden opgezocht.

VERKLARENDE WOORDENLIJST

Admiralspalast: uitgaansgelegenheid in Berlijn, rond 1926 het vaste podium van de beroemde 'Haller'-revue met bijzonder knappe, langbenige meisjes.

Altane: een open, balkonachtige uitbouw van de bovenste verdieping van een gebouw, die op steunbalken of pilaren rust.

Becherovka: bittere kruidenlikeur uit Karlsbad (tegenwoordig Karlovy Vary in Tsjechië).

Bleyle: bekende textielfabriek in Stuttgart. Het bedrijf was vooral populair om de matrozenpakjes voor jongens.

Café Königin-Olga-Bau in Stuttgart: geliefd café op de Schlossplatz.

Café Merkur in Stuttgart: hier werd in de jaren twintig jazz gespeeld.

Café Wien in Berlijn: groot koffiehuis van twee verdiepingen aan de Kurfürstendamm.

Conche, concheren: een conche is een machine die bij de chocoladebereiding wordt ingezet om de zandachtige textuur van de chocolade te verfijnen tot het punt waarop er een gladde, smeltbare consistentie ontstaat. Bovendien vervluchtigen de bittere stoffen tijdens het concheren. Tijdens dit proces bewegen granieten walsen door een langwerpig bekken dat de chocolademassa bevat, die door de wrijving warm en vloeibaar en geleidelijk steeds smeuïger wordt.

Zowel de machine als het proces 'concheren' werd door Rodolphe Lindt in 1879 ontwikkeld. Kort na de eeuwwisseling werd het procedé ondanks de geheimhoudingsplicht algemeen bekend en gaandeweg overgenomen door andere chocoladefabrikanten.

Grammofoonplatenfabricage/geluidsopnames: vanaf 1925 werden voor het eerst elektrische opnamemethodes geïntroduceerd, ook door Duitse bedrijven. De moderne apparatuur verminderde de productiekosten en verbeterde de geluidskwaliteit. Door de invoering van elektrische opnamemethodes ontstonden in Duitsland in korte tijd een groot aantal kleine platenmaatschappijen, die graag met de techniek en de muziek experimenteerden, zoals Alois Eberle samen met de Rothmann-tweeling. Maar het label A.K.A.-Musik heeft in Stuttgart nooit bestaan. Het is geheel verzonnen.

Heksenbezem: zeer agressieve schimmelziekte die de bloemen van de cacaoboom aantast en bezemachtige gezwellen veroorzaakt. De cacaovruchten en vooral de cacaobonen daarin kunnen zich niet meer goed ontwikkelen.

Hemel en hel: bij kinderen geliefd hinkelspel. Het wordt meestal met krijt op het trottoir getekend.

Hotel Excelsior in Berlijn: hotel voor zakenreizigers in Berlijn aan het Anhalter Bahnhof. In 1928 werd een voetgangerstunnel geopend tussen het stationsgebouw en de hal van het hotel.

Kermis van oom Pelle, de: Curt Moreck beschreef het als 'een van de mooiste kermissen, een van de authentiekste' van Berlijn. Kinderen stroomden massaal toe. Het lunapark werd opgericht door de circusartiest en showman Adolf Rautmann en vooral bezocht door het gewone volk vanwege de lage prijzen.

Luchthaven Böblingen-Stuttgart: de luchthaven werd in 1925 aangelegd op het terrein van een voormalig militair vliegveld en groeide algauw uit tot een belangrijk knooppunt van het luchtverkeer. Het aantal passagiers groeide snel. Daarom werd er vanaf 1936 een nieuw vliegveld gepland in Echterdingen. Dat werd echter pas na de Tweede Wereldoorlog voor de burgerluchtvaart in gebruik genomen.

Markthal Stuttgart: in 1914 (gebouwd ter vervanging van een oudere hal) door Martin Elsässer. De jugendstilgevel met arcaden, erkers en torentjes vormt een contrast met het voor die tijd moderne interieur van het gebouw: een hal (60 x 25 meter) overspannen door zichtbare liggers van gewapend beton. Daarboven bevond zich een gewelfd glazen dak. De tweede verdieping bood vrij uitzicht op de hal, de derde was destijds niet toegankelijk voor het publiek. Allerlei soorten voedsel werden in meer dan vierhonderd kraampjes aangeboden.

Metropol: legendarisch Berlijns theater. In de jaren twintig werden er veel revues opgevoerd, waaronder *No, no, Nanette* en *Die Nacht der Nächte*.

Mohrenköpfle, café in Stuttgart: op de hoek van de Lange Strasse en de Kronprinzstrasse.

Nieuwe Bouwen, het: eigentijdse term voor moderne, sociaal verantwoorde vormen van bouwen. De term is ontleend aan de titel van het in 1919 door Erwin Anton Gutkind gepubliceerde vakboek *Neues Bauen. Grundlage zur praktischen Siedlungstätigkeit*.

Pochette: handtasje, meestal rechthoekig, vaak versierd met art-decomotieven. Komt overeen met de huidige clutch of enveloptas.

Reigschmeckter: Zwabisch voor iemand die van elders naar Zwaben is verhuisd en er dus niet echt bij hoort.

Revolutie (Duitse Oktober): in de herfst van 1923 dreigde de Weimarrepubliek door onlusten in verschillende gebieden van Duitsland in politieke chaos te verzinken. Onder andere de KPD probeerde, daartoe aangespoord door Moskou, de staatscrisis te benutten om een staatsgreep te ondernemen. De communisten wilden in Duitsland de macht overnemen naar het voorbeeld van de Russische Oktoberrevolutie en vervolgens de revolutie uitbreiden naar Midden-Europa. Vanwege het doortastende optreden van rijkspresident Friedrich Ebert, die troepen van de Reichswehr inzette, en de geringe bereidheid van de arbeiders om te vechten, werden de voorbereidingen voor de revolutie gestaakt. Vervolgens werd de KPD enkele maanden verboden.

Revuegirl: al lijkt de term niet historisch, hij werd wel degelijk gebruikt voor de danseressen van de jaren twintig.

Rulaman: ik heb dit gedicht zelf geschreven toen ik tien jaar oud was. Tijdens het schrijven van het Vicky/Judith-hoofdstuk kwam het weer bij me op en besloot ik het in het verhaal op te nemen. *Rulaman*, een jeugdboek dat in 1878 voor het eerst werd gepubliceerd en waarvan ruim 500.000 exemplaren zijn verkocht, beschrijft het leven en de avonturen van paleolithische grotbewoners in de Zwabische Alp. De grot van Rulaman wordt de Tulka-grot genoemd (die tegenwoordig bekendstaat als de Schiller-grot) en bevindt zich onder de ruïnes van kasteel Hohenwittlingen bij Bad Urach.

Solitude-race: de motorrace rond kasteel Solitude vond daadwerkelijk plaats in dat weekend in mei 1926, in dezelfde weersomstandigheden. De route in de roman komt met de werkelijke racebaan overeen. En hoewel de Ramtel-bochten gevaarlijk waren, vonden er geen ernstige ongelukken plaats, anders dan in de handeling in de roman.

Spitztüte: handblusapparaat gefabriceerd door de firma Minimax. Kwam in december 1902 op de markt en werd al snel over de hele wereld verkocht.

Stadhuis van Stuttgart: de voorloper van het huidige stadhuis, rond de eeuwwisseling gebouwd in laatgotische stijl, werd tijdens de bombardementen in 1944 met de grond gelijkgemaakt en in de jaren vijftig herbouwd als een sober, functioneel gebouw. De klokkentoren en het carillon, dat op gezette tijden bekende Zwabische volksliedjes speelt, zijn ook tegenwoordig nog opvallende kenmerken van het gebouw.

Stadtgarten Stuttgart: gelegen tussen de Landesgewerbehalle, de hogere technische school en bouwnijverheidsschool. De Stadtgarten was een populaire plaats van vermaak in de jaren 1920. 's Zomers traden er internationale artiesten (variété) op een podium in de openlucht op. De grote feestzaal bevond zich naast het Weinhaus am See.

Stuttgarter Schauspielhaus: het theater werd gebouwd en geopend in 1909 en beleefde een bloeiperiode in de jaren twintig en dertig. Het bracht licht en serieus theater, toneelstukken die ook maatschappijkritisch en expressionistisch mochten zijn. Na een bewogen geschiedenis bestaat het theater vandaag nog steeds, onder de naam Altes Schauspielhaus, op dezelfde plek in de Kleine Königstrasse in Stuttgart als voorheen. Het gebouw is tijdens de oorlog vrijwel onbeschadigd gebleven.

Tuchthuis Ludwigsburg: hier werden in de jaren twintig onder meer leden van de KPD gevangengezet. Ludwigsburg ligt ongeveer zeventien kilometer ten noorden van Stuttgart.

UFA-Palast: de prachtige bioscoop (UFA= Universum Film AG) in de toenmalige Schlossstrasse (tegenwoordig Bolzstrasse) in Stuttgart werd op 1 februari 1926 in gebruik genomen. Als eerbetoon aan het oude spoorwegstation, dat Stuttgart van het midden van de negentiende eeuw tot 1922 met de wereld had verbonden, liet men drie van de vijf bogen van de oude neorenaissancegevel staan en nam die op in het bioscoopgebouw. Na de Tweede Wereldoorlog werd de bioscoop omgedoopt tot het Metropol-Palast.

Waldorf-Astoria-sigarettenfabriek: deze fabriek heeft werkelijk bestaan, net als de verre verwanten met het beroemde hotel in New York. Want in beide gevallen is de naam afgeleid van de stichter van de gelijknamige dynastie Johann Jakob Astor (geboren 1763) en zijn geboorteplaats Walldorf. De oprichter van de fabriek, met vestigingen in onder andere Hamburg en Stuttgart, was Emil Molt, die in 1919 een school oprichtte voor de kinderen van zijn werknemers in Stuttgart. Hij huurde daarvoor Rudolf Steiner in en stichtte met hem de eerste vrije school, waarop de antroposofische vrije schoolpedagogiek voortborduurt.

Warenhuis Schocken in Stuttgart: het 'Schocken' werd door architect Erich Mendelsohn ontworpen in de stijl van de nieuwe architectuur van de jaren twintig. Maar in 1926 was het pas in aanbouw. Het opende zijn deuren in 1928 als een van de nieuwe, spectaculaire warenhuizen in de reeks die de gebroeders Salman en Simon Schocken sinds 1907 in vele Duitse steden hebben gebouwd. Zo'n opvallend, qua architectuur internationaal vermaard en baanbrekend gebouw moest echter beslist in de *Chocoladevilla*-serie worden opgenomen. In die tijd werd het beschouwd als het mooiste warenhuis van Duitsland en als een van de grote voorbeelden van moderne architectuur in Stuttgart. Daarom heb ik de dichterlijke vrijheid genomen om een beetje met de jaren te jongleren, het zijn er maar een paar. Of de afdeling Toiletartikelen daadwerkelijk Franse parfums verkocht, is echter niet bewezen. Overigens is Warenhuis Schocken ondanks een storm van nationaal en internationaal protest in 1960 afgebroken en kwam er een sober, functioneel nieuw gebouw voor in de plaats, Warenhuis Horten.

Weissenhofsiedlung in Stuttgart: bij de bouw van de tot op heden internationaal bekende woonwijk in Stuttgart werden de adviezen opgevolgd van de Deutscher Werkbund, die in Stuttgart nieuwe technische innovaties in een gereduceerde vormentaal wilde presenteren. Het bouwterrein op de Weissenhof bevatte voldoende onbebouwde grond om de gebouwen organisch op te stellen en bood door zijn hoge ligging een prachtig uitzicht op het dal van de Neckar en het stadscentrum. De artistieke leiding werd toevertrouwd aan de Berlijnse architect Ludwig Mies van der Rohe, de Stuttgartse architect Richard Döcker was de bouwcoördinator. Ook andere vermaarde grootheden uit de architectuur waren betrokken bij de ontwerpen, zoals Le Corbusier en de Bauhaus-directeur Walter Gropius. Adolf Schneck, die in het boek zijn opwachting maakt en de chocoladefabriek moest herbouwen, is een van de architecten uit Stuttgart die waren betrokken bij de ontwerpen van het Weissenhof-project. De huizen werden razendsnel gebouwd, binnen ongeveer vier maanden. Juli 1927 werd het project opgeleverd. De tentoonstelling De Woning omvatte niet alleen de Weissenhofsiedlung met zijn eenendertig eengezins- en meergezinswoningen, maar ook een expositie in zalen op de Gewerbehallen-Platz en in de Stadtgarten Stuttgart. Terzelfder tijd werd de Internationale tentoonstelling van ontwerpen en maquettes van de Nieuwe Bouwkunst gehouden met voorbeelden van werken van representanten uit de hele wereld. De belangstelling in binnen- en buitenland was groot, de reacties in de media waren positief. Er kwam echter ook harde kritiek van de Stuttgartse traditionalisten. Desalniettemin was de tentoonstelling een groot succes. Toen die in oktober 1927 zijn deuren sloot, waren er een half miljoen bezoekers geteld. Delen van de Weissenhofsiedlung zijn nu Unesco-werelderfgoed, waaronder twee huizen van Le Corbusier.

Weissenhof-stoel: Ik heb de ontwikkeling van deze stoel enigszins aangepast. De stoel, ook wel MR 10 of MR 20 genoemd, werd in 1927 ontworpen door Ludwig Mies van der Rohe en voor het eerst getoond op de Weissenhof-tentoonstelling. Deze eerste verende sledestoel bestond uit een enkele gebogen stalen buis en was bekleed met een vlechtwerk dat Lilly Reich had ontworpen. In de roman anticipeert Lilly Reich, levensgezellin van Mies en een goede vriendin van Mia Seeger, al op de ontwikkeling van deze stoel. Daar moet aan worden toegevoegd dat Mies en Lilly altijd zeer nauw hebben samengewerkt en dat de ontwikkeling van de tot op heden bekende stalen buisstoelen ook herhaaldelijk aan haar wordt toegeschreven.

DANKWOORD

Wat zou een boek zijn zonder de mensen die het lezen? En dus bedank ik u, lieve lezers, dit keer als eerste. Bij u vond de *Chocoladevilla*-trilogie een sensationeel onthaal, u hebt het eerste deel enthousiast gelezen en cadeau gedaan en het zo op de bestsellerlijsten geholpen. U hebt zich laten meevoeren op de vleugels van mijn verbeelding, bent met mij de chocoladevilla ingetrokken, hebt met mijn personages geleefd, bemind en geleden. Dat is een voorrecht dat mij telkens weer motiveert om van nieuwe ideeën een roman te weven.

Boeken zijn werelden tussen twee kaften. Ze verruimen onze geest, zijn toevluchtsoord en bieden vermaak, laten ons het leven af en toe met andere ogen zien. Voor ons auteurs is het in de eerste plaats creatief en soms zwaar werk. Maar het ontwikkelen en schrijven van een goed verhaal is niet mogelijk zonder mensen die het schrijfproces professioneel begeleiden. En dus dank ik mijn redacteur dr. Britta Claus van Penguin Verlag uit de grond van mijn hart dat zij dit pad met mij is ingeslagen. Britta, je bent uniek! Jouw steun maakt me elke keer beter.

Sarvin Zakikhani heeft prachtig redactioneel werk verricht. Hartelijk dank daarvoor!

Een liefdevolle omhelzing voor mijn kinderen Simon en Anna, mijn ouders Marianne en Franz Diwischek en mijn broers en zussen Martin en Ursula, die mij elke dag kracht en liefde geven. En een stevige knuffel voor mijn ongelooflijke vriendenkring, dichtbij en ver weg. Jullie staan altijd achter me, zelfs als ik met mijn gedachten in andere sferen vertoef. Bovenal wil ik jou bedanken, Michaela Leopold. Jij staat echt altijd klaar, bij mijn lezingen, als ik een frisse neus nodig heb na de lange uren achter mijn bureau, of alleen goede raad.

In het bijzonder wil ik Steffi Kania van de Schoko-Laden-Werkstatt in Bernau am Chiemsee bedanken voor de uitnodiging om samen het recept voor Victoria's frambozendroom te ontwikkelen. Want pralinerecepten bevatten veel valkuilen, van de juiste consistentie tot de uitvoering en houdbaarheid. Jouw professionele adviezen zijn onvervangbaar!

Het afgelopen jaar had ik het genoegen veel andere auteurs te leren kennen. Monika Pfundmeier, Jørn Precht, Julia Kröhn en vele anderen zijn waardevolle metgezellen geworden in mijn dagelijks leven als auteur.

Hartelijk dank aan alle recensenten en bloggers die me zo geweldig steunen! Jullie brengen onze boeken onder de aandacht van andere lezers, en dat is belangrijk en prachtig werk.

En dan, natuurlijk, een dikke knuffel voor mijn team bij Penguin Verlag en Random House Distribution. Zonder jullie zou de *Chocoladevilla*-serie niet in omloop zijn, en op de lippen van zo veel mensen. We werken echt fantastisch samen. Duizendmaal dank daarvoor!

Last but not least, dank aan mijn agent, dr. Uwe Neumahr van Agence Hoffman in München, voor alle steun tijdens deze ongelooflijke tijd.

Na het boek is voor het boek. En zo eindig ik *Gouden jaren* in de wetenschap dat ik meteen in het volgende verhaal over de families Rothmann en Rheinberger zal duiken. Wat leuk dat we elkaar dan zullen teruglezen in onze chocoladevilla.

Hartelijks,
Maria Nikolai

LEES MEER VAN

Maria Nikolai

Stuttgart, 1903. Als dochter van een chocoladefabrikant leidt Judith Rothmann een bevoorrecht leven in de villawijk Degerloch. Je zou kunnen zeggen dat ze alles heeft wat haar hartje begeert. Chocolade maken zit in haar genen en ze brengt elke vrije minuut door in de fabriek van haar vader om recepten te ontwikkelen voor nieuwe lekkernijen. Ooit zal zij het familiebedrijf overnemen. Althans, dat was wat ze altijd dacht.

Haar vader blijkt andere plannen te hebben; hij heeft een geschikte huwelijkskandidaat voor haar op het oog – een man bij wie ze nooit iets tekort zou komen, maar van wie ze nooit zou kunnen houden. Dan kruist de charismatische Victor Rheinberger, die een nieuw leven wil opbouwen in Stuttgart, onverwacht haar pad. Het is tijd dat Judith voor eens en altijd beslist wie ze is – en wie ze wil worden.